本书为安徽省哲学社会科学规划重点项目
"'宋调'之建构与解构"（批准号为 AHSKZ2019D025）研究成果
本书在出版时得到闽南师范大学文学院博士点建设专项基金的全额资助

"宋调"之
建构与解构

张明华 著

社会科学文献出版社

目 录

绪 论   001 /

上 编

第一章 从注重功利到回避现实   007 /

    第一节 "宋调"形成期：功利性成为诗歌要素   009 /

    第二节 "宋调"发展期：诗歌成为政治工具   028 /

    第三节 "宋调"定型期：诗歌最终远离现实   057 /

第二章 苦中作乐   079 /

    第一节 经年种花满幽谷：欧阳修的谪宦书写   082 /

    第二节 九死南荒吾不悔：苏轼的贬所抒怀   109 /

    第三节 未到江南先一笑：黄庭坚痛改诗罪   138 /

第三章 古体近体之融合   184 /

    第一节 梅、苏、欧改造古体诗   185 /

    第二节 王安石改造近体诗   205 /

    第三节 苏轼以近体革新古体   221 /

    第四节 黄庭坚以古体革新近体   245 /

第四章 以才学为诗   267 /

    第一节 情态毕出：王安石用典   268 /

    第二节 显易切当：苏轼用典   280 /

第三节　无一字无来处：黄庭坚用典　　297 /

第五章　"宋调"建构之背景　　315 /

第一节　社会矛盾与政治斗争　　315 /

第二节　士风建设与文化发展　　323 /

第三节　文学环境　　345 /

下　编

第六章　"宋调"之解构与遗存　　373 /

第一节　江西诗派在南宋前期的蜕变　　374 /

第二节　南宋诗坛对江西诗派的摆脱与批判　　394 /

第三节　从江西诗派到江西诗社　　407 /

第七章　回归"唐音"　　426 /

第一节　"中兴四大家"开启回归"唐音"之路　　426 /

第二节　四灵派将"唐诗"带入中场　　436 /

第三节　江湖派中"唐诗"之质变　　455 /

第八章　理学推动"宋调"解构　　468 /

第一节　理学兴盛与诗道衰落　　468 /

第二节　南宋理学家的诗歌创作与选本　　481 /

第三节　理学对诗歌的渗透　　519 /

第九章　僧诗与"宋调"之关系　　539 /

第一节　北宋诗僧参与"宋调"建构　　539 /

第二节　南宋诗僧主动疏离诗坛　　569 /

第三节　南宋僧诗对"宋调"的直接影响　　584 /

后　记　　609 /

绪　论

"宋调"是在对"唐音"继承和借鉴的基础上形成的。关于二者的差别，自南宋至今，参与讨论的学者成千上万，其成果亦非常丰富。南宋严羽在《沧浪诗话·诗辩》中说：

> 国初之诗，尚沿袭唐人，王黄州学白乐天，杨文公、刘中山学李商隐，盛文肃学韦苏州，欧阳公学韩退之古诗，梅圣俞学唐人平淡处。至东坡、山谷始自出己意为诗，唐人之风变矣。山谷用工尤为深刻，其后法席盛行，海内称为江西宗派。近世赵紫芝、翁灵舒辈，独喜贾岛、姚合之诗，稍稍复就清苦之风。江湖诗人多效其体，一时自谓之唐宗。不知止入声闻、辟支之果，岂盛唐诸公大乘正法眼者哉？嗟乎！正法眼之无传久矣。唐诗之说未唱，唐诗之道或有时而明也。今既唱其体曰唐诗矣，则学者谓唐诗诚止于是耳，得非诗道之重不幸邪！①

严羽所说，虽然未必与事实都相吻合，但他从宏观上大致勾画出了"宋调"的建构过程。所谓"唐人之风变矣"，换一种说法，也就是"宋调"逐渐成形了，而江西诗派的出现，则将"宋调"尤其是黄庭坚诗歌的若干特征加以定型。严羽对于南宋四灵派的论述，虽然仅用"稍稍复就清苦之风"来概括，但这些所"复就"的"清苦之风"，却是晚唐贾岛、姚合等人的诗风，这与北宋诗风的不同是非常明显的。而"江湖诗人多效其体，一时自谓之唐宗"，则意味着南宋诗风在总体上已与北宋诗风走上相反的道路。清人宋荦在《漫堂说诗》中说：

---

① （宋）严羽撰《沧浪诗话》，（清）何文焕撰《历代诗话》下册，中华书局，1981，第688页。

唐以后诗派，历宋、元、明至今，略可指数：宋初晏殊、钱惟演、杨亿号"西昆体"。仁宗时欧阳修、梅尧臣、苏舜钦谓之欧、梅，亦称苏、梅，诸君多学杜、韩。王安石稍后，亦学杜、韩。神宗时，苏轼、黄庭坚，谓之苏、黄；又黄与晁补之、张耒、陈师道、秦观、李廌称苏门六君子；庭坚别开"江西诗派"，为"江西"初祖。南渡后，陆游学杜、苏，号为大宗；又有范成大、尤袤、陈与义、刘克庄诸人，大概杜、苏之支分派别也。其后有"江湖"四灵徐照、翁卷等，专攻晚唐五言，益卑卑不足道。①

相对于严羽，宋荦不仅对两宋诗歌的发展描述更为具体，而且看出了南宋诗距离以江西诗派为代表的"宋调"越来越远而同时也与"唐音"越来越近的趋势。而这，正是两宋诗歌发展的大势。

北宋建国后一百年左右的时间里，诗坛上流行的是白体、晚唐体和西昆体，当今学者称之为"宋初三体"。虽然其宗尚和特点各不相同，但大抵体现出"唐音"向"宋调"的过渡。相对来说，前二者更多带有"唐音"意味，而后者则在某些方面已经具有了"宋调"的色彩。之后，梅尧臣、苏舜钦、欧阳修等人大力革新，宋诗才开始形成不同于"唐音"的特征，成为后人心目中的"宋调"。经过王安石、苏轼的进一步拓展，至黄庭坚与江西诗派，"宋调"终于完成了自己的建构过程。北宋灭亡前后，随着国破家亡的政治现实的出现，江西诗派的一些重要成员如韩驹、徐俯、吕本中、陈与义、曾幾等开始突破原来的题材模式和写作套路，转求新变，初步体现出对江西诗派也即"宋调"的背离。其后陆游、杨万里、范成大、尤袤等"中兴四大家"虽然都曾深受江西诗派影响，但不约而同开始学唐，走上反对江西诗派的道路，成为解构"宋调"的重要力量。南宋中期以后发展起来的四灵派和江湖派，尤其是后者，虽然仍与苏、黄及江西诗派有一定的关联，但总体上属于"宋调"的解构者。江西诗派虽仍有传人，但影响已不大，且诗风受到四灵派和江湖派的影响。对于"宋调"的解构，南宋诗坛风气的变化似乎是主要原因，但这其实是外部表现，其背后还有来自程朱理学的致命影响。与此同时，佛教尤其是南宋禅宗也与理学一起挤压诗学，共同推动了"宋调"的解构。

"宋调"是宋型文化的产物。王水照《宋代文学通论》的"绪论"里对

---

① （清）宋荦撰《漫堂说诗》，（清）王夫之等撰《清诗话》上册，上海古籍出版社，1978，第419~420页。

宋型文化有具体的分析。而"宋调"本身的内涵也极为丰富，如周裕锴《宋代诗学通论》、张高评《宋诗特色研究》中所论的那些主题几乎都可归到"宋调"之中。又如吕肖奂《宋诗体派论》、刘宁《唐宋之际诗歌演变研究》、曾祥波《从唐音到宋调——以北宋前期诗歌为中心》等众多相关专著也都论及"宋调"问题。正因如此，笔者不拟就"宋调"问题全面展开，而只是选择发展轮廓比较分明的几条主要线索来略加考察。其中虽不可避免地要引用古今众多学者的相关论述，但笔者还是希望能在每一章每一节中写出新意，尽量体现出作为一本"专著"应有的品质。

　　本书分上、下两编。上编研究"宋调"的建构问题。目下，笼统地讨论"宋调"这样或那样的特征固然有意义，但如果不具体探究其特征发展、演变的过程，其结论就会因缺少针对性而显得不够深入。"宋调"的建构是一个渐进的过程，其中涉及许多具体的方面。上编主要考察以下几个方面。一是"宋调"功利性的发展与被清洗问题。正如一些学者所言，两宋诗歌都存在功利性问题。可是，北宋人关注的主要是民生疾苦和政治弊端，这与南宋人突出表达爱国思想并不一致。即便仅就北宋诗歌来说，其功利性也没有坚持下去，在"乌台诗案"之后，尤其是在"车盖亭诗案"后，诗歌与现实的关系就非常疏远了。二是"宋调"对乐观情感的张扬问题。相对于"唐音"，北宋诗歌重意重理，对情感的表达自然有所减弱。在被弱化的诗歌情感中，北宋诗人又排斥穷愁，提倡苦中作乐，显得颇为奇特。这在欧阳修、苏轼、黄庭坚的贬谪诗中表现得尤其突出。三是"宋调"中古、近体诗歌之间的关系问题。大体来说，梅尧臣、欧阳修和苏舜钦在开创"宋调"时明显表现出对古体诗的重视，而对近体诗有所忽视。王安石前期主要体现出对古体诗的重视，但在晚年退居金陵时致力于近体诗创作，就其一生而言，可谓古、近体并重。苏轼不但更加重视古体诗，而且有意借用近体诗的长处改造古体诗，从而使得其古体诗有行云流水之佳境。而后黄庭坚反其道而行之，不仅更加重视近体诗，而且借用古体诗的特征改造近体诗，使得近体诗也能呈现出峭拔、生涩的风格。各人的侧重和追求虽不相同，但总体上共同体现出"宋调"在诗体方面的演变和发展轨迹。四是"宋调"中的用典和遗貌取神问题。"宋调"开创之初，出于反对西昆体用典堆砌、僻涩的目的，梅尧臣、苏舜钦和欧阳修等人有意对典故加以清洗。可是，之后王安石不仅大量使用典故，而且用典手法更加工巧，甚至无迹可求。与王安石用典深僻不同，苏轼喜欢使用常见的典故，且常通过奇特的构思营造出妙趣横生的效果。最后出场的黄庭坚不但用典更密，提倡"无一字无来处",而且将用典的方式概括为"夺胎换骨"和"点铁换金"两种不同的层次。至此,"以才学为诗"的标签就牢牢地贴在"宋调"上了。与此同时,宋人对遗貌取神的追求也有一个发展的过程。笔者试图通过对以上几条线索的考察,更加具体地展现"宋调"以上几个特征的形成和发展过程,同时更加清晰地展现出其自身存在的矛盾和对立问题。

下编研究"宋调"的解构问题。"宋调"的解构,跟南宋诗歌回归"唐音"的过程是一致的,或者说彼此本身就是同一件事情的两种表现。"宋调"解构的原因可分为内外两个方面。就其内部原因而言,主要受制于文学发展的内在规律。北宋诗人力求创作有别于唐诗,经过一代又一代的努力,终于形成了"宋调"。随着"宋调"的定型,江西诗派以模拟代替创作,"宋调"的流弊愈来愈严重,后起诗人不得不对其进行矫正。而其矫正的手段就是取法"唐音",一步步远离江西诗派,最后以其代替"宋调"。就南宋诗歌发展而言,这个过程完成得虽然不彻底,但总体趋势就是这样。"宋调"的出发点是"唐音",最后又回到"唐音",虽然此时的"唐音"与之前的"唐音"又有较大的不同,但这就是否定之否定规律在宋代诗歌发展过程中的体现。就其外部原因来说,则是理学的强势挤压,恶化了诗歌的生存环境,挤压了诗歌的活动空间,甚至直接冲击了诗歌的文学色彩。南宋诗歌成就总体不高,理学影响是最主要因素。与此同时,南宋的佛教,特别是禅宗,虽然与理学的指向不同,但在将诗歌引向"押韵之语录"上的作用却是一致的,都是"宋调"解构的推动力量。不过,理学与禅宗对"宋调"解构的推动,却反过来促成了"唐音"的回归。从"中兴四大家"到四灵派、江湖派,虽然宗法的具体对象并不一致,但总体倾向都是学唐。尤其是当四灵派及其引领的江湖派把持诗坛时,唐代的贾岛、姚合再次成了普遍宗法的对象,于是回归"唐音"也就获得了成功,虽然这个回归跟历史上唐诗的成就完全不可同日而语。四灵派与江湖派的发展,尽管与占主流地位的程朱理学与禅宗的目标并不一致,甚至在很大程度上也是他们共同打击和挤压的对象,但其背后却得到了浙东学派和天台宗的强力支持。

比较而言,"宋调"的建构过程似乎比较清晰而完整,而其解构过程则显得复杂而琐碎,因此也更难把握和表现。尽管如此,笔者还是希望本书能对宋诗的研究有所裨益,对后来的宋代诗史撰写能具有些许启发。倘能如此,则知足矣!

上　　编

第一章
从注重功利到回避现实

"宋调"是在继承"唐音"的基础上发展、变化而形成的新型审美范型。相对于"唐音"来说,北宋诗人开创的"宋调"充满着新变色彩。张高评在《宋诗特色研究》中说:

> 宋诗受当代学风影响,表现在传承与开拓上,大端在自我期许独到创获,极致在追求自成一家;独到创获,则亦达成自成一家之必要手段与步骤。尝试考论,宋人之开辟诗界,翻出唐诗之掌心者,其致力妙法有四端:一是不经人道,古所未有;二是因难见巧,精益求精;三是破体为文,挑战典范;四是出位之思,补偏救弊。这些,都是唐诗宋诗异同的关键;宋代诗人的努力所以能成为跳出如来佛掌心的齐天大圣,这些都是主要的原因。①

面对宋诗这个如此庞大的研究对象,我们不必苛求张先生的概括多么完善和精确,但他的宏观思考和微观考察,的确对宋诗研究走向深入具有重要的启发意义。

在"宋调"与"唐音"的若干重要差异中,诗人对现实问题的态度是非常值得关注的。我们当然不能笼统地说唐诗中没有关心现实的作品,因为这不符合事实,但是在作为"唐音"代表的李白、王维、孟浩然、高适、岑参等重要诗人那里,这样的题材的确没有受到应有的重视。相反,比较关注现实题材的是杜甫与元稹、白居易等人,而他们那些忧国忧民的诗歌通常并不被认可为典型的"唐音"。

关于"宋调"与现实的关系,现有的成果中有很多的相关论述。仅以当代而言,钱锺书在20世纪50年代作《宋诗选注》时已非常关注这方面

---

① 张高评:《宋诗特色研究》,长春出版社,2002,第272页。

的内容，其在"序"中说：

> 宋代的官僚阶级就比汉唐的来得庞大，所谓"州县之地不广于前而……官五倍于旧"；北宋的"冗官冗费"已经"不可纪极"。宋初有人在诗里感慨说，年成随你多么丰收，大多数人还不免穷饿："春秋生成一百倍，天下三分二分贫！"最高增加到一百倍的收成只是幻想，而至少增加了五倍的冗官倒是事实，人民负担的重和痛苦的深也可想而知，例如所选的唐庚"讯囚"诗就老实不客气地说大官小吏都是盗窃人民"膏血"的贼。国内统治阶级和人民群众的矛盾因国际的矛盾而抵触得愈加厉害；宋人跟辽人和金人打仗老是输的，打仗要军费，打败仗要赔款买和，朝廷只有从人民身上去榨取这些开销，例如所选的王安石"河北民"诗就透露这一点，而李觏的"感事"和"村行"两首诗更说得明白："太平无武备，一动未能安……役频农力耗，赋重女工寒……"，"产业家家坏，诛求岁岁新，平时不为备，执事彼何人……"。北宋中叶以后，内忧外患、水深火热的情况愈来愈甚，也反映在诗人的作品里。诗人像古希腊悲剧里的合唱队，尤其像那种参加动作的合唱队，随着搬演的情节的发展，歌唱他们的感想，直到那场戏剧惨痛的闭幕、南宋亡国，唱出他们最后的长歌当哭："世事庄周蝴蝶梦，春愁臣甫杜鹃诗！"①

不过，在肯定了宋诗反映现实的同时，钱先生也指出了这种反映还伴有一个重大缺陷：

> 宋代的五七言诗虽然真实反映了历史和社会，却没有全部反映出来。有许多情况宋诗里没有描叙，而由宋代其他文体来传真留影。譬如后世哄传的宋江"聚义"那件事，当时的五七言诗里都没有"采著"，而只是通俗小说的题材，像保留在"宣和遗事"前集里那几节，所谓"见于街谈巷语"。这些诗人十之八九从大大小小的官僚地主家庭出身，经过科举保举，进身为大大小小的官僚地主。在民族矛盾的问题上，他们可以有爱国的立场；在阶级矛盾问题上，他们可以反对苛政，怜悯穷人，希望改善他们的生活。不过，假如人民受不了统治者的榨逼，真刀真枪地对抗起来，文人学士们又觉得大势不好，忙站在

---

① 钱锺书选注《宋诗选注》，人民文学出版社，1989，"序"第2~3页。

朝廷和官府一面。后世的士大夫在咏梁山泊事件的诗里会说官也不好，民也不好，各打五十板；北宋士大夫亲身感到阶级利益受了威胁，连这一点点"公道话"似乎都不肯讲。直到南宋灭亡，遗老像龚开痛恨"乱臣贼子"的"祸流四海"，才想起宋江这种"盗贼之圣"来，仿佛为后世李贽等对"忠义水浒传"的看法开了先路。在北宋诗里出现的梁山泊只是宋江"替天行道"以前的梁山泊，是个风光明秀的地区，不像在元明以来的诗里是"好汉"们一度风云聚会的地盘。①

钱先生所说的问题在宋诗中的确都存在，但每个时代的人都会有自己的时代局限，宋代诗人自然也是如此，我们不能以当代人的思想认识去苛求他们。

其后，房开江《宋诗》一书在分析宋代的土地兼并，辽与西夏以及后来的金、元的侵扰等各种社会矛盾为宋诗提供了创作的土壤时说：

> 宋代社会这种现实，给诗人提供了创作的土壤。试想，如果没有北宋的社会现实，哪有王安石抒发改革的诗篇；没有南宋民族矛盾，哪有陆游的爱国诗篇；没有宋代社会的阶级压迫，朝廷重臣范成大又为何要去写《催租行》《后催租行》？"才子词人"柳永为何要去写《煮海歌》呢？宋代诗人生长在矛盾重重的社会，他们的创作不可能完全忘怀现实。所以，宋诗虽然也有过一些形式的、内容贫乏的无病呻吟之作，但大多数还是能够植根于现实的土壤，反映社会现实。②

由此以往，宋诗的现实性受到越来越多的关注。至于在讨论具体作品时涉及这方面内容的成果更是不可胜数。可是，如果单就北宋诗歌而言，则其与现实的关系其实更加复杂，因为其中不仅有一个越来越强的变化，而且还有一个从有到无的问题。为了更好地揭示其演变的过程，本章分几个阶段来进行具体讨论。

第一节
"宋调"形成期：功利性成为诗歌要素

对于"宋调"来说，现实、政治内容从一开始就是其中最重要的构成

---

① 钱锺书选注《宋诗选注》，人民文学出版社，1989，"序"第6~7页。
② 房开江：《宋诗》，上海古籍出版社，1991，第4~5页。

要素。在很大程度上,"宋调"的建立是以否定"西昆体"过于重视形式技巧为其认识基础的,因而关心民瘼、关注政治也就成了其应有之义。故梅尧臣、欧阳修和苏舜钦等人开创"宋调"就是从关注现实开始的。许总在《宋诗史》中说:

> 具有独特风貌的"宋调",形成于北宋中期。以欧阳修、梅尧臣、苏舜钦为代表的诗歌复古运动作为这一时期诗坛的主流,依倚着儒学复兴的文化土壤以及政治文化走向一体化的时代背景,一方面表现出儒家政教诗学的浓厚色调和正统观念,另一方面又造成政治社会意识的空前强化,在"迩来道颇丧,有作皆空言""安取唐季二三子,区区物象磨穷年"的认识前提下,在对宋初晚唐诗风的批判与变革之中,宋诗也同时完成了议论化、理性化的特征建构,走上了价值取向与艺术风格的转换进程。这其间,以集文人、学者、重臣于一身的欧阳修的作用尤为显要,作为群伦之领袖,欧阳修有意识地聚集众多诗人成为一个志同道合的诗人群,形成诗歌复古运动的浩大声势以及"宋调"初建的大规模的实践;同时,欧阳修通过知贡举选录天下英才,直接培养和提拔了王安石、苏轼,更为下一阶段宋诗艺术高峰的出现启开端倪。①

这三位诗人都着意用诗歌表现现实、政治内容并不是巧合,而是他们共同追求的结果。对此,吕肖奂《论宋诗的新变和宋调的形成》一文有比较具体而集中的论述:

> 在诗歌题材内容上,新变派只是"能者",将传统题材翻出新意,从前人不大留意处拓展。例如社会现实、国计民生这一题材,是儒家诗教提倡的传统题材,其根源可以远溯《诗经》,近一些有中唐元白的新乐府运动,更近一些则有王禹偁学习白居易、杜甫的反映现实诗作,欧梅苏继承这一传统,大量写作且时出新意。苏舜钦天圣六、七年创作伊始,即表现出强烈的议政参政意识,对国家大事与民生疾苦的关心,一直是他庆历前作品的主要内容。成进士(景祐元年)前,他用五古写国家大事,七古抒发个人对现实不满的愤懑之情,显露出极大的政治热情与现实主义精神;成进士后到庆历四年

---

① 许总:《宋诗史》,重庆出版社,1992,第4~5页。

十月间，正值宋夏开战到议和，内政外交局势颇为动荡之际，以天下为己任的苏舜钦更是倾注了极大热情，写了一系列的政治、社会诗，对重大时事、国计民生问题均有反映，几如诗史，如《庆州败》《吾闻》《闻京尹范希文谪鄱阳、尹十二师鲁以党人贬郓中、欧阳九永叔移书责谏官不论救而谪夷陵令，因成此诗以寄，且宽其远迈也》《望秦陵》《己卯大寒有感》《吴越大旱》《寄富彦国》《城南感怀呈永叔》等从各个方面反映现实，批评朝政，指责时弊。欧梅天圣九年到明道二年洛阳交游酬唱时，尚无苏舜钦那样强烈的政治社会意识，但已有些旁观民生的兴趣，如梅的《观理稼》等，景祐元年梅尧臣落第后知建德县时，一改洛阳时的悠闲平和，愤懑之情时出言表，景祐三年政治斗争中，范仲淹、尹洙、余靖、欧阳修皆被贬，梅写《闻欧阳永叔谪夷陵》《闻尹师鲁谪富水》《寄饶州范待制》对朋友们的遭遇表示同情，并写《彼鵾吟》《灵乌赋》《猛虎行》一类象喻性的诗赋，表明个人的明确态度。梅写民生疾苦的诗比起他的政治诗更直截了当，如《田家》《陶者》《田家语》《汝坟贫女》，朱东润先生认为康定元年，梅尧臣诗歌人民性达到了巅峰，并指出从真宗时代孙何起就提出学杜甫，到梅尧臣算是真正的结了果实。（详见《梅尧臣传》）欧阳修"壮年犹勇为，刺口论时政"（《述怀》），"开口揽时事，论议争煌煌"（《镇阳读书》），在早年多表现在行为与文章里，但他康定元年《赠杜默》说："京东聚群盗，河北点新兵。饥荒与愁苦，道路日以盈。子盍引其吭，发声通下情。上闻天子聪，次使宰相听。……子诗何时作，我耳久已倾。"说明他对诗歌当表现时事时政的明确态度。庆历四年后，苏、梅因各自地位、性格转变，时事时政诗较以前数量减少，但对现实的关注却没有改变。苏是庆历新政失败的直接牺牲品，削籍为民对他的打击很大，政治诗不像以前那样突出，而忧国伤时之情转为个人愤懑之气；梅尧臣则发展了他庆历前写政治诗的比兴象征手法，如《杂兴》《读〈后汉书·列传〉》，反映民生的诗却不如以前了；欧阳修则改变了庆历前的作法，写出《食糟民》《边户》等生民疾苦诗，与庆历新政有关的《啼鸟》则运用了梅尧臣写政治诗惯用的象喻手法。欧梅苏对时政的关心与表现，不是一时的热情或出于职守的需要，像元、白和王禹偁那样，而是一生的追求，苏、梅不因位卑而不忧国，欧阳修不因位高而不忧民，这与范仲淹"居庙堂之高则忧其民，处江湖之远则忧其君"

(《岳阳楼记》）的思想完全一致。①

由于现有相关的研究成果已经比较丰富，所以本书不拟在这个问题上重复，而是转而考察梅尧臣、欧阳修和苏舜钦三人在关注现实、政治问题时呈现出的不同立场，并进一步思考其背后的原因。

一 "因事激风成小篇"——梅尧臣对农民不幸的关切

梅尧臣被称为"宋诗"亦即"宋调"的开山祖师，其诗中已明显表现出对现实问题的深切关注。梅尧臣（1002~1060），字圣俞，宣州宣城（今属安徽）人。初以恩荫入仕，仁宗朝赐同进士出身，仕至尚书省都官员外郎。梅诗题材非常广泛，并不专注于哪一个方面。其《答裴送序意》诗云：

> 我欲之许子有赠，为我为学勿所偏。诚知子心苦爱我，欲我文字无不全。居常见我足吟咏，乃以述作为不然。始曰子知今则否，固亦未能无谕焉。我于诗言岂徒尔，因事激风成小篇。辞虽浅陋颇克苦，未到二雅未忍捐。安取唐季二三子，区区物象磨穷年。苦苦著书岂无意，贫希禄廪尘俗牵。书辞辩说多碌碌，吾敢虚语同后先。唯当稍稍缉铭志，愿以直法书诸贤。恐子未谕我此意，把笔慨叹临长川。②

"因事激风成小篇"，表明梅尧臣的诗歌创作往往属于遇事有感而发。他对现实问题的关注，源于对《诗经》现实主义精神的主动继承，"未到二雅未忍捐"。为此，他说唐代一些诗人"区区物象磨穷年"，也就是批评他们不关心现实。霍松林曾这样分析梅尧臣的诗歌内容：

> 他所处的时代，政治腐败，阶级矛盾和民族矛盾日益尖锐；而民族矛盾的发展加重了人民的负担，又加深了阶级矛盾。对于这一切，他没有袖手旁观。他一方面和范仲淹、欧阳修站在一起，要求实行政治改革；另一方面并"因事激风成小篇"，用他劲健的诗笔，饱含着对

---

① 吕肖奂：《论宋诗的新变和宋调的形成》，蒋寅、张伯伟主编《中国诗学》第5辑，南京大学出版社，1997，第176页。
② （宋）梅尧臣著，朱东润编年校注《梅尧臣集编年校注》中册，上海古籍出版社，1980，第300页。

于人民的同情,从各个方面反映了当时的社会生活,对当时各种不合理的现象进行了揭露和抨击。①

朱东润在所著《梅尧臣集编年校注》的叙论一"梅尧臣诗的评价"中说:"在尧臣的作品中,最突出的是他对于国事的关心和愿为国效力的热烈感情。"②

对于当时的宋辽关系,以及宋与西夏的连年征战,梅尧臣都非常关心,并且将其写入诗中。关于康定二年(1041)的好水川之败,他作有《故原战》:

> 落日探兵至,黄尘钞骑多。邀勋轻赴敌,转战背长河。大将中流矢,残兵空负戈。散亡归不得,掩抑泣山阿。③

梅尧臣在诗中既有对将帅轻敌的批判,也有对伤残士卒的深切同情,这可以体现他的政治态度。梅尧臣一生沉沦下僚,穷困潦倒,所以对下层民众的生活更加熟悉,对他们遭遇的不幸也能感同身受。如其《陶者》:

> 陶尽门前土,屋上无片瓦。十指不沾泥,鳞鳞居大厦。④

日日作陶烧瓦的陶工,房子上竟然没有一个瓦片,而"十指不沾泥"的剥削者,却整日住在高楼大厦之中,这样的社会是多么不公平啊!立足于此,他对富人的醉生梦死也进行了揭露。如《挟弹篇》:

> 长安细侯年尚小,独出春郊不须晓。手持柘弹霸陵边,岂惜金丸射飞鸟。金丸射尽飞鸟空,解衣市酒向新丰。醉倒银瓶方肯去,去卧红楼歌吹中。不管花开与花老,明朝还去杜城东。⑤

---

① 霍松林:《谈梅尧臣诗歌题材、风格的多样性》,《唐音阁文萃》,复旦大学出版社,2016,第96页。
② (宋)梅尧臣著,朱东润编年校注《梅尧臣集编年校注》上册,上海古籍出版社,1980,第9页。
③ (宋)梅尧臣著,朱东润编年校注《梅尧臣集编年校注》上册,上海古籍出版社,1980,第182页。
④ (宋)梅尧臣著,朱东润编年校注《梅尧臣集编年校注》上册,上海古籍出版社,1980,第93页。
⑤ (宋)梅尧臣著,朱东润编年校注《梅尧臣集编年校注》上册,上海古籍出版社,1980,第81页。

"年尚小"的公子王孙,整日无所事事,射鸟、饮酒、嫖妓竟成了其生活的全部!对照前诗所写的陶工,怎能不令人义愤填膺呢!

梅尧臣关心的社会生活虽然比较广泛,但最为集中的却是对农民的不幸的关注。宝元二年(1039),梅尧臣知汝州襄城县(今属河南),九月到任。元代张师曾《宛陵先生年谱》"康定元年庚辰"条云:

> 是岁七月,汝水暴至,溢岸。先生亲率县徒以土塞郭门,居者知其势危,皆结庵于木末。作诗自咎。诏民三丁籍一,立校与长,号弓箭手,用备不虞。上下愁怨,天雨霪霪,作《田家语》。再点弓兵,老幼俱集。大雨甚寒,道死者百余人,作《汝坟贫女》诗,又有《卧羊山》《昆阳城》《老牛陂》《叶公庙》《和李君读余注孙子》诸诗。①

梅尧臣在襄城知县任上,正值多事之秋。内有河水泛滥,外有西夏入侵,且由于军事上屡战屡败,朝廷需要的兵员越来越多,而农民承受的苦难也就越来越深重。其《田家语》云:

> 庚辰诏书,凡民三丁籍一,立校与长,号弓箭手,用备不虞。主司欲以多媚上,急责郡吏,郡吏畏不敢辨,遂以属县令。互搜民口,虽老幼不得免,上下愁怨,天雨淫淫,岂助圣上抚育之意耶!因录田家之言次为文,以俟采诗者云。
>
> 谁道田家乐,春税秋未足。里胥扣我门,日夕苦煎促。盛夏流潦多,白水高于屋。水既害我菽,蝗又食我粟。前月诏书来,生齿复板录;三丁籍一壮,恶使操弓韣。州符今又严,老吏持鞭朴。搜索稚与艾,唯存跛无目。田间敢怨嗟,父子各悲哭。南亩焉可事,买箭卖牛犊。愁气变久雨,铛缶空无粥。盲跛不能耕,死亡在迟速。我闻诚所惭,徒尔叨君禄。却咏《归去来》,刈薪向深谷。②

此诗先托一农人之口写出生活的艰难:春税已然拖欠,夏又遭水灾、蝗灾,生存已如此艰难,而雪上加霜的是,为了应付战争的需求,州府竟然抓走了所有的男丁,甚至包括老人和未成年的孩子,只有腿脚不便和眼

---

① (元)张师曾撰《宛陵先生年谱》,吴洪泽、尹波主编《宋人年谱丛刊》第2册,四川大学出版社,2003,第826页。
② (宋)梅尧臣著,朱东润编年校注《梅尧臣集编年校注》上册,上海古籍出版社,1980,第164页。

睛残疾者才能侥幸躲过一劫。被抓男丁的家中不仅失去了种田的劳力，还要卖了牛去买弓箭。善良的农民不敢反抗，只能相对哭泣，绝望地等待死亡的到来。如果说这首诗还只是让人闻到了死亡的气息，那么在《汝坟贫女》一诗中，死亡已变成了冰冷的现实。

> 汝坟贫家女，行哭音凄怆。自言有老父，孤独无丁壮。郡吏来何暴，县官不敢抗。督遣勿稽留，龙钟去携杖。勤勤嘱四邻，幸愿相依傍。适闻闾里归，问讯疑犹强。果然寒雨中，僵死壤河上。弱质无以托，横尸无以葬。生女不如男，虽存何所当。拊膺呼苍天，生死将奈向。①

根据诗中"贫家女"的倾诉，其家中并无男性壮丁，于是已经年迈的老父硬生生被抓去当兵了。女子非常担忧老父的身体，所以再三请左右四邻帮忙照顾，可是等到邻居回来的时候，她还是得到了噩耗——其父已经在寒雨中冻死于壤河之上。女子深感无助，既不能自托谋生，又无力前去葬父，她只有向苍天呼喊，借以宣泄内心的悲苦与绝望。诗中的贫女形象当然是经过艺术加工的，甚至可能带有一些虚构成分，但冻死人的事在当时是活生生的现实。诗人此诗原有一个小注："时再点弓手，老幼俱集，大雨甚寒，道死者百余人。自壤河至昆阳老牛陂，僵尸相继。"② 梅尧臣刻画出来的形象虽然鲜明生动，但相对于这样的惨痛现实，他所揭示出来的不过是冰山一角罢了。

虽然梅尧臣谦称自己的创作是"因事激风成小篇"，但由于他与农民接触较多，并深切同情他们的不幸遭遇，所以在诗中这方面表现得也就比较集中。这不仅丰富了他的诗歌题材，也增强了其作品的现实意义，从而成为其诗的一个鲜明特点。不过，相对于其全部作品来说，梅尧臣这方面的诗歌所占比例并不高。朱东润在"梅尧臣诗的评价"中说："我们看到尧臣诗中有不少的作品，充满着高度的思想意义，但是更多的是意义不多，甚至是文字游戏的作品……"③ 尽管如此，这些作品的存在也足以表明梅尧臣

---

① （宋）梅尧臣著，朱东润编年校注《梅尧臣集编年校注》上册，上海古籍出版社，1980，第165~166页。
② （宋）梅尧臣著，朱东润编年校注《梅尧臣集编年校注》上册，上海古籍出版社，1980，第165页。
③ （宋）梅尧臣著，朱东润编年校注《梅尧臣集编年校注》上册，上海古籍出版社，1980，第16页。

在开创"宋调"时,就已经将反映现实作为其不可或缺的组成部分了。这也是"宋调"较之于此前的"宋初三体"在题材、内容上体现出来的最大变化。

二 "愚谋帝不罪"——苏舜钦对时弊的抨击

同样是关心现实,苏舜钦的创作更多体现在他对政治时弊的批判上。苏舜钦(1008~1048),字子美,开封(今属河南)人。景祐元年(1034)进士,仕至集贤校理。关于其诗歌特色,沈文倬在《苏舜钦集》的"出版说明"中说:

> 苏舜钦诗作的显著特色是关心政治和社会现实,通过豪迈粗犷、清新刚健的艺术手法,给以真实的反映。如集中《城南感怀呈永叔》《吴越大旱》等诗,指责执政者的尸位素餐,反映了农民群众反抗横征暴敛的呼声,表明了自己犹如深受其痛的同情。又如反映西北战争的诗篇,如《庆州败》《己卯冬大寒有感》《瓦亭联句》等作,谴责西夏发动的侵略战争,同时着重讥刺、斥责了宋朝文武官员的昏庸腐朽,造成国家和人民苦难。在《夜闻秋声感而成咏同邻几作》《舟中感怀寄馆中诸君》《吾闻》《夏热昼寝感咏》等诗里,更表明了作者远大的抱负和深厚的爱国热情,这些都是值得肯定的。①

苏舜钦是前参知政事苏易简之孙,宰相杜衍之婿,少年时即颇负时名,所以意气风发,以天下为己任。因此在反映现实问题时,他不像梅尧臣那样注重表现下层人民的不幸遭遇、寄寓自己的深切同情,而是深入分析问题的根源,对制度弊病和官员恶行进行批判。如其作于进士及第前的《感兴》其三:

> 瞽说圣所择,愚谋帝不罪。况乎言有文,白黑时利害。前日林书生,自谓胸臆大。潜心摘世病,荣成谓可卖。投颖触谏函,献言何耿介。云昨见凶星,上帝下警戒。意若日昏拚,出处恣蜂虿。安坐弄神器,开门纳珍贿。宗支若系囚,亲亲礼日杀。大臣尸其柄,咋舌希龙拜。速速伐虎丛,无使自沉瘵。陛下幸察之,聪明即不坏。如忽贱臣言,不瞬防祸败。一封朝飞入,群目已睚眦。力夫暮塞门,执缚不容

---

① (宋)苏舜钦:《苏舜钦集》,沈文倬校点,上海古籍出版社,1981,第1~2页。

喟。十手掉其胡，如负杀人债。幽诸死牢中，系灼若龟蔡。亦既下风指，黥而播诸海。长途万余里，一钱不得带。必令朝夕闲，渴饥死于械。从前有口者，蹜胁如气鞴。独夫已去除，易若吹糠稗。奈何上帝明，非德不可盖。倏忽未十旬，炎官下其怪。乙夜紫禁中，一燎不存芥。天王下床走，仓猝畏挂碍。连延旧寝廷，顿失若空寨。明朝黄纸出，大赦遍中外。嗟乎林书生，生命不可再。翻令凶恶囚，累累受恩贷。①

此诗所论是当时的一个政治事件。诗中"林书生"即林献可。明道元年（1032），林献可因上奏指斥时弊，触犯众怒，被贬弃远州。《续资治通鉴长编》卷一百一十一载：

> （明道元年六月丁未）殿中侍御史张存上疏曰："陛下嗣统以来，延纳至言，周有忌讳，函夏之人，共思谠直。自前秋忽诏罢百官转对，去冬黜降御史曹修古等，昨又闻进士林献可因奏封事窜远恶，人心惶惑，中外莫测。臣恐自今忠直之言与理乱安危之机，蔽而不达。"因历引周昌、朱云、辛庆忌、辛毗事以广帝意。存，冀州人也。（存上疏不得其时。按苏舜钦作林书生诗，云生得罪未十旬，禁中火，则生奏封事盖五月间。）②

所谓"窜远恶"，就是指林献可被移官袁州（今江西宜春）司马。宋庠《林献可移袁州司马制》云：

> 敕：具官林献可，向者果于贡辞，置在班籍。继繇贿墨，谪佐军司。而靡念省非，辄复干上，托缘梦寐，阴济讼仇。迹其初心，弗忍严谴，俾移遐郡，且警狂夫。尚记昔言之忠，俾仍典午之籍。可。③

苏舜钦为林献可鸣不平，其实等于将自己卷入了事件之中，只是他当时尚未入仕，除了家世和姻亲外更谈不上有什么地位，所以才未受到打击。不过，这首诗抨击时政的意味是非常明显的。诗人在开篇说"瞽说圣所择，愚谋帝不罪"，固然是为了说明不应该因为林献可指斥时政而将其远谪，同时也解释了他本人敢于批判时政的自信所在。正是坚信仁宗皇帝能够不罪

---

① （宋）苏舜钦：《苏舜钦集》，沈文倬校点，上海古籍出版社，1981，第2页。
② （宋）李焘撰《续资治通鉴长编》第8册，中华书局，1985，第2582页。
③ （宋）宋庠撰《元宪集》下册，商务印书馆，1937，第261页。

谏臣，采纳谏言，苏舜钦才多次写出批判时政的作品。又如其于景祐元年（1034）即进士及第后不久所作的《庆州败》：

> "无战王者师，有备军之志。"天下承平数十年，此语虽存人所弃。今岁西戎背世盟，直随秋风寇边城。屠杀熟户烧障堡，十万驰骋山岳倾。国家防塞今有谁？官为承制乳臭儿。酣觞大嚼乃事业，何尝识会兵之机。符移火急搜卒乘，意谓就戮如缚尸。未成一军已出战，驱逐急使缘崄巇。马肥甲重士饱喘，虽有弓剑何所施。连颠自欲堕深谷，虏骑笑指声嘻嘻。一麾发伏雁行出，山下掩截成重围。我军免冑乞死所，承制面缚交涕洟。逡巡下令艺者全，争献小技歌且吹。其余劓馘放之去，东走矢液皆淋漓。首无耳准若怪兽，不自愧耻犹生归！守者沮气陷者苦，尽由主将之所为。地机不见欲侥胜，羞辱中国堪伤悲！①

在这首诗中，苏舜钦将批判的矛头主要指向无能的主将即所谓"承制乳臭儿"。正是其人狂妄自大，胡乱指挥，才导致宋军惨败，尤其是被俘将士无耻乞生，丑态百出，大大损伤了"中国"即大宋王朝的声威。但正如诗人在开篇所言，武备废弛，庸人当道，则宋军失败有其必然性。主将虽然可恶，但失败的根源却在于朝廷忽视战备和不能择用良将的用人之失上。与此类似的还有其后的《己卯冬大寒有感》：

> 延川未撤警，夕烽照冰雪。穷边苦寒地，兵气相矐结。主将初临戎，猛思风前发。朝笳吹余哀，叠鼓暮不绝。淹留未见敌，愁端密如发。予闻古烈士，自誓立壮节。九泥封函关，长缨系南越。本为朝廷羞，宁计身命活。功名非与期，册书岂磨灭。然由在遇专，丑类易剪伐。训士无他才，赏罚在果决。近闻边方奏，中覆多沉没。罪者既稽诛，功者不见阅。虽使颇牧生，勇智当坐竭。或云庙堂上，与彼势相戛。恐其立异勋，欻然自超拔。不知百万师，寒刮肤革裂。关中困诛敛，农产半匮竭。我欲叫上帝，愿帝下明罚。早令黠虏亡，无为生民孽。②

在这首诗中，诗人又进一步指出导致宋军常常失败的一个重要因素："罪者既稽诛，功者不见阅。"赏罚不明，至少是赏罚过于迟缓，难以对当

---

① （宋）苏舜钦：《苏舜钦集》，沈文倬校点，上海古籍出版社，1981，第3页。
② （宋）苏舜钦：《苏舜钦集》，沈文倬校点，上海古籍出版社，1981，第8~9页。

时的战争产生直接影响，宋军也就难以扭转败局。诗人似乎对于当政者已经失望，所以希望上天来主持公道。房开江说："在苏舜钦的诗作中，还有一个较为突出的主题，就是对宋（辽）[夏]战争的关心，表现诗人的爱国之情。《庆州败》就是这样一首代表作。"① 这个论断还是符合实际的。

在多年的宋夏战争中，宋军始终处于劣势，败多胜少。这令以天下为己任的苏舜钦心急如焚，他甚至有了走向战场的冲动。其《吾闻》云：

> 吾闻壮士怀，耻与岁时没。出必凿凶门，死必填塞窟。风生玉帐上，令下厚地裂。百万呼吸间，胜势一言决。马跃践胡肠，士渴饮胡血。腥膻屏除尽，定不存种孽。予生虽儒家，气欲吞逆羯。斯时不见用，感叹肠胃热。昼卧书册中，梦过玉关北。②

"予生虽儒家，气欲吞逆羯"，这两句诗表现出苏舜钦强烈的爱国思想和情感。在苏舜钦与其兄苏舜元合作的《瓦亭联句》中，也体现出这样的内容：

> 阴霜策策风呼虓，羌贼胆开凶焰豪。（子美）赤胶脆折乳马健，汉野秋穟连云高。（才翁）驱先老尪伏壮黠，裹以山鏊鬼莫招。（子美）烽台屹屹百丈起，但报平安摇桔橰。（才翁）喜闻赢师入吾地，主将踊跃士情骄。（子美）神锋前挥拥胜势，横阵立敌俱奔逃。（才翁）不知饵牵落槛阱，一麾发伏如惊飙。（子美）重围八面鸟难度，相顾无路惟青霄。（才翁）地形窄束甲刺骨，眦裂不复能相麼。（子美）弃兵衮衮令不杀，部曲易主无纤嚣。（才翁）恸哭皇天未厌祸，空同无色劲气消。（子美）狂童得志贱物命，陇上盘马为嬉遨。（才翁）苍皇林间健儿妇，剪纸沥酒呼嗷嗷。（子美）将军疾趋占葬地，年年载柩争咸崤。（才翁）朝廷不惜好官爵，绛蜡刻印埋蓬蒿。（子美）三公悲吟困数败，车上轻重如鸿毛。（才翁）白衣壮士气塞腹，愤勇不忍羞本朝。（子美）重瞳三顾可易得，亮辈本亦生吾曹。（才翁）穷居哀牢厌呦呦，岁月奔激朱颜凋。（子美）当年请行大明下，今日颠堕思南巢。（才翁）阳美溪光逗苍玉，尺半健鲫烟中跳。便欲买田学秧稻，不复与世争锱毫。奈何三世奉恩泽，肯以躯命辞枯焦。（才翁）以知出处系大义，一饭四

---

① 房开江：《宋诗》，上海古籍出版社，1991，第37~38页。
② （宋）苏舜钦：《苏舜钦集》，沈文倬校点，上海古籍出版社，1981，第14页。

顾情如烧。贺兰磨剑河饮马，颈系此贼期崇朝。归来天下解倒挂，玉色蔼蔼宸欢饶。（才翁）笔倾江河纸云雾，叹颂天业包陶姚。（子美）①

关于此诗的写作时间，张廷杰在《〈瓦亭联句〉考辨及苏舜钦的边塞诗》一文中做了这样的考察：

> 宋仁宗庆历初年，宋夏在好水川（今宁夏隆德县北）和定川寨（今宁夏固原县西北二十五里处）的两次大战皆有瓦亭驻军作为主力参战。庆历元年二月，好水川之战，行营总管任福及泾原路都监桑怿、泾州都监王珪、参军耿傅等十几名将领及近万名士兵全部阵亡，其中就有驻守瓦亭的渭州都监赵律及其所率领骑兵二千二百人。次年九月的定川寨之战，宋将葛怀敏几乎全军覆没，也是未能据守瓦亭所致。其战死的近万名将士中，又有驻守瓦亭的都监许思纯的数千步骑兵。溃败后，由于宋军失去了瓦亭要塞，无关可守，于是敌长驱抵渭州，幅员六七百里，焚荡庐舍，屠掠民畜而去。②

经过作者的认真考辨后，张先生断定《瓦亭联句》所写为庆历二年的定川寨之战。苏舜钦在诗中所写"白衣壮士气塞腹，愤勇不忍羞本朝"，其感情亦如几年前写作《庆州败》时。兄弟二人对胜利的期盼，也寄托了他们对大宋王朝的热爱。

此外，前方战争的失败，带来后方民生的凋敝。这在梅尧臣诗中已有鲜明的反映。苏舜钦也有这样的作品，如其《吴越大旱》：

> 吴越龙蛇年，大旱千里赤。寻常秔稌地，烂漫长荆棘。蛟龙久遁藏，鱼鳖尽枯腊。炎暑发厉气，死者道路积。城市接田野，恸哭去如织。是时西羌贼，凶焰日炽剧。军须出东南，暴敛不暂息。复闻借兵民，驱以教战力。吴侬水为命，舟楫乃其职。金革戈盾矛，生眼未尝识。鞭笞血涂地，惶惑宇宙窄。三丁二丁死，存者亦乏食。冤怼结不宣，冲迫气候逆。二年春及夏，不雨但赫日。安得凉冷云，四散飞霹雳。滂沱消祲疠，甘润起稻稷。江波开旧涨，淮岭发新碧。使我扬孤帆，浩荡入秋色。胡为泥滓中，视此久戚戚。长风卷云阴，倚柂泪

---

① （宋）苏舜钦：《苏舜钦集》，沈文倬校点，上海古籍出版社，1981，第57~58页。
② 张廷杰：《宋夏战事诗研究》，甘肃文化出版社，2002，第165页。

横臆。①

此诗作于庆历元年（1041），当时宋夏战争尚在进行，朝廷逼迫在吴越地区以水为命的"吴侬"练习"金革戈盾矛"，野蛮残暴的行径使百姓深受荼毒，最终天怒人怨。在写作这首诗时，诗人的心情非常沉重，甚至"倚柂泪横臆"。

即便在第一次宋夏"议和"后，农民不再担心征兵的问题，但生活的苦难并未有改观。苏舜钦作于庆历四年（1044）的《城南感怀呈永叔》描述了这一惨状：

> 春阳泛野动，春阴与天低。远林气蔼蔼，长道风依依。览物虽暂适，感怀翻然移。所见既可骇，所闻良可悲。去年水后旱，田亩不及犁。冬温晚得雪，宿麦生者稀。前去固无望，即日已苦饥。老稚满田野，斫掘寻凫茈。此物近亦尽，卷耳共所资。昔云能驱风，充腹理不疑；今乃有毒厉，肠胃生疮痍。十有七八死，当路横其尸。犬麂咋其骨，乌鸢啄其皮。胡为残良民，令此鸟兽肥。天岂意如此？决荡莫可知！高位厌梁肉，坐论摐云霓。岂无富人术，使之长熙熙。我今饥伶俜，阅此复自思：自济既不暇，将复奈尔为！愁愤徒满胸，嵘峣不能齐。②

遭受了水旱灾害后，农民只能采野菜充饥，之后却又因毒气散发而相继死亡，尸体横于当路，任鸟兽攫食，可谓惨绝人寰！经过一番思考后，诗人又把矛头指向了当权者："高位厌梁肉，坐论摐云霓。"那些执政的达官权贵只知道终日高谈阔论，他们哪里会在意百姓的生死呢？

从前面的分析可以看出，即使面对同样的问题，苏舜钦与梅尧臣关注的角度也不尽一致：梅尧臣更加重视渲染百姓遭遇的苦难，希望能够受到朝廷的关注；而苏舜钦则在关心百姓疾苦的同时，试图找出问题的根源，所以常常对时弊加以鞭挞。

苏舜钦敢于大力抨击时弊，除了少年气盛外，还有赖于皇帝的仁厚和政治的清明，一旦情势发生了变化，他也就不可能继续进行这样的创作了。苏舜钦在政治上属于以范仲淹为首的革新派，他慷慨敢言，为保守派所嫉恨，最终成为保守派打击革新派的突破口。在著名的"进奏院事件"中，

---

① （宋）苏舜钦：《苏舜钦集》，沈文倬校点，上海古籍出版社，1981，第16页。
② （宋）苏舜钦：《苏舜钦集》，沈文倬校点，上海古籍出版社，1981，第15~16页。

苏舜钦无辜被"除名勒停"。由此以往，他终于明白所谓"愚谋帝不罪"不过是自己天真的幻想罢了，他这次获罪就是以前多次指斥时弊的结果。于是他黯然离开开封，到苏州修建沧浪亭以自娱，几年后即去世了。

三 "发声通下情"——欧阳修对诗歌功能的重视

跟梅尧臣、苏舜钦不同，欧阳修的政治地位较高。欧阳修（1007~1072），字永叔，号醉翁，晚号六一居士，吉州永丰（今属江西）人。天圣八年（1030）进士，仕至参知政事。欧阳修直接参与朝廷中的许多政治事件，作为范仲淹的战友，他还是"庆历新政"的主要推动者之一。正因为政治地位高，欧阳修对朝政和时弊的看法大都以奏议的形式体现，写在诗歌中的反倒不多。尽管如此，如果就绝对数量而言，欧阳修在此方面的诗歌创作并不见得比梅尧臣和苏舜钦少。程千帆、吴新雷《两宋文学史》在谈到欧阳修的诗歌创作时说：

> 欧诗今存八百六十余首。他要求作品能传达人民的情感，发挥诗歌的讽谕劝诫作用。故云："诗之作也，触事感物，文之以言，善者美之，恶者刺之。"（《诗本义·本末论》）……他在《赠杜默》诗中便进行劝勉说："京东聚群盗，河北点新兵。饥荒与愁苦，道路日以盈。子盍引其吭，发声通下情。"希望杜默重视国计民生的主题，反映人民的疾苦。在《食糟民》一诗中，他自己就实践了这种主张，诗中把"日饮官酒诚可乐"的官吏与"釜无糜粥度冬春"的贫民作对比，揭露了官吏以租米酿酒，反而使种稻的农民买酒糟充饥的不合理现象。《边户》诗表现了宋、辽交界地区边民的苦恼。"虽云免战斗，两地供赋租"，"身居界河上，不敢界河渔"，这是对当时朝廷不能保卫人民的讽刺。①

欧阳修关心民生疾苦可能跟他自己幼年的贫困经历有关。天圣九年（1031），进士及第的第二年，欧阳修于西京留守推官任上作《答杨辟喜雨长句》：

> 吾闻阴阳在天地，升降上下无时穷。环回不得不差失，所以岁时

---

① 程千帆、吴新雷撰《两宋文学史》，《程千帆全集》第13卷，河北教育出版社，2000，第54~55页。

无常丰。古之为政知若此，均节收敛勤人功。三年必有一年食，九岁常备三岁凶。纵令水旱或时遇，以多补少能相通。今者吏愚不善政，民亦游惰离于农。军国赋敛急星火，兼并奉养过王公。终年之耕幸一熟，聚而耗者多于蜂。是以比岁屡登稔，然而民室常虚空。遂令一时暂不雨，辄以困急号天翁。赖天悯民不责吏，甘泽流布何其浓。农当勉力吏当愧，敢不酌酒浇神龙。①

一方面是"军国赋敛急星火"，另一方面是"然而民室常虚空"，情势非常危急，而多亏了苍天有好生之德，甘泽流布，百姓才能免于饥寒。明道元年（1032）秋冬之际，在西京留守推官任上的欧阳修作《被牒行县因书所见呈寮友》：

> 周礼恤凶荒，轺车出四方。土龙朝祀雨，田火夜驱蝗。木落孤村迥，原高百草黄。乱鸦鸣古堞，寒雀聚空仓。桑野人行馌，鱼陂鸟下梁。晚烟茅店月，初日枣林霜。瑾户催寒候，丛祠祷岁穰。不妨行览物，山水正苍茫。②

此诗主要写旱灾祈雨的情景，但字里行间充满对农民的深切同情。庆历元年（1041）冬，欧阳修赴晏殊赏雪酒宴，作《晏太尉西园贺雪歌》，却因结尾"主人与国共休戚，不惟喜悦将丰登。须怜铁甲冷彻骨，四十余万屯边兵"四句触怒了晏殊。魏泰《东轩笔录》卷十一载：

> 庆历中，西师未解，晏元献公殊为枢密使，会大雪，欧阳文忠公与陆学士经同往候之，遂置酒于西园。欧阳公即席赋《晏太尉西园贺雪歌》，其断章曰："主人与国共休戚，不惟喜悦将丰登。须怜铁甲冷彻骨，四十余万屯边兵。"晏深不平之，尝语人曰："昔日韩愈亦能作诗词，每赴裴度会，但云'园林穷省事，钟鼓乐清时'，却不曾如此作闹。"③

此诗之所以惹怒晏殊，就是因为欧阳修写到了守边将士的苦难，对宴客赏雪的晏殊来说，欧阳修此举岂止是煞风景，简直是有意讥讽自己作为太尉却不体恤士卒。虽然就欧阳修来说，他对于自己有选拔之恩的座主应

---

① 李逸安点校《欧阳修全集》第3册，中华书局，2001，第717页。
② 李逸安点校《欧阳修全集》第2册，中华书局，2001，第154页。
③ （宋）魏泰撰《东轩笔录》，李裕民点校，中华书局，1983，第126~127页。

该没有这样不敬的想法，他只是希望晏殊关爱士卒而已。在同年所作的《赠杜默》中，欧阳修将这样的内容表达得更为具体：

> 南山有鸣凤，其音和且清。鸣于有道国，出则天下平。杜默东土秀，能吟凤凰声。作诗几百篇，长歌仍短行。携之入京邑，欲使众耳惊。来时上师堂，再拜辞先生。先生颔首遣，教以勿骄矜。赠之三豪篇，而我滥一名。杜子来访我，欲求相和鸣。顾我文字卑，未足当豪英。岂如子之辞，铿锽间镛笙。淫哇俗所乐，百鸟徒嘤嘤。杜子卷舌去，归衫翩以轻。京东聚群盗，河北点新兵。饥荒与愁苦，道路日以盈。子盍引其吭，发声通下情。上闻天子聪，次使宰相听。何必九包禽，始能瑞尧庭。子诗何时作，我耳久已倾。愿以白玉琴，写之朱丝绳。①

杜默游学京师，拜见石介，石作《三豪诗送杜默师雄》，中云："曼卿豪于诗，社坛高数层。永叔豪于辞，举世绝俦朋。师雄歌亦豪，三人宜同称。"② 杜默携诗造访欧阳修，求其唱和，欧不以为然，借赠诗明确提出了自己对诗歌的一个观点——"发声通下情"，即将民间的疾苦写入诗作，上达天子和宰相，从而起到"采诗"和"观风"的作用。欧阳修自己作诗，也朝着这个方向努力。庆历二年（1042），欧阳修作《答朱寀捕蝗诗》：

> 捕蝗之术世所非，欲究此语兴于谁？或云丰凶岁有数，天聋未可人力支。或言蝗多不易捕，驱民入野践其畦。因之奸吏恣贪扰，户到头敛无一遗。蝗灾食苗民自苦，吏虐民苗皆被之。吾嗟此语只知一，不究其本论其皮！驱虽不尽胜养患，昔人固已决不疑。秉蚕投火况旧法，古之去恶犹如斯。既多而捕诚未易，其失安在常由迟。诜诜最说子孙众，为腹所孕多蜫蚳。始生朝亩暮已顷，化一为百无根涯。口含锋刃疾风雨，毒肠不满疑常饥。高原下隰不知数，进退整若随金鞞。嗟兹羽孽物共恶，不知造化其谁尸？大凡万事悉如此，祸当早绝防其微。蝇头出土不急捕，羽翼已就功难施。只惊群飞自天下，不究生子由山陂。官书立法空太峻，吏愚畏罚反自欺。盖藏十不敢申一，上心

---

① 李逸安点校《欧阳修全集》第1册，中华书局，2001，第14页。
② （宋）石介：《徂徕石先生文集》，陈植锷点校，中华书局，1984，第13页。

虽恻何由知。不如宽法择良令，告蝗不隐捕以时。今苗因捕虽践死，明岁犹免为螟灾。吾尝捕蝗见其事，较以利害曾深思。官钱二十买一斗，示以明信民争驰。敛微成众在人力，顷刻露积如京坻。乃知孽虫虽其众，嫉恶苟锐无难为。往时姚崇用此议，诚哉贤相得所宜。因吟君赠广其说，为我持之告采诗。①

此诗详写朱寀的捕蝗方式，认为该方式值得大力推广。欧阳修在诗尾说"因吟君赠广其说，为我持之告采诗"，不正是"发声通下情"的另一种表达方式吗？

欧阳修非常关心下层人民的疾苦。如一般认为作于皇祐初年颍州任上的《食糟民》：

田家种糯官酿酒，榷利秋毫升与斗。酒沽得钱糟弃物，大屋经年堆欲朽。酒醅瀺灂如沸汤，东风来吹酒瓮香。累累罂与瓶，惟恐不得尝。官沽味酽村酒薄，日饮官酒诚可乐。不见田中种糯人，釜无糜粥度冬春。还来就官买糟食，官吏散糟以为德。嗟彼官吏者，其职称长民。衣食不蚕耕，所学义与仁。仁当养人义适宜，言可闻达力可施。上不能宽国之利，下不能饱尔之饥。我饮酒，尔食糟，尔虽不我责，我责何由逃！②

种田的农民没有粮食吃，反而需要买官府酿酒所弃的酒糟来充饥，这正是封建社会里最常见的不公平现象。不过，欧阳修这里表现的是"仁当养人义适宜，言可闻达力可施"，仍带有"发声通下情"的意味。皇祐三年（1051），欧阳修作《奉答子华学士安抚江南见寄之作》：

百姓病已久，一言难遽陈。良医将治之，必究病所因。天下久无事，人情贵因循。优游以为高，宽纵以为仁。今日废其小，皆谓不足论。明日坏其大，又云力难振。旁窥各阴拱，当职自逡巡。岁月侵隳颓，纪纲遂纷纭。坦坦万里疆，蚩蚩九州民。昔而安且富，今也迫以贫。疾小不加理，浸淫将遍身。汤剂乃常药，未能去深根。针艾有奇功，暂痛勿吟呻。痛定支体胖，乃知针艾神。猛宽相济理，古语六经存。蠹弊革侥幸，滥官绝贪昏。牧羊而去狼，未为不仁人。俊义沉下

---

① 李逸安点校《欧阳修全集》第3册，中华书局，2001，第751页。
② 李逸安点校《欧阳修全集》第1册，中华书局，2001，第71~72页。

位，恶去善乃伸。贤愚各得职，不治未之闻。此说乃其要，易知行每艰。迟疑与果决，利害反掌间。舍此欲有为，吾知力徒烦。家至与户到，饱饥而衣寒。三王所不能，岂特今所难。我昔忝谏列，日常趋紫宸。圣君尧舜心，闵闵极忧勤。子华当来时，玉音耳尝亲。上副明主意，下宽斯人屯。江南彼一方，巨细到可询。谕以上恩德，当冬反阳春。吾言乃其概，岂止一方云。①

韩绛奉旨安抚江南，诗人希望他能为地方兴利除害，以便让百姓感受到天子的恩德。又如作于至和二年（1055）的《边户》：

家世为边户，年年常备胡。儿童习鞍马，妇女能弯弧。胡尘朝夕起，虏骑蔑如无。邂逅辄相射，杀伤两常俱。自从澶州盟，南北结欢娱。虽云免战斗，两地供赋租。将吏戒生事，庙堂为远图。身居界河上，不敢界河渔。②

宋夏议和，消除了两国之间的战端，可是生活在边境的边户不仅要向两边缴纳赋税，而且也不敢再到界河去捕鱼了。这样的问题，恐怕是宋代统治者没有想到的。欧阳修把这个问题写到诗里，也属于"发声通下情"了。

总之，"发声通下情"是欧阳修对于诗歌社会功能的明确认识。刘宁在《唐宋之际诗歌演变研究：以元白之"元和体"的创作影响为中心》一书中说：

在庆历新政中，欧阳修对社会问题进行了深入而广泛的揭露，但他始终注意将改革时弊同巩固封建制度联系起来，主张以大局眼光看待问题，致力于社会的长远发展，而非仅仅革除目前的弊端。例如，他在庆历期间，就实事求是提出方田均税法这个改革措施的实行，存在严重的问题，"或严行刑法，或引惹词讼，或奸民欺隐，或官吏诛求，税未及均，民已大扰"（《论方田均税札子》）；在他晚年，朝廷再度实行方田均税，他就明确反对，认为推行该法需要好的官吏，否则"人户虚惊，……俗吏贪功希赏，见小利忘大害，为国敛怨于民"。欧阳修对变法措施的反对，并不是保留，他只是认为当时的北宋社会并

---

① 李逸安点校《欧阳修全集》第 1 册，中华书局，2001，第 78~79 页。
② 李逸安点校《欧阳修全集》第 1 册，中华书局，2001，第 87 页。

不具备推行的现实条件，贸然实施，会走向善良愿望的反面。这更多地体现出欧阳修在政治上的成熟和理智。①

与梅尧臣、苏舜钦相比，欧阳修之所以能高居庙堂，离不开这种"政治上的成熟和理智"，而他一生坚持的"发声通下情"正是其在诗歌创作中的体现。

作为开创"宋调"的三位诗人，梅尧臣、苏舜钦和欧阳修虽然都关心现实和政治，但他们诗歌表现的内容和情感并不相同。

就题材而言，梅尧臣关心的主要是农民的疾苦。梅尧臣现实意义较强的诗歌大都以农民即"田家"为主人公，表现的是他们的不幸和悲惨命运。梅尧臣沉沦下僚，尤其是做地方官时，对农民的生活尤其是对他们遭遇的苦难非常了解。尽管他并没有着意要反映现实，但"因事激风成小篇"的写作习惯使他很自然地将农民的苦难作为诗料进行创作。苏舜钦则侧重于表现战争题材。他出身高门，少负才华，素怀兼济天下之志，自然对宋与西夏之间的战争格外关注。在宋夏一系列的战争中，宋军竟然接连丧师失地，一败再败，这严重伤害了苏舜钦，他将其视为宋廷的耻辱。所以，他才去描写宋军在战场上的惨状，批判将帅的无能和无耻，甚至渴望自己走上战场，建立功勋。而欧阳修更加突出诗歌的"观风"意义即所谓"发声通下情"，这也影响到其诗歌的内容。一方面，在反映民生疾苦时，他没有去渲染带有强烈刺激色彩的细节，因为这样的细节可能会触怒皇帝、宰相和其他位高权重者；另一方面，他虽然关注社会弊病，但往往带有较多的自责成分，很少将矛头引向制度和上位者，而且态度也相对温和。

就情感而言，梅尧臣表现的是深深的同情，是一种悲天悯人的无奈和伤感。尽管他知道让农民陷入绝境的是谁，但他并没有去追究，反而在一定程度上把责任揽到自己的肩上。苏舜钦写作战争诗，但其关心的重点并不是将士的流血牺牲和艰难困苦，而是对将帅的辛辣批判和对朝廷所托非人的指责。这样的诗作，自然容易招祸，他在"进奏院事件"中被无辜除名，应该跟他批判时弊有一定的关联。后来欧阳修劝他不要再作诗，也很能解释这个问题。苏舜钦《和永叔琅琊山庶子泉阳冰石篆诗》中有"昨承见教久阁笔，压以大句尤雄文"二句，其下自注："永叔近以书戒予作

---

① 刘宁：《唐宋之际诗歌演变研究：以元白之"元和体"的创作影响为中心》，北京师范大学出版社，2002，第373页。

诗。"① 而且相对于梅、苏，欧阳修诗中的情感相对平和。他也写农民的不幸，但较少像梅尧臣那样刻画细节，悲悲切切；他非常关心时政，但不会像苏舜钦那样慷慨激昂地指斥弊端，而是相对客观地去分析，或者仅仅将问题摆出来，干脆不加分析。

因此，虽然三人同为"宋调"的开创者，而且都将现实和政治内容写进诗作，但由于社会地位、人生经历等方面的不同，彼此在反映的角度、程度和深度上也有明显的差异。

最后我们再简单探讨一下：现实和政治内容为何会走进梅、苏、欧等人的诗歌呢？笔者以为，主要有以下三个方面的原因。其一，就作者身份来说，三人虽然穷达不同，但都属于当时的高级知识精英，骨子里都带有儒家"治国平天下"的意识。因此，当看到社会上的不公平现象、看到农民的苦难境遇、看到政治的黑暗和弊端时，就会自觉不自觉地将其写进诗中。其二，就社会原因来说，富贵阶层与平民阶层之间的差距和矛盾始终存在，只要不发展到尖锐阶段，就很难受到诗人的关注。之前的"宋初三体"较少具有反映现实的意义，跟当时社会矛盾不尖锐有较大关系。宋夏战争开始后，不但前线战骨累累，后方也因为征兵妻离子散，因为田园荒芜而哀鸿遍野。作为有良知的文化精英，梅、苏、欧等人无法回避这样的题材。因此可以这样说，宋夏之间的战争及其给下层民众带来的深重灾难，是梅、苏、欧等人写作现实和政治诗歌的最直接推动力。其三，就文学本身来说，由于"宋初三体"严重脱离社会现实，新兴的"宋调"唯有反其道而行之才能起到令人耳目一新的效果。从这些意义上说，梅尧臣、苏舜钦与欧阳修等人之所以将现实与政治题材作为自己诗歌的重要表现对象，是多种因素共同作用的结果。于是，现实和政治内容也就从此成为"宋调"的基本要素。

第二节
"宋调"发展期：诗歌成为政治工具

在"宋调"的形成期，反映现实和批判时弊的内容已成为其构成要素。在其后的发展中，随着王安石、苏轼等大诗人的出现，"宋调"与政治的关系得到进一步强化，在一定程度上分化成宣传变法主张和反对变法的工具。

---

① （宋）苏舜钦：《苏舜钦集》，沈文倬校点，上海古籍出版社，1981，第41页。

一 "愿书《七月》篇,一寤上聪明"——王安石以诗歌宣传变法思想

在宋代的大诗人中,王安石诗歌的政治性最强。王安石(1021~1086),字介甫,晚号半山,抚州临川(今属江西)人。庆历二年(1042)进士,神宗朝两度拜相,大力推行"新法",是"新党"的领袖和旗帜。王安石与政治关系密切的诗歌主要作于前期,待其主持变法之后,这样的作品反而不如之前集中。不过,作为一位杰出的政治家,王安石即便在晚年退居金陵(今江苏南京)后,自觉疏远了政治,但仍然作了少量政治色彩较强的诗歌。

从少年时期开始,王安石就已关注现实和政治问题,写了一些带有政治色彩的诗歌。如《开元行》云:

> 君不闻开元盛天子,纠合俊杰披奸猖。几年辛苦补四海,始得完好无疵疮。一朝寄托谁家子,威福颠倒那复理?那知赤子偏愁毒,只见狂胡仓卒起。茫茫孤行西万里,僵仆归来竟忧死。子孙险不失故物,社稷陵夷从此始。由来犬羊著冠坐庙堂,安得四鄙无豺狼。①

关于此诗内容所指和所作时间,李德身在《欧梅诗传》中为其作注时说:

> 宝元元年(1038)作于江宁(今江苏南京)。这年其父王益通判江宁府,安石随之居江宁。当时范仲淹、余靖、尹洙、欧阳修遭贬已两年,朝政腐败,外敌侵边,他有感于"赤子愁毒""狂胡卒起",而借古喻今,作诗寄意。②

宝元元年,王安石才十八岁。由李先生的这一说法出发,则王安石自少年起就开始用诗歌来表现他对政治的看法了。这显然和梅尧臣、苏舜钦、欧阳修等人开创的诗歌新风尚有关。

庆历五年(1045)秋,王安石淮南签判任满,暂居江宁。不久,回京任大理评事,其间曾视察汴河。其《河北民》作于庆历六年(1046)或稍后:

---

① 王水照主编《王安石全集》第5册,复旦大学出版社,2016,第259页。
② 李德身:《欧梅诗传》,吉林人民出版社,2000,第687页。

> 河北民，生近二边长苦辛。家家养子学耕织，输与官家事夷狄。今年大旱千里赤，州县仍催给河役。老小相携来就南，南人丰年自无食。悲愁白日天地昏，路旁过者无颜色。汝生不及贞观中，斗粟数钱无兵戎。①

生长在边境的"河北民"，因为遭遇大旱而无法生存，只得到南方谋生；可是到了南方却发现虽然是丰年，农民依然无食糊口，这就不是天灾的问题了。诗人深刻揭示出北宋对辽、西夏所纳"岁币"大大增加了农民的负担，造成了农村凋敝的景象，所以他以唐代"开元盛世"作反衬，表现出对边境太平和国家富足的企盼。这种思想，后来都转化为其变法的具体内容。

庆历七年（1047），二十八岁的王安石在鄞县（今浙江宁波）知县任上。因春旱，朝廷下诏求直言，王安石作《读诏书（庆历七年）》：

> 去秋东出汴河梁，已见中州旱势强。日射地穿千里赤，风吹沙度满城黄。近闻急诏收群策，颇说新年又亢阳。贱术纵工难自献，心忧天下独君王。②

无论在哪个朝代，发生水旱灾害都不稀奇，王安石此诗的新意在于他不像之前的梅尧臣、欧阳修那样总是喜欢自责，反而表现出高度的自信——"贱术纵工难自献"！也就是说，王安石认为，他有办法解决问题，可是没能力上达天听，也就没有机会替皇帝分忧了。王安石后来能力排众议，勇于变法，在这里已可看到思想苗头了。

鄞县三年，王安石对许多社会问题进行了深入思考，并将有些内容写进诗中。庆历八年（1048），王安石作《上运使孙司谏书》，中云：

> 伏见阁下令吏民出钱购人捕盐，窃以为过矣。海旁之盐，虽日杀人而禁之，势不止也。今重诱之，使相捕告，则州县之狱必蓄，而民之陷刑者将众，无赖奸人将乘此势，于海旁渔业之地搔动艚户，使不得成其业。艚户失业，则必有合而为盗，贼杀以相仇者，此不可不以为虑也。③

---

① 王水照主编《王安石全集》第7册，复旦大学出版社，2016，第1734页。
② 王水照主编《王安石全集》第5册，复旦大学出版社，2016，第520页。
③ 王水照主编《王安石全集》第7册，复旦大学出版社，2016，第1363~1364页。

以此书信作为参照，再看其《收盐》一诗：

> 州家飞符来比栉，海中收盐今复密。穷囚破屋正嗟欷，吏兵操舟去复出。海中诸岛古不毛，岛夷为生今独劳。不煎海水饿死耳，谁肯坐守无亡逃？尔来贼盗往往有，劫杀贾客沉其艘。一民之生重天下，君子忍与争秋毫？①

诗中"尔来贼盗往往有，劫杀贾客沉其艘"，正是王安石在《上运使孙司谏书》中曾经担心的后果，据此可推断此诗当为后作。

《省兵》作于皇祐元年（1049）冬。是年，文彦博、庞籍建议省兵，尽管众议纷纷，以为不可，但十二月朝廷仍采用其议。王安石《省兵》即当作于此时，诗云：

> 有客语省兵，兵省非所先。方今将不择，独以兵乘边。前攻已破散，后距方完坚。以众亢彼寡，虽危犹幸全。将既非其才，议又不得专。兵少败孰继，胡来饮秦川。万一虽不尔，省兵当何缘？骄惰习已久，去归岂能田？不田亦不桑，衣食犹兵然。省兵岂无时，施置有后前。王功所由起，古有《七月篇》。百官勤俭慈，劳者已息肩。游民慕草野，岁熟不在天。择将付以职，省兵果有年。②

朝廷里议论省兵时，王安石虽只是小小的知县，但也非常关心这一问题。尽管朝廷当时采纳的建议跟王安石的想法相左，但他后来当政后还是将自己的想法变成了"新法"的内容。梁启超《王安石传》在论及此诗时说："此荆公对于当时兵政之意见也，其后执政，一一行之，如其言。"③ 虽然有夸张成分，却也明确指出了此诗与"新法"之间的关系。

鄞县任满，王安石回到开封。皇祐二年（1050），王安石为伴辽使，送辽国使者出塞。经过澶州时，想起了屈辱的"澶渊之盟"，王安石作了两首《澶州》，其中五言一首云：

> 津津北河流，辥辥两城峙。春秋诸侯会，澶渊乃其地。书留后世法，岂独讥当世。野老岂知此，为予谈近事。边关一失守，北望皆胡骑。黄屋亲乘城，穹庐矢如猬。纷纭擅将相，谁为开长利。焦头收末

---

① 王水照主编《王安石全集》第5册，复旦大学出版社，2016，第307页。
② 王水照主编《王安石全集》第5册，复旦大学出版社，2016，第307页。
③ 梁启超：《王安石传》，吉林出版集团股份有限公司，2017，第40页。

功，尚足夸一是。欢盟自此数，日月行人至。驰迎传马单，走送牛车弊。征求事供给，厮养犹琛丽。戈甲久已销，澶人益憔悴。能将大事小，自合文王意。语翁无叹嗟，《小雅》今不废。①

"澶渊之盟"后，宋人每年给辽国送去大量的白银和布帛，所谓"买静求安"。对此，王安石不以为然，他当政后主张对外用兵，亦可从此诗中找到思想基础。

回京后仅仅过了一年，皇祐三年（1051），王安石又外放出任舒州（今安徽潜山）通判。在舒州通判任上，王安石一如之前在鄞县知县任上一样，继续对一些重要的社会问题加以思考，逐步形成了自己的政治思想。如《感事》：

贱子昔在野，心哀此黔首。丰年不饱食，水旱尚何有？虽无剽盗起，万一且不久。特愁吏之为，十室灾八九。原田败粟麦，欲诉嗟无赇。间关幸见省，笞扑随其后。况是交冬春，老弱就僵仆。州家闭仓庾，县吏鞭租负。乡邻铢两征，坐逮空南亩。取赀官一毫，奸桀已云富。彼昏方怡然，自谓民父母。揭来佐荒郡，懔懔常惭疚。昔之心所哀，今也执其咎。乘田圣所勉，况乃余之陋。内讼敢不勤，同忧在僚友。②

王安石认为，农民普遍遭遇的灾难，在很大程度上是官府的聚敛和残暴引起的："特愁吏之为，十室灾八九。"这远非个别现象，而是严重的社会问题，因此需要重视。与此类似的还有《发廪》，邓广铭认为"其写作的时间应晚于《感事》一诗，可能是在即将任满之时所写"③。其诗云：

先王有经制，颁赉上所行。后世不复古，贫穷主兼并。非民独如此，为国赖以成。筑台尊寡妇，入粟至公卿。我尝不忍此，愿见井地平。大意苦未就，小官苟营营。三年佐荒州，市有弃饿婴。驾言发富藏，云以救鳏煢。崎岖山谷间，百室无一盈。乡豪已云然，罢弱安可生。兹地昔丰实，土沃人良耕。他州或咎瘥，贫富不难评。豳诗出周

---

① 王水照主编《王安石全集》第7册，复旦大学出版社，2016，第1726页。
② 王水照主编《王安石全集》第5册，复旦大学出版社，2016，第308页。
③ 邓广铭：《北宋政治改革家王安石》，生活·读书·新知三联书店，2007，第13页。

公,根本讵宜轻?愿书《七月》篇,一寤上聪明。①

看到舒州的百姓困苦百端,王安石"驾言发富藏,云以救鳏茕",可是所谓的富人也已徒有虚名,"乡豪已云然,罢弱安可生",于是他开始从制度上去思考问题。王安石认为,西周的"井田制"可以避免土地兼并,秦始皇筑怀清台鼓励聚敛为后世开了恶劣先例。于是他梦想能恢复井田,以便让百姓免于饥寒。诗中所论,不仅已具有"托古改制"的意味,而且明确提出"愿书《七月》篇,一寤上聪明",把诗歌创作的作用提升到能够对国家制度产生影响的高度。

王安石又有《兼并》一诗,多数学者认为亦为皇祐五年作于舒州,亦有学者认为作于嘉祐时期。其诗云:

> 三代子百姓,公私无异财。人主擅操柄,如天持斗魁。赋予皆自我,兼并乃奸回。奸回法有诛,势亦无自来。后世始倒持,黔首遂难裁。秦王不知此,更筑怀清台。礼义日已偷,圣经久埋埃。法尚有存者,欲言时所咍。俗吏不知方,掊克乃为材。俗儒不知变,兼并可无摧。利孔至百出,小人私阖开。有司与之争,民愈可怜哉。②

王安石对宋代"不立田制,不抑兼并"的土地制度持否定态度。此诗内容多已见于前引《发廪》,而议论过之,当作于其后。苏辙在《诗病五事》其五中说:

> 王介甫,小丈夫也。不忍贫民而深疾富民,志欲破富民以惠贫民,不知其不可也。方其未得志也,为《兼并》之诗,其诗曰……及其得志,专以此为事,设青苗法以夺富民之利。民无贫富,两税之外,皆重出息十二。吏缘为奸,至倍息。公私皆病矣。③

苏辙虽然否定王安石的做法,却早已明白指出此诗中的思想与后来"新法"之间的关系。

对于当时实行的诗赋取士,王安石也表示反对。嘉祐六年(1061),王安石任考试详定官。锁院期间,王安石作《试院中》云:

---

① 王水照主编《王安石全集》第5册,复旦大学出版社,2016,第307~308页。
② 王水照主编《王安石全集》第5册,复旦大学出版社,2016,第198页。
③ (宋)苏辙:《栾城集》下册,曾枣庄、马德富校点,上海古籍出版社,1987,第1555页。

>　　少时操笔坐中庭，子墨文章颇自轻。圣世选材终用赋，白头来此试诸生。①

出于治理国家的实际需要，王安石认为诗赋华而不实，可是国家选拔人才偏偏凭借诗赋，而且他本人还要去负责选拔，这令人情何以堪！在评定试卷后，他又作《详定试卷二首》，其二云：

>　　童子常夸作赋工，暮年羞悔有扬雄。当时赐帛倡优等，今日论才将相中。细甚客卿因笔墨，卑于《尔雅》注鱼虫。汉家故事真当改，新咏知君胜弱翁。②

诗人不但借扬雄暮年后悔作赋的典故来表达对诗赋取士的不满，而且明确提出了改革的要求——"汉家故事真当改"！在后来推行的"新法"中，以经义代替诗赋，亦是王安石长期思考的结果。

关于水利方面，王安石曾作《苦雨》：

>　　灵场奔走尚无功，去马来车道不通。风助乱云阴更密，水争高岸气尤雄。平时沟洫今多废，下户京囷久已空。肉食自嗟何所报，古人忧国愿年丰。③

此诗写作时间不详，但学者皆认为作于变法之前。如李壁《王荆文公诗笺注》在"平时沟洫"句后注云："观'沟洫多废'之句，乃后来兴水利张本。然公意亦岂不在民？"④

总而言之，早在当政之前，王安石就已对社会问题进行了多方面的思考。反映在其诗歌创作中，就是一批带有破旧立新改革思想的"政治诗"的出现。程千帆、吴新雷《两宋文学史》把王安石的诗歌分为三个时期，并且特别强调了其前期的政治诗：

>　　现存一千五百三十一首王诗，前期以政治诗为主。由于他青年时代宦游大江南北，长期担任地方官，接触面甚广，所以他能采用乐府传统，写出不少揭露时弊的诗作，对社会矛盾和民族危机都毫不隐晦

---

① 王水照主编《王安石全集》第5册，复旦大学出版社，2016，第607页。
② 王水照主编《王安石全集》第5册，复旦大学出版社，2016，第415页。
③ 王水照主编《王安石全集》第5册，复旦大学出版社，2016，第514页。
④ （宋）王安石著，（宋）李壁笺注，高克勤点校《王荆文公诗笺注》下册，上海古籍出版社，2010，第963页。

地直书其事，大声疾呼，辞意激烈，成为他力主变法革新的一种舆论。①

许总在《宋诗史》中说得更加具体：

> 从《河北民》对社会现实的深切体察、《感事》对改革政治的大声疾呼到《兼并》对推行新法的具体规划，已明晰显示出王安石政治思想和变法主张逐步成熟化、具体化的过程。在这一发展的过程中，王安石的思想认识不仅日趋深刻，如《收盐》诗敢于明写官逼民反的事实，《叹息行》甚至对被镇压的农民深表同情，而且政治视野日益扩大，如前引《感事》《兼并》以及《发廪》《省兵》等诗篇，就是对政治、经济、社会、军事等各个方面的问题进行全盘的观察和分析乃至揭露和抨击。王安石在《发廪》诗中写道"愿书《七月》篇，一窹上聪明"，更明确地将自己的诗歌创作与政治主张紧密结合起来，其大量政治诗的广阔内容与多样表现，也正是这种强烈的自觉意识的运用以及由此造成的政治价值观与文学价值观统一融合的结果。②

许先生这段概述不仅指出了王安石诗歌的政治内涵，而且认为"愿书《七月》篇，一窹上聪明"是他从事这类诗歌创作的自觉意识。可以说，正是在执政之前，特别是在鄞县和舒州期间，王安石创作政治诗的热情最高，成就也最突出。由此以后，这方面的作品就越来越少了！

王安石早年政治诗的创作，跟他学习梅、欧等人有密切关联。吕肖奂《宋诗体派论》在谈到王安石"荆公体"时，将早年王安石归为"步趋新变派"：

> 梁启超认为王安石的诗歌"自其少年而门户已立矣"（《饮冰室合集·专集二七·王荆公》），而且他在讲到"诗道之敝"的"首破坏者，实为欧梅"时，还特别强调"荆公与欧梅为诗友，然非闻欧梅之风开始兴者也"（同上）。事实上，王安石景祐三年开始创作诗歌时，正值新变派新变初起；庆历二年，王安石进士及第时，正是欧梅苏新

---

① 程千帆、吴新雷撰《两宋文学史》，《程千帆全集》第13卷，河北教育出版社，2000，第78页。
② 许总：《宋诗史》，重庆出版社，1992，第288页。

变派声势浩大之时；庆历三年，王安石作《张刑部诗序》，批评"杨刘以文词染当世，学者迷其端原，靡靡然穷日力以摩之，粉墨青朱，颠错丛庞，无文章黼黻之序，其属情借事，不可考据也"，而赞赏张保雍"明而不华，喜讽道而不刻切"的诗风，表达了王安石早期的创作主张，这个主张与新变派主张相似，尤其是他对西昆体的态度，非常接近石介以及新变派中的激进人士态度。从庆历四年起，曾巩一直是王安石与欧阳修之间联系的纽带，曾巩在《上欧阳舍人书》《再上欧阳舍人书》中，都向欧阳修推荐王安石，称赞其"文甚古，行称其文"，并转述王安石对欧阳修的向往之情；"尝与巩言：'非先生，无足知我也。'"王安石也在《上欧阳永叔书（二）》中云："某以不肖，愿趋走于先生之门久矣。初以疵贱，不能自通。"表达对欧阳修钦慕已久的心情。欧阳修也确实通过曾巩指导过王安石的创作。庆历七年，王安石由大理评事改知鄞县时，梅尧臣有《送鄞宰王殿丞》，刘敞、刘攽也分别有《送同年王殿丞知鄞县》《送王同年殿丞知鄞县》；皇祐二年，王安石有《蒙亭》诗，梅尧臣则写《观王介夫蒙亭记因寄题蒙亭》。王安石早年一直在新变派周围创作，受新变派间接或直接影响，很难说他的创作"非闻欧梅之风开始兴者也"。①

熙宁二年（1069），在神宗皇帝的支持下，官居参知政事的王安石开始变法。次年，王安石任同中书门下平章事，也就是宰相，开始在全国推行"新法"。七年（1074）春大旱，饥民四起，郑侠上《流民图》陈"新法"之害，王安石罢相，出知江宁府（今江苏南京）。八年二月，王安石再度拜相，由于内外矛盾，难以有所作为，于次年辞相，出判江宁府。又明年，任集禧观使，退居蒋山（今南京紫金山），从而结束了自己的政治生涯。这段时间，可大体上看作王安石变法时期。由于过去的想法逐步变成了变法的举措，王安石在这段时间内写作的政治诗反而减少了。程千帆、吴新雷《两宋文学史》说：

> 王安石中期的诗有着更为广阔的题材和主题。他这时正向自己的理想事业突进，经过艰难曲折的道路，获得了推行新法的机会。随着政治事业的变化与文学修养的增进，除了政治诗以外，还有咏史吊古、述怀感旧和酬答赠别等各种题材的作品。在艺术风格方面，有着明显

---

① 吕肖奂：《宋诗体派论》，四川民族出版社，2002，第79~80页。

的开拓。①

王安石执政后关注社会问题的范围扩大了，虽然其政治诗所占比例相对于之前有所降低，但其写作政治诗的态度并没有改变。如熙宁六年（1073）宋将王韶收复熙河，捷报传来，君臣相贺，神宗皇帝甚至亲解玉带赐予王安石。元绛作《平戎庆捷》以赠，将王安石比作唐代平定淮西的宰相裴度。王安石作《次韵元厚之平戎庆捷（来诗有"何人更得通天带，谋合君心只晋公"之句）》：

> 朝廷今日四夷功，先以招怀后殄戎。胡地马牛归陇底，汉人烟火起湟中。投戈更讲诸儒艺，免胄争趋上将风。文武佐时惭吉甫，宣王征伐自肤公。②

王安石在诗中不仅回顾了战胜敌人的策略，而且重点写到要让熙河重返礼乐之邦。尽管王安石并未自伐其功，而是归其功于神宗皇帝，但其喜悦之情还是溢于言表的。

王安石还喜欢写作咏史诗和怀古诗，并常常替古人"翻案"，其中有些作品与现实、政治和"新法"的关系都很密切。如以下三首：

> 汉有洛阳子，少年明是非。所论多感概，自信肯依违。死者若可作，今人谁与归？应须蹈东海，不若涕沾衣。（《贾生》）③
> 自古驱民在信诚，一言为重百金轻。今人未可非商鞅，商鞅能令政必行。（《商鞅》）④
> 沉魄浮魂不可招，遗编一读想风标。何妨举世嫌迂阔，故有斯人慰寂寥。（《孟子》）⑤

这几首诗的写作时间皆难以确指，为读者理解诗作带来了许多困扰。《贾生》引古人为同道，谈社会问题的严重性，似当作于执政之前。《商鞅》一反历来儒家不谈法家的旧习，借用商鞅的故事，谈政令的执行问题，似

---

① 程千帆、吴新雷撰《两宋文学史》，《程千帆全集》第13卷，河北教育出版社，2000，第80页。
② 王水照主编《王安石全集》第5册，复旦大学出版社，2016，第409页。
③ 王水照主编《王安石全集》第5册，复旦大学出版社，2016，第374页。
④ 王水照主编《王安石全集》第5册，复旦大学出版社，2016，第645页。
⑤ 王水照主编《王安石全集》第5册，复旦大学出版社，2016，第645页。

当作于变法之后。《孟子》借往圣以自慰，表现出"举世皆非"的孤独感，似当作于变法遭遇挫折之时。对于这类作品，程杰在《北宋诗文革新研究》一书中说：

> 王安石诗歌中另一大宗是咏史怀古诗。这一类诗实际上也是其政治意识和改革思想的曲折表达。王安石的政治改革比较起前代政治家，有着"讨论先王之法以措之天下"的自觉意识，因而其缅思先圣，斟酌古道，征古议今，鉴往知来成了其基本的思想活动，表现在诗歌中便是大量怀古咏史诗的出现。尤其是体验到世事难为，宏图难展，改革遇到阻力乃至诽谤之时（熙宁年间），王安石更倾向于通过对孟子、商鞅等先圣往贤的缅怀聊以自慰，以历史人物和时间的重新认识和评价回击来自各方面的非议和责难，坚定自己改革的信念和决心，明确改革的目标和任务。《孟子》《商鞅》《贾生》等诗作是这方面的代表。其中有些作品尤其是怀古之作中含蓄着深沉的孤独和困惑。①

再度罢相之后，王安石虽然更专注于诗歌创作，但其创作重在学习晚唐，重在诗歌技巧。尽管如此，他仍然写作多首赞美神宗皇帝和"新法"的诗歌。元丰二年（1079），已经为集禧观使居金陵蒋山的王安石一连作了《歌元丰五首》：

> 水满陂塘谷满篝，漫移蔬果亦多收。神林处处传箫鼓，共赛元丰第二秋。
>
> 露积成山百种收，渔梁亦自富虾鲌。无羊说梦非真事，岂见元丰第二秋？
>
> 湖海元丰岁又登，稆生犹足暗沟塍。家家露积如山垄，黄发咨嗟见未曾。
>
> 放歌扶杖出前林，遥和丰年击壤音。曾侍玉阶知帝力，曲中时有誉尧心。
>
> 豚栅鸡塒晻霭间，暮林摇落献南山。丰年处处人家好，随意飘然得往还。②

这组诗大力歌颂元丰二年取得的大丰收，不但粮食瓜果产量喜人，水

---

① 程杰：《北宋诗文革新研究》，内蒙古教育出版社，2000，第198～199页。
② 王水照主编《王安石全集》第5册，复旦大学出版社，2016，第545～546页。

里的鱼鳖虾蟹也非常丰富，老百姓丰衣足食，载歌载舞，借以歌颂当今皇帝的浩荡恩情。

元丰三年（1080），因大旱，皇帝命辅臣祷雨，雨下则旱情得解。王安石作《元丰行示德逢》：

> 四山翛翛映赤日，田背坼如龟兆出。湖阴先生坐草室，看踏沟车望秋实。雷蟠电掣云滔滔，夜半载雨输亭皋。旱禾秀发埋牛尻，豆死更苏肥荚毛。倒持龙骨挂屋敖，买酒浇客追前劳。三年五谷贱如水，今见西成复如此。元丰圣人与天通，千秋万岁与此同。先生在野故不穷，击壤至老歌元丰。①

此诗在其《临川先生文集》中排在最前面，说明王安石特别看重这首诗。元丰改元后，五谷丰登，王安石认为这都是多年实行"新法"的结果。面对祷雨辄应这样的事实，一向不相信天命的王安石也忍不住歌唱"元丰圣人与天通，千秋万岁与此同"，哪怕不问世事的隐士杨德逢，也要击壤歌颂神宗皇帝了！《后元丰行》作于元丰四年（1081）：

> 歌元丰，十日五日一雨风。麦行千里不见土，连山没云皆种黍。水秧绵绵复多稌，龙骨长干挂梁栿。鲥鱼出网蔽洲渚，获笋肥甘胜牛乳。百钱可得酒斗许，虽非社日长闻鼓。吴儿踏歌女起舞，但道快乐无所苦。老翁堑水西南流，杨柳中间杙小舟。乘兴欹眠过白下，逢人欢笑得无愁。②

又是风调雨顺，禾稼丰茂，物价廉平，百姓安居乐业，年轻人载歌载舞，一幅丰收喜庆的画卷。看到"逢人欢笑得无愁"，王安石内心无比欣喜，这不就是自己变法的目标吗？现在总算实现了！跟之前那些以分析问题为主的政治诗不同，这几首诗皆重在表现"新法"的成就，在于歌颂神宗皇帝，从而也证明变法的正确，也可作为对反对者的回击。

在北宋的重要诗人中，王安石的诗歌政治色彩最重。除了前期用诗歌解析制度弊端和借咏史曲折表达自己的政治观点和感受外，王安石还有一些写景和抒情诗中也带有一定的政治因素，这里就不再讨论了。需要强调的是，王安石的诗歌政治因素强大固然跟其官至宰相并且多年主持变法的

---

① 王水照主编《王安石全集》第5册，复旦大学出版社，2016，第139页。
② 王水照主编《王安石全集》第5册，复旦大学出版社，2016，第140页。

政治家身份有关，但其最主要的政治诗大都作于执政之前，其中作于鄞县知县和舒州通判任上的最多。换句话说，王安石的这些早期诗歌跟"新法"并没有直接的关联，它们并不是变法的结果，而是变法前他在心中思考相关问题的草图。也就是说，这些作品已提前从多方面展现了王安石的变法思想，其中许多想法后来成为"新法"的内容，因此具有"透露"后来"新法"内涵的特殊意义。

二 "缘诗人之义，托事以讽"——苏轼讥讽"新党"和"新法"

"新法"推行后，有感于其在实施过程中带来的若干弊病，苏轼用诗歌对其加以调侃和批判，并由此发展出其诗歌干预政治的独特方式——讥讽。苏轼（1037～1101），字子瞻，号东坡居士。眉州眉山（今属四川）人。嘉祐二年（1057）进士，仕至翰林学士、知制诰。在熙宁时期和元丰初年，苏轼因不满王安石变法带来的社会弊病，往往用诗歌对其加以讽刺。程千帆、吴新雷《两宋文学史》在论及苏轼诗歌内容的时候说：

> 反映人民生活的苦乐和时政得失的篇章，在苏诗中数量并不太多。诗人主要的不是通过这样一些题材和主题来直接揭示生活面貌的。但他既然对人民具有深厚的同情，又生活在一个统治阶级内部斗争非常激烈的时代，本人也参加了那些斗争，那么，涉及民生、时政的诗，也就很自然地在他的诗作中占了一定的地位。在处理这样一种题材和主题的时候，苏轼虽然偶尔也采取了直接暴露的手法，如《荔枝叹》、《吴中田妇叹》和《许州西湖》诸篇，但更多的时候，却使用了他自己特别擅长的侧面的讽刺。①

元丰二年（1079）七月，太子中允、权监察御史里行何大正抓住苏轼《湖州谢上表》中"愚不识时，难以追陪新进；老不生事，或能牧养小民"二句，上疏指责其"愚弄朝廷，妄自尊大"，并将苏轼文集进呈，由此掀开了"乌台诗案"的序幕。

苏轼讥讽"新党"和"新法"的诗歌到底有多少首，难以有准确的统计。为方便观览，兹据《东坡乌台诗案》中保存的文献，仅选择其中被认

---

① 程千帆、吴新雷撰《两宋文学史》，《程千帆全集》第 13 卷，河北教育出版社，2000，第 154 页。

为含有讥讽的诗歌,同时将其在《苏轼诗集》中的诗题列于前,按照其写作时间顺序排列。

1. 熙宁三年三月,作《送钱藻出守婺州得英字》。《东坡乌台诗案》载:

  熙宁三年三月,作诗送钱藻知婺州。旧例:馆阁补外任,同舍饯送。席上众人,先索钱藻诗,欲各分韵作送行诗。钱藻作五言绝句一首,即无讥讽。轼分得英字韵,作古诗一首送钱藻,云:"老手便剧郡,高怀厌承明。聊纡东阳绶,一濯沧浪缨。平生好山水,未到意已清。过家父老喜,出郭壶浆迎。子行得所愿,怆恨居者情。吾君方急贤,日旰伏延英。黄金招乐毅,白璧赐虞卿。子不少自愧,高义空峥嵘。古称为郡乐,渐恐烦敲搒。临分敢不尽,醉语醒还惊。"此诗除无讥讽外,言朝廷方急贤才,多士并进,子独远出为郡,不少自强勉求进,但守道义。意讥当时之人急进也。又言青苗、助役既行,百姓输纳不前,为郡者不免用鞭棰催督。醉中道此语,醒后还惊,恐得罪朝廷。以讥新法不便之故也。①

2. 同年,作《送刘攽倅海陵》。《东坡乌台诗案》载:

  熙宁三年,刘(邠)[攽]通判泰州。轼作诗云:"君不见阮嗣宗,臧否不挂口,莫夸舌在齿牙牢,是中惟可饮醇酒。"言当学阮籍口不臧否人物,惟可饮酒,勿谈时事。意以讥讽朝廷新法不便,不容人直言,不若耳不闻而口不问也。②

3. 同年,作《送曾子固倅越得燕字》。《东坡乌台诗案》载:

  熙宁三年内,送到曾巩诗简。曾巩,字子固,是年准敕通判越州。临行,馆阁同舍旧例饯送,众人分韵,轼探得燕字韵,作诗一首送曾巩,云:"醉翁门下士,杂沓难为贤。曾子独超轶,孤芳陋群妍。昔从南方来,与翁两联翩。翁今自憔悴,子去自宜然。贾谊穷适楚,乐天老思燕。那因江鲙美,遽厌天庖膻。但苦世论隘,聒耳如蜩蝉。"讥讽近日朝廷进用多刻薄之人,议论褊隘,聒喧如蜩蝉之鸣,不足听也。又云:"安得万顷池,养此横海鳣。"以此比曾巩横才也。③

---

① (宋)朋九万撰《东坡乌台诗案》,商务印书馆,1939,第18~19页。
② (宋)朋九万撰《东坡乌台诗案》,商务印书馆,1939,第17页。
③ (宋)朋九万撰《东坡乌台诗案》,商务印书馆,1939,第24页。

4. 熙宁四年十月，作《颍州初别子由二首》其一。《东坡乌台诗案》载：

　　熙宁四年十月，轼赴杭州。时弟辙至颍州相别。后十一月到杭州本任。作《颍州别子由》诗云："至今天下士，去莫如子猛。"为弟辙曾在制置条例，充检详文字，争议新法，不合，乞罢。说弟辙去之果决，意亦讥讽朝廷新法不便也。①

5. 同月，作《广陵会三同舍各以其字为韵仍邀同赋》。《东坡乌台诗案》载：

　　熙宁四年十月内，赴杭州通判，到扬州，有刘攽，并馆职孙洙、刘挚，皆在本州，偶然相聚数日。别后轼作诗三首，各用逐人字为韵。内寄刘（邠）〔攽〕诗云："去年送刘郎，醉语已惊众。如今各漂泊，笔砚谁能弄。我命不在天，羿彀未必中。作诗聊遣意，老大慵讥讽。夫子少年时，雄辩轻子贡。尔来再伤弓，戢翼念前痛。广陵三日饮，相对恍如梦。况逢贤主人，白酒泼春瓮。竹（栖）〔西〕已挥手，湾口犹屡送。羡子去安闲，吾邦正喧哄。"言杭州监司所聚，是时初行新法，事多不便也。②

　　熙宁四年十月，轼赴杭州通判，到杭州。有刘挚为作台官言事谪降湖南，并一般馆职孙洙、刘攽皆在扬州，偶然相聚数日。别后，轼作诗三首，各用逐人字为韵。内赠刘挚诗，云："诗寄刘挚，因循不曾写寄本人，只曾与孙洙诗一处写寄孙洙。"其赠刘挚诗云："莫落江湖上，遂与屈子邻。"意谓屈原放逐潭湘之间，而非其罪。今刘挚亦谪官湖南，故言与屈子相邻近也。缘是时闻说刘挚为言新法不便责降。既以屈原非罪比挚，即是谓挚所言为当。以讥讽朝廷新法不便也。又云："士方在田里，自比渭与莘。出试乃大谬，刍狗难重陈。"庄子诋毁孔子，言孔子所言皆先王之陈迹也，譬如已陈之刍狗，难再陈也。轼意以讥讽当时执政大臣，在田里之时，自比太公、伊尹，及出而试用，大谬戾，当便罢退，不可再施用也。③

6. 十二月，作《捕蝗至浮云岭山行疲苶有怀子由弟二首》。《东坡乌台

---

① （宋）朋九万撰《东坡乌台诗案》，商务印书馆，1939，第14页。
② （宋）朋九万撰《东坡乌台诗案》，商务印书馆，1939，第17页。
③ （宋）朋九万撰《东坡乌台诗案》，商务印书馆，1939，第21页。

诗案》载：

> 当年十二月内，轼初任杭州，寄子由诗云："独眠林下梦魂好，回首人间忧患长。杀马破车从此誓，子来何处问行藏。"又云："眼看时事力难胜，贪恋君恩退未能。"意谓新法青苗、助役等事，烦杂不可（辨）[办]，亦言己才力不能胜任也。①

7. 熙宁五年二月，作《送蔡冠卿知饶州》。《东坡乌台诗案》载：

> 熙宁五年二月内，大理少卿蔡冠卿准敕差知饶州，轼作诗送之，曰："吾观蔡子与人游，掀逐笑语无不可。平时倘荡不惊俗，临事迂阔乃过我。横前坑阱众所畏，布路金珠谁不裹。迩来变化惊何速，昔号刚强今亦颇。怜君独守廷尉法，晚岁却理鄱阳柁。莫嗟天骥逐羸牛，欲试良玉须猛火。世事徐观真梦寐，人生不信长坎坷。知君决狱有阴功，他日老人酬魏颗。"除无讥讽外，云"横前坑阱众所畏"，以讥当时朝廷用事之人，有逆其意者，则设坑阱以陷之也。又云"布路金珠谁不裹"，以讥讽朝廷用事之人，有顺其意者，则以利诱之，如以金珠布路也。夫云"迩来变化惊何速，昔号刚强今亦颇"，以讥士大夫为利所诱胁，变化以从之。虽旧号刚强，今亦然也。又云"怜君独守廷尉法"，言冠卿屡与朝廷争议刑法，以致不进用，却出守小郡也。又云"莫嗟天骥逐羸牛"，轼以冠卿比天骥，以进用不才比羸牛。轼意以讥讽朝廷进用之人不当也。又云"欲试良玉须猛火"，良玉经火不变，然后为良，言冠卿经历艰阻折挫，节操不改，如良玉也。又云"世事徐观如梦寐，人生不信长坎坷"，为冠卿屡与朝廷争议刑法，致不任用，言人事得丧，古来譬如梦幻。当时执政，必不常进，冠卿亦不常退，故云"人生不信长坎坷"也。②

8. 同年六月，作《山村五绝》。《东坡乌台诗案》载：

> 又《山村》诗第三首云："烟雨蒙蒙鸡犬声，有生何处不安身。但令黄犊无人佩，布谷何劳也劝耕。"轼意言是时贩私盐者多带刀杖，故取前汉龚遂令人卖剑买牛、卖刀买犊，曰："何为带牛佩犊？"意言但

---

① （宋）朋九万撰《东坡乌台诗案》，商务印书馆，1939，第14页。
② （宋）朋九万撰《东坡乌台诗案》，商务印书馆，1939，第26~27页。

将盐法宽平，令人不带刀剑而买牛犊，则自力耕，不劳劝督也，以讥讽朝廷盐法太峻不便也。又第二首云："老翁七十自腰镰，惭愧春山笋蕨甜。岂是闻韶解忘味，迩来三月食无盐。"意山中之人饥贫无食，虽老犹自采笋蕨充饥；时盐法峻急，僻远之人无盐食，动经数月。若古之圣人，则能闻韶忘味，山中小民，岂能食淡而乐乎？以讥讽盐法太急也。第四首云："杖藜裹饭去匆匆，过眼青钱转手空。赢得儿童语音好，一年强半在城中。"意言百姓虽得青苗钱，立便于城中浮费使却。又言乡村之人，一年两度夏秋税，又数度请纳和预买钱。今此更添青苗、助役钱，因此庄家子弟，多在城中，不着次第，但学得城中语音而已。以讥讽朝廷新法青苗、助役不便。①

轼熙宁五年六月，任杭州通判日，逐旋寄所作《山村》诗，其讥讽意已在王诜项内声说。并留题《径山》诗，其讥讽已在苏辙项内声说。及和述古舍人《冬日牡丹》绝句，有讥讽意，已在陈襄项内声说。即节次寄与周邠。②

9. 同年，作《送杭州杜陈戚三掾罢官归乡》。《东坡乌台诗案》载：

熙宁五年，杭州录参杜子方、司户陈珪、司理戚秉道，各为承勘本州姓裴人家女使夏沈香投井，姓裴人家女亦在内，身死不明事，当时夏沈香只决臀杖二十，放。后来本路提刑陈睦举驳上件公事，差秀州通判张若济通勘，决杀夏沈香。前项三官，因此冲替。意提刑陈睦及勘官张若济驳勘不当，致此三人无辜失官。轼作诗送之云："秋风瑟瑟鸣枯蓼，船阁荒凉夜悄悄。正当逐客断肠时，君独歌呼醉达晓。老夫平生齐得丧，尚恋微官失轻矫。君今憔悴归无食，五斗未可秋毫小。君今失意能几时，月啖虾蟆行复皎。杀人无验中不快，此恨终身恐难了。徇时所得无几何，随手已遭忧患绕。期君已似种宿麦，忍饥待食明年赴。"此诗除无讥讽外，云"君今失意能几时，月啖虾蟆行复皎"，意取卢仝《月蚀》诗，云："传闻古来说，月蚀虾蟆精。"卢仝意比朝廷为小人所蒙蔽也。轼亦言杜子方等本无罪，为陈睦、张若济蒙蔽朝廷，以致冲替逐人，后当感悟牵复。云"徇时所得无几何，随手已遭

---

① （宋）朋九万撰《东坡乌台诗案》，商务印书馆，1939，第7~8页。
② （宋）朋九万撰《东坡乌台诗案》，商务印书馆，1939，第13页。

忧患绕"，意谓张若济不久自为公事也。①

10. 同年十二月，作《赠孙莘老七绝》。《东坡乌台诗案》载：

> 熙宁五年十二月作诗。因任杭州通判日，蒙运司差往湖州，相度堤堰利害，因与湖州知州孙觉相见。轼作诗与孙觉云："若对青山谈世事，直须举白便浮君。"轼是时约孙觉并坐客，如有言及时事者，罚一大盏。虽不指时事，是亦轼意言时事多不便，更不可说，说亦不尽。又云："天目山前渌浸芜，碧澜堂下看衔舻。作堤捍水非吾事，闲送苕溪入太湖。"……不合云"作堤捍水非吾事，闲送苕溪入太湖"。轼为先曾言水利不便，却被转运司差相度堤捍，轼本非兴水利之人，以讥讽时世与昔不同，而水利不便而然也。②

11. 同月，作《李杞寺丞见和前篇复用元韵答之》。按，寄与王诜则在六年。详见后文。《东坡乌台诗案》载：

> 熙宁五年，轼任通判杭州。于十二月内与发运司勾当公事、大理寺丞李杞因猎出游孤山，作诗四首，内第二首有讥讽，其意已在王诜项内声说。③

12. 熙宁六年正月，作《次韵章传道见赠》。《东坡乌台诗案》载：

> 熙宁六年正月，作诗《次章传（道）韵和答》云："马融既依梁，班固亦事窦。效颦岂不欲，顽质谢镌镂。"……轼诋毁当时执政大臣，我不能效班固、马融，苟容依附也。④

13. 同年，将作于五年十二月的《李杞寺丞见和前篇复用元韵答之》诗寄与王诜。《东坡乌台诗案》载：

> 熙宁六年内，游孤山诗寄诜，除无讥讽外，有"误随弓旌落尘土，坐使鞭棰环呻呼"，以讥讽朝廷新法行后，公事鞭棰之多也。又曰："追胥保伍罪及孥，百日愁叹一日娱。"以讥讽朝廷盐法收坐，

---

① （宋）朋九万撰《东坡乌台诗案》，商务印书馆，1939，第27~28页。
② （宋）朋九万撰《东坡乌台诗案》，商务印书馆，1939，第18页。
③ （宋）朋九万撰《东坡乌台诗案》，商务印书馆，1939，第30页。
④ （宋）朋九万撰《东坡乌台诗案》，商务印书馆，1939，第12页。

同保、妻子移乡，法太急也。又曰："岁荒无术归亡逋，鹄则易画虎难模。"……言岁既饥荒，我欲出奇画赈济，又恐朝廷不从，乃以画虎不成反类狗也。①

14. 其后，作《戏子由》。《东坡乌台诗案》载：

> 并戏子由云："任从饱死笑方朔，肯为雨立求秦优。"意取《东方朔传》"侏儒饱欲死"及《滑稽传》优旃谓陛楯郎："汝虽长，何益？乃雨立。我虽短，幸休居。"言弟辙家贫官卑，而身材长大，所以比东方朔、陛楯郎，而以当今进用之人比侏儒、优旃也。又云："读书万卷不读律，致君尧舜知无术。"是时朝廷新兴律学，轼意非之，以谓法律不足以致君于尧舜。今时又专用法律而忘诗书，故言我读万卷书，不读法律，盖闻法律之中无致君尧舜之术也。又云："劝农冠盖闹如云，送老虀盐甘似蜜。"以讥讽朝廷新开提举官，所至苛细生事，发谪官吏，惟学官无吏责也。弟辙为学官，故有是句。又云："平生所惭今不耻，坐对疲氓更鞭棰。"是时多徒配犯盐之人，例皆饥贫，言鞭棰此等贫民，轼平生所惭，今不耻矣，以讥讽朝廷盐法太急也。又云："道逢阳虎欲与言，心知其非口诺唯。"是时张靓、俞希旦作监司，意不喜其人，然不敢与争议，故诋毁之为阳虎也。②

15. 又作《汤村开运盐河雨中督役》。《东坡乌台诗案》载：

> 又差开运盐河诗云："居官不任事，萧散羡长卿。胡不归去来，留滞愧渊明。盐事星火急，谁能恤农耕。薨薨晓鼓动，万指罗沟坑。天雨助官政，泫愁淋衣缨。人如鸭与猪，投泥相溅惊。下马荒堤上，四顾但湖洴。浅路不容足，又与牛羊争。归田虽贱辱，岂识泥中行。寄语故山友，慎毋厌藜羹。"轼为是时卢秉提举盐事，擘画开运盐河，差夫千余人，轼于大雨中部役。其河只为般盐，既非农事，而役农民，秋田未了，有妨农事。又其河中有涌沙数里，轼宣言开得不便。轼自嗟泥雨劳苦，羡司马长卿居官而不任事。又愧陶渊明，不早弃官归去也。农事未休，而役夫千余人，故云"盐事星火急，谁能恤农耕"。又言百姓已劳苦不易，天雨又助官政劳民，转致百姓疲役，人在泥水中，

---

① （宋）朋九万撰《东坡乌台诗案》，商务印书馆，1939，第6页。
② （宋）朋九万撰《东坡乌台诗案》，商务印书馆，1939，第6~7页。

辛苦无异鸭与猪。又言轼亦在泥中，与牛羊争路而行。若归田，岂识于此哉？故云"寄言故山友，慎毋厌藜羹"而思仕宦。以讥讽朝廷开运盐河，不当以妨农事也。①

16. 同年八月十五日观潮，作《八月十五日看潮》五首。《东坡乌台诗案》载：

> 熙宁六年任杭州通判，因八月十五日观潮，作诗五首，写在本州安济亭上。前三首并无讥讽，至第四首云："吴儿生长狎涛渊，冒利忘生不自怜。东海若知明主意，应教斥卤变桑田。"盖言弄潮之人，贪官中利物，致其间溺而死者，故朝旨禁断。轼谓主上好兴水利，不知利少而害多，言"东海若知明主意，应教斥卤变桑田"，言此事之必不可成，讥讽朝廷水利之难成也。②

17. 同年九月，作《次韵刘贡父李公择见寄二首》。《东坡乌台诗案》载：

> 熙宁六年九月内，轼和刘攽寄《秦字诗》云："白发相看两故人，眼看时事几番新。"以讥讽朝廷近日更立新法，事尤多也。③

18. 同年十月，作《和述古冬日牡丹四首》。《东坡乌台诗案》载：

> 熙宁六年任杭州通判时，知州系知制诰陈襄，字述古。是年冬十月内，一僧寺开牡丹数朵，陈襄作诗四绝，轼当和云："一朵妖红翠欲流，春光回照雪霜羞。化工只欲呈新巧，不放闲花得少休。"又云："当时只道鹤林仙，解遣秋花发杜鹃。谁信诗能传造化，直教霜卉放春妍。"又云："花开时节雨连风，犹向霜林染烂红。漏泄春光私一物，此心未必出天公。"又云："不愤清霜入小园，故将诗律变寒暄。使君欲见蓝关咏，更请韩郎为染根。"此诗皆讥讽当时执政大臣以比化工，但欲出新意擘划，令小民不得暂闲也。④

19. 同年十一月，作《刘贡父见余歌词数首以诗见戏聊次其韵》。《东坡乌台诗案》载：

---

① （宋）朋九万撰《东坡乌台诗案》，商务印书馆，1939，第8页。
② （宋）朋九万撰《东坡乌台诗案》，商务印书馆，1939，第15页。
③ （宋）朋九万撰《东坡乌台诗案》，商务印书馆，1939，第17页。
④ （宋）朋九万撰《东坡乌台诗案》，商务印书馆，1939，第23页。

当年十一月内，刘（邠）[攽]闻人唱轼新作诗一首，相戏寄轼，即无讥讽。轼和本人诗一首云："十载漂然未可期，那堪重作看花诗。门前恶语谁传出，醉后狂歌自不知。刺舌君今犹未戒，炙眉我亦更何词。相从痛饮无余事，正是春风最好时。"出无讥讽外，不合引贺拔恭以锥刺其子舌以戒言语事戏刘（邠）[攽]，又引郭舒狂言为王敦炙其眉以自比，皆讥时人不能容狂直之言也。①

20. 同年，作《径山道中次韵答周长官兼赠苏寺丞》。《东坡乌台诗案》载：

熙宁六年，因往诸县提点，到临安县，有知县大理寺丞苏舜举……隔得一两日，周邠、李行中二人亦来临安，与轼同游径山，苏舜举亦来山中相见。周邠作诗一首与轼，即无讥讽。《次韵和答兼赠舜举》云："餔糟醉方熟，酒面唤不醒。奈何效燕蝠，屡欲争晨暝。"其意以讥讽王庭老等，如训狐不分别是非也。②

熙宁六年内，游径山，留题云："近来愈觉世议隘，每到胜处差安便。"以讥讽朝廷之用人，多是刻薄褊隘之人，不少容人过失，见山中宽闲之处为乐也。③

21. 同年，作《和刘道原寄张师民》《和刘道原见寄》。《东坡乌台诗案》载：

熙宁六年，轼任杭州通判。有秘书刘恕，字道原，寄诗三首。轼依韵和，即不曾寄张师民。师民者，亦不曾识。除无讥讽外，云："仁义大捷径，诗书一旅亭。相夸绶若若，犹诵麦青青。腐鼠相劳吓，高鸿本自冥。颠狂不用唤，酒尽渐须醒。"此诗讥讽朝廷近日进用之人，以仁义为捷径，以诗书为逆旅，俱为印绶爵禄所诱，则假六经以进。如《庄子》所谓"儒以诗礼发冢"，故云"麦青青"。又云小人之顾禄，如鸱鸢以腐鼠吓鸿鹄。其溺于利，如人之醉于酒，酒尽则自醒也！又云："敢向清时怨不容，直嗟吾道与君东。坐谈足使淮南惧，归去方知冀北空。独鹤不须惊夜旦，群乌未可辨雌雄。庐山自古不到处，得

---

① （宋）朋九万撰《东坡乌台诗案》，商务印书馆，1939，第17页。
② （宋）朋九万撰《东坡乌台诗案》，商务印书馆，1939，第13~14页。
③ （宋）朋九万撰《东坡乌台诗案》，商务印书馆，1939，第14页。

与幽人子细穷。"轼为刘恕有学问，性正直，故作此诗美之，因以讥讽当今进用之人也。恕于是时，自馆中出监酒务，非敢怨时之不容。马融谓郑康成："吾道东矣。"故比之。汲黯在朝，淮南寝议，又以比恕之直。又韩愈云："冀北马群遂空。"言馆中无人也。嵇绍昂昂如独鹤在鸡群。又《淮南子》："鸡知将旦，鹤知夜半。"又以刘恕比鹤，谓众人为鸡也。《诗》曰："具曰予圣，谁知乌之雌雄。"意言今日进用之人，君子、小人杂处，如乌不可辨雌雄。①

22. 同年，作《和钱安道寄惠建茶》。

熙宁六年，轼任杭州通判日，因本路运司差往润州勾当公事，经过秀州。钱颛，字安道，在秀州监酒税，曾作台官，始于秀州与之相见，得颛作诗一首，送茶与轼。复以诗一首谢之，除无讥讽外，云："草茶无赖空有名，高者妖邪次顽犷。"以讥世之小人乍得权用，不知上下之分，若不谄媚妖邪，即须顽犷狠劣。又云："体轻虽欲强浮泛，性滞偏工呕酸冷。"亦以讥世之小人体轻浮而性滞泥也。又云："其间绝品非不佳，张禹纵贤非骨鲠。"亦亦讥世之小人，如张禹虽有学问，细行谨饬，终非骨鲠之人。又云："收藏爱惜待嘉客，不敢包裹钻权倖。此诗有味君勿传，空使时人怒生瘿。"以讥世之小人，有以好茶钻要贵者，闻此诗当大怒也。②

23. 熙宁七年正月二十七日，作《往富阳新城李推先行三日留风水洞见待》。《东坡乌台诗案》载：

熙宁七年为通判杭州，于正月二十七日游风水洞。有本州节推李似知轼到来，在彼等候，轼到，乃留题于壁。其辛章不合云："世上小儿夸疾走，如君相待今安有。"以讥世之小人多务急进也。其诗即不曾写与李似。③

24. 同年，作《风水洞二首和李节推》。《东坡乌台诗案》载：

当年再游风水洞，又云："世事渐艰吾欲去，永随二子脱讥谗。"

---

① （宋）朋九万撰《东坡乌台诗案》，商务印书馆，1939，第25~26页。
② （宋）朋九万撰《东坡乌台诗案》，商务印书馆，1939，第29页。
③ （宋）朋九万撰《东坡乌台诗案》，商务印书馆，1939，第25页。

意谓朝廷行新法，后来世事日益艰难，小人多务谗谤。轼度斯时之不可以合，又不可以容，故欲弃官隐居也。①

25. 熙宁八年四月十一日，作《寄刘孝叔》。《东坡乌台诗案》载：

熙宁八年四月十一日，轼作诗送刘述云："君王有意诛骄虏，椎破铜山铸铜虎。联翩三十七将军，走马西来各开府。"是时，朝廷遣使诸路点检军器，及置三十七将官。轼将谓今上有意征讨胡虏，以讥讽朝廷诸路遣使及置将官，张皇不便。又云："南山伐木作车轴，东海取鼍挠战鼓。汗流奔走谁敢后，恐乏军资污刀斧。保甲连村团未编，方田讼牒纷如雨。尔来手实降新书，抉剔根株穷脉缕。诏书恻怛信深厚，吏能浅薄空劳苦。"以讥讽朝廷法度屡更，事目烦多，吏不能晓。又云："况复年来苦饥馑，剥啮草木啖桑土。今年雨雪颇应时，又报螟虫生翅股。忧来洗盏欲强醉，寂寞虚斋卧空甒。公厨十日不生烟，更望红裙踏筵舞。"（注云："近斋厨索然可笑。"）又云："近来屡得山中信，只有当归无别语。犹将雀鼠偷太仓，未肯衣冠挂神武。"意谓迩来饥馑，飞蝗蔽天之甚，以讥讽朝廷政事阙失，新法不便之所致也。又云酒食无备，斋厨索然，以讥讽朝廷行法减削公使钱太甚。公事既多，旱蝗又甚，二政巨藩，尚如此窘迫，所以言山中故人，寄信令归，但轼贪禄，未能便挂衣冠而去也。又云："四方冠盖闹如云，归作二浙湖山主。"以讥讽朝廷近日提举官所至生事苛碎，故刘述乞宫观归湖山也。②

26. 同年六月，作《次韵刘贡父李公择见寄二首》。《东坡乌台诗案》载：

熙宁八年六月，李常来字韵诗一首与轼，即无讥讽。轼依韵和答云："何人劝我此中来，弦管生衣甑有埃。绿蚁沾唇无百斛，蝗虫扑面已三回。磨刀入谷追穷寇，洒涕循城掩弃骸。为郡鲜欢君莫笑，何如尘土走章台。"此诗讥讽朝廷新法减削公使钱太甚，及造酒不得过百石，致弦管生衣甑有尘，及言蝗虫、盗贼、灾伤、饥馑之甚，以讥朝廷政事阙失，及新法不便之所致也。③

---

① （宋）朋九万撰《东坡乌台诗案》，商务印书馆，1939，第25页。
② （宋）朋九万撰《东坡乌台诗案》，商务印书馆，1939，第12~13页。
③ （宋）朋九万撰《东坡乌台诗案》，商务印书馆，1939，第20页。

27. 同年，作《祭常山回小猎》。《东坡乌台诗案》载：

熙宁八年五月，轼知密州内，于本州常山泉水处祈雨有应，轼遂立名为"云泉"。九年四月癸卯，立石常山之上……去年祭常山回，与同官习射放鹰，作诗一首，题在本州小厅上。除无讥讽外，云："圣朝若用西凉簿，白羽犹能效一麾。"意取西凉主簿谢艾州文，本书生也，善能用兵，故以此自比，若用轼为将，亦不减谢艾也。故作《放鹰诗》云："圣朝若用轼为将，不减尚父能鹰扬。"①

28. 熙宁十年二月三日，作《送范景仁游洛中》。《东坡乌台诗案》载：

熙宁十年二月三日，范镇往西京，轼作诗送之。轼昨知密州得替，到关城外，借得范镇园安泊。镇，乡里世旧也。其诗除无讥讽外，云："小人真暗事，闲退岂公难。"意以讽今时小人，以小才而享大位，暗于事理，以进为荣，以退为辱。范镇前为侍郎，难进易退，小人不知也。又云："言深听者寒。"轼谓镇旧日多论时事，其言深切，听者为恐。意言镇当时所言皆不便事也。②

29. 同年三月，作《书韩幹画马图》。《东坡乌台诗案》载：

约熙宁十年二月到京，王诜送到茶果酒食等。三月初一日，王诜送到简帖，来日约出城外四照亭中相见。次日，轼与王诜相见，令姨媼六七人出斟酒下食，数内有倩奴，问轼求曲子，轼遂作《洞仙歌》一首、《喜长春》一首与之。次日，王诜送韩幹画马十二匹，共六轴，求轼跋尾。不合作诗云："王良挟矢飞上天，何必俯首求短辕。"意以骐骥自比，讥讽执政大臣无能尽我之才，如王良之能驭者，何必折节干求进用也。③

30. 同年五月，作《司马君实独乐园》。《东坡乌台诗案》载：

熙宁十年，司马光任端明殿学士，提举西京崇福宫，在西洛葺园，号"独乐"。轼于是年五月六日作诗寄题，除无讥讽外，云："先生独

---

① （宋）朋九万撰《东坡乌台诗案》，商务印书馆，1939，第29～30页。
② （宋）朋九万撰《东坡乌台诗案》，商务印书馆，1939，第29页。
③ （宋）朋九万撰《东坡乌台诗案》，商务印书馆，1939，第9页。

何事,四方望陶冶。儿童诵君实,走卒知司马。抚掌笑先生,年来效喑哑。"四海苍生,望司马执政,陶冶天下,以讥讽见在执政不得其人。又言儿童走卒,皆知姓字,终当进用。司马光,字君实,曾言新法不便,与轼意合。既言终当进用,亦是讥讽朝廷新法不便,终当用司马光,光却喑哑不言,意望依前攻击。①

31. 同年,作《和李邦直沂山祈雨有应》。《东坡乌台诗案》载:

熙宁十年,轼知徐州日。六月内,李清臣因沂山龙祠祈雨有应,作诗一首寄轼……轼后作一首与李清臣,其诗云:"高田生黄埃,下田生苍耳。苍耳亦已无,更问麦有几。蛟龙睡足亦解惭,二麦枯时雨如洗。不知雨从何处来,但闻吕梁百步声如雷。试上南城望城北,际天菽粟青成堆。饥火烧肠作牛吼,不知待得秋成否。半年不雨坐龙慵,但怨天公不怨龙。今年一雨何足道,龙神社鬼各言功。无功日盗太仓粟,嗟我与龙同此责。劝农使者不汝容,因君作诗先自劾。"此诗除无讥讽外,有不合言本因龙神慵懒不行雨,却使人心怨天公,以讥讽大臣不任职,不能燮理阴阳,却使人怨天子。以天公比天子,以龙神社鬼比执政大臣及百执事。轼自言无功窃禄与大臣无异。②

32. 稍后,作《次韵邦直见答二首》。《东坡乌台诗案》载:

李清臣来相谒,戏笑言承见示诗,只是劝农使者,不管恁他事。李清臣答弟辙二首,于诗后批云:"可求子瞻和云。"……轼却作诗二首和李清臣,其内一首云:"五十尘劳尚足留,闭门却欲治幽忧。羞为毛遂囊中颖,未许朱云地下游。无事会须成好饮,思归时欲赋登楼。羡君幕府如僧舍,日向城西看浴鸥。"朱云,汉成帝时乞斩张禹,汉成帝欲诛之,朱云曰:"臣得下从龙逢、比干游,足矣。"龙逢,夏桀臣;比干,商纣臣,皆因谏而死。轼为屡言新法不便,不蒙施行,以朱云自比,意言至明之世,无诛戮之事,故轼未许与朱云地下游。王粲是魏武时人,因天下乱离,故粲在荆州依托,作《登楼赋》,赋中有怀乡思归之意。轼为屡言新法不便,不蒙施行,有罢官怀乡思归之意,亦

---

① (宋)朋九万撰《东坡乌台诗案》,商务印书馆,1939,第24页。
② (宋)朋九万撰《东坡乌台诗案》,商务印书馆,1939,第10~11页。

欲作此赋也。①

33. 之后，作《台头寺雨中送李邦直赴使馆分韵得忆字人字兼寄孙巨源二首》。《东坡乌台诗案》载：

> 清臣差修国史，轼赋诗二首送清臣，其诗内一首云："珥笔西归近紫宸，太平典策不缘麟。付君此事全书汉，载我当时旧过秦。门外想无千斛米，墓中知有百年人。看君两眼明如镜，休把春秋坐素臣。"谓轼于仁庙朝曾进论二十五首，皆论往古得失。贾谊，汉文帝时人，追论秦之得失，作《过秦论》，《史记》载之。轼妄以贾谊自比，意欲李清臣于国史中载轼所进论，故将诗与李清臣。②

34. 元丰元年二月，作《次韵黄鲁直见赠古风二首》。《东坡乌台诗案》载：

> 元丰元年二月内，北京国子监教授黄庭坚寄书二封，并古诗二首与轼……轼答书一封……及《依韵和答古风》云："嘉谷卧风雨，莨莠登我场。陈前谩方寸，玉食惨无光。"以讥今之小人胜君子，如稂莠之□夺嘉谷。又云："大哉天宇间，美恶更臭香。君看五六月，飞蚊隐回廊。兹时不少假，俯仰霜叶黄。期君看蟠桃，千岁终一尝。顾我如苦李，全生依路傍。纷纷不足惜，悄悄徒自伤。"意言君子小人，进退有时，如夏月蚊虻纵横，至秋月息。比庭坚于蟠桃，进必迟。自比苦李，以无用全生。又《诗》云"忧心悄悄，愠于群小"，以讥讽当今进用之人皆小人也。③

35. 同年四月，作《次韵潜师放鱼》。《东坡乌台诗案》载：

> 元丰元年四月中，作《次韵潜师放鱼》诗一首。轼知徐州日，有相识浙僧道潜来相看，同在河亭上坐，见人打鱼，其僧买鱼放生，后作诗一首，即无讥讽。轼依韵和诗一首与本人云："疲民尚作鱼尾赤，数罟未除吾颡泚。"《左传》云："如鱼赪尾，横流而方杨舲。"（注云："鱼劳则尾赤。"）亦是时徐州大水之后，役夫数起，轼言民之疲病，如

---

① （宋）朋九万撰《东坡乌台诗案》，商务印书馆，1939，第11页。
② （宋）朋九万撰《东坡乌台诗案》，商务印书馆，1939，第11~12页。
③ （宋）朋九万撰《东坡乌台诗案》，商务印书馆，1939，第15~16页。

鱼劳而尾赤也。数罟，谓鱼网之细密者。又言民既疲病，朝廷又行青苗、助役，不为除放，如密网之取鱼也。皆以讥讽朝廷新法不便，所以致大水之灾也。①

36. 同年八月，作《送张安道赴南都留台》。《东坡乌台诗案》载：

  元丰元年八月内，张方平令王巩将诗一卷来徐州，题封曰"乐全堂杂咏"，拆开看，乃是张方平旧诗。今不记其词，即无讥讽。轼作一诗题卷末，其词云："人物已衰谢，微言难重寻。清谈未足多，感时意殊深。"轼言晋元帝时，卫玠初过江左，不意永嘉之末，复闻正始之音。轼意言晋元帝时人物衰谢，不意复见张方平之文章才气，以讥讽今时风俗衰薄也。意以卫玠比方平，故云"清谈未足多，感时意殊深"。言我非独多卫玠清谈，但感时之人物衰谢，微言难继，此意殊深远也。又云："少年有奇志，欲和南风琴。荒林蜩螗乱，废沼蛙蝈淫。遂欲掩两耳，临文但噫喑。"意言轼少年本有志欲和天子薰风之诗，因见学者皆空言无实，杂引佛老异端之书，文字杂乱，故以荒林废沼比朝廷新法屡有变改，事多荒废，致风俗虚浮，学者诞妄，如蜩螗之纷乱，故遂掩耳，不欲论文也。又云："萧然王郎子，来自缑山阴。云见浮邱伯，吹箫明月岑。遗声落淮泗，蛟鼍为悲吟。"以王子晋比王巩，以浮邱伯比方平也。"（顾）[愿]公正王度，《祈招》继愔愔"，据《左氏》，楚灵王欲求九鼎于周，求地于诸侯，其臣令尹子革谏王，其诗曰："《祈招》之愔愔，式昭德音。思我王度，式如玉，式如金。形民之力，而无醉饱之心。"楚灵王不能用，以及于难。其事节于此。但轼不全记其词。轼欲张方平勿为虚言之诗，当作讥讽朝廷政事阙失，如祭父作《祈招》之诗也。②

37. 元丰二年六月十三日，作《次韵周开祖长官见寄》。《东坡乌台诗案》载：

  元丰（三）[二]年六月十三日，轼知湖州，有周邠作诗寄轼，轼答云："政拙年年祈水旱，民劳处处避嘲呕。河吞巨野那容塞，盗入蒙山不易搜。事道故因惭孔孟，扶颠未可责由求。"此诗自言迁徙数州，

---

① （宋）朋九万撰《东坡乌台诗案》，商务印书馆，1939，第 21～22 页。
② （宋）朋九万撰《东坡乌台诗案》，商务印书馆，1939，第 19～20 页。

未蒙朝廷擢用，老于道路，并所至遇水旱、盗贼，夫役数起，民蒙其害，以讥讽朝廷政事阙失，并新法不便之所致也。又云："事道故因惭孔孟，扶颠未可责由求。"以言已仕而道不行，则非事道也，故有惭于孔孟。孔子责由、求云："危而不持，颠而不扶，则将焉用彼相矣。"颠，谓颠仆也。意以讥讽朝廷大臣不能扶正其颠仆。①

根据御史台的指控，除了熙宁九年外，苏轼每年都创作一首或数首带有讥讽"新党"和"新法"的诗歌。虽然指控带有罗织罪名、上纲上线甚至肆意诬陷的意味，但这里所列的大部分诗歌应该的确具有讥讽含义。毕竟，苏轼本人对此也是认可的。

除了以上几十首外，苏轼其实还有一些讽刺"新党"和"新法"的作品。如《吴中田妇叹（和贾收韵）》就是一首讥讽之意更加明显的诗作：

今年粳稻熟苦迟，庶见霜风来几时。霜风来时雨如泻，把头出菌镰生衣。眼枯泪尽雨不尽，忍见黄穗卧青泥。茅苫一月陇上宿，天晴获稻随车归。汗流肩赪载入市，价贱乞与如糠粞。卖牛纳税拆屋炊，虑浅不及明年饥。官今要钱不要米，西北万里招羌儿。龚黄满朝人更苦，不如却作河伯妇！②

此诗作于熙宁五年，当时苏轼到湖州督修堤坝。相对于前列作品，此诗中提到的"新法"造成的危害更加严重：百姓被逼到卖牛拆屋的地步，已经活不下去了！与此同时，苏轼对"新党"的讥讽也更加辛辣——他竟然把造成如此灾难性后果的朝中"新党"比作汉朝善于抚民的循吏龚遂和黄霸，真是入木三分！

虽然对"新党"和"新法"的讥讽是苏轼诗歌中最有现实意义的内容，但他对社会问题的思考与批判并不局限于此。比如《荔支叹》就明显超脱了新旧党争的牢笼：

十里一置飞尘灰，五里一堠兵火催。颠坑仆谷相枕藉，知是荔支龙眼来。飞车跨山鹘横海，风枝露叶如新采。宫中美人一破颜，惊尘溅血流千载。永元荔支来交州，天宝岁贡取之涪。至今欲食林甫肉，无人举觞酹伯游。我愿天公怜赤子，莫生尤物为疮痏。雨顺风调百谷

---

① （宋）朋九万撰《东坡乌台诗案》，商务印书馆，1939，第14页。
② 《苏轼诗集》第2册，（清）王文诰辑注，孔凡礼点校，中华书局，1982，第404页。

登,民不饥寒为上瑞。君不见武夷溪边粟粒芽,前丁后蔡相笼加。争新买宠各出意,今年斗品充官茶。吾君所乏岂此物,致养口体何陋耶。洛阳相君忠孝家,可怜亦进姚黄花。①

苏轼绍圣二年(1095)作此诗于惠州(今属广东),已是晚年之作。此诗虽属咏史,但不限于一人一事,最后落脚点是对朝臣不论忠奸皆"争新买宠各出意"这一严重社会现实的揭示和批判,显然比此前讥讽"新党"和"新法"的作品更加具有思想深度。

王安石变法固然有其不得已的社会原因,尽管变法的出发点是为了解决当时的财政困难,但其"富国强兵"的目标下隐藏着的是"与民争利"的事实,这又有悖于儒家"藏富于民"的基本理念,故朝野多持反对态度。在众多的反对者中,苏轼的政治态度并不算过激,他获罪最重要的原因是经常用诗歌讥讽"新党"和"新法"的弊病,影响较大,故为"新党"深恶痛绝,欲置之死地而后快。苏轼对于"新党"和"新法"的讥讽,并不是出于党争,更不是出于个人恩怨,而是立足于民生,这体现出的是儒家的仁者情怀,其实是对《诗经》传统的继承。《毛诗大序》云:"上以风化下,下以风刺上,主文而谲谏,言之者无罪,闻之者足以戒。"② 这在汉代以后成了众多进步的知识分子忧国忧民的理论依据,苏轼也是如此。苏辙为其作《亡兄子瞻端明墓志铭》,在谈到其以诗罹罪的原因时说:"初,公既补外,见事有不便于民者,不敢言,亦不敢默视也。缘诗人之义,托事以讽,庶几有补于国。言者从而媒蘖之。"③ 其中"缘诗人之义,托事以讽"几字不仅肯定了苏轼的讥讽事实,而且指出其动机源自儒家的"诗人之义"。

王安石在执政前宣传自己的变法思想,苏轼在变法后讥讽"新党"和"新法",虽然在时间上有明显的差异,思想指向更加不同,甚至可以说针锋相对,但二人都把诗歌当成了政治工具,这一点则是共同的。就所具有的政治性而言,王、苏二人的诗歌在北宋达到了顶峰,这在"宋调"中也是最突出的。之后,由于政治斗争日趋尖锐,诗歌成了新旧两党打击对方、

---

① 《苏轼诗集》第7册,(清)王文诰辑注,孔凡礼点校,中华书局,1982,第2126~2127页。
② (汉)毛亨传,(汉)郑玄笺,(唐)孔颖达疏,龚杭云等整理《毛诗正义》上册,北京大学出版社,1999,第13页。
③ (宋)苏辙:《栾城集》下册,曾枣庄、马德富校点,上海古籍出版社,1987,第1414页。

排除异己的口实，于是在创作上不得不迅速远离政治，也疏离了现实，从而走向了完全相反的方面。

第三节
"宋调"定型期：诗歌最终远离现实

从"宋调"出现之日起，关注现实、批判时弊就是其构成要素，可是随着新旧党争越来越激烈，甚至到了你死我活的地步，而正在发展中的"宋调"由于之前与政治的关系过于密切，成为新旧党争时双方打击对方的借口。于是，作诗可能带来的政治危险越来越大。苏轼等人所经历的"乌台诗案"仅仅是个开端，之后的政治形势更加险恶。诗人为了避免惹祸上身，不但不敢用诗歌谈论朝政、反映社会现实，还尽量避免作诗，甚至彼此以作诗相告诫。在这样的环境里，"宋调"在内容上来了一个一百八十度的大转弯，从而否定了诗歌的现实内容，从根本上丧失了其功利性。

一 诗歌成为两党互相倾轧的政治口实

王安石在熙宁二年（1069）推行"新法"之后，其主持者与支持者被称为"新党"，而反对"新法"的臣僚则被称为"旧党"。按照这样的划分，苏轼自然属于"旧党"。因此，所谓"乌台诗案"其实就是"新党"以诗歌为口实对"旧党"实施的一次政治打击。

其实，在"新党"推行变法的过程中，反对者众多，作诗批判和讥讽者亦不罕见，有人甚至直接把诗歌寄给王安石本人。《诗林广记·后集》卷十"刘贡父"条载刘攽《寄王荆公》诗云：

> 青苗助役两妨农，天下嗷嗷怨相公。惟有蝗虫偏感德，又随车骑过江东。

其下说明材料出处为《泊宅编》，云：

> 荆公罢相，出镇金陵，时飞蝗自北而南，江东诸郡皆有之。百官饯荆公于城外，刘贡父后至，追之不及，见其行榻上有一书屏，因书一绝以寄之。[①]

[①]（宋）蔡正孙撰《诗林广记》，常振国、降云点校，中华书局，1982，第430页。

但中华书局出版的许沛藻、杨立扬点校的《泊宅编》十卷本和三卷本皆未见这条记载，或者《诗林广记》所载出处有误亦未可知。刘攽与王安石私交不错，他作此诗应该是出于调侃，但是他与王安石毕竟属于不同的党派，其中的讽刺意味谁也无法否定。王安石第一次罢相，是在熙宁七年，但朝政依然为"新党"把持。次年，王安石再度为相，亦未闻为此找刘攽麻烦。"新党"以诗歌为口实打击"旧党"，是在王安石第二次罢相并远离政治之后。"乌台诗案"虽以苏轼为主犯，但"新党"打击的远非只有他一人。这里再据《东坡乌台诗案》所载引出苏轼被问罪的过程和此案牵连的众多人物：

> 今年七月二十八日，中使皇甫遵到湖州勾摄轼前来。至六月十八日，赴御史台出头。当日准问目，方知奉圣旨根勘。当月二十日，轼供状时，除《山村》诗外，其余文字并无干涉时事。二十二日，又虚称更无往复诗等文字。二十四日，又虚称别无讥讽嘲咏诗赋等应系干涉文字。二十四日，又虚称即别不曾与文字往还。三十日，却供通自来与人有诗赋往还人数、姓名，又不说曾有黄庭坚讥讽文字等因依，再勘方招外，其余前后供析语言因依等不同去处，委是忘记，误有通供，即非讳避。轼有此罪愆，甘伏朝典。十月十五日，奉御宝批见勘治苏轼公事，应内外文武官曾与苏轼交往，以文字讥讽政事，该取会验问看若干人闻奏。至十一月二十一日，准中书批送下本所，伏乞勘会苏轼举主。奉圣旨，李清臣按后声说，张方平等并收坐。奉圣旨，王巩说执政商量等言，特与免根治外，其余依次结按闻奏。又中书省札子：权御史中丞李定等，准元丰二年十一月二十八日札子，苏轼公事见结按次。其苏轼欲乞在台收禁，听候敕命断遣。奉圣旨，依奏按后收坐人姓名：
>
> 王巩、王诜、苏辙、李清臣、高立、僧居则、僧道潜、张方平、田济、黄庭坚、范镇、司马光、孙觉、李常、曾巩、周邠、刘挚、吴琯、刘攽、陈襄、颜复、钱藻、盛侨、王纷、戚秉道、钱世雄、王安上、杜子方、陈珪。
>
> 已上系收苏轼有讥讽文字，不申缴入司。
>
> 章傅、苏舜举、钱颛、蔡冠卿、吕仲甫、刘述、刘恕、李杞、李有间、赵彖、李孝孙、仲伯达、晁端彦、沈立、文同、梁交、关景仁、张次山、徐汝奭、吴天常、刘瑾、李似、晁端成、邵迎、陈章、杨介、

习约、姜成颜、张援、李定、毛国华、刘勋、沈迥、许醇、黄颜、单锡、孔舜亮、欧阳修、焦千之、孙洙、岑象之、张先、陈烈、张吉甫、张景之、李庠、孙弁。

已上承受无讥讽文字。①

经此一案,不但苏轼本人被认定有罪,其众多的朋友也因为收到过他的"讥讽文字"而成为"收坐人"。此外,还有包括欧阳修、张先等已经去世人员在内的更多师友,仅仅因为收到过他的"无讥讽文字"也被留下了案底。

御史台认定苏轼犯了三项罪,并在数罪并罚后明确了对他的处罚。《东坡乌台诗案》载:

> 熙宁三年已后至元丰三年十一月十五日,德音前令王诜送钱与柳秘丞,后留僧思大师画数轴,并就王诜借钱一百贯。并为婢出家,及相识僧,与王诜处,许将祠部来取,并曾将画与王诜装褙;并送李清臣诗,欲于国史中载所论;并《湖州谢上表》讥用人生事扰民。准敕,臣僚不得因上表称谢,妄有诋毁,仰御史台弹奏。又条海行条贯,不指定刑名,从不应为轻重,准律不应为事理,重者杖八十,断合杖八十私罪。又到台累次虚妄不实供通,准律,别制下问按推,报上不以实,徒一年。未奏,减一等,合杖一百私罪。
>
> 作诗赋等文字讥讽朝政阙失等事,到台被问,便具因依招通。准律,作匿名文字谤讪朝政及中外臣僚,徒二年。准敕,罪人因疑被执,脏状未明,因官监问自首,依按问欲举自首。又准《刑统》,犯罪按问,欲举而自首,减二等。合比附徒一年,私罪系轻,更不取旨。
>
> 作诗赋及诸般文字寄送王诜等,致有镂板印行,各系讥讽朝廷及谤讪中外臣僚。准敕,作匿名文字,嘲讪朝政及中外臣僚,徒二年;情重者奏裁。准律,犯私罪,以官当徒者,九品以上,一官当徒一年。准敕,馆阁贴职,许为一官,或以官,或以职,临时取旨。据按苏轼见任祠部员外郎、直史馆,并历太常博士。其苏轼合追两官,勒停放。准敕比附定刑,虑恐不中者奏裁。其苏轼系情重,及比附,并或以官,或以职。奉圣旨,苏轼可责授检校水部员外郎,充黄州团练使,本州

---

① (宋)朋九万撰《东坡乌台诗案》,商务印书馆,1939,第31~32页。

安置，不得签书公事。①

之后，曾收受其"讥讽文字"的众人也各自受到了具体的处罚。《续资治通鉴长编》卷三百一载：

> （元丰二年十二月庚申）祠部员外郎、直史馆苏轼责授检校水部员外郎、黄州团练副使、本州安置，不得签书公事，令御史台差人转押前去。绛州团练使、驸马都尉王诜追两官勒停。著作佐郎、签书应天府判官苏辙监筠州盐酒税务，正字王巩监宾州盐酒务，令开封府差人押出门，趣赴任。太子少师致仕张方平、知制诰李清臣罚铜三十斤。端明殿学士司马光、户部侍郎致仕范镇、知开封府钱藻、知审官东院陈襄、京东转运使刘攽、淮南西路提点刑狱李常、知福州孙觉、知亳州曾巩、知河中府王汾、知宗正丞刘挚、著作佐郎黄庭坚、卫尉寺丞戚秉道、正字吴琯、知考城县盛侨、知滕县王安上、乐青县令周邠、监仁和县盐税杜子方、监澶州酒税颜复、选人陈珪、钱世雄各罚铜二十斤。②

不过，相对于案件本身，此案产生的更大影响是：从此"讥讽文字"成为定罪的依据，为"新党"迫害"旧党"打开了方便之门。于是"旧党"人人自危，彼此相诫不要作诗，也不能轻易和答他人之诗。张舜民《画墁录》载：

> 元丰中诗狱兴，凡馆舍诸人与子瞻和诗，罔不及。其后刘贡父于僧舍闲话子瞻，乃造语：有一举子与同里子弟相得甚欢，一日同里不出，询其家，云近出外县。久之复归，诘其端，乃曰："某不幸典着贼赃，暂出回避。"一日，举子不出，同里者询其家，乃曰："昨日为府中追去。"未几复出，诘其由，曰："某不幸和着贼诗。"子瞻亦不能喜愠。③

刘攽亦是苏轼好友，性喜滑稽，因"乌台诗案"牵连被罚铜，他编出这样一个故事固然是调侃苏轼，但也说明在当时唱和诗歌已成畏途，其中

---

① （宋）朋九万撰《东坡乌台诗案》，商务印书馆，1939，第33页。
② （宋）李焘撰《续资治通鉴长编》第21册，中华书局，1990，第7333页。
③ （宋）张舜民：《画墁录》，（宋）欧阳修等撰《归田录（外五种）》，韩谷等校点，上海古籍出版社，2012，第64页。

可谓危机四伏。

以诗歌打击政敌固然为"新党"所开创，但"旧党"也同样可以"以彼之道还施彼身"。其中最典型的事件就是"车盖亭诗案"。神宗去世后，哲宗即位，高太后称制，罢去"新党"，启用"旧党"。元祐元年（1086），宰相蔡确（字持正）被罢知陈州（今河南淮阳），又改安州（今湖北安陆）。蔡确夏日游车盖亭，作绝句十首，为吴处厚曲解诬陷，"旧党"借此将其贬为英州（今广东英德）别驾，新州（今广东新兴）安置，蔡遂抑郁卒于新州。关于此事中的一些曲折，王明清在《挥麈录·三录》卷一中所录其父王铚的一段"手记"记载得较为详细：

> 蔡持正既孤居陈州，郑毅夫冠多士，通判州事，从毅夫作赋。吴处厚与毅夫同年，得汀州司理，来谒毅夫，间与持正游。明年，持正登科，浸显于朝矣。处厚辞王荆公荐，去从滕元发。薛师正辟于中山，大忤荆公，抑不得进。元丰初，师正荐于王禹玉，甚蒙知遇。已而持正登庸，处厚乞怜颇甚，贺启云："播告大廷，延登右弼。释天下霖雨之望，慰海内岩石之瞻。帝渥俯临，舆情共庆。共惟集贤相公，道包康济，业茂赞襄。秉一德以亮庶工，遏群邪以持百度。始进陪于国论，俄列俾于政经。论道于黄阁之中，致身于青霄之上。窃以闽、川出相，今始五人；蔡氏登庸，古惟二士。泽干秦而（聘）[骋]辩，汲汲霸图；义辅汉以明经，区区暮齿。孰若遇休明之运，当强仕之年。尊主庇民，已陟槐廷之贵；代天理物，遂跻鼎石之崇。处厚早辱埏陶，窃深欣跃。稀苓马勃，敢希乎良医之求；木屑竹头，愿充乎大匠之用。"然持正终无汲引之意。是时，王、蔡并相。禹玉荐处厚作大理寺丞。会尚书左丞王和甫与御史中丞舒亶有隙。元丰初改官制，天子励精政事，初严六察，亶弹击大吏，无复畏避，最后纠和甫尚书省不用例事，以侵和甫；和甫复言亶以中丞兼直学士院，在官制既行之后，只合一处请给，今亶仍旧用学士院厨钱蜡烛为赃罪。亶奏事殿中，神宗面喻亶，亶力请付有司推治，诏送大理寺。亶恃主眷盛隆，自以无疵，欲因推治益明白。且上初无怒亶意，姑从其请而已。处厚在大理，适当推治亶击和甫，而和甫与禹玉合谋倾亶。亶事得明，必参大政；亶若罪去，则禹玉必引和甫并位，将代持正矣。处厚观望，佑禹玉，锻炼傅致，固称亶作自盗赃。是时，大理正王吉甫等二十余人咸言亶乃夹误，非赃罪明白。禹玉、和甫从中助，下亶于狱，坐除名之罪。当处

厚执议也，持正密遣达意救亶，处厚不从。故亶虽得罪，而御史张汝贤、杨畏先后论和甫讽有司陷中司等罪，出和甫知江宁府，致大臣交恶。而持正大怒处厚小官，规动朝听，离间大臣。欲黜之，未果。会皇嗣屡夭，处厚论程婴、公孙杵臼存赵孤事，乞访其坟墓。神宗喜，禹玉请擢处厚馆职。持正言反覆小人，不可近。禹玉每挽之，惮持正辄止。终神宗之世，不用。哲宗即位，禹玉为山陵使，辟处厚掌笺表。禹玉薨，持正代为山陵使，首罢处厚。山陵毕事，处厚言尝到局，乞用众例迁官，不许，出知通利军。后以贾种民知汉阳军，种民言母老不习南方水土，诏与处厚两易其任。处厚诣政事堂言："通利军人使路已借紫矣，改汉阳则夺之一等作郡。请仍旧。"持正笑曰："君能作真知州，安用假紫邪！"处厚积怒而去。其后，持正罢相守陈，又移安州。有静江指挥卒当出戍汉阳，持正以无兵，留不遣，处厚移文督之。持正寓书荆南帅唐义问固留之，义问令无出戍。处厚大怒曰："汝昔居庙堂，固能害我，今贬斥同作郡耳，尚敢尔耶！"会汉阳僚吏至安州者，持正问处厚近耗，吏诵处厚《秋兴亭》近诗云："云共去时天杳杳，雁连来处水茫茫。"持正笑曰："犹乱道如此！"吏归以告处厚，处厚曰："我文章蔡确乃敢讥笑耶！"未几，安州举子吴扩自汉江贩米至汉阳，而郡遣县令陈当至汉口和籴，吴袖刺谒当，规欲免籴，且言近离乡里时，蔡丞相作《车盖亭》十诗，舟中有本，续以写呈，既归舟，以诗送之。当方盘量，不暇读，姑置怀袖。处厚晚置酒秋兴亭，遣介巫召当，当自汉口驰往，既解带，处厚问怀中何书，当曰："适一安州举人遗蔡丞相近诗也。"处厚亟请取读，篇篇称善而已，盖已贮于心矣。明日，于公宇冬青堂笺注上之。后两日，其子柔嘉登第，授太原府司户，至侍下，处厚迎谓曰："我二十年深仇，今报之矣。"柔嘉问知其详，泣曰："此非人所为。大人平生学业如此，今何为此？将何以立于世？柔嘉为大人子，亦无容迹于天地之间矣。"处厚悔悟，遣数健步，剩给缗钱追之，驰至进邸，云邸吏方往阁门投文书，适校俄顷时尔。先子久居安陆，皆亲见之。又，伯父太中公与持正有连，闻处厚事之详。世谓处厚首兴告讦之风，为缙绅复仇祸首，几数十年，因备叙之。①

---

① （宋）王明清撰《挥麈录》，《宋元笔记小说大观》第 4 册，上海古籍出版社，2001，第 3767~3769 页。

相对于苏轼而言，蔡确因诗获罪似乎更加冤枉。毕竟，苏轼确实用诗歌讥讽"新党"和"新法"了，而蔡确的《夏日游车盖亭》原本跟时局并无关联，就是一组平常的即景抒情诗，却被吴处厚深加罗织。《续资治通鉴长编》卷四二五载：

（元祐四年四月）先是，朝散郎、知汉阳军吴处厚言：

伏见朝廷牵复知邓州蔡确观文殿学士，此则朝廷念旧推恩，无负于确矣。然确昨谪安州，不自循省，包蓄怨心，实有负于朝廷，而朝廷不知也。故在安州时，作《夏中登车盖亭》绝句十篇，内五篇皆涉讥讪，而二篇讥讪尤甚，上及君亲，非所宜言，实大不恭。臣以食君之禄，义切于己，虽不在言责之地，忠愤所激，须至冒昧万死，仰渎天听。缘其诗皆有微意，确欲使读者不知，臣谨一一笺释，使义理明白。内五篇不涉讥讪，亦一例写录连粘投进，所贵知臣言之不妄。

其诗云："公事无多客亦稀，朱衣小吏不须随。溪潭直上虚亭里，卧展柴桑处士诗。""一川佳境疏帘外，四面凉风曲槛头。绿野平流来远棹，青天白雨起灵湫。"右以上二篇，别无讥谤。"静中自足胜炎蒸，入眼兼无俗物憎。何处机心惊白鸟，谁人怒剑逐青蝇？"右此一篇，只是讥刺执政，即不谤及君亲。"纸屏石枕竹方床，手倦抛书午梦长。睡起莞然成独笑，数声渔唱在沧浪。"右此一篇，称莞然独笑，亦含微意。况今朝政清明，上下和乐，即不知蔡确独笑为何事。"西山仿佛见松筠，日日来看色转新。闻说桃花岩石畔，读书曾有谪仙人。"右此一篇，亦别无讥谤。"风摇熟果时闻落，雨折幽花亦自香。叶底出巢黄口闹，波间逐队小鱼忙。"右此一篇，只是讥刺昨来言事者，及朝廷近日擢用臣僚，亦不曾谤及君亲。

"矫矫名臣郝甑山，忠言直节上元间。钓台芜没知何处？叹息思公俯碧湾。"右此一篇，讥谤朝廷，情理切害，臣今笺释之。按：唐郝处俊封甑山公，上元初，曾仕高宗。时高宗多疾，欲逊位武后，处俊谏曰："天子治阳道，后治阴德，然帝与后犹日之与月、阴之与阳，各有所主，不相夺也。若失其序，上谪见于天，下降灾于人。昔魏文帝著令，不许皇后临朝，今陛下奈何欲身传位天后乎？天下者，高祖、太宗之天下，非陛下之天下，正应谨守宗庙，传之子孙，不宜持国与人，以丧厥家。"由是事沮。臣窃以太皇太后垂帘听政，尽用仁宗朝章献明肃皇太后故事，而主上奉侍太母，莫非尽极孝道，太母保圣躬，莫非尽极慈爱，不似前朝荒乱之政。而蔡确谪守安州，便怀怨恨，公肆讥谤，形于篇什。处今之世，思古之人，不思于它，而思处俊，此其意何也？借曰处俊陆人，故思之，然《安陆图经》更有古迹可思，而独思处俊，又寻访处俊钓台，再三叹息，此其情可见也。臣尝读《诗·邶风·绿衣》，卫庄姜嫉州吁之母上僭，其卒章曰："我思古人，实获我心。"释者谓此思古之圣人制礼者，使妻妾贵贱有序，故得我之心也。今确之思处俊，微意如此。

"溪中曾有划船士，溪上今无佩狭人。病守翛然唯坐啸，白鸥红鹤伴闲身。"右此一篇，亦无讥谤。"未结茅庐向翠微，且持杯酒对清辉。水趋梦泽悠悠过，云抱西山冉冉飞。"右此一篇，亦无讥谤。"喧豗六月浩无津，行见沙洲束两滨。如带溪流何足道，沉沉沧海会扬尘。"右此一篇，称"沉沉沧海会扬尘"，言海会有扬尘时，人寿几何，尤非佳语。①

蔡确被贬而死，虽然是由吴处厚首告，但真正将他置于死地的却是朝中执政的"旧党"及其背后的高太后。"旧党"以诗定罪的程度比"新党"有过之而无不及。在"车盖亭诗案"之后，"旧党"主要成员梁焘等人开列了两份"新党"名单作为打击对象。徐自明《宋宰辅编年录》卷九"元祐元年"载：

> 初，焘等之排论确也，又密具确及王安石亲党姓名以进，其奏曰："臣等窃谓确本出王安石之门，相继秉政垂二十年，奸邪群小交接趋附，深根固蒂，牢不可破。谨以王安石、蔡确两人亲党开具于后。蔡确亲党：安焘、章惇、蒲宗孟、曾布、曾肇、蔡京、蔡卞、黄履、吴居厚、舒亶、王觌、邢恕等四十七人；王安石亲党：蔡确、章惇、吕惠卿、张璪、安焘、蒲宗孟、王安礼、曾布、曾肇、彭汝砺、陆佃、谢景温、黄履、吕嘉问、沈括、舒亶、叶祖洽、赵挺之、张商英等三十人。"②

"旧党"以"车盖亭诗案"为契机，对"新党"大肆株连，至"新党"重新上台后进一步反弹，于是又出现了"同文馆狱"。哲宗亲政后，重新起用"新党"，对"旧党"的清算也就开始了。关于"同文馆狱"的始末，

---

① （宋）李焘撰《续资治通鉴长编》第29册，中华书局，1992，第10270~10272页。
② （宋）徐自明撰，王瑞来校补《宋宰辅编年录校补》，中华书局，1986，第537页。

《皇宋通鉴长编纪事本末》卷一〇七"刘文书狱"所载较为完整：

绍圣元年七月，刘巩等贬责（详见《逐元祐党》）。

四年八月丁酉，诏："赠太师蔡确无辜贬死，弟除名勒停人、前朝奉郎硕特与叙换内殿崇班。"承务郎、少府监主簿蔡渭奏："臣叔父硕曩于邢恕处见文及甫元祐中所寄恕书，具述奸臣大逆不道之谋。及甫乃文彦博爱子，必知当时奸状。"诏翰林学士承旨蔡京同权吏部侍郎安惇即同文馆究问。初，及甫与恕书，自谓毕襌当求外，入朝之计，未可必闻，已逆为机阱，以榛梗其途。又谓司马昭之心，路人所知。又济之以粉昆，朋类错立，欲以眇躬为甘心快意之地。及甫尝语蔡硕为司马昭，指刘挚粉昆，指韩忠彦眇躬。及甫自谓，盖俗谓驸马都尉曰粉侯，人以王师约，故呼其父尧臣曰粉父。忠彦乃嘉彦之兄也。及甫除都司，为刘挚论列。又挚尝论彦博不可除三省长官，故止为平章军事。彦博致仕，及甫自权侍郎以修撰守郡，母丧，除。及甫与恕书请补外，因为躁忿诋毁之辞。及甫对，以昭比挚如旧，斥挚将谋废立。眇躬乃指上，而粉昆指王岩叟、梁焘。岩叟面如傅粉，故曰粉，焘字况之，以况为兄，故曰昆。及甫初赴狱，京等说之曰："此事甚大，侍郎无预，第对以实，即出矣。"及甫即妄自解释其书，又言父彦博临终屏左右，独告以挚等将谋废立，故亟欲彦博罢平章重事。问其验证，则俱无有也。

……先是，蔡京、安惇共治文及甫并尚洙等所告事（八月十六日），将大有所诛戮。会星变（九月五日），上怒稍息。然安惇极力锻炼不少置，而焘先卒于化州（十一月二十七日）。后七日，挚亦卒于新州。众皆疑两人不得其死。明年五月，狱乃罢。

……（元符元年）五月辛亥，诏："刘挚、梁焘据文及甫、尚洙等所供语言，偶逐人皆亡，不及考验，明正典刑。挚、焘诸子并勒停，永不收叙，仍各令于元指定处居住。"先是，蔡京言："臣昨奉诏究问文及甫书事，寻具进呈，乞赐施行。至今未奉朝旨。伏缘刘挚与其党罪，有司马昭之心，为同时之人所发，而陛下以天地之度贷其万死，恩至厚矣。而臣拳拳犹有请者，欲正其典刑，以及其子孙，以信于天下。伏望早降指挥。"诏以京言付三省。于是三省同进呈，而有是命。①

---

① （宋）杨仲良撰《皇宋通鉴长编纪事本末》第4册，李之亮校点，黑龙江人民出版社，2006，第1878～1881页。

"同文馆狱"虽不是由诗歌引发，却是"新党"对"车盖亭诗案"的报复行为，因此仍有一定的关联。在这一连串的政治斗争中，诗人和诗歌在一定程度上都成了牺牲品。哲宗亲政后打击"旧党"，诗歌创作的环境较之前更加险恶。从苏轼在惠州的言行，可以看出党争对其创作产生的深刻影响。

今存苏轼在惠州时写给表兄程之才的尺牍《与程正辅提刑》多达七十一篇，内容较复杂，其中涉及诗歌创作的有以下数篇。其十云："某启。和示《香积》诗，真得渊明体也。某喜用陶韵作诗，前后盖有四五十首，不知老兄要录何者？稍间，编成一轴附上也，只告不示人尔。"① 苏轼至惠州未久，即使面对自己的表兄，也不敢作诗，连之前所作的《和陶诗》也没有直接寄去，而且还预先叮嘱，"只告不示人尔"。其十六云："前后惠诗皆未和，非敢懒也。盖子由近有书，深戒作诗，其言切至，云当焚砚弃笔，不但作而不出也。不忍违其忧爱之意，故遂不作一字，惟深察。"② 苏辙之所以"深戒作诗"，让苏轼"焚砚弃笔"，当然是出于对其兄安全的考虑。于是苏轼说自己不再作诗，所以连表兄之诗也不和答。其二十一云：

> 宠示诗域醉乡二首，格力益清茂。深欲继作，不惟高韵难攀，又子由及诸相识皆有书，痛戒作诗，（有说不欲详言。）其言甚切，不可不遵用。空被来贶，但惭汗而已。兄欲写陶体诗，不敢奉违，今写在扬州日二十首寄上，亦乞不示人也。③

表兄又寄新诗，苏轼因为"子由及诸相识皆有书，痛戒作诗"没有和答，又不想让对方过于失落，终于将之前答应的在扬州所作《和陶诗》二十首寄去，同时再次强调"亦乞不示人也"。由以上三篇尺牍可以看出，即便是以"好骂"著称的苏轼，在"新党"专权之下也噤若寒蝉，别说批判时弊或者反映民生了，连亲人之间的唱酬都不敢。即便抄录之前与政治、现实并无关系的旧作，也还要一再叮嘱"乞不示人"。不过，随着时间的推移，年过六十的苏轼知道"新党"不会让他活着离开惠州了，反倒少了一些顾忌，也不再执着于不作诗了。其三十七云："新什此篇尤有功，呫呫逼鲍、谢矣。不觉起予，故和一诗，以致钦叹之意，幸勿广示人也。"④ 苏轼不但和答了表兄之诗，而且这里所说"幸勿广示人也"，跟之前所说"乞不

---

① 《苏轼文集》第4册，孔凡礼点校，中华书局，1986，第1593页。
② 《苏轼文集》第4册，孔凡礼点校，中华书局，1986，第1594页。
③ 《苏轼文集》第4册，孔凡礼点校，中华书局，1986，第1597页。
④ 《苏轼文集》第4册，孔凡礼点校，中华书局，1986，第1605页。

示人"也有明显的区别，即不再强调不让别人看自己的诗作，只要不太招摇即可。其五十四云："见劝作诗，本亦无固必，自懒作尔。如此候虫时鸣，自鸣而已，何所损益，不必作，不必不作也。"① 在这里，苏轼说诗歌"不必作，不必不作也"，也即是说，他从心里认为自己当下作诗已无妨碍了。又其五十九云："并有《江月》五首，录呈为一笑。吾侪老矣，不宜久郁，时以诗酒自娱为佳。"② 这段话最能揭示苏轼态度变化的原因，既然自己已经老了，来日无多，那么何不"时以诗酒自娱为佳"。惠州三年，苏轼虽然经历了从不敢作诗到重新认可作诗的变化，但其后期所作的诗歌也仅仅限于私人酬唱，跟外面的世界，特别是与民生和时政都没有关系。

不光苏轼如此，黄庭坚也是如此，其在哲宗亲政后被贬黔州（今重庆彭水）、戎州（今四川宜宾）时的心态变化与苏轼颇为类似。苏、黄作为宋代成就最高的两大诗人，他们的这种心态，对反映当时诗人的心态变化来说具有突出的代表性。

追至徽宗朝，政权始终为"新党"把持，对"旧党"的打击也达到了前所未有的高度。蔡京等人竟然列出一个三百多人的"奸党"名单，并刻成《元祐奸党碑》颁行天下，但究其源头，仍与之前的"乌台诗案"和"车盖亭诗案"有莫大关联。关于这一点，王明清在《玉照新志》卷一中说得很清楚：

> 元祐党人，天下后世莫不推尊之。绍圣所定止七十三人，至蔡元长当国，凡所背己者皆著其间，殆至三百九人，皆石刻姓名颁行天下。其中愚智溷淆，不可分别，至于前日诋訾元祐之政者，亦获厕名矣，唯有识讲论之熟者，始能辨之。然而祸根实基于元祐嫉恶太甚焉。吕汲公、梁况之、刘器之定王介甫亲党吕汲甫、章子厚而下三十人，蔡持正亲党安厚卿、曾子宣而下六十人，榜之朝堂。范淳父上疏以为奸厥渠魁，胁从罔治。范忠宣太息语同列曰："吾辈将不免矣。"后来时事既变，章子厚建元祐党，果如忠宣之言。大抵皆出于士大夫报复，而卒使国家受其咎。悲夫！③

除了立《元祐奸党碑》颁行天下，蔡京等人还大肆迫害元祐旧臣及其

---

① 《苏轼文集》第4册，孔凡礼点校，中华书局，1986，第1614页。
② 《苏轼文集》第4册，孔凡礼点校，中华书局，1986，第1616页。
③ （宋）王明清撰《玉照新志》，《宋元笔记小说大观》第4册，上海古籍出版社，2001，第3897页。

子弟，禁止苏轼、黄庭坚等人的文集流传，甚至不顾事实地将诗歌视为"元祐学术"，禁止士大夫作诗。在这样的政治环境下，大诗人的创作几乎停顿，这对宋诗的发展来说无疑是巨大的损失。即便是一般的诗人，也会因为朝廷禁止作诗而减少创作。比较而言，只有一些下级官吏和无功名者或者隐士、僧人受到的影响较小，反而可以自由地创作，其中就包括以效法黄庭坚为基础的江西诗派。

二 反对"好骂"——黄庭坚与"江西诗派"对诗歌功利性的洗涤

跟其他诗人相比，黄庭坚的诗歌在宋诗中最具有代表性，几乎可以看作"宋调"的标本，尤其是在与"唐音"相对照时更是如此。不过，黄庭坚的诗歌里已经没有了关心社会和时政的内容。黄庭坚（1045～1105），字鲁直，号山谷道人，洪州分宁（今江西修水）人。治平四年（1067）进士，仕至秘书丞，兼国史馆编修官。作为"苏门四学士"之一，黄庭坚自然属于"旧党"成员，在"新党"执政时期，他屡遭贬谪，最后卒于宜州（今广西宜山）贬所。

黄庭坚之所以洗涤了诗歌的功利性，主要有以下三个方面的原因。

其一，受新旧党争日趋激烈、两党互相迫害的影响。黄庭坚并非从一开始就反对诗歌的功利性。他不仅在年轻时就写过一些关心现实的诗歌，即便在"乌台诗案"之后，也仍有少量这样的作品。

黄庭坚及第后初授叶县（今属河南）尉，非常关心百姓遭受的苦难。从可能作于熙宁元年（1068）的《虎号南山（首二章，章八句，三章十句）》中就可以看出：

> 虎号南山，民怨吏也。
>
> 虎号南山，北风雨雪。百夫莫为，其下流血。相彼暴政，几何不虎。父子相戒，是将食汝。
>
> 伊彼大吏，易我鳏寡。矧彼小吏，取桎梏以舞。念昔先民，求民之瘼。今其病之，言置于辜。
>
> 出民于水，惟夏伯禹。今俾我民，是垫平土。岂弟君子，伊我父母。不念赤子，今我何怙。呜呼旻天，如此罪何苦。①

---

① （宋）黄庭坚著，郑永晓整理《黄庭坚全集辑校编年》上册，江西人民出版社，2011，第27页。

此诗的题旨，正是典型的"苛政猛于虎"，显然具有一定的现实批判意义。又如作于同一时期的《流民叹（叶县作）》：

> 朔方频年无好雨，五种不入虚春秋。迩来后土中夜震，有似巨鳌复戴三山游。倾墙摧栋压老弱，冤声未定随洪流。地文划劙水衋沸，十户八九生鱼头。稍闻澶渊渡河日数万，河北不知虚几州。累累褦负襄叶间，问舍无所耕无牛。初来犹自得旷土，嗟尔后至将何怙。刺史守令真分忧，明诏哀痛如父母。庙堂已用伊吕徒，何时眼前见安堵。疏远之谋未易陈，市上三言或成虎。祸灾流行固无时，尧汤水旱人不知。桓侯之疾初无证，扁鹊入秦始治病。投胶盈掬俟河清，一箪岂能续民命。虽然犹愿及此春，略讲周公十二政。风生群口方出奇，老生常谈幸听之。①

不过，这首诗虽然表现流民的苦难，但诗人并不认为官府有什么过错，反而赞美"刺史守令真分忧，明诏哀痛如父母"，又说"祸灾流行固无时，尧汤水旱人不知"，跟上诗的题旨有所不同。

即便是在王安石变法和"新党"制造文字狱之后，黄庭坚仍有少量关心现实的诗作。莫砺锋在《江西诗派研究》中说：

> 黄庭坚有一些诗鲜明地表示了他对当时的政治斗争和民族矛盾所持的态度……值得我们注意的是，尽管黄庭坚论诗时反对"讪谤怒骂"，但是在实际创作中，他并没有回避对当时社会的黑暗面进行讥刺。例如《和谢公定征南谣》，据史容注文，这是指的熙宁八年（1075）与交趾的战事。诗中反映了战祸给人民带来的苦难："合浦谯门腥血沸，晋兴城下白骨荒。"谴责了大臣好大喜功、轻启边衅："谋臣异时坐致寇，守臣今日愧包桑。""天道从来不争胜，功臣好为可喜说。交州鸡肋安足贪，汉开九郡劳臣监。"他指出这是一场劳民伤财的战争："颇闻师出三鸦路，尽是中屯六郡良。汉南食麦如食玉，湖南驱人如驱羊。营平请谷三百万，祁连引兵九千里。少府私钱不敢知，大农计岁今余几？"甚至揭露了"王师"的真面目："至今民歌'尹杀我'！"最后正面提出了"守在四夷"的思想："孝文亲遣劳苦书，稽

---

① （宋）黄庭坚著，郑永晓整理《黄庭坚全集辑校编年》上册，江西人民出版社，2011，第39页。

首请去黄屋车。得一望十终不忍，太宗之仁千古无。"又如《二月二日晓梦会于庐陵西斋作寄陈适用》，诗中毫无掩饰地抨击了盐政给人民带来的祸害："劝盐惟新令，王欲茕独活。此邦食淡伧，俭陋深刺骨。公囷积丘山，贾竖但圭撮。县官恩乳哺，下吏用鞭挞。政恐利一源，未塞兔三窟。寄声贤令尹，何道补黥刖？从来无研桑，顾影愧簪笏。何颜课殿上？解绶行采葛！"这些诗在反映社会弊端时相当尖锐，近于"怒骂"。①

莫先生提到的两首诗，均作于"新党"执政时期。前者作于熙宁八年（1075），诗人不但不赞同当时的对外政策，而且还在诗歌中对其进行有力地批判，显示了一定的批判勇气。后首作于元丰五年（1082），即在"新党"制造"乌台诗案"两年之后，时黄庭坚在太和（今属江西）知县任上。要知道，黄庭坚本人在"乌台诗案"中也受到了牵连。《东坡乌台诗案》载：

> 元丰元年二月内，北京国子监教授黄庭坚寄书二封，并古诗二首与轼，其书内一节云："伏惟阁下，学问文章，度越前辈，大雅岂弟，博约后来。立朝以正言见排，补郡辄上课最。可谓声实于中，内外称职。"其《古风》（六）[二] 首，第一首云："江梅有嘉实，结根桃李场。桃李终不言，朝露借恩光。孤芳忌皎洁，冰霜空自香。古来知鼎实，此物升庙廊。岁月坐成晚，烟雨青已黄。得升桃李盘，以远亦见尝。终然不可口，掷置官道傍。但取本根在，弃捐庸何伤。"第二首云："长松出涧壑，千里闻风声。上有百尺盖，下有千岁苓。小草有远志，相依在平生。医和不并世，深根且固蒂。人言可医国，何用太早计。大小材则殊，气味苦相似。"轼答书一封，除无讥讽外云："观其文以求其人，必轻外物而自重者。今之君子，莫能用也。"今之君子，谓近日朝廷进用之人，不能援进庭坚而用之也……元丰元年二月三十日，轼作《文同学士祭文》一首，寄黄庭坚。看此文，除无讥讽外云："道之难行，哀哉无徒。岂无友朋，逝莫告予。"意言轼属曾言新法不便，不蒙朝廷施行，是道不行。轼孤立无徒，故人皆舍之而去，无有相告语者。以讥讽当今进用之人，与轼故旧者，皆以进退得丧易其心，不存故旧之义。轼在台，于九月二十三日准问目，据轼供说，其间隐

---

① 莫砺锋：《江西诗派研究》，齐鲁书社，1986，第28~29页。

讳有未尽者。比闻北京留守司取问根验，得轼元写去黄庭坚讥讽书并祭文。于六月十六日再奉取问，轼将寄黄庭坚文字看详，轼方尽供答。其意并不系朝旨降到册子内。①

当时黄庭坚与苏轼尚未识面，却因收到苏轼的书信、和诗与《文同学士祭文》中有"讥讽文字"，而受到"罚铜"的处罚。从《二月二日晓梦会于庐陵西斋作寄陈适用》来看，黄庭坚并没有被"乌台诗案"吓住，而且似乎态度更加愤激了。作于同年且内容类似的还有《上大蒙笼（元丰五年太和乙卯晨起作）》：

> 黄雾冥冥小石门，苔衣草路无人迹。苦竹参天大石门，虎远兔蹊聊倚息。阴风搜林山鬼啸，千丈寒藤绕崩石。清风源里有人家，牛羊在山亦桑麻。向来陆梁嫚官府，试呼使前问其故。衣冠汉仪民父子，吏曹扰之至如此。穷乡有米无食盐，今日有田无米食。但愿官清不爱钱，长养儿孙听驱使。②

除了批评盐政的危害，黄庭坚在这首诗中还借逃居深山的农民之口提出了"但愿官清不爱钱"的梦想。在《金刀坑迎将家待追浆坑十余户山农不至因题其壁》中，黄庭坚诗中的百姓已被迫走上了反抗的道路：

> 穷乡阻地险，篁竹啸夔魃。恶少擅三窟，不承吏追呼。老翁燕无凶，偓蹇坐里闾。后生集闻见，官不禁权舆。怀书斥长吏，持杖麇公徒。遂令五百里，化为豺豕墟。古来沉牛羊，橄水臣鳄鱼。猛虎剥文章，刿而民发肤。哀哉奉其身，曾不如乌乌。破家县令手，南面天子除。要能伐强梁，然后活茕孤。属为民父母，未教忍先诛。山川甚秀拔，人物亦诗书。十室有忠信，此乡何独无。③

神宗去世后，高太后起用"旧党"。苏轼受到重用，经多次升迁，仕至翰林学士知制诰。黄庭坚赴开封任职，得以见到苏轼，成为"四学士"之一。在"旧党"执政期间，黄庭坚似乎对时局比较满意，所以没有写作带

---

① （宋）朋九万撰《东坡乌台诗案》，商务印书馆，1939，第15～16页。
② （宋）黄庭坚著，郑永晓整理《黄庭坚全集辑校编年》上册，江西人民出版社，2011，第278～279页。
③ （宋）黄庭坚著，郑永晓整理《黄庭坚全集辑校编年》上册，江西人民出版社，2011，第283页。

有批判意义的诗歌，而是在诗作中更多体现出对平定西夏边患的期待。如作于元祐元年（1086）的《送范德孺知庆州（纯粹）》：

乃翁知国如知兵，塞垣草木识威名。敌人开户玩处女，掩耳不及惊雷霆。平生端有活国计，百不一试薶九京。阿兄两持庆州节，十年麒麟地上行。潭潭大度如卧虎，边人耕桑长儿女。折冲千里虽有余，论道经邦正要渠。妙年出补父兄处，公自才力应时须。春风旆旗拥万夫，幕下诸将思草枯。智名勇功不入眼，可用折棰笞羌胡。①

范纯粹出知庆州，黄庭坚希望他能以父兄为榜样，痛击西夏，建功立业。当听到宋军在对西夏的战斗中取得大捷时，他非常激动，盼望着西夏臣服的日子早日到来。其作于元祐二年（1087）的《和游景叔月报三捷（师雄）》云：

汉家飞将用庙谋，复我匹夫匹妇仇。真成折棰禽胡月，不是黄榆牧马秋。幄中已断匈奴臂，军前可饮月氏头。愿见呼韩朝渭上，诸将不用万户侯。②

对于农民的不幸，他始终念念不忘。如作于同年的《次韵子瞻送顾子敦河北都运二首》其一：

儒者给事中，顾公甚魁伟。经明往行河，商略颇应史。劳民又费之，国计安能已。成功渠有命，得人斯可喜。似闻阻饥余，恶少惊邑里。启钥探珠金，夺怀取姝美。部中十盗发，一二书奏纸。西连魏三河，东尽齐四垒。此岂小事哉，何但行治水。使民皆农桑，乃是真儒耳。③

顾临（字子敦）元祐二年初任河北都转运使，苏轼作诗相送，黄庭坚又作此次韵诗。由于转运使兼有考察地方官吏和治安等职责，所以他希望顾临多留意地方盗寇频发的问题，想办法让人民回归农桑，此处体现的仍

---

① （宋）黄庭坚著，郑永晓整理《黄庭坚全集辑校编年》上册，江西人民出版社，2011，第408～409页。
② （宋）黄庭坚著，郑永晓整理《黄庭坚全集辑校编年》上册，江西人民出版社，2011，第489页。
③ （宋）黄庭坚著，郑永晓整理《黄庭坚全集辑校编年》上册，江西人民出版社，2011，第462页。

是仁民爱物的儒家情怀。

哲宗亲政后，一反此前高太后之所为，重新起用"新党"。因所撰《神宗实录》被诬"不实"，黄庭坚被贬为涪州（今重庆涪陵）别驾，黔州（今重庆彭水）安置。从此直到去世，黄庭坚基本处于贬谪中。相对于之前的"乌台诗案"，哲宗亲政后"新党"的强烈复仇行为，更令黄庭坚恐惧，处境也更加困窘，所以他作诗特别谨慎，不仅在黔州时作诗数量很少，之后作诗也只注意在用典、练字等方面的技巧，而不再关心现实问题，从而实现了某种程度上的自我否定。

其二，跟黄庭坚的个性有很大关系。黄庭坚似乎天生就对仕途不那么热衷，即便在做地方官时对现实也没有表现出过多的热忱，他似乎一直都是在以看客的心理旁观他人的生活，甚至始终带有浓重的隐逸情怀。相传其七岁所作《牧童诗》云："骑牛远远过前村，吹笛风斜隔垄闻。多少长安名利客，机关用尽不如君。"① 如果属实，一个七岁的幼童，竟然像世事洞明的老者一样表现出对"名利客"的鄙弃，实在是令人惊奇！又其八岁所作《送人赴举》云："青衫乌帽芦花鞭，送君归去明主前。若问旧时黄庭坚，谪在人间今八年。"② 且不论作二诗时作者是否为七岁、八岁，即便是再宽限几岁，能写出这样的诗歌也是异事。撇开艺术的方面，两诗所写都是超越凡庸、一尘不染的纯净心境，里面没有一点人间烟火气息。在成人之后，黄庭坚也以善于表现隐逸著称。在治平三年（1066）的乡试中，其所作也特别出众。黄䎖《山谷年谱》"治平三年丙午"条云：

> 先生是秋再赴乡举。诗以《野无遗贤》命题，主文衡者庐陵李询，读先生诗中两句云："渭水空藏月，傅岩深锁烟。"击节称赏，以谓此人不惟文理冠场，异日当以诗名擅四海。先生遂膺首选。③

除了紧扣歌功颂德的主题外，黄庭坚把隐士曾经生活过的环境刻画得如此深刻而精警，恐怕这才是他能够脱颖而出的主要因素。在他次年进士及第后，曾发生过一件趣事。《宋稗类钞》卷六"诋毁"载："富郑公初甚

---

① （宋）黄庭坚著，郑永晓整理《黄庭坚全集辑校编年》上册，江西人民出版社，2011，第1页。
② （宋）黄庭坚著，郑永晓整理《黄庭坚全集辑校编年》上册，江西人民出版社，2011，第1页。
③ （宋）黄䎖撰《山谷年谱》，吴洪泽、尹波主编《宋人年谱丛刊》第5册，四川大学出版社，2003，第2979页。

欲见黄山谷，及一见，便不喜。语人曰：'将谓黄某如何？原来只是分宁一茶客。'"① 从富弼的失望中可以看出，他本以为黄庭坚是治国的干才，不料他却只喜欢谈论茶道。其实，这正是黄庭坚贯穿一生的生活态度。如其作于进士及第次年的《徐孺子祠堂（熙宁元年赴叶经豫章作。祠在城下）》云：

  乔木幽人三亩宅，生刍一束向谁论。藤萝得意干云日，箫鼓何心进酒樽。白屋可能无孺子，黄堂不是欠陈蕃。古人冷淡今人笑，湖水年年到旧痕。②

古今学者多关注此诗的艺术成就，却较少论及黄庭坚在这首怀古诗里表达出来的引汉代隐士徐稺为同调的思想内涵。要知道，黄庭坚当时才二十四岁，刚刚踏上仕途，正当奋发有为之时，他却已经在思考隐居的问题了。

在思想上，黄庭坚受佛家、道家影响较多，后来在仕途上又屡遭打击，其隐逸意识就更重了。就连他号山谷道人，蕴含的也是摆脱尘俗的意思。《宋史》本传云："初，游潜皖山谷寺、石牛洞，乐其林泉之盛，因自号山谷道人云。"③

在黄庭坚的诗歌中，关心现实与向往隐逸两方面内容并非水火不容，且能在一定的时间内同时存在。只是从他离开叶县之后，诗中关心现实、政治的内容就越来越少，表现隐逸情怀的则相对较多。不过，这种并存的情况到哲宗亲政、"新党"再次执政后就走到了尽头。岳珂《桯史》卷十一"蚁蝶图"条载：

  党祸既起，山谷居黔。有以屏图遗之者，绘双蝶翾舞，胃于蛛丝而队，蚁憧憧其间，题六言于上曰："胡蝶双飞得意，偶然毕命网罗。群蚁争收坠翼，策勋归去南柯。"崇宁间，又迁于宜，图偶为人携入京，鬻于相国寺肆。蔡客得之，以示元长，元长大怒，将指为怨望，重其贬，会以讦奏仅免。其在黔，尝摘香山句为十诗，卒章曰："病人多梦医，囚人多梦赦。如何春来梦，合眼在乡社。"一时网罗之味，盖可想见。然余观其前篇，又有"冥怀齐远近，委顺随南北。归去诚可

---

① （清）潘永因编《宋稗类钞》下册，刘卓英点校，书目文献出版社，1985，第510页。
② （宋）黄庭坚著，郑永晓整理《黄庭坚全集辑校编年》上册，江西人民出版社，2011，第29页。
③ （元）脱脱等撰《宋史》第37册，中华书局，1977，第13111页。

怜，天涯住亦得"之句，浩然之气又有百折而不衰者，存蚁计左矣。①

为了躲避"新党"的罗网，黄庭坚在黔州之后已经不再写作与现实社会相关的诗歌了，想不到一次偶然的切题题画，竟然被"指为怨望"，差点又惹祸上身，尤可见其当时处境之险恶。

其三，跟黄庭坚的诗学观点有关。黄庭坚晚年不再关心现实，而把主要精力放在书法、烹茶以及笔墨纸砚等书斋生活中，避祸固然是其中的部分原因，其个性恬淡也是原因之一，但其中更重要的原因应该是他对诗歌的看法发生了变化。元符元年（1098），在戎州贬所，时年五十四岁的黄庭坚在《书王知载朐山杂咏后》中说：

> 诗者，人之性情也。非强谏争于廷，怨忿诟于道，怒邻骂坐之为也。其人忠信笃敬，抱道而居，与时乖逢，遇物悲喜，同床而不察，并世而不闻，情之所不能堪，因发于呻吟调笑之声，胸次释然，而闻者亦有所劝勉，比律吕而可歌，列干羽而可舞，是诗之美也。其发为讪谤侵陵，引颈以承戈，披襟而受矢，以快一朝之忿者，人皆以为诗之祸，是失诗之旨，非诗之过也。②

黄庭坚提倡"性情"并不新鲜，这本是儒家传统的诗学观点，可是他不去批判施暴者的无耻与阴险，却对受害者肆意指责，由此去批判那些被"诗祸"迫害的人是自作自受，不值得同情。这样的批评显然失之偏颇。而且，尽管黄庭坚此处没有明言，但读者并不难猜测他否定的对象包括他以前崇拜且师事的苏轼。黄庭坚在此年前后几年作《答洪驹父书》时，曾经很明确地说："东坡文章妙天下，其短处在好骂，慎勿袭其轨也。"③ 关于苏轼"好骂"这一点，古今的认识是一致的。罗大经《鹤林玉露乙编》卷四"诗祸"条载：

> 东坡文章，妙绝古今，而其病在于好讥刺。文与可戒以诗云："北客若来休问事，西湖虽好莫吟诗。"盖深恐其贾祸也。乌台之勘，赤壁之贬，卒于不免。观其《狱中》诗云："梦绕云山心似鹿，魂飞汤火命

---

① （宋）岳珂撰《桯史》，吴企明点校，中华书局，1981，第123页。
② （宋）黄庭坚著，郑永晓整理《黄庭坚全集辑校编年》中册，江西人民出版社，2011，第838页。
③ （宋）黄庭坚著，郑永晓整理《黄庭坚全集辑校编年》中册，江西人民出版社，2011，第733页。

如鸡。"亦可哀矣。然才出狱便赋诗云："却对酒杯疑是梦，试拈诗笔已如神。"略无惩艾之意，何也？晚年自朱崖量移合浦，郭功父寄诗云："君恩浩荡似阳春，海外移来住海滨。莫向沙边弄明月，夜深无数采珠人。"其意亦深矣。①

黄庭坚对苏轼"好骂"的否定，也是对他本人之前写作关心现实诗歌的否定，从而从根本上涤荡了"宋调"自产生之日所具有的反映社会和批判时弊的力量。

江西诗派是在黄庭坚的直接培养和影响下形成的诗人群体，最初称为"江西宗派"。徽宗朝前期，即宋诗发展的至暗时期，不但苏轼、黄庭坚等人的文集被禁止流传，士大夫也被明令禁止作诗，此时，在社会下层反而出现了几个以学黄为特征的诗人群体。伍晓蔓《北宋末山谷后学的双重整合与〈江西宗派图〉》一文认为：

> 江西宗派得名于吕本中的《江西宗派图》，是北宋末期一个带文学流派性质的诗人群体。以地缘为基础的南昌—临川—建昌诗人群体和以诗学思想为基础的符离—临川诗人群体的双重整合，是其发展的主导线索。大观年间，以徐俯为首的豫章诗社和吕本中发起的"东"字韵诗唱和，带来北宋末期山谷后学"同作并和"的繁荣局面，成为《江西宗派图》绘制的基础。②

不过，伍文所说的几个诗人群体之间虽然有一些人员走动和书信往来的联系，但多数成员其实从来没有聚集过。从这个意义上说，江西宗派的确是"北宋末期一个带文学流派性质的诗人群体"而已。吕本中作《江西宗派图》的情况，最早见于《苕溪渔隐丛话》前集卷四十八：

> 苕溪渔隐曰："吕居仁近时以诗得名，自言传衣江西，尝作《宗派图》，自豫章以降，列陈师道、潘大临、谢逸、洪刍、饶节、僧祖可、徐俯、洪朋、林敏修、洪炎、汪革、李錞、韩驹、李彭、晁冲之、江端本、杨符、谢薖、夏倪、林敏功、潘大观、何觊、王直方、僧善权、高荷，合二十五人以为法嗣，谓其源流皆出豫章也。其《宗派图序》

---

① （宋）罗大经撰《鹤林玉露》，王瑞来点校，中华书局，1983，第188页。
② 伍晓蔓：《北宋末山谷后学的双重整合与〈江西宗派图〉》，《文学遗产》2005年第4期。

数百言，大略云：'唐自李、杜之出，焜耀一世，后之言诗者，皆莫能及。至韩、柳、孟郊、张籍诸人，激昂奋厉，终不能与前作者并。元和以后至国朝，歌诗之作或传者，多依效旧文，未尽所趣。惟豫章始大出而力振之，抑扬反覆，尽兼众体，而后学者同作并和，虽体制或异，要皆所传者一，予故录其名字，以遗来者。'……"①

其后《云麓漫钞》卷十四不仅节录了《江西宗派图》小序的一些内容，而且综合了有关图中个别人物的反应，同时还加上了自己的推测：

> 吕居仁作《江西诗社宗派图》，其略云："古文衰于汉末，先秦古书存者为学士大夫剽窃之资；五言之妙，与《三百篇》《离骚》争烈可也。自李、杜之出，后莫能及。韩、柳、孟郊、张籍诸人，自出机杼，别成一家。元和之末，无足论者，衰至唐末极矣。然乐府长短句，有一唱三叹之音。国朝文物大备，穆伯长、尹师鲁始为古文，成于欧阳氏。歌诗至于豫章始大出而力振之，后学者同作并和，尽发千古之秘，亡余蕴矣。"录其名字，曰"江西宗派"，其原流皆出豫章也。宗派之祖曰山谷，其次陈师道（无己）、潘大临（邠老）、谢逸（无逸）、洪朋（龟父）、洪刍（驹父）、饶节（德操，乃如璧也）、祖可（正平）、徐俯（师川）、林敏修（子仁）、洪炎（玉父）、汪革（信民）、李錞（希声）、韩驹（子苍）、李彭（商老）、晁说之（叔用）、江端本（子之）、杨符（信祖）、谢邁（幼槃）、夏倪（均父）、林敏功、潘大观、王直方（立之）、善权（巽中）、高荷（子勉），凡二十五人，居仁其一也。议者以谓陈无己为诗高古，使其不死，未必甘为宗派。若徐师川则固尝不平曰："吾乃居行间乎？"韩子苍云："我自学古人。"均父又以在下为耻。不知居仁当时果以优劣铨次，而姑记姓名？而纷纷如此，以是知执太史之笔者，夐夐乎难哉！又不知诸公之诗，其后人品藻，与居仁所见又如何也。②

"江西宗派"的出现，是中国诗歌发展史上的重要事件，因为它不仅是中国文学史上最早的一个真正意义上的文学流派，而且反映出黄庭坚诗风已经成为诗学风尚，也表明"宋调"的建构已经最终完成或者定型了。其

---

① （宋）胡仔纂集《苕溪渔隐丛话》前集，廖德明校点，人民文学出版社，1962，第327～328页。
② （宋）赵彦卫撰《云麓漫钞》，傅根清点校，中华书局，1996，第244页。

后，"江西宗派"的名称逐渐为江西诗派所取代。江西诗派以黄庭坚为宗，主要学习他的章法、句法和用典技巧，而且主要通过模拟的方式来进行，因此作品颇能得黄诗几分面貌。由于之前黄庭坚已经尽力排斥诗歌中的现实内容，所以，这一点亦为江西诗派成员所谨守。与其宗主黄庭坚一样，江西诗派的创作同样能反映出"宋调"定型时期的特征，当然，包括诗中很少有关心现实和时政的内容。

  从前面的考察可以看出，"宋调"产生时，反映民生疾苦和批判时弊就是其重要构成。无论是梅尧臣对农民苦难的渲染、苏舜钦对朝廷用人不当的鞭挞，还是欧阳修将民生多艰的"下情"上传，都使得当时的诗歌在题材内容上较此前"宋初三体"有明显的突破。当"宋调"一步步走向深入时，诗歌的功利性也迅速得到强化，王安石用诗歌来宣传自己的变法理想，苏轼用诗歌来讥讽"新党"和"新法"。可是，与政治的密切结合又对诗歌发展产生了致命的反噬，诗歌成了"新党"与"旧党"互相打击、迫害的突破口，最终导致了诗歌的衰落和诗歌创作对现实内容的排斥。所以，到了"宋调"定型时期，黄庭坚及江西诗派的诗歌已经和外面的世界缺少关联，主要是在故纸堆中寻找典故去表现所谓的"性情"了。

第二章
苦中作乐

南宋严羽在《沧浪诗话·诗评》中说:"诗有词理意兴。南朝人尚词而病于理,本朝人尚理而病于意兴,唐人尚意兴而理在其中。汉魏之诗,词理意兴,无迹可求。"① 今人对于其中"意兴"的理解固然各有不同,但对于严羽"本朝人尚理"的说法,看法则比较一致。如缪钺在《论宋诗(代序)》一文中说:"唐诗以韵胜,故浑雅,而贵酝藉空灵;宋诗以意胜,故精能,而贵深折透辟。"② 钱锺书在《谈艺录》中说:"唐诗多以丰神情韵擅长,宋诗多以筋骨思理见胜。"③ 说宋人"尚理"也好,"以意胜"也好,其实都暗含其缺少情韵的一面。相对于唐诗,"宋调"情韵不足。一方面是由于过多强调"意"和"理",必然在一定程度上使情韵受到弱化,从而成为诗歌的次要成分;另一方面,如仅就"情韵"本身而言,宋人的追求也与唐人有明显的不同。如果说唐代与唐代之前的诗歌尚在不同程度上被烙下"以悲为美"的印记,那么宋人则走上相反的道路,着力渲染人生的欢乐。韩愈曾在《荆潭唱和诗序》中说:"夫和平之音淡薄,而愁思之声要妙;欢愉之辞难工,而穷苦之言易好也。是故文章之作,恒发于羁旅草野。"④ 由此不难理解,宋代诗人即便在"穷苦"之中也要努力表现"欢愉之辞",从而使得"宋调"缺少了强烈的情感张力。

先秦以后,中国文学逐渐形成"以悲为美"的传统。不仅《诗经》里有不少"饥者歌其食,劳者歌其事"的悲歌,其后的屈原也是一位长于表

---

① (宋)严羽撰《沧浪诗话》,(清)何文焕撰《历代诗话》下册,中华书局,1981,第696页。
② 缪钺:《论宋诗(代序)》,《宋诗鉴赏辞典》,上海辞书出版社,1987,第3页。
③ 钱锺书:《谈艺录》,生活·读书·新知三联书店,2007,第3页。
④ (唐)韩愈著,刘真伦、岳珍校注《韩愈文集汇校笺注》第3册,中华书局,2010,第1121~1122页。

达愁苦的诗人。东汉王逸在《楚辞章句序》中说:"屈原履忠被谮,忧悲愁思,独依诗人之义而作《离骚》,上以讽谏,下以自慰。遭时暗乱,不见省纳,不胜愤懑,遂复作《九歌》以下凡二十五篇。"① 迨至西汉,乐府中有《孤儿行》《妇病行》一类表现民生惨状的作品,尤为哀婉动人。历经东汉与魏晋南北朝,这种传统一直延续到唐代,连韩愈、柳宗元都未能免俗。孟郊晚年连得三子,不数日接连去世,于是蘸着血泪写作《杏殇》九首,其序云:"杏殇,花乳也。霜剪而落。因悲昔婴,故作是诗。"② 这组诗在当时流传很广。王建《哭孟东野二首》其二云:"老松临死不生枝,东野先生早哭儿。但是洛阳城里客,家传一本杏殇诗。"③ 其他诗人虽不像孟郊这么悲惨,但人生总有许多不如意,随着这类内容大量进入诗中,唐诗中的情感总体上偏于悲哀。唐代还出现了今人所说的"贬谪诗人群体",这也使得表现穷愁苦难的作品数量进一步增加。

这样的创作传统,即使到了北宋初年也没有得到多少改变。范仲淹在作于天圣四年(1026)的《唐异诗序》中说:

> 五代以还,斯文大剥,悲哀为主,风流不归。皇朝龙兴,颂声来复,大雅君子,当抗心于三代。然九州之广,庠序未振,四始之奥,讲义盖寡。其或不知而作,影响前辈,因人之尚,忘己之实,吟咏性情而不顾其分,风赋比兴而不观其时。故有非穷途而悲,非乱世而怨,华车有寒苦之述,白社为骄奢之语。学步不至,效颦则多。以至靡靡增华,愔愔相滥,仰不主乎规谏,俯不主乎劝诫。抱郑卫之奏,责夔旷之赏,游西北之流,望江海之宗者有矣。④

可是之后,这个悠久的传统却被彻底颠覆了。欧阳修、梅尧臣等人明确表达出对于悲愁传统的否定。之后经过苏轼、黄庭坚等人进一步巩固,最终将苦中作乐凝定为"宋调"的内在要素。日本学者吉川幸次郎在《宋元明诗概说》里专设一节"宋诗的人生观——悲哀的扬弃",并且在其中说道:

> 中国诗在抒情素材的选择上,向来是悲哀多于欢乐。即使从最初

---

① (汉)刘向辑,(汉)王逸注,(宋)洪兴祖补注,孙雪霄校点《楚辞》,上海古籍出版社,2015,第57页。
② 韩泉欣校注《孟郊集校注》,浙江古籍出版社,1995,第431页。
③ (唐)王建著,王宗堂校注《王建诗集校注》,中州古籍出版社,2006,第453页。
④ (宋)范仲淹著,李勇先、王蓉贵校点《范仲淹全集》(平装本)上册,四川大学出版社,2007,第186页。

的《诗经》三百篇来看，悲哀的诗的分量也要超过欢乐的诗。但在《诗经》的时代，认为至少从本来的意义说，人的善意能够创造个人或社会的幸福，这种乐观的看法并没有丧失。但在汉代以后，在六朝的诗中，把人生视为绝望的、充满悲哀的存在的看法就成了诗的基调。绝望，首先是由于视人为渺小的存在，并认为人处于超越其努力的命运的支配之下而产生的。进而把绝望或悲哀看作人所承受的最主要的命运，认为人的一生到死只是一个短暂的、令人颓丧的过程，使绝望更为加深了。虽不能说那个时期的文学和思想全是如此，但至少在诗这个类型中，是以上叙的人生观为底色，吟咏绝望甚于希望、不幸甚于幸福、悲哀甚于欢乐；并且成为一种惰性的、由于惰性而愈为强烈的习惯。

这一习惯直到唐诗也未得到清算。杜甫力图恢复《诗经》式的乐观，李白也近乎于此。但是导向绝望的诱惑仍然执拗地抓住唐代大诗人而不肯放开。也可以这样说，从似乎理应绝望的人生中如何引出希望？正是在这条葛藤上生出了唐诗的紧张。一方面，唐人感觉到人生也许能够作为有希望的过程来看这一悬案，但还没有达到解决这桩悬案的时期，所以也就无法解决这个悬案。因此，唐人写出了许多热情的诗句。

解决这个悬案的是宋代的诗人们。通观宋人的诗，首先感到的是悲哀的诗少。有的即使吟咏悲哀，但也留有某些希望，不是走到绝望。这是因为宋人多角度的观察使他们明白地感到人生不是只有悲哀的部分，而通过哲学来弄清这个问题，又成为人们的一种信念。①

周裕锴在《宋代诗学通论》中借用宋人所提的"自适"一词来解读这个问题。

> 在宋诗学里，"羁愁感叹"的减少，并非以内心忧愤的郁积为代价，而是以人生智慧去化解，诗的宣泄功能转化为愉悦功能。诗人不再是焦虑的精神变态者，而是明心见性、自我实现的精神解脱者。②

---

① 〔日〕吉川幸次郎：《宋元明诗概说》，李庆等译，中州古籍出版社，1987，第22~23页。
② 周裕锴：《宋代诗学通论》，上海古籍出版社，2007，第64~65页。

在这段话后，周先生又从三个方面解读了宋代诗人"自适"的内涵：其一，化劳心的苦吟为娱心的闲吟；其二，化钟情的酸楚为乐易的闲暇；其三，化执迷的怨怒为戏谑的调侃。① 如果说吉川先生的观点主要停留在宋诗"扬弃悲哀"的层面，那么周先生的认识明显体现出对"乐"的揭橥。尤其是对于欧阳修、苏轼、黄庭坚的作品来说，这方面的特色更加清晰。

对古代诗人来说，贬谪往往是他们人生中最不幸的经历，因此其间的创作也最能体现他们的生活态度和诗歌品格。在"宋调"形成过程中起关键作用的几位大诗人里，仅有欧阳修、苏轼和黄庭坚有较多的贬谪经历，因此，本章即以他们贬谪期间的诗歌创作为研究对象来对这个问题加以考察。

第一节
经年种花满幽谷：欧阳修的谪宦书写

古代有成就的诗人往往经历过一些不幸的遭遇。对于有幸进入仕途的诗人来说，贬谪则是他们大都难以逃脱的命运。自屈原以后，贬谪诗形成了哀怨悲苦的情感基调，这在唐代为数众多的贬谪诗人那里表现得非常突出。

跟之前的诗人不同，宋代诗人在贬官时大都能随遇而安，并且将谪宦的经历看作难得的旅游和交游过程。这种情形在王禹偁那里已经出现，其《听泉》诗云：

> 平生诗句多山水，谪宦谁知是胜游。南下阌乡三百里，泉声相送到商州。②

至欧阳修，则将"谪宦之游"的内容更加具体化，从而给后人开辟了一条新路。欧阳修一生三次被贬：第一次从试大理评事兼监察御史、馆阁校勘贬为夷陵（今湖北宜昌）知县；第二次从河北都转运按察使贬为滁州（今属安徽）知州；第三次被贬为同州（今陕西大荔）知州，未行即被诏修《唐书》，实际上可以不计。因此，本节即以欧阳修贬谪夷陵和滁州期间的

---

① 周裕锴：《宋代诗学通论》，上海古籍出版社，2007，第65~68页。
② （宋）王禹偁撰《王黄州小畜集》，《宋集珍本丛刊》第1册，线装书局，2004，第572页。

创作为研究对象，考察欧阳修"苦中作乐"诗歌特征的形成过程。

一 夷陵：行见江山且吟咏

仁宗景祐三年（1036）五月，权知开封府的范仲淹因触犯宰相吕夷简，被贬知饶州（今江西上饶）。欧阳修大为不平，贻书曾诋毁范仲淹的左司谏高若讷，骂其"不复知人间有羞耻事"。高若讷大怒，将书信上缴仁宗，于是欧阳修从试大理评事兼监察御史、馆阁校勘任上被贬为夷陵知县。贬知夷陵是欧阳修仕途生涯中遭受的第一次重要挫折，时年三十岁。那么，欧阳修是以怎样的态度来对待这次贬谪遭遇的呢？从《于役志》和其他文献的记载来看，欧阳修将这次谪宦经历看作一次"胜游"的过程。细分之下，主要可以分为游赏、交游和吟咏三个方面。

其一是游赏。欧阳修的《于役志》仅一卷，且纪事非常简略，主题内容是记录自己从京城开封到夷陵赴任途中的经历，且并不完整。欧阳修五月二十八日从开封启程，至十月二十六日到夷陵，历时五个月，行程五千里，但在《于役志》中他仅记到九月十七日至公安渡时。在漫长而遥远的旅途中，欧阳修并不寂寞。他总能找到一些值得游览的山水名胜。根据《于役志》和其他文献考察，欧阳修记载沿途的游赏活动主要有以下十一条。

1. 二十六日，与王拱辰、薛仲孺、孙来祥（道滋）登祥源东园之亭。《于役志》云："癸卯，君贶、公期、道滋先来，登祥源东园之亭。"① 出行之前，欧阳修已经开始了自己的出游活动。

2. 二十八日，登陈留（今河南开封境内）庾庙。《于役志》云："乙巳……午，次陈留，登庾庙。"② 陈留距离开封仅半天水程，欧阳修的游赏活动就迫不及待地从这里开始了。虽然这里的"庾庙"有异文，一作留侯庙，但总之是一处值得游览的去处。

3. 六月初三，在灵壁（今作灵璧，属安徽）独游张损之园。《于役志》云："庚戌，过宿州，与张参约：泊灵壁镇，游损之园。会余有客住宿州，参先发，舣灵壁，待余不至，乃行。晚次灵壁，独游损之园，舟失水道，败柂。"③ 据刘德清《欧阳修纪年录》载，《题张损之学士兰皋亭》就是欧阳修对这次游览的记录。④ 其诗云：

---

① 《欧阳修全集》第5册，李逸安点校，中华书局，2001，第1898页。
② 《欧阳修全集》第5册，李逸安点校，中华书局，2001，第1898页。
③ 《欧阳修全集》第5册，李逸安点校，中华书局，2001，第1898页。
④ 刘德清：《欧阳修纪年录》，上海古籍出版社，2006，第81页。

> 碕岸接芳蹊，琴觞此自怡。林花朝落砌，山月夜临池。雨积蛙鸣乱，春归鸟咔移。惟应乘兴客，不待主人知。①

张氏园在宋代颇负盛名。苏轼有《灵壁张氏园亭记》，中间最有名的几句是：

> 其外修竹森然以高，乔木蓊然以深。其中因汴之余浸，以为陂池，取山之怪石，以为岩阜。蒲苇莲芡，有江湖之思。椅桐桧柏，有山林之气。奇花美草，有京洛之态。华堂厦屋，有吴蜀之巧。其深可以隐，其富可以养。果蔬可以饱邻里，鱼鳖笋茹可以馈四方之宾客。②

将欧阳修之诗与苏轼之文对读，更能体现出张氏园亭的特色。

4. 六月初十，在楚州（今江苏淮安）仓北门看雨。《于役志》云："……（初十）黎明，元均来，遂至楚州，泊舟西仓，始见安道（余靖）于舟中。安道会饮于仓亭，始食瓜，出仓北门看雨，与安道弈。"③

5. 十三日，在楚州西城泛月。《于役志》云："庚申，小饮舟中，会者元均（田况）、春卿、安道，余始饮酒。移舟舣城西门，门闭，泛月以归。"④ 这次泛月虽然是因为"门闭"无法出城，然其本身亦足乐也。

6. 十八日，在水陆院东亭看雨、赏荷花。《于役志》云："乙丑，与隐甫（杨察）及高继隆、焦宗庆，小饮水陆院东亭，看雨，始见荷花。"⑤

7. 二十七日，在魏公亭看荷花。《于役志》云："甲戌，知州陈亚小饮魏公亭，看荷花，与者隐甫、朱公绰。"⑥ 如果说十八日是欧阳修在看雨时偶然发现荷花开了，那么这次在魏公亭看荷花则是他有计划的活动。

8. 七月初八，游扬州寿宁寺。《于役志》云："甲申，与君玉（王琪）饮寿宁寺。寺本徐知诰故第，李氏建国，以为孝先寺，太平兴国改今名。寺甚宏壮，画壁尤妙，问老僧，云周世宗入扬州时以为行宫，尽朽漫之，惟经藏院画玄奘取经一壁独在，尤为绝笔，叹息久之。"⑦ 虽然欧阳修未云游寺，但游赏之事已在其中。

---

① 《欧阳修全集》第3册，李逸安点校，中华书局，2001，第802页。
② 《苏轼文集》第2册，孔凡礼点校，中华书局，1986，第368页。
③ 李逸安点校《欧阳修全集》第5册，中华书局，2001，第1899页。
④ 李逸安点校《欧阳修全集》第5册，中华书局，2001，第1899页。
⑤ 李逸安点校《欧阳修全集》第5册，中华书局，2001，第1899页。
⑥ 李逸安点校《欧阳修全集》第5册，中华书局，2001，第1900页。
⑦ 李逸安点校《欧阳修全集》第5册，中华书局，2001，第1901页。

9. 八月十二日，在江州（今江西九江）游琵琶亭。《于役志》云："丁巳，在江州，约陈侍禁游庐山。余病，呼医者，不果往。遂行，次郭家洲。"① 刘德清《欧阳修纪年录》载："（八月）十二日，游庐山未成，游琵琶亭。有诗。"② 其诗即《琵琶亭》：

乐天曾谪此江边，已叹天涯涕泫然。今日始知予罪大，夷陵此去更三千。③

欧阳修还有一首《琵琶亭上作》：

九江烟水一登临，风月清含古恨深。湿尽青衫司马泪，琵琶还似雍门琴。④

这两诗虽然写得颇为悲凉，但都是欧阳修为白居易当年的不幸而发，并非为自己感伤。

10. 二十二日，在黄州夜游江澳。《于役志》云："丁卯，与（黄州）知州夏屯田饮于竹楼。兴国寺火，约余明日为社饮，不果。夜登江澳，次漆磁。"⑤

11. 九月十一日，在石首附近的塔子口观鱼、望山。《于役志》云："丙戌，次塔子口，观鱼，望五鹅、尘角、望夫诸山。"⑥ 同书下条："丁亥（十二日），次石首，夜大风。"⑦ 据此可知，塔子口距离石首仅一天路程，故应在石首东面不远处。在塔子口，欧阳修不仅观鱼，而且还得以远眺"五鹅、尘角、望夫诸山"。

以上所考，是文献记录中比较明显的游赏活动。其实，更多的游赏活动往往跟交游、宴饮结合在一起。但即便仅从以上所列就可以看出，欧阳修一路上游赏的兴致很高，范围也很广泛，他的确从心里将赴任的行程视为游赏的旅途了！

其二是交游。相对于游赏，欧阳修沿途的交游活动更加稠密。这种活

---

① 李逸安点校《欧阳修全集》第5册，中华书局，2001，第1902页。
② 刘德清：《欧阳修纪年录》，上海古籍出版社，2006，第83页。
③ 李逸安点校《欧阳修全集》第3册，中华书局，2001，第801页。
④ 李逸安点校《欧阳修全集》第3册，中华书局，2001，第789页。
⑤ 李逸安点校《欧阳修全集》第5册，中华书局，2001，第1903页。
⑥ 李逸安点校《欧阳修全集》第5册，中华书局，2001，第1904页。
⑦ 李逸安点校《欧阳修全集》第5册，中华书局，2001，第1904页。

动在欧阳修被贬后朋友给他饯行时就已经开始了。离开开封后，欧阳修并不寂寞，在很多情况下，都有朋友跟他在一起宴饮、游赏。据《于役志》和《欧阳修纪年录》，可考的活动多达四十多次。

1. 五月二十三日，王拱辰（君贶）为其饯行，与会者有薛仲孺（公期）、蔡襄（君谟）、胡宿、范镇。《于役志》云："庚子，夜饮君贶家，会者公期、君谟、武平、秀才范镇。道滋饮妇家，不来。"①

2. 二十三日，饮于薛仲孺家，会者蔡襄、王拱辰、刁约（景纯）、燕肃（穆之）。《于役志》云："辛丑，舟次宋门。夜至公期家饮，会者君谟、君贶、景纯、穆之。道滋饮妇家，不来。"②

3. 二十五日，与张损之下棋。《于役志》云："壬寅，出东水门，泊舟，不得岸，水激，舟横于河，几败。家人惊走登岸而避，遂泊亭子下。损之来弈棋饮酒，暮乃归。"③

4. 二十六日，与王拱辰、薛仲孺、孙来祥（道滋）登祥源东园之亭后，彼此烹茶、鼓琴、弈棋作乐。已而更多的朋友皆来会饮。《于役志》云："癸卯，君贶、公期、道滋先来，登祥源东园之亭。公期烹茶，道滋鼓琴，余与君贶弈。已而，君谟来。景纯、穆之、武平、源叔、仲辉、损之、寿昌、天休、道卿，皆来会饮。君谟、景纯、穆之、寿昌遂留宿。"④

5. 二十七日，张先来，多人会饮。后张先还家，余人继续作乐。秀才韩杰亦来宿。《于役志》云："明日，子野始来。君贶、公期、道滋复来，子野还家，余皆留宿。君谟作诗，道滋击方响，穆之弹琴。秀才韩杰居河上，亦来会宿。"⑤

6. 二十八日，又与胡宿相见。《于役志》云："乙巳，晨兴，与宿者别。舟既行，武平来追，及至下锁，见之，少顷乃去。午，次陈留，登庚庙。"⑥

7. 六月初一，在南京（今河南商丘）与石介、谢郱、赵衮、蒋安石小饮于河亭。《于役志》云："丁未（五月三十），次南京。明日，留守推官石介、应天推官谢郱、右军巡判官赵衮、曹州观察推官蒋安石来，小饮于

---

① 《欧阳修全集》第5册，李逸安点校，中华书局，2001，第1897页。
② 《欧阳修全集》第5册，李逸安点校，中华书局，2001，第1897页。
③ 《欧阳修全集》第5册，李逸安点校，中华书局，2001，第1898页。
④ 《欧阳修全集》第5册，李逸安点校，中华书局，2001，第1898页。
⑤ 《欧阳修全集》第5册，李逸安点校，中华书局，2001，第1898页。
⑥ 《欧阳修全集》第5册，李逸安点校，中华书局，2001，第1898页。

河亭，余疾不饮，客皆醉以归。"①

8. 初三，在宿州见客。《于役志》云："庚戌，过宿州。与张参约：泊灵璧镇，游损之园。会余有客住宿州，参先发，舣灵璧，待余不至，乃行。"②

9. 初五，在泗州与人小饮。《于役志》云："壬子，至于泗州。晚，与国器小饮州廨中。"③

10. 初六，见到刘春卿。《于役志》云："癸丑，始见春卿。"④

11. 初十，在洪泽与刘春卿、黄孝恭相遇，又结识李惇裕、颜怀玉，夜饮至五鼓。《于役志》云："丁巳，次洪泽，与刘春卿、同年黄孝恭相遇。始识大理寺丞李惇裕。洪泽巡检颜怀玉者，钱思公在洛时故吏。遂与四人者夜饮，五鼓罢。"⑤

12. 十一日，离开洪泽，刘春卿相送。《于役志》云："明日，食毕解舟，与饮者别，春卿复相送。以前晚入沙河，乘月夜行向山阳，与春卿联句。二鼓，宿闸下。"⑥

13. 十二日，田况来，同至楚州。见到余靖，余靖在仓亭设宴。之后，欧阳修又与余靖下棋。《于役志》云："黎明，元均来，遂至楚州，泊舟西仓，始见安道于舟中。安道会饮于仓亭，始食瓜，出仓北门看雨，与安道弈。"⑦

14. 十三日，在舟中同田况、刘春卿、余靖小饮。《于役志》云："庚申，小饮舟中，会者元均、春卿、安道，余始饮酒。"⑧

15. 十四日，与刘春卿在仓亭下棋。《于役志》云："辛酉，安道解舟，不果别。与春卿弈于仓亭，晚，别春卿。"⑨

16. 十五日，与田况在仓北门舟中小饮。《于役志》云："壬戌，与元均小饮仓北门舟中，夜宿仓亭。"⑩

17. 十六日晚，与田况在水边纳凉，遇到极端天气。《于役志》云：

---

① 《欧阳修全集》第5册，李逸安点校，中华书局，2001，第1898页。
② 《欧阳修全集》第5册，李逸安点校，中华书局，2001，第1898页。
③ 《欧阳修全集》第5册，李逸安点校，中华书局，2001，第1898页。
④ 《欧阳修全集》第5册，李逸安点校，中华书局，2001，第1899页。
⑤ 《欧阳修全集》第5册，李逸安点校，中华书局，2001，第1899页。
⑥ 《欧阳修全集》第5册，李逸安点校，中华书局，2001，第1899页。
⑦ 《欧阳修全集》第5册，李逸安点校，中华书局，2001，第1899页。
⑧ 《欧阳修全集》第5册，李逸安点校，中华书局，2001，第1899页。
⑨ 《欧阳修全集》第5册，李逸安点校，中华书局，2001，第1899页。
⑩ 《欧阳修全集》第5册，李逸安点校，中华书局，2001，第1899页。

"癸亥,夕与元均坐水次纳凉,已而大风雨,震雹暴至。"①

18. 十八日,与杨察、高继隆、焦宗庆小饮于水陆院东亭。《于役志》云:"乙丑,与隐甫及高继隆、焦宗庆,小饮水陆院东亭。"②

19. 十九日,与田况、杨察饮于西仓。《于役志》云:"丙寅,与元均、隐甫饮于西仓。"③

20. 二十日,与杨察、田况小饮于舟中。《于役志》云:"丁卯,隐甫来会,登仓北偃上亭纳凉。迟客至,遂及元均小饮舟中,已而大风震雹,遂宿舟中。"④

21. 二十一日,在舟中设宴庆生。《于役志》云:"戊辰,余生日,具酒为寿于舟中。"⑤

22. 二十二日,与田况泛舟,又与杨察小饮。《于役志》云:"己巳,与元均泛舟北辰,会隐甫,小饮,宿仓亭。"⑥

23. 二十三日,见到同年朱公绰。《于役志》云:"庚午,同年朱公绰来自京师。"⑦

24. 二十四日,与友人夜饮仓亭。《于役志》云:"辛未,子聪来自寿州。夜饮仓亭,留宿。"⑧

25. 二十五日,与诸人泛舟,然后饮于北辰。《于役志》云:"壬申,泛舟,饮于北辰。"⑨

26. 二十六日,杨察来饮酒作别。又与田况小饮。《于役志》云:"癸酉,隐甫来饮别。夜,与元均小饮,宿仓亭。"⑩

27. 二十七日,知州陈亚设宴小饮。陈从益、陈策来见。《于役志》云:"甲戌,知州陈亚小饮魏公亭,看荷花,与者隐甫、朱公绰。晚,移舟楚望亭。陈从益来自京师,见余于舟中,始闻君谟动静。秀才陈策来自京师,夜见余于楚望亭。作常州书。自泊西仓至于楚望,凡十有七日。"⑪

---

① 《欧阳修全集》第5册,李逸安点校,中华书局,2001,第1899页。
② 《欧阳修全集》第5册,李逸安点校,中华书局,2001,第1899页。
③ 《欧阳修全集》第5册,李逸安点校,中华书局,2001,第1899页。
④ 《欧阳修全集》第5册,李逸安点校,中华书局,2001,第1899页。
⑤ 《欧阳修全集》第5册,李逸安点校,中华书局,2001,第1899页。
⑥ 《欧阳修全集》第5册,李逸安点校,中华书局,2001,第1899页。
⑦ 《欧阳修全集》第5册,李逸安点校,中华书局,2001,第1900页。
⑧ 《欧阳修全集》第5册,李逸安点校,中华书局,2001,第1900页。
⑨ 《欧阳修全集》第5册,李逸安点校,中华书局,2001,第1900页。
⑩ 《欧阳修全集》第5册,李逸安点校,中华书局,2001,第1900页。
⑪ 《欧阳修全集》第5册,李逸安点校,中华书局,2001,第1900页。

28. 七月初一，在高邮，又见到子聪，会饮弭节亭。《于役志》云："丙子，至于高邮。七月，丁丑，复见子聪，会饮弭节亭。"①

29. 初二，与子聪同舟前往，至邵伯湖。《于役志》云："戊寅，遂与子聪同舟以前次邵伯。"②

30. 初三，至扬州，与廖倚、子聪饮于观风亭。《于役志》云："己卯，至于扬州，遇秀才廖倚。夜，与倚及子聪饮观风亭。"③

31. 初四，与友人同宿观风亭。《于役志》云："明日，子聪之润州，廖倚之楚州。伯起来，宿观风亭。"④

32. 初五，与伯起、王琪、许元、唐诏、苏仪甫饮于遡渚亭。《于役志》云："辛巳，与伯起饮遡渚亭，会者集贤校理王君玉、大理寺丞许元、太常寺太祝唐诏、祠部员外郎苏仪甫。"⑤

33. 初六，与苏绅（仪甫）、许元、唐诏、王琪小饮于观风亭。《于役志》云："壬午，仪甫来，小饮观风亭，会者许元、唐诏、君玉。伯起先归。"⑥

34. 初七，与许元等人小饮于遡渚亭。《于役志》云："癸未，与许元小饮遡渚亭，会者如壬午。伯起不来。"⑦

35. 初八，与王琪饮于寿宁寺。《于役志》云："甲申，与君玉饮寿宁寺。"⑧

36. 初九，小饮于吕有家。《于役志》云："乙酉，小饮秀才吕有家，会者如壬午。伯起不来，余遂留宿。"⑨

37. 十五日，在真州（今江苏仪征），处士谢去华相访。《于役志》云："丙戌（初十），至于真州，大热，无水。辛卯，饮僧于资福寺。移舟溶溶亭，处士谢去华援琴，待凉，以入客舟。"⑩

38. 八月初二，在江宁（今江苏南京）小饮于友人家。《于役志》云："八月，丙午（八月初一），犹在江宁。丁未，小饮君绩家。"⑪

---

① 《欧阳修全集》第5册，李逸安点校，中华书局，2001，第1900页。
② 《欧阳修全集》第5册，李逸安点校，中华书局，2001，第1900页。
③ 《欧阳修全集》第5册，李逸安点校，中华书局，2001，第1900页。
④ 《欧阳修全集》第5册，李逸安点校，中华书局，2001，第1900页。
⑤ 《欧阳修全集》第5册，李逸安点校，中华书局，2001，第1900页。
⑥ 《欧阳修全集》第5册，李逸安点校，中华书局，2001，第1900页。
⑦ 《欧阳修全集》第5册，李逸安点校，中华书局，2001，第1900页。
⑧ 《欧阳修全集》第5册，李逸安点校，中华书局，2001，第1901页。
⑨ 《欧阳修全集》第5册，李逸安点校，中华书局，2001，第1901页。
⑩ 《欧阳修全集》第5册，李逸安点校，中华书局，2001，第1901页。
⑪ 《欧阳修全集》第5册，李逸安点校，中华书局，2001，第1901页。

39. 初四，小饮于水阁。《于役志》云："己酉，小饮于水阁。"①

40. 初六，在采石矶，与陈宗颜饮。《于役志》云："辛亥，阻风，与侍禁陈宗颜饮。"②

41. 十四日，在江州（今江西九江）郭家洲与赵师道饮。《于役志》云："丁巳（十二日），在江州，约陈侍禁游庐山。余病，呼医者，不果往。遂行，次郭家洲。己未，阻风郭家洲，与澧阳县令赵师道饮村市，就村人市羊供膳不得。余疾，谋还江州，召庐山僧以医，不果。"③

42. 十七日，在蕲阳（今湖北蕲春）小饮于瞿珣家。《于役志》云："辛酉（十六日），至蕲阳。壬戌，小饮瞿珣家，会丹棱知县、著作佐郎范佑，蕲春主簿郭公美。"④

43. 二十二日，在黄州与知州夏屯田饮于竹楼兴国寺。《于役志》云："丙寅（二十一日），至于黄州。丁卯，与知州夏屯田饮于竹楼。"⑤

44. 二十五日，在鄂州与令狐修己相识。《于役志》云："庚午，至于鄂州，始与令狐修己相识。"⑥

45. 二十七日，小饮于令狐修己家。《于役志》云："壬申，小饮修己家，遂留宿。明日，家兄来见余于修己家。始中酒，睡兄家。"⑦

46. 三十日，饮令狐修己家。《于役志》云："乙亥，饮令狐家。夜过兄家会宿。"⑧

由于《于役志》的记载非常简略，又不够完整，且仅记到九月十七日至公安渡，所以以上考述也不够全面。不过，仅从这些考察就可以看出，欧阳修沿途交游的范围非常广泛，其中既不乏老朋友，也有新相知；交游方式多种多样，有下棋、纳凉、泛舟、看花，但以宴饮为主。尤其是在楚州、扬州两地，几乎每天都有宴饮，甚至一日两次。欧阳修似乎没把贬官的不幸放在心上，而是将赴任的行程当成不断与老朋友团聚并结交新朋友的难得机遇。需要说明的是，这些宴饮大都选择在环境比较优美的地方进行，所以往往同时伴随着游赏活动，而这正好可以在一定程度上补充前部

---

① 《欧阳修全集》第5册，李逸安点校，中华书局，2001，第1901页。
② 《欧阳修全集》第5册，李逸安点校，中华书局，2001，第1902页。
③ 《欧阳修全集》第5册，李逸安点校，中华书局，2001，第1902页。
④ 《欧阳修全集》第5册，李逸安点校，中华书局，2001，第1902页。
⑤ 《欧阳修全集》第5册，李逸安点校，中华书局，2001，第1902~1903页。
⑥ 《欧阳修全集》第5册，李逸安点校，中华书局，2001，第1903页。
⑦ 《欧阳修全集》第5册，李逸安点校，中华书局，2001，第1903页。
⑧ 《欧阳修全集》第5册，李逸安点校，中华书局，2001，第1903页。

分关于游赏活动文献的不足。

其三是吟咏。除了游赏和交游，欧阳修还通过吟咏诗歌的方式抒发自己的欢快心情。在从洪泽到山阳（今江苏淮安）的水路上，他和刘春卿月夜联句，可惜诗作已经失传。除了前文已经引录的《题张损之学士兰皋亭》《琵琶亭》《琵琶亭上作》三首诗外，欧阳修沿途所写诗歌可考者尚有四首。其一为《初出真州泛大江作》：

孤舟日日去无穷，行色苍茫杳霭中。山浦转帆迷向背，夜江看斗辨西东。泷田渐下云间雁，霜日初丹水上枫。莼菜鲈鱼方有味，远来犹喜及秋风。①

洪本健《欧阳修诗文集校笺》注云：

如题下注，景祐三年（一〇三六）作。是年，范仲淹言事忤吕夷简，落职知饶州。欧因替仲淹鸣不平，切责司谏高若讷，五月戊戌，降为峡州夷陵县（今湖北宜昌）令。欧自京师沿汴绝淮溯江，赴贬所。其所著《于役志》载七月"丙戌，至于真州"，休息十数日，即离真州，泛江西行。真州，今江苏仪征。②

虽是在贬官途中，欧阳修却兴致勃勃地欣赏着周围的山光水色，并为自己能在秋初吃到莼菜和鲈鱼而感到庆幸。其二是《江行赠雁》：

云间征雁水间栖，矰缴方多羽翼微。岁晚江湖同是客，莫辞伴我更南飞。③

跟上诗相比，此诗的情绪略显低沉。他猜想"水间栖"的大雁，应该是经历了九死一生，这与自己被贬不是很类似吗？所以他引以为同调，希望能结伴南行。尽管如此，此诗中仍然没有一字写到个人愁苦，这非常难得。《欧阳修诗文集校笺》注云："如题下注，景祐三年（一〇三六）作。与前首皆为是年秋作于江行途中。"④ 其三是《晚泊岳阳》：

---

① 《欧阳修全集》第2册，李逸安点校，中华书局，2001，第166页。
② （宋）欧阳修，洪本健校笺《欧阳修诗文集校笺》上册，上海古籍出版社，2009，第306页。
③ 《欧阳修全集》第2册，李逸安点校，中华书局，2001，第167页。
④ （宋）欧阳修著，洪本健校笺《欧阳修诗文集校笺》上册，上海古籍出版社，2009，第306页。

卧闻岳阳城里钟，系舟岳阳城下树。正见空江明月来，云水苍茫失江路。夜深江月弄清辉，水上人歌月下归。一阕声长听不尽，轻舟短楫去如飞。①

关于此诗，《欧阳修诗文集校笺》注云："原未系年，当为景祐三年（一〇三六）作。欧《于役志》载是年九月'己卯，至岳州，夷陵县吏来接。泊城外'。岳阳（今属湖南）为岳州治所。"② 其四是《初至虎牙滩见江山类龙门》：

晓鼓潭潭客梦惊，虎牙滩上作船行。山形酷似龙门秀，江色不如伊水清。平日两京人少壮，今年三峡岁峥嵘。卧闻乳石淙流响，疑是香林八节声。③

《欧阳修诗文集校笺》注云：

景祐三年（一〇三六）作。时贬官至夷陵。《蜀鉴》卷一："《荆州记》云：'南荆门、北虎牙二山临江，楚之西塞。'郦道元注《水经》云：'公孙述依二山作浮桥，拒汉师，下有急滩，名虎牙滩。'……《寰宇记》云：'虎牙山有石壁，其色黄，间有白文，亦有牙齿形。'《夷陵志》云：'上有城，下有十二碚，有滩甚恶，在今峡州。'"④

欧阳修在此诗中处处将虎牙滩的风景与洛阳相比，正是在努力营造一种熟悉的感觉，即便这里面没有很多欣喜，但至少心情非常平静。

这里四首，加上前文已经引出的三首，一共有七首。这些诗不但没有表现作者的贬谪之悲，有的作品甚至表现得比较欢快。照理说，在长达几个月的长途旅行中，欧阳修不应当才写这么几首诗。无端被贬谪到五千里外的小山城，欧阳修不可能没有怨言，没有痛苦，但是他显然不愿意将这样的情感写到诗里，因此有意抑制了作诗的冲动。

通过游赏、交游和吟咏，欧阳修的谪宦之途事实上变成了一次愉快的

---

① 《欧阳修全集》第3册，李逸安点校，中华书局，2001，第736页。
② （宋）欧阳修著，洪本健校笺《欧阳修诗文集校笺》下册，上海古籍出版社，2009，第1304页。
③ 《欧阳修全集》第3册，李逸安点校，中华书局，2001，第802页。
④ （宋）欧阳修著，洪本健校笺《欧阳修诗文集校笺》下册，上海古籍出版社，2009，第1451页。

旅行。对于这次贬谪,欧阳修虽有痛苦和不满,但也没有将其看作多大的事情,所以才能有心情去游赏、交游和吟咏。这样的活动不仅丰富了他的旅途生活,而且进一步消解了他内心的愁苦。

在夷陵任上,欧阳修的诗歌创作继续体现了苦中作乐的特色。峡州知州朱庆基与欧阳修有旧交,特地为他建了至喜堂。这令欧阳修非常感动,其《夷陵县至喜堂记》云:

> 某有罪来是邦,朱公与某有旧,且哀其以罪而来,为至县舍,择其厅事之东以作斯堂,度为疏豁高明,而日居之以休其心。堂成,又与宾客偕至而落之。夫罪戾之人,宜弃恶地,处穷险,使其憔悴忧思,而知自悔咎。今乃赖朱公而得善地,以偷宴安,顽然使忘其有罪之忧,是皆异其所以来之意。
>
> 然夷陵之僻,陆走荆门、襄阳至京师,二十有八驿;水道大江、绝淮抵汴东水门,五千五百有九十里。故为吏者多不欲远来,而居者往往不得代,至岁满,或自罢去。然不知夷陵风俗朴野,少盗争,而令之日食有稻与鱼,又有橘、柚、茶、笋四时之味,江山美秀,而邑居缮完,无不可爱。是非惟有罪者之可以忘其忧,而凡为吏者,莫不始来而不乐,既至而后喜也。①

在这篇文章中,欧阳修不仅写出了对知州的感激之情,而且写出了夷陵的风俗景物之美和生活之便,足以令其忘忧而乐居。

欧阳修在夷陵的时间并不长,总共只有一年。欧阳修景祐三年十月方到任,次年三月赴许昌(今属河南)迎娶薛氏,四月叔父欧阳晔在随州(今属湖北)去世,所以其直至九月方还夷陵,至十二月又移官乾德知县。在这不长的时间里,欧阳修表现出对政事的重视。其《与尹师鲁第二书》曾论及初至夷陵的生活状况:

> 夷陵虽小县,然争讼甚多,而田契不明。僻远之地,县吏朴鲠,官书无簿籍,吏曹不识文字,凡百制度,非如官府一一自新齐整,无不躬亲。又朱公以故人日相劳慰,时时颇有宴集。加以乍到,闺门内事亦须自营。②

---

① 《欧阳修全集》第2册,李逸安点校,中华书局,2001,第563页。
② 《欧阳修全集》第3册,李逸安点校,中华书局,2001,第999~1000页。

所叙虽不限于政事，但给人印象最深的还是其"无不躬亲"的敬业态度。又《容斋随笔》卷四"张浮休书"条载：

> 张芸叟与石司理书云："顷游京师，求谒先达之门，每听欧阳文忠公、司马温公、王荆公之论，于行义文史为多，唯欧阳公多谈吏事。既久之，不免有请：'大凡学者之见先生，莫不以道德文章为欲闻者，今先生多教人以吏事，所未谕也。'公曰：'不然。吾子皆时才，异日临事，当自知之。大抵文学止于润身，政事可以及物。吾昔贬官夷陵，方壮年，未厌学，欲求《史》《汉》一观，公私无有也。无以遣日，因取架阁陈年公案，反覆观之，见其枉直乖错，不可胜数，以无为有，以枉为直，违法徇情，灭亲害义，无所不有。且夷陵荒远、褊小，尚如此，天下固可知也。当时仰天誓心曰：自尔遇事，不敢疏忽也。'是时苏明允父子亦在焉，尝闻此语。"①

只有在政事之暇，欧阳修才与判官丁宝臣、推官朱处仁在四周游赏，并写出一些赞美夷陵风光的诗篇，其中比较集中的一组作品就是由《三游洞》《下牢溪》《虾蟆碚》《劳停驿》《龙溪》《黄溪夜泊》《黄牛峡祠》《松门》《下牢津》组成的《夷陵九咏》。如其《黄溪夜泊》云：

> 楚人自古登临恨，暂到愁肠已九回。万树苍烟三峡暗，满川明月一猿哀。非乡况复惊残岁，慰客偏宜把酒杯。行见江山且吟咏，不因迁谪岂能来。②

尽管内心难免有"楚人自古登临恨"，且"非乡况复惊残岁"的感触，但夷陵的山水之美消解了欧阳修心中的孤独与愁苦，他反而有些庆幸这次贬谪给他带来的游赏机遇，正所谓"不因迁谪岂能来"。

对于夷陵的这段生活经历，欧阳修最念念不忘的仍是其景色之美。其作于庆历元年（1041）的《忆山示圣俞》云：

> 吾思夷陵山，山乱不可究。东城一堠余，高下渐冈阜。群峰迤逦接，四顾无前后。忆尝祗吏役，钜细悉经觏。是时秋卉红，岭谷堆缬绣。林枯松鳞皴，山老石脊瘦。断径履颓崖，孤泉听清溜。深行得平

---

① （宋）洪迈：《容斋随笔》，上海古籍出版社，1996，第45页。
② 《欧阳修全集》第2册，李逸安点校，中华书局，2001，第168页。

川，古俗见耕耨。涧荒惊麋奔，日出飞雉雏。盘石屡欹眠，绿岩堪解绶。幽寻叹独往，清兴思谁侑。其西乃三峡，崄怪愈奇富。江如自天倾，岸立两崖斗。黔巫望西属，越岭通南奏。时时县楼对，云雾昏白昼。荒烟下牢戍，百仞寒溪漱。虾蟆喷水帘，甘液胜饮酎。亦尝到黄牛，泊舟听猿狖。巉巉起绝壁，苍翠非刻镂。阴岩下攒丛，岫穴忽空透。遥岑耸孤出，可爱欣欲就。惟思得君诗，古健写奇秀。今来会京师，车马逐尘瞀。颓冠各白发，举酒无蒨袖。繁华不可慕，幽赏亦难遘。徒为忆山吟，耳热助嘲诟。①

诗中所追忆的游览经历，有的是欧阳修自己"幽寻叹独往"，有的则是他与丁宝臣、朱处仁诸人结伴出行。离开夷陵的时候，欧阳修不仅舍不得这里的山川，也舍不得他的两位好友。其《离峡州后回寄元珍表臣》：

经年迁谪厌荆蛮，惟有江山兴未阑。醉里人归青草渡，梦中船下武牙滩。野花零落风前乱，飞雨萧条江上寒。荻笋时鱼方有味，恨无佳客共杯盘。②

三年后，欧阳修庆历四年（1044）作《登绛州富公嵩巫亭示同行者》，又一次怀想夷陵的山水："荆巫惜遐荒，诡怪杳难貌。至今清夜思，魂梦辄飞愕。"③

无论是在前往夷陵的途中，还是在夷陵知县任上，欧阳修都能以乐观的心态对待生活和仕途，不仅不作穷愁之语，而且反复渲染自己的快乐。后来欧阳修贬谪滁州时不仅沿袭了喜欢游赏和交游的生活态度，而且通过建亭、种花等"造景"活动提升了自己的精神境界，也美化了滁州人的生活环境。

二　滁州：经年种花满幽谷

庆历五年（1045）春，推行"新政"的杜衍、韩琦、范仲淹、富弼等人被守旧派污为"朋党"，相继罢去。欧阳修为此上书力辨，作《朋党论》，为守旧派所嫉恨。值欧阳修外甥女张氏与人通奸事发，谏官钱明逸等人将其事牵连欧阳修，朝廷置狱追查。八月，并未被查出问题的欧阳修罢河北

---

① 《欧阳修全集》第1册，李逸安点校，中华书局，2001，第15～16页。
② 《欧阳修全集》第2册，李逸安点校，中华书局，2001，第176页。
③ 《欧阳修全集》第1册，李逸安点校，中华书局，2001，第28页。

都转运按察使，贬为滁州知州。跟夷陵之贬是明确的政治斗争不同，这次贬谪，欧阳修等于被泼了一身脏水，所以觉得非常屈辱。一直到神宗朝，欧阳修还多次上疏要求追究蒋之奇诬陷之罪。他在《乞辨明蒋之奇言事札子》中追述自己被贬之故：

> 臣先于庆历中擢任谏官，臣感激仁宗恩遇，不敢顾身，力排奸邪，不避仇怨。举朝之人侧目切齿，恶臣如仇。适会臣有一妹夫张龟正前妻女，嫁臣一疏族不同居侄晟，于守官处与人犯奸。是时钱明逸为谏官，遂言臣侵欺本人财物，与之有私。既蒙朝廷置狱穷勘，并无实状，事得辨明。而当时执政之臣恶臣者众，其阴私事虽已辨明，犹用财物不明降臣知滁州。①

可是就当时而言，虽然很不甘心，欧阳修却不得不接受朝廷对他的处置。在前往滁州的路上，他没有像之前赴夷陵时那样呼朋引伴、游山玩水，创作的诗歌也很少。今可确定者仅有《自河北贬滁州初入汴河闻雁》一首：

> 阳城淀里新来雁，趁伴南飞逐越船。野岸柳黄霜正白，五更惊破客愁眠。②

汴河两岸柳黄霜白，一片凄凉景象，此时只有天上的大雁陪伴着客船南行，它们的叫声将欧阳修从愁眠中惊醒。这首诗的情感比较低沉，不大符合欧阳修之前提出的主张，因此，一到滁州，欧阳修立刻调整了生活态度，诗境也变得活泼开朗起来。

自庆历五年十月二十二日到郡，至八年（1048）闰正月徙知扬州，二月离任，欧阳修在滁州的时间总共只有两年多。其间，除了处理政务、迎来送往的公私应酬交际，以及撰写必要的官样文章外，欧阳修在滁州比较有特色的活动主要有以下三类。

其一是游赏。到任之初，欧阳修就到琅琊山庶子泉寻找唐代李阳冰石篆，竟然意外发现"阳冰别篆十余字"，喜不自胜，作《石篆诗并序》。他将拓本寄给好友梅尧臣与苏舜钦，要二人作诗，以便刻石流传。其《石篆诗并序》云：

---

① 《欧阳修全集》第4册，李逸安点校，中华书局，2001，第1378~1379页。
② 《欧阳修全集》第2册，李逸安点校，中华书局，2001，第180页。

某启。近蒙朝恩守此州，州之西南有琅琊山唐李幼卿庶子泉者。某在馆阁时，方国家诏天下求古碑石之文，集于阁下，因得见李阳冰篆《庶子泉铭》。学篆者云："阳冰之迹多矣，无如此铭者。"常欲求其本而不得，于今十年矣。及此来，已获焉。而铭石之侧，又阳冰别篆十余字，尤奇于铭文，世罕传焉。山僧惠觉指以示予，予徘徊其下，久之不能去。山之奇迹，古今纪述详矣，而独遗此字。予甚惜之，欲有所述，而患文字之不称。思予尝爱其文而不及者，梅圣俞、苏子美也。因为诗一首，并封题墨本以寄二君，乞诗，刻于石。

寒岩飞流落青苔，旁斫石篆何奇哉！其人已死骨已朽，此字不灭留山隈。山中老僧忧石泐，印之以纸磨松煤。欲令留传在人世，持以赠客比琼瑰。我疑此字非笔画，又疑人力非能为。始从天地胚浑判，元气结此高崖嵬。当时野鸟踏山石，万古遗迹于苍崖。山只不欲人屡见，每吐云雾深藏埋。群仙飞空欲下读，常借海月清光来。嗟我岂能识字法，见之但觉心眼开。辞悭语鄙不足记，封题远寄苏与梅。①

今日读其诗，似乎仍能想见欧阳修当时的那份狂喜，所以他才急切地希望与好友分享自己的快乐。梅尧臣作《欧阳永叔寄琅琊山李阳冰篆十八字并永叔诗一首欲予继作因成十四韵奉答》，苏舜钦作《和永叔琅琊山庶子泉阳冰石篆诗》，今皆存。

欧阳修多次到琅琊山游赏，甚至在严冬之中也与同好一起前往，他们或一起在林间"行歌"，或静听鸟鸣，或以琴拟泉声，流连忘返。其《游琅琊山》所载就是这样的一次游赏经历：

南山一尺雪，雪尽山苍然。涧谷深自暖，梅花应已繁。使君厌骑从，车马留山前。行歌招野叟，共步青林间。长松得高荫，盘石堪醉眠。止乐听山鸟，携琴写幽泉。爱之欲忘返，但苦世俗牵。归时始觉远，明月高峰巅。②

此外，他还有包括《归云洞》《琅琊溪》《石屏路》《班春亭》《庶子泉》《惠觉方丈》在内的《琅琊山六题》，更是集中体现了琅琊山之美景。

在琅琊山的诸多景点中，祭祀王禹偁的祠堂也令欧阳修流连忘返，觉

---

① 《欧阳修全集》第3册，李逸安点校，中华书局，2001，第755~756页。
② 《欧阳修全集》第1册，李逸安点校，中华书局，2001，第42页。

得与其人更加亲近了。其《书王元之画像侧（在琅琊山）》：

> 偶然来继前贤迹，信矣皆如昔日言。诸县丰登少公事，一家饱暖荷君恩。想公风采常如在，顾我文章不足论。名姓已光青史上，壁间容貌任尘昏。（公贬滁州，《谢上表》云："诸县丰登，苦无公事。一家饱暖，共荷君恩。"）①

不仅琅琊山，欧阳修对丰山之下人迹罕至的幽谷泉也念念不忘，每每前往聆听，令当地的老人颇为惊异。其《幽谷泉》云：

> 踏石弄泉流，寻源入幽谷。泉傍野人家，四面深篁竹。溉稻满春畴，鸣渠绕茅屋。生长饮泉甘，荫泉栽美木。潺湲无春冬，日夜响山曲。自言今白首，未惯逢朱毂。顾我应可怪，每来听不足。②

除了这些山水之美，滁州的各种鸟儿也给欧阳修带来了许多慰藉和欢乐。其《啼鸟》云：

> 穷山候至阳气生，百物如与时节争。官居荒凉草树密，撩乱红紫开繁英。花深叶暗耀朝日，日暖众鸟皆嘤鸣。鸟言我岂解尔意，绵蛮但爱声可听。南窗睡多春正美，百舌未晓催天明。黄鹂颜色已可爱，舌端哑咤如娇婴。竹林静啼青竹笋，深处不见惟闻声。陂田绕郭白水满，戴胜谷谷催春耕。谁谓鸣鸠拙无用，雄雌各自知阴晴。雨声萧萧泥滑滑，草深苔绿无人行。独有花上提葫芦，劝我沽酒花前倾。其余百种各啁啾，异乡殊俗难知名。我遭谗口身落此，每闻巧舌宜可憎。春到山城苦寂寞，把盏常恨无娉婷。花开鸟语辄自醉，醉与花鸟为交朋。花能嫣然顾我笑，鸟劝我饮非无情。身闲酒美惜光景，惟恐鸟散花飘零。可笑灵均楚泽畔，离骚憔悴愁独醒。③

诗中虽然写到自己"苦寂寞"，但侧重点还是"花能嫣然顾我笑，鸟劝我饮非无情"，欧阳修在消解了自己的愁苦后，更加珍惜大自然的美好——"惟恐鸟散花飘零"。欧阳修喜欢滁州的鸟儿，因为他从鸟儿身上感受到人与自然的亲近，感受到那种无拘无束的自由。其《画眉鸟》云：

---

① 《欧阳修全集》第2册，李逸安点校，中华书局，2001，第181~182页。
② 《欧阳修全集》第1册，李逸安点校，中华书局，2001，第44页。
③ 《欧阳修全集》第1册，李逸安点校，中华书局，2001，第41~42页。

百啭千声随意移，山花红紫树高低。始知锁向金笼听，不及林间自在啼。①

同样是画眉鸟的叫声，欧阳修喜欢的是其在大自然中"百啭千声随意移"，而不愿意听其在金笼里歌唱。十多年后，在嘉祐四年（1059）所作的《啼鸟（崇政殿后考试举人卷子作）》里，欧阳修依然感叹道："千声百啭忽飞去，枝上自落红纷纷。画帘阴阴隔宫烛，禁漏杳杳深千门。可怜枕上五更听，不似滁州山里闻。"② 即便是皇家宫苑里的鸟声，也没有滁州山里的好听，因为后者代表着自由，这正是欧阳修当年因贬到该地得以摆脱牢笼，自由自在的心理写照。

即便是在容易令人伤感的秋天里，欧阳修看到四周的青山也会心胸豁然开朗。其《秋晚凝翠亭（探韵作）》云：

黄叶落空城，青山绕官廨。风云凄已高，岁月惊何迈。陂田寒未收，野水浅生派。晴林紫榴坼，霜日红梨晒。萧疏喜竹劲，寂寞伤兰败。丛菊如有情，幽芳慰孤介。嘉客日可携，寒醅美新酻。登临无厌频，冰雪行即届。③

黄叶飘零，风云凄凄，幽兰枯败，秋天的景色并不似春天那样令人心旷神怡，但在欧阳修眼中也有颇多可爱之处，绽开的石榴，红红的梨子，劲拔的竹子，特别是盛开的丛菊，令欧阳修感到特别欣慰。凝翠亭是当时滁州的一座亭子，欧阳修携酒在这里招待嘉客，别有一番韵味。所以他希望在冰雪到来之前，抓紧时间多来登临几次。

如果说欧阳修在以上这些诗歌中所写到的游赏活动已足以表现出他对滁州的热爱，也足以表现出他的快乐心情，这与其贬谪夷陵的生活保持了很强的延续性，那么，其在滁州建亭和种花并大加歌咏的举动则更能体现出他对贬谪文学的新拓展。

其二是建亭。相对于之前在夷陵的游赏仅限于现有的风景，欧阳修贬谪滁州时还发展了新的赏景方式——通过造景来达到欣赏的目的。欧阳修在滁州所造的最著名的建筑是丰乐亭。其《丰乐亭记》云：

---

① 《欧阳修全集》第2册，李逸安点校，中华书局，2001，第184页。
② 《欧阳修全集》第1册，李逸安点校，中华书局，2001，第118～119页。
③ 《欧阳修全集》第1册，李逸安点校，中华书局，2001，第50页。

修既治滁之明年夏，始饮滁水而甘，问诸滁人，得于州南百步之近。其上丰山耸然而特立，下则幽谷窈然而深藏，中有清泉滃然而仰出。俯仰左右，顾而乐之。于是疏泉凿石，辟地以为亭，而与滁人往游于其间。①

丰乐亭建好后，欧阳修又将两块菱溪怪石分别置于其南北两侧。其《菱溪大石》云：

新霜夜落秋水浅，有石露出寒溪垠。苔昏土蚀禽鸟啄，出没溪水秋复春。溪边老翁生长见，疑我来视何殷勤。爱之远徙向幽谷，曳以三犊载两轮。行穿城中罢市看，但惊可怪谁复珍。荒烟野草埋没久，洗以石窦清泠泉。朱阑绿竹相掩映，选致佳处当南轩。南轩旁列千万峰，曾未有此奇嶙峋。乃知异物世所少，万金争买传几人。山河百战变陵谷，何为落彼荒溪濆。《山经》《地志》不可究，遂令异说争纷纭。皆云女娲初锻炼，融结一气凝精纯。仰视苍苍补其缺，染此绀碧莹且温。或疑古者燧人氏，钻以出火为炮燔。苟非神圣亲手迹，不尔孔窍谁雕剜。又云汉使把汉节，西北万里穷昆仑。行经于阗得宝玉，流入中国随河源。沙磨水激自穿穴，所以镌凿无瑕痕。嗟予有口莫能辨，叹息但以两手扪。卢仝、韩愈不在世，弹压百怪无雄文。争奇斗异各取胜，遂至荒诞无根原。天高地厚靡不有，丑好万状奚足论。惟当扫雪席其侧，日与嘉客陈清尊。②

从诗中可以看出，大石被欧阳修放在了丰乐亭的南侧，对着亭子的"南轩"。之后，欧阳修又从民家找到了另一块"差小而尤奇"的菱溪怪石，将其置于丰乐亭的北侧。对此，其《菱溪石记》所载甚详：

菱溪之石有六：其四为人取去；其一差小而尤奇，亦藏民家；其最大者偃然僵卧于溪侧，以其难徙，故得独存。每岁寒霜落，水涸而石出，溪旁人见其可怪，往往祀以为神。菱溪，按图与经皆不载。唐会昌中，刺史李渍为《荇溪记》，云水出永阳岭，西经皇道山下。以地求之，今无所谓荇溪者，询于滁州人，曰此溪是也。杨行密有淮南，淮人为讳其嫌名，以荇为菱，理或然也。

---

① 《欧阳修全集》第2册，李逸安点校，中华书局，2001，第575页。
② 《欧阳修全集》第1册，李逸安点校，中华书局，2001，第50~51页。

溪傍若有遗址，云故将刘金之宅，石即刘氏之物也。金，伪吴时贵将，与行密俱起合淝，号三十六英雄，金其一也。金本武夫悍卒，而乃能知爱赏奇异，为儿女子之好，岂非遭逢乱世，功成志得，骄于富贵之侈欲而然邪？想其陂池、台榭、奇木、异草，与此石称，亦一时之盛哉。今刘氏之后散为编民，尚有居溪旁者。

予感夫人物之废兴，惜其可爱而弃也，乃以三牛曳置幽谷，又索其小者，得于白塔民朱氏，遂立于亭之南北。亭负城而近，以为滁人岁时嬉游之好。

夫物之奇者，弃没于幽远则可惜，置之耳目，则爱者不免取之而去。嗟夫！刘金者虽不足道，然亦可谓雄勇之士，其平生志意岂不伟哉。及其后世，荒堙零落，至于子孙泯没而无闻，况欲长有此石乎？用此可为富贵者之戒。而好奇之士闻此石者，可以一赏而足，何必取而去也哉？①

丰乐亭建成后，不仅成了滁州人出游的新场所，还是欧阳修多次游赏和吟咏的对象。今可见尚有以下诸诗：

造化无情不择物，春色亦到深山中。山桃溪杏少意思，自趁时节开春风。看花游女不知丑，古妆野态争花红。人生行乐在勉强，有酒莫负琉璃钟。主人勿笑花与女，嗟尔自是花前翁。(《丰乐亭小饮》)②

绿树交加山鸟啼，晴风荡漾落花飞。鸟歌花舞太守醉，明日酒醒春已归。

春云淡淡日辉辉，草惹行襟絮拂衣。行到亭西逢太守，篮舆酩酊插花归。

红树青山日欲斜，长郊草色绿无涯。游人不管春将老，来往亭前踏落花。(《丰乐亭游春三首》)③

一径入蒙密，已闻流水声。行穿翠筱尽，忽见青山横。山势抱幽谷，谷泉含石泓。旁生嘉树林，上有好鸟鸣。鸟语谷中静，树凉泉影清。露蝉已嘒嘒，风溜时泠泠。渴心不待饮，醉耳倾还醒。嘉我二三友，偶同丘壑情。环流席高荫，置酒当峥嵘。是时新雨余，日落山更

---

① 《欧阳修全集》第2册，李逸安点校，中华书局，2001，第578~579页。
② 《欧阳修全集》第1册，李逸安点校，中华书局，2001，第53页。
③ 《欧阳修全集》第2册，李逸安点校，中华书局，2001，第183页。

明。山色已可爱，泉声难久听。安得白玉琴，写以朱丝绳。[《幽谷晚饮（一作丰乐亭）》]①

在这些诗歌中，欧阳修不仅写出了自己与友人在丰乐亭游赏、饮酒的乐趣，还写出滁州人也纷纷前来游赏的景象。

除丰乐亭外，欧阳修还曾在其东几百步处另建醒心亭。曾巩《醒心亭记》云：

> 滁州之西南，泉水之涯，欧阳公作州之二年，构亭曰"丰乐"，自为记以见其名之意。既又直丰乐之东几百步，得山之高，构亭曰"醒心"，使巩记之。
>
> 凡公与州之宾客者游焉，则必即丰乐以饮。或醉且劳矣，则必即醒心而望。以见夫群山之相环，云烟之相滋，旷野之无穷，草树众而泉石嘉，使目新乎其所睹，耳新乎其所闻，则其心洒然而醒，更欲久而忘归也。故即其所以然而为名，取韩子退之《北湖》之诗云。噫！其可谓善取乐于山泉之间，而名之以见其实，又善者矣。②

由曾巩此文可以看出，醒心亭与丰乐亭之间有着密切的功能关联，即所谓"必即丰乐以饮"与"必即醒心而望"，醒心而后望，则所见之景更新更美。

琅琊山上的醉翁亭虽非欧阳修所建，却为其所命名，因此他也觉得特别亲近。其《醉翁亭记》开头一段云：

> 环滁皆山也。其西南诸峰，林壑尤美，望之蔚然而深秀者，琅琊也。山行六七里，渐闻水声潺潺，而泻出于两峰之间者，酿泉也。峰回路转，有亭翼然临于泉上者，醉翁亭也。作亭者谁？山之僧曰智仙也。名之者谁？太守自谓也。太守与客来饮于此，饮少辄醉，而年又最高，故自号曰醉翁也。醉翁之意不在酒，在乎山水之间也。山水之乐，得之心而寓之酒也。③

正所谓"醉翁之意不在酒，在乎山水之间也"，欧阳修此文不仅写出自己对滁州山水的痴爱，而且有意突出了与民同乐的思想，这是非常宝贵的。

---

① 《欧阳修全集》第3册，李逸安点校，中华书局，2001，第758页。
② （宋）曾巩撰《曾巩集》上册，陈杏珍、晁继周点校，中华书局，1984，第276页。
③ 《欧阳修全集》第2册，李逸安点校，中华书局，2001，第576页。

他又有《题滁州醉翁亭》诗云:

> 四十未为老,醉翁偶题篇。醉中遗万物,岂复记吾年。但爱亭下水,来从乱峰间。声如自空落,泻向雨檐前。流入岩下溪,幽泉助涓涓。响不乱人语,其清非管弦。岂不美丝竹,丝竹不胜繁。所以屡携酒,远步就潺湲。野鸟窥我醉,溪云留我眠。山花徒能笑,不解与我言。惟有岩风来,吹我还醒然。①

这首诗中"所以屡携酒,远步就潺湲。野鸟窥我醉,溪云留我眠"几句所体现的情怀,正可以用上引《醉翁亭记》中"山水之乐,得之心而寓之酒也"来加以阐释。

此外,欧阳修还有《怀嵩楼新开南轩与郡僚小饮》云:

> 绕郭云烟匝几重,昔人曾此感怀嵩。霜林落后山争出,野菊开时酒正浓。解带西风飘画角,倚阑斜日照青松。会须乘醉携嘉客,踏雪来看群玉峰。②

滁州怀嵩楼最早为唐代李德裕任刺史时所建,但所谓"新开南轩"应该是欧阳修所为。欧阳修不但带着"郡僚"到这里小饮,而且还豪迈地与其约定等到下雪的时候还要到这里饮酒、赏雪。

欧阳修不仅在丰山上建造了丰乐亭和醒心亭,还将智仙在琅琊山上建造的小亭命名为醉翁亭,又为怀嵩楼"新开南轩",这些事情大小不一,其指向却是共同的——通过建造新景点或改造旧景点让滁州更加美丽,更加宜居,从而让滁州人生活得更加幸福。

其三是种花。出于同样的目的,欧阳修还开始在滁州种花。他曾命判官谢缜在丰乐亭下的幽谷种花。其《谢判官幽谷种花》云:

> 浅深红白宜相间,先后仍须次第栽。我欲四时携酒去,莫教一日不花开。③

对于此事,《西清诗话》卷下有如下记载:

---

① 《欧阳修全集》第3册,李逸安点校,中华书局,2001,第756~757页。
② 《欧阳修全集》第2册,李逸安点校,中华书局,2001,第184页。
③ 《欧阳修全集》第2册,李逸安点校,中华书局,2001,第183页。

欧阳文忠公谪守滁阳，筑醒心、醉翁亭于琅琊幽谷，且命幕客谢某者，杂植花卉其间。谢以状问名品，公即书纸尾云："浅深红白宜相间，先后仍须次第栽。我欲四时携酒去，莫教一日不花开。"其清放如此。①

欧阳修有《四月九日幽谷见绯桃盛开》，诗中所云"绯桃"就是谢缜当年所种之花：

经年种花满幽谷，花开不暇把一卮。人生此事尚难必，况欲功名书鼎彝。深红浅紫看虽好，颜色不奈东风吹。绯桃一树独后发，意若待我留芳菲。清香嫩蕊含不吐，日日怪我来何迟。无情草木不解语，向我有意偏依依。群芳落尽始烂漫，荣枯不与众艳随。念花意厚何以报，唯有醉倒花东西。盛开比落犹数日，清尊尚可三四携。②

虽然"经年种花满幽谷"，但欧阳修却忙得"花开不暇把一卮"，幸亏有"绯桃一树独后发"，他才得以携客小饮。

除了在丰山幽谷种花，欧阳修还在郡治里面种花。其《希真堂东手种菊花十月始开》云：

当春种花唯恐迟，我独种菊君勿诮。春枝满园烂张锦，风雨须臾落颠倒。看多易厌情不专，斗紫夸红随俗好。豁然高秋天地肃，百物衰零谁眼吊。君看金蕊正芬敷，晓日浮霜相照耀。煌煌正色秀可餐，蔼蔼清香寒愈峭。高人避喧守幽独，淑女静容修窈窕。方当摇落看转佳，慰我寂寥何以报。时携一尊相就饮，如得贫交论久要。我从多难壮心衰，迹与世人殊静躁。种花勿种儿女花，老大安能逐年少。③

希真堂在滁州郡治内，欧阳修在此处种上了菊花。在菊花盛开的时候，仿佛"高人避喧守幽独，淑女静容修窈窕"，欧阳修觉得内心更加平和，如同见到了知己，所以时不时携酒前往希真堂小饮。

直到快要离开滁州的时候，欧阳修还在不停地种花。其《幽谷种花洗山》云：

---

① （宋）蔡絛撰《西清诗话》，张伯伟编校《稀见本宋人诗话四种·明钞本西清诗话》，江苏古籍出版社，2002，第225页。
② 《欧阳修全集》第1册，李逸安点校，中华书局，2001，第53~54页。
③ 《欧阳修全集》第1册，李逸安点校，中华书局，2001，第55页。

> 洗出峰峦看腊雪，栽成花木趁新年。史君功行今将满，谁肯同来作地仙。①

明知道自己任期将满，欧阳修仍坚持在年前种花。果然，欧阳修在第二年闰正月就改知扬州，并没能看到其年前所种之花开放。唯其如此，可以让我们更清楚地看出，欧阳修在滁州建亭种花，虽然他自己乐在其中，但主要也应该还是为了滁州人，这更可以见出其胸怀之博大。

滁州的山水之美，令欧阳修非常陶醉。即便是郡斋独居，他也感到惬意。其《春日独居》云：

> 众喧争去逐春游，独静谁知味最优。雨霁日长花烂漫，春深睡美梦飘浮。常忧任重才难了，偶得身闲乐暂偷。因此益知为郡趣，乞州仍拟乞山州。②

"因此益知为郡趣，乞州仍拟乞山州"一联，可以看作欧阳修对滁州的最高评价。因为有了在滁州的经历，因为感受到了滁州的美好，所以他甚至希望以后还能在这样的"山州"里任职。

离开滁州后，他还多次想到那里的醉翁亭与丰乐亭，想到他与谢缜种花的那个幽谷。《忆滁州幽谷》云：

> 滁南幽谷抱千峰，高下山花远近红。当日辛勤皆手植，而今开落任春风。主人不觉悲华发，野老犹能说醉翁。谁与援琴亲写取，夜泉声在翠微中。③

当年手植的各种花木自开自落，欧阳修却身居异地无法欣赏，只留下一个故事在当地流传。欧阳修想，如有人能将其绘成图画、谱成琴曲相赠，那该多好啊！特别是在与谢缜赠答的诗歌中，幽谷之花更是被反复提到。如其《答谢判官独游幽谷见寄》云：

> 闻道西亭偶独登，怅然怀我未忘情。新花自向游人笑，啼鸟犹为旧日声。因拂醉题诗句在，应怜手种树阴成。须知别后无由到，莫厌

---

① 《欧阳修全集》第3册，李逸安点校，中华书局，2001，第807页。
② 《欧阳修全集》第3册，李逸安点校，中华书局，2001，第806页。
③ 《欧阳修全集》第2册，李逸安点校，中华书局，2001，第201页。

频携野客行。①

由于自己"别后无由到",所以欧阳修希望谢缜能携"野客"多看几次,也算是对自己的一点慰藉。

皇祐元年(1049),欧阳修知颍州时,谢缜作为颍州人,返乡时还曾相访,于是欧阳修作《思二亭送光禄谢寺丞归滁阳二首》相赠:

> 吾尝思醉翁,醉翁名自我。山林本我性,章服偶包裹。君恩未知报,进退奚为可?自非因谗逐,决去焉能果。前时永阳谪,谁与脱缰锁?山气无四时,幽花常婀娜。石泉咽然鸣,野艳笑而傞。宾欢正喧哗,翁醉已岌峨。我乐世所悲,众驰予坎轲。惟兹三二子,嗜好其同颇。因归谢岩石,为我刻其左。
>
> 吾尝思丰乐,魂梦不在身。三年永阳谪,幽谷最来频。谷口两三家,山泉为四邻。但闻山泉声,岂识山意春。春至换群物,花开思故人。故人今何在,憔悴颍水滨。人去山自绿,春归花更新。空令谷中叟,笑我种花勤。②

在这两首诗中,欧阳修讲述的都是对滁州生活的美好回忆,其中当然少不了与谢缜一起种花的经历。之后,谢缜也因升迁离开了滁州,他又经过颍州时,欧阳修作《送谢中舍二首》,其一云:

> 滁南幽谷抱山斜,我凿清泉子种花。故事已传遗老说,世人今作画图夸。金闺引籍子方壮,白发盈簪我可嗟。试问弦歌为县政,何如尊俎乐无涯。③

从赏景到造景,从利己到利人,欧阳修在滁州的谪宦经历,不仅体现出其人格的伟大,而且体现出其对贬谪文学的重要发展。尽管欧阳修之后再也没有到过滁州,但滁州的山水、人文之美,还有他自己建筑或命名的丰乐亭、醉翁亭,特别是他与谢缜幽谷种花的独特经历,为其一生所仅有,所以尤其难得,也成为其贬谪文学中最出彩的部分。

欧阳修的一生,真正算得上贬谪的只有夷陵和滁州两次。在两次贬谪期间,欧阳修都能以积极的态度和旷达的心胸对待眼前的政治挫折,

---

① 《欧阳修全集》第2册,李逸安点校,中华书局,2001,第185页。
② 《欧阳修全集》第3册,李逸安点校,中华书局,2001,第760页。
③ 《欧阳修全集》第2册,李逸安点校,中华书局,2001,第191页。

既广泛交游,又寄情山水,不仅消解了心中的块垒,还获得了无穷的乐趣。这正是对前引范仲淹关于五代以来"悲哀为主"的有力反拨。对此,欧阳修在早年谪赴夷陵途中即有着清醒的认识。当他行至楚州时,即使自己身在贬谪之中,还力劝余靖不要作穷苦之怨。其《与尹师鲁第一书》云:

> 安道与予在楚州,谈祸福事甚详,安道亦以为然。俟到夷陵写去,然后得知修所以处之之心也。
>
> 又常与安道言,每见前世有名人,当论事时,感激不避诛死,真若知义者,及到贬所,则戚戚怨嗟,有不堪之穷愁形于文字,其心欢戚无异庸人,虽韩文公不免此累,用此戒安道慎勿作戚戚之文。师鲁察修此语,则处之之心又可知矣。近世人因言事亦有被贬者,然或傲逸狂醉,自言我为大不为小。故师鲁相别,自言益慎职,无饮酒,此事修今亦遵此语。咽喉自出京愈矣,至今不曾饮酒,到县后勤官,以惩洛中时懒慢矣。①

欧阳修所说的"前世名人",包括了唐代的韩愈。韩愈因谏阻宪宗皇帝亲迎佛骨,被贬为潮州刺史。在到任后的《潮州刺史谢上表》中,有一段明显属于"有不堪之穷愁"的内容:

> 臣所领州在广府极东界上,去广府虽云才二千里,然来往动皆经月。过海口,下恶水,涛泷壮猛,难计程期。飓风鳄鱼,患祸不测。州南近界,涨海连天,毒雾瘴氛,日夕发作。臣少多病,年才五十,发白齿落,理不久长。加以罪犯至重,所处又极远恶,忧惶惭悸,死亡无日。单立一身,朝无亲党,居蛮夷之地,与魑魅为群。苟非陛下哀而念之,谁肯为臣言者?②

韩愈把自己的处境写得如此凄凉,在很大程度上是为了表现自己的悔过意识,希望得到宪宗皇帝的宽恕。欧阳修虽然很尊崇韩愈,甚至以韩愈自期,却非常不满其"及到贬所,则戚戚怨嗟"的一面。正是这样的认识,才使得欧阳修不仅能够在贬谪途中苦中作乐,还能将其形之于诗。到达贬

---

① 《欧阳修全集》第3册,李逸安点校,中华书局,2001,第998~999页。
② (唐)韩愈著,刘真伦、岳珍校注《韩愈文集汇校笺注》第7册,中华书局,2010,第2922页。

地后，欧阳修亦能于勤于政事、关心民瘼之暇，与僚佐们携酒游赏，流连于当地的水光山色之中。即使跟唐代的"诗豪"刘禹锡相比，欧阳修在其贬谪诗歌里表现出的旷达与乐观也有过之而无不及。裘新江在《欧阳修与滁州流寓文学》一文中说："欧阳修滁州流寓文学创作不仅丰富了宋代文学作品宝库，而且通过其创作为后世留下了丰富的精神文化遗产，值得后人继承发扬。"① 裘先生所说固然正确，但其文主要立足于滁州地方文学建设，所以未能进一步深化。欧阳修在滁州的诗文创作是对中国历史悠久的贬谪文学以"悲哀为主"的传统的有力矫正，从而大大丰富了贬谪文学的内涵，也大大提升了贬谪文学的境界。

以上还只是问题的一面。夷陵时期，欧阳修主要通过游赏来排遣孤独和寂寞，借山水以寄情，这还局限于"利己"的层面。在欧阳修之前，有贬谪经历的著名文人可谓多矣，他们的创作主题大都离不开当时的哀怨穷愁。以柳宗元来说，他在永州发现了众多的山水美景，写出著名的《永州八记》，这使他远远超越了其前和同时的其他"流人"。可是柳宗元发现的山水总是那么幽冷，既不能令自己的愁怀得到解脱，也不能成为大众的游赏之地。欧阳修在夷陵以及刚到滁州的游赏活动，虽然比柳宗元更加超脱和欢乐，但都还属于"利己"的范畴。比较而言，只有欧阳修建亭、名亭，种花满幽谷，甚至在自己将要离开时还在不停地种花，这才更多带有"利人"的特点，才使得其人格超越前贤而更加伟大。崔铭《滁州：作为文学与文化的存在》一文在谈到欧阳修对滁州文化建设的贡献时说：

> 尽管在滁州任职不过两年多，欧阳修却体现出一般地方官身上少见的强烈的"主人翁"意识。他不仅对滁州的山水自然、人文古迹、民俗风情如数家珍，并深深地引以为豪，而且就像经营自己的家园一样，全心投入，周密布局，必欲为自然增光，为山水添色。醉翁亭、丰乐亭、醒心亭，既是欧阳修留给滁州的宝贵财富，亦可视为他弘扬滁州之美的点睛之笔。其中醉翁、丰乐二亭最为欧阳修所津津乐道，也是他用心极深之处。②

欧阳修无辜贬谪滁州，心里充满屈辱，但他能抑制住自己的愤懑，继

---

① 裘新江：《欧阳修与滁州流寓文学》，《斯文》第2辑，社会科学文献出版社，2018，第301页。
② 崔铭：《滁州：作为文学与文化的存在》，《西南民族大学学报》（人文社科版），2009年第10期。

而以豁达乐观的生活态度和生活方式将其化解。他不仅让自己从滁州的山水游赏中得到解脱，还不断地通过建亭、种花来美化滁州的环境，既让自己乐在其中，也为滁州人提供了更多的出游场所。屈原在《离骚》中说："纷吾既有此内美兮，又重之以修能。"① 欧阳修在滁州的作为，既可以看作其对自身高洁品格的一种证明，也可以看作其从"利己"到"利人"不断得到提升的胸怀和境界。

欧阳修贬谪夷陵时期主要继承了王禹偁"谪宦谁知是胜游"的豁达态度，而且身体力行，进一步丰富了作品中的生活内容，写出了一些心境平和甚至带有欢快情绪的作品，这已经改变了之前贬谪文学以悲哀为主的传统，为"宋调"打上了苦中作乐的烙印。他后来贬谪滁州时建亭、种花，虽仍不乏"利己"的因素，但"利人"的成分其实更加突出。因此，欧阳修在滁州的创作，不仅大大丰富了贬谪文学的内容，而且其豁达乐观的精神，从根本上改变了贬谪文学的基本风貌。

因此，贬谪夷陵和滁州的经历不仅能体现欧阳修的乐观性格，其间的诗歌创作也反映出欧阳修即使在艰难困苦中也能保持乐观向上的底色。而他的这种做法，在苏轼、黄庭坚那里也得到了进一步继承，从而最终积淀为"宋调"的重要品格。不过，跟欧阳修贬谪夷陵、滁州时的政治环境不同，苏轼、黄庭坚被贬谪都是新旧党争更加激烈的结果。在最艰难的几段贬谪经历中，苏、黄二人都是被编管在贬所，不仅没有参与地方政事的条件，甚至连辞官归隐的资格都没有。由于外在条件远较欧阳修当时恶劣，所以他们不可能像欧阳修那样游赏和交游，更不可能去建亭和种花。尽管如此，二人仍坚持了由欧阳修开启的苦中作乐的诗歌精神，不论其间创作的诗歌数量多寡，都以表现快乐为主。由此以往，苦中作乐终于成了"宋调"的一种特色。

第二节
九死南荒吾不悔：苏轼的贬所抒怀

苏轼一生有三段贬谪经历，即黄州、惠州和儋州。虽然都是贬谪，而且一次比一次偏远，但苏轼的心态不但没有越来越差，而且还有越来越好

---

① （战国）屈原著，金开诚、董洪利、高路明校注《屈原集校注》上册，中华书局，1996，第3页。

的迹象，这在他的诗歌中也有明显的表现。元符三年（1100），苏轼从海南归来，经过镇江时作《自题金山画像》云：

> 心似已灰之木，身如不系之舟。问汝平生功业，黄州、惠州、儋州。①

对于这首小诗的内涵，有的学者从正面理解，认为这是苏轼对自己在这三个时期创作成就的肯定。黄州、惠州和儋州的确是苏轼文学创作的丰收期，可问题在于苏轼会把文学创作说成自己的"平生功业"吗？比较而言，曾枣庄的说法更为通透："所谓'平生功业'完全是反话，也就是一事无成之意，他在三地的诗文更具体地证明了此诗的这一主旨。"② 沿着曾先生的思路，可以发现苏轼之言并非仅仅"也就是一事无成之意"，其中还有很强的自嘲成分，即说自己不但一事无成，而且还落得个长期贬谪南荒的结局。这种写法跟唐代杜牧《遣怀》中"十年一觉扬州梦，赢得青楼薄幸名"的表达方式颇为类似。黄州、惠州、儋州是苏轼一生中最落魄的时候，也是最能见出其品格的时候。随着处境每况愈下，他调整心态的能力越来越强。如果说在黄州时他只是开始体会到劳动的乐趣，从心里亲近陶渊明，但功业之心未死，正如他说"要作平地家居仙"，其实还是不甘心就此与草木同朽，仍希望将来能重出江湖，那么在惠州时，苏轼才真正领略到陶诗的妙处，并进而以陶自居，以陶自托，在思想上达到了与世俯仰、悲喜不挂于心的新境界。而在儋州的几年里，苏轼在以陶自托的基础上重新找回了自我，并且从心底将其地当成了家乡，因而情绪更加欢快，其诗歌中甚至常常带有某种俏皮和机趣。

一 黄州：要作平地家居仙

"乌台诗案"后，元丰二年（1079）十二月，苏轼被谪授检校水部员外郎、黄州团练副使，且不得签书公事，由御史台差人转押前去，次年二月到达贬所。这是苏轼遭受的第一次重大人生挫折。虽然强烈的挫败感没有摧毁苏轼的意志，但他死里逃生后仍心有余悸。事实上，他当时内心非常忧惧，甚至不敢与人来往。他在写给王巩的《与王定国四十一

---

① 《苏轼诗集》第8册，（清）王文诰辑注，孔凡礼点校，中华书局，1982，第2641页。
② 曾枣庄：《"心似已灰之木，身如不系之舟"——苏轼贬官黄州、惠州、儋州的心路历程》，曾枣庄：《苏轼论集》，巴蜀书社，2018，第115~116页。

首》其一中说："某寓一僧舍，随僧蔬食，甚自幸也。感恩念咎之外，灰心杜口，不曾看谒人。所云出入，盖往村寺沐浴，及寻溪旁谷钓鱼采药，聊以自娱耳。"① 如果说在这封信里苏轼突出的是"灰心杜口"，即不愿与人交往的一面，那么他在写给章惇的《与章子厚参政书二首》其一中表现的则是"不敢复与人事"，即不敢与人交往的一面。

> 轼自得罪以来，不敢复与人事，虽骨肉至亲，未肯有一字往来。
> ……黄州僻陋多雨，气象昏昏也。鱼稻薪炭颇贱，甚与穷者相宜。然轼平生未尝作活计，子厚所知之。俸入所得，随手辄尽。而子由有七女，债负山积，贱累皆在渠处，未知何日到此。见寓僧舍，布衣蔬食，随僧一餐，差为简便，以此畏其到也。穷达得丧，粗了其理，但禄廪相绝，恐年载间，遂有饥寒之忧，不能不少念。然俗所谓水到渠成，至时亦必自有处置，安能预为之愁煎乎？②

此信作于苏轼初到黄州时，虽然他自称"穷达得丧，粗了其理"，但其中所写除了自己的窘状和对于家小将要到来的生活担忧外，还有意突出了"不敢复与人事"的畏惧，这颇能体现他当时的心态。苏轼之所以"灰心杜口""不敢复与人事"，还有一个重要原因：在"乌台诗案"中连累了那么多朋友，这令他颇为惭愧。他在《与陈朝请二首》其一说：

> 钱塘一别，如梦中事。尔后阔，何所不有。置之不足道也。独中间述古捐馆，有识相吊，矧故人僚吏相爱之深者。然中无一字以解左右，盖罪废穷奇，动辄累人，故往还杜绝。至今思之，惭负无量。③

因心存以上几种顾忌，尤其是担心"动辄累人"，苏轼有意减少了与朋友的书信往来，这让一向真率随和、动辄喜欢呼朋引伴的他感到非常孤寂。其词作《卜算子·黄州定慧院寓居作》就是这种心情的写照：

> 缺月挂疏桐，漏断人初静。谁见幽人独往来，缥缈孤鸿影。惊起却回头，有恨无人省。拣尽寒枝不肯栖，寂寞沙洲冷。④

---

① 《苏轼文集》第4册，孔凡礼点校，中华书局，1986，第1513页。
② 《苏轼文集》第4册，孔凡礼点校，中华书局，1986，第1411~1412页。
③ 《苏轼文集》第4册，孔凡礼点校，中华书局，1986，第1709页。
④ （宋）苏轼著，（清）朱孝臧编年，龙榆生校笺，朱怀春标点《东坡乐府笺》，上海古籍出版社，2009，第202页。

词中独自往来的孤鸿,"惊起却回头,有恨无人省",既担惊受怕,又心怀愁怨;"拣尽寒枝不肯栖,寂寞沙洲冷",他是那样的高洁,又是那样的孤独。这不正是苏轼当时的写照吗?他胸怀济世之才,行为光明磊落,却因政敌陷害被编管在黄州这样一个小地方,这种从天上到地上的巨大变化既让他一时无所适从,又让他觉得非常委屈。他就像一个被贬谪到凡间的神仙,并不甘心与周围的芸芸众生一样平庸,所以内心才那么孤寂,那么幽冷。在《赤壁赋》与《后赤壁赋》中,苏轼似乎已经化身为一位没有人间烟火气的仙人了,他陶醉于美丽的黄州山川之中,但透过缭绕的仙气,其中仍能看出其对不能主宰自己命运的无奈。

除了这种偶尔在作品中表现出来的孤寂情怀,人生如梦的幻灭感也会时不时涌上苏轼的心头。元丰三年(1080),他在黄州贬所过了第一个中秋节,苏轼作《西江月·黄州中秋》云:

> 世事一场大梦,人生几度新凉。夜来风叶已鸣廊。看取眉头鬓上。
> 酒贱常愁客少,月明多被云妨。中秋谁与共孤光。把盏凄然北望。①

除了上文已经解读的那种强烈的孤独感,使得作者不由得"把盏凄然北望"外,这首词更突出的是人生的幻灭感。"世事一场大梦",仅此开头一句,就把作者的前半生全部否定了。这种否定,并不是对自己才能和品格的否定,而是对不公平命运和仕途功业的否定。在黄州的几年里,苏轼多次抒发这样的感慨。其《南乡子·重九涵辉楼呈徐君猷》中也有类似的思想:

> 霜降水痕收。浅碧鳞鳞露远洲。酒力渐消风力软,飕飕。破帽多情却恋头。　佳节若为酬。但把清尊断送秋。万事到头都是梦,休休。明日黄花蝶也愁。②

虽然较之上词,这首词中的情感更加洒脱,但其中亦不乏借酒消愁的因素,尤其是"万事到头都是梦"的感慨,与"世事一场大梦"并无不同,

---

① (宋)苏轼著,(清)朱孝臧编年,龙榆生校笺,朱怀春标点《东坡乐府笺》,上海古籍出版社,2009,第145页。

② (宋)苏轼著,(清)朱孝臧编年,龙榆生校笺,朱怀春标点《东坡乐府笺》,上海古籍出版社,2009,第189页。

只是似乎更加深沉罢了。在其最著名的《念奴娇·赤壁怀古》中，结尾也有"人生如梦"的一声浩叹。即便是上面提到的《赤壁赋》与《后赤壁赋》，其中也都有"人生如梦"的思想内涵。

孤寂幽冷的心境和人生如梦的感慨在苏轼的心头萦绕，这既反映出他因为贬谪而失落甚至非常无助的真实感受，又表现出他此时的不甘和孤独。尤其是当这些感受交织在一起时，苏轼心里就会更加凄苦。上引《西江月·黄州中秋》所表现的就是这样的情绪。

在多年后的元祐时期，苏轼在《王晋卿作烟江叠嶂图仆赋诗十四韵晋卿和之语特奇丽因复次韵不独纪其诗画之美亦为道其出处契阔之故而终之以不忘在莒之戒亦朋友忠爱之义也》一诗中说："山中幽绝不可久，要作平地家居仙。"① 诗句中的"山中幽绝"本是仙人的生活环境，苏轼却说"不可久"，他更希望成为"平地家居仙"，也就是将仙人的自由自在与平常的家居生活融合为一体。这是苏轼思想认识的一次提升。虽然说苏轼在黄州就已经开始了"平地家居"的生活，但此时其个性中"仙"的一面仍然高高在上，并不与人情相近，也就是尚未能将二者融为一体，因为其内心仍有畏惧，也仍有期待，所以在追求和光同尘的同时仍然摆脱不了"仙人"才有的那份清冷与孤傲。

尽管如此，苏轼并没有在黄州创作的诗歌里表现出这样的情绪，反而有意渲染其快乐和通达的一面。如其《初到黄州》云：

自笑平生为口忙，老来事业转荒唐。长江绕郭知鱼美，好竹连山觉笋香。逐客不妨员外置，诗人例作水曹郎。只惭无补丝毫事，尚费官家压酒囊。②

同样是初到黄州，苏轼此诗中体现的情感不但与他写给亲友信中流露的情感大相径庭，与上引诸词作中的内容亦差别甚大，呈现出一种通达而又乐观的情怀。虽然带有一定程度的自嘲，但其中绝无穷愁之语，不仅如此，他甚至还因尚接受俸禄属浪费官钱而感到惭愧呢！由此以往，苏轼在黄州四处游览，写下了许多赞美黄州山水的美丽诗篇。

在黄州期间，由于俸禄微薄，而家中人口又多，摆在苏轼面前最严峻的问题就是全家人的吃饭和居住问题。先说吃饭问题。苏轼曾在写给秦观

---

① 《苏轼诗集》第5册，（清）王文诰辑注，孔凡礼点校，中华书局，1982，第1610页。
② 《苏轼诗集》第4册，（清）王文诰辑注，孔凡礼点校，中华书局，1982，第1032页。

的信中述说了其初到黄州时生计之艰难。其《答秦太虚七首》其四云：

> 初到黄，廪入既绝，人口不少，私甚忧之。但痛自节俭，日用不得过百五十，每月朔便取四千五百钱，断为三十块，挂屋梁上，平旦用画叉挑取一块，即藏去叉，仍以大竹筒别贮用不尽者，以待宾客，此贾耘老法也。度囊中尚可支一岁有余，至时，别作经画，水到渠成，不须预虑。以此，胸中都无一事。①

所谓"胸中都无一事"是后来的追述，当时却是"私甚忧之"。吃饭问题的解决有赖于一块被命名为"东坡"的土地。苏轼《东坡八首并叙》叙云：

> 余至黄州二年，日以困匮。故人马正卿哀余乏食，为于郡中请故营地数十亩，使得躬耕其中。地既久荒为茨棘瓦砾之场，而岁又大旱，垦辟之劳，筋力殆尽。释耒而叹，乃作是诗，自愍其勤，庶几来岁之入以忘其劳焉。②

对于苏轼来说，这块地的开垦和种植至关重要。他后来自号"东坡居士"，亦可见出他对这片土地的深厚情感。在《东坡八首》中，苏轼首先表现的是开荒的艰辛。其一云：

> 废垒无人顾，颓垣满蓬蒿。谁能捐筋力，岁晚不偿劳。独有孤旅人，天穷无所逃。端来拾瓦砾，岁旱土不膏。崎岖草棘中，欲刮一寸毛。喟然释耒叹，我廪何时高。③

劳动是那样的枯燥和苦累，但也给苏轼带来了希望，他开始想象：什么时候我家的粮仓能装满粮食呢？其二、其三都是写苏轼在劳动中的愉快发现：

> 荒田虽浪莽，高庳各有适。下隰种粳稌，东原莳枣栗。江南有蜀士，桑果已许乞。好竹不难栽，但恐鞭横逸。仍须卜佳处，规以安我室。家童烧枯草，走报暗井出。一饱未敢期，瓢饮已可必。
>
> 自昔有微泉，来从远岭背。穿城过聚落，流恶壮蓬艾。去为柯氏

---

① 《苏轼文集》第4册，孔凡礼点校，中华书局，1986，第1536页。
② 《苏轼诗集》第4册，（清）王文诰辑注，孔凡礼点校，中华书局，1982，第1079页。
③ 《苏轼诗集》第4册，（清）王文诰辑注，孔凡礼点校，中华书局，1982，第1080页。

陂，十亩鱼虾会。岁旱泉亦竭，枯萍黏破块。昨夜南山云，雨到一犁外。泫然寻故渎，知我理荒荟。泥芹有宿根，一寸嗟独在。雪芽何时动，春鸠行可脍。①

在开垦土地的过程中，苏轼已经开始思考怎样种植作物和树木了。家童发现了一口暗井，这令苏轼颇为欣喜：粮食是否能丰收尚不可期，但有了水源却已经是收获了！上天似乎也在帮忙，下了一犁雨，于是苏轼不仅找到了以前水沟的方位，而且发现了"泥芹有宿根，一寸嗟独在"，到明年春天的时候，就可以采食了，于是他的心里难免激动。其四、其五则直接表现庄稼成长给苏轼带来的喜悦之情：

种稻清明前，乐事我能数。毛空暗春泽，针水闻好语。分秧及初夏，渐喜风叶举。月明看露上，一一珠垂缕。秋来霜穗重，颠倒相撑拄。但闻畦陇间，蛙蝈如风雨。新春便入甑，玉粒照筐筥。我久食官仓，红腐等泥土。行当知此味，口腹吾已许。

良农惜地力，幸此十年荒。桑柘未及成，一麦庶可望。投种未逾月，覆块已苍苍。农父告我言，勿使苗叶昌。君欲富饼饵，要须纵牛羊。再拜谢苦言，得饱不敢忘。②

其四中一句"乐事我能数"，把苏轼种稻带来的欣喜一一炫耀出来，正是乐不可支。其五写麦苗长势喜人，农夫告诉他年前不要让其太茂盛，要让牛羊去尽量多吃嫩苗，这让诗人非常感动！在此基础上，苏轼在其六中说自己已有在此久居的打算了：

种枣期可剥，种松期可斫。事在十年外，吾计亦已悫。十年何足道，千载如风雹。旧闻李衡奴，此策疑可学。我有同舍郎，官居在潜岳。遗我三寸甘，照座光卓荦。百栽倘可致，当及春冰渥。想见竹篱间，青黄垂屋角。③

此时他已经种植了枣树和松树，老友李常给他送来了柑橘树苗，于是他又开始畅想数年后柑橘成熟的美好景象。最后两首则写在黄州的交游，

---

① 《苏轼诗集》第4册，（清）王文诰辑注，孔凡礼点校，中华书局，1982，第1080页。
② 《苏轼诗集》第4册，（清）王文诰辑注，孔凡礼点校，中华书局，1982，第1081～1082页。
③ 《苏轼诗集》第4册，（清）王文诰辑注，孔凡礼点校，中华书局，1982，第1082页。

同样给诗人带来了很多欢乐：

> 潘子久不调，沽酒江南村。郭生本将种，卖药西市垣。古生亦好事，恐是押牙孙。家有一亩竹，无时容叩门。我穷交旧绝，三子独见存。从我于东坡，劳饷同一飧。可怜杜拾遗，事与朱、阮论。吾师卜子夏，四海皆弟昆。
>
> 马生本穷士，从我二十年。日夜望我贵，求分买山钱。我今反累君，借耕輟兹田。刮毛龟背上，何时得成毡。可怜马生痴，至今夸我贤。众笑终不悔，施一当获千。①

其七写黄州的士人潘大临、郭遘、古耕道与苏轼之间的深情厚谊，他们一起开荒劳作，让苏轼真正体会到了"四海之内皆兄弟"的温暖。最后一首则集中写马正卿对自己长达二十年不离不弃的友情，虽带有自嘲，但更多还是赞其人品之宽厚。

值得指出的是，苏轼在黄州还发明了"东坡肉"和"东坡羹"。关于前者，他有《猪肉颂》：

> 净洗锅，少著水，柴头罨烟焰不起。待他自熟莫催他，火候足时他自美。黄州好猪肉，价贱如泥土。贵人不肯吃，贫人不解煮，早晨起来打两碗，饱得自家君莫管。②

这里不仅有详细的工序，还有加工时对火候的把握，更有苏轼似乎发明了绝世配方的洋洋自得之乐。关于后者，他作有《东坡羹颂（并引）》：

> 东坡羹，盖东坡居士所煮菜羹也。不用鱼肉五味，有自然之甘。其法以菘若蔓菁、若芦菔、若荠，揉洗数过，去辛苦汁。先以生油少许涂釜缘及一瓷碗，下菜沸汤中。入生米为糁，及少生姜，以油碗覆之，不得触，触则生油气，至熟不除。其上置甑，炊饭如常法，既不可遽覆，须生菜气出尽乃覆之。羹每沸涌。遇油辄下，又为碗所压，故终不得上。不尔，羹上薄饭，则气不得达而饭不熟矣。饭熟羹亦烂可食。若无菜，用瓜、茄，皆切破，不揉洗，入罨，熟赤豆与粳米半为糁。余如煮菜法。应纯道人将适庐山，求其法以遗山中好事者，以

---

① 《苏轼诗集》第 4 册，（清）王文诰辑注，孔凡礼点校，中华书局，1982，第 1083～1084 页。
② 《苏轼文集》第 2 册，孔凡礼点校，中华书局，1986，第 597 页。

颂问之：

> 甘苦尝从极处回，咸酸未必是盐梅。问师此个天真味，根上来么尘上来？①

看苏轼教僧人做羹汤，竟然如此一本正经，生怕别人出一点差错，其自矜之态亦难以掩盖，真令人忍俊不禁。

就这样，通过躬耕东坡，苏轼不仅逐渐解决了家人的吃饭问题，他还因地制宜，利用黄州的物产，认真地研究饮食，给家居生活增加了更多的乐趣。

再看居所问题的解决。苏轼与其子苏迈初到黄州时，寄居在定慧寺里。随后家人都到了黄州，就临时借住在属于官府的临皋亭里。临皋亭空间不大，但是面对大江，环境清幽。其《迁居临皋亭》云：

> 我生天地间，一蚁寄大磨。区区欲右行，不救风轮左。虽云走仁义，未免违寒饿。剑米有危炊，针毡无稳坐。岂无佳山水，借眼风雨过。归田不待老，勇决凡几个。幸兹废弃余，疲马解鞍驮。全家占江驿，绝境天为破。饥贫相乘除，未见可吊贺。淡然无忧乐，苦语不成些。②

明明是居无定所，即所谓"剑米有危炊，针毡无稳坐"，苏轼却庆幸自己有了归田的机会，又有如此美景可供欣赏。因此，虽然"饥贫相乘除"，生活非常艰难，他仍能"淡然无忧乐"，如此就更不会去抒写穷愁之语了，那自然是"苦语不成些"。后来，在马正卿等人的帮助下，苏轼在东坡旁盖了五间房，这就是东坡雪堂。莫砺锋非常生动地描绘了其修建过程：

> 第二年（1081）正月，东坡便趁着农闲动手盖房。新居的地址与东坡开垦的那块"东坡"相邻，原是废弃已久的养鹿场，地势高敞，视野宽旷，东坡对此非常满意。他到处张罗建筑材料，连用来葺房顶的茅草都是亲率家人到野外去割来的。马正卿和黄州的一帮土著朋友也纷纷前来帮忙，大家呼着号子一起举杵，工地上热闹非凡。众人拾柴火焰高，忙乱了一个多月，五间住房终于在春雪纷飞之时落成了。

---

① 《苏轼文集》第2册，孔凡礼点校，中华书局，1986，第595页。
② 《苏轼诗集》第4册，（清）王文诰辑注，孔凡礼点校，中华书局，1982，第1053~1054页。

东坡非常高兴，把正中的堂屋命名为"雪堂"，在四周的墙壁上画上雪景，并亲自书写了"东坡雪堂"的匾额挂在门上。雪堂毗邻东坡家的耕地，看守庄稼非常方便。更令东坡满意的是，雪堂地势高敞，坐在堂内纵目眺望，北山横斜、溪流潺潺的美景尽收眼底。东坡怡然自得地环视四周，觉得这与陶渊明诗中盛赞的"斜川"不分上下，他更加认定自己就是陶渊明的后身了！于是他把陶渊明的《归去来辞》进行了一番改写，翻新成《哨遍》一词，让家童在田间歌唱。东坡自己也一边犁田，一边敲着牛角高唱道："归去来，谁不遣君归？觉从前皆非今是！"①

解决了粮食和居所问题之后，苏轼的心情更好了。他兴致勃勃地作了一篇《雪堂记》，其中有一首歌云：

> 雪堂之前后兮，春草齐。雪堂之左右兮，斜径微。雪堂之上兮，有硕人之颀颀。考盘于此兮，芒鞋而葛衣。把清泉兮，抱瓮而忘其机。负顷筐兮，行歌而采薇。吾不知五十九年之非而今日之是，又不知五十九年之是而今日之非。吾不知天地之大也，寒暑之变，悟昔日之癯，而今日之肥。感子之言兮，始也抑吾之纵而鞭吾之口，终也释吾之缚而脱吾之鞿。是堂之作也，吾非取雪之势，而取雪之意。吾非逃世之事，而逃世之机。吾不知雪之为可观赏，吾不知世之为可依违。性之便，意之适，不在于他，在于群息已动，大明既升，吾方辗转，一观晓隙之尘飞。子不弃兮，我其子归！②

黄州的景色本来就很好，当雪堂建好后，苏轼的生活也终于安定下来，于是他逐渐以更亲近的心态欣赏黄州的风物之美，在诗中体现的快乐也就更加真切。

总的来说，苏轼在黄州时并未能做到随缘自足，内心尚有明显的忧惧与不甘，这在他的书信甚至词作里都有突出的表现，但这些内容在其诗歌里却没有得到表现。之所以如此，固然跟诗、词的功能分工有关，但更主要的应该还是苏轼接受了欧阳修反对将"不堪之穷愁形于文字"的观点，并且有意以欧阳修为榜样，着重去渲染生活和劳动中的乐事和

---

① 莫砺锋：《东坡黄州诗话之二：东坡居士》，《古典文学知识》2008年第4期，第58~59页。
② 《苏轼文集》第2册，孔凡礼点校，中华书局，1986，第412页。

乐趣。"宋调"所具有的苦中作乐的崇高品格也因为苏轼的创作而得到进一步强化。

二 惠州：我生本无待，俯仰了此生

苏轼的惠州之贬是新旧党之间斗争更加尖锐而"新党"对"旧党"的报复更加严厉的结果。元丰七年（1084）三月，苏轼被改授汝州团练副使，不得签书公事，他因此离开寓居四年多的黄州。不久，神宗皇帝去世，年幼的哲宗即位，在高太后主导、"旧党"执政的"元祐更化"中，苏轼曾被重用，仕至翰林学士、知制诰。可是，由于反对"旧党"全面清除王安石"新法"的极端行为，苏轼又受到"旧党"的排挤，于是请求外任，先后任杭州、颍州、扬州、定州知州。高太后去世后，哲宗亲政，重新起用"新党"，转而打击"旧党"，苏轼作为"旧党"的重要成员，在绍圣元年（1094）被贬为宁远军节度副使，惠州安置，不得签书公事。苏轼于十月初二到达惠州贬所。相对于苏轼此前的被贬谪地黄州，惠州的条件要更恶劣得多。惠州已在岭南，在时人心目中不仅属于蛮荒之地，而且是被贬谪者的恐怖之域。当时谚语说："春、循、梅、新，与死为邻；高、雷、窦、化，听着也怕。"而苏轼所到的惠州就是隋唐时之循州，南汉改称祯州（又于其北境别立循州），北宋仁宗朝因避讳改名惠州。"新党"将苏轼贬到惠州，显然是欲除之而后快。不过，他们低估了苏轼的生存意志和生活能力。在经历了黄州的艰难之后，苏轼已经没有什么困难不可以坦然面对了。更重要的是，他的思想也变得更加通透了。王基伦在《苏轼惠州时期的思想变迁与会通》一文中说：

> 东坡为人之旷达，早有修养，故而贬官在惠州期间，能随缘委命，生活自适。然而这背后自有其融合儒、佛、道三家思想的理路脉络，只不过道家转而为道教，道教又不如佛教思想来得更有影响力，而终身以儒家思想为底蕴，能安身立命，复能积极有为，则为不争的事实。①

王先生所说，其实亦可以解释苏轼在黄州和儋州的思想状态，并不限于惠州。不过就苏轼本人而言，他在惠州的心态固然与在黄州和儋州时有相通之处，但也呈现出别样的色彩。

---

① 王基伦：《苏轼惠州时期的思想变迁与会通》，《宋代文学论集》，（台湾）学生书局，2016，第106页。

由于惠州当地有瘴疠之气，对外来人来说往往足以致命，苏轼初到惠州时，即致力于调理身体，以保全生命。他在写给范祖禹的《答范纯夫十一首》其十中说："某谪居瘴乡，惟尽绝欲念，为万金之良药。公久知之，不在多嘱也。"① 在写给钱世雄的《与钱济明十六首》其四中说：

> 某到贬所，阖门省愆之外，无一事也。瘴乡风土，不问可知，少年或可久居，老者殊畏之。唯绝嗜欲、欲饮食，可以不死，此言已书之绅矣。余者信命而已。②

所谓"尽绝欲念""绝嗜欲"，都是对人世交游的否定。与其相联系，苏轼不愿与人交往，也不愿写作诗文。他在写给陈师锡的《与陈伯修五首》其五中说："某近日甚能刻心省事，不独省外事也，几于寂然无念矣。所谓诗文之类，皆不复经心，亦自不能措辞矣。"③ 而且苏轼当时痔疮复发，饱受折磨。他在写给黄庭坚的《答黄鲁直五首》其四中说自己当时的状况是这样的：

> 数日来苦痔疾，百药不效，遂断肉菜五味，日食淡面两碗，胡麻、茯苓炒数杯。其戒又严于鲁直。虽未能作自誓文，且日戒一日，庶几能终之。非特愈痔，所得多矣。④

为了疗疾，苏轼甚至不得不"断肉菜五味"，更遑论其他。不过，这都是苏轼初到惠州的情形。随着时间的推移，苏轼逐渐适应了当地的环境，他的身体、心理和思想都发生了很大变化。在与程之才的书信中，尤能见出这种变化的过程。程之才是苏轼母亲的内侄，是苏轼的表兄，也是苏轼的姐夫，但苏轼姐姐嫁给程之才后受到公婆虐待，十八岁即撒手人寰，于是两家结怨。苏轼被贬谪惠州后，以章惇为代表的"新党"为进一步迫害苏轼，让程之才出任广南东路提刑。不料二人却因此机缘化却仇怨，成为知心朋友。前文已经指出，《苏轼文集》所收录苏轼写给程之才的尺牍竟然多达七十一首，可见彼此交往之频繁。从前文分析可以看出，苏轼在惠州时不仅对于作诗态度有明显的变化，其生活的态度

---

① 《苏轼文集》第4册，孔凡礼点校，中华书局，1986，第1456页。
② 《苏轼文集》第4册，孔凡礼点校，中华书局，1986，第1550~1551页。
③ 《苏轼文集》第4册，孔凡礼点校，中华书局，1986，第1558页。
④ 《苏轼文集》第4册，孔凡礼点校，中华书局，1986，第1533页。

也越来越积极。

　　与程之才的交往虽然只是一个个案，但从中可以看出苏轼在惠州时诗歌创作心态的变化过程。虽然惠州的生活条件比黄州更加恶劣，苏轼年岁已高，健康状况也大不如前，特别是中年患上的痔疮此时反复发作，而陪伴他多年的爱妾王朝云也病逝于此，但苏轼的心境反而比黄州时期更加开朗。造成这种差异的原因是多方面的，其一，可能就是他在《与程正辅七十一首》其五十九中所说的"吾侪老矣，不宜久郁，时以诗酒自娱为佳"。既然年过六十了，来日无多，"新党"又祭出了杀招，苏轼感到已经没有生还的希望了，更别指望还要建立什么功业。既如此，那他又何必活得那么拘谨、那么担惊受怕呢？其二，多年积学的佛道修养终于使他参悟了人生的真谛。其《记游松风亭》云：

　　余尝寓居惠州嘉祐寺，纵步松风亭下，足力疲乏，思欲就床止息。仰望亭宇，尚在木末。意谓如何得到。良久忽曰："此间有甚么歇不得处？"由是心若挂钩之鱼，忽得解脱。若人悟此，虽两阵相接，鼓声如雷霆，进则死敌，退则死法，当恁么时，也不妨熟歇。①

　　既然悟透了"此间有甚么歇不得处"，则生活在惠州与生活在开封也不过是"进则死敌，退则死法"的区别，其结果并无根本的不同。其三，也许最重要和最直接的是苏轼从陶渊明那里获得了生活的勇气和对生死的洞彻。

　　如果说黄州让苏轼体会到生产劳动带来的乐趣，特别是躬耕的体验促使他在心态上感受到与陶渊明的亲近，那么惠州则让他从内心深处把陶渊明看成自己的知己和同道。对于陶渊明的作品，他也早就不满足于模仿，而是开创了一种新的学习方式——和陶，即把陶诗当作同时代师友的作品来和答。苏轼写作和陶诗并不始于惠州，元祐七年（1092）在扬州知州任上时，苏轼就已经创作了《和陶饮酒二十首并叙》。其叙曰：

　　吾饮酒至少，常以把盏为乐。往往颓然坐睡，人见其醉，而吾中了然，盖莫能名其为醉为醒也。在扬州时，饮酒过午辄罢。客去，解衣盘礴，终日欢不足而适有余。因和渊明《饮酒》二十首，庶以仿佛

---

① 《苏轼文集》第5册，孔凡礼点校，中华书局，1986，第2271页。

其不可名者，示舍弟子由、晁无咎学士。①

开宗明义，其一云：

> 我不如陶生，世事缠绵之。云何得一适，亦有如生时。寸田无荆棘，佳处正在兹。纵心与事往，所遇无复疑。偶得酒中趣，空杯亦常持。②

苏轼说自己虽然不能像陶渊明那样毅然离开官场，但有一点与陶是一样的，即内心的澄明与坦荡："寸田无荆棘，佳处正在兹。"唯其如此，他才更加喜爱偶得的"酒中趣"。

在扬州开始的和陶诗，在惠州才得到进一步发展和深化。对于其中到底哪些作品作于惠州，当代学者尚有不少争议，但主要限于个别诗题。根据杨松冀《苏轼"和陶诗"系年考辨》所列，苏轼作于惠州的和陶诗可确定者有如下 15 道。

1. 《和陶归园田居六首并引》，作于绍圣二年三月。
2. 《和陶贫士七首并引》，作于绍圣二年九月。
3. 《和陶己酉岁九月九日并引》，作于绍圣二年十月初一。
4. 《和陶读山海经十三首并引》，作于绍圣二年十月。
5. 《和陶游斜川》，作于绍圣三年正月五日。
6. 《和陶咏二疏》，作于绍圣三年正月。
7. 《和陶咏三良》，作于绍圣三年正月。
8. 《和陶咏荆轲》，作于绍圣三年正月。
9. 《和陶移居二首并引》，作于绍圣三年三月。
10. 《和陶桃花源记诗并引》，作于绍圣三年春。
11. 《和陶岁暮和张常侍并引》，作于绍圣三年十二月。
12. 《和陶乞食》，作于绍圣三年十二月。
13. 《和陶答庞参军并引》，作于绍圣四年二月。
14. 《和陶时运并引》，作于绍圣四年二月。
15. 《和陶止酒并引》，作于绍圣四年六月离开惠州赴儋州途中。③

---

① 《苏轼诗集》第 6 册，（清）王文诰辑注，孔凡礼点校，中华书局，1982，第 1881 页。
② 《苏轼诗集》第 6 册，（清）王文诰辑注，孔凡礼点校，中华书局，1982，第 1883 页。
③ 杨松冀：《苏轼"和陶诗"系年考辨》，《中国苏轼研究》（第八辑），学苑出版社，2017，第 336~340 页。

虽然其中个别篇目尚有争议，或者说可能尚不够精确，但不影响从中揭示出这样的事实：《和陶诗》的写作贯穿了苏轼在惠州的始终。这也意味着这样一个新的判断：苏轼在惠州时已将《和陶诗》创作视为自己的重要事业。

苏轼在惠州开始大量"和陶"，意味着他对陶渊明的接受进入了一个更深的境界。之前谪居黄州时，苏轼学陶不过是参加了耕作并在劳动中得到了乐趣，这跟陶渊明的辞官归隐并不在一个层次上。他将《归去来兮辞》改写成《哨遍》，这最多说明苏轼对陶渊明的仰慕和认同，即便他觉得自己是陶渊明的后身，但他本人尚未达到陶渊明的境界。在黄州的苏轼，虽然处境窘迫，但才四十多岁，未来仍然可期，所以他内心仍然非常自负，此时的作品中也经常流露出孤芳自赏、孤高不群的寂寞感。苏轼到惠州的时候，情况发生了很大的变化。他六十岁了，已是人生的暮年，在政治上恐再也难有翻身的机会了。惠州又是岭南瘴疠之地，"新党"压根就没打算让他活着离开此地。苏轼不会没有想过惠州很可能就是自己的人生终点了。苏轼性格中本来就带有洒脱与豪迈的气质，此时再去看陶渊明，突然觉得此时的自己和归隐的陶渊明不是一样的吗？或者换句话说，需要到哪里去学陶呢？陶渊明就在自己心里，陶渊明不就是自己吗？因此，苏轼"和陶"的实质就是让自己进入陶渊明的精神世界，然后以陶渊明的眼睛和心胸去看待和表现自己的生活，于是心境也就更加恬静自适了。苏轼的思想更加通透，不但不再存功名富贵之想，连生死问题都看得淡了。

苏轼在惠州写作的和陶诗最早为绍圣二年（1095）三月所作的《和陶归园田居六首并引》，其小引云：

> 三月四日，游白水山佛迹岩，沐浴于汤泉，晞发于悬瀑之下，浩歌而归，肩舆却行。以与客言，不觉至水北荔支浦上。晚日葱昽，竹阴萧然，时荔子累累如芡实矣。有父老年八十五，指以告余曰："及是可食，公能携酒来游乎？"意欣然许之。归卧既觉，闻儿子过颂渊明《归园田居》诗六首，乃悉次其韵。始，余在广陵和渊明《饮酒二十首》，今复为此，要当尽和其诗乃已耳。今书以寄妙总大士参寥子。①

---

① 《苏轼诗集》第 7 册，（清）王文诰辑注，孔凡礼点校，中华书局，1982，第 2103~2104 页。

对于苏轼来说，谪居惠州的生活并不美好，但他总能从中找到美好的地方。一次洗温泉的经历令他心旷神怡，而途中所遇的热情好客的老翁，更让他感受到温暖。而这，不正是陶渊明归隐后的生活乐趣吗？又如其一：

> 环州多白水，际海皆苍山。以彼无尽景，寓我有限年。东家著孔丘，西家著颜渊。市为不二价，农为不争田。周公与管、蔡，恨不茅三间。我饱一饭足，薇蕨补食前。门生馈薪米，救我厨无烟。斗酒与只鸡，酣歌饯华颠。禽鱼岂知道，我适物自闲。悠悠未必尔，聊乐我所然。①

从表面看，此诗不仅用陶诗之韵，而且使用了陶诗中的一些词语，自然跟陶诗有剪不断的关系。可是透过这一层看，这首诗写得都是苏轼当时的生活状态和心理感受，其实跟陶渊明并无关联。但再进一步设想，陶渊明如果像苏轼那样贬谪在惠州，他的生活不也正是这样吗？所以苏轼哪里是"和陶"，他自己就是陶渊明，他不过借替陶渊明吐露心声罢了！

即便是很难堪的景况，苏轼照样能以平和的态度面对。其《和陶贫士七首并引》小引云：

> 余迁惠州一年，衣食渐窘，重九伊迩，樽俎萧然。乃和渊明《贫士》七篇，以寄许下、高安、宜兴诸子侄，并令过同作。②

其组诗中所写，并无哀愁的成分。最典型的是其七：

> 我家六儿子，流落三四州。辛苦见不识，今与农圃俦。买田带修竹，筑室依清流。未能遣一力，分汝薪水忧。坐念北归日，此劳未易酬。我独遗以安，鹿门有前修。③

重阳佳节，苏轼想到自己一家人分散各州，甚至都不知何时才能团聚。可是在诗中，苏轼没有流露出一点悲戚，他似乎是在叙述与己无关的事情，抑或是在陈说一个很久远的故事。陶渊明在《形影神三首·神释》中说："纵浪大化中，不喜亦不惧。"④ 苏轼在这组作品中表现出来得不正是这样

---

① 《苏轼诗集》第7册，（清）王文诰辑注，孔凡礼点校，中华书局，1982，第2104页。
② 《苏轼诗集》第7册，（清）王文诰辑注，孔凡礼点校，中华书局，1982，第2136~2137页。
③ 《苏轼诗集》第7册，（清）王文诰辑注，孔凡礼点校，中华书局，1982，第2139~2140页。
④ 袁行霈撰《陶渊明集笺注》，中华书局，2003，第67页。

的境界吗？又如作于其乔迁新居时的《和陶时运四首并引》：

> 丁丑二月十四日，白鹤峰新居成，自嘉祐寺迁入。咏渊明《时运》诗云：斯晨斯夕，言息其庐。似为余发也，乃次其韵。长子迈，与余别三年矣，挈携诸孙，万里远至，老朽忧患之余，不能无欣然。
>
> 我卜我居，居非一朝。龟不吾欺，食此江郊。废井已塞，乔木干霄。昔人伊何，谁其裔苗。
>
> 下有澄潭，可饮可濯。江山千里，供我遐瞩。木固无胫，瓦岂有足。陶匠自至，啸歌相乐。
>
> 我视此邦，如洙如沂。邦人劝我，老矣安归。自我幽独，倚门或挥。岂无亲友，云散莫追。
>
> 旦朝丁丁，谁款我庐。子孙远至，笑语纷如。剪鬌垂髫，覆此瓠壶。三年一梦，乃复见余。①

不但迁入新居，而且儿孙忽至，可谓双喜临门，可是苏轼的心情仍很平静。在小引中，他说"老朽忧患之余，不能无欣然"，让人觉得他的"欣然"明显不够热烈。再看诗中，虽有喜乐之词，但皆非作者之情："陶匠自至，啸歌相乐"，乐的是陶匠；"子孙远至，笑语纷如"，笑的是儿孙。

关于苏轼的和陶诗，苏辙有《子瞻和陶渊明诗集引》：

> 东坡先生谪居儋耳，置家罗浮之下，独与幼子过负担渡海，茸茅竹而居之。日啖薯芋，而华屋玉食之念不存于胸中。平生无所嗜好，以图史为园囿，文章为鼓吹。至此亦皆罢去。独喜为诗，精深华妙，不见老人衰惫之气。是时辙亦迁海康，书来告曰："古之诗人有拟古之作矣，未有追和古人者也。追和古人则始于东坡。吾于诗人无所甚好，独好渊明之诗。渊明作诗不多，然其诗质而实绮，癯而实腴，自曹、刘、鲍、谢、李、杜诸人，皆莫及也。吾前后和其诗凡百数十篇，至其得意，自谓不甚愧渊明。今将集而并录之，以遗后之君子，子为我志之。然吾于渊明，岂独好其诗也哉？如其为人，实有感焉。渊明临终疏告俨等：'吾少而穷苦，每以家弊东西游走，性刚才拙，与物多忤，自量为己，必贻俗患，黾勉辞世，使汝等幼而饥寒。'渊明此语盖

---

① 《苏轼诗集》第7册，（清）王文诰辑注，孔凡礼点校，中华书局，1982，第2218~2219页。

实录也。吾今真有此病，而不早自知。半生出仕，以犯世患，此所以深服渊明，欲以晚节师范其万一也。"嗟夫！渊明不肯为五斗米一束带见乡里小人，而子瞻出仕三十余年，为狱吏所折困，终不能悛，以陷于大难，乃欲以桑榆之末景，自托于渊明，其谁肯信之？虽然，子瞻之仕，其出入进退犹可考也，后之君子其必有以处之矣。孔子曰："述而不作，信而好古，窃比于我老彭。"孟子曰："曾子、子思同道。"区区之迹，盖未足以论士也。

辙少而无师，子瞻既冠而学成，先君命辙师焉。子瞻常称辙诗有古人之风，自以为不若也。然自其斥居东坡，其学日进，沛然如川之方至，其诗比杜子美、李太白为有余，遂与渊明比。辙虽驰骤从之，常出其后。其和渊明，辙继之者亦一二焉。绍圣四年十二月十九日海康城南东斋引。①

这篇小引中最值得关注的是"乃欲以桑榆之末景，自托于渊明"一句，这最能体现出苏轼在惠州的思想状态。这个说法，最先出自苏轼本人。《梁溪漫志》卷四"东坡改和陶集引"条载：

东坡既和渊明诗，以寄颍滨使为之引。颍滨属稿寄坡，自"欲以晚节师范其万一也"其下云："嗟夫！渊明隐居以求志，咏歌以忘老，诚古之达者，而才实拙。若夫子瞻仕至从官，出长八州，事业见于当世，其刚信矣，而岂渊明之拙者哉？孔子曰：'述而不作，信而好古，窃比于我老彭。'古之君子，其取于人则然。"东坡命笔改云："嗟夫！渊明不肯为五斗粟，一束带见乡里小人，而子瞻出仕三十余年，为狱吏所折困，终不能悛，以陷大难，乃欲以桑榆之末景，自托于渊明，其谁肯信之？虽然，子瞻之仕，其出入进退犹可考也，后之君子，其必有以处之矣。孔子曰：'述而不作，信而好古，窃比于我老彭。'孟子曰：'曾子、子思同道。'区区之迹，盖未足以论士也。"此文，今人皆以为颍滨所作，而不知东坡有所笔削也。宣和间，六槐堂蔡康祖得此稿于颍滨第三子（逊），因录以示人，始有知者。②

---

① （宋）苏辙：《栾城集》下册，曾枣庄、马德富校点，上海古籍出版社，1987，第1401～1403页。
② （宋）费衮撰《梁溪漫志》，金圆校点，《宋元笔记小说大观》第3册，上海古籍出版社，2001，第3377页。

苏轼的说法，也得到了后人的认可。在苏轼去世后的第二年，黄庭坚作《跋子瞻和陶诗》：

> 子瞻谪岭南，时宰欲杀之。饱吃惠州饭，细和渊明诗。彭泽千载人，东坡百世士。出处虽不同，风味乃相似。①

黄庭坚的理解与苏轼本人的说法非常接近。王文诰在苏轼《和陶归园田居六首并引》后说：

> 公之和陶，但以陶自托耳。至于其诗，极有区别。有作意效之，与陶一色者；有本不求合，适与陶相似者；有借韵为诗，置陶不问者；有毫不经意，信口改一韵者。若《饮酒》《山海经》《拟古杂诗》，则篇幅太多，无此若干作意，势必杂取咏古纪游诸事以足之，此虽和陶，而有与陶绝不相干者，盖未尝规规于学陶也。又有非和陶而意有得于陶者，如《迁居》《所居》之类皆是。其《观棋》一诗，则驾陶而上之，陶无此脱净之文，亦不能一笔单行到底也。诰谓公《和陶》诗，实当一件事做，亦不当一件事做，须识此意，方许读诗。每见诗话及前人所论，辄以此句似陶，彼句非陶，为牢不可破之说，使陶自和其诗，亦不能逐句皆似原唱，何所见之鄙也……查注引韩驹、洪迈诸说，纷然辨陶《归园田居》六首之是非，所见甚陋。公但用其韵，以纪游白水山事，又岂暇为陶较得失哉，此尤非知公者也。今尽删去之，而附论于后。②

王文诰的分析对理解苏轼写作和陶诗时的心态很有助益。在此基础上，李剑锋《元前陶渊明接受史》在谈到苏轼的和陶诗时，用了一个标题"'我即渊明，渊明即我也'"③，也颇能揭示出苏轼在惠州写作和陶诗的"真意"。巩本栋师在《借君无弦琴，寓我非指弹——苏轼〈和陶诗〉新论》一文中说："待到苏轼由惠州而儋州，一贬再贬，想学陶归隐而不可得之后，那更是时时想到陶渊明，时时与陶相比，时时把陶渊明作为自己的生活楷模。"④ 在巩师所概括的苏轼"时时与陶相比，时时把陶渊明作为自

---

① （宋）黄庭坚著，郑永晓整理《黄庭坚全集辑校编年》中册，江西人民出版社，2011，第1059页。
② 《苏轼诗集》第7册，（清）王文诰辑注，孔凡礼点校，中华书局，1982，第2107页。
③ 李剑锋：《元前陶渊明接受史》，齐鲁书社，2002，第281页。
④ 巩本栋：《借君无弦琴，寓我非指弹——苏轼〈和陶诗〉新论》，《文艺研究》2011年第4期，第46页。

己的生活楷模"的三个学陶阶段中,惠州无疑最为关键,因为此时的苏轼在精神上已经与陶渊明合二为一了。

苏轼将自己活成了陶渊明,他以陶渊明的眼睛去欣赏惠州,就发现了当地的诸多美好之处。他初到惠州时,就产生了梦中曾游的亲切感。其《十月二日初到惠州》云:

> 仿佛曾游岂梦中,欣然鸡犬识新丰。吏民惊怪坐何事,父老相携迎此翁。苏武岂知还漠北,管宁自欲老辽东。岭南万户皆春色,会有幽人客寓公。①

这不正是陶渊明归隐后的感觉吗?既然如此,"甘心老是乡矣",又何必心存北归之念呢?而且这里到处都是美酒,也一定会有隐居的高人喊他去喝酒的。到了第二年,他吃到新鲜的荔枝之后,作《食荔支二首并引》,其二云:

> 罗浮山下四时春,卢橘杨梅次第新。日啖荔支三百颗,不辞长作岭南人。②

惠州的气候四季如春,水果常年不绝,特别是美味的荔枝,更令苏轼觉得终老于此也没有什么不好。这样的作品虽非和陶,但其悠然自得的情趣与和陶诗并没有什么不同。更具代表性的是《迁居并引》:

> 吾绍圣元年十月二日,至惠州,寓居合江楼。是月十八日,迁于嘉祐寺。二年三月十九日,复迁于合江楼。三年四月二十日,复归于嘉祐寺。时方卜筑白鹤峰之上,新居成,庶几其少安乎?
>
> 前年家水东,回首夕阳丽。去年家水西,湿面春雨细。东西两无择,缘尽我辄逝。今年复东徙,旧馆聊一憩。已买白鹤峰,规作终老计。长江在北户,雪浪舞吾砌。青山满墙头,鬖鬖几云髻。虽惭《抱朴子》,金鼎陋蝉蜕。犹贤柳柳州,庙俎荐丹荔。吾生本无待,俯仰了此世。念念自成劫,尘尘各有际。下观生物息,相吹等蚊蚋。③

---

① 《苏轼诗集》第7册,(清)王文诰辑注,孔凡礼点校,中华书局,1982,第2071页。
② 《苏轼诗集》第7册,(清)王文诰辑注,孔凡礼点校,中华书局,1982,第2194页。
③ 《苏轼诗集》第7册,(清)王文诰辑注,孔凡礼点校,中华书局,1982,第2194~2196页。

此诗亦不以"和陶"为名,从中却很能见出陶诗的精髓。其中"吾生本无待,俯仰了此世"二句,正是对惠州时期苏轼心态的最好注脚。

总之,尽管惠州的外在境遇比黄州更差,但苏轼毕竟在黄州之后经历了曾为近臣的风光,在一定程度上圆了自己的功业之梦,所以他在惠州的情绪总体上是平静的,他已经能将自己的内心调整到波澜不惊的境界了。这主要得力于他对陶渊明境界的独特会心。这样通透的认识是苏轼后来在儋州能够与世逍遥的基础,他在儋州继续写作"和陶诗",亦可见出他在这两个阶段的思想和创作都具有内在的连续性。

三 儋州:海南万里真吾乡

就在苏轼迁入惠州白鹤峰新居不久后,"新党"对他的迫害又加重了。绍圣四年(1097)四月,苏轼被再贬儋州。据说这次被贬与他在惠州作的一首小诗有关,其《纵笔》云:"白头萧散满霜风,小阁藤床寄病容。报道先生春睡美,道人轻打五更钟。"①《艇斋诗话》载:"东坡《海外上梁文口号》云:'为报先生春睡美,道人轻打五更钟。'章子厚见之,遂再贬儋耳,以为安稳,故再迁也。"② 至于何以选择儋州,陆游《老学庵笔记》卷四云:"绍圣中,贬元祐人苏子瞻儋州,子由雷州,刘莘老新州,皆戏取其字之偏旁也。时相之忍忮如此。"③ 若此说属实,则"新党"的吃相的确过于丑恶,令人不齿。

苏轼在惠州三年仍然健在已属难得,毕竟连比他年轻二十多岁的侍妾王朝云都未能活下来,对于儋州之贬,他以为断无生还的可能了。他在《与王敏仲书十八首》其十六中说:"某垂老投荒,无复生还之望,昨与长子迈诀,已处置后事矣。今到海南,首当作棺,次便作墓,乃留手疏与诸子,死则葬于海外……"④ 这是他奔赴儋州之前所写,欲预做棺、墓,可见当时之绝望。其《与林济甫二首》其一云:"某与幼子过南来,余皆留惠州。生事狼狈,劳苦万状,然胸中亦自有翛然处也。"⑤ 这是他初到贬所时的感受,"胸中亦自有翛然处也"表现出苏轼在"劳苦万状"之外的欣喜。

---

① 《苏轼诗集》第 7 册,(清)王文诰辑注,孔凡礼点校,中华书局,1982,第 2203 页。
② (宋)曾季狸撰《艇斋诗话》,丁福保辑《历代诗话续编》上册,中华书局,1983,第 310 页。
③ (宋)陆游撰《老学庵笔记》,李剑雄、刘德权点校,中华书局,1979,第 50 页。
④ 《苏轼文集》第 4 册,孔凡礼点校,中华书局,1986,第 1695 页。
⑤ 《苏轼文集》第 4 册,孔凡礼点校,中华书局,1986,第 1804 页。

此后，他逐渐适应了当地的环境，其《与郑靖老四首》其一云：

> 某与过亦幸如昨。初赁官屋数间居之，既不可住，又不欲与官员相交涉。近买地起屋五间一龟头，在南污池之侧，茂木之下，亦萧然可以杜门面壁少休也。但劳费窘迫尔。此中枯寂，殆非人世，然居之甚安。诸史满前，甚有与语者也。借书，则日与小儿编排整齐之，以须异日归之左右也。①

在"殆非人世"的贬所，苏轼与其子苏过不仅以阅读史书为乐，而且抄录其中"甚有与语者"，准备将其"编排整齐"。其《与侄孙元老四首》其一云：

> 老人住海外如昨，但近来多病瘦瘁，不复如往日，不知余年复得相见否？循、惠不得书久矣。旅况牢落，不言可知。又海南连岁不熟，饮食百物艰难，及泉、广海舶绝不至，药物鮓酱等皆无，厄穷至此，委命而已。老人与过子相对，如两苦行僧尔。然胸中亦超然自得，不改其度，知之，免忧。②

一方面生计艰难，另一方面却"胸中亦超然自得，不改其度"，这大约就是苏轼在儋州的基本生存状态。相对于惠州，儋州不但孤悬海外，而且居民大多是黎族，语言不通，风俗习惯各异。对于已经六十多岁的苏轼来说，在这里生存都是严峻的考验，可是他的心胸反而更加"超然自得"。分析其背后的原因，一方面与他之前在黄州、惠州锻炼出来的生存能力和生活意志有关，另一方面也与他已参透了生死，因而心性越来越通透有关。惠州是"新党"为苏轼选择的死地，他能活着离开本身就是一种胜利。从这个角度上考虑，他可以说是以胜利者的身份离开惠州奔向儋州的。他没有如"新党"之愿死在惠州，而儋州之贬可以说是他为自己争取了几年的宝贵时间。所以，他没有理由不珍惜这难得的时光。而且，苏轼对家乡的认识已经从物质层面上升到了精神层面，这又是一次巨大的思想进步。

初到儋州，因为远离大陆，苏轼难免有些悲伤，但他很快就从理论上认识到自己思想的狭隘性，觉得自己竟如庄子笔下的蚂蚁一样可笑，因而重新变得乐观起来。其《试笔自书》云：

---

① 《苏轼文集》第4册，孔凡礼点校，中华书局，1986，第1674页。
② 《苏轼文集》第5册，孔凡礼点校，中华书局，1986，第1841页。

> 吾始至南海，环视天水无际，凄然伤之，曰："何时得出此岛耶？"已而思之，天地在积水中，九州在大瀛海中，中国在少海中，有生孰不在岛者？覆盆水于地，芥浮于水，蚁附于芥，茫然不知所济。少焉水涸，蚁即径去，见其类，出涕曰："几不复与子相见，岂知俯仰之间，有方轨八达之路乎？"念此可以一笑。戊寅九月十二日，与客饮薄酒小醉，信笔书此纸。①

也许正因为如此，他不再觉得儋州多么偏僻和辽远，特别是意识到儋州将成为自己的终老之地后，他从心里觉得这里的山水和人民都更加可亲，而他自己也活得更加真实，更加旷达了。

尚在旅途之中，苏轼作《吾谪海南子由雷州被命即行了不相知至梧乃闻其尚在藤也旦夕当追及作此诗示之》一诗：

> 九疑联绵属衡湘，苍梧独在天一方。孤城吹角烟树里，落日未落江苍茫。幽人拊枕坐叹息，我行忽至舜所藏。江边父老能说子，白须红颊如君长。莫嫌琼雷隔云海，圣恩尚许遥相望。平生学道真实意，岂与穷达俱存亡。天其以我为箕子，要使此意留要荒。他年谁作舆地志，海南万里真吾乡。②

除了在诗中表现与苏辙的兄弟之情外，苏轼竟然把自己贬谪儋州比作商代的箕子开发朝鲜，并希望将来有人作《舆地志》的时候，要把儋州当作自己的家乡。

事实上，苏轼也从内心把儋州当成了自己的家乡。他热爱这里的山水风物。如其《儋耳山》云："突兀隘空虚，他山总不如。君看道傍石，尽是补天余。"③ 儋耳山是儋州的主山，苏轼用"突兀隘空虚"五字写出其巍峨高大，再用"他山总不如"烘托，则其形象更见雄伟，自然也充满了灵性，连道旁随处可见的石块，都是女娲补天时剩下来的。相对于儋耳山的巨大，苏轼笔下的黎母山更加秀美。其《和陶拟古九首》其四云：

> 少年好远游，荡志隘八荒。九夷为藩篱，四海环我堂。卢生与若

---

① 《苏轼文集》第6册，孔凡礼点校，中华书局，1986，第2549页。
② 《苏轼诗集》第7册，（清）王文诰辑注，孔凡礼点校，中华书局，1982，第2243~2245页。
③ 《苏轼诗集》第7册，（清）王文诰辑注，孔凡礼点校，中华书局，1982，第2250页。

士，何足期渺茫。稍喜海南州，自古无战场。奇峰望黎母，何异嵩与邙。飞泉泻万仞，舞鹤双低昂。分流未入海，膏泽弥此方。芋魁倘可饱，无肉亦奚伤？①

按照苏轼的说法，贬谪儋州倒是成就了他"少年好远游"的理想。面对如此秀美的山川，就算"食无肉"又有何妨呢？

他热爱儋州的人民。苏轼在儋州，生活在黎族人民中间，尽管语言不通，却总能发现其美好的一面。如《和陶拟古九首》其九：

黎山有幽子，形槁神独完。负薪入城市，笑我儒衣冠。生不闻诗书，岂知有孔、颜。翛然独往来，荣辱未易关。日暮鸟兽散，家在孤云端。问答了不通，叹息指屡弹。似言君贵人，草莽栖龙鸾。遗我古贝布，海风今岁寒。②

苏轼笔下的这位黎山"幽子"，真正的身份是一位樵夫，他没有读过书，自然也不知道什么是"孔颜乐处"，可是能做到安居云山，精神充盈，这分明是世外高人。由于语言不通，苏轼只能感受到他的笑声和叹息。萍水相逢，其人竟然慷慨地以自己的衣服"古贝布"为苏轼抵挡风寒。这是多么可贵的品质啊，所以苏轼称之为"幽子"，也就是隐士。

苏轼与黎族人民的友谊在《被酒独行遍至子云威徽先觉四黎之舍三首》中表现得更为充分：

半醒半醉问诸黎，竹刺藤梢步步迷。但寻牛矢觅归路，家在牛栏西复西。

总角黎家三四童，口吹葱叶送迎翁。莫作天涯万里意，溪边自有舞雩风。

符老风情奈老何，朱颜减尽鬓丝多。投梭每困东邻女，换扇惟逢春梦婆。（是日，复见符林秀才，言换扇之事。）③

苏轼酒后到黎子云等四位朋友家拜访，之后却找不到回家的路了，只

---

① 《苏轼诗集》第7册，（清）王文诰辑注，孔凡礼点校，中华书局，1982，第2261~2262页。
② 《苏轼诗集》第7册，（清）王文诰辑注，孔凡礼点校，中华书局，1982，第2266页。
③ 《苏轼诗集》第7册，（清）王文诰辑注，孔凡礼点校，中华书局，1982，第2322~2323页。

好向别的黎族居民问路，人家告诉他沿着牛屎的方向走到西面的牛栏，再往西接着走就到了。这样的诗作，已经完全没有了文人的矜持，农家的生活气息扑面而来。在苏轼前往和离开黎家的时候，三四个小童吹着葱叶迎送，这场面极其活泼有趣，令苏轼不禁想到，《论语·先进》中所载曾子向往的"风乎舞雩"不就是这样吗？其三的主人公是符林秀才，他这天讲了自己向一位女性示好而被坚决拒绝的事情，苏轼就写了这首诗调侃他春梦不成，亦兼有自嘲的意味，尤可见彼此关系之密切。关于其三，《侯鲭录》卷七云：

> 东坡老人在昌化，尝负大瓢行歌于田间，有老妇年七十，谓坡云："内翰昔日富贵，一场春梦。"坡然之。里人呼此媪为春梦婆。坡被酒独行，遍至子云诸黎之舍，作诗云：'符老风情老奈何，朱颜减尽鬓丝多。投梭每因东邻女，换扇唯逢春梦婆。'是日，老符秀才言换扇事。①

在当时士大夫的心目中，黎族是未开化的蛮夷，苏轼对此却并不在乎，跟他们相处得不拘形迹，这是多么难得！又如《和陶田舍始春怀古二首并引》其二：

> 茅茨破不补，嗟子乃尔贫。菜肥人愈瘦，灶闲井常勤。我欲致薄少，解衣劝坐人。临池作虚堂，雨急瓦声新。客来有美载，果熟多幽欣。丹荔破玉肤，黄柑溢芳津。借我三亩地，结茅为子邻。鸠舌倘可学，化为黎母民。②

在这首诗中，苏轼不仅写出黎族朋友对他的厚爱，而且说如果不是自己学不会黎族语言，真希望自己也变成黎族人！

苏轼在儋州的生活虽然清苦，但由于与当地吏民的关系都非常融洽，他也乐在其中。他在一定程度上接受了黎族人的生活方式。其《次韵子由三首》其三《椰子冠》云：

> 天教日饮欲全丝，美酒生林不待仪。自漉疏巾邀醉客，更将空壳付冠师。规模简古人争看，簪导轻安发不知。更著短檐高屋帽，东坡

---

① （宋）赵令畤撰《侯鲭录》，《宋元笔记小说大观》第2册，上海古籍出版社，2001，第2091页。
② 《苏轼诗集》第7册，（清）王文诰辑注，孔凡礼点校，中华书局，1982，第2281页。

何事不违时。①

在冠师的帮助下,苏轼戴上了简古而又清爽的椰子冠,惹得路人争相观看,他却丝毫不以为意。在《过子忽出新意以山芋作玉糁羹色香味皆奇绝天上酥陀则不可知人间决无此味也》中,他夸耀其子苏过发明的玉糁羹天下奇绝:"香似龙涎仍酽白,味如牛乳更全清。莫将南海金齑脍,轻比东坡玉糁羹。"②

在离开儋州的时候,他的情感表现得更加强烈。其《别海南黎民表》云:

> 我本海南民,寄生西蜀州。忽然跨海去,譬如事远游。平生生死梦,三者无劣优。知君不再见,欲去且少留。③

苏轼说自己原本就是儋州人,只不过是曾经寄生在西蜀罢了。离开西蜀跨海到儋州,也不过是去做一次远游罢了。诗中"平生生死梦,三者无劣优"二句,将生、死与梦三者等量齐观,认为彼此并没有优劣。要知道,莫说在黄州,即便是在惠州,苏轼也很惧怕死亡,可到了儋州,他连死亡也不放在心上了。

在儋州的几年里,苏轼始终将其看作自己的家乡,所以他生活得更加踏实,更加真诚,也更加快乐。这种快乐与此前在黄州、惠州的快乐明显不同:在黄州时,苏轼的内心幽冷,虽然尽力抒写快乐,但快乐总是短暂的,他在黄州建房,做好了长期居住的准备,但并没有将其看作家乡;在惠州时,他的内心其实并不快乐,特别是王朝云的去世对他打击很大,凭借着学陶和道家、佛家的修养,他努力消解了内心的痛苦,基本做到了心境的恬静平和,但开心的时候并不多,他也在惠州建房,做好了终老于此的打算,但内心并不是很情愿;唯独在儋州,他是发自内心的欢喜,他建的房子仅仅是茅庵,远不如他在黄州建的雪堂和在惠州建的白鹤峰新居,但他却真正把这里当成了家乡,这不仅是物质层面上的,更是精神层面上的。

相对于之前,苏轼在儋州的诗歌还有一个变化,那就是变得更加诙谐有趣了。苏轼曾因讥讽"新党"和"新法"被捕入狱,后被贬谪黄州。此

---

① 《苏轼诗集》第7册,(清)王文诰辑注,孔凡礼点校,中华书局,1982,第2268~2269页。
② 《苏轼诗集》第7册,(清)王文诰辑注,孔凡礼点校,中华书局,1982,第2317页。
③ 《苏轼诗集》第7册,(清)王文诰辑注,孔凡礼点校,中华书局,1982,第2363页。

后的很长时间里，这种讽刺风格在他的诗中几乎失去了踪影。令人欣喜的是，苏轼到儋州后，这种风格又回来了，只不过他早已厌倦了那些党争，已懒得去讥讽别人，所以用来调侃自己，从而使得他的诗歌更加活泼有趣。如《行琼儋间肩舆坐睡梦中得句云千山动鳞甲万谷酣笙钟觉而遇清风急雨戏作此数句》：

> 四州环一岛，百洞蟠其中。我行西北隅，如度月半弓。登高望中原，但见积水空。此生当安归，四顾真途穷。眇观大瀛海，坐咏谈天翁。茫茫太仓中，一米谁雌雄。幽怀忽破散，永啸来天风。千山动鳞甲，万谷酣笙钟。安知非群仙，钧天宴未终。喜我归有期，举酒属青童。急雨岂无意，催诗走群龙。梦云忽变色，笑电亦改容。应怪东坡老，颜衰语徒工。久矣此妙声，不闻蓬莱宫。①

海南一岛孤悬，苏轼言"此生当安归，四顾真途穷"，虽显得悲凉，但亦颇有谐趣：四顾都是茫茫大海，这回才真是"途穷"了！可是一想到自己居住的九州也不过是茫茫宇宙中的一粒米，谁又不是生活在小岛上呢？他猛然顿悟，于是开心地欣赏周围的天籁之音。他又进一步想到，也许是神仙正在钧天宴会，听说东坡来了，所以下场急雨催他写诗呢。写好后，神仙也不禁叹息：这个老东坡，人虽然已经枯槁，诗还写得挺好的，蓬莱宫里已经很久没有听到这样的佳作了！明明是谪宦途中遇到风雨，被苏轼东拉西扯一番后，竟然变成奇妙无比的游仙之旅，令人忍俊不禁。诗中表现的哲思，已见于前引其所作《试笔自书》一文，但其中的谐趣却是该文中所没有的。其《纵笔三首》亦写得非常有趣：

> 寂寂东坡一病翁，白须萧散满霜风。小儿误喜朱颜在，一笑那知是酒红。
>
> 父老争看乌角巾，应缘曾现宰官身。溪边古路三叉口，独立斜阳数过人。
>
> 北船不到米如珠，醉饱萧条半月无。明日东家当祭灶，只鸡斗酒定膰吾。②

---

① 《苏轼诗集》第7册，（清）王文诰辑注，孔凡礼点校，中华书局，1982，第2246~2248页。

② 《苏轼诗集》第7册，（清）王文诰辑注，孔凡礼点校，中华书局，1982，第2327~2328页。

其一写自己醉后两腮通红，小孩子还以为他尚有红颜，结果一笑全露馅了！其二写他初来时，当地的父老因为他曾经做过高官纷纷来看新奇，可是这份新鲜感一过，自己就只能孤独得站在溪边的三岔路口，靠数路上的行人来打发时光。此诗通过强烈的对比，渲染出一幅非常滑稽的画面，这种打发时间的方式亦令人哑然失笑！其三写自己的生活陷入了困顿，可是最后两句说：东邻明天祭灶，会做些好吃的，到时肯定会喊我过去吃鸡喝酒吧。六十几岁的苏轼，把自己写成馋嘴的孩子，不但天真烂漫，而且妙趣横生。

苏轼被量移北还，他却有些舍不得离开。《澄迈驿通潮阁二首》云：

倦客愁闻归路遥，眼明飞阁俯长桥。贪看白鹭横秋浦，不觉青林没晚潮。

余生欲老海南村，帝遣巫阳招我魂。杳杳天低鹘没处，青山一发是中原。①

听到归途遥远就发愁的苏轼，却因为贪看秋浦上飞翔的白鹭，连晚潮已经没过了树林都没有发觉。此时此刻，他的愁在哪里？人又在哪里呢？苏轼已经做好了在儋州终老的准备，并且从心里非常热爱这里的山川和人民，可是皇帝却让他内迁到广州廉州，这让他颇为伤感。苏轼以儋州人的立场，站在通潮阁上北望，感觉中原的青山就像发丝一样隐隐约约，远在天边。施补华《岘佣说诗》云：

东坡七绝亦可爱，然趣多致多，而神韵却少。"水枕能令山俯仰，风船解与月徘徊"，致也。"小儿误喜朱颜在，一笑那知是酒红"，趣也。独"余生欲老海南村，帝遣巫阳招我魂。杳杳天低鹘没处，青山一发是中原"，则气韵两到，语带沉雄，不可及也。②

不管是有趣无致，还是"气韵两到"，施补华提到的两首"趣多"之作，都作于儋州，这显然并非出于偶然。

苏轼对儋州的热爱之情，在《六月二十日夜渡海》中达到顶点：

参横斗转欲三更，苦雨终风也解晴。云散月明谁点缀，天容海色

---

① 《苏轼诗集》第7册，(清)王文诰辑注，孔凡礼点校，中华书局，1982，第2365页。
② (清)施补华撰《岘佣说诗》，(清)王夫之等撰《清诗话》下册，上海古籍出版社，1978，第998页。

本澄清。空余鲁叟乘桴意,粗识轩辕奏乐声。九死南荒吾不恨,兹游奇绝冠平生。①

"九死南荒吾不恨,兹游奇绝冠平生",此处展现的绝不仅仅是豪迈豁达的人生境界,其中更重要的是苏轼对儋州的深深热爱!

对于苏轼性格与创作中的豪迈与旷达,古今可谓众口一词。如宋人车若水在《脚气集》曾盛称苏轼的浩然之气:

> 两《赤壁赋》,见得东坡浩然之气,是他胸中无累,吐出这般语言,却又与孟子浩然不同。孟子集义所生,东坡是庄子来,人学不得,无门路,无阶梯,成者自成,撅者自撅,不比孟子有绳墨,有积累也。本朝过岭诸贤,虽不怨尤,亦不快活。东坡七千里渡海,真是快活。海涛涌汹,则曰:"天之未丧斯文也,吾侪必济。"又曰:"平生万事足,所欠惟一死。"海外诸诗甚佳,著论尤奇。其曰"武王非圣人",自是怪说,而观过知仁,见得此老忠义之气,峻极可畏,虽武王亦不顾,皆是浩气。刘元成先生云:"东坡立朝大节,极可观,才意高广,惟己之是信。在元丰,则不容于元丰,人欲杀之;在元祐,则虽与温公议论,亦有不合处,非随时上下人也。"惟己之是信,是他浩然。②

撇开其中所论苏轼浩然之气的出处及对其怪说的辨析等问题,从车氏的论述中可以得出这样的结论:无论是在黄州、惠州还是儋州,苏轼都有一腔浩然之气,所以他始终能保持"快活"。当代林语堂在其所著《苏东坡传》的结尾说:

> 在读《苏东坡传》时,我们一直在追随观察一个具有伟大思想、伟大心灵的伟人生活,这种思想与心灵,不过在这个人间世上偶然呈形,昙花一现而已。苏东坡已死,他的名字只是一个记忆。但是他留给我们的,是他那心灵的喜悦,是他那思想的快乐,这才是万古不朽的。③

---

① 《苏轼诗集》第 7 册,(清)王文诰辑注,孔凡礼点校,中华书局,1982,第 2366~2367 页。
② (宋)车若水撰《脚气集》,《丛书集成初编》第 2879 册,中华书局,1991,第 31 页。
③ 林语堂:《苏东坡传》,张振玉译,新世界出版社,2015,第 312 页。

其实，苏轼的心灵可能没有这么喜悦，他的思想也没有这么快乐，但是他善于解脱，并且在作诗时又有回避自己的悲愁而着意表现快乐的一面。当然，这也有一个发展的过程，在黄州时他的快乐并不多，而且有强颜欢笑的意味。在惠州时，他的快乐也不多，可是由于看透了生死，心境变得恬静而平和。只有到了儋州，苏轼才真正具有了"心灵的喜悦"和"思想的快乐"，写出了许多快乐而风趣的优美诗篇。

从黄州到惠州再到儋州，苏轼的处境、年岁、心态和创作态度都有诸多不同，但即便是在心情最低落的黄州，他也仅仅是将生活的艰难和内心的孤独写入与亲友的书信中，最多写入少量词作中，却几乎没有写入诗中。对于主张"以文为诗"又"以诗为词"的苏轼来说，这样明显的差别应该不是因为文体分工所致，其主要原因来自对欧阳修反对"戚戚之文"的主动继承。在惠州和儋州时，苏轼的心态更加平和，更加快乐，他自然更不会将穷愁之语写入诗中了。由于所处时代不同，苏轼受迫害程度远较欧阳修当年更深，但他依然坚守了这样的创作原则，开始他可能尚有些不够真诚的夸饰成分，但后来就越来越真实了。作为宋代成就最高的大诗人，苏轼喜欢表现"快活""快乐"的做法，使其诗进一步远离了个人穷愁，走向苦中作乐，而且由于苏轼影响巨大，终于为"宋调"烙下了一道非常鲜明的独特印记。

第三节

未到江南先一笑：黄庭坚痛改诗罪

同苏轼近似，黄庭坚也有三段重要的贬谪经历，即黔州、戎州和宜州。但黄庭坚贬谪与苏轼存在一个时间差：乌台诗案后，当苏轼贬谪黄州的时候，黄庭坚虽受到连累被罚铜，但仕途几乎没受到影响；当黄庭坚在哲宗亲政以后贬谪黔州（今重庆彭水）的时候，苏轼已经在惠州开启第二段贬谪经历了；当黄庭坚在戎州（今四川宜宾）进入第二段贬谪生活的时候，苏轼则贬谪到海南的儋州了；徽宗即位后，苏轼北归后病逝于常州，黄庭坚也曾被短期启用，但不久又被贬谪到宜州（今广西河池），最后病逝于贬所。这样的一个时间差，也就意味着苏轼在贬所的精神状态和创作面貌是能够对黄庭坚产生影响的，毕竟二人私交甚为密切，且黄庭坚一生师事苏轼。在前引苏轼写给黄庭坚的《答黄鲁直五首》其四那段话之前，他有一段安慰黄庭坚的话：

即日想已达黔中，不审起居何如，土风何似？或云大率似长沙，审尔，亦不甚恶也。惠州已久安之矣。度黔，亦无不可处之道也。闻行橐无一钱，途中颇有知义者，能相济否？某虽未至此，然亦近之矣。水到渠成，不须预虑。①

在这段话中，苏轼对初次远谪的黄庭坚颇为关切，并且用自己的经验"惠州已久安之矣"，告诉黄庭坚黔州的情况还要比惠州好一点，自然"亦无不可处之道也"了，而"水到渠成，不须预虑"更是他要直接传授给黄庭坚的经验之谈。苏轼在惠州的豁达态度，亦为黄庭坚所仰慕。黄庭坚所作《南歌子》云：

诗有渊明语，歌无子夜声。论文思见老弥明。坐想罗浮山下、羽衣轻。　　何处黔中郡，遥知隔晚晴。雨余风急断虹横。应梦池塘春草、若为情。②

其中"诗有渊明语，歌无子夜声"二句是对苏轼惠州创作的高度概括。关于苏轼"诗有渊明语"的问题上节已有详细申述，此不赘言。黄庭坚虽然没有像苏轼那样以陶渊明自托，但其诗中极少言及个人穷愁，与此亦有相通的一面。至于说其"歌无子夜声"，则主要是指即便苏轼在惠州写的小词，其中也无男女之情和悲哀之意。此固为黄庭坚当时所不及，但从他此后的创作看，他也正是沿着这样的道路在前进。

尽管黄庭坚的性格不像苏轼那样开朗活泼，而是有些内向和孤高，但在他接连遭到不幸贬谪的时候，亦不曾作"戚戚之文"，他是苏轼真正意义上的"同调"。不过，由于自身的经历与学养不同，其在贬谪期间的心态和创作均与苏轼有所差别，呈现出另一种色彩。现将其分为黔州、戎州和宜州三个阶段来加以探讨。

一　黔州：逃避

绍圣元年（1094）冬，黄庭坚因修《神宗实录》被"新党"诬陷，被贬为涪州别驾，黔州安置。二年四月，黄庭坚在其兄黄大临的陪同下到达贬所。黄大临在黔州居留数月，方才离开。之后黄庭坚在黔州独处了一年，

---

① 《苏轼文集》第 4 册，孔凡礼点校，中华书局，1986，第 1533 页。
② （宋）黄庭坚著，郑永晓整理《黄庭坚全集辑校编年》中册，江西人民出版社，2011，第 757 页。

到绍圣三年五月，其弟黄叔达携黄庭坚的妻子、儿子和他自己的家眷到达黔州，于是家人得以团聚。

黔州三年，是黄庭坚第一次遭到贬谪，其受到的打击可想而知。黄庭坚在黔州的日子过得很苦，他后来在《与唐彦道书二》其二中说："到黔中来，得破寺垧地，自经营，筑室以居，岁余拮据，乃蔽风雨，又稍葺数口饱暖之资，买地畦菜，二年始息肩，是以至今不以书达斋几。"① 但相对于外在的生活，更苦的是黄庭坚的内心。他在《答王补之书》中说自己当时的处境是："今者不肖得罪简牍，弃绝明时，万死投荒，一身吊影，不复齿于士大夫矣。所以虽闻阁下近在泸南，而不敢通书。"② 不过，这里说的是其最困难时期的情况和最糟糕时期的心情。事实上，黄庭坚在黔州的心情虽谈不上安然，但大多数时期也没有这么糟糕。这一方面跟黄庭坚先天就具有很重的归隐情结因而并不看重功名利禄有关。无名氏《豫章先生传》载其闻知被贬黔州时的反应是这样的：

> 绍圣初，议者言《神宗实录》多诬失实，召至陈留问状，三问皆以实对。谪授涪州别驾，黔州安置。命下，左右或泣，公色自若，投床大鼾，即日上道。君子是以知公不以得丧休戚芥蒂其中也。③

这里的记载或许有夸张的成分，因为从黄庭坚自己后来的书信看，他对贬谪黔州还是颇为"芥蒂其中"的，他只是不大愿意让人看到自己脆弱的一面而已。另一方面，黄庭坚的禅学修养较深，这也有利于他在受到挫折时调节自己的身心。黄庭坚有《赠嗣直弟颂十首并序》：

> 涪陵与弟嗣直夜语，颇能明古人意。因戏咏云："人皆有兄弟，谁共得神仙。"故作十颂以记之。此二句唐赤松观舒道士题赤松子庙诗也。
>
> 饥渴随时用，悲欢触事真。十方无壁落，中有昔怨人。
> 去日撒手去，来时无与偕。若将来去看，还似不曾斋。
> 正观心地时，丝发亦无有。却来观世间，冬后数九九。

---

① （宋）黄庭坚著，郑永晓整理《黄庭坚全集辑校编年》中册，江西人民出版社，2011，第776页。
② （宋）黄庭坚著，郑永晓整理《黄庭坚全集辑校编年》中册，江西人民出版社，2011，第782页。
③ （宋）黄庭坚著，郑永晓整理《黄庭坚全集辑校编年》下册，江西人民出版社，2011，"附录"第1715页。

>　　涪陵萨埵子，直道也旁行。亦嚼横陈蜡，不爱孔方兄。
>　　江南鸿雁行，人言好兄弟。无端风忽起，纵横不成字。
>　　万里唯将我，回观更有谁。初无卓锥地，今日更无锥。
>　　江南十兄弟，长被时一共。梦时各自境，独与君同梦。
>　　虽受然灯记，不从然灯得。若会翻身句，弥勒真弥勒。
>　　向上关捩子，未曾说似人。因来一觉睡，妙绝更通神。
>　　往日非今日，今年似去年。九关多虎豹，聊作地行仙。①

虽然这组诗的写作时间尚难确定，但作于黔州时期的可能性最大。郑永晓《黄庭坚全集辑校编年》将其列入"以下作品约作于黔州时期"之内。关于黄庭坚当时达到的禅学境界，周裕锴在《文字禅与宋代诗学》中有这样的认识：

>　　尽管黄庭坚的"治心养气"与儒家的"正心诚意"相一致，但他的修养方式和哲学根柢似更多来自禅宗的心性证悟。他在《与胡少汲书》中指出："治病之方，当深求禅悦，照破死生之根，则忧畏淫怒，无处安脚。病既无根，枝叶安能为害。"这几句话充分说明他始终保持其人格操守的信仰基础。"照破死生之根"以后，他不再对人生的虚幻短暂感到痛苦和悲哀，而是更加懂得此岸现实生活的妙谛："饥渴随时用，悲欢触事真。十方无壁落，中有昔怨人。""去日撒手去，来时无与偕。若将来去看，还似不曾斋。""向上关捩子，未曾说似人。因来一觉睡，妙绝更通神。"这就是马祖道一所谓的"平常心是道"，这里再也没有"长恨此身非我有"的遗憾，一切都是本真人性的真实显现。②

通过周先生的阐释，特别经他一连引录《赠嗣直弟颂十首并序》中的三首进行分析后，我们明白了黄庭坚这组作品的中心意思就是"平常心是道"。这也非常有利于我们认识黄庭坚在黔州的诗歌创作。

尽管如此，黄庭坚也未能真正做到无悲无喜。如其词《减字木兰花·登巫山县楼作》云：

---

① （宋）黄庭坚著，郑永晓整理《黄庭坚全集辑校编年》中册，江西人民出版社，2011，第817~818页。
② 周裕锴：《文字禅与宋代诗学》，复旦大学出版社，2017，第77~78页。

> 襄王梦里。草绿烟深何处是。宋玉台头。暮雨朝云几许愁。
> 飞花漫漫。不管羁人肠欲断。春水茫茫。要渡南陵更断肠。①

其《醉蓬莱》中亦有"万里投荒、一身吊影、成何欢意"②这样的悲苦抒情。像这样的作品，才是黄庭坚当时心情的自然流露。即便在其诗中，也并非完全没有这样的作品。当其兄黄大临离开时，黄庭坚作《和答元明黔南赠别》云：

> 万里相看忘逆旅，三声清泪落离筋。朝云往日攀天梦，夜雨何时对榻凉。急雪脊令相并影，惊风鸿雁不成行。归舟天际常回首，从此频书慰断肠。③

此诗虽然主要表现兄弟之情，但从最后一句"从此频书慰断肠"来看，黄庭坚当时的心境并不平和，而是有些糟糕。但黄庭坚做到了这一点：不在诗中至少是少在诗歌里表现自己的穷愁。那么，怎样才能做到这一点呢？

他的主要做法是努力放弃写作。根据郑永晓《黄庭坚全集辑校编年》统计，黄庭坚在黔州的诗歌仅有31首，其中不仅包括了黄庭坚作于元符元年（1098）春离开黔州之前的一首《赠黔南贾使君》，而且包括了可能为其兄黄大临所作的《元明题哥罗驿竹枝词（绍圣二年黔州作）》2首，还有在《黄庭坚集》中被列于其弟黄叔达名下的《次韵楙宗送别二首》，如果将这4首去掉，即使再加上郑先生认为"约作于黔州时期"之内的《赠嗣直弟颂十首并序》，也仅有37首而已。三年多时间，仅有37首诗，这对一个天才诗人来说，可谓少之又少，显然是他刻意压制创作冲动的结果。而他之所以刻意不作诗或者少作诗，在很大程度上就是不愿意在诗中流露出穷愁之意。如实在技痒难耐，黄庭坚则会采用以下三种隐藏方式。

其一，借黄叔达代笔。在黄庭坚的黔州诗中，附录了其弟黄叔达的19首诗。黄叔达到黔州后，陪同黄庭坚度过了较长时间，这些诗即是当时的作品。《山谷诗集注》目录在"绍圣三年丙子"年内《答宋懋宗寄夔州五十诗三首》题下云："右二十诗，皆知命来黔州时所作。知命名叔达，山谷

---

① （宋）黄庭坚著，郑永晓整理《黄庭坚全集辑校编年》中册，江西人民出版社，2011，第747页。
② （宋）黄庭坚著，郑永晓整理《黄庭坚全集辑校编年》中册，江西人民出版社，2011，第746页。
③ （宋）黄庭坚著，郑永晓整理《黄庭坚全集辑校编年》中册，江西人民出版社，2011，第745页。

之弟。数诗附见集中,殊有家法。当由山谷润色,因以成其弟之名。今不复删去。"① 黄庭坚在黔州作诗甚少,却将弟弟的这些诗歌收入集中,说明这些诗对他有着特别的意义。如果仅仅是为了"成弟之名",则他何以不附录黄叔达其他时期的诗作?《豫章诗话》说"或云山谷润色,以成弟之名"固然有其道理,这里其实还有另外一种理解,即黄庭坚不愿作诗,同时也为了指导弟弟作诗,于是在不得不作诗的时候就让弟弟代笔,然后他本人再加以"润色"。

这组诗歌大都属于应酬之作,但表达的情感比较丰富。其中写给宋肇的就有5首,如《行次巫山宋楙宗遣骑送折花厨酝》云:

> 攻许愁城终不开,青州从事斩关来。唤得巫山强项令,插花倾酒对阳台。②

宋肇与黄庭坚友善,彼此在元祐时期交往较多。黄叔达经过巫山时,被贬为巫山令的宋肇遣人送"折花厨酝",这显然是送给黄庭坚的。而这首诗亦颇似黄叔达一行人到黔州后黄庭坚见到宋肇的馈赠后所作。可能是黄叔达先代作了此诗,黄庭坚加以"润色"后,用以体现自己的感激之情。又如《次韵楙宗送别二首》云:

> 一百八盘天上路,去年明日送流人。小诗话别堪垂泪,却道情亲不得亲。
> 别驾柴门闲一春,艰难颠沛不忘君。何时幽谷回天日,教保余生出瘴云。③

关于黄叔达的文献资料较少,难以考知他与宋肇的交往情况,但这里的"去年明日送流人"指的是去年黄庭坚经过时受到了宋肇的接待,这里的"情亲不得亲"显然也是指黄庭坚与宋肇之间的交情,而所谓"别驾柴门闲一春"更是直接指向黄庭坚本人。最后两句也是黄庭坚与宋肇共勉,

---

① (宋)黄庭坚撰,(宋)任渊等注,刘尚荣校点《黄庭坚诗集注》第1册,中华书局,2003,第26页。
② (宋)黄庭坚撰,(宋)任渊等注,刘尚荣校点《黄庭坚诗集注》第2册,中华书局,2003,第426页。因黄叔达名下之作在郑永晓《黄庭坚全集辑校编年》下册中另为附录,故本处改引刘尚荣《黄庭坚诗集注》。下同。
③ (宋)黄庭坚撰,(宋)任渊等注,刘尚荣校点《黄庭坚诗集注》,中华书局,2003,第426~427页。

意思是彼此一定会活着离开贬谪之地的。《答宋楙宗寄夔州五十诗三首》表现的亦是黄庭坚对宋肇的宽慰之词：

> 五十清诗是碎金，试教掷地有余音。方今台阁称多士，且傍江山好处吟。
>
> 五十清诗一段冰，持来恰得慰愁生。自张壁间行坐看，更教儿诵醉时听。
>
> 碑同岘首千年石，诗到夔州十绝歌。他日巴人怀叔子，时时解著手摩挲。①

宋肇来诗感慨年过五十尚飘零夔州，而这些答诗表达了三层意思：一是劝他随遇而安，且好好吟咏江山之美好；二是赞美其诗，读来可以解愁，所以为其喜之不尽；三是希望他用心政事，以便名扬后世。这显然都是黄庭坚的意思，而不大可能是黄叔达的想法。

又如张询，自黄庭坚进士及第后任叶县知县时便与其交好，此时正任施州知州。黄叔达名下写给他的诗有6首。如《次浮塘驿见张施州小诗次其韵》云：

> 叹息施州成老丑，当年玉雪莹相照。旧时去天一尺五，今日万里听猿叫。②

既然张询是黄庭坚的好友，又身为知州，黄叔达怎敢嘲笑他"成老丑"？哪怕这是张询本人的说法，以黄叔达的身份也不宜这么重笔复述，因此这必然是黄庭坚的意思，所以其诗无疑也是为黄庭坚代笔。诗中主要通过其今昔对比，表达了心中的共鸣之感。在《将次施州先寄张十九使君三首》中，更能见出黄庭坚与张询彼此交往的不拘形迹：

> 书来日日觉情亲，今信施州是故人。许我投名重入社，放狂作恼未应嗔。
>
> 收拾从来古锦囊，今知老将敌难当。囊中尚有毛锥子，花底樽前作战场。

---

① （宋）黄庭坚撰，（宋）任渊等注，刘尚荣校点《黄庭坚诗集注》，中华书局，2003，第434~435页。
② （宋）黄庭坚撰，（宋）任渊等注，刘尚荣校点《黄庭坚诗集注》，中华书局，2003，第430页。

> 一别施州向十霜，传闻佳句望风降。空拳不易当坚敌，振臂犹思起病疮。①

诗中不但说张询能包容自己的狂放，而且还要跟他比试作诗，这显然也只能是黄庭坚的做派，而绝不可能是其弟黄叔达的风格。内容更加特别的是《和张仲谋送别二首》：

> 夜郎自古流迁客，圣世初投第一人。不是施州肯回首，五溪三峡更谁亲。
> 五溪三峡漫经春，百病千愁逢故人。何处看君岁寒后，欲将儿女更论亲。②

诗人不但说张询是自己在贬所最亲的亲人，而且还打算跟他结下儿女亲家。这更只能是黄庭坚本人的事情，而不可能属于其弟黄叔达。

以上这些诗主要表达黄庭坚与宋肇、张询之间的亲密友情，虽不乏插科打诨之处，但其中亦有黯然伤怀的成分。比较而言，似乎《题小猿叫驿》表达的情感更加悲切：

> 大猿叫罢小猿啼，箐里行人白昼迷。恶藤牵头石啮足，妪牵儿随泪录续。我亦下行莫啼哭。③

这不正是黄庭坚贬谪途中的心情流露吗？尽管他故作倔强地说"我亦下行莫啼哭"，但心中的悲哀却是难以抑制的。不过，跟前面所举作品不同的是，此诗未必属于代笔，很可能就是黄叔达的抒情之作，只是经黄庭坚之"润色"，故仍能在很大程度上体现出他当时的心态。

既然这19首大都是黄叔达代笔，以表现黄庭坚的喜怒哀乐，而且经过了他本人的修改和润色，那么他将其收在自己的诗集中自然没什么不可以。现在不少人提到这些作品时，干脆直接将其归到黄庭坚名下，从这个意义上来说，似乎也是可以理解的。

---

① （宋）黄庭坚撰，（宋）任渊等注，刘尚荣校点《黄庭坚诗集注》，中华书局，2003，第430～431页。
② （宋）黄庭坚撰，（宋）任渊等注，刘尚荣校点《黄庭坚诗集注》，中华书局，2003，第432～433页。
③ （宋）黄庭坚撰，（宋）任渊等注，刘尚荣校点《黄庭坚诗集注》，中华书局，2003，第429页。

由以上分析可以看出，黄庭坚在黔州时虽然心中颇为痛苦，但他极少在诗中表现这种情绪。即便在弟弟代笔的诗歌中他可以偶尔任性和放肆一点，但这样的作品也很少，仍显得比较节制。

其二，借白居易诗句透露心迹。在黄庭坚有限的黔州诗中，有一组非常独特的作品，即《黔南谪居十首（摘乐天句）》：

> 相望六千里，天地隔江山。十书九不到，何用一开颜。
> 霜降水反壑，风落木归山。冉冉岁华晚，昆虫皆闭关。
> 冷淡病心情，暄和好时节。故园音信断，远郡亲宾绝。
> 山郭灯火稀，峡天星汉少。年光东流水，生计南枝鸟。
> 冥性齐远近，委顺随南北。归去诚可怜，天涯住亦得。（《文集》卷五）
> 老色日上面，欢惊日去心。今既不如昔，后当不如今。
> 喷喷雀引雏，梢梢笋成竹。时物感人情，忆我故乡曲。
> 苦雨初入梅，瘴云稍含毒。泥秧水畦稻，灰种畬田粟。
> 轻纱一幅巾，小簟六尺床。无客尽日静，有风终夜凉。
> 病人多梦医，囚人多梦赦。如何春来梦，合眼在乡社。（殿本《内集诗注》卷一二）①

这组诗既能反映出黄庭坚谪居黔州的生活境况，也能透露出他当时的思想和精神状态。就内容而言，这组诗可以分为两个部分。前面五首是第一部分：其一写黄庭坚谪居黔州，连书信都很难收到，所以他心情低落，但他又偏偏倔强地说这样正好省得自己因收到书信而开心了；其二借季节变化写美人迟暮之感；其三表现贬所的孤独寂寞；其四写岁月虚掷，不知出路何在；其五则以庄子《齐物论》劝慰自己，能归去固然好，不能归去又有何不可呢？至此，完成了诗人思想上的自救。

后面六首是第二部分：其六写目前的不幸境遇，而且担心以后也许更加糟糕；其七写节物的变化触动了诗人的乡思；其八写当地农民在恶劣条件下紧张劳作，与自己四体不勤形成鲜明对比；其九则劝慰自己要知足常乐，好好享受当下的闲适生活；其十写自己明明已经参透了生命的真谛，可为什么又在春天梦到回家了呢？

---

① （宋）黄庭坚撰，郑永晓整理《黄庭坚全集辑校编年》中册，江西人民出版社，2011，第767页。

两部分的内容、结构也大体相似,都是先铺陈目前的不幸遭遇,然后又自我劝解,最终实现内心的安然与平和。这两部分作品可能不是同一次完成的,而是原本各自独立的。任渊在为这组诗作注时云:

> 近世曾慥端伯作《诗选》,载潘邠老事云:张文潜晚喜乐天诗,邠老闻其称美辄不乐,尝诵山谷十绝句,以为不可跂及。其一云:"老色日上面,欢惊日去心。今既不如昔,后当不如今。"文潜一日召邠老饭,预设乐天诗一秩,置书室床枕间。邠老少焉假榻翻阅,良久才悟山谷十绝诗,尽用乐天大篇裁为绝句。盖乐天长于敷衍,而山谷巧于剪裁。自是不敢复言。端伯所载如此,必有依据。然敷衍剪裁之说非是。盖山谷谪居黔南时,取乐天江州忠州等诗,偶有会于心者,摘其数语,写置斋阁;或尝为人书,世因传以为山谷自作。然亦非有意与乐天较工拙也。诗中改易数字,可为作诗之法,故因附见于此。前五篇,今《豫章集》有之;后五篇,得之《修水集》。①

任渊对于这组诗的见解暂且不论,其关于 10 首诗原本分载两处的记载对我们理解这组诗颇有帮助。如果原本就是一次完成的 10 首作品,应该就不会分载在两处了。不过,由于两部分都是在黔州所作,内容、形式都颇为近似,合在一起亦无违和之感,所以后来干脆作为一个整体流传了。

不过,这组诗歌有个奇异之处:按照许多人的理解,它们并不算黄庭坚的"创作",而是他以白居易诗歌为基础,略加剪裁和加工而成的。关于这组作品,宋人的议论颇多。惠洪《冷斋夜话》卷三"少游鲁直被谪作诗"条云:

> 少游谪雷,凄怆,有诗曰:"南土四时都热,愁人日夜俱长。安得此身如石,一时忘了家乡。"鲁直谪宜,殊坦夷,作诗曰:"老色日上面,欢情日去心。今既不如昔,后当不如今。""轻纱一幅巾,短簟六尺床。无客日自静,有风终夕凉。"少游情钟,故其诗酸楚;鲁直学道休歇,故其诗闲暇。至于东坡,《南中》诗曰:"平生万事足,所欠惟一死。"则英特迈往之气,不受梦幻折困,可畏而仰哉。②

---

① (宋)黄庭坚著,(宋)任渊等注,刘尚荣校点《黄庭坚诗集注》,中华书局,2003,第 442~443 页。
② (宋)惠洪撰《冷斋夜话》,张伯伟编校《稀见本宋人诗话四种·日本五山版冷斋夜话》,江苏古籍出版社,2002,第 34 页。

黄庭坚题中明云"黔南",此处惠洪以为宜州诗,当有误。不过,他以其中两首为例说"鲁直学道休歇,故其诗闲暇",却捅了马蜂窝。胡仔《苕溪渔隐丛话》前集卷四十八在引出《冷斋夜话》上段话后接着说:

> 苕溪渔隐曰:"'老色日上面,欢惊日去心。今既不如昔,后当不如今。'乃白乐天《东城寻春诗》也。'轻纱一幅巾,小簟六尺床。无客尽日静,有风终夜凉。'亦白乐天《竹窗诗》也。二诗既非鲁直所作,《冷斋》何为妄有'学道闲暇'之语邪?"①

胡仔指出惠洪所引黄庭坚两诗出自白居易之诗,这是有价值的,但就此认定黄庭坚无法在其中表现自己的闲适之情,则未免过于武断。因为黄庭坚并未直接照搬白居易的诗,而是从中选择了若干句子,重新加以剪裁和组合,甚至还做了几处改动,从而组成一组绝句。这显然已经是黄庭坚的诗,而不是白居易的诗了。这种情况,非常类似于集句诗的写作。在个人著作权不受重视的古代,黄庭坚的这种做法是可以接受和被认可的。

至吴曾《能改斋漫录》卷三,则赫然拈出"冷斋不读书"一条:

> 洪觉范《冷斋夜话》谓:"鲁直谪宜州,殊坦夷。作诗曰:'老色日上面,欢惊日去心。今既不如昔,后当不如今。'又云:'轻纱一幅巾,短簟六尺床。无客日自静,有风终夜凉。'"且曰:"山谷学道休歇,故其闲暇若此。"以上皆冷斋语也。予以冷斋不读书之过。上八句皆乐天诗,盖是编者之误,致令渠以为山谷所为。前四句"老色日上面",乃乐天《东城寻春》诗。尚余八句所谓"今犹未甚衰,每事力可任"是已。后四句"轻纱一幅巾",乃乐天《竹窗》诗。亦尚余二十四句,所谓"常爱辋川寺,竹窗东北廊"是已。《山谷外集》更有"喷喷雀引雏,梢梢笋成竹"数篇,皆非山谷诗。偶会其意,故记之册,学者不可不知也。②

吴曾所言的价值在于他不仅看到了黄庭坚诗与白居易原作在长短上的显著不同,而且还指出黄庭坚写这些句子是由于"偶会其意"。可是既然他

---

① (宋)胡仔纂集《苕溪渔隐丛话》前集,廖德明校点,人民文学出版社,1962,第326~327页。
② (宋)吴曾撰《能改斋漫录》,上海师范大学古籍整理研究所编《全宋笔记·第五编》第3册,大象出版社,2012,第73~74页。

承认黄庭坚这样的做法属于"偶会其意",则当得出惠洪说黄"其诗闲暇若此"没有错的结论,那又何必斤斤计较人家到底有没有读过白居易的诗呢?前引任渊在注释黄诗时也指出了这个方面,虽同样突出了"偶有会于心者"的一面,但却坚持认为黄庭坚仅仅是"摘其数语写置斋阁,或尝为人书",这就等于否定了这组诗的整体性。至于有人又将其扯上了"点铁成金",则距离事实更远。《道山清话》载:

> 曾纡云:山谷用乐天语作《黔南》诗。白云:"霜降水返壑,风落木归山。冉冉岁将晏,物皆复本原。"山谷云:"霜降水返壑,风落木归山。冉冉岁华晚,昆虫皆闭关。"白云:"渴人多梦饮,饥人多梦飧。春来梦何处?合眼到东川。"山谷云:"病人多梦医,囚人多梦赦。如何春来梦,合眼在乡社。"白云:"相去六千里,地绝天邈然。十书九不到,何以开忧颜?"山谷云:"相望六千里,天地隔江山。十书九不到,何用一开颜?"纡爱之,每对人口诵,谓是点铁成金也。范寥云:"寥在宜州,尝问山谷。山谷云:'庭坚少时诵熟,久而忘其为何人诗也。尝阻雨衡山尉厅,偶然无事,信笔戏书尔。'"寥以纡"点铁"之语告之,山谷大笑曰:"乌有是理?便如此点铁!"①

这段记载的价值在于突出了黄庭坚诗与白居易原作的不同,从而肯定了黄诗的独立价值,同时也强调了其作为组诗的整体性。不过,黄庭坚的这种做法类似或接近于集句,让白居易的诗句重新具有了新意,似乎也有点"点铁成金"的意味。

除了以上诸人,洪迈也曾对这组作品的来源加以考察。其《容斋随笔》卷一"黄鲁直诗"条云:

> 又有《黔南十绝》,尽取白乐天语,其七篇全用之,其三篇颇有改易处。乐天《寄行简》诗,凡八韵,后四韵云:"相去六千里,地绝天邈然。十书九不达,何以开忧颜!渴人多梦饮,饥人多梦餐。春来梦何处?合眼到东川。"鲁直剪为两首,其一云:"相望六千里,天地隔江山。十书九不到,何用一开颜?"其二云:"病人多梦医,囚人多梦赦。如何春来梦,合眼在乡社!"乐天《岁晚》诗七韵,首句云:"霜

---

① (宋)佚名:《道山清话》,《宋元笔记小说大观》第3册,上海古籍出版社,2001,第2932~2933页。

降水返壑，风落木归山。冉冉岁将晏，物皆复本源。"鲁直改后两句七字，作"冉冉岁华晚，昆虫皆闭关"。①

总之，《黔南谪居十首》的诗句虽然出自白居易，但经过黄庭坚的剪裁和改动，已经成为他自己的作品。不过，也正因为诗句来自白居易，而非黄庭坚自己"创作"，所以他不用太过认真，反而能够敞开心扉去表现自己的真实情感。这跟他借黄叔达代笔在本质上是一样的，都是为了将自己的情感隐藏在别人身后。

其三，借民歌寄情。在赶赴黔州的路上，黄庭坚经过时人谈之色变的夔州"鬼门关"后，作了《竹枝词二首》：

撑崖拄谷蝮蛇愁，入箐攀天猿掉头。鬼门关外莫言远，五十三驿是皇州。

浮云一百八盘萦，落日四十八渡明。鬼门关外莫言远，四海一家皆弟兄。

古乐府有"巴东三峡巫峡长，猿鸣三声泪沾裳"，但以抑怨之音，和为数叠。惜其声今不传。予自荆州上峡入黔中，备尝山川险阻，因作二叠，传与巴娘，令以《竹枝》歌之。前一叠可和云：鬼门关外莫言远，五十三驿是皇州。后一叠可和云：鬼门关外莫言远，四海一家皆弟兄。或各用四句，入《阳关》《小秦王》，亦可歌也。②

在这两首诗中，黄庭坚一反前人的畏惧悲愁，表现出旷达的胸襟，无论是"五十三驿是皇州"还是"四海一家皆弟兄"，都是为了让自己在心理上能够坦然接受漫长的贬谪生涯。又《竹枝词二首》（绍圣二年）似乎是赠人之作：

三峡猿声泪欲流，夔州《竹枝》解人愁。渠侬自有回天力，不学垂杨绕指柔。

塞上柳枝且莫歌，夔州《竹枝》奈愁何。虚心相待莫相误，岁寒望君一来过。③

---

① （宋）洪迈：《容斋随笔》，上海古籍出版社，1996，第4~5页。
② （宋）黄庭坚著，郑永晓整理《黄庭坚全集辑校编年》中册，江西人民出版社，2011，第743页。
③ （宋）黄庭坚著，郑永晓整理《黄庭坚全集辑校编年》中册，江西人民出版社，2011，第744页。

前诗劝慰对方要坚守自我，不要随波逐流，后诗则希望对方在寒冬时能来看望一下自己。结合前文，很可能是黄庭坚经过夔州时受到宋肇接待，又听到宋对境况的不满，于是借民歌作二首以劝慰。黄庭坚说"夔州《竹枝》解人愁"，又说"夔州《竹枝》奈愁何"，既欲作达观，又愁怀难遣，可见他当时的心情亦颇为复杂。最有趣的是《予既作〈竹枝词〉，夜宿歌罗驿，梦李白相见于山间，曰："予往谪夜郎，于此闻杜鹃，作〈竹枝词〉三叠，世传之不？"予细忆集中无有，请三诵，乃得之》：

一声望帝花片飞，万里明妃雪打围。马上胡儿那解听，琵琶应道不如归。

竹竿坡面蛇倒退，摩围山腰胡孙愁。杜鹃无血可续泪，何日金鸡赦九州。

命轻人鲊瓮头船，日瘦鬼门关外天。北人堕泪南人笑，青壁无梯闻杜鹃。①

与前面四首不同，这三首诗写得悲苦凄切，不过，黄庭坚说这不是他自己的诗，而是李白的诗，是李白在梦中传给他的。不论这个梦是否属实，这几首诗的著作权都归黄庭坚。受制于自己的学养和性格，当然也有欧阳修、苏轼的影响，黄庭坚自己不愿写这样的诗歌，可是在梦中他又变得那么伤感，对家乡的思念那么强烈，于是正好借李白之口以抒发情感。

黄庭坚在黔州的诗歌很少，除了其弟代笔之外，又或者借用白居易的诗句创作，或者借用民歌《竹枝词》的形式创作，表达间接而又委婉，正是他竭力隐藏自己的结果。除了这些外，则仅有《赠黔南贾使君》《送曹黔南口号》《题苏若兰回文锦诗图》和《王圣涂二亭歌》等数首而已。其中前二首为人送行，表达的是祝福之情，只有《题苏若兰回文锦诗图》跟自己的状况有所关联：

千诗织就回文锦，如此阳台莫雨何。亦有英灵苏蕙手，只无悔过窦连波。②

---

① （宋）黄庭坚著，郑永晓整理《黄庭坚全集辑校编年》中册，江西人民出版社，2011，第744页。
② （宋）黄庭坚著，郑永晓整理《黄庭坚全集辑校编年》中册，江西人民出版社，2011，第753页。

在具有借男女遭际寓君臣离合的文化传统中，被丈夫抛弃的才女苏蕙不正是黄庭坚无辜被贬的现实写照吗？而《王圣涂二亭歌》的主题更是强烈的"归欤"之情感：

> 忠州太守王圣涂罢忠州，春秋六十有六，将告老于朝而休于营丘。以书抵黔州，告其同年生黄鲁直曰："营丘有叟，将自此归矣。舍旁作二亭以休余日，子为我名，且归以夸父老。"鲁直名其一曰"休休"，上言事，下言德也；其一曰"冥鸿"，言公自此去矰缴远矣。圣涂喜曰："子盍为我歌？"
>
> 营丘之下，有宅有田。梨枣兮觞豆，耘耔兮为年。鸡栖埘兮羊豕在牧，课儿子兮蓺松菊。炙背兮墙东，梦覆舟兮涛且风。洋之回兮可以驾，孙甥扶舆兮父老同社。洋之水兮可以身入，鸥鸟兮与之游。一世兮蜉蚁，桑榆兮愁可收。从此休兮，公谁黄发之休。伟长松兮卧龙蛇，阅千岁兮不改其柯。震雷不惊兮，谁欲休之以蜩蛭。下有锦石兮可用杯勺，云月供帐兮万籁奏乐。石子磊磊兮涧谷从横，春月桃李兮士女倾城。时雨霖兮忽若海潦，收无事兮我以观万物之情。儿时所蓺兮桃李纤纤，随世风波兮吹而北南。昔去兮拱把，今归兮与天参。与古人兮合契，树如此兮我何以堪。鸿雁替兮或在洲渚，有心于粒兮弋者所取。飞冥冥兮渺万里而绝去，薮泽之罗者兮官予落羽。①

黄庭坚把王辟之致仕后的生活想象得如此美好，其中寄寓了他对脱离困境、回归自由的渴望。

黄庭坚在黔州时，不仅曾有兄弟先后相伴，还有附近居官朋友的多方照顾，他还在当地结交了新朋友，这都令他感到温暖。杨皓就是其中与他比较亲近的一位。其组诗《杨明叔惠诗，格律、词意皆薰沐去其旧习，予为之喜而不寐。文章者，道之器也；言者，行之枝叶也。故次韵作四诗报之。耕礼义之田而深其耒。明叔言行有法，当官又敏于事而恤民，故予期之以远者大者》云：

> 鱼去游濠上，鹊来止坐隅。吉凶唯我在，忧乐与生俱。决定不是物，方名大丈夫。今观由也果，老子欲乘桴。

---

① （宋）黄庭坚著，郑永晓整理《黄庭坚全集辑校编年》中册，江西人民出版社，2011，第769页。

道常无一物，学要反三隅。喜与嗔同本，嗔时喜自俱。心随物作宰，人谓我非夫。利用兼精义，还成到岸桴。
　　全德备万物，大方无四隅。身随腐草化，名与太山俱。道学归吾子，言诗起老夫。无为蹈东海，留作济川桴。
　　匹士能光国，三屡不满隅。窃观今日事，君与古人俱。气类莺求友，精诚石望夫。雷门震惊手，待汝一援桴。①

作为长者，黄庭坚对杨皓谆谆教诲，既要淡泊名利，又要坚守道义，同声相求，将来一定能有所作为。此诗中融合了儒家、佛家的思想，反映了黄庭坚当时的思想状态。

不过，黄庭坚在黔州的生活总体上并不愉快。黄宝华《黄庭坚评传》谈到黄庭坚在黔州的心态时说："出于全身避祸的考虑，他尽量减少与他人的接触……"② 这种心态在他的诗歌创作中表现得特别明显：他尽量不作诗，更不愿与人酬唱，即便是最好的朋友，也让弟弟代笔，然后自己润色。当诗性无法抑制时，他或者借剪裁白居易的诗歌以托意，或者借民歌《竹枝词》以寄情。其次韵杨皓的诗有个很长的题目：

　　庭坚老懒衰堕，多年不作诗，已忘其体律。因明叔有意于斯文，试举一纲而张万目。盖以俗为雅，以故为新；百战百胜，如孙、吴之兵；棘端可以破镞，如甘蝇、飞卫之射。此诗人之奇也，明叔当自得之。公眉人，乡先生之妙语震耀一世，我昔从公得之多，故今以此事相付。③

黄庭坚说自己"多年不作诗"虽不完全符合事实，但大体接近。而他之所以如此，就是为了隐藏自己的真实情感不为人所知，尤其是不让伤感的情绪在诗中宣泄。不仅如此，其有限的诗作表现的大都是他的通达、安适，甚至倔强。

二　戎州：归来

绍圣四年（1097）十二月，因表兄张向提举夔州路常平，黄庭坚避嫌

---

① （宋）黄庭坚著，郑永晓整理《黄庭坚全集辑校编年》中册，江西人民出版社，2011，第764页。
② 黄宝华：《黄庭坚评传》，南京大学出版社，2011，第73页。
③ （宋）黄庭坚著，郑永晓整理《黄庭坚全集辑校编年》中册，江西人民出版社，2011，第765页。

迁往更远的戎州。黄庭坚于次年即元符元年（1098）三月动身，六月至戎州贬所。初到戎州时，黄庭坚寓居南寺，后另建槁木寮、死灰庵以居。又曾租赁民居，名任运堂。其《任运堂铭》云：

> 或见僦居之堂名"任运"，恐好事者或以籍口，余曰：腾腾和尚歌云："今日任运腾腾，明日腾腾任运。"堂盖取诸此。余已身如槁木，心如死灰，但作不除鬓发，一无能老比丘，尚不可邪？①

既然已身如槁木，心如死灰，黄庭坚反倒少了许多顾忌，可以任运俯仰，活得更加真实了。因此，黄庭坚到戎州后最大的变化就是不再一味地隐藏自己，而是以更加坦然的态度、更平和的心情与朋友们交游、唱和。不过，这个变化也经历了一个过程，在戎州的第一年，黄庭坚尚较少与当地人交往，可能和初来乍到与人不熟有关，这一时期所作诗歌据郑永晓《黄庭坚全集辑校编年》统计竟然为零。黄庭坚作于元符元年的诗歌只有一首《赠黔南贾使君》，这还是他离开黔州之前作的。元符二年（1099）之后，黄庭坚的交际范围大大扩展了，不但写给他人的书信数量很大，诗歌创作的数量也比黔州时期多得多。据郑永晓《黄庭坚全集辑校编年》统计，黄庭坚作于元符二年的诗歌有28首，作于元符三年的有71首。这些数据都表明黄庭坚不再像之前那样逃避朋友、逃避社会，而是向社会回归了。张守《跋周君举所藏山谷帖》云：

> 山谷老人谪居戎僰，而家书周谆，无一点悲忧愤嫉之气，视祸福宠辱如浮云去来，何系欣戚。世之浅丈夫临小得失，意色俱变，一罹祸辱，不怨天尤人，则哀乎求免矣，使见此书，亦可少愧也。绍兴十年二月八日，毗陵张某子固观于会稽郡斋。②

魏了翁《黄太史文集序》云：

> 公于是有黔、戎之役。魑狄之所嗥，木石之与居，间关百罹。然自今诵其遗文，则虑澹气夷，无一毫憔悴陨获之态。以草木文章发帝

---

① （宋）黄庭坚著，郑永晓整理《黄庭坚全集辑校编年》中册，江西人民出版社，2011，第889页。
② （宋）张守撰，刘云军点校《毗陵集》，上海古籍出版社，2018，第159页。

杼机，以花竹和气验人安乐，虽百岁之相后，犹使人跃跃兴起也。①

魏了翁说黄庭坚在黔、戎的创作"无一毫憔悴陨获之态"，这话带有明显的夸饰成分，可如就黄在元符二年以后的创作来看，还是比较准确的。黄庭坚此时的内心已比较平和，不再压抑对悲愁情感的抒发，所以相对于之前在黔州的创作，黄庭坚在戎州的诗歌创作体现出这样几个方面的变化。

其一，酬唱对象范围扩大。在黔州时，黄庭坚几乎不与他人诗歌酬唱，有限的诗作也大都假手于其弟黄叔达。在近三年的时间里，黄庭坚仅在黔州知州曹谱离任时作《送曹黔南口号》，贾信臣出征西夏时作《赠黔南贾使君》，忠州知州王圣涂罢任时作《王圣涂二亭歌》，且每人仅有一首。此外的酬唱对象则只有一个谦虚好学的后学杨皓，属于例外。比较而言，黄庭坚在戎州的诗歌唱和范围明显扩大了，除了与家人和姻亲之间的交往，据《黄庭坚全集辑校编年》中所考统计，尚与以下诸人有诗歌唱和。

1. 黄斌老，名已失传，四川梓潼人。文同内侄，亦擅长画竹。元符元年黄庭坚至戎州不久，即与其交好，今集中所存写给他的书启尚有多篇。黄庭坚在戎州时，与其唱和诗歌最多，今尚存《从斌老乞苦笋》《次韵黄斌老所画横竹》《次韵谢斌老送墨竹十二韵》《次韵黄斌老晚游池亭二首》《次韵答斌老病起独游东园二首》《又和二首》《又答斌老病愈遣闷二首》《戏题斌老所作两竹梢（元符二年戎州作）》《奉次斌老送瘿木棋局八韵（元符二年戎州作）》等十多首。如《次韵黄斌老所画横竹》：

酒浇胸次不能平，吐出苍竹岁峥嵘。卧龙偃蹇雷不惊，公与此君俱忘形。晴窗影落石泓处，松煤浅染饱霜兔。中安三石使屈蟠，亦恐形全便飞去。②

据其诗与题，黄斌老以所画横竹相赠，且惠以诗，似乎是两人诗歌酬唱的开始，黄庭坚答诗致谢，赞美其技法高妙，生动传神。

2. 黄彝，字子舟，黄斌老之弟。亦善画。黄庭坚今存有《用前韵谢子舟为予作风雨竹》《再用前韵咏子舟所作竹》《戏咏子舟画两竹两鸲鹆》《咏子舟小山丛（元符二年戎州作）》《次韵斌老冬至书怀示子舟篇末见及之作因

---

① （宋）魏了翁撰《重校鹤山先生大全文集》卷五十三，《宋集珍本丛刊》第77册，线装书局，2004，第251页。
② （宋）黄庭坚著，郑永晓整理《黄庭坚全集辑校编年》中册，江西人民出版社，2011，第858页。

以赠子舟归（元符二年戎州作）》5首。如《戏咏子舟画两竹两鸲鹆》：

> 风晴日暖摇双竹，竹间相语两鸲鹆。鸲鹆之肉不可肴，人生不材果为福。子舟之笔利如锥，千变万化皆天机。未知笔下鸲鹆语，何似梦中胡蝶飞。①

诗人不仅说黄彝大笔如锥，刻画如天机，而且借此自嘲：鸲鹆因肉不可食而得全生，自己不也是"人生不材果为福"吗？

3. **史铸**，字应之，眉山人。设馆授童子为生。黄庭坚在戎州期间曾作《戏答史应之三首》《谢应之》。其中前题颇有调侃意味：

> 先生早擅屠龙学，袖有新硎不试刀。岁晚亦无鸡可割，庖蛙煎鳝荐松醪。
>
> 老莱有妇怀高义，不厌夫家首蓿盘。收得千金不龟药，短裙漂纩莫江寒。
>
> 甑有轻尘釜有鱼，汉庭日日召严徐。不嫌藜藿来同饭，更展芭蕉看学书。②

黄庭坚拿史铸来调侃，甚至对其夫人也颇为了解，正可见彼此关系颇为亲近，故交往无拘无束。

4. **简州景德寺觉范**。黄庭坚《箣竹》云：

> 简州景德寺觉范道人，种竹于所居之东轩，使君杨梦觊题其轩曰"也足"，取古人所谓"但有岁寒心，两三竿也足"者也，仍为之赋诗。余辄次韵。
>
> 道人手插两三竹，使君忽来唾珠玉。不须客赋千首诗，若是赏音一夔足。世人同处但同流，一丝不挂似太俗。客来若问有何好，道人优昙远山绿。③

5. **荣州祖元大师**，俗姓王。黄庭坚有《题荣州祖元大师此君轩》：

---

① （宋）黄庭坚著，郑永晓整理《黄庭坚全集辑校编年》中册，江西人民出版社，2011，第860页。

② （宋）黄庭坚著，郑永晓整理《黄庭坚全集辑校编年》中册，江西人民出版社，2011，第864页。

③ （宋）黄庭坚著，郑永晓整理《黄庭坚全集辑校编年》中册，江西人民出版社，2011，第864~865页。

王师学琴三十年，响如清夜落涧泉。满堂洗尽筝琵耳，请师停手恐断弦。神人传书道人命，死生贵贱如看镜。晚知直语触憎嫌，深藏幽寺听钟磬。有酒如渑客满门，不可一日无此君。当时手栽数寸碧，声挟风雨今连云。此君倾盖如故旧，骨相奇怪清且秀。程婴杵臼立孤难，伯夷叔齐采薇瘦。霜钟堂上弄秋月，微风入弦此君说。公家周彦笔如椽，此君语意当能传。①

6. 王长，字周彦，事迹不详。黄庭坚有《戏用题元上人此君轩诗韵奉答周彦公起予之作病眼皆花句不及律书不成字（元符二年戎州作）》。对照黄庭坚同期有多封书信写给王周彦，当即其人。

7. 李仔，字任道，梓州人，寓居江津。李仔曾与黄庭坚同餐，并分豆粥以食。黄庭坚有《答李任道谢分豆粥》云：

豆粥能驱晚瘴寒，与公同味更同餐。安知天上养贤鼎，且作山中煮菜看。②

黄庭坚亦曾与其人雪中同游东皋，足见彼此关系之密切。黄庭坚有《次韵任道雪中同游东皋之作（元符二年戎州作，任道有园曰东皋）》。此外，黄庭坚在戎州写给他的诗尚有《次韵李任道晚饮锁江亭》《次韵任道食荔支有感三首》《以虎臂杖送李任道二首（元符三年戎州作）》等作。

8. 成履中、汲南玉。元符三年五月，戎州知州刘广之率宾客在锁江亭赏荔枝，之后举行宴饮。黄庭坚、李仔、成履中、汲南玉皆与会。黄庭坚作《再次韵兼简履中南玉三首》，分别赠给三人：

李侯诗律严且清，诸生赓载笔纵横。句中稍觉道战胜，胸次不使俗尘生。山绕楼台钟鼓晚，江触石矶砧杵鸣。锁江主人能致酒，愿渠久住莫终更。

江津道人心源清，不系虚舟尽日横。道机禅观转万物，文采风流被诸生。与世浮沉唯酒可，随时忧乐以诗鸣。江头一醉岂易得，事如浮云多变更。

---

① （宋）黄庭坚著，郑永晓整理《黄庭坚全集辑校编年》中册，江西人民出版社，2011，第865页。
② （宋）黄庭坚著，郑永晓整理《黄庭坚全集辑校编年》中册，江西人民出版社，2011，第867页。

锁江亭上一樽酒，山自白云江自横。李侯短褐有长处，不与俗物同条生。经术貂蝉续狗尾，文章瓦釜作雷鸣。古来寒士但守节，夜夜抱关听五更。①

9. 杨履道，事迹不详。曾为黄庭坚送茄，大概为所居邻人。黄庭坚有《谢杨履道送银茄四首》：

藜藿盘中生精神，珍蔬长蒂色胜银。朝来盐醯饱滋味，已觉瓜瓠漫轮囷。

君家水茄白银色，殊胜坝里紫彭亨。蜀人生蔬不下箸，吾与北人俱眼明。

白金作颗非椎成，中有万粟嚼轻冰。戎州夏畦少蔬供，感君来饭在家僧。

畦丁收尽垂露实，叶底犹藏十二三。待得银包已成谷，更当乞种过江南。②

10. 廖琮，字致平，戎州人，进士。王公权，戎州人，善酿酒。黄庭坚有《廖致平送绿荔支为戎州第一王公权送荔支绿酒亦为戎州第一》：

王公权家荔支绿，廖致平家绿荔支。试倾一杯重碧色，快剥千颗轻红肌。拨醅蒲萄未足数，堆盘马乳不同时。谁能同此胜绝味，唯有老杜东楼诗。③

11. 文抗，字少激，临邛人。时任戎州推官。黄庭坚有《次韵奉答文少微纪赠二首》《次韵文少微判官祈雨有感》《次韵少微甘露降太守居桃叶上》，其中"微"字为"激"字之误。如《次韵奉答文少微纪赠二首》：

诗来清吹拂衣巾，句法词锋觉有神。今日相看青眼旧，他年肯作白头新。文如雾豹容窥管，气似灵犀可辟尘。惭愧相期在台省，无心枯木岂能春。

---

① （宋）黄庭坚著，郑永晓整理《黄庭坚全集辑校编年》中册，江西人民出版社，2011，第896页。
② （宋）黄庭坚著，郑永晓整理《黄庭坚全集辑校编年》中册，江西人民出版社，2011，第898页。
③ （宋）黄庭坚著，郑永晓整理《黄庭坚全集辑校编年》中册，江西人民出版社，2011，第898页。

文章藻鉴随时去，人物权衡逐势低。扬子墨池春草遍，武侯祠庙晓莺啼。书帷寂寞知音少，幕府留连要路迷。顾我何人敢推挽，看君桃李合成蹊。①

12. 石长卿，眉州人，时在戎州。黄庭坚有《送石长卿太学秋补》：

　　长卿家亦但四壁，文君窥之介如石。胸中已无少年事，骨气乃有老松格。汉文新揽天下图，诏山采玉渊献珠。再三可陈治安策，第一莫上登封书。②

13. 蒲泰亨，字志同，青神人。黄庭坚有《奉和泰亨咏成孺宅瑞牡丹前韵二首仍邀再赋成孺昆仲汉侯贤友》《和蒲泰亨四首》《奉谢泰亨送酒》。如《和蒲泰亨》四首云：

　　伏承泰亨先辈和示东坡之友刘景文同不肖宿城西郭氏园七言小诗，且推不肖当与岭南数公同时鹓鶱凤皋，非所拟伦。辄用元韵上答，并叙东坡伯仲方来之意。
　　我已人间无所用，爨飘霜雪眼生花。东坡兄弟来虽晚，折箭堪除蚀月蛙。
　　东坡海上无消息，想见惊帆出浪花。三十年来世三变，几人能不变鹑蛙。
　　玉座天开旋北斗，清班鸟散落余花。有人难立百官上，不为庙中羔菟蛙。
　　栽竹养松人去尽，空闻道士种桃花。昨来一夜惊风雨，满地残红噪暮蛙。③

14. 徐天隐，名不详。曾于元符三年与黄庭坚等同到锁江亭赏荔枝。黄庭坚有《碾建溪第一奉邀徐天隐奉议并效建除体（元丰八年德平作）》《再作答徐天隐》《重赠徐天隐》《以十扇送徐天隐（元丰八年德平作）》，最后

---

① （宋）黄庭坚著，郑永晓整理《黄庭坚全集辑校编年》中册，江西人民出版社，2011，第895页。
② （宋）黄庭坚著，郑永晓整理《黄庭坚全集辑校编年》中册，江西人民出版社，2011，第899页。
③ （宋）黄庭坚著，郑永晓整理《黄庭坚全集辑校编年》中册，江西人民出版社，2011，第902~903页。

一首尤能表达出黄庭坚对其人的赞美与关爱：

> 人贫鹅雁聒邻墙，公贫琢诗声绕梁。坐客有毡吾不爱，暑榻无扇公自凉。党锢诸君尊孺子，建安七人先伟长。遣奴送篚非为好，恐有佳客或升堂。①

15. 家安国，字复礼，眉山人。黄庭坚有《戏赠家安国》：

> 家侯口吃善著书，常愿执戈王前驱。朱绂蹉跎晚监郡，吟弄风月思天衢。二苏平生亲且旧，少年笔砚老杯酒。但使一公转洪钧，此老矍铄还冠军。②

黄庭坚在诗中称家安国虽然与苏轼、苏辙"亲且旧"，但一生潦倒，老于监郡，可是说不定哪天时来运转，其人还有一鸣惊人的机会。黄庭坚虽然有戏侃之意，但其中也充满了对其的深切同情。

16. 杨琳，字君全，青神人。黄庭坚有《次韵杨君全送酒长句》《次韵君全送春花》。如后者云：

> 化工能斡大钧回，不得东君花不开。谁道纤纤绿窗手，磨刀剪彩唤春来。③

此诗虽短，却写出朋友所送剪纸花水平之高堪比化工之妙。

17. 杨景山，名喦，青神人。黄庭坚有《谢杨景仁承事送惠酒器》：

> 杨君喜我梨花盏，却念初无注酒魁。孀矮金壶肯持送，挼莎残菊更传杯。④

诗题中"仁"字，在另一些版本中作"山"。

18. 王朴，字子厚，隐居嘉州至乐山。黄庭坚有《走笔谢王朴居士拄

---

① （宋）黄庭坚著，郑永晓整理《黄庭坚全集辑校编年》中册，江西人民出版社，2011，第901页。
② （宋）黄庭坚著，郑永晓整理《黄庭坚全集辑校编年》中册，江西人民出版社，2011，第903页。
③ （宋）黄庭坚著，郑永晓整理《黄庭坚全集辑校编年》中册，江西人民出版社，2011，第904页。
④ （宋）黄庭坚著，郑永晓整理《黄庭坚全集辑校编年》中册，江西人民出版社，2011，第904页。

杖》《戏答王居士送文石》《题王居士所藏王友画桃杏花二首（元祐二年秘书省作）》。如前题云：

> 投我木瓜霜雪枝，六年流落放归时。千岩万壑须重到，脚底危时幸见持。①

此诗不仅写出作者对王朴赠杖的感激之情，而且也体现出自己即将结束"六年流落"而被"放归"的喜悦心情。

19. 石七三。伍联群《北宋文人入蜀诗研究》认为当是石谅（字信道，眉州人，女嫁黄庭坚子黄相）"家儿"②。黄庭坚有《次韵石七三六言七首》。黄又有《以皮鞋底赠石推官三首（元符三年戎州作）》亦不知其人为谁。

20. 杨皓，字明叔，丹棱人。在黔州为官。黄庭坚在黔州时，杨皓从学。黄庭坚将要离开戎州东归时，杨皓作诗相送。黄庭坚作《杨明叔从予学问，甚有成。当路无知者，求为泸州从事而不能得。予蒙恩东归，用"蛟龙得云雨，雕鹗在秋天"作十诗见饯，因用其韵以别》。

以上20条，所考共21人中，除了杨皓、石七三为黔州时的旧识外，其余大都是黄庭坚在戎州结识的新朋友。这种情况表明：黄庭坚已不像在黔州时那样心灰意冷又谨小慎微了，他在戎州生活得比较踏实，心态非常平和，能够大大方方地结交朋友，并同他们一起游玩、宴饮、互相唱和。

其二，内容更加富有生活气息。有了黔州三年的生活作为积淀，黄庭坚到戎州后对抗困难的能力大大提高，精神状况也大为好转。如果说在黔州他还会借弟弟之手甚或李白之口在诗中发泄心中的悲苦，到了戎州后这种情况就再也没有了。当然不是说黄庭坚在戎州就没有愁苦，只是他再也没有将其在诗中表现出来。不仅如此，他甚至还能苦中作乐，常常在诗中体现出一些生活的乐趣。由于诗人同黄斌老最为亲近，这方面的诗歌也最多。如《从斌老乞苦笋》云：

> 南园苦笋味胜肉，箨龙称冤莫采录。烦君更致苍玉束，明日风雨皆成竹。③

---

① （宋）黄庭坚著，郑永晓整理《黄庭坚全集辑校编年》中册，江西人民出版社，2011，第906页。
② 伍联群：《北宋文人入蜀诗研究》，巴蜀书社，2010，第329页。
③ （宋）黄庭坚著，郑永晓整理《黄庭坚全集辑校编年》中册，江西人民出版社，2011，第858页。

为了讨要苦笋，黄庭坚先夸黄斌老家的笋味道好，然后说如果笋因为被砍而喊冤，那千万不要听。而且黄庭坚还催促对方，要赶快砍掉送来，不然笋就要长成竹子了！这样的诗，读来令人忍俊不禁。当黄庭坚写诗时，他应该也是咧着嘴在笑吧。又如《次韵黄斌老晚游池亭二首》：

  路入东园无俗驾，忽逢佳士喜同游。绿荷菡萏稍觉晚，黄菊拒霜殊未秋。客位正须悬榻下，主人自爱小塘幽。老夫多病蛮江上，颇忆平生马少游。

  岑寂东园可散愁，胶胶扰扰梦神州。万竿苦竹旌旗卷，一部鸣蛙鼓吹收。雨后月前天欲冷，身闲心远地常幽。杜门谢客恐生谤，且作人间鹏鹍游。①

在黄庭坚笔下，池亭的景色幽静美丽，他与黄斌老亦悠然自适，乐得清闲。即便是表现禅理，其诗也有一定的变化。如其《次韵答斌老病起独游东园二首》：

  万事同一机，多虑乃禅病。排闷有新诗，忘蹄出兔径。莲花生淤泥，可见嗔喜性。小立近幽香，心与晚色静。

  主人心安乐，花竹有和气。时从物外赏，自益酒中味。剧枯蚁改穴，扫箨笋迸地。万籁寂中生，乃知风雨至。②

这两首诗虽然仍带有较多的禅理，但与在黔州时借禅说理不同，黄庭坚此时已将禅理融入了生活之中，因而诗作更加富有生活情趣。与此类似的还有《又答斌老病愈遣闷二首》：

  百痾从中来，悟罢本非病。西风将小雨，凉入居士径。苦竹绕莲塘，自悦鱼鸟性。红妆倚翠盖，不点禅心静。

  风生高竹凉，雨送新荷气。鱼游悟世网，鸟语入禅味。一挥四百病，智刃有余地。病来每厌客，今乃思客至。③

---

① （宋）黄庭坚著，郑永晓整理《黄庭坚全集辑校编年》中册，江西人民出版社，2011，第861页。
② （宋）黄庭坚著，郑永晓整理《黄庭坚全集辑校编年》中册，江西人民出版社，2011，第862页。
③ （宋）黄庭坚著，郑永晓整理《黄庭坚全集辑校编年》中册，江西人民出版社，2011，第862页。

在其一中黄庭坚说自己靠禅理治好了病，在其二中则抒发病好后的愉快心情，最后表示希望黄斌老能来做客。相对于前两首，这两首诗中虽然禅理更多，但主要表达的还是彼此的友谊，也不乏生活趣味。

黄庭坚与李仔的交谊亦厚，所赠之诗亦多有生活气息。如《次韵任道雪中同游东皋之作（元符二年戎州作。任道有园曰东皋）》：

> 四方民嗷嗷，我奔走独劳。停舟近北渚，扶杖步东皋。霜落瘦石骨，水涨腐溪毛。更有山阴兴，能无秦复陶。①

在严寒的冬天，黄庭坚不辞辛劳，拄着竹杖，冒雪驾舟去李仔家游其东皋，这是何等的风雅！他自己也颇为得意，这不就是对当年山阴王子猷访戴的再现吗？又如其《次韵任道食荔支有感三首》：

> 一钱不直程卫尉，万事称好司马公。白发永无怀橘日，六年怊怅荔支红。
>
> 今年荔子熟南风，莫愁留滞太史公。五月照江鸭头绿，六月连山柘枝红。
>
> 舞女荔支熟虽晚，临江照影自恼公。天与甆罗装宝髻，更接猩血染殷红。②

这组诗作于元符三年，写的是作者食荔枝的感受。其一写自己穷困潦倒，只能一切随缘。年岁已经老大，却未能在政治上有所建树，只能在这里吃了六年的荔枝，真令人惆怅！其二写徽宗即位后，政治形势好转，自己这位"太史公"虽然未能在皇帝身边，但又有什么可愁的呢？看到荔枝一天天地长大、成熟，他的心里也充满了希望。其三写上佳的荔枝品种成熟较晚，可是长得那样雍容鲜艳，让他非常喜欢。吃荔枝仅仅是生活中的小事，黄庭坚却不仅借其抒发了飘零戎州的惆怅，而且表现出对朝中形势变化带来的欣喜，感情非常真实。

在黄庭坚给亲人的诗中，生活化的特点更加分明。其弟黄叔达与侄子一起离开戎州，黄庭坚作《赠知命弟离戎州》：

---

① （宋）黄庭坚著，郑永晓整理《黄庭坚全集辑校编年》中册，江西人民出版社，2011，第866页。
② （宋）黄庭坚著，郑永晓整理《黄庭坚全集辑校编年》中册，江西人民出版社，2011，第897页。

道人终岁学陶朱，西子同舟泛五湖。船窗卧读书万卷，还有新诗来起予。①

对于黄叔达经商和四处游荡的行为，黄庭坚颇不以为然，他希望弟弟能好好读书，并不断写出新诗来寄给自己。这是对弟弟的要求和督促，诗中没有什么大道理，全是直白的批评和殷切的希望。在写给侄子的《侄梧随知命舟行》中，他说：

莫去沙边学钓鱼，莫将百丈作辘轳。清江濯足窗下坐，燕子日长宜读书。②

直接劝诫侄子要做什么，不要做什么，这不就是典型的"耳提面命"吗？唯其如此，才显得更加真实感人。

将要东归时，黄庭坚作《杨明叔从予学问，甚有成。当路无知音，求为泸州从事而不能得。予蒙恩东归，用"蛟龙得云雨，雕鹗在秋天"作十诗见饯，因用其韵以别》：

平津善牧豕，伏飞能斩蛟。终借一汲黯，淮南解兵交。杨子有直气，未忍死草茅。引之入汉朝，谁为续弦胶。

杨君清渭水，自流浊泾中。今年贫到骨，豪气似元龙。男儿生世间，笔端吐白虹。何事与秋萤，争光蒲苇丛。

事随世滔滔，心欲自得得。杨君为己学，度越辈流百。坐扪故衣虱，垢袜春汗黑。睥睨纨绔儿，可饮三斗墨。

清静草玄学，西京有子云。太尉死宗社，大鸟泣其坟。寂寞向千载，风流被仍昆，富贵何足道，圣处要策勋。

桑舆金石交，既别十日雨。子舆裹饭来，一笑相告语。杨君困箪瓢，诸公不能举。倘可从我归，沙头驻鸣舻。

山围少天日，狐鬼能作妖。晱闪载一车，猎人用鸣枭。小智窘流俗，寒浅不能超。安得万里沙，霜晴看射雕。

元之如砥柱，大年若霜鹗。王杨立本朝，与世作郛郭。观公有胆

---

① （宋）黄庭坚著，郑永晓整理《黄庭坚全集辑校编年》中册，江西人民出版社，2011，第894页。

② （宋）黄庭坚著，郑永晓整理《黄庭坚全集辑校编年》中册，江西人民出版社，2011，第894页。

气,似可继前作。丈夫存远大,胸次要落落。

　　虚心观万物,险易极变态。皮毛剥落尽,惟有真实在。侍中乃珥貂,御史则冠豸。顾影或可羞,短蓑钓寒濑。

　　松柏生涧壑,坐阅草木秋。金石在波中,仰看万物流。肮脏自肮脏,伊优自伊优。但观百世后,传者非公侯。

　　老作同安守,蹇足信所便。胸中无水镜,敢当吏部铨。恨此虚名在,未脱世纠缠。念作白鸥去,江南水如天。①

对于杨皓这个晚辈,黄庭坚在临别时不但加以肯定和鼓励,而且反复对其阐述为人和作文的道理,中间虽有禅理和道学成分,但总体上通俗朴实,如话家常,令人如沐春风。

所有这些都表明,黄庭坚到戎州后真的变了,他变得更加生活化、更加乐观,也更加令人容易亲近了。

其三,重新对现实注入了一些热情。在"乌台诗案"后,黄庭坚原本就不多的政治热情又受到了重创。特别是被贬谪黔州后,他更是绝口不问政治,甚至连诗都不愿意再作。可是在戎州,他对政治的态度也发生了变化。先看其《青神县尉厅,葺城头旧屋作借景亭,下瞰史家园水竹,终日寂然,了无人迹,又当大木绿阴之间。戏作长句,奉呈信孺明府、介卿少府》:

　　青神县中得两张,爱民财物唯恐伤。二公身安民乃乐,新葺城头六月凉。竹铺不浣吴绫袜,东西开轩荫清樾。当官借景未伤民,恰似凿池取明月。②

黄庭坚赞美其姑丈和表弟,着眼于"爱民财物唯恐伤"和"为官借景未伤民",这体现出其虽在困苦中仍不忘民生的可贵品质。

尤其是在徽宗即位后,黄庭坚在诗中多次涉及当时的朝政。在写给推官文抗的《次韵文少微判官祈雨有感》中,他说:

　　穷儒忧乐与民同,何况朱轮职劝农。终日斋盐供一饭,几时肤寸

---

① (宋)黄庭坚著,郑永晓整理《黄庭坚全集辑校编年》中册,江西人民出版社,2011,第907~908页。
② (宋)黄庭坚著,郑永晓整理《黄庭坚全集辑校编年》中册,江西人民出版社,2011,第901~902页。

冒千峰。未须丘垤占鸣鹳,只要雷霆起卧龙。从此滂沱遍枯槁,爱民天子似仁宗。①

黄庭坚不仅赞美文抗与民休戚和尽职尽责的为官之道,而且对新天子寄予厚望,希望他以雷霆手段起用被"新党"打压而被贬谪天涯的股肱重臣,然后天从人愿,自然风调雨顺。又其《次韵少微甘露降太守居桃叶上》云:

金茎甘露荐斋房,润及边城草木香。蕡实叶间天与味,成蹊枝上月翻光。群心爱戴葵倾日,万事驱除叶陨霜。玉烛时和君会否,旧臣重叠起南荒。②

其时黄庭坚的状况已有所好转,复宣德郎,监鄂州酒税,东归有望了。于是,他心情大好,开始想象被贬谪南荒的旧臣陆续回到京城,驱逐朝中的奸邪,君臣际会,成就一番功业。

得到恩准东归的消息后,作者再也按捺不住心中的喜悦。其《次韵石七三六言七首》云:

从来不似一物,妄欲贯穿九流。骨硬非黄阁相,眼青见白蘋洲。
生涯一九节筇,老境五十六翁。不堪上补衮阙,但可归教儿童。
万里草荒先垄,六年虫蠹群经。老喜宽恩放去,心似惊波不停。
为君试讲古学,此事可笺天公。君看花梢朝露,何如松上霜风。
幽州已投斧柯,崇山更用忧何。早喜龚邹冠豸,又闻张董上坡。
看著庄周枯槁,化为胡蝶翩轻。人见穿花入柳,谁知有体无情。
欲行水绕山围,但闻鲲化鹏飞。女忧须发尽白,兄叹江船未归。③

这本是一组与人道别的诗作,黄庭坚也确实写出了东归的意思,可是组诗中最令人注意的是诗人的狂喜之情和对朝政的关切之意。"老喜宽恩放去,心似惊波不停",这种难以抑制的惊喜心情,在黄庭坚诗里已经很多年没有出现过了。正因为如此,他对朝廷的变化更加敏感:"且喜龚邹冠豸,

---

① (宋)黄庭坚著,郑永晓整理《黄庭坚全集辑校编年》中册,江西人民出版社,2011,第895页。
② (宋)黄庭坚著,郑永晓整理《黄庭坚全集辑校编年》中册,江西人民出版社,2011,第901页。
③ (宋)黄庭坚著,郑永晓整理《黄庭坚全集辑校编年》中册,江西人民出版社,2011,第908~909页。

又闻张董上坡。"既然"旧党"的龚夬、邹浩、张舜民、董敦逸都已受到重用,那么天终于要晴了!

从以上三个方面可以看出,黄庭坚在戎州时开始走出封闭的内心,主动地与远方的亲朋和当地的文人唱和、交游。他的心态逐渐走向平和,没有了之前的阴冷和孤傲,因而显得更加生活化,更有亲和力。他重新对政治表现出关切,特别是徽宗即位后"旧党"的逐渐回归,令他颇为欣喜。不过,他始料不及的是,更大的打击还在后面。

三 宜州:随缘

元符三年(1100)五月,黄庭坚的境遇开始好转,被授涪州别驾,戎州安置。十月,又授签书定国军节度判官厅公事。黄庭坚十二月从戎州动身,建中靖国元年(1101)三月,至峡州(今湖北宜昌),知被授权知舒州(今安徽潜山)。四月,至江陵,被授吏部员外郎。黄庭坚不愿应命,辞免,未允,至荆州留下待命。崇宁元年(1102)至岳州(今湖南岳阳),沿江东下,六月,出领太平州(今安徽当涂),然由于"新党"在朝中重新得势,仅九日即罢。之后复至江州(今江西九江),又至鄂州(今属湖北),留居一年多。二年(1103)十一月,因所作《江陵府承天禅院塔记》被"新党"指为有"幸灾谤国"之语,而被除名编管宜州。十二月,黄庭坚从鄂州启程,三年(1104)五月至宜州,至崇宁四年(1105)九月卒于贬所。

黄庭坚在宜州共生活一年又四个月,其间所作诗歌很少。刘克庄《后村诗话》后集卷一云:

> 山谷以崇宁甲申谪宜州,道由洞庭、潭、衡、永、桂,皆有诗。是岁五六月间至宜。明年乙酉九月卒,年六十一,以集考之,在宜仅有七诗。《与黄龙清老》三首,《别元明》一首,《和范寥》二首,而绝笔于《乞钟乳》一首。岂年高地恶而然耶!其《别元明》犹云:"术者谓吾兄弟俱寿八十。"谷亦不自料大期止此。少游在藤州自作《挽歌》之属,比谷尤悲哀。惟坡公海外笔力,益老健宏放,无忧患迁谪之态。黄、秦皆不能及,李文饶亦不能及。①

刘克庄称赞苏轼贬谪儋州时"益老健宏放,无忧患迁谪之态。黄、秦皆不能及"固然正确,但黄庭坚与秦观的"悲哀"并不相同。如果说在黔

---

① (宋)刘克庄撰《后村诗话》后集,王秀梅点校,中华书局,1983,第45页。

州时黄庭坚尚难免借他人之口抒写悲哀,到戎州时这种情况就不复存在了。至于宜州,黄庭坚则是一路游山玩水、呼朋引伴,开开心心前往的。至少,他在诗中是这样表现的。而且,跟前两次奔赴贬所途中较少作诗不同,黄庭坚赴宜途中竟然创作了几十首诗。由于他作于宜州的诗实在太少,此处即将其与黄庭坚沿途路上的创作放在一起来考察。据郑永晓《黄庭坚全集辑校编年》中册中所载,从鄂州启程所作《十二月十九日夜中发鄂渚晓泊汉阳亲旧携酒追送聊为短句》算起,黄庭坚此后的诗歌创作一共有66首,如果加上下册所收虽未编年但基本可以确定作于途中的《衡山》《全州双松堂》《能仁寺》3首,则共有69首。除了最后几首作于宜州外,其余均作于赴宜途中。从这些诗歌来看,黄庭坚的最后一次长途跋涉显示出这样几个特点。

其一,与沿途士人互动频繁。黄庭坚本不是喜欢热闹的人,在他人生的最后一次贬谪途中,竟然一反常态,变得喜欢热闹了。在经过汉阳(今属湖北)时,其故交携酒前往饯行的场面令他很感动。其《十二月十九日夜中发鄂渚晓泊汉阳亲旧携酒追送聊为短句》云:

> 接渐报官府,敢违王事程。宵征江夏县,睡起汉阳城。邻里烦追送,杯盘泻浊清。只应瘴乡老,难答故人情。①

对黄庭坚的处境,亲旧都很清楚,"只应瘴乡老",恐怕要老死在瘴气严重的岭南了,可是他们仍然对他如此热情和眷顾。

在长沙(今属湖南)泊舟时,黄庭坚遇到秦观子秦湛、婿范温接秦观归葬,于是与二人相处多日,其间感慨甚多。其《晚泊长沙示秦处度范元实用寄明略和父韵五首(湛、温)》云:

> 昔在秦少游,许我同门友。掘狱无张雷,剑气在牛斗。今来见令子,文似前哲有。何用相浇泼,清江绿如酒。
>
> 范公太史僚,山立乃先达。发挥百代史,管以六经辖。投身转岭海,就木乃京洛。仲子见长沙,且用慰饥渴。
>
> 秦郎水江汉,范郎器鼎鼐。逝者不可寻,犹喜二子在。相逢唾珠玉,贫病问薪菜。豫愁帆风船,目极别所爱。

---

① (宋)黄庭坚著,郑永晓整理《黄庭坚全集辑校编年》中册,江西人民出版社,2011,第1179页。

往时高交友，宰木已枞枞。今我二三子，事业在灯窗。秦范波澜阔，笑陆海潘江。愿兹秉经术，出仕荣家邦。

少游五十策，其言明且清。笔墨深关键，开阖见日星。陈友评斯文，如钟磬鼓笙。谁能续凤鸣，洗耳听两甥。①

组诗的主题虽然是对秦观的哀悼与褒扬，但黄庭坚将重点放在对其子、婿的称赞与鼓励上，希望他们"能续凤鸣"，使家风不坠。

"龙眠三李"之一的李公寅当时在长沙为官，黄庭坚在其家中观赏了其家传周昉古画，作《题李亮功家周昉画美人琴阮图［崇宁二年赴宜州途中作。亮功，名（公）寅］》云：

周昉富贵女，衣饰新旧兼。髻重发根急，薄妆无意添。琴阮相与娱，听弦不观手。敷腴竹马郎，跨马欲折柳。②

对李公寅所绘画作，黄庭坚亦作《题李亮功戴嵩牛图（公寅）》与《追和东坡先生题李亮功归来图》。

在长沙时，还有僧人惠洪曾陪伴黄庭坚左右。黄庭坚作《赠惠洪》云：

吾年六十子方半，橘项顶螺忘岁年。韵胜不减秦少觏，气爽绝类徐师川。不肯低头拾卿相，又能落笔生云烟。脱却衲衫着蓑笠，来佐涪翁刺钓船。③

黄庭坚描述了惠洪脱去僧衣，穿上蓑笠，亲自为他撑船的画面，诗中洋溢着浓浓的感激之情。此题又有五言一首，被疑为惠洪伪作，此且不论。离开长沙时，黄庭坚作《长沙留别（崇宁二年赴宜州贬所作）》云：

折脚铛中同淡粥，曲腰桑下把离杯。知君不是南迁客，魑魅无情须早回。④

---

① （宋）黄庭坚著，郑永晓整理《黄庭坚全集辑校编年》中册，江西人民出版社，2011，第1180页。
② （宋）黄庭坚著，郑永晓整理《黄庭坚全集辑校编年》中册，江西人民出版社，2011，第1181页。
③ （宋）黄庭坚著，郑永晓整理《黄庭坚全集辑校编年》中册，江西人民出版社，2011，第1245页。
④ （宋）黄庭坚著，郑永晓整理《黄庭坚全集辑校编年》中册，江西人民出版社，2011，第1240页。

虽然不知当时是何人为黄庭坚饯行,但从诗意推测,其人似乎是长途相送,故黄庭坚劝其"早回",以免为"魑魅"所害。从这里可以看出,黄庭坚对自己的安危虽已置之度外,可他对朋友仍充满关切和担忧。

在衡阳(今属湖南),他与被称为"花光和尚"的画僧仲仁交往更多,不仅创作了《题花光为曾公卷作水边梅(崇宁三年宜州作)》《题花光画》《题花光画山水》等题画诗,而且对其大加称赞。《所住堂》云:

> 此山花光佛所住,今日花光还放光。天女来修散花供,道人自有本来香。①

作为方外的僧人,仲仁不仅善画,而且还不顾朝廷的禁令收藏已故苏轼、秦观的诗卷,这也令黄庭坚肃然起敬。其《花光仲仁出秦苏诗卷思二国士不可复见开卷绝叹因花光为我作梅数枝及画烟外远山追少游韵记卷末》云:

> 梦蝶真人貌黄槁,篱落逢花须醉倒。雅闻花光能画梅,更乞一枝洗烦恼。扶持爱梅说道理,自许牛头参已早。长眠橘洲风雨寒,今日梅开向谁好。何况东坡成古丘,不复龙蛇看挥扫。我向湖南更岭南,系船来近花光老。叹息斯人不可见,喜我未学霜前草。写尽南枝与北枝,更作千峰倚晴昊。②

诗中"叹息斯人不可见,喜我未学霜前草"二句,既对苏轼、秦观的去世表示惋惜,又对仲仁的品格加以肯定。

黄庭坚在衡山并未见到岣嵝峰龙云寺的法轮齐公,但也作了一首诗赠给他。其《赠法轮齐公(崇宁三年宜州经途作)》云:

> 法轮法眷有齐公,曾探斑斑虎穴中。不必老夫亲到也,自然千里便同风。③

在零陵(今湖南永州),黄庭坚交游的对象更广泛了,其中最著名的活

---

① (宋)黄庭坚著,郑永晓整理《黄庭坚全集辑校编年》中册,江西人民出版社,2011,第1243页。
② (宋)黄庭坚著,郑永晓整理《黄庭坚全集辑校编年》中册,江西人民出版社,2011,第1242页。
③ (宋)黄庭坚著,郑永晓整理《黄庭坚全集辑校编年》中册,江西人民出版社,2011,第1254页。

动是带领一群人一起观赏元结的《中兴碑》石刻,其《书摩崖碑后》云:

> 春风吹船著浯溪,扶藜上读中兴碑。平生半世看墨本,摩挲石刻鬓成丝。明皇不作包桑计,颠倒四海由禄儿。九庙不守乘舆西,万官已作鸟择栖。抚军监国太子事,何乃趣取大物为。事有至难天幸尔,上皇局蹐还京师。内间张后色可否,外间李父颐指挥。南内凄凉几苟活,高将军去事尤危。臣结舂陵二三策,臣甫杜鹃再拜诗。安知忠臣痛至骨,世上但赏琼琚词。同来野僧六七辈,亦有文士相追随。断崖苍藓对立久,冻雨为洗前朝悲。①

关于此诗的具体写作背景,黄庭坚《中兴颂诗引并行记》云:

> 崇宁三年三月己卯,风雨中来泊浯溪。进士陶豫、李格、僧伯新、道遵同至《中兴颂》崖下。明日,居士蒋大年、石君豫、太医成权及其侄逸、僧守能、志观、德清、义明、崇广俱来。又明日,萧褒及其弟裒来。三日徘徊崖次,请予赋诗。老矣,岂复为文,强作数语。惜秦少游已下世,不得此妙墨劙之崖石耳。修水黄某字鲁直,诸子从行相、桯、柙、椲,舂陵尼悟超。②

除了这里提到的众多人士外,尚有曾纡在内。《挥麈录·后录》卷七载:

> 崇宁三年,黄太史鲁直窜宜州,携家南行,泊于零陵,独赴贬所。是时,外祖曾空青坐钩党,先徙是郡。太史留连逾月,极其欢洽,相予酬唱,如《江槛书事》之类是也。帅游浯溪,观《中兴碑》。太史赋诗,书姓名于诗左。外祖急止之云:"公诗文一出,即日传播。某方为流人,岂可出郊?公又远徙,蔡元长当轴,岂可不过为之防邪?"太史从之。但诗中云:"亦有文士相追随。"盖为外祖而设。③

曾纡的担忧固然可以理解,但他不理解的是此时的黄庭坚已经不再忧谗畏讥了。黄最好的师友苏轼、秦观已于近年过世,他本人年过六旬被贬

---

① (宋)黄庭坚著,郑永晓整理《黄庭坚全集辑校编年》中册,江西人民出版社,2011,第1246~1247页。
② (宋)黄庭坚著,郑永晓整理《黄庭坚全集辑校编年》中册,江西人民出版社,2011,第1259~1260页。
③ (宋)王明清撰《挥麈录》,《宋元笔记小说大观》第4册,上海古籍出版社,2001,第3709页。

谪岭南，尚有何忧？在佛、道思想的影响下，加上之前六年的贬谪经历，他此时已经无所畏惧了，所以他不仅写了这首诗，而且大大方方写上自己的姓名。

黄庭坚在零陵游文士蒋湋家的玉芝园，并和作其诗。杨万里《蒋彦回传》载蒋湋之子蒋观言后来回忆黄庭坚在零陵与人交往的情况：

> 山谷美丈夫也，今画者莫之肖。观言年十五在旁，见其喜为人作字及留题。吾乡人士日持练素以往，几上如积。忽得意，一扫千字。一日访陶豫。豫置酒，且令人汛除其堂之壁。先生曰："何为者？"豫离立而请曰："敢丐一字为宠光。"先生曰诺，酒半酣，起索笔大书。下语惊坐，今亡矣，且忘其词。①

在零陵，黄庭坚还与居士李宗古结识，并作诗吟咏其家所训鹧鸪。其《戏咏零陵李宗古居士家训鹧鸪二首（李唯一妻一女，垂老病足。养鹧鸪、鹦鹉以乐余年）》：

> 山雉之弟竹鸡兄，乍入雕笼便不惊。此鸟为公行不得，报晴报雨总同声。
>
> 真人梦出大槐宫，万里苍梧一洗空。终日忧兄行不得，鹧鸪应是鼻亭公。②

之后，黄庭坚又作《李宗古出示谢李道人苕箒杖从蒋彦回乞葬地二颂作二诗奉承》，不仅关切其家庭的生活，而且写到其身后的安排。

在全州（今属广西），黄庭坚遇到了自己的老友朱冕，作《赠朱冕兄弟》：

> 万里潇湘一故人，白头亲老尚悬鹑。环家但有千竿竹，望日空耕一亩芹。卖剑买牛真可惜，只鸡斗酒得为邻。劝君莫起羁愁思，满腹文章未是贫。③

黄庭坚在贬谪途中还能安慰朋友安于贫贱，并称赞其有"满腹文章"，可见他当时的情绪不错。

---

① （宋）杨万里撰，辛更儒笺校《杨万里集笺校》第 8 册，中华书局，2007，第 4469 页。
② （宋）黄庭坚著，郑永晓整理《黄庭坚全集辑校编年》中册，江西人民出版社，2011，第 1245~1246 页。
③ （宋）黄庭坚著，郑永晓整理《黄庭坚全集辑校编年》中册，江西人民出版社，2011，第 1252 页。

之后经过桂州（今广西桂林）时，故人许彦先赠桂花与椰子茶盂。黄庭坚作《答许觉之惠桂花椰子茶盂二首（彦先）》云：

> 万事相寻荣与衰，故人别来鬓成丝。欲知岁晚在何许，唯说山中有桂枝。
>
> 硕果不食寒林梢，剖而器之如悬匏。故人相见各贫病，犹可烹茶当酒肴。①

桂州之后，黄庭坚很快到达宜州贬所。黄庭坚在宜州生活一年多，虽然永州蒋湋曾来看他，其兄黄大临、其甥徐俯亦曾前来，但多数时间他都是孤身一人，仅在第二年三月，一个追随者范寥到达宜州后，陪伴他度过了半年时光，然后他就去世了。总的说来，黄庭坚在赶往宜州的路上，除了用邮寄方式与远方的亲友联系外，常常跟途中遇到的一些旧雨新知一起交游、唱和，收获了许多真挚的友情。

其二，黄庭坚也把谪宦之路当成了自己的游览之途。在从太平州罢黜后的一年多里，黄庭坚曾多次出游。在得知被贬谪到岭南的宜州后，虽然明知无回归之日，黄庭坚仍然表现得非常达观。在经过洞庭湖的时候，他作《过洞庭青草湖》云：

> 乙丑越洞庭，丙寅渡青草。似为神所怜，雪上日杲杲。我虽贫至骨，犹胜杜陵老。忆昔上岳阳，一饭从人讨。行矣勿迟留，蕉林追獠獞。②

黄庭坚在诗中为自己能看到白雪皑皑的青草湖在太阳映照下的奇异景色而得意，还通过与昔贤杜甫相比，流露出悠然自得的心情。这里最有趣的是最后两句，作者说自己巴不得快点到贬所，以便跟当地的少数民族在香蕉林里戏耍。又其《过土山寨》云：

> 南风日日纵篙撑，时喜北风将我行。汤饼一杯银线乱，萎蒿如箸玉簪横。③

---

① （宋）黄庭坚著，郑永晓整理《黄庭坚全集辑校编年》中册，江西人民出版社，2011，第1252页。
② （宋）黄庭坚著，郑永晓整理《黄庭坚全集辑校编年》中册，江西人民出版社，2011，第1179页。
③ （宋）黄庭坚著，郑永晓整理《黄庭坚全集辑校编年》中册，江西人民出版社，2011，第1179页。

土山寨似乎并无美景可记，可是有北风前来送行，这也令黄庭坚心生喜悦，尤其是当他吃到了细如银线的"汤饼"（类似于后世的面条）时，觉得连里面的蒌蒿也变得美味起来了。

经过衡阳时，他作《赠益阳成之主簿并引（崇宁三年赴宜州经途作）》云：

予之窜岭南，道出衡阳，见主簿君益阳黄成之，问宗派，乃同四世祖兄也，于是出嫂氏子妇相见。喟然念高祖父之兄弟未远也，而殊乡异井，六十岁然后相识，亦可悲也。益阳兄之叔父晦甫侍御，在家著孝友之誉，立朝有忠鲠之名，不幸年五十有四被召而殁于道上。将启手足，自力作疏，极论濮园事，所谓殁而不忘谏君以德。其枝叶必将丰茂，有赫赫于世者，故作诗道之。

两祖门中种阴德，名塞四海世有人。诸儿莫断诗书种，解有无双笏缙绅。

人间卿相何足道，胸次诗书要不忘。男儿邂逅起屠钓，何如林中日月长。①

在这两首诗中，黄庭坚对功名富贵予以否定，说即便如姜尚那般幸运地在屠钓中遭遇明主成就一番功业，也不如隐居在林下这般自由自在。他虽然身在谪宦之中，但一路游山玩水，追求的不正是这份自在吗？此二诗虽非游赏之作，但其中"男儿邂逅起屠钓，何如林中日月长"两句不正是黄庭坚此时一路游赏的内心自白吗？

在衡期间，黄庭坚还攀上了祝融峰。其《衡山》云：

万丈融峰插紫霄，路当穷处架仙桥。上观碧落星辰近，下视红尘世界遥。螺簇山低青点点，线拖远水白迢迢。当门老桧枝难长，绝顶寒松叶不凋。才到初秋霜已降，每逢春尽雪方消。猥岩老衲针常把，度夏禅僧扇懒摇。雷向池中兴雨泽，鸟于窗外奏箫韶。游人未必长居此，暂借禅房宿两宵。②

---

① （宋）黄庭坚著，郑永晓整理《黄庭坚全集辑校编年》中册，江西人民出版社，2011，第1241页。
② （宋）黄庭坚著，郑永晓整理《黄庭坚全集辑校编年》下册，江西人民出版社，2011，第1312页。

对于这样一个远离红尘的所在，黄庭坚最大的遗憾是只能在僧房里借宿两天，而不能长期居留。郑永晓《黄庭坚全集辑校编年》下册将其列入未编年诗，但当作于黄庭坚赴宜州途中，与该书已编年的多题衡州之作时间大致相当。

对于当地的独特花木，黄庭坚也饶有兴趣。他在花光寺高节亭看到山矾，作《题高节亭边山矾花二首并引》：

> 江湖南野中有一种小白花，木高数尺，春开极香，野人谓之郑花。王荆公尝欲作诗而陋其名，予请名曰山矾。野人采郑花叶以染黄，不借矾而成色，故名山矾。海岸孤绝处补陀山，译者以谓小白花，予疑即此花尔。不然，何以观音老人端坐不去耶？
>
> 高节亭边竹已空，山矾独自倚春风。二三名士开颜笑，把断花光水不通。
>
> 北岭山矾取次开，清风正用此时来。平生习气难料理，爱著幽香未拟回。①

黄庭坚在零陵停留了一个多月。其间，他去看了淡山岩，并题诗二首。其《题淡山岩二首》云：

> 去城二十五里近，天与隔尽俗子尘。春蛙秋蝇不到耳，夏凉冬暖总宜人。岩中清磬僧定起，洞口绿树仙家春。惜哉次山世未显，不得雄文镵翠珉。
>
> 淡山淡姓人安在，征君避秦亦不归。石门竹径几时有，琼台瑶室至今疑。回中明洁坐十客，亦可呼乐醉舞衣。阆州城南果何似，永州淡岩天下稀。②

黄庭坚不仅赞赏淡山岩的清幽宜人，更为其在元结在此之时尚不为人所知因而未得到赞美而感到遗憾。跟进士蒋湋熟悉后，他参观了蒋家的玉芝园，并和蒋旧诗，作《去年三月清明，蒋彦回喜太守、监郡过其玉芝园，作诗十六韵，二侯皆有报章。今年三月，余到玉芝园，记录一时，次其旧

---

① （宋）黄庭坚著，郑永晓整理《黄庭坚全集辑校编年》中册，江西人民出版社，2011，第1243页。

② （宋）黄庭坚著，郑永晓整理《黄庭坚全集辑校编年》中册，江西人民出版社，2011，第1248页。

韵》云：

> 春生潇湘水，风鸣涧谷泉。过雨花漠漠，弄晴絮翩翩。名园上朱阁，观后复观前。借问昔居人，岑绝无炊烟。人生须富贵，河水清且涟。百年共如此，安用涕潺湲。蒋侯真好事，杖屦喜接连。车载溪中骨，推排若差肩。厌看孔壬面，丑石反成妍。感君劝我醉，吾亦无间然。乱我朱碧眼，空花坠便翻。行动须人扶，那能金石坚。爱君雷式琴，汤汤发朱弦。但恨赏音人，太半随逝川。平生有诗罪，如瘤不可瘥。今当痛自改，三蚺复三湔。①

在诗中，黄庭坚不仅称赏玉芝园的优雅美丽，也勾画出与蒋漳一见如故的亲密友谊，他甚至忍不住又饮酒至醉！

不仅如此，黄庭坚在零陵还努力追寻元结、柳宗元的遗迹。他曾带领多人去观赏《中兴碑》，并作诗一首（见前引），抒发其忠君爱国之心，令人动容。他寻找元结遗迹时竟然有意外的收获。其《浯溪崖壁记》云：

> 余与陶介石绕浯溪，寻元次山遗迹，如《中兴颂》《峿堂铭》《右堂铭》，皆众所共知也。与介石裴回其下，实感千载尚友之心。最后于浯亭东崖披剪榛秽，得次山铭刻数百字，皆江华令、瞿令间玉箸篆，笔画深稳，优于唐台铭也。故书遗长老新公，俾刻之崖壁，以遗后人。山谷老人书。②

在为人所画题诗的《浯溪图》中，黄庭坚写道：

> 成子写浯溪，下笔便造极。空蒙得真趣，肤寸已千尺。只今中宫寺，在昔漫郎宅。更作老夫船，樯竿插苍石。③

正因为之前游赏了浯溪遗址，所以黄庭坚在赏画时能够将画图与实景互相参照，所以诗歌更能体现出时空交错的那种梦幻感。

---

① （宋）黄庭坚著，郑永晓整理《黄庭坚全集辑校编年》中册，江西人民出版社，2011，第1249页。
② （宋）黄庭坚著，郑永晓整理《黄庭坚全集辑校编年》中册，江西人民出版社，2011，第1261页。
③ （宋）黄庭坚著，郑永晓整理《黄庭坚全集辑校编年》中册，江西人民出版社，2011，第1247~1248页。

黄庭坚也去游览了柳宗元命名的愚溪,其《三月辛丑,同徐靖国到愚溪,过罗氏修竹园,入朝阳洞,蒋彦回、陶介石、僧崇广及余子相步及余于朝阳岩,裴回水滨久之。有白云出洞中,散漫洞口,咫尺欲不相见,介石请作五字纪之》云:

> 意行到愚溪,竹舆鸣担肩。冉溪昔居人,埋没不知年。偶托文字工,遂以愚溪传。柳侯不可见,古木荫溅溅。罗氏家潇东,潇西读书园。笋茁不避道,檀栾摇春烟。下入朝阳岩,次山有铭镌。藓石破篆文,不辨瞿李袁。嵌窦响笙磬,洞中出寒泉。同游四五客,拂石弄潺湲。俄顷生白云,似欲驾我仙。吾将从此逝,挽牵遂回船。①

看过了与元结、柳宗元相关的遗迹,黄庭坚心满意足地离开了。之后经过全州、桂州,可能因为急于赶路,所以没有留下与人游览的诗篇。尽管如此,黄庭坚还是用一首小诗记录了他对桂州的总体印象,其《到桂州》云:

> 桂岭环城如雁荡,平地苍玉忽嶒峨。李成不在郭熙死,奈此百嶂千峰何。②

不光有如雁荡山一般的桂岭环绕着州城,城内还有随处拔地而起的山峰,更显得突兀高峻。黄庭坚惋惜当世无李成、郭熙那样的名画手,没有谁能摹写其独特的秀丽。

就这样,从鄂州开始,黄庭坚走了一路,也玩了一路。在这条路上,他玩得很尽兴,没有压抑,也没有收敛,因而其创作也更加真诚,更加洒脱。

其三,黄庭坚在这次旅途中多次将寺庙作为诗料。如果说只是在旅途中多次寄宿在寺庙里,那应该多少有些无奈,可是黄庭坚多次将其写进诗中,则很能说明其在内心与佛教的亲近。

在经过浏阳的时候,黄庭坚作了一首《宿道吾庄贻鉴长老》:

> 灵宫知在白云中,未遂跻攀十里松。山下宿尸如海水,堂中饙饭

---

① (宋)黄庭坚著,郑永晓整理《黄庭坚全集辑校编年》中册,江西人民出版社,2011,第1250页。
② (宋)黄庭坚著,郑永晓整理《黄庭坚全集辑校编年》中册,江西人民出版社,2011,第1252页。

旧家风。①

道吾山在浏阳县北十五里，道吾庄当在附近。由于道路艰险，黄庭坚并未到鉴长老所在的寺庙去，但他对其人的禅学修养无比钦慕。

至衡阳，黄庭坚不仅多次与诗僧仲仁相聚，还多次题咏其画作，如《题花光画山水》：

花光寺下对云沙，欲把轻舟小钓车。更看道人烟雨笔，乱峰深处是吾家。②

在最后一句"乱峰深处是吾家"里，黄庭坚表达的固然有归隐山水之意，但又何尝没有皈依佛门之意呢？不仅如此，他还为仲仁的居所作了一首诗，即《所住堂》（见前引）。此外，他写到当地的福严寺，其《离福严》云：

山下三日晴，山上三日雨。不见祝融峰，还溯潇湘去。③

他又写到胜业寺。其《胜业寺悦亭（一作阻雨福岩）》云：

苦雨已解严，诸峰来献状。不见白头禅，空倚紫藤杖。④

关于此诗的写作，任渊注云："'白头禅'谓文政禅师，师盖雪窦法嗣也，有《题悦亭诗》云：'山鸟无俗声，山云无俗状。引得白头翁，时时来倚杖。'山谷此诗乃和其韵。"⑤ 这样的注释，揭示出黄庭坚此诗与僧诗之间的密切关系。

在零陵，他曾与曾纡同登太平寺慈氏阁，其《太平寺慈氏阁（晚与曾公衮同登）》云：

---

① （宋）黄庭坚著，郑永晓整理《黄庭坚全集辑校编年》下册，江西人民出版社，2011，第1318页。
② （宋）黄庭坚著，郑永晓整理《黄庭坚全集辑校编年》中册，江西人民出版社，2011，第1243页。
③ （宋）黄庭坚著，郑永晓整理《黄庭坚全集辑校编年》中册，江西人民出版社，2011，第1240页。
④ （宋）黄庭坚著，郑永晓整理《黄庭坚全集辑校编年》中册，江西人民出版社，2011，第1240页。
⑤ （宋）黄庭坚撰，（宋）任渊等注，刘尚荣校点《黄庭坚诗集注》，中华书局，2003，第677页。

> 青玻璃盆插千岑，湘江水清无古今。何处拭目穷表里，太平飞阁暂登临。朝阳不闻皂盖下，愚溪但有古木阴。谁与洗涤怀古恨，坐有佳客非孤斟。①

想到元结在朝阳岩、柳宗元在愚溪遗迹的苍凉，黄庭坚登阁时由衷发出一种"怀古恨"，但他又不愿让读者觉得他自己多么悲苦，所以特地在最后补充交代：我对自己的贬谪并不在意，正与佳客在此饮酒呢！对于浯溪的明远庵，黄庭坚作《明远庵》云：

> 远公引得陶潜住，美酒沽来饮无数。我醉欲眠卿且去，只有空瓶同此趣。谁知明远似远公，亦欲我行庵上路。多方挈取瓮头春，大白梨花十分注。与君深入逍遥游，了无一物当情素。道卿道卿归去来，明远主人今进步。②

在全州，黄庭坚似乎没有与人结伴，独自游赏了个别寺庙。如其《双松堂》云：

> 文殊堂下松，永日如鸣琴。我登双松堂，时步双松阴。中有寂寞人，安禅无古今。③

尽管我们今天已经无法知道"安禅无古今"的高僧是谁，但能获黄庭坚如此赞誉，必定也是佛法精微之士。此诗在《黄庭坚全集辑校编年》中被列入未编年诗，然黄庭坚仅在赴宜州途中经过全州。同样作于全州的还有《能仁寺》一诗：

> 招提古山岛，掩映碧江心。钟叩苹风远，僧禅水月深。鹤归门外浴，龙向槛边吟。每遣遗诗者，勿忘拨棹寻。④

此诗在《黄庭坚全集辑校编年》中亦被列入未编年诗，然能仁寺在全

---

① （宋）黄庭坚著，郑永晓整理《黄庭坚全集辑校编年》中册，江西人民出版社，2011，第1248页。
② （宋）黄庭坚著，郑永晓整理《黄庭坚全集辑校编年》中册，江西人民出版社，2011，第1249页。
③ （宋）黄庭坚著，郑永晓整理《黄庭坚全集辑校编年》下册，江西人民出版社，2011，第1312页。
④ （宋）黄庭坚著，郑永晓整理《黄庭坚全集辑校编年》下册，江西人民出版社，2011，第1318页。

州，故亦当作于黄庭坚赴宜州途中。

黄庭坚一路上写了这么多的寺庙，固然与其途中方便借宿有关，但这不过是外在原因，其内在原因是黄庭坚心中与佛法亲近，他见到佛寺自然也感到分外亲切了。

黄庭坚在宜州创作的诗歌，今可以确定者仅有《以椰子茶瓶寄德儒二首》《寄黄龙清老三首》《予去岁在长沙数与处度元实相从把酒自过岭来不复有此乐感叹之余戏成一绝（崇宁四年宜州作。处度名湛，元实名温）》《宜阳别元明用觞字韵》《信中远来相访且致今岁新茗又枉任道寄佳篇复次韵呈信中兼简任道（崇明四年宜州作）》《和范信中寓居崇宁遇雨二首（寥）》《乞钟乳于曾公衮（纤）》等10首，虽比刘克庄《后村诗话后集》所说的7首多，但多出来的数量亦非常有限。黄庭坚在宜州生活了一年多，诗作竟然如此之少，原因除了年老多病外，还跟当地缺少士人交游有很大关系。

据《宜州乙酉家乘》中从崇宁四年正月初一开始的日记，黄庭坚在宜州的最后九个多月里，并未中断与外面的联系。亲戚、朋友与宜州的士人给他寄送和提供了各种物品，他也曾多次参加酒会。不过，由于他将家眷都留在了零陵，其在宜州的日子难免冷清和孤独。

亲人的到来无疑是极大的慰藉，而与其分别又令黄庭坚黯然伤神。其兄黄大临到宜州看望他，临行时用觞字韵作诗留别，黄庭坚遂作《宜阳别元明用觞字韵》：

> 霜须八十期同老，酌我仙人九酝觞。明月湾头松老大，永思堂下草荒凉。千林风雨莺求友，万里云天雁断行。别夜不眠听鼠啮，非关春茗搅枯肠。①

尽管术士曾说他与兄长黄大临皆能寿至八十，可是想到其兄行将返乡，想到家乡的山川草木，黄庭坚仍感到自己像一只孤雁，在离别前夜他竟然一夜无眠。

贬所的生活虽然不用奔波，但交际不多，这反而令黄庭坚怀念其在长沙与秦湛、范温把酒赋诗的快乐。其《予去岁在长沙数与处度元实相从把酒自过岭来不复有此乐感叹之余戏成一绝（崇宁四年宜州作。处度名湛，

---

① （宋）黄庭坚著，郑永晓整理《黄庭坚全集辑校编年》中册，江西人民出版社，2011，第1268页。

元实名温)》云:

> 玄霜捣尽音尘绝,去作湖南万里春。相见山川佳绝地,落花飞絮愁煞人。①

此诗题目颇能帮助我们理解黄庭坚在宜州时诗歌创作奇少的原因,即缺少文士交往,更无人可与之把酒作乐。因此,三月时,范寥的到来与陪伴更显得尤其难得。黄庭坚《信中远来相访且致今岁新茗又枉任道寄佳篇复次韵呈信中兼简任道(崇明四年宜州作)》云:

> 坐安一柱观,立遣十年劳。玄珪于我厚,千里来江皋。松风转蟹眼,乳花明兔毛。何如浮太白,一举醉陶陶。②

诗中除了感谢范寥的深情厚意之外,黄庭坚也念念不忘在戎州与李仔饮酒至酣的惬意生活。又其《和范信中寓居崇宁遇雨二首(寥)》云:

> 范侯来寻八桂路,走避俗人如脱兔。衣囊夜雨寄禅家,行潦升阶漂两屦。遣闷闷不离眼前,避愁愁已知人处。庆公忧民苗未立,旻公忧木水推去。两禅有意开寿域,岁晚筑室当百堵。它时无物可藏身,且作五里公超雾。
>
> 当年游侠成都路,黄犬苍鹰伐狐兔。二十始肯为儒生,行寻丈人奉巾屦。千江渺然万山阻,抱衣一囊遍处处。或持剑挂宰上回,亦有酒罍壶中去。昨来禅榻寄曲肱,上雨傍风破环堵。何时鲲化北溟波,好在豹隐南山雾。③

此二诗乃次范寥诗韵而作。范寥不远千里而来,到达时偏又遇到大雨,因借宿崇宁寺,终于找到黄庭坚。当是范先作诗相赠,黄次韵赠以二诗。这两首诗不仅略陈范寥的往事,而且对其未来寄予了厚望。

今存黄庭坚在宜州所作的10首诗中,可称为"绝笔"的是寄给曾纡的《乞钟乳于曾公衮(纡)》:

---

① (宋)黄庭坚著,郑永晓整理《黄庭坚全集辑校编年》中册,江西人民出版社,2011,第1267页。
② (宋)黄庭坚著,郑永晓整理《黄庭坚全集辑校编年》中册,江西人民出版社,2011,第1268页。
③ (宋)黄庭坚著,郑永晓整理《黄庭坚全集辑校编年》中册,江西人民出版社,2011,第1269页。

> 寄语曾公子，金丹几时熟。愿持钟乳粉，实此罄悬腹。遥怜蟹眼汤，已化鹅管玉。刀圭勿妄传，此物非碌碌。①

黄庭坚在诗中讨要钟乳粉，应该是为了炼丹。估计他当时已感觉身体状况不好，寻常治疗手段不见起色，所以才会向尚在零陵的曾纡讨要钟乳粉。

相对于奔赴宜州之途中的创作，黄庭坚在贬所的诗歌创作太少。因此，真正能表现其最后一次贬谪期间心态的诗歌还是他赴宜途中的作品。

历史的发展总是有着非常有魅力的一面。在最能体现"宋调"苦中作乐特点的几位大诗人中，如果说欧阳修在初贬夷陵知县时一路游山玩水算是一种有意识的开端，那么黄庭坚则在人生的最后一次贬谪旅途中又重现了那种呼朋引伴的游赏情形。

总之，不论是黔州时期尽量回避作诗也好，还是在戎州时开始放下包袱与人结交也好，抑或是在赶往宜州的路上游山玩水、诗酒唱和也好，黄庭坚的心态虽各不相同，但不在诗中表现个人愁苦则是一以贯之，而且有一个从有意到无意的演化过程。方回在《瀛奎律髓》卷四十三"迁谪类"黄庭坚《戏题巫山县用杜子美韵》下曾这样评价其贬谪诗：

> 山谷以绍圣元年甲戌，朝旨于开封府界居住。取会史事，二年乙亥谪黔州，实甲戌十二月之命。是年四月二十三日至摩围，元符元年戊寅六月改元。去年绍圣四年丁丑十二月，避使者张向嫌移戎州。今年六月至僰道。三年庚辰正月，徽庙登极。五月得鄂州盐监，十月宁国金判，十二月离戎州。建中靖国元年辛巳至峡州，乃后始有舒州之命，吏郎之召，改知太平州等事，盖流离跋涉八年矣，未尝有一诗及于迁谪，真天人也。②

这里所论虽然仅及黔州、戎州两次贬谪而未及其后的宜州之贬，但相对于本节开头所引刘克庄之言，方回的说法显然更加接近实际情况，也更能体现出黄庭坚的洒脱胸襟。在这方面比较典型的是黄庭坚崇宁元年所作的《雨去登岳阳楼望君山二首》：

---

① （宋）黄庭坚著，郑永晓整理《黄庭坚全集辑校编年》中册，江西人民出版社，2011，第1269页。

② （元）方回选评，李庆甲集评校点《瀛奎律髓汇评》下册，上海古籍出版社，1986，第1546页。

投荒万死鬓毛斑，生出瞿塘滟滪关。未到江南先一笑，岳阳楼上对君山。

　　满川风雨独凭栏，绾结湘娥十二鬟。可惜不当湖水面，银山堆里看青山。①

　　在外漂泊了七年之久的黄庭坚在登上岳阳楼远看君山时，心头涌起的是喜悦："未到江南先一笑。"这笑声里有胜利者回归的豪迈，也有对所遭遇的艰难险阻的蔑视，因此最能体现出黄庭坚贬谪诗的精神和气韵。

　　就这样，从欧阳修将奔赴夷陵的谪宦之途作为胜游之旅始，开创了宋代贬谪诗歌的新气象，也开创了"宋调"苦中作乐的新特征。之后，欧阳修在贬谪滁州时通过建亭、种花，不仅让自己乐在其中，而且体现出其思想境界从利己到利人得到提升的一面。受客观条件限制，苏轼、黄庭坚已经没有可能在贬所建亭、种花，但他们继承了这种苦中作乐的精神。苏、黄二人在连续的不幸贬谪中心态越来越好，诗歌也越写越平和，甚至越写越欢快，相继用生命谱写了"宋调"苦中作乐的情感基调，并深深影响到同时代和身后的众多诗人。

---

① （宋）黄庭坚著，郑永晓整理《黄庭坚全集辑校编年》中册，江西人民出版社，2011，第1124页。

第三章
古体近体之融合

在"宋调"的建构过程中,诗体变化是一个不可忽视的重要因素。既然要开拓出不同于"唐音"的别样"宋调",宋代诗人在诗体上就不能完全沿袭唐诗的形式,而必须要有所创新。这是问题的一个方面。从另一方面来说,中国的诗歌形式,发展到唐代已经非常完备,形成了由古体诗和近体诗构成的多种诗体。而且,不同的诗体也有着各自的表现功能。孙何《上杨谏议书》中有一段话论及文体的功能:"尊吾道,扶圣教,则文存焉;追骚雅,寓比兴,则古调存焉。其余五七言律诗,私试赋,无足采,适以娱悲豁愤,备举试而已。"① 就诗歌而言,孙何的观点非常明确:"追骚雅,寓比兴,则古调存焉。"这大致可以理解为是对古体诗的要求,至于"五七言律诗",与"私试赋"一样"无足采",只是"适以娱悲豁愤,备举试而已"。从这样的认识出发,当欧阳修等人开创"宋调"时,他们既不是为了"备举试",更不是为了"娱悲豁愤",同时,他们还想改变当时"宋初三体"专尚近体诗的习气,所以不能不首选古体诗。可是,重古体轻近体的做法同样会带来不良影响,于是王安石在退隐后对此做了反拨。之后又有苏轼以近体改造古体,黄庭坚以古体改造近体,路径虽然各异,但都在一定程度上实现了古体诗与近体诗之间的融合。

虽然欧阳修、王安石、苏轼、黄庭坚等人对待古体诗与近体诗的态度各不相同,其具体做法差异更大,但总体上呈现出这样一个发展趋势:从欧阳修等偏重古体到王安石兼重近体,再到苏轼以近体改造古体和黄庭坚以古体改造近体,古体诗与近体诗融合的特征越来越突出,从而成为"宋调"的特色之一。与此同时,一些出现于前代但尚未发展起来的独特诗歌

---

① 曾枣庄、刘琳主编《全宋文》第 9 册,上海辞书出版社、安徽教育出版社,2006,第 196 页。

形式，如集句体、柏梁体、六言绝句等，也因为受到王安石、苏轼、黄庭坚等人的重视而发展起来，进一步丰富了宋代的诗歌形式。

第一节
梅、苏、欧改造古体诗

古体诗与近体诗的融合现象，在唐代即已出现。如盛唐高适在《燕歌行》中大量使用对仗句式，这就是古体诗吸收近体诗特点的突出例子。其后韦应物、刘长卿的诗歌亦被认为具有融合古体、近体的特色。宋代张戒在《岁寒堂诗话》卷上说："韦苏州律诗似古，刘随州古诗似律，大抵下李、杜、韩退之一等，便不能兼。"① 按照张戒的说法，对于才力不及李、杜、韩的诗人来说，大抵只能长于古、近体诗中的一种，所以其诗歌才带有融合二者的色彩。

不过总的说来，唐代古体诗与近体诗不仅在功能上有大致的分工，各自形成的风格也各不相同。这一点在明代宗尚复古的学者那里被辨析得非常清楚。如李东阳《麓堂诗话》第二则即云：

> 古诗与律不同体，必各用其体乃为合格。然律犹可间出古意，古不可涉律。古涉律调，如谢灵运"池塘生春草""红药当阶翻"，虽一时传诵，固已移于流俗而不自觉。若孟浩然"一杯还一曲，不觉夕阳沉"，杜子美"独树花发自分明，春渚日落梦相牵"，李太白"鹦鹉西飞陇山去，芳洲之树何青青"，崔颢"黄鹤一去不复返，白云千载空悠悠"，乃律间出古，要自不厌也。予少时尝曰："幽人不到处，茅屋自成村。"又曰："欲往愁无路，山高溪水深。"虽极力摩拟，恨不能万一耳。②

李东阳主张"古诗与律不同体，必各用其体乃为合格"自然有其合理性，但他进一步提出的"律犹可间出古意，古不可涉律"，则明显属于主张复古者的偏见。试问：既然"律犹可间出古意"，则为何"古不可涉律"？说到底不过是复古者认为古体诗历史悠久，在他们看来更加神圣，而近体

---

① （宋）张戒撰《岁寒堂诗话》，丁福保辑《历代诗话续编》上册，中华书局，1983，第460页。
② （明）李东阳撰《麓堂诗话》，丁福保辑《历代诗话续编》下册，中华书局，1983，第1369页。

诗至唐代方兴起，其"古"的程度不及古体诗，所以低人一等。这其实不过是一种偏见罢了。即以其所举例来看，所谓谢灵运的两个诗句，前者出自《登池上楼》，后者其实是谢朓的诗句，出自《直中书省》。此二句皆即景写情，自然灵动，如在目前，故一直为人所称颂。李东阳之所以视之为"律调"，并非从音韵出发，而是不满其语言之平易清新，故云"移于流俗而不自觉"。再看李东阳所举孟浩然、杜甫、李白、崔颢的几个诗联，虽然亦可视为佳句，然恐未必在全诗中出彩，又何足以与其所贬二谢的两联媲美呢？且此四联全都不合律，甚至疏于对仗，放在律诗中显得格格不入，但主张复古者却觉得神奇，并不足怪。至于其自作二联，更因模拟过甚，缺乏神气，确实并不见佳。其后胡应麟在《诗薮·内编》卷一中云："古诗之妙，专求意象；歌行之畅，必由才气；近体之攻，务先法律；绝句之构，独主丰神，此结撰之殊途也。"① 在这里，胡应麟不止区分了古体、近体，而且还在古体诗中区别出歌行，在近体诗中区分出律诗和绝句，这就更加细致了。此外又有刘熙载在《诗概》中所说的另外一种区分："长篇以叙事，短篇以写意；七言以浩歌，五言以穆诵。此皆题实司之，非人所能与。"② 刘熙载按照篇幅划分，虽不能与诗体对应，但其"长篇"大致接近于古体诗，"短篇"则偏于近体诗，其按照句中字数划分，自然难以区别古体、近体，但他更加关注五言诗与七言诗的不同特征，这也是很有意义的。

综合各家的说法，可以得出这样一个共同的认识：大致说来，古体诗追求汉魏风味，往往带有古拙之气，其中五古尤其明显，七古则相对流利，而歌行更是如此；近体诗则趋于自然清新，其中七言比五言更加顺达明快。其具体情况固然因诗人而异，然总体上存在这样的一个共识。

可是，对于主张"以俗为雅""以故为新"的宋代大诗人来说，古体诗因为历史悠久，有推陈出新的必要，近体诗也已经三百多年，积重难返，同样需要加以革新。那么，在"宋调"的建构中，几位起关键作用的大诗人是如何改造诗体的呢？从创作实践看，他们每个人的做法各不相同，但总体上呈现出从偏重古体诗到兼重近体诗，再到打破古体、近体而使二者逐渐融合的趋势。

---

① （明）胡应麟撰《诗薮》，上海古籍出版社，1979，第1页。
② （清）刘熙载撰《诗概》，郭绍虞编选，富寿荪校点《清诗话续编》第4册，上海古籍出版社，1983，第2441页。

梅尧臣、苏舜钦和欧阳修等人开创"宋调"的时候,就是从改造古体诗开始的。其大约可以从以下三个方面来解读。

其一,在创作上体现出对古体诗的偏重。在梅尧臣、苏舜钦和欧阳修等人之前,"宋初三体"虽然诗学主张不同,但都致力于近体诗写作,较少写作古体诗。因此,当梅、苏、欧等人改革诗风时,在诗体上最显著的变化就是大力创作古体诗。这种情况在梅尧臣那里特别突出。汪婉婷在其硕士学位论文《梅尧臣诗体选择研究》中依据朱东润《梅尧臣集编年校注》所列,按照五律、五古、五绝、五排、七律、七古、七绝、七排、三韵诗、其他各类对梅尧臣的诗歌创作逐年加以统计,做成了一个详细的表格。根据其统计,梅尧臣各种诗体的作品数量分别为793、1044、86、108、231、242、196、16、99、63。① 如果按照古体诗与近体诗的区分来说,汪婉婷的分类还不够精细,这主要体现在两个方面:一是"三韵诗"既未区别五言还是七言,也未区别古体与近体;二是所谓"其他"指向不明,更难以确定属于古体还是近体。即便如此,其统计数据对我们理解梅尧臣诗歌的诗体特征仍有积极意义。在其统计的2878首诗歌中,如果去掉"三韵诗"99首和"其他"63首,可以确定为古体诗或近体诗的尚有2716首。在这2716首诗歌中,五古即多达1044首,占总量的38.4%。如果再加上七古242首,为1286首,则古体诗占总数的47.3%。而包括五七言律诗、绝句和排律在内的近体诗总数为1430首,占总数的52.7%。虽然古体诗的总数尚低于近体诗,但由于近体诗主要是律诗和绝句,诗体短小,所以如果从所占篇幅来看,近体诗其实远远低于古体诗。

苏舜钦的诗歌创作中也呈现出对古体诗的重视。据沈文倬校点《苏舜钦集》统计,其中古诗五卷,卷一24首,卷二20首,卷三20首,卷四18首,卷五14首,计96首。律诗三卷,卷六34首,卷七39首,卷八43首,计116首。在该书后的"拾遗"中共收录11首诗,其中古体诗4首,律诗7首。将这里的数据与前者合在一起,则苏舜钦的古体诗为100首,近体诗123首,分别占总数的44.8%和55.2%。虽然与梅尧臣的古体诗占比相比数量略低,但从其分卷来看,古体诗为5卷,近体诗仅3卷,因此在苏舜钦的诗歌创作中,古体诗的优势地位仍是非常明显的。

欧阳修的诗歌亦呈现出类似的情况。据李逸安点校本统计,欧阳修《居士集》有诗十四卷,其中古体九卷,卷一38首,卷二20首,卷三31

---

① 汪婉婷:《梅尧臣诗体选择研究》,硕士学位论文,安徽师范大学,2015,第5页。

首，卷四24首，卷五18首，卷六25首，卷七22首，卷八21首，卷九30首，计229首；近体五卷，卷十60首，卷十一57首，卷十二56首，卷十三55首，卷十四65首，计293首。《居士外集》有诗七卷，其中古体诗四卷，卷一47首，卷二27首，卷三30首，卷四42首，计146首；近体诗三卷，卷五58首，卷六73首，卷七72首，计203首。又"补遗"中收录7首，全为近体诗。将以上数量相加，则欧阳修有古体诗375首，近体诗503首，分别占总数的42.7%和57.3%。尽管欧诗中古体诗所占比例比梅、苏都要低一些，但仍超过40%。如果以卷数来比较，则古体诗总共为13卷，近体诗为7卷，前者几乎是后者的一倍，优势是非常突出的。

以上统计尚比较粗略，但已足以反映出梅、苏、欧三人对古体诗的共同重视。他们大力创作古体诗，不仅增加了古体诗的数量，更重要的是通过古体诗创作发展出雄奇、豪放甚至险怪、生硬的风格。

在这方面最突出的当然是苏舜钦。作为苏舜钦的诗友，欧阳修曾多次用"豪"字评价他的诗歌，此为人所共知。如其著名的《水谷夜行寄子美圣俞》云：

> 寒鸡号荒林，山壁月倒挂。披衣起视夜，揽辔念行迈。我来夏云初，素节今已届。高河泻长空，势落九州外。微风动凉襟，晓气清余睡。缅怀京师友，文酒邀高会。其间苏与梅，二子可畏爱。篇章富纵横，声价相磨盖。子美气尤雄，万窍号一噫。有时肆颠狂，醉墨洒滂霈。譬如千里马，已发不可杀。盈前尽珠玑，一一难拣汰。梅翁事清切，石齿漱寒濑。作诗三十年，视我犹后辈。文词愈清新，心意虽老大。譬如妖韶女，老自有余态。近诗尤古硬，咀嚼苦难嘬。初如食橄榄，真味久愈在。苏豪以气轹，举世徒惊骇。梅穷独我知，古货今难卖。二子双凤凰，百鸟之嘉瑞。云烟一翱翔，羽翮一摧铩。安得相从游，终日鸣哕哕。问胡苦思之，对酒把新蟹。①

在这首诗中，欧阳修不仅从总体上评价梅尧臣与苏舜钦二人"篇章富纵横，声价相磨盖"，而且分别概括了他们各自的艺术特色，其中对苏的评价是："子美气尤雄，万窍号一噫。有时肆颠狂，醉墨洒滂霈。譬如千里马，已发不可杀。盈前尽珠玑，一一难拣汰。"在《答苏子美离京见寄》

---

① 《欧阳修全集》第1册，李逸安点校，中华书局，2001，第28~29页。

中，欧阳修也曾说："其于诗最豪,奔放何纵横!"① 即便是到了晚年,欧阳修仍然坚持此前对苏舜钦诗风的认识,他在《六一诗话》中说:

> 圣俞、子美齐名于一时,而二家诗体特异。子美笔力豪隽,以超迈横绝为奇;圣俞覃思精微,以深远闲淡为意。各极其长,虽善论者不能优劣也。余尝于《水谷夜行》诗略道其一二云……语虽非工,谓粗得其仿佛,然不能优劣之也。②

当代学者王锡九在《论苏舜钦的七古》一文中曾专以苏舜钦的七古为对象进行分析:

> 读苏舜钦的七古,我们首先感觉到它具有强烈深浓的思想感情,豪迈慷慨,激壮不已,表现出壮伟险峻、奇崛恣肆的力度美,其感情色彩则悲壮哀顿、沉郁苍凉。这样强烈的思想感情,必然依赖于奔迸激切、雄豪闳放的表现方式。欧阳修云:"子之心胸,蟠曲龙蛇。风云变幻,雨雹交加。"很形象地概括了苏舜钦豪迈奔放的感情世界。苏舜钦的七古往往喷薄式地、豪宕磊落地表现其强烈的思想感情。这样,直抒胸臆,大实话地将自己的思想和盘托出,就成为苏舜钦诗歌的一大特色。即使是一些写景抒情或借端寄慨的诗篇,他要表达什么意见,表现什么思想,也是十分明白切直,喷薄而出,一泻无余。总之,超迈横绝,奇肆恣意,"以奔放豪健为志",是苏舜钦七古的主要特点。③

苏舜钦的七古如此,五古又何尝不是呢?以豪放雄健为美的苏舜钦诗歌创作最先体现出宋代古体诗在风格上的新变特征。

相对于苏舜钦,梅尧臣的诗歌常被以"平淡"概括。在上引欧阳修的几处评价中,也不乏这样的意思。可是,梅尧臣古体诗中还有追求奇怪甚至生硬的一面。张剑在《梅尧臣诗体诗论析疑》一文中曾特意指出:"梅尧臣虽然提倡平淡,但也不排斥奇险。"④ 梅尧臣对古体诗尤其是对五古的偏重,最初源自其年轻时对汉代古诗的学习。其《依韵答吴安勖太祝》云:

---

① 《欧阳修全集》第3册,李逸安点校,中华书局,2001,第752页。
② (宋)欧阳修撰《六一诗话》,(清)何文焕撰《历代诗话》上册,中华书局,第267~268页。
③ 王锡九:《论苏舜钦的七古》,《扬州师院学报》(社会科学版)1992年第3期,第53页。
④ 张剑:《梅尧臣诗体诗论析疑》,《文学评论》2022年第2期,第211页。

> 我于文字无一精，少学五言希李陵。当时巨公特推许，便将格律追西京。卞和无足定抱宝，乘骥走行天下老。玉已累人马不逢，皇皇何之饥欲倒。还思二十居洛阳，公侯接迹论文章。文章自此日怪奇，每出一篇争诵之。其锋虽锐我敢犯，新语能如夏侯湛。于今穷困人已衰，不见悬金规《吕览》。乃遭吾子求琢磋，珠玑获斗奈我何。①

由于五古从汉魏来，先天就带有一定程度的古奥与生硬，所以梅尧臣以五古为主的古体诗具有"奇险""奇怪""古硬"的特色并不难理解，更何况这在一定程度上还是他有意追求的结果。在前引《水谷夜行寄子美圣俞》中，欧阳修称其"近诗尤古硬，咀嚼苦难嚼。初如食橄榄，真味久愈在"，在肯定其平淡的同时，对其"古硬"的一面也特地加以揭橥。而这一点，也与梅尧臣对自己的认识相吻合。梅作《送侯孝杰殿丞签判潞州》云：

> 同在洛阳时，交游尽豪杰。倏忽三十年，浮沉渐磨灭。惟余一二人，或位冠夔离。我今存若亡，似竹空有节。人皆欲吹置，老硬不可截。君自缑山来，别我不畏热。言作潞从事，家贫禄仕切。六月上太行，辛勤非计拙。天当气候凉，清风自骚屑。虽云数日劳，斗与炎蒸绝。君本公王孙，才行实修洁。锵锵发英声，莹莹如佩玦。是为君子器，终见不渝涅。相逢未易期，梦寐归鼓枻。②

在这首诗中，梅尧臣以竹子自比，用"老硬不可截"指代自己的不堪世用，可是这"老硬"又何尝只是指人的个性呢？仅以此诗为例，其体现出的又何尝不是"老硬"的特色呢？以"老硬"与欧阳修所说的"古硬"相对照，二者的内涵是非常接近的。巩本栋师在《北宋党争与梅尧臣的诗歌创作》一文中将其内涵发掘得非常深刻：

> 验之以梅尧臣的诗作，尤其是五古七古，我们大致可以知道，所谓"古硬"，包含着用意的独特和深刻，用语的简约锻炼与朴拙古淡，音节与用韵的顿挫和清切等多层含义，这与他诗歌题材的选择、艺术表现手法的托物讽喻和以议论为诗、以文为诗都有密切关联。③

---

① （宋）梅尧臣著，朱东润编年校注《梅尧臣集编年校注》下册，上海古籍出版社，1980，第879页。
② （宋）梅尧臣著，朱东润编年校注《梅尧臣集编年校注》下册，上海古籍出版社，1980，第1102页。
③ 巩本栋：《思想与文学：中国文学史及其周边》，北京大学出版社，2021，第221页。

即便是以平易著称的欧阳修本人,其古体诗创作亦不乏豪放之气。对于自己的诗歌,欧阳修最看重的也是古体诗。叶梦得《石林诗话》中载:

> 前辈诗文,各有平生自得意处,不过数篇,然他人未必能尽知也。毗陵正素处士张子厚善书,余尝于其家见欧阳文忠子棐以乌丝栏绢一轴,求子厚书文忠《明妃曲》两篇,《庐山高》一篇。略云:"先公平日,未尝矜大所为文,一日被酒,语棐曰:'吾《庐山高》,今人莫能为,惟李太白能之。《明妃曲》后篇,太白不能为,惟唯杜子美能之;至于前篇,则子美亦不能为,惟吾能之也。'因欲别录此三篇也。"①

叶梦得说曾在欧阳修家见到过欧阳棐写给常州张举(字元厚,进士及第后隐居不仕,被赐正素处士)的书简,应当可信。欧阳修一生谨慎,偶尔醉酒后在儿子面前所言,当是其心里话。值得注意的是,欧阳修提到自己最得意的三首诗竟然全是古体诗!关于这几首诗歌,前人评价已多。先看《庐山高赠同年刘中允归南康》:

> 庐山高哉,几千仞兮,根盘几百里,截然屹立乎长江。长江西来走其下,是为扬澜左里兮,洪涛巨浪日夕相舂撞。云消风止水镜净,泊舟登岸而远望兮,上摩青苍以晻霭,下压后土之鸿厖。试往造乎其间兮,攀缘石磴窥空谾。千岩万壑响松桧,悬崖巨石飞流淙。水声聒聒乱人耳,六月飞雪洒石矼。仙翁释子亦往往而逢兮,吾尝恶其学幻而言哤。但见丹霞翠壁远近映楼阁,晨钟暮鼓杳霭罗幡幢。幽花野草不知其名兮,风吹露湿香涧谷,时有白鹤飞来双。幽寻远去不可极,便欲绝世遗纷痝。羡君买田筑室老其下,插秧盈畴兮,酿酒盈缸。欲令浮岚暖翠千万状,坐卧常对乎轩窗。君怀磊砢有至宝,世俗不辨珉与玒。策名为吏二十载,青衫白首困一邦。宠荣声利不可以苟屈兮,自非青云白石有深趣,其气兀硉何由降?丈夫壮节似君少,嗟我欲说安得巨笔如长杠!②

关于此诗,《苕溪渔隐丛话》前集卷二十九引《王直方诗话》云:

> 郭功父少时喜诵文忠公诗。一日,过梅圣俞,曰:"近得永叔书,

---

① (宋)叶梦得撰《石林诗话》,(清)何文焕撰《历代诗话》上册,中华书局,1981,第424页。
② 《欧阳修全集》第1册,李逸安点校,中华书局,2001,第84页。

方作《庐山高》诗，送刘同年，自以为得意。恨未见此诗。"功父为诵之。圣俞击节叹赏，曰："使吾更作诗三十年，亦不能道其中一句。"功父再诵，不觉心醉，遂置酒，又再诵，酒数行，凡诵十数遍，不交一谈而罢。明日，圣俞赠功父诗，其略曰："一诵《庐山高》，万景不得藏。设令古画师，极意未能详。"①

在这段引文中，梅尧臣说欧阳修在给他的信中对自己的近作《庐山高赠同年刘中允归南康》"自以为得意"，亦可以跟上引叶梦得的记载互相印证。从梅尧臣听郭祥正吟诵时的反应可以看出，他对该诗是何等的喜爱！《梁溪漫志》卷七"诗作豪语"条云："欧公作《庐山高》，气象壮伟，殆与此山争雄，非公胸中有庐山，孰能至此！"② 当然，也有些论者认为此诗水平不高，欧阳修不当如此自负，这属于见仁见智的问题，此处不拟涉及。比较而言，黄进德师的评述相对比较公允：

> 平心而论，全诗笔触奇谲浪漫，近乎李白；辞藻高古，全用险韵，则效韩愈。作者以庐山的奇秀预作铺垫，突出刘涣的不为荣利所屈挂冠归隐的丈夫壮节，自有其匠心别具之长。③

再看其《明妃曲和王介甫作》和《再和明妃曲》：

> 胡人以鞍马为家，射猎为俗。泉甘草美无常处，鸟惊兽骇争驰逐。谁将汉女嫁胡儿，风沙无情貌如玉。身行不遇中国人，马上自作思归曲。推手为琵却手琶，胡人共听亦咨嗟。玉颜流落死天涯，琵琶却传来汉家。汉宫争按新声谱，遗恨已深声更苦。纤纤女手生洞房，学得琵琶不下堂。不识黄云出塞路，岂知此声能断肠！④

> 汉宫有佳人，天子初未识。一朝随汉使，远嫁单于国。绝色天下无，一失难再得。虽能杀画工，于事竟何益。耳目所及尚如此，万里安能制夷狄！汉计诚已拙，女色难自夸。明妃去时泪，洒向枝

---

① （宋）胡仔纂集《苕溪渔隐丛话》前集，廖德明校点，人民文学出版社，1962，第200页。
② （宋）费衮撰《梁溪漫志》，金圆校点，《宋元笔记小说大观》第3册，上海古籍出版社，2001，第3407页。
③ 黄进德：《欧阳修诗词文选评》，上海古籍出版社，2019，第155页。
④ 《欧阳修全集》第1册，李逸安点校，中华书局，2001，第131页。

上花。狂风日暮起，漂泊落谁家。红颜胜人多薄命，莫怨春风当自嗟。①

此二诗皆为和答王安石的《明妃曲二首》而作，因此在内容上与王作有一定的关联。王作固是佳作，此二首亦皆能翻出新意。前篇一反王诗所云"家人"传信对王昭君的安慰，写王昭君绝望的思归之悲通过琵琶传到"汉家"，反而成了时兴的新声，可是又有谁还记得她的不幸呢？后篇不认同王诗"汉恩自浅胡自深，人生乐在相知心"的表述，虽然也可能出于误解，但明确提出了"制夷狄"的问题，并进而批判"汉计诚已拙"。关于此二诗，古今学者已有诸多解读，笔者以为吴孟复的认识比较深刻。在进行了具体而微的阐释之后，吴先生总结说：

> 前一首，写"汉宫"不知边塞苦；后一首写和亲政策之"计拙"，借汉言宋，有强烈的现实意义。其间叙事、抒情、议论杂出，转折跌宕，而自然流畅，形象鲜明，虽以文为诗而不失诗味。叶梦得说欧阳修"矫昆体，以气格为主"（《石林诗话》），这二首诗正是以气格擅美的。②

虽然后人对欧阳修这三首诗的认识并不一致，但大多数人都认可欧阳修的说法，这也说明他不是盲目自负。欧阳修不仅重视梅、苏二人的古体诗，而且他本人的创作也得到了后人的认可。《和王介甫明妃曲二首》虽在雄奇方面不及《庐山高赠同年刘中允归南康》，但长于议论，体现出的也是阳刚之美。程千帆、吴新雷《两宋文学史》云：

> 比起近体来，欧阳修的古体诗更有特色和成就。他学韩愈，也学李白，并受到了梅尧臣的某些影响，因此后人以欧梅并称。其五古用韵变化较少，七古用韵多变，善于随着情感变化而调换韵脚，句型错落，常以五、七言交替，甚至插入九、十一、十三字长句或四、六字双音节句，以造成参差抑扬、富于情韵的效果（以上参考陈尚君《欧阳修与北宋文学革新的成功》，载《研究生论文选集·中国古代文学分册》，江苏人民出版社1983年版）。而长篇巨制，往往能融铸叙事、写

---

① 《欧阳修全集》第1册，李逸安点校，中华书局，2001，第132页。
② 上海辞书出版社文学鉴赏辞典编纂中心编著《欧阳修诗文鉴赏辞典》，上海辞书出版社，2013，第35页。

景、咏物、抒情为一炉，与韩愈的手法相类似，如其咏王昭君两篇，即是好例。①

可以这么说，无论是欧阳修最亲密的两位诗友梅尧臣和苏舜钦，还是他本人，在重视古体诗创作方面都保持了一致，而且他们最好的诗歌也几乎都是古体诗。他们的古体诗创作，最早在宋诗中体现出雄健、豪放的阳刚之美。这不仅是对之前"宋初三体"的大力矫正，也是古体诗发展长河中的一次重要进步。

其二，大大拓展了古体诗的表现功能。自先秦以至六朝，一直都是古体诗的天下。关于古体诗的功能，占主流地位的是"言志说"和"缘情说"。就作品而言，《诗经》的"饥者歌其食，劳者歌其事"，汉乐府的"感于哀乐，缘事而发"，大致都可以用"言志说"来解释，而六朝诗歌大约可以用"缘情说"来解释。可是，即便在中国古典诗歌的高潮时代——唐代，古体诗反映的生活面也并不算广泛。

在前代诗人尤其是唐代诗人的基础上，梅、苏、欧三人的古体诗在表达功能上主要对三个方面加以强化。

第一个方面是对功利性的重视。由于本书第一章对这个问题有较多的论述，所以笔者不拟重述。梅、苏、欧等人之所以特别重视诗歌"有用"的一面，除了笔者在第一章已经提到的原因外，跟他们在政治上都主张革除弊端、推行新政也有直接的关系。尤其是当景德年间范仲淹、尹洙、欧阳修等人积极参与改革朝廷弊端时，梅尧臣不顾自己地位低下，坚定地站在他们一边。当改革派受到保守派反击被从朝廷驱逐时，梅尧臣不仅对他们的遭遇非常同情，对他们的人格加以赞美，而且作《猛虎行》对以吕夷简为首的保守派加以辛辣讽刺。至于说到了庆历年间，梅尧臣因为自身原因跟不上改革派的脚步，反而不赞同范仲淹的新政，则是另一回事情，并不能由此否定他之前的改革热情。

不过在梅尧臣看来，其重视诗歌功利性的理论主要来自《诗经》的风雅精神。其《答韩三子华韩五持国韩六玉汝见赠述诗》云：

> 圣人于诗言，曾不专其中。因事有所激，因物兴以通。自下而磨上，是之谓国风。雅章及颂篇，刺美亦道同。不独识鸟兽，而为文字

---

① 程千帆、吴新雷撰《两宋文学史》，《程千帆全集》第13卷，河北教育出版社，2000，第55~56页。

工。屈原作《离骚》，自哀其志穷。愤世嫉邪意，寄在草木虫。迩来道颇丧，有作皆言空。烟云写形象，葩卉咏青红。人事极谀谄，引古称辨雄。经营唯切偶，荣利因被蒙。遂使世上人，只曰一艺充。以巧比戏弈，以声喻鸣桐。嗟嗟一何陋，甘用无言终。然古有登歌，缘辞合徵宫。辞由士大夫，不出于瞽蒙。予言与时辈，难用犹笃癃。虽唱谁能听，所遇辄瘖聋。诸君前有赠，爱我言过丰。君家好兄弟，响合如笙丛。虽欲一一报，强说恐非衷。聊书类顽石，不敢事磨䃺。①

在这首诗中，梅尧臣不仅对《诗经》所具有的"刺美"加以肯定，而且对当时诗坛上盛行的以摹写为能、以用典为博、以对偶为工的几种风气加以否定，这种认识从根本上也就成了其变革诗风的内在动力。梅尧臣开启的诗风变革，从根本上说，其实也是当时范仲淹等人政治变革的成果之一。

苏舜钦不仅继承了儒家仁民爱物的思想，而且主人翁的意识更加强烈。虽然官职卑微，他却积极向以范仲淹为首的政治改革派靠拢。他后来在"进奏院事件"中被保守派陷害，其主要原因即在这里。《宋史》本传云：

> 苏舜钦字子美，参知政事易简之孙。父耆，有才名，尝为工部郎中、直集贤院。舜钦少慷慨有大志，状貌怪伟。当天圣中，学者为文多病偶对，独舜钦与河南穆修好为古文、歌诗，一时豪俊多从之游。
>
> 初以父任补太庙斋郎，调荥阳县尉。玉清昭应宫灾，舜钦年二十一，诣登闻鼓院上疏曰……
>
> 又上书曰……
>
> 寻举进士，改光禄寺主簿，知长垣县，迁大理评事，监在京店宅务。康定中，河东地震，舜钦诣匦通疏曰……
>
> 范仲淹荐其才，召试，为集贤校理，监进奏院。舜钦娶宰相杜衍女，衍时与仲淹、富弼在政府，多引用一时闻人，欲更张庶事。御史中丞王拱辰等不便其所为。会进奏院祠神，舜钦与右班殿直刘巽辄用鬻故纸公钱召妓乐，间夕会宾客。拱辰廉得之，讽其属鱼周询等劾奏，因欲摇动衍。事下开封府劾治，于是舜钦与巽俱坐自盗除名，同时会者皆知名士，因缘得罪逐出四方者十余人。世以为过薄，而拱辰等方

---

① （宋）梅尧臣著，朱东润编年校注《梅尧臣集编年校注》中册，上海古籍出版社，1980，第336～337页。

自喜曰:"吾一举网尽矣。"①

据《宋史》所载,苏舜钦为了国事奋不顾身的英豪之姿已跃然纸上,其发而为诗歌,自然是豪气干云了!他被除名后黯然离开京城,在南行的舟中,他作《舟中感怀寄馆中诸君(时得告之山阳挈家)》云:

扁舟迎春色,东下淮楚乡。侧身风波地,回首英俊场。顾我本俗材,百事无一长。滥迹入册府,举动初不遑。乍脱泥滓底,稍见日月光。峻阁郁前起,隐鳞天中央。春风花竹明,晓雨宫殿凉。溢目尽图史,接翼皆鸾凰。明窗置刀笔,大案罗缣缃。文字虽幼学,钝庸今废忘。不能温旧习,考古评兴亡。腼颜于其间,汗下如流浆。徒然日饱食,出入随群行。朝廷比多事,亦合强激昂。况有诏书在,烂然贴北墙。奋舌说利害,以救民膏肓。不然弃砚席,挺身赴边疆。喋血鏖羌戎,胸胆森开张。弯弓射挽枪,跃马埒大荒。功勋入丹青,名迹万世香。是亦丈夫事,不为鼠子量。数事皆不能,徒只饱腹肠。有如凫雁儿,唼唼守稻梁。岁月今逝矣,齿摇发已苍。于时既无益,自合早退藏。诸君天下选,才业吁异常。顾当发策虑,坐使中国强。蛮夷不敢欺,四海无灾殃。莫效不肖者,所向皆荒唐。又不耐羞耻,但欲归沧浪。濡毫备歌咏,仰首看翱翔。舟中稍无事,思念益以详。恨无一稜田,可以足糟糠。出处皆未决,语默两弗臧。莽不知所为,大叫欲发狂。作诗寄诸君,鄙怀实所望。②

此诗借对此前经历的回顾,自剖心迹,苏舜钦感慨自己既未能"奋舌说利害,以救民膏肓",又未能"喋血鏖羌戎,胸胆森开张",因为未能实现自己心目中的"丈夫事",又被奸人陷害,他满腔愤怒无处发泄,只能"莽不知所为,大叫欲发狂",其忧国忧民的情怀令人感动!许敦复在《苏子美文集序》中说:

夫子美抱经世之学,怀忠君之心,观其为诗文,及论时事札子,虽未见诸实事,然其议论,侃侃慷慨切直,皆有关于社稷民生之故,能言人之所不敢言,不可以区区文人才士目之矣。③

---

① (元)脱脱等撰《宋史》第37册,中华书局,1977,第13073~13079页。
② (宋)苏舜钦:《苏舜钦集》,沈文倬校点,上海古籍出版社,1981,第11页。
③ (宋)苏舜钦:《苏舜钦集》,沈文倬校点,上海古籍出版社,1981,第253页。

许敦复将苏舜钦的"诗文及论时事札子"放在一起评价,称其"议论侃侃",则其所说之"诗"当是指苏舜钦以议论见长的古体诗。

而欧阳修则是范仲淹新政的积极参与者。其一生仅有的两次被贬谪经历,都是因为支持范仲淹改革。此为人所共知,也就不必赘言。

总之,因为不满时弊,所以主张改革,这使梅、苏、欧三人都曾站在以范仲淹为首的改革派一边,他们对诗歌功利性的重视则可视为政治改革在文学中的反映,也使得他们的创作具有了引领风尚的力量。

第二个方面是对平常生活的反映。相对于唐代诗歌的高高在上,宋代诗歌则没有那种神圣感,而变成了对日常生活的写照。梅尧臣在这方面也具有开创之功,不过,他在这方面也有欠妥之处。钱锺书《宋诗选注》在为梅尧臣作小传时有如下有趣的说法:

> 他要矫正华而不实、大而无当的习气,就每每一本正经地用些笨重干燥不很像诗的词句来写琐碎丑恶不大入诗的事物,例如聚餐后害霍乱、上茅房看见粪蛆、喝了茶肚子里打咕噜之类。可以说是从坑里跳出来,不小心又恰恰掉在井里去了。再举一个例。自从"诗经·邶风"里"终风"的"愿言则嚏",打嚏喷也算是入诗的事物了,尤其是因为郑玄在笺注里采取了民间的传说,把这个冷热不调的生理反应说成离别相思的心理感应。诗人也有写自己打嚏喷因而说人家在想念的,也有写自己不打嚏喷因而怨人家不想念的。梅尧臣在诗里就写自己出外思家,希望他那位少年美貌的夫人在闺中因此大打嚏喷:"我今斋寝泰坛外,侘傺愿嚏朱颜妻。"这也许是有意要避免沈约"六忆诗"里"笑时应无比,嗔时更可怜"那类套语,但是"朱颜"和"嚏"这两个形象配合一起,无意中变为滑稽,冲散了抒情诗的气味;"愿言则嚏"这个传说在元曲里成为插科打诨的材料,有它的道理。这类不自觉的滑稽正是梅尧臣诗体改革所付的一部分代价。①

钱先生的批评准确而风趣,可是换一个角度去看问题,梅尧臣写作这些"琐碎丑恶不大入诗的事物",是他将诗歌引向生活化的结果,只是他没能很好地把握住火候,用力太猛,连丑恶的东西也都连带出来了。

之后,朱东润在《梅尧臣集编年校注》之"叙论一:梅尧臣诗的评价"中也曾对此加以批评:

---

① 钱锺书选注《宋诗选注》,人民文学出版社,1989,第14~15页。

尧臣选择诗题，不忌俗恶，有时确实能打开诗的境界，化臭腐为神奇，但是在不少的情况中，臭腐的依然还是臭腐。诗题如：

《师厚云虱古未有诗邀予赋之》（卷十五）

《秀叔头虱》（卷十六）

《扪虱得蚤》（卷十七）

《八月九日晨兴如厕有鸦啄蛆》（卷十九）

有不嫌俗恶的诗题，必然有不嫌俗恶的诗句，如：

《十一月十三日病后始入仓》：曾非雀与鼠，何彼太仓为。狐裘破不温，黄狗补其皮。霜花逐落月，缀在枯槁枝。予过年五十，瘦寝冰生肌。（卷二十二）

《倡妪叹》：万钱买尔身，千钱买尔笑。老笑空媚人，笑死人不要。（卷二十六）

"狐裘黄狗"两句，可能是写实。上句常见，下句不免突兀。《倡妪叹》一首，无论从思想内容或是从表现形式看，都使人感到臭腐。①

对于钱、朱二位先生的批评，笔者无意为梅尧臣回护，笔者想要说明的是：梅尧臣这方面的代价固然由其本人承受，但其将诗歌引向日常生活的路径经过后人的接力不断发展，最终成为"宋调"的一个特点，对这一点也应给予足够的重视。钱先生未提及这一点，朱先生仅用"有时确实能打开诗的境界，化臭腐为神奇"来肯定，都显得不够重视。而且从两位先生所举出的7首诗来看，竟然不论篇幅长短全都属于古体诗。这也就意味着这样的一个事实存在，"宋调"的生活化最初出现在古体诗中，后来才逐渐扩展到近体诗中。

欧阳修的诗歌创作特别是古体诗创作同样有朝着生活化前进的趋向。如其在夷陵所作的《千叶红梨花（峡州署中旧有此花，前无赏者，知郡朱郎中始加栏槛，命坐客赋之）》《金鸡五言十四韵》《梅圣俞寄银杏》等均带有开拓题材的意味。又有其在滁州所作《憎蚊》，写的蚊子也是丑恶的对象，其诗亦具有梅尧臣的那种短处：

扰扰万类殊，可憎非一族。甚哉蚊之微，岂足污简牍。乾坤量广大，善恶皆含育。荒茫三五前，民物交相黩。禹鼎象神奸，蛟龙远潜

---

① （宋）梅尧臣著，朱东润编年校注《梅尧臣集编年校注》上册，上海古籍出版社，1980，第24页。

伏。周公驱猛兽，人始居川陆。尔来千百年，天地得清肃。大患已云除，细微遗不录。蝇虻蚤虱蚁，蜂蝎蚘蛇蝮。惟尔于其间，有形才一粟。虽微无奈众，惟小难防毒。尝闻高邮间，猛虎死凌辱。哀哉露筋女，万古雠不复。水乡自宜尔，可怪穷边俗。晨飧下帷幮，盛暑泥驹犊。我来守穷山，地气尤卑溽。官闲懒所便，惟睡宜偏足。难堪尔类多，枕席厌缘扑。熏檐苦烟埃，燎壁疲照烛。荒城繁草树，旱气飞炎燠。羲和驱日车，当午不转毂。清风得夕凉，如赦脱囚梏。扫庭露青天，坐月荫嘉木。汝宁无他时，忍此见迫促。翾翾伺昏黑，稍稍出壁屋。填空来若翳，聚隙多可掬。丛身疑陷围，聒耳如遭哭。猛攘欲张拳，暗中甚飞镞。手足不自救，其能营背腹。盘飧劳扇拂，立寐僵僮仆。端然穷百计，还坐瞑双目。于吾固不较，在尔诚为酷。谁能推物理，无乃乖人欲。驺虞凤凰麟，千载不一瞩。思之不可见，恶者无由逐。①

尽管欧阳修也明白"甚哉蚊之微，岂足污简牍"，可是他仍用这么多的文字去写蚊子的丑恶与危害，可能的确是被滁州的蚊子折腾坏了！

比较而言，倒是苏舜钦由于不喜欢琐屑不堪之物，所以没有在诗中表现"琐碎丑恶不大入诗的事物"，因此更加超脱，但并不是说他的诗歌没有表现日常生活的现象。

总之，梅尧臣用古体诗表现日常生活的方式尽管带有如此明显的缺陷，但经过后人扬长避短之后，这种创作方式仍继续得到发展和壮大。

第三个方面是主要用于应酬交际。早在近体诗出现之前，古体诗就已经发展出酬唱和交际的功能。孔子用"兴观群怨"四字评价《诗经》，其中"群"字就包括了这样的内涵。至后世联句、同题共作等新的创作方式出现之后，诗歌的酬唱交际功能得到进一步加强。可是在唐代近体诗出现后，由于诗体短小，更适合酬唱交际，于是大量分担了原本属于古体诗的这一功能，特别是晚唐五代至宋代前期，近体诗成为创作的主体之后，情况更是如此。值得注意的是，当梅、欧等人在创作古体诗的时候，也大力发展了其酬唱交际的功能。

关于梅尧臣古体诗的题材变化，汪婉婷在论述其五古的时候有一个发现：

---

① 《欧阳修全集》第1册，李逸安点校，中华书局，2001，第45页。

> 五言古诗在早期有部分是叙事写景，并占有不少数量，另一部分是送友人和唱和，但到了后期，写景叙事部分逐渐减少，到最后几乎都是送友人赴任及酬唱之作。①

其中所说"送友人和唱和"皆可归入唱酬交际之类。五古是梅尧臣数量最多的诗体，超过其创作总量的三分之一。他不断加强五古的唱酬交际功能，这是在宋代出现的新现象。欧阳修、苏舜钦在这方面也有类似的创作。

据李逸安校点本，在欧阳修《居士集》卷一的38首古体诗中，单从题目中可以判断属于此类的即有《和丁宝臣游甘泉寺》《送京西提点刑狱张驾部》《赠杜默》《送吕夏卿》《忆山示圣俞》《送唐生》《送任处士归太原》《圣俞会饮》《送胡学士宿知湖州》《哭曼卿》《送昙颖归庐山》《送孔秀才游河北》《送黎生下第还蜀》等13首，约占总数的三分之一。卷二20首古体诗中，属于此类的有《送杨辟秀才》《送孔生再游河北》《送慧勤归余杭》《读张李二生文赠石先生》《登绛州富公嵩巫亭示同行者》《水谷夜行寄子美圣俞》《病中代书奉寄圣俞二十五兄》《读蟠桃诗寄子美》《初伏日招王几道小饮》《送章生东归》等10首，占总数的一半。又如卷七的22首古体诗中，可归入此类的有《赠沈博士歌》《和圣俞李侯家鸭脚子》《送吴生南归》《乐哉襄阳人送刘太尉从广赴襄阳》《奉酬扬州刘舍人见寄之作》《西斋手植菊花过节始开偶书奉呈圣俞》《于刘功曹家见杨直讲褒女奴弹琵琶戏作呈圣俞》《长句送陆子履学士通判宿州》《送公期得假归绛》《送宋次道学士敏求赴太平州》《谢观文王尚书举正惠西京牡丹》《送朱职方表臣提举运盐》《尝新茶呈圣俞》《次韵再作》《看花呈子华内翰》《和圣俞唐书局后丛莽中得芸香一本之作用其韵》《答刘原父舍人见过后中夜酒定复追昨日所览杂记并简梅圣俞之作》等17首，如再加上写梅尧臣得子的《洗儿歌》，则为18首，超过总数的四分之三。其余各卷所占比例虽不尽相同，但总体上约占一半，所占比例较高。

在沈文倬校点本中，苏舜钦的古体诗有5卷，其中带有酬唱交际性质的诗作也大致呈现出逐渐增加的趋势。卷一24首中，带有酬唱交际性质的只有《及第后与同年宴李丞相宅》《舟中感怀寄馆中诸君子》《送李生》3首。卷二的20首中，带有酬唱交际性质的有《哭曼卿》《送安素处士高文

---

① 汪婉婷：《梅尧臣诗体选择研究》，硕士学位论文，安徽师范大学，2015，第8页。

悦》《赠释秘演》《城南感怀呈永叔》《中秋夜吴江亭上对月怀前宰张子野及寄君谟蔡大》《和韩三谒欧阳九之作》《出京后有作寄仲文韩二兄弟永叔欧阳九和叔杜二》《寄富彦国》《高山别临机》《吕公初示古诗一编因以短歌答之》等10首，已占一半。卷三的20首诗中，带有酬唱交际性质的有《依韵和胜之暑饮》《答宋太祝见赠》《送李冀州诗》《和邻几登鲦台塔》《依韵和伯镇中秋见月九日遇雨之作》《夜闻秋生感而成咏同邻几作》《和圣俞庭菊》《答梅圣俞见赠》《舟至崔桥士人张生抱琴携酒见访》《颍川留别王公辅》《维舟野步呈子履》《过濠梁别王原叔》《和子履雍家园》《尹子渐哀辞并序》《奉酬公素学士见招之作》等15首，占四分之三。卷四的18首诗中，带有酬唱交际性质的有《郡侯访予于沧浪亭因而高会翌日以一章谢之》《送闵永言赴彭门》《寄题丰乐亭》《哭师鲁》《和永叔琅琊山庶子泉阳冰石篆诗》《答章傅》《送施秀才》《送韩三子华还家》《九月五日夜出盘门泊于湖间偶成密会坐上书呈黄尉》《送张统尉嘉禾》《寄题周源家亭》等11首，亦超过一半。卷五的14首中，带有酬唱交际性质的有《黄雍于西安修水之侧起佚老亭以奉亲》《送黄莘还家》《和菱溪石歌》《永叔石月屏图》《演化琴德素高昔尝供奉先帝闻予所藏宝琴求而挥弄不忍去因为作歌以写其意云》《寄王几道同年》等6首，如果将另外7首联句都算上，则14首全都属于此类。将这5卷加起来，带有应酬交际性质的诗歌共52首，占总数的54%。

以上数据可以充分反映出梅尧臣、欧阳修和苏舜钦大量将古体诗用于应酬和交际的现象。三人的应酬和交际虽然涉及大量的对象，但比较而言，他们之间的应酬和交际之作才是最多的。郑韵扬《知己酬唱对七言古诗表现功能的拓展——以欧阳修、梅尧臣、苏舜钦为中心》一文虽以三人唱和的七古为论述对象，但为了真切地反映三人之间使用古体诗唱和的情况，她以"欧阳修、梅尧臣、苏舜钦彼此酬唱诗歌体裁"为题做了一份表格。为方便观览，现迻录于下：

表1　欧阳修、梅尧臣、苏舜钦彼此酬唱诗歌体裁

诗体 作者	古体		近体						总计
	七古	五古	七律	五律	七绝	五绝	七排	五排	
欧阳修	51	62	20	7	5	15	1	7	168
梅尧臣	51	87	30	8	9	14	—	4	203
苏舜钦	3	6	—	1	—	—	—	—	10
总　计	105	155	50	16	14	29	1	11	381

从表一可以看出，三人之间唱和时主要使用古体诗，其中七古的总量为 105 首，五古的总量为 155 首，远远超过使用近体诗的总量。同时为了与他们各种题材的作品总量进行对比，她又以"欧阳修、梅尧臣、苏舜钦诗歌体裁"为题做了另一份表格：

表 2　欧阳修、梅尧臣、苏舜钦诗歌体裁

诗体 作者	古体		近体						总计
	七古	五古	七律	五律	七绝	五绝	七排	五排	
欧阳修	141	225	225	102	121	9	3	36	862
梅尧臣	243	1111	222	880	195	117	9	65	2842
苏舜钦	31	59	50	45	29	1	1	10	226

虽然表格 2 与笔者前文所统计不尽吻合，但对结论影响不大。①

无论是重视功利性，还是突出日常生活，还是重视应酬和交际，都能体现出梅、苏、欧等人对古体诗功能的大力拓展。

其三，大大丰富了以文为诗的内涵。以文为诗可以追溯到唐代的韩愈。陈师道《后山诗话》云："退之以文为诗，子瞻以诗为词，如教坊雷大使之舞，虽极天下之工，要非本色。"② 陈师道虽对以文为诗的做法不以为然，但他将其与韩愈联系起来的说法还是准确的。梅、苏、欧等人以文为诗跟效法韩愈有很大的关系，但三人的创作又与韩愈有很大的不同，或者说是在韩愈的基础上大大地向前发展了以文为诗。这可以从两个方面来分析。

一方面，韩愈以文为诗并未涉及诗歌的题材或内容变化。作为"文起八代之衰，而道济天下之溺"的唐代思想家和文学家，韩愈在政治上反对藩镇割据，主张加强中央集权，在思想上排斥佛道，努力建构儒家道统，在文学上提倡先秦两汉之古文，反对当时流行的骈文。可是这些内容，韩愈都是通过古文也就是散文来表达的。就其诗歌而言，韩愈以文为诗的理念并没有涉及。作为以文为诗的开创者，其在这方面最著名的诗歌是贞元十七年（801）所作的《山石》：

山石荦确行径微，黄昏到寺蝙蝠飞。升堂坐阶新雨足，芭蕉叶大

---

① 郑韵扬：《知己酬唱对七言古诗表现功能的拓展——以欧阳修、梅尧臣、苏舜钦为中心》，《北京社会科学》2021 年第 2 期，第 60 页。
② （宋）陈师道撰《后山诗话》上册，（清）何文焕撰《历代诗话》上册，中华书局，1981，第 309 页。

支子肥。僧言古壁佛画好，以火来照所见稀。铺床拂席置羹饭，疏粝亦足饱我饥。夜深静卧百虫绝，清月出岭光入扉。天明独去无道路，出入高下穷烟霏。山红涧碧纷烂漫，时见松枥皆十围。当流赤足踏涧石，水声激激风吹衣。人生如此自可乐，岂必局束为人鞿。嗟哉吾党二三子，安得至老不更归。①

此诗之所以被认为是韩愈以文为诗的代表作，主要是因为其不仅使用了散文的句法、虚词等，而且还采用了游记散文的章法，开前人未有之境界。此诗并非韩愈以文为诗的开端。韩愈之所以有这样一次借宿山寺的经历，是因为侯喜约他一起钓鱼，借宿乃归途中之事。韩愈有《赠侯喜》一诗，正好可以把之前的缘起补充清楚：

吾党侯生字叔起，呼我持竿钓温水。平明鞭马出都门，尽日行行荆棘里。温水微茫绝又流，深如车辙阔容辆。虾蟆跳过雀儿浴，此纵有鱼何足求？我为侯生不能已，盘针擘粒投泥滓。晡时坚坐到黄昏，手倦目劳方一起。暂动还休未可期，虾行蛭渡似皆疑。举竿引线忽有得，一寸才分鳞与鬐。是日侯生与韩子，良久叹息相看悲。我今行事尽如此，此事正好为吾规。半世遑遑就举选，一名始得红颜衰。人间事势岂不见，徒自辛苦终何为？便当提携妻与子，南入箕颍无还时。叔起君今气方锐，我言至切君勿嗤。君欲钓鱼须远去，大鱼岂肯居沮洳。②

此诗在章法上与《山石》类似，但较少使用虚词，而且形象性稍弱，不似《山石》有"芭蕉叶大支子肥""山红涧碧纷烂漫""水声激激风吹衣"这样情景交融的佳句。

梅、苏、欧等人学习韩愈时，也注意到其用韵等方面的特色。欧阳修《六一诗话》云：

退之笔力，无施不可，而尝以诗为文章末事，故其诗曰"多情怀酒伴，余事作诗人"也。然其资谈笑，助谐谑，叙人情，状物态，一

---

① 屈守元、常思春主编《韩愈全集校注》第 1 册，四川大学出版社，1996，第 107～108 页。
② 屈守元、常思春主编《韩愈全集校注》第 1 册，四川大学出版社，1996，第 104～105 页。

寓于诗，而曲尽其妙。此在雄文大手，固不足论，而余独爱其工于用韵也。盖其得韵宽，则波澜横溢，泛入傍韵，乍还乍离，出入回合，殆不可拘以常格，如《此日足可惜》之类是也。得韵窄，则不复傍出，而因难见巧，愈险愈奇，如《病中赠张十八》之类是也。余尝与圣俞论此，以谓譬如善驭良马者，通衢广陌，纵横驰逐，唯意所之。至于水曲蚁封，疾徐中节，而不少蹉跌，乃天下之至工也。圣俞戏曰："前史言退之为人木强，若宽韵可自足而辄旁出，窄韵难独用而反不出，岂非其拗强而然与？"坐客皆为之笑也。①

虽然欧阳修所谈主要是"独爱其工于用韵也"，但其所谓"资谈笑、助谐谑、叙人情、状物态"四点，在上引韩愈的两首诗里都有所体现。不过，梅、苏、欧虽然学韩，但他们并不止于以上四个方面，如本节前面所分析的，他们强化了诗歌的功利性，突出了题材的生活化，特别是将之大量用于应酬和交际，这都是其以文为诗在题材内容上的显著发展。

另外，梅、苏、欧等人在以文为诗时也大力改造了诗歌的艺术形式和技巧。本来，韩愈以文为诗虽然也涉及题材、内容上的一些变化，如上引欧阳修所说的那四点，但就其总体而言，其变革的重点还是诗歌的形式。除了前面提到过的章法、句法、字词等方面，他早年与孟郊一起写作的那些争险斗怪的联句也已经显示出以文为诗的特色了。上引《六一诗话》中"余独爱其工于用韵也"的表述，尤可看出韩愈的用韵技巧深为欧阳修所钦佩。尽管梅、苏、欧等人总体上没有向硬语险韵的方向发展，但之后的王安石、苏轼、黄庭坚等都在这方面有突出表现，从而形成了"以文字为诗"的特色。

再以"宋调"中更具有普遍意义的"以议论为诗"来说，也可从韩愈那里找到根据。韩愈同样作于贞元十七年的《将归赠孟东野房蜀客》云：

君门不可入，势利互相推。借问读书客，胡为在京师？举头未能对，闭眼聊自思。倏忽十六年，终朝苦寒饥。宦途竟寥落，鬓发坐差池。颍水清且寂，箕山坦而夷。如今便当去，咄咄无自疑。②

此诗表达的情感和思想跟前面所举两首非常接近，但议论的色彩更重，

---

① （宋）欧阳修《六一诗话》，（清）何文焕撰《历代诗话》上册，中华书局，第272页。
② 屈守元、常思春主编《韩愈全集校注》第1册，四川大学出版社，1996，第103页。

尤其是"君门不可入，势利互相推"一联，劈头就用议论之笔将自己多年的追求加以否定，气势颇为凌厉。梅、苏、欧等人学习韩愈以文为诗，在艺术上最突出的发展大概就是以议论为诗。梅尧臣、欧阳修都不乏以议论见长的作品，苏舜钦更是敢于用议论直接批判朝政弊端，他们在这方面都较韩愈大大向前迈进了一步。

总之，相对于韩愈，梅、苏、欧等人的以文为诗是全方位的，不仅包括了题材内容，而且不限于押韵、议论等某一方面，而是体现在包括章法、句法、字法在内的所有方面，是对韩愈以文为诗的重大发展。

当然，梅、苏、欧等人也写近体诗，其中也有一些佳作，但由于他们不重视近体诗，又太想与西昆体相背离，总体上趋于自然平易，跟古体诗的特征正好相反，因而远远不足以代表他们的创作成就。作为"宋调"的开创者，他们诗歌创作的精力主要用在了古体诗方面，他们对宋诗发展的贡献也主要体现在这里。可是直到今天，仍有少量论者在讨论他们的诗歌时，忽略其古体诗的成就，偏要去抓他们的近体诗来评价。这样的评价不仅忽视了他们在"宋调"的发展与演变过程中的重要作用，而且属于舍本求末、本末倒置，其结论自然也就不足取了。

正是由于梅、苏、欧等人的大力改造，使得古体诗成为创作的主体，使其承担了更多的责任，既可以"言志""缘情"，也可以表现对社会的关怀和对政治的批判，既可以表现日常的生活图景，也可以用来应酬交际。即便单就形式而言，他们对"以文字为诗""以议论为诗"的倡导和重视，对之后的诗人也产生了重要影响，使得二者都成了"宋调"的突出特征。

第二节
王安石改造近体诗

与梅、苏、欧等人大力改造古体诗不同，王安石虽然参与了对古体诗的改造，并且有很高的成就，但与此同时，其对近体诗的改造仍更值得受到重视。王安石改造近体诗可分为前后两个阶段，而且其具体做法和背后原因皆差距很大。在其一生的大部分时间，王安石主要写作古体诗，说其改革近体诗，其实指的是其古体诗写作习惯对近体诗的影响，是一种无意识的行为。而王安石晚年退居江宁后遍读唐人诗集，创造出一批精工自然而雅丽脱俗的"半山体"小诗，则是一种有意识的主动追求。现分三个方面来分析。

一　古体诗代表王安石前期的诗歌成就

王安石志向远大，虽才华过人，但并不以文人自期。嘉祐元年（1056），经过曾巩的多次介绍，王安石受到身为翰林学士的欧阳修的看重，欧作《赠王介甫》云：

> 翰林风月三千首，吏部文章二百年。老去自怜心尚在，后来谁与子争先。朱门歌舞争新态，绿绮尘埃试拂弦。常恨闻名不相识，相逢尊酒曷留连。①

对于王安石，欧阳修在诗中给予其极高的赞誉，并希望其在文学上能掌领一代风骚。可惜王安石志不在此，作《奉酬永叔见赠》以答：

> 欲传道义心犹在，强学文章力已穷。他日若能窥孟子，终身何敢望韩公？抠衣最出诸生后，倒屣尝倾广座中。只恐虚名因此得，嘉篇为贶岂宜蒙。②

关于欧、王之间的这次赠答，本来并没有什么歧义，却由于宋人的错误考证，引发了诸多的误解。如葛立方《韵语阳秋》卷十八载：

> 欧公赠介甫诗云："翰林风月三千首，吏部文章二百年。"可谓极其褒美。世传介甫犹以欧公不以孔、孟许之为恨，故作报诗云："他日若能窥孟子，终身何敢望韩公。"恐未必然也。尝读《曾子固集》，见子固与介甫书云："欧公更欲足下少开廓其文，勿为造语及模拟前人。孟、韩文虽高，不必似之，但取其自然。"盖荆公之文，因子固而授于欧公者甚多，则知介甫归附欧公，非一日也。叶少蕴以为荆公自比于孟子，而处欧公以韩愈，恐未必然尔。③

又朱翌《独觉寮杂记》卷上云：

> 欧阳永叔《赠介甫》云："翰林风月三千首，吏部文章二百年。"介甫答云："他日若能窥孟子，终身何敢望韩公。"议者谓介甫怒永叔

---

① 《欧阳修全集》第 3 册，李逸安点校，中华书局，2001，第 813 页。
② 王水照主编《王安石全集》第 5 册，复旦大学出版社，2017，第 465 页。
③ （宋）葛立方撰《韵语阳秋》，（清）何文焕撰《历代诗话》下册，中华书局，第 630 页。

以退之相比，介甫不知"二百年"事乃《南史》谢朓吏部也。沈约见其诗，云："二百年来无此诗。"以介甫为误。以余考之，欧公必不以谢比介甫，介甫不应误以谢为韩也。孙樵《与高锡望书》曰："唐朝以文索士，二百年间，作者数十倍，独高韩吏部。"欧公用此尔，介甫未尝误认事也。见《樵集》。①

葛立方和朱翌分别对不同的错误看法加以辨析，起到了正本清源的作用。其实王安石在诗中第一联"欲传道义心犹在，强学文章力已穷"就已经将自己的想法说得很明白了。

正是由于志在"道义"，所以王安石对诗歌的外在形式和技巧都不甚重视，他更在意的是诗歌内在的思想和情感。如其《杜甫画像》云：

> 吾观少陵诗，为与元气侔。力能排天斡九地，壮颜毅色不可求。浩荡八极中，生物岂不稠？丑妍巨细千万殊，竟莫见以何雕锼。惜哉命之穷，颠倒不见收。青衫老更斥，饿走半九州。瘦妻僵前子仆后，攘攘盗贼森戈矛。吟哦当此时，不废朝廷忧。常愿天子圣，大臣各伊周。宁令吾庐独破受冻死，不忍四海寒飕飕。伤屯悼屈止一身，嗟时之人死所羞。所以见公画，再拜涕泗流。惟公之心古亦少，愿起公死从之游。②

在宋代大诗人中，王安石最早尊崇杜甫、学习杜甫，并深深影响到此后苏轼、黄庭坚对杜甫的评价，使得杜诗的典范地位最终得以确立。可是在这首诗中，他赞美杜甫的全是其忧国忧民的情怀，竟无一字提及其艺术技巧！

王安石敢于冒天下之大不韪，与神宗皇帝推行"新法"，并不是为了个人的功名富贵，而是像杜甫一样心系国家和人民。笔者在第一章已经对王安石创作的关心民生疾苦和提倡变法思想的诗歌进行了分析，此处不复重述。对于出与处之间的矛盾，特别是出仕可能带来的祸患，王安石有着清醒的认识。其《食黍行》云：

> 周公兄弟相杀戮，李斯父子夷三族。富贵常多患祸婴，贫贱亦复

---

① （宋）朱翌撰《猗觉寮杂记》，《笔记小说大观》第6册，江苏广陵古籍刻印社，1983，第43页。
② 王水照主编《王安石全集》第5册，复旦大学出版社，2017，第261~262页。

难为情。身随衣食南与北，至亲安能常在侧。谓言黍熟同一炊，欻见陇上黄离离。游人中道忽不返，从此食黍还心悲。①

王安石此诗以议论见胜，写士人外出为官，虽可免于饥寒，但既失去了与父母相守的天伦之乐，又深陷危机，即便身为王侯将相，也难以保全自己和家人，可谓深警。

即便是与人交往的赠答诗，王安石也大量使用散文章法，"以文为诗"的特色非常鲜明。如其嘉祐年间出使辽国途中作的《奉使道中寄育王山长老常坦》：

道人少贾海上游，海舶破散身沉浮。抱金满箧人所寄，吹籁偶得还中州。赢身归金不受报，只取斗酒相献酬。欢娱慈母终一世，脱弃妻子藏岩幽。苍烟寥寥池水漫，白玉菡萏吹高秋。夜燃柏子煮山药，忆此东望无时休。塞垣春枯积雪溜，沙砾盛怒黄云愁。五更匹马随雁起，想见鄞郭花今稠。百年夸夺终一丘，世上满眼真悠悠。寄声万里心绸缪，莫道异趣无相求。②

此诗前部分叙述育王山常坦禅师的生平，颇有人物小传的味道，后部分则表现出自己的倾慕之情，虽然儒、佛"异趣"，但王安石也有归隐山林的出世之心。王安石罢相后隐居江宁蒋山，正是对于这种心愿的落实。

王安石的古体诗中，在当时影响最大，争议也最大的应该是其咏史诗《明妃曲二首》：

明妃初出汉宫时，泪湿春风鬓脚垂。低徊顾影无颜色，尚得君王不自持。归来却怪丹青手，入眼平生几曾有。意态由来画不成，当时枉杀毛延寿。一去心知更不归，可怜着尽汉宫衣。寄声欲问塞南事，只有年年鸿雁飞。家人万里传消息，好在毡城莫相忆。君不见咫尺长门闭阿娇，人生失意无南北。

明妃初嫁与胡儿，毡车百两皆胡姬。含情欲说独无处，传与琵琶心自知。黄金捍拨春风手，弹看飞鸿劝胡酒。汉宫侍女暗垂泪，沙上行人却回首。汉恩自浅胡自深，人生乐在相知心。可怜青冢已芜没，

---

① 王水照主编《王安石全集》第5册，复旦大学出版社，2017，第196页。
② 王水照主编《王安石全集》第5册，复旦大学出版社，2017，第212页。

尚有哀弦留至今。①

对于二诗，古今评价众多，认识也各不相同。在评析前诗时，霍松林强调了其独特的"翻案"意义：

> 东汉以后，"昭君出塞"和亲的故事流传甚广，大都同情昭君，把她看成被画师所害的悲剧人物，宽恕汉元帝，认为他是事前受蒙蔽、事后缠绵多情的君主，鞭挞毛延寿，认为他是酿成悲剧的祸首。王安石此诗则彻底"翻案"，别出新意，故在当时引起强烈反响，欧阳修、司马光、刘敞、曾巩等人都有和作。②

关于后诗，尤其是诗中的"汉恩自浅胡自深，人生乐在相知心"二句，在宋代引起了很多误解。朱自清辨析说：

> 就诗论诗，全篇只是以琵琶的悲怨见出明妃的悲怨：初嫁时不用说，含情无处诉，只借琵琶自写心曲。后来虽然弹琵琶劝酒，可是眼看飞鸿，心不在胡而在汉。飞鸿有三义：句子似嵇康《赠秀才入军》诗"目送飞鸿，手挥五弦"来，意思却牵涉孟子的"一心以为鸿鹄将至"，又带着盼飞鸿捎来消息。这心事"汉宫侍女"知道，只不便明言安慰，惟有暗地垂泪。"沙上行人"听着琵琶的哀响，却不禁回首，自语道：汉朝对你的恩浅，胡人对你的恩深，古语说得好，乐莫乐兮新相知，你何必老惦着汉朝呢？在胡言胡，这也是恰如其分的安慰语。这决不是明妃的嘀咕，也不是王安石自己的议论，已有人说过，只是沙上行人自言自语罢了。但是青冢芜没之后，哀弦留传不绝，可见后世人所见的还只是个悲怨可怜的明妃，明妃并未变心可知。③

王安石的这两首诗之所以引起较多的非议与争论，除了因为其"翻案"之举，与前人已有的定论不同，还由于为了突出王昭君的悲怨形象，诗人向壁虚构了"家人"和"沙上行人"的安慰之语。这两首诗作于王安石向仁宗皇帝上万言书提出变法主张却未蒙重视之后，可以推测王昭君之悲怨在一定程度上也是王安石本人因"失意"而悲哀的心理写照。

东晋陶渊明在《桃花源记》中描绘了一个与世隔绝的世外桃源，引起

---

① 王水照主编《王安石全集》第5册，复旦大学出版社，2017，第195~196页。
② 霍松林：《霍松林古诗文鉴赏集》，陕西师范大学出版社，2018，第286页。
③ 朱自清：《朱自清说诗》，东方出版社，2007，第265~266页。

后人的许多遐想。唐代王维《桃源行》、韩愈《桃源图》等都是由其生发的名作。王安石也作有一首《桃源行》：

> 望夷宫中鹿为马，秦人半死长城下。避时不独商山翁，亦有桃源种桃者。此来种桃经几春？采花食实枝为薪。儿孙生长与世隔，虽有父子无君臣。渔郎漾舟迷远近，花间相见因相问。世上那知古有秦，山中岂料今为晋？闻道长安吹战尘，春风回首一沾巾。重华一去宁复得？天下纷纷经几秦。①

程千帆在《相同的题材与不相同的主题、形象、风格——四篇桃源诗的比较研究》一文中说：

> 王安石这篇单刀直入，几乎全无景物铺陈但以议论见长的宋诗，不正是以其"虽有父子无君臣""天下纷纷经几秦"这样一些名论杰句，反映了自己先进的历史观点和政治思想，显示了诗人自己的崇高形象，从而赢得了广大读者的喜爱吗？②

王安石长于议论的特点，即便在他晚年写作的一些小诗中也表现得很明显。如其《题半山寺壁二首》：

> 我行天即雨，我止雨还住。雨岂为我行，邂逅与相遇。
> 寒时暖处坐，热时凉处行。众生不异佛，佛即是众生。③

这两首诗所写虽然是佛理，跟其前期所讲的儒家道理并不相同，但在以议论写作古体诗的方式上却是一致的。这种情况表明，即便到了晚年，王安石在古体诗中以文为诗的习惯也仍然在一定程度上得以保持。

关于王安石前期的诗歌风格，古今评价很多。如宋人敖陶孙在《诗评》中说："荆公如邓艾缒兵入蜀，要以险绝为功。"④ 其所指当主要是以上所举这类古体诗。许总在《宋诗史》中说：

> 王安石在罢相之前，由于社会意识和政治主张的直接抒发，造成诗歌创作中大量运用散文句法，畅发议论，因而其新奇的追求主要表

---

① 王水照主编《王安石全集》第5册，复旦大学出版社，2017，第196页。
② 程千帆：《古诗考索·唐代进士行卷与文学》，武汉大学出版社，2008，第39页。
③ 王水照主编《王安石全集》第5册，复旦大学出版社，2017，第169页。
④ （宋）赵与时：《宾退录》，齐治平校点，上海古籍出版社，1983，第22页。

现为宏肆的气势和劲峭的辞章。①

许先生虽未言及诗体，但从其"大量使用散文句法，畅发议论"和"宏肆的气势和劲峭的辞章"中的用词来看，所指向的应主要是古体诗。比较而言，吴小林在《王安石传》中说得更加明确："王诗前期直抒胸臆，雄健劲拔，名篇多为古诗，后期精工深婉，闲淡之中见悲壮，佳作多为绝句。"②

从前面的分析中可以看出，王安石前期的古体诗从思想到形式都深受梅、苏、欧等人以文为诗的影响，而且在表现政治内容和使用议论手法方面还向前迈了一大步。前引古今学者对其前期风格的评价，在很大程度上也是立足于其古体诗而言的。

二 王安石前期近体诗深受古体诗影响

王安石前期的诗歌成就主要体现在古体诗创作上，其对诗体的改造贡献也主要体现在古体诗创作上。但由于其志不在文学，而且从根本上忽视了诗歌的文学性，所以并不在意近体诗与古体诗表现功能的差异。或者说，以他倔强不群的性格，虽然注意到了这一点，也不屑于去做区分。正因为如此，他的近体诗也就连带着被以文为诗了。叶梦得《石林诗话》卷中云：

> 王荆公少以意气自许，故诗语惟其所向，不复更为涵蓄。如"天下苍生待霖雨，不知龙向此中蟠"，又"浓绿万枝红一点，动人春色不须多""平治险秽非无力，润泽焦枯是有材"之类，皆直道其胸中事。后为群牧判官，从宋次道尽假唐人诗集，博观而约取，晚年始尽深婉不迫之趣。乃知文字虽工拙有定限，然亦必视初壮，虽此公，方其未至时，亦不能力强而遽至也。③

叶梦得所举的三个诗联中，"浓绿"一联出自《咏石榴花》，前两句为："今朝五月正清和，榴花诗句入禅那。"但此诗不见于王安石诗集，或云为其弟王安国所作，或云为释子如静所作，暂且不论。另外两联中，"天下"

---

① 许总：《宋诗史》，重庆出版社，1992，第303页。
② 吴小林：《王安石传》，广东高等教育出版社，2001，第209页。
③ （宋）叶梦得撰《石林诗话》，（清）何文焕撰《历代诗话》上册，中华书局，1981，第419页。

一联出自《龙泉寺石井二首》其一，前两句为："山腰石有千年润，海眼泉无一日干。"① 此诗虽为七绝，但生硬峭拔，且带有明显的议论色彩。"平治"一联出自《次韵和甫咏雪》，全诗为：

> 奔走风云四面来，坐看山陇玉崔嵬。平治险秽非无德，润泽焦枯是有才。势合便疑包地尽，功成终欲放春回。寒乡不念丰年瑞，只忆青天万里开。②

此诗借雪抒怀，内中流露出诗人济苍生、安社稷的伟大理想。王安石的这类近体诗不少，这里再举一首《孤桐》：

> 天质自森森，孤高几百寻。凌霄不屈己，得地本虚心。岁老根弥壮，阳骄叶更阴。明时思解愠，愿斫五弦琴。③

此诗以议论见长，语言健劲，一如其古体诗风格。王安石前期的近体诗与古体诗风格趋同，既与叶梦得所说"少以意气自许，故其诗语惟其所向，不复更为涵蓄"有关，也可认为是其古体诗强势带动近体诗的结果。

本书第一章在讨论王安石诗歌的政治性时曾引录了他的《商鞅》《贾生》《孟子》三首七绝，都是用议论手法写成的"翻案"之作。王安石喜欢吟咏和评价历史人物，通常是为了借以表达自己的认识和观点。除了以上提到的三首，王安石近体诗中属于此类的尚有多首，就以七绝来说，仅《临川先生文集》卷三十二中都有《苏秦》《范雎》《张良》《曹参》《韩信》《伯牙》《范增二首》《两生》《谢安》《读后汉书》《读蜀志》《读唐书》《读开成事》等多首，卷三十四亦有《韩子》《宰嚭》《郭解》《读汉功臣表》《扬子》等。再看其古体诗，比较集中的有两处，《临川先生文集》卷四有《张良》《司马迁》《读墨》《读秦汉间事》等，卷九有《孔子》《杨雄二首》《汉文帝》《秦始皇》《韩信》《叔孙通》《东方朔》《杨刘》《臧仓》《田单》《戴不胜》《陆忠州》等。略加对比不难看出，二者有着比较接近的一面。以其中同题的《韩信》来说。古体诗为：

> 韩信寄食常欿然，邂逅漂母能哀怜。当时哙等何由伍，但有淮阴恶少年。谁道萧曹刀笔吏，从容一语知人意。坛上平明大将旗，举军

---

① 王水照主编《王安石全集》第5册，复旦大学出版社，2017，第657页。
② 王水照主编《王安石全集》第5册，复旦大学出版社，2017，第437页。
③ 王水照主编《王安石全集》第5册，复旦大学出版社，2017，第377页。

尽惊王不疑。救兵半楚滩半沙,从初龙且闻信怯。鸿沟天下已横分,谈笑重来卷楚氛。但以怯名终得羽,谁为孔费两将军?①

此诗主要采用对比手法,先写韩信少时不能自存,为漂母所怜,甚至为淮阴恶少所欺,蒙胯下之辱。然其为萧何所知后,被刘邦拜为大将军,最终成为消灭项羽的得力干将。王安石大力歌颂韩信的战功,与其在政治上主张对外用兵以扫平边患有很大的关联。其近体诗为:

贫贱侵凌富贵骄,功名无复在刍荛。将军北面师降虏,此事人间久寂寥。②

虽然文字更少,但古体诗里的主要意思在这里都表现出来了。不仅如此,诗人还通过"此事人间久寂寥"表现出对不世英雄的期待。相对于古体诗,王安石这首近体诗与现实的关系似乎更加明显。由于绝句字数少,在表达类似的意思时反而议论的成分更重。这两首诗都抛弃了对韩信后来悲剧命运的同情,强调的是其出身贫贱和功勋盖世,这应该也属于"翻案"。又如《汉文帝》:

轻刑死人众,丧短生者偷。仁者自此薄,哀哉不能谋。露台惜百金,灞陵无高丘。浅恩施一时,长患被九州。③

汉文帝是人们心目中的有道明君,可是王安石对他的做法却全都加以否定,认为他虽然"浅恩施一时",可是他破坏仁与孝的做法却给后世留下了永久的祸患。

王安石不仅在近体诗中表现自己的政治思想,还大大增加了议论色彩,这使得其中一些诗歌以文为诗的色彩并不亚于其古体诗。尽管如此,笔者并不认为王安石是有意改造近体诗的,而认为他是无意识地将写作古体诗的习惯迁移到近体诗之中了。秦克、巩军在其标点的《王安石全集》的"前言"中说:

王安石的古体诗学韩愈,以七言古诗为主,以文为诗,风格奇崛,表现为一方面以古文的章法、句法入诗,另一方面以古文中常见的议

---

① 王水照主编《王安石全集》第5册,复旦大学出版社,2017,第256页。
② 王水照主编《王安石全集》第5册,复旦大学出版社,2017,第646页。
③ 王水照主编《王安石全集》第5册,复旦大学出版社,2017,第255页。

论入诗,以形象的语言发表议论,以议论的方法补充形象。以文为诗的长处在于增强诗歌的表现能力,获得浑灏古茂的艺术效果;而其失误在于将以文为诗推之极端,一味以议论行之,毫无形象可言,则成了押韵之文。①

秦、巩二位先生对王安石以文为诗、以议论为诗之长处和失误的判断,不仅适用于其古体诗,也同样适用于一些近体诗。

需要特别强调的是,尽管王安石前期的一些近体诗因受到古体诗的影响而带有强烈的以文为诗色彩,但其多数作品仍沿袭了传统的写景、抒情手法,并没有受到以文为诗的影响。这里举两个例子。如《吴江》:

莽莽昔登临,秋风一散襟。地留孤屿小,天入五湖深。柑橘无千里,鱼虾有万金。吾虽轻范蠡,终欲此幽寻。②

此诗为王安石游览吴江时所作,主要写吴江之美和水产之丰富,表达了自己的归隐情结。又其《示长安君》云:

少年离别意非轻,老去相逢亦怆情。草草杯盘共笑语,昏昏灯火话平生。自怜湖海三年隔,又作尘沙万里行。欲问后期何日是,寄书应见雁南征。③

王安石此诗作于其出使辽国时,"长安君"为其妹妹,诗中全是浓浓的亲情,更容易让我们看到其倔强性格下柔软的一面。这样的诗歌也更能反映王安石早年近体诗的主流风貌。

总之,王安石早年的近体诗中,真正以文为诗的作品并不多,诗人也不是有意为之,而在很大程度上是受其古体诗影响的结果。

三 王安石后期有意改造近体诗

随着年岁和阅历的增长,王安石的诗歌观念发生了很大的变化。尤其是第二次罢相后,王安石退居金陵蒋山,既远离了当时的政治中心开封,也远离了朝廷里的争斗。尽管王安石在退居后仍然关注"新法"甚至写了

---

① (宋)王安石:《王安石全集》,秦克、巩军标点,上海古籍出版社,1999,"前言"第5页。
② 王水照主编《王安石全集》第5册,复旦大学出版社,2017,第373页。
③ 王水照主编《王安石全集》第5册,复旦大学出版社,2017,第429页。

少量歌颂变法成就的诗歌，但就总体而言，在摆脱了政治的羁绊后，王安石的心情轻松了，他的诗歌也变得澄净、优美、精致和自然流畅，因而艺术价值更高。这就是久负盛名的"半山体"。根据学者的归纳，"半山体"主要有以下几个方面的特征。

其一，体式上为绝句，包括五绝和七绝。跟之前主要重视古体诗不同，退居蒋山的王安石主要写作体式短小的绝句。如《谢公墩二首》：

我名公字偶相同，我屋公墩在眼中。公去我来墩属我，不应墩姓尚随公。

谢公陈迹自难追，山月淮云只往时。一去可怜终不返，暮年垂泪对桓伊。①

前诗由自己与谢安名、字的关联写起，说谢公墩而今就在自己隐居之处，已经归自己所属，就不应该还叫谢公墩了。后诗感慨谢安的陈迹渺然难追，可是江山云月依稀如旧。雄才大略、功业卓著的谢安晚年竟然在他人献谀时感激流泪，恐怕是老糊涂了。前诗娓娓道来，有以谢安自比之意，显得颇有趣味。后诗在倾慕谢安功业的同时，亦以其自警，免得贻人笑柄。王安石的这种认识，在他的同题古体诗中表现得更为清晰：

走马白下门，投鞭谢公墩。昔人不可见，故物尚或存。问樵樵不知，问牧牧不言。摩挲苍苔石，点检屐齿痕。想此挂长檐，想此倚短辕。想此玩云月，狼籍盘与樽。井径亦已没，漫然禾黍村。摧藏羊昙骨，放浪李白魂。亦已同山丘，缅怀蒳兰荪。小草戏陈迹，《甘棠》咏遗恩。万事付鬼箓，耻荣何足论。天机自开阖，人理孰畔援。公色无惧喜，倘知祸福根。涕泪对桓伊，暮年无乃昏。②

两相比较，虽然意思和情感大致相同，但绝句的优游不迫、含蓄蕴藉，却是古体诗所缺少的。

曾季貍在《艇斋诗话》中说："绝句之妙，唐则杜牧之，本朝则荆公，此二人而已。"③ 此说无视李白、王昌龄、李益等人的七绝成就，偏颇之处

---

① 王水照主编《王安石全集》第5册，复旦大学出版社，2017，第567~568页。
② 王水照主编《王安石全集》第5册，复旦大学出版社，2017，第185页。
③ （宋）曾季貍撰《艇斋诗话》，丁福保辑《历代诗话续编》上册，中华书局，1983，第299页。

显而易见，但其肯定王安石的绝句价值却是值得肯定的。

尤其是五绝，相对于七绝更难出彩，但王安石却写得非常出色。如其《秣陵道中口占二首》：

> 经世才难就，田园路欲迷。殷勤将白发，下马照青溪。
> 岁熟田家乐，秋风客自悲。茫茫曲城路，归马日斜时。①

两诗均表现诗人自叹经世无力而又失田园之乐的无奈，前诗托于水中映射出的斑斑白发，后诗则进一步引发出悲秋的情怀。遗憾的是王安石的五绝受到的关注不仅远不及其前期的古体诗，也不及其同时的七绝。程千帆、沈祖棻在解读前首诗的时候曾发出这样的感慨："王安石可以说是王维以后五言绝句写得最好的诗人，但人们往往注意他那些雄伟的大篇而忽略了他在这方面的成就。"②

其二，画面优美，格调高雅。王安石退居江宁时，虽然没有完全忘记"新党"在朝的事业，但当他写作"半山体"小诗时，他的内心是澄净的，没有纷扰，没有得失，也没有一点世俗气。胡仔《苕溪渔隐丛话》前集卷三十五载：

> 苕溪渔隐曰："荆公小诗，如'南浦随花去，回舟路已迷。暗香无觅处，日落画桥西。''染云为柳叶，剪水作梨花。不是春风巧，何缘有岁华。''檐日阴阴转，床风细细吹。翛然残午梦，何许一黄鹂。''蒲叶清浅水，杏花和暖风。地偏缘底绿，人老为谁红。''爱此江边好，留连至日斜。眠分黄犊草，坐占白鸥沙。''日净山如染，风暄草欲薰。梅残数点雪，麦涨一川云。'观此数诗，真可使人一唱而三叹也。"③

"南浦"诗题即《南浦》，"染云"诗题即《染云》，"檐日"诗题为《午睡》，"蒲叶"诗题即《蒲叶》，"爱此"诗题为《题舫子》，"日净"诗题为《题齐安壁》。胡仔所列，基本上都可以归为写景诗，画面鲜活，格调高雅，没有一点尘俗成分。

虽然胡仔所举全是五绝，但王安石的七绝也具有同样的特点。如《钟山即事》：

---

① 王水照主编《王安石全集》第5册，复旦大学出版社，2017，第533页。
② 程千帆、沈祖棻选注《古诗今选》，陕西师范大学出版社，2019，第713页。
③ （宋）胡仔纂集《苕溪渔隐丛话》前集，廖德明校点，人民文学出版社，1962，第234页。

涧水无声绕竹流，竹西花草弄春柔。茅檐相对坐终日，一鸟不鸣山更幽。①

题曰"即事"，其实诗人何尝有事可记？他不过是陶醉于优美的钟山（即蒋山）美景之中，自适自乐罢了。至于后世争论改动王籍诗句是否合理的问题，其实甚为无谓。有鸟鸣，可见山幽，无鸟鸣，亦可见山幽。只要诗人内心澄净，钟山就是幽静的。在"半山体"诗歌中，无论五言还是七言，大都具有黄庭坚所说"雅丽清绝，脱去流俗"的特征。

其三，韵味悠长，温情款款。无论是相对于王安石前期的诗歌还是相对于宋代其他诗人的绝句，"半山体"都显得特别富于情韵。这在上文所举的例子中已有充分的体现。这里再举两首五绝。如《江上》云：

江水漾西风，江花脱晚红。离情被横笛，吹过乱山东。②

关于这首诗的佳处，钱志熙在评析时这样说：

开始两句重用"江水""江花"，写得自然优美，"漾"字、"脱"字，尤其是"脱"字用得很新，有新意，又很自然，所写景物宛然在目，很传神，可与唐人的名句媲美。后面两句用笔很快，设相也很妙，把离情这种无形的情感，寄托于可以闻听的横笛之曲声，二者联系紧密，浑然一体，因此很传神。③

其实，即便是前两句中，王安石亦赋予了"江水""江花"浓浓的温情。唯其如此，才能与后面所写"浑然一体"。又如《春晴》云：

新春十日雨，雨晴门始开。静看苍苔纹，莫上人衣来。④

此诗明显从王维《书事》脱胎而来。王诗云：

轻阴阁小雨，深院昼慵开。坐看苍苔色，欲上人衣来。⑤

不过，王维喜欢的是雨中苍苔的色泽，王安石关注的是天晴时苍苔的

---

① 王水照主编《王安石全集》第5册，复旦大学出版社，2017，第603页。
② 王水照主编《王安石全集》第5册，复旦大学出版社，2017，第532页。
③ 《宋诗一百首》，岳麓书社，2011，第40页。
④ 王水照主编《王安石全集》第5册，复旦大学出版社，2017，第537页。
⑤ （唐）王维撰，（清）赵殿成笺注《王右丞集笺注》，上海古籍出版社，1984，第274页。

生长，虽然表面意思相异，但笔下的苍苔都是如此的生动传神，体现的都是闲居的乐事。

杨万里作为以绝句著名的重要诗人，亦对王安石的绝句颇为称道。他在《诚斋诗话》中说：

> 五七字绝句最少，而最难工，虽作者亦难得四句全好者。晚唐人与介甫最工于此……如介甫云："更无一片桃花在，为问春归有底忙。""只是虫声已无梦，三更桐叶强知秋。""百啭黄鹂看不见，海棠无数出墙头。""暗香一阵风吹起，知有蔷薇涧底花。"不减唐人，然鲜有四句全好者……介甫云："水际柴扉一半开，小桥分路入青苔。背人照影无穷柳，隔屋吹香并是梅。"……四句皆好矣。①

杨万里所举，"更无"一联出自《陂麦》，前两句为："陂麦连云惨淡黄，绿阴门巷不多凉。"引诗中"为问"二字，集中作"借问"。②"只是"一联出自《五更》，原作："青灯隔幔映悠悠，小雨含烟凝不流。只听蛩声已无梦，五更桐叶强知秋。"③"百啭"一联出自《独卧》其二，前两句为："茅檐午影转悠悠，门闭青苔水乱流。"④"暗香"一联出自《同熊伯通自定林过悟真二首》其一，前两句为："与客东来欲试茶，倦投松石坐欹斜。"引诗中"风吹"二字，集中作"连风"。⑤无论是"有底忙"的桃花，还是"强知秋"的桐叶、"出墙头"的海棠、"暗香吹起"的蔷薇，都不再仅仅是自然界的一种花木，而是被赋予了人的情感、知觉、视觉、听觉，脉脉含情，余韵悠然。

其四，精工与自然的统一。"半山体"体现了多方面的技术成分，但又能透过技术达到自然的高度。如《南浦》云：

> 南浦东冈二月时，物华撩我有新诗。含风鸭绿粼粼起，弄日鹅黄袅袅垂。⑥

---

① （宋）杨万里撰《诚斋诗话》，丁福保辑《历代诗话续编》上册，中华书局，1983，第141~142页。
② 王水照主编《王安石全集》第5册，复旦大学出版社，2017，第555页。
③ 王水照主编《王安石全集》第5册，复旦大学出版社，2017，第571页。
④ 王水照主编《王安石全集》第5册，复旦大学出版社，2017，第644页。
⑤ 王水照主编《王安石全集》第5册，复旦大学出版社，2017，第585页。
⑥ 王水照主编《王安石全集》第5册，复旦大学出版社，2017，第554页。

此诗作于元丰六年（1083）。魏泰《临汉隐居诗话》云：

> 元丰癸亥春，予谒王荆公于钟山。因从容问公："比作诗否？"公曰："久不作矣，盖赋咏之言亦近口业。然近日复不能忍，亦时有之。"予曰："近诗自何始，可得闻乎？"公笑而口占一绝云……真佳句也。①

对于这首诗的好处，惠洪在《冷斋夜话》卷四将其解读为"诗言其用不言其名"：

> 用事琢句，妙在言其用，不言其名耳。此法唯荆公、东坡、山谷三老知之。荆公曰："含风鸭绿粼粼起，弄日鹅黄袅袅垂。"此言水柳之用，而不言水柳之名也。②

与此类似的诗句，王安石还有一些，如前人已经举出的"缲成白雪桑重绿，割尽黄云稻正青"，出自《木末》，前两句为："木末北山烟冉冉，草根南涧水泠泠。"③ 用白雪指丝，黄云指麦，亦是言其用而不言其名。又如《北山》云：

> 北山输绿涨横陂，直堑回塘滟滟时。细数落花因坐久，缓寻芳草得归迟。④

王兆鹏认为此诗作于元丰七年（1084）之前，并说本篇也是"半山体"的代表作。取景别致，叙事简约，表情深曲，用语精整，达到很高的艺术境界。⑤

叶梦得《石林诗话》卷上则从对仗的角度指出上引二诗的高妙之处：

> 王荆公晚年诗律尤精严，造语用字，间不容发。然意与言会，言随意遣，浑然天成，殆不见有牵率排比处。如"含风鸭绿鳞鳞起，弄日鹅黄袅袅垂"，读之初不觉有对偶。至"细数落花因坐久，缓寻芳草得归迟"，但见舒闲容与之态耳。而字字细考之，若经檃括权衡者，其

---

① （宋）魏泰撰《临汉隐居诗话》，（清）何文焕撰《历代诗话》上册，中华书局，1981，第327页。
② （宋）惠洪撰《冷斋夜话》，张伯伟编校《稀见本宋人诗话四种·日本五山版冷斋夜话》，江苏古籍出版社，2002，第43页。
③ 王水照主编《王安石全集》第5册，复旦大学出版社，2017，第556页。
④ 王水照主编《王安石全集》第5册，复旦大学出版社，2017，第573页。
⑤ 王兆鹏、黄崇浩编选《王安石集》，凤凰出版社，2014，第116页。

用意亦深刻矣。①

王安石晚年诗歌如此精巧，跟他下大力气雕琢字句有很大的关系。陈善在《扪虱新话》下集卷一"荆公诗极精巧"条云：

> 荆公晚年诗极精巧，如"木落山林成自献，潮回洲渚得横陈""一水护田将绿绕，两山排闼送青来"之类，可见其琢句工夫，然论者犹恨其雕刻太过。公尝读杜荀鹤《雪》诗云："江湖不见飞禽影，岩谷惟闻折竹声。"改云："宜作禽飞影、竹折声。"又王仲至《试馆职》诗云："日斜奏罢《长杨赋》，闲拂尘埃看画墙。"公又改为"奏赋《长杨》罢"，云如此语健。此亦是一癖。②

关于王安石的"半山体"小诗，莫砺锋《论王荆公体》一文的最后一段概括得非常透彻：

> "王荆公体"是指王安石诗的独特风格而言的，它的主要风格特征是既新奇工巧又含蓄深婉，其主要载体是他晚期的绝句。"王荆公体"既体现了宋诗风貌的部分特征，又体现了向唐诗复归的倾向。王安石在建立宋诗独特风貌的过程中做出了很大的贡献，但是最能代表宋诗特色的诗人却不是他而是苏、黄。③

虽然莫先生使用了"王荆公体"，但其所指就是本书所说的"半山体"。"半山体"虽然体现了"向唐诗复归的倾向"，但其在"宋调"的建构过程中第一次体现出对于近体诗特别是绝句的重视和有意改造，故深受苏轼、黄庭坚的推崇，为二人此后进一步融合古体诗与近体诗奠定了基础。

总之，对于古体诗和近体诗，王安石退居江宁前后的态度和做法都是不同的。之前，他非常重视古体诗，诗风峻峭，是"宋调"发展中的重要一环。与此同时，他的古体诗创作影响到近体诗，使其部分近体诗也显示出以文为诗的特色和峭拔的风格。如果说王安石前期在近体诗中以文为诗可能还是无意识的行为，那么他在后期创作"半山体"，并在风格上回归

---

① （宋）叶梦得撰《石林诗话》，（清）何文焕撰《历代诗话》上册，中华书局，1981，第406页。
② （宋）陈善撰《扪虱新话》，（宋）俞鼎孙、俞经辑刊《儒学警悟》，中华书局，2000，第749页。
③ 莫砺锋：《唐宋诗歌论集》，凤凰出版社，2007，第260页。

"唐音",则是其有意识的追求。虽然说王安石晚年回归"唐音"也就在一定程度上意味着对于之前他参与建构的"宋调"的否定,但由于"半山体"精工自然,情韵悠然,具有很高的成就,得到苏轼、黄庭坚的肯定和赞美,所以仍然为此后"宋调"的进一步发展提供了养分。

第三节
苏轼以近体革新古体

作为宋代最杰出的诗人,苏轼的创作虽然几乎涉及所有的诗体,但也并非各体皆长。比如说,他的五律和五绝数量较少,水平也不够突出。沈德潜在《说诗晬语》卷下中甚至说:"苏诗长于七言,短于五言。"① 苏轼的五古数量很多,可是从后世的评价看,其中佳作亦远不及其七古中多。这里暂举两首,如其《迁居临皋亭》云:

> 我生天地间,一蚁寄大磨。区区欲右行,不救风轮左。虽云走仁义,未免违寒饿。剑米有危炊,针毡无稳坐。岂无佳山水,借眼风雨过。归田不待老,勇决凡几个。幸兹废弃余,疲马解鞍驮。全家占江驿,绝境天为破。饥贫相乘除,未见可吊贺。淡然无忧乐,苦语不成些。②

此诗作于元丰三年(1080),时苏轼从初到黄州贬所借居的定慧院迁至临皋亭。其处景色虽然优美,但诗人仅用"全家占江驿,绝境天为破"加以概括,并未写出其美之所在。全诗以议论和叙述为主,又使用仄声韵,所以显得有些拗峭,但并不算出色,倒是其中的炼句颇为后人推崇。如赵翼《瓯北诗话》卷五"苏东坡诗"条云:

> 坡诗不以炼句为工;然亦有研炼之极,而人不觉其炼者。如:"年来万事足,所欠惟一死。""饥来据空案,一字不堪煮。""周公与管蔡,恨不茅三间。人间无正味,美好出艰难。""剑米有危炊,毡针无稳坐。""舌音渐獠变,面汗尝骍羞。""云碓水自春,松门风为关。""潜

---

① (清)沈德潜撰《说诗晬语》,(清)王夫之等撰《清诗话》下册,上海古籍出版社,1978,第544页。
② 《苏轼诗集》第4册,(清)王文诰辑注,孔凡礼点校,中华书局,1982,第1053~1054页。

鳞有饥蛟，掉尾取渴虎。"此等句在他人虽千锤万杵，尚不能如此爽劲；而坡以挥洒出之，全不见用力之迹，所谓天才也。①

比较而言，《泛颍》应该算是苏轼五古中比较突出的一首：

> 我性喜临水，得颍意甚奇。到官十日来，九日河之湄。吏民笑相语，使君老而痴。使君实不痴，流水有令姿。绕郡十余里，不驶亦不迟。上流直而清，下流曲而漪。画船俯明镜，笑问汝为谁。忽然生鳞甲，乱我须与眉。散为百东坡，顷刻复在兹。此岂水薄相，与我相娱嬉。声色与臭味，颠倒眩小儿。等是儿戏物，水中少磷缁。赵、陈、两欧阳，同参天人师。观妙各有得，共赋泛颍诗。②

此诗作于元祐六年（1091），时苏轼在颍州知州任上，故得以泛颍为乐。跟上诗相比，此诗显得自然活泼、妙趣横生，尤其是"画船"以下数句，写自己的影子在水中的变化聚合，颇有奇幻色彩。方东树在《昭昧詹言》卷十二中说："坡公之诗，每于终篇之外，恒有远境，匪人所测。于篇中又各有不测之远境，其一段忽从天外插来，为寻常胸臆中所无有。"③ 这正好可以用来解读这首诗的妙处。以上两首五古都使用以议论为诗的手法，这在一定程度上表明以文为诗已经是苏轼诗歌的基本特色了。

不过，就总体而言，苏轼的诗歌成就主要体现在包括七绝、七律和七古在内的七言诗上。因此，下文即以其七言诗作为研究对象对苏轼的诗体创新加以探讨。

一 近体诗驾轻就熟

苏轼是才华型的诗人，并不以近体诗见长。尽管如此，他仍有一些大家公认的佳作。写作七绝、七律对他来说显得太过容易，往往可以随手而成，不费工夫。

先就七绝而言。苏轼可以将七绝写得特别灵动，如其《六月二十七日望湖楼醉书五绝》其一云：

---

① （清）赵翼：《瓯北诗话》，霍松林、胡主佑校点，人民文学出版社，1963，第75页。
② 《苏轼诗集》第6册，（清）王文诰辑注，孔凡礼点校，中华书局，1982，第1794~1795页。
③ （清）方东树：《昭昧詹言》，汪绍楹校点，人民文学出版社，1961，第292页。

黑云翻墨未遮山，白雨跳珠乱入船。卷地风来忽吹散，望湖楼下水如天。①

此诗作于熙宁五年（1072）苏轼任杭州通判期间，诗人以极其灵动的笔触将大雨到来前后的天气变化写得如此真切鲜活，令人叹为观止。刘逸生是这样解读的：

　　诗人把一场忽然而来又忽然而去的骤雨，抓住了它几个要点，写得如此鲜活，富于情趣，确是颇见功夫。用"翻墨"写出云的来势，用"跳珠"描绘雨的特点，自然是骤雨而不是久雨。"未遮山"是骤雨才有的景象。"卷地风"说明雨过得快的原因，都是如实描写，却分插在第一第三句中，彼此呼应，烘托得好。最后用"水如天"写一场骤雨的结束，又有悠然不尽的情致。句中又用"白雨"和"黑云"映衬，用"水如天"和"卷地风"对照，用"乱入船"与"未遮山"比较，都显示出作者构思时的用心。这二十八个字，好像是随笔挥洒，信手拈来，仔细寻味，便看出作者功力的深厚，只是在表面上不着痕迹罢了。②

苏轼的七绝又特别长于使用新奇的比喻。如其同样作于杭州西湖的《饮湖上初晴后雨二首》其二：

　　水光潋滟晴方好，山色空蒙雨亦奇。若把西湖比西子，淡妆浓抹总相宜。③

此诗作于熙宁六年（1073）春。为了表现西湖晴天、雨天各有一番风致，苏轼分别将其比拟为淡妆和浓抹的美女西施。这种忽略具体而仅仅抓住神韵的做法，正是典型的"遗貌取神"。后人对此诗评价极高。如宋代陈善在《扪虱新话》上集卷一"借西子形容西湖"条云：

　　东坡酷爱西湖，尝作诗云："若把西湖比西子，淡妆浓抹总相宜。"识者谓此两句已道尽西湖好处。公又有诗云："云山已作歌眉敛，山下

---

① 《苏轼诗集》第2册，（清）王文诰辑注，孔凡礼点校，中华书局，1982，第340页。
② 上海辞书出版社文学鉴赏辞典编纂中心编《历代名诗鉴赏·宋诗》，上海辞书出版社，2018，第95页。
③ 《苏轼诗集》第2册，（清）王文诰辑注，孔凡礼点校，中华书局，1982，第430页。

碧流清似眼。"予谓此诗又是为西子写生也。要识西子，但看西湖，要识西湖，但看此诗。①

陈善所举另一联出自《次韵曹子方运判雪中同游西湖》，是一首仄韵七律，全诗为：

> 词源滟滟波头展，清唱一声岩谷满。未容雪积句先高，岂独湖开心自远。云山已作歌眉浅，山下碧流清似眼。樽前侑酒只新诗，何异书鱼餐蠹简。②

除了所举之联亦有近似将西湖比作西施的意境之外，其余诗句不算出色。又清代查慎行在《初白庵诗评》卷中评价《饮湖上初晴后雨二首》其二中"水光"二句说："多少西湖诗被二语扫尽，何处着一毫脂粉颜色。"③王文诰在该诗后加按语云：

> 此是名篇，可谓前无古人，后无来者。公凡西湖诗，皆加意出色，变尽方法。然皆在《钱塘集》中。其后帅杭，劳心灾赈，已无复此种杰构，但云"不见跳珠十五年"而已。④

即便是题画，苏轼也能借助于想象将诗歌写得异常鲜活。如其《题惠崇春江晚景二首》其一就是一个经典的例子：

> 竹外桃花三两枝，春江水暖鸭先知。蒌蒿满地芦芽短，正是河豚欲上时。⑤

此诗作于元丰八年（1085）冬，表现的却是一片生机勃勃的春意。对于此诗的佳处，张晨的解读比较通俗易懂：

> 这首诗既是与画紧密相联的题画诗，又是独立于画外的山水诗。一个"鸭先知"，一个"河豚欲上时"，不但丰富了原画的意境，而且

---

① （宋）陈善撰《扪虱新话》，（宋）俞鼎孙、俞经辑刊《儒学警悟》，中华书局，2000，第668页。
② 《苏轼诗集》第6册，（清）王文诰辑注，孔凡礼点校，中华书局，1982，第1749页。
③ （清）查慎行撰《初白庵诗评》卷中，乾隆四十二年（1777）涉园刻本，第7页。
④ 《苏轼诗集》第2册，（清）王文诰辑注，孔凡礼点校，中华书局，1982，第430页。
⑤ 《苏轼诗集》第5册，（清）王文诰辑注，孔凡礼点校，中华书局，1982，第1401页。

增添了诗作的机智感、活泼感，升华了诗的境界，不愧为千古佳篇。①

其年神宗去世，哲宗即位，高太后垂帘听政，重新起用"旧党"，朝政为之一新。苏轼因此心情大好，所作之诗亦洋溢着欢快。比较而言，也许其二更有利于读者理解苏轼当时的心情：

> 两两归鸿欲破群，依依还似北归人。遥知朔漠多风雪，更待江南半月春。②

苏轼以画中的"归鸿"自比，明确表达出对春天的渴望。这不正是他在其一中所要传达的信息吗？

在其七绝作品中，苏轼还有一首以说理见长的杰作《题西林壁》：

> 横看成岭侧成峰，远近高低总不同。不识庐山真面目，只缘身在此山中。③

此诗作于元丰七年（1084）苏轼从黄州团练副使改移汝州（今河南临汝）的途中。王文诰在前两句后加按语云："凡此种诗，皆一时性灵所发，若必胸有释典，而后炉锤出之，则意味索然矣。"④ 王文诰强调苏轼一些诗歌为"一时性灵所发"，真是苏轼的异代知音！不过总的来说，古人对这首诗关注不多，然今人多喜其中的哲理，故推崇备至。

相对于七绝容易写得纤弱、平滑，律诗因为需要对仗，所以不仅增加了难度，而且通常具有一点拗折之感。如李白的绝句写得出神入化，如行云流水，却不大写律诗，即便写了少量作品也不大使用对仗，不能说没有这方面的原因。可是经历了几百年的积累，到苏轼的时代，律诗写作已成为很简单的事情。尤其是对于苏轼这样才力富健的诗人来说，写作律诗已经谈不上有多少难度了，而如何出新变成了新的问题。如其早年所作的《和子由渑池怀旧》：

> 人生到处知何似？应似飞鸿踏雪泥。泥上偶然留指爪，鸿飞那复计东西。老僧已死成新塔，坏壁无由见旧题。往日崎岖还记否，路上

---

① 张晨主编《中国题画诗分类鉴赏辞典》，辽宁美术出版社，1992，第323页。
② 《苏轼诗集》第5册，（清）王文诰辑注，孔凡礼点校，中华书局，1982，第1402页。
③ 《苏轼诗集》第4册，（清）王文诰辑注，孔凡礼点校，中华书局，1982，第1219页。
④ 《苏轼诗集》第4册，（清）王文诰辑注，孔凡礼点校，中华书局，1982，第1219页。

人困蹇驴嘶。①

此诗作于嘉祐六年（1061）十一月，苏轼赴凤翔签判任，行至渑池，回想起其弟苏辙以前所赠之诗，乃作此诗。从各种评价来看，此诗的好处有二：一是用"雪泥鸿爪"形象地指代人生经历，富有哲理色彩；二是文意的自然畅达，虽为次韵，却游刃有余。二十多岁的苏轼就已经写出这样的佳作，显示出过人的才华与创造力。

此后又过了十多年，苏轼的七律更加灵活生动了。如其在杭州通判任上所作的《有美堂暴雨》：

> 游人脚底一声雷，满座顽云拨不开。天外黑风吹海立，浙东飞雨过江来。十分潋滟金樽凸，千杖敲铿羯鼓催。唤起谪仙泉洒面，倒倾鲛室泻琼瑰。②

此诗作于熙宁六年（1073）七月，诗人在化用前人成语的同时，又自铸伟词，形象飞动，气势酣畅，风格雄壮，历来好评如潮。洪迈在《容斋四笔》卷二说：

> 东坡在杭州作《有美堂会客诗》，颔联云："天外黑风吹海立，浙东飞雨过江来。"读者疑海不能立，黄鲁直曰：盖是为老杜所误，因举《三大礼赋·朝献太清宫》云："九天之云下垂，四海之水皆立"以告之。二者皆句语雄峻，前无古人。坡和陶《停云》诗有"云屯九河，雪立三江"之句，亦用此也。③

在前人的基础上，许结对这首诗的解读更加具体：

> 诗人登上吴山之巅，遥对海门，俯瞰钱塘江流，绘声绘色地摹写了骤然而至的暴风雨壮观。诗为七律，首联蓄势，以写暴雨将至之景象；次联绘色，写出风雨骤至之壮观；末联骋思，诗人自拟谪仙，化暴雨为不择地而出的滔滔文才，借以寄发心中豪迈磊落之气。诗或用前贤句式句意，或用典故，或用重字（如"立""凸"），然配合整体诗情诗境，殊无模仿之迹、滞重之弊，反如行云流水，自然清雄。清

---

① 《苏轼诗集》第1册，（清）王文诰辑注，孔凡礼点校，中华书局，1982，第97页。
② 《苏轼诗集》第2册，（清）王文诰辑注，孔凡礼点校，中华书局，1982，第483页。
③ （宋）洪迈：《容斋随笔》，上海古籍出版社，1996，第630~631页。

人以为"写暴雨非此杰作不称"（弘历《御选唐宋诗醇》卷三十四）、"摹写暴雨，章法亦奇"（查慎行《初白庵诗评》卷下），正从一个侧面阐发了东坡写景诗的卓异风格。①

苏轼作于同一时期的七律名作还有《新城道中二首》其一：

> 东风知我欲山行，吹断檐间积雨声。岭上晴云披絮帽，树头初日挂铜钲。野桃含笑竹篱短，溪柳自摇沙水清。西崦人家应最乐，煮芹烧笋饷春耕。②

此诗中间两联，虽用了对仗，却不受对仗拘束，不仅形象贴切生动，极富生活气息，而且热情奔放，喜气洋洋，甚得其七绝之所长。

即便是谪居黄州艰难困苦的时期，苏轼依然能够作出激情澎湃的七律佳篇。如元丰四年（1081）作于黄州的《正月二十日，往岐亭，郡人潘、古、郭三人送余于女王城东禅庄院》：

> 十日春寒不出门，不知江柳已摇村。稍闻决决流冰谷，尽放青青没烧痕。数亩荒园留我住，半瓶浊酒待君温。去年今日关山路，细雨梅花正断魂。③

纪昀在评价这首诗时说："东坡七律往往一笔写出，不甚绳削。其高处在气机生动，才力富健。其不及古人者，在少熔炼之工与浑厚之致。"④ 纪昀的评价正好可以概括苏轼七律的妙处。至于其说"少熔炼之工与浑厚之致"，则属于没有道理的复古呓语。苏诗的价值在于开创了前人未有之境界，而不在于"及古人"。

比较而言，赵翼《瓯北诗话》卷五中的说法更能够反映出苏轼七律的创新之处：

> 坡诗有云："清诗要锻炼，方得铅中银。"然坡诗实不以锻炼为工；其妙处在乎心地空明，自然流出，一似全不著力，而自然沁入心脾。此其独绝也。今第就其七言律论之，如："天外黑风吹海立，浙东飞雨

---

① 周勋初审定，许结编注《宋诗》，天地出版社，1997，第70页。
② 《苏轼诗集》第2册，（清）王文诰辑注，孔凡礼点校，中华书局，1982，第436~437页。
③ 《苏轼诗集》第4册，（清）王文诰辑注，孔凡礼点校，中华书局，1982，第1078页。
④ （清）纪昀刊误《〈瀛奎律髓〉刊误》上册，吴晓峰点校，武汉出版社，2008，第230页。

过江来。"(《有美堂暴雨》)"人未放归江北路，天教看尽浙西山。"(《游杭州诗》)"令严钟鼓三更月，野宿貔貅万灶烟"(《郊坛侍祠》)"弄风骄马跑空立，趁兔苍鹰掠地飞。"(《常山小猎》)"龙卷鱼虾并雨落，人随鸡犬上墙眠。"(《江涨》)"露布朝驰玉关塞，捷书夜报甘泉宫。"(《洮西捷报》)此数联固坡集中最雄伟之作，然非其至也。"人似秋鸿来有信，事如春梦了无痕。"(《与潘郭二生同游忆去岁旧迹》)"官事无穷何日了，菊花有信不吾欺。"(《次张十七赠子由诗》)"倦客再游今老矣，高僧一笑故依然。"(《书普庵长老壁》)"门外想无千斛米，墓中知有百年人。"(《送李邦直赴史馆》)"属纩家无十金产，过车巷哭六州民。"(《陆诜挽诗》)"请看行路无从涕，尽是当年不忍欺。"(《徐君猷挽诗》)"江上秋风无限浪，枕中春梦不多时。"(《次蒋颖叔韵》)"旧游似梦徒能说，迁客如僧岂有家。"(《酬黄师是送酒》)"醉眼有花书字大，老人无睡漏声长。"(《夜直玉堂》)"佐卿岂是归来鹤，次律宁非过去僧。"(《惠州白鹤观新居将成》)"相与啮毡持汉节，何妨振履出商音。"(《海外归答郑介夫》)"当日无人送临贺，至今有庙祀潮州。"(《北归过岭》)此数十联，乃是称心而出，不假雕饰，自然意味悠长；即使事处，亦随其意之所欲出，而无牵合之迹。此不可以声调格律求之也。①

即便仅仅根据赵翼所举，也可见出苏轼七律中好诗甚多，其所谓"称心而出，不假雕饰"的概括，亦得到了后人的认同。又延君寿在《老生常谈》中说：

> 尝论东坡七律，固是学问大，然终是天才迥不犹人，所以变化开合，神出鬼没，若行乎其所无事。如《和晁同年九日见寄》后半首云："古来重九皆如此，别后西湖付与谁？遣子穷愁天有意，吴中山水要清诗。"又有一意翻为一联，用笔用气直贯至尾，魄力雄健者。《送傅倅》云："两见黄花扫落英，南山山寺遍题名。宗成不独依岑范，鲁卫终当似弟兄。去岁云涛浮汴泗，与君泥土满衣缨。如今别酒休辞醉，试听双洪落后声。"又《雪夜独宿柏山庵》云："晚雨纤纤变玉霙，小庵高卧有余清。梦惊忽有穿窗片，夜静惟闻泻竹声。稍压冬温聊得健，未

---

① （清）赵翼：《瓯北诗话》，霍松林、胡主佑校点，人民文学出版社，1963，第57~58页。

濡秋旱若为耕？天公用意真难会，又作春风烂漫晴。"纯以质劲之气，作闪烁之笔，遂能于寻常蹊径中，得此出没变化之妙。"①

延君寿对苏轼的称赞，承续了赵翼"坡诗实不以锻炼为工，其妙处在乎心地空明，自然流出，一似全不著力"的观点，增加了对于"变化开合，神出鬼没"的肯定。之后施补华《岘佣说诗》云："东坡七律，一气相生旋转自如之作，最为上乘；言情深至者亦可取；填砌典故，凑韵成篇者，最下。"② 则同时包括了这两方面的含义。

综合三家意见，可以认为"气机生动"而又"神出鬼没"是苏轼七律中最值得称道的突出特点。这其实跟他的七绝是一致的。苏轼的七绝、七律虽然写得挥洒自如，姿态万状，但对于他来说，其体式还是过于短小，缺少腾挪跳跃的空间，所以他还是更加愿意创作长短自由的古体诗。

最后需要指出的是，苏轼的七绝和七律也都在不同程度上接受了散文的影响，带有以文为诗的色彩。

二 苏轼古体诗深得近体诗佳处

与纪昀的复古意愿相反，苏轼写作古体诗也没有想要"及古人"，而是想要有所创新，而其创新的主要方式就是借近体诗之流利革除旧体诗之古拗。而这一点正是其古体诗中最可贵的方面。今存吕本中《童蒙训》的佚文曰："老杜歌行，最见次第出入本末。而东坡长句，波澜浩大，变化莫测；如作杂剧，打猛诨入，却打猛诨出也。"③ 吕本中所云"七言长句"，指的就是七古。李重华《贞一斋诗说》云：

> 赵宋诗家，欧、梅始变西昆旧习，然亦未诣其盛。至坡公始以其才涵盖今古，观其命意，殆欲兼擅李、杜、韩、白之长；各体中七古尤阔视横行，雄迈无敌，此亦不可时代限者。④

对于苏轼的各种诗体，李重华独推七古，这跟宋代以来的评价都是一

---

① （清）延君寿撰《老生常谈》，郭绍虞编选，富寿荪校点《清诗话续编》第 3 册，上海古籍出版社，1983，第 1818~1810 页。
② （清）施补华撰《岘佣说诗》，（清）王夫之等撰《清诗话》下册，上海古籍出版社，1978，第 994 页。
③ （宋）吕本中撰《吕本中全集》第 3 册，韩酉山辑校，中华书局，2019，第 1028 页。
④ （清）李重华《贞一斋诗说》，（清）王夫之等撰《清诗话》下册，上海古籍出版社，1978，第 927 页。

致的。施补华《岘佣说诗》云:

> 东坡五古,有精神饱满才气坌涌甚不可及者,如"千山动鳞甲""何人守蓬莱"诸篇。①

> 东坡最长于七古,沉雄不如杜,而奔放过之;秀逸不如李,而超旷似之,又有文学以济其才。有宋三百年无敌手也。②

施补华不仅继续肯定了"东坡最长于七古"这种观点,而且对其原因进行了分析。以上说法都可谓深刻,都看到了苏轼七古的独特价值所在,虽然他们对其风格的概括各有不同,吕本中赞其"波澜洪大,变化莫测",李重华美其"阔视横行,雄迈无敌",施补华重其"奔放"与"超旷",但所指大体还是一致的。苏轼的七古之所以形成雄姿英发、姿态万状的特色,从诗体影响的角度看,实际上是接受近体诗的影响而又发扬光大的结果。这可以从以下几个方面来看。

其一,近体诗对七古句式的影响。本来,对仗是律诗的独特句式要求,古体诗则不需要对仗。可是,苏轼的七古却较多地使用对仗句。苏轼的这个做法应当是受到欧阳修的影响,但显然其比欧走得更远。吴可《藏海诗话》载:"欧公云:'古诗时为一对,则体格峭健。'"③ 张淘在《苏轼七言古诗中的对仗艺术——兼论古体诗"律化"的问题》一文中曾经对苏轼的七古的对仗情况做过具体的统计:

> 苏轼古诗约867首,七古约361首,占三分之一强,七古中完全不使用对仗的约184首,使用一两联对仗的约128首,使用三联对仗的23首,这在比例上与欧阳修、王安石等人集中七古使用对仗的频率大体类似;但是苏诗中大量使用对仗的约有26首,这个数字形成了一种新的创作模式,尤其是那些首尾皆对的作品。④

如果说一首七古中偶尔使用一联、两联对仗在当时不算特别,那么使

---

① (清)施补华撰《岘佣说诗》,(清)王夫之等撰《清诗话》下册,上海古籍出版社,1978,第983页。
② (清)施补华撰《岘佣说诗》,(清)王夫之等撰《清诗话》下册,上海古籍出版社,1978,第989页。
③ (宋)吴可撰《藏海诗话》,丁福保辑《历代诗话续编》上册,中华书局,1983,第335页。
④ 张淘:《苏轼七言古诗中的对仗艺术——兼论古体诗"律化"的问题》,《四川大学学报》(哲学社会科学版)2017年6期,第29~30页。

用三联甚至更多的对仗无疑就很突出了。为了说明这个问题，张淘又对这26首七古中的对仗情况进行了具体考察，这里转引其中的一节：

> 《二十七日自阳平至斜谷宿于南山中蟠龙寺》除最后两句外整首诗几乎全为对仗。"横槎晚渡碧涧口，骑马夜入南山谷"同样用对仗句叙述；"谷中暗水响泷泷，岭上疏星明煜煜"描述所见风景；"寺藏岩底千万仞，路转山腰三百曲"，笔锋陡转，写出寺庙所在地的险峭，"千万仞"对"三百曲"，既造成了数字上的悬殊对立又是一种夸张描述，气势横放。"风生饥虎啸空林，月黑惊麇窜修竹"，"风生"对"月黑"不够工整，是作者为了突出夜晚山林中的险象采取的妥协。"入门突兀见深殿，照佛青荧有残烛"，上句叙述，下句描写进门第一眼见到的景象，不露刻意痕迹。"愧无酒食待游人，旋斫杉松煮溪蕨"写僧人招待自己的举动，"愧无"对"旋斫"属粗对却起到紧密联系上下句的作用。"板阁独眠惊旅枕，木鱼晓动随僧粥"从游人的角度来写，"起观万瓦郁参差，目乱千岩散红绿"是平常写景，"门前商贾负椒荈，山后咫尺连巴蜀"，以"商贾"对"咫尺"，以"椒荈"对"巴蜀"，灵活多变。最后归结为"何时归耕江上田，一夜心逐南飞鹄"。汪师韩评此诗："其中写景处，语刻画而句浑成，读之可怖可喜，笔力奇绝。"指的是其中对仗的地方既用心又不留痕迹，能够使读者忘却对仗这种形式，通过多种角度的叙述达到浑然天成的效果。①

像这样的七古，竟然几乎全由对仗联组成，可以见出苏轼是有意使用近体诗法来写作古体诗的。在张淘所考察的26首七古中，这是个普遍现象，更可见出近体诗至少在句式上对苏轼的七古的影响已经非常深入了。

其二，苏轼近体诗影响古体诗创作更直接的例子。如其七律《出颍口初见淮山是日至寿州》云：

> 我行日夜向江海，枫叶芦花秋兴长。长淮忽迷天远近，青山久与船低昂。寿州已见白石塔，短棹未转黄茅冈。波平风软望不到，故人久立烟苍茫。②

---

① 张淘：《苏轼七言古诗中的对仗艺术——兼论古体诗"律化"的问题》，《四川大学学报》（哲学社会科学版）2017年6期，第30页。
② 《苏轼诗集》第1册，（清）王文诰辑注，孔凡礼点校，中华书局，1982，第282~283页。

此诗作于熙宁四年（1071）。对于诗中的特点，何满子在评析时说：

> 本诗是一首拗律，好几句都是三个平声字或三个仄声字联用；"寿州"句竟用了六个仄声字，全句只有一个平声字；"波平"句也连用四个仄声字，而且全诗失粘，很有点古风的味道，在苏轼的七律中别具一格。清人方东树评之曰"奇气一片"，可谓会心之见。①

苏轼本人对此诗也颇为满意。施注云："东坡尝纵笔书此诗且题云：'予年三十六，赴杭倅过寿，作此诗。今五十九，南迁至虔，烟雨凄然，颇有当年气象也。'墨迹在吴兴秦氏。"②

值得注意的是，苏轼另有一首古体诗与此诗非常近似。高步瀛《唐宋诗举要》引吴汝纶之言云："公有古风一首，与此略同，盖自喜之甚，复约之以为近体。"③其所说"古风一首"指的就是七古《李思训画长江绝岛图》：

> 山苍苍，水茫茫，大孤小孤江中央。崖崩路绝猿鸟去，惟有乔木攙天长。客舟何处来？棹歌中流声抑扬。沙平风软望不到，孤山久与船低昂。峨峨两烟鬟，晓镜开新妆。舟中贾客莫漫狂，小姑前年嫁彭郎。④

这首诗也是苏诗中的精品，古今选评者众多。如陶文鹏点评说：

> 元丰元年（1078）在徐州作。这首题画诗热烈赞美李思训的山水画艺和如画江山。诗中既生动地描绘出画中实景，又发挥诗的想象，使画中山水更瑰丽动人。"沙平""孤山"二句，写船与孤山在波浪上长久地高低起伏的动景，乃画笔所不能到。"峨峨"四句先以女子的发髻比喻大小孤山的峰峦，又以晓镜比喻江面和湖面，再现出画中青绿澄澈的山水意境，接着利用民间传说，用谐音双关的手法，把比喻再加引申，写小姑嫁彭郎，使诗境增添了地方生活的色彩，又谐趣盎然。全篇句式长短错落，节奏悠扬，音韵优美。⑤

---

① 上海古籍出版社编《宋辽金诗鉴赏》，上海古籍出版社，1998，第159页。
② 《苏轼诗集》第1册，（清）王文诰辑注，孔凡礼点校，中华书局，1982，第282页。
③ 高步瀛选注《唐宋诗举要》下册，上海古籍出版社，1978，第658页。
④ 《苏轼诗集》第3册，（清）王文诰辑注，孔凡礼点校，中华书局，1982，第873页。
⑤ 陶文鹏编著《苏轼集》，河南文艺出版社，2018，第195页。

前贤早已指出，此诗中"沙平风软望不到，孤山久与船低昂"二句，系从前诗中第七句"波平风软望不到"和第四句"青山久与船低昂"移来而略加变化得出的，可见这两首诗的确存在内在的关联。然此诗作于元丰年间，比《出颍口初见淮山是日至寿州》迟了几年。吴汝纶"约之以为近体"的说法不仅与事实不符，而且与实际情况恰恰相反：苏轼是因为喜欢七律《出颍口初见淮山是日至寿州》，才将其中的佳处用到了七古《李思训画长江绝岛图》中，这是近体诗影响古体诗的明证。

其三，之前两个方面的考察，虽然可以从不同的方面看出近体诗对苏轼古体诗的影响，但这些影响还都是表面现象。苏轼的七古得之七绝、七律的主要是豪迈奔放的气势和变化莫测的诗境。对于七古，王士禛在《师友诗传录》里曾经提出这样的要求：

　　七言古平仄相间换韵者，多用对仗，间似律句无妨。若平韵到底者，断不可杂以律句。大抵通篇平韵，贵飞扬；通篇仄韵，贵矫健。皆要顿挫，切忌平衍。①

为了便于比较，我们按照王士禛所说的几种情况分别选择苏轼的名篇来加以考察。先看"平仄相间换韵者"，苏轼的《游金山寺》是个很好的例子：

　　我家江水初发源，宦游直送江入海。闻道潮头一丈高，天寒尚有沙痕在。中泠南畔石盘陀，古来出没随涛波。试登绝顶望乡国，江南江北青山多。羁愁畏晚寻归楫，山僧苦留看落日。微风万顷靴文细，断霞半空鱼尾赤。是时江月初生魄，二更月落天深黑。江心似有炬火明，飞焰照山栖鸟惊。怅然归卧心莫识，非鬼非人竟何物。江山如此不归山，江神见怪惊我顽。我谢江神岂得已，有田不归如江水。②

此诗作于苏轼赴杭州通判任途中，诗中使用对仗的仅有"微风"一联，并未"多用对仗"，更谈不上"间似律句"，可是这些又何尝影响此诗的妙处呢？程千帆在《读宋诗随笔》中评析这首诗说：

　　诗题为游寺，通篇寓情于景。其写蜀人远宦，写冬季来游，写金

---

① （清）王士禛撰《师友诗传录》，（清）王夫之等撰《清诗话》下册，上海古籍出版社，1963，第135页。
② 《苏轼诗集》第2册，（清）王文诰辑注，孔凡礼点校，中华书局，1982，第307~308页。

山特色，写登山望乡，都很分明。以下转入山僧留看落日，但以"微风"二句略作形容后，便将难见之江中炬火代替了常见之江干落日，从而抒其所见所感。至于炬火是否江神示意，则更不加以说明，留供读者推想。起结遥相呼应，不可移易地写出了蜀士之远游，而中间由泛述金山，而进写傍晚江干断霞，深夜江中炬火。笔次骞腾，兴象超妙，而依然层次分明。此诗之不可及处或在于此。①

再看"平韵到底者"，如《寄吴德仁兼柬陈季常》云：

东坡先生无一钱，十年家火烧凡铅。黄金可成河可塞，只有霜鬓无由玄。龙丘居士亦可怜，谈空说有夜不眠。忽闻河东狮子吼，拄杖落手心茫然。谁似濮阳公子贤，饮酒食肉自得仙。平生寓物不留物，在家学得忘家禅。门前罢亚十顷田，清溪绕屋花连天。溪堂醉卧呼不醒，落花如雪春风颠。我游兰溪访清泉，已办布袜青行缠。稽山不是无贺老，我自兴尽回酒船。恨君不识颜平原，恨我不识元鲁山。铜驼陌上会相见，握手一笑三千年。②

此诗以自嘲开端，继而调侃好友陈慥，并以此二者反衬吴瑛的潇洒自适，表现出强烈的向往之情。虽用笔详略有别，但三人的形象都颇为传神。诗中表现谐趣，但并未堕入油滑，而近似于柏梁体的密集押韵，更强化了词气的畅达。又如《书王定国所藏烟雨叠嶂图》：

江上愁心千叠山，浮空积翠如云烟。山耶云耶远莫知，烟空云散山依然。但见两崖苍苍暗绝谷，中有百道飞来泉。萦林络石隐复见，下赴谷口为奔川。川平山开林麓断，小桥野店依山前。行人稍度乔木外，渔舟一叶江吞天。使君何从得此本，点缀毫末分清妍。不知人间何处有此境，径欲往买二顷田。君不见武昌樊口幽绝处，东坡先生留五年。春风摇江天漠漠，暮云卷雨山娟娟。丹枫翻鸦伴水宿，长松落雪惊醉眠。桃花流水在人世，武陵岂必皆神仙。江山清空我尘土，虽有去路寻无缘。还君此画三叹息，山中故人应有招我归来篇。③

---

① 程千帆：《读宋诗随笔》，中国青年出版社，2011，第 84~85 页。
② 《苏轼诗集》第 4 册，（清）王文诰辑注，孔凡礼点校，中华书局，1982，第 1341~1342 页。
③ 《苏轼诗集》第 5 册，（清）王文诰辑注，孔凡礼点校，中华书局，1982，第 1607~1608 页。

这是一首题咏山水画的名作，作于元祐三年（1088）苏轼在翰林学士任上。绘画者王诜，藏画者王巩，都是其好友。苏轼前十二句摹写画意，句句欲活，各种景象扑面而来。他甚至想买田隐居其中，但他又想起了之前在黄州的谪居生活，只能感叹自己没有仙缘，还是跟故人回到山中去吧。

以上二诗都平韵到底，前者无对仗联，后者有"丹枫"下两个对仗联，显出信笔挥洒又姿态横生的妙处，尤其是后诗偶尔间用几个九字以上的长句，更增加全诗的动荡之气。

再看一首"通篇仄韵"的例子，如《寓居定惠院之东，杂花满山，有海棠一株，土人不知其贵也》：

> 江城地瘴蕃草木，只有名花苦幽独。嫣然一笑竹篱间，桃李漫山总粗俗。也知造物有深意，故遣佳人在空谷。自然富贵出天姿，不待金盘荐华屋。朱唇得酒晕生脸，翠袖卷纱红映肉。林深雾暗晓光迟，日暖风轻春睡足。雨中有泪亦凄怆，月下无人更清淑。先生食饱无一事，散步逍遥自扪腹。不问人家与僧舍，拄杖敲门看修竹。忽逢绝艳照衰朽，叹息无言揩病目。陋邦何处得此花，无乃好事移西蜀。寸根千里不易致，衔子飞来定鸿鹄。天涯流落俱可念，为饮一樽歌此曲。明朝酒醒还独来，雪落纷纷那忍触。①

此诗为苏轼在黄州所作，用了较多的对仗联，如"也知""朱唇""林深""雨中"几联皆是，但并未显得"矫健"，反倒与前面所举的平韵诗一样自然活泼，酣畅淋漓，更多呈现出"飞扬"之美。至于其歌行体的七古，则更加气势奔放了。如《秧马歌》：

> 过庐陵，见宣德郎致仕曾君安止，出所作《禾谱》。文既温雅，事亦详实，惜其有所缺，不谱农器也。予昔游武昌，见农夫皆骑秧马。以榆枣为腹欲其滑，以楸桐为背欲其轻，腹如小舟，昂其首尾，背如覆瓦，以便两髀，雀跃于泥中，系束藁其首以缚秧。日行千畦，较之伛偻而作者，劳佚相绝矣。《史记》：禹乘四载，泥行乘橇。解者曰：橇形如箕，擿行泥上。岂秧马之类乎？作《秧马歌》一首，附于《禾

---

① 《苏轼诗集》第4册，（清）王文诰辑注，孔凡礼点校，中华书局，1982，第1036~1037页。

谱》之末云。

> 春云蒙蒙雨凄凄,春秧欲老翠剗齐。嗟我妇子行水泥,朝分一垅暮千畦。腰如箜篌首啄鸡,筋烦骨殆声酸嘶。我有桐马手自提,头尻轩昂腹胁低。背如覆瓦去角圭,以我两足为四蹄。竿踊滑汰如鳬鹥,纤纤束藁亦可贵。何用繁缨与月题,却从畦东走畦西。山城欲闭闻鼓鼙,忽作的卢跃檀溪。归来挂壁从高栖,了无刍秣饥不啼。少壮骑汝逮老鳖,何曾蹴轶防颠隮。锦鞯公子朝金闺,笑我一生蹋牛犁,不知自有木駃騠。①

王士博在《苏轼诗论》中这样说这首诗的好处：

> 写得逸兴遄飞,想出意表,不仅把秧马写活了,而且写得比活马还优越,真是令人绝倒。读诗的人可以想出诗人乘兴挥毫,掀须大笑的风采,摸触到他的热诚爽朗的性格,体会到他对农民的一片热心肠。②

从前面的分析可以看出,苏轼的七古虽然也有平韵、仄韵、平仄换韵三种情况,其中亦有或者使用或者不使用对仗联的情况,但都以气势澎湃、变化莫测为追求。王士禛所概括的几种区别,在苏轼这里根本就不存在。对于苏轼而言,他无论是平仄换韵,还是平韵或仄韵到底,都能将七古写得逸兴遄飞,酣畅淋漓。归根结底,这实际上是苏轼有意将近体诗的特点移入古体诗并进一步放大的结果。

三 次韵长诗尤具奔放流畅之美

对于苏轼来说,之前已有的诗歌要求已不再具有束缚创作的作用,他更喜欢带有创新色彩的诗体形式,如次韵诗。王若虚《滹南诗话》卷二云：

> 次韵实作者之大病也。诗道至宋人,已自衰弊,而又专以此相尚,才识如东坡,亦不免波荡而从之,集中次韵者几三之一。虽穷极技巧,倾动一时,而害于天全多矣。使苏公无此,其去古人何远哉?③

---

① 《苏轼诗集》第 6 册,（清）王文诰辑注,孔凡礼点校,中华书局,1982,第 2051~2052 页。
② 王士博:《苏轼诗论》,《吉林大学社会科学学报》1981 年第 1 期,第 25 页。
③ （元）王若虚撰《滹南诗话》,丁福保辑《历代诗话续编》上册,中华书局,1983,第 515~516 页。

其实，王若虚的批评并没有道理。次韵创作虽然使难度大大提高，但并没有阻碍苏轼的脚步，反而激发了他的兴趣，让他写出更好的作品。宋人朱弁《风月堂诗话》载时人晁说之之言云：

"指呼市人如使儿"，东坡最得此三昧，其和人诗用韵妥帖圆成，无一字不平稳。盖天才能驱驾，如孙、吴用兵，虽市井乌合亦皆为我臂指，左右前却在我顾盼间，莫不听顺也。前后集似此类者甚多，往往有唱首不能逮者。①

由此可见，次韵并未对苏轼诗歌产生不利影响，王若虚以此批苏，实在是无的放矢，并无实际意义。现以七古为对象，分几种情况来说。

第一种，次韵自己的诗作。苏轼有时会一次写作两首以上，然后分别寄给不同的人。如《百步洪二首并叙》云：

王定国访余于彭城。一日，棹小舟，与颜长道携盼、英、卿三子游泗水，北上圣女山，南下百步洪，吹笛饮酒，乘月而归。余时以事不得往，夜着羽衣，伫立于黄楼上，相视而笑，以为李太白死，世间无此乐三百余年矣。定国既去逾月，复与参寥师放舟洪下，追怀曩游，已为陈迹，喟然而叹。故作二诗，一以遗参寥，一以寄定国，且示颜长道、舒尧文邀同赋云。

其一

长洪斗落生跳波，轻舟南下如投梭。水师绝叫凫雁起，乱石一线争磋磨。有如兔走鹰隼落，骏马下注千丈坡。断弦离柱箭脱手，飞电过隙珠翻荷。四山眩转风掠耳，但见流沫生千涡。险中得乐虽一快，何意水伯夸秋河。我生乘化日夜逝，坐觉一念逾新罗。纷纷争夺醉梦里，岂信荆棘埋铜驼。觉来俯仰失千劫，回视此水殊委蛇。君看岸边苍石上，古来篙眼如蜂窠。但应此心无所住，造物虽驶如吾何。回船上马各归去，多言譊譊师所呵。

佳人未肯回秋波，幼舆欲语防飞梭。轻舟弄水买一笑，醉中荡桨肩相摩。不学长安闾里侠，貂裘夜走胭脂坡。独将诗句拟鲍、谢，涉江共采秋江荷。不知诗中道何语，但觉两颊生微涡。我时羽服黄楼上，

---

① （宋）朱弁撰《风月堂诗话》卷下，贾文昭主编《皖人诗话八种》，黄山书社，2014，第24~25页。

坐见织女初斜河。归来笛声满山谷,明月正照金叵罗。奈何舍我入尘土,扰扰毛群欺卧驼。不念空斋老病叟,退食谁与同委蛇。时来洪上看遗迹,忍见屐齿青苔窠。诗成不觉双泪下,悲吟相对惟羊、何。欲遣佳人寄锦字,夜寒手冷无人呵。①

其一名声很大,尤其是"有如兔走鹰隼落"以下几句,连用几个比喻来写水势,大气磅礴,快如闪电,被钱锺书称为"莎士比亚式的比喻"。其二则是次韵而成,虽不似其一以气势逼人见长,但调侃王巩携营妓荡舟的乐趣,亦写得妙趣横生,潇洒自如。

有时则是先作一首,停一段时间又次韵和作一首。如绍圣元年(1094),苏轼在惠州贬所作了一首《十一月二十六日,松风亭下,梅花盛开》:

春风岭上淮南村,昔年梅花曾断魂。岂知流落复相见,蛮风蜒雨愁黄昏。长条半落荔支浦,卧树独秀桄榔园。岂惟幽光留夜色,直恐冷艳排冬温。松风亭下荆棘里,两株玉蕊明朝暾。海南仙云娇堕砌,月下缟衣来扣门。酒醒梦觉起绕树,妙意有在终无言。先生独饮勿叹息,幸有落月窥清樽。②

之后,他又以《再用前韵》为题作了一首:

罗浮山下梅花村,玉雪为骨冰为魂。纷纷初疑月挂树,耿耿独与参横昏。先生索居江海上,悄如病鹤栖荒园。天香国艳肯相顾,知我酒熟诗清温。蓬莱宫中花鸟使,绿衣倒挂扶桑暾。抱丛窥我方醉卧,故遣啄木先敲门。麻姑过君急扫洒,鸟能歌舞花能言。酒醒人散山寂寂,惟有落蕊黏空樽。③

数日后梅花落了,苏轼又作《花落复次前韵》:

玉妃谪堕烟雨村,先生作诗与招魂。人间草木非我对,奔月偶桂成幽昏。暗香入户寻短梦,青子缀枝留小园。披衣连夜唤客饮,雪肤

---

① 《苏轼诗集》第3册,(清)王文诰辑注,孔凡礼点校,中华书局,1982,第891~894页。
② 《苏轼诗集》第6册,(清)王文诰辑注,孔凡礼点校,中华书局,1982,第2075~2076页。
③ 《苏轼诗集》第6册,(清)王文诰辑注,孔凡礼点校,中华书局,1982,第2076~2077页。

满地聊相温。松明照坐愁不睡，井华入腹清而瞰。先生来年六十化，道眼已入不二门。多情好事余习气，惜花未忍都无言。留连一物吾过矣，笑领百罚空罍樽。①

此三诗皆佳，尤以前两首更为出色。

有时苏轼则是先作一首，待他人有和答后，再次韵创作。如苏轼在杭州通判任上曾作《腊日游孤山访惠勤惠思二僧》。此诗被李杞和作后，苏轼作《李杞寺丞见和前篇复用元韵答之》。之后，他又作《再和》。在得到了他人（也许还是李杞）的进一步和作后，苏轼再作《游灵隐寺得来诗复用前韵》。就这样，苏轼竟然用同样的韵脚一连作了四首七古长篇。虽然这组作品在艺术上并不出众，但这开始显示出苏轼对反复次韵的创作兴致。又如苏轼在杭州通判任上曾至湖州一带经营水利，在镇江时，曾作《同柳子玉游鹤林招隐醉归呈景纯》，刁约和答一首，苏轼又作《景纯见和复次韵赠之二首》。柳瑾亦和了一首，苏轼于是作《柳子玉亦见和因以送之兼寄其兄子璋道人》。柳瑾又次韵一首写自家家宴的诗寄给苏轼，苏轼又作《子玉家宴用前韵见寄复答之》。之后，刁约又次韵作了两首，于是苏轼又作《景纯复以二篇一言其亡兄与伯父同年之契一言今者唱酬之意仍次其韵》。就这样，前前后后，因苏轼的一首诗又带出了 11 首诗，仅苏轼自己次韵就多达 6 首。这里再举其元祐元年任翰林学士时创作的一组诗。苏轼先作了《送陈睦知潭州》一诗：

华清缥缈浮高栋，上有缃林藏石瓮。一杯此地初识君，千岩夜上同飞鞚。君时年少面如玉，一饮百觚嫌未痛。白鹿泉头山月出，寒光泼眼如流汞。朝元阁上酒醒时，卧听风銮鸣铁凤。旧游空在人何处，二十三年真一梦。我得生还雪鬓满，君亦老嫌金带重。有如社燕与秋鸿，相逢未稳还相送。洞庭青草渺无际，天柱紫盖森欲动。湖南万古一长嗟，付与骚人发嘲弄。②

苏轼与陈睦的交情不算深，而且由于二者对于之前杭州发生的夏沈香案件的处理，观点并不一致，故此诗近似一般应酬。苏轼首先追忆了两人

---

① 《苏轼诗集》第 6 册，（清）王文诰辑注，孔凡礼点校，中华书局，1982，第 2078~2079 页。
② 《苏轼诗集》第 5 册，（清）王文诰辑注，孔凡礼点校，中华书局，1982，第 1427~1429 页。

相识的经过和当时一起饮酒、游赏的快意,将陈的风流潇洒刻画得非常生动。之后转入如今的送别,湖南江山如画,希望陈睦可以写出更多的好诗来。全诗虽用仄声韵,依然流转自如,并无生硬之感。苏轼此诗流传后,引起翰林院同僚和答,于是他又作了《用前韵答西掖诸公见和》以答谢:

> 双猊蟠础龙缠栋,金井辘轳鸣晓瓮。小殿垂帘白玉钩,大宛立仗朱丝鞚。风驭宾天云雨隔,孤臣忍泪肝肠痛。美君意气风生坐,落笔纵横盘走汞。上樽日日泻黄封,赐茗时时开小凤。闭门怜我老太玄,给札看君赋云梦。金奏不知江海眩,木瓜屡费琼瑶重。岂惟寒步苦追攀,已觉侍史疲奔送。春还宫柳腰支活,水入御沟鳞甲动。借君妙语发春容,顾我风琴不成弄。①

相对于前诗,此诗不仅受到用韵的限制,而且大量使用对仗,难度大大增加,可是苏轼依然将其写得摇曳生姿,顾盼自雄。尤其是最后几句写春天景色,"春还"一联活泼生动,富有神韵。

从以上举例可以看出,次韵不仅没有影响苏轼随心所欲地表达诗情,而且还增加了其作品的魅力。这些作品与他的其他七古诗,总体上都是一致的。

第二种,与他人次韵,更能难中见巧。《梁溪漫志》卷七云:

> 作诗押韵是一奇。荆公、东坡、鲁直押韵最工,而东坡尤精于次韵,往返数四,愈出愈奇。如作梅诗、雪诗押"瞰"字、"叉"字,在徐州与乔太博唱和押"粲"字,数诗特工。荆公和"叉"字数首,鲁直和"粲"字数首,亦皆杰出。盖其胸中有数万卷书,左抽右取,皆出自然。初不着意要寻好韵,而韵与意会,语皆浑成,此所以为好。若拘于用韵,必有牵强处,则害一篇之意,亦何足称?②

不过,费衮这里所举主要是近体诗的情况,其中只有"押'瞰'字"属于七古,已见前引。苏轼喜欢梅花,但他的咏梅诗大都采用次韵的形式。我们这里讨论的是七古,所以再举其中的七古为例。

---

① 《苏轼诗集》第5册,(清)王文诰辑注,孔凡礼点校,中华书局,1982,第1429~1430页。
② (宋)费衮撰《梁溪漫志》,金圆校点,《宋元笔记小说大观》第3册,上海古籍出版社,2001,第3406页。

元丰八年（1080），秦观作《和黄法曹忆建溪梅花》：

> 海陵参军不枯槁，醉忆梅花愁绝倒。为怜一树傍寒溪，花水多情自相恼。清泪斑斑知有恨，恨春相逢苦不早。甘心结子待君来，洗雨梳风为谁好？谁云广平心似铁，不惜珠玑与挥扫。月没参横画角哀，暗香销尽令人老。天分四时不相贷，孤芳转盼同衰草。要须健步远移归，乱插繁华向晴昊。①

此诗在当时即为王安石、苏轼、黄庭坚所称赏。吴聿《观林诗话》载秦观的话说：

> 太虚又云："仆有《梅花》一诗，东坡为和。王荆公尝书之于扇。"有见荆公扇上所书者，乃"月落参横画角哀，暗香消尽令人老"两句。涪翁又爱其四句云："清泪斑斑知有恨，恨春相逢苦不早。甘心结子待君来，洗雨梳风为谁好。"曰："《玉台》诗中，气格高者乃能及此耳。"②

其实当时和此诗的不只苏轼，还有苏辙、黄庭坚和参寥等人。秦观所谓"东坡为和"，即指《和秦太虚梅花》：

> 西湖处士骨应槁，只有此诗君压倒。东坡先生心已灰，为爱君诗被花恼。多情立马待黄昏，残雪消迟月出早。江头千树春欲暗，竹外一枝斜更好。孤山山下醉眠处，点缀裙腰纷不扫。万里春随逐客来，十年花送佳人老。去年花开我已病，今年对花还草草。不知风雨卷春归，收拾余香还畀昊。③

秦诗已是次韵，出手不俗，而苏轼此诗作于黄州贬所，于艰难困苦中表现出了更高的境界：诗中所写都是对秦观梅诗的赏爱，对梅花的喜爱，对孤山赏梅的回忆和如今对梅花的辜负与珍惜等，其中竟然没有一丝个人愁苦。尤其是"江头"一联，写梅最为传神，深得许多论者的喜爱。如陈善《扪虱新话》上集卷一"评诗句可作画本"条云：

---

① （宋）秦观撰，徐培均笺注《淮海集笺注》，上海古籍出版社，2000，第139页。
② （宋）吴聿撰《观林诗话》，丁福保辑《历代诗话续编》上册，中华书局，1983，第121页。
③ 《苏轼诗集》第4册，（清）王文诰辑注，孔凡礼点校，中华书局，1982，第1185页。

东坡《咏梅》,有"竹外一枝斜更好"之句,此便是坡作夹竹梅花图,但未下笔耳。每咏其句,便如行孤山篱落间,风光物彩来照映人,应接不暇也。近读山谷文字云:"适人以桃杏、杂花拥一枝梅见惠,谷为作诗,不知惠者何人,然能如此安排,亦是不凡。正如市倡东涂西抹中,忽见谢家夫人,萧散自有林下风气,益复可喜。"窃谓此语便可与东坡诗对画作两幅图子也。戏录于此,将与好事者以为画本。①

蔡正孙《诗林广记后集》卷六"秦少游"条在论及这首诗时说:"前辈谓东坡《梅花》诗有押皞字韵三首,皆绝妙,摆落陈言,古今人未尝经道者。愚谓此篇语义亦高妙,如'竹外一枝斜更好'之句,写出梅花幽独闲静之趣,真不在'暗香疏影'之下也。"②

参寥之作当即《次韵少游和子理梅花》:

> 朔风萧萧方振槁,雪压茅斋欲攲倒。门前谁送一枝梅,问讯山僧少病恼。强将笔力为君写,丽句已输何逊早。碧桃丹杏空自妍,嚼蕊嗅香无此好。先生携酒傍玉丛,醉里雄辞惊电扫。东溪不见谪仙人,江路还逢少陵老。我虽不饮为诗牵,不惜山衣同藉草。要须陶令插花归,醉卧清风轶轩昊。③

后来,苏轼读到参寥和答之作,意犹未尽,又作《再和潜师》:

> 化工未议苏群槁,先向寒梅一倾倒。江南无雪春瘴生,为散冰花除热恼。风清月落无人见,洗妆自趁霜钟早。惟有飞来双白鹭,玉羽琼枝斗清好。吴山道人心似水,眼净尘空无可扫。故将妙语寄多情,横机欲试东坡老。东坡习气除未尽,时复长篇书小草。且撼长条餐落英,忍饥未拟穷呼昊。④

此诗虽不及前诗出色,然前八句写江南梅花,亦别有一番风味,而其文理顺达,自然流畅,亦是苏轼一贯之特点。

---

① (宋)陈善撰《扪虱新话》,(宋)俞鼎孙、俞经辑刊《儒学警悟》,中华书局,2000,第664页。

② (宋)蔡正孙撰《诗林广记》,常振国、降云点校,中华书局,1982,第363页。

③ (宋)道潜:《参寥子诗集》,孙海燕点校,上海古籍出版社,2017,第62页。

④ 《苏轼诗集》第4册,(清)王文诰辑注,孔凡礼点校,中华书局,1982,第1186页。

不过，苏轼有时也会故意在七古中追求拗峭之感。这里举其《次韵王定国南迁回见寄》为例：

> 土晕铜花蚀秋水，要须悍石相砻砥。十年冰蘖战膏粱，万里烟波濯纨绮。归来诗思转清激，百丈空潭数鲂鲤。逝将桂浦撷兰荪，不记槐堂收剑履。却思庾岭今何在，更说彭城真梦耳。（来诗述彭城旧游。）君知先竭是甘井，我愿得全如苦李。妄心不复九回肠，至道终当三洗髓。广陵阳羡何足较，（余买田阳羡，来诗以为不如广陵。）只有无何真我里。乐全老子今禅伯，（谓张安道也，定国其婿。）掣电机锋不容拟。心通岂复问云何，印可聊须答如是。相逢为我话留滞，桃花春涨孤舟起。①

关于这首诗的写作背景，苏轼在《王定国诗集叙》中介绍得很清楚：

> 古今诗人众矣，而杜子美为首，岂非以其流落饥寒，终身不用，而一饭未尝忘君也欤。
>
> 今定国以余故得罪，贬海上五年，一子死贬所，一子死于家，定国亦病几死。余意其怨我甚，不敢以书相闻。而定国归至江西，以其岭外所作诗数百首寄余，皆清平丰融，蔼然有治世之音，其言与志得道行者无异。幽忧愤叹之作，盖亦有之矣，特恐死岭外，而天子之恩不及报，以忝其父祖耳。孔子曰："不怨天，不尤人。"定国且不我怨，而肯怨天乎！余然后废卷而叹，自恨期人之浅也。
>
> 又念昔日定国过余于彭城，留十日，往返作诗几百余篇，余苦其多，畏其敏，而服其工也。一日，定国与颜复长道游泗水，登桓山，吹笛饮酒，乘月而归。余亦置酒黄楼上以待之，曰："李太白死，世无此乐三百年矣。"
>
> 今余老不复作诗，又以病止酒，闭门不出，门外数步即大江，经月不至江上，眊眊焉真一老农夫也。而定国诗益工，饮酒不衰，所至翱翔徜徉，穷山水之胜，不以厄穷衰老改其度。今而后，余之所畏服于定国者，不独其诗也。②

---

① 《苏轼诗集》第4册，（清）王文诰辑注，孔凡礼点校，中华书局，1982，第1293~1294页。
② 《苏轼文集》第1册，孔凡礼点校，中华书局，1986，第318页。

苏轼的和诗写得生硬峭拔，许多论者甚至从中看出了韩愈的影子。此诗之所以如此，可能是因为苏轼从心里愈发敬重王巩，所以作诗的时候用力较重，便不似寻常那般洒脱自如了。不过，这样的作品在苏轼的七古中并不多，也不足以代表他的风格。

由于次韵诗写作限制较多，很难做到得心应手，所以有时会呈现出一定程度的诗意不畅或语言生硬的现象。不过，对于苏轼这样的天才诗人来说，次韵不仅没有对其创作产生不利影响，反而促成了他"艰难中出绮丽"的高水平发挥。唯其如此，苏轼这些举重若轻、自然流畅的次韵诗就显得更加可贵。

苏轼虽不甚重视近体诗，可是当他把近体诗的特征移植到古体诗特别是七古中来的时候，就给七古带来了雄放自然而又变化莫测的新面貌。即便是次韵，也并不影响这一新面貌的形成。沈德潜《说诗晬语》卷下云：

> 苏子瞻胸有烘炉，金银铅锡，皆归熔铸。其笔之超旷，等于天马脱羁，飞仙游戏，穷极变幻，而适如意中所欲出。韩文公后，又开辟一境也。元遗山云："只知诗到苏黄尽，沧海横流却是谁？"嫌其有破坏唐体之意，然正不必以唐人律之。苏门诸君子，清才林立，并入寰中，犹之郑、莒巳。苏诗长于七言，短于五言；工于比喻，拙于庄语。①

此说虽不限于七古，但用于苏轼的七古显然更加恰当。而赵翼《瓯北诗话》卷五又云：

> 以文为诗，自昌黎始；至东坡益大放厥词，别开生面，成一代之大观。今试平心读之，大概才思横溢，触处生春，胸中书卷繁富，又足以供其左旋右抽，无不如志。其尤不可及者，天生健笔一枝，爽如哀梨，快如并剪，有必达之隐，无难显之情：此所以继李、杜后为一大家也。而其不如李杜处，亦在此。盖李诗如高云之游空，杜诗如乔岳之矗天，苏诗如流水之行地。读诗者于此处着眼，可得三家之真矣。②

---

① （清）沈德潜撰《说诗晬语》，（清）王夫之等撰《清诗话》下册，上海古籍出版社，1978，第544页。
② （清）赵翼：《瓯北诗话》，霍松林、胡主佑校点，人民文学出版社，1963，第56页。

总之，七古是苏轼最擅长的诗体，也最能代表其诗歌特点与成就。沈德潜、赵翼所论，正可见出苏轼的七古的新变，而这种变化其实来自其对近体诗特点的借鉴和发展。将苏轼对古体诗的这种改造放在"宋调"的发展链条中去思考，则可进一步看出其与王安石前期诗歌的内在关联，是对王诗的有力反拨。上节对王安石前期古体诗的特征及其对近体诗的影响已有论述，而苏轼的创作恰好在几个方面都反其道而行之：王安石前期用古体诗改造近体诗，虽然这种改造应当是无意的，而苏轼则用近体诗改造古体诗，而且这种改造应该是有意的；王安石改造的结果是使其部分近体诗像古体诗一样拗峭，甚至议论深警，而苏轼改造的结果是使其古体诗像近体诗一样活泼，甚至姿态横生。当然，二人的做法也有共性：无论是王安石早期无意识地用古体诗改造近体诗，还是苏轼有意识地用近体诗改造古体诗，都是对于唐代已经形成的"诗体"认识的颠覆，属于"破体"，所以二者虽然都体现出鲜明的创新意义，但并不为多数守旧的人所认同。

第四节
黄庭坚以古体革新近体

宋人曾有过苏轼、黄庭坚彼此"争名"的说法。如《苕溪渔隐丛话》前集卷四十九云："苕溪渔隐曰：'元祐文章，世称苏、黄，然二公当时争名，互相讥诮……'"① 类似的说法还有一些。对此，曾枣庄《评苏黄争名说》一文有全面的考察和批驳。说苏、黄二人争名或者黄欲与苏争名，都是厚诬先贤，是典型的以小人之心度君子之腹。只是黄庭坚在作诗上欲自树一帜，而既然苏轼选择了以近体诗改造古体诗的道路，黄庭坚就反其道而行之，选择以古体诗改造近体诗。

一 古体诗自成一家

关于黄庭坚的诗歌特征，钱志熙《黄庭坚诗学体系研究》、白政民《黄庭坚诗歌研究》、吴晟《黄庭坚诗歌创作考》等专著皆有深入的研究。下文仅考察黄庭坚对近体诗的改造问题。

对于前代众多的优秀诗人，黄庭坚最推崇的只有杜甫一人。其《老杜

---

① （宋）胡仔纂集《苕溪渔隐丛话》前集，廖德明校点，人民文学出版社，1962，第334页。

浣花溪图引（元祐三年秘书省作）》云：

> 拾遗流落锦官城，故人作尹眼为青。碧鸡坊西结茅屋，百花潭水濯冠缨。故衣未补新衣绽，空蟠胸中书万卷。探道欲度羲黄前，论诗未觉国风远。干戈峥嵘暗宇县，杜陵韦曲无鸡犬。老妻稚子具眼前，弟妹飘零不相见。此公乐易真可人，园翁溪友肯卜邻。邻家有酒邀皆去，得意鱼鸟来相亲。浣花酒船散车骑，野墙无主看桃李。宗文守家宗武扶，落日蹇驴驮醉起。愿闻解鞍脱兜鍪，老儒不用千户侯。中原未得平安报，醉里眉攒万国愁。生绡铺墙粉墨落，平生忠义今寂寞。儿呼不苏驴失脚，犹恐醒来有新作。常使诗人拜画图，煎胶续弦千古无。①

此诗作于元祐三年（1088），时黄庭坚在秘书省兼史局。借助一幅图画，黄庭坚给杜甫塑造了一个身经乱世又心忧国事的鲜明形象，并且带有浓郁生活气息。程千帆、沈祖棻《古诗今选》说：

> 这幅作者不详的画图，通过杜甫从驴背上滑了下来仍然不很清醒这一稍纵即逝的形象，非常成功地显示了这位伟大诗人的内心世界。黄庭坚则不但了解杜甫，而且理解这幅画，于是，就产生了这篇好诗。王安石《杜甫画像》以豪健胜，此篇以情韵胜，他们都对杜甫的为人及其所生活的时代有深刻的理解。②

虽然受政治环境和个人认识的限制，黄庭坚并没有怎么继承杜甫"中原未得平安报，醉里眉攒万国愁"的忧国忧民的一面，但他在技法上真正以杜为师，融会变化，成为一代宗师。

黄庭坚赴宜州贬所途经零陵时所作的《书摩崖碑后》一诗（第二章已引出）是其七古中最杰出的作品，尤能见出其学杜的功力。古今论者多推崇备至。如《艇斋诗话》云："山谷《浯溪碑》诗有史法，古今诗人不至此也。"③《岁寒堂诗话》卷上云："张文潜与鲁直同作《中兴碑》诗，然其工拙不可同年而语。鲁直自以为入子美之室，若《中兴碑》诗，真可谓入

---

① （宋）黄庭坚著，郑永晓整理《黄庭坚全集辑校编年》上册，江西人民出版社，2011，第506页。
② 程千帆、沈祖棻选注《古诗今选》，陕西师范大学出版社，2019，第774页。
③ （宋）曾季狸撰《艇斋诗话》，丁福保辑《历代诗话续编》上册，中华书局，1983，第296页。

子美之室矣。"① 莫砺锋在《论黄庭坚诗歌创作的三个阶段》中也说：

> 再如《书摩崖碑后》这首七古，以平直严谨的章法表达出曲折开合的意绪和跳荡起伏的气势，以古朴平易的语言进行了绘声绘色的叙事和纵横恣肆的议论，可谓深入浅出，炉火纯青。②

不过，就总体而言，黄庭坚的七古名作不多，他更喜欢的还是五古。如熙宁八年（1075），31岁的黄庭坚在北京（今河北大名）国子监任上作《送吴彦归番阳（熙宁八年北京作）》云：

> 学省困斋盐，人材任尊奖。佺侗祝螟蛉，小大器罍斝。诸生厌晚成，蹛学要俭䭾。摹书说偏旁，破义析名象。九鼎奏箫韶，爰居端不飨。青衿少到门，庭除昼闲敞。竹风交槐阴，三见秋气爽。时赖解事人，载酒直心赏。吴郎楚国材，幽兰秀榛莽。彦国吐嘉言，子将喜标榜。平生钦豪俊，久客慕乡党。虚斋延洒扫，薄饭荐脃鲞。诗句唾成珠，笑嘲惬爬痒。春夏频谢除，曾未厌来往。归雁多喜声，寒蝉停哀响。黄花满篱落，白蚁闹瓮盎。留君待佳节，忽忽戒徂两。亲戚伤离居，交游念畴曩。棋局无对曹，樗蒲失朋长。问君去为何，云物愁莽苍。寿亲发斑斑，千里劳梦想。家鸡菓头肥，寒鱼受罾网。甘旨萩中厨，伊哑弄文祴。此行乐未央，安知川涂广。深秋上沧江，远水平如掌。人生要得意，壮士多旷荡。野鹤疲笼樊，江鸥恋菰蒋。本来丘壑姿，不著刍豢养。寄声谢乡邻，为我具两桨。有路即归田，君其信非诳。③

此诗在黄庭坚的五古中虽不算出色，但全诗使用仄声韵，几乎将一个韵部的字都用完了，一些词语组织生硬，也已经初显其瘦硬风骨。

元丰元年（1078），苏轼知徐州，黄庭坚欲师事之，故作二诗和书信一封。诗即《古风二首上苏子瞻》：

> 江梅有佳实，托根桃李场。桃李终不言，朝露借恩光。孤芳忌皎

---

① （宋）张戒撰《岁寒堂诗话》，丁福保辑《历代诗话续编》上册，中华书局，1983，第463页。
② 莫砺锋：《论黄庭坚诗歌创作的三个阶段》，黄君主编《黄庭坚研究论文选》，江西教育出版社，2005，第437页。
③ （宋）黄庭坚著，郑永晓整理《黄庭坚全集辑校编年》上册，江西人民出版社，2011，第107~108页。

洁，冰雪空自香。古来和鼎实，此物升庙廊。岁月坐成晚，烟雨青已黄。得升桃李盘，以远初见尝。终然不可口，掷置官道傍。但使本根在，弃捐果何伤。

青松出涧壑，十里闻风声。上有百尺丝，下有千岁苓。自性得久要，为人制颓龄。小草有远志，相依在平生。医和不并世，深根且固蒂。人言可医国，何用太早计。小大材则殊，气味固相似。①

这两首诗采用比体，将苏轼比作江梅、青松，既赞美其才干与品格，又同情其留落不遇，最后归结为将来必有大用。虽多次换韵，不似前诗生硬，然语句亦多拗口，在骨子里仍与前诗相通。苏轼得诗甚喜，在回信中说："《古风》二首，托物引类，真得古诗人之风，而轼非其人也。聊复次韵，以为一笑。"② 在不敢承受黄庭坚之赞美的同时，苏轼对这两首诗的特征和价值作了很高的评价。苏轼所作《次韵黄鲁直见赠古风二首》已见第一章所引《东坡乌台诗案》。后黄庭坚受此连累，在乌台诗案中被罚铜二十斤。

元丰六年（1083），黄庭坚任太和（今属江西）知县，作《食笋十韵（元丰四年太和作）》寄给身陷黄州的苏轼：

洛下斑竹笋，花时压鲑菜。一束酬千钱，掉头不肯卖。我来白下聚，此族富庖宰。茧栗戴地翻，觳觫触墙坏。䤉䤉入中厨，如偿食竹债。甘菹和菌耳，辛膳胹姜芥。烹鹅杂股掌，炮鳖乱裙介。小儿哇不美，鼠壤有余嘬。可贵生于少，古来食共噫。尚想高将军，五溪无人采。③

此诗语言生涩，尤其是韵脚处更见生硬，但画面生动欲活，特别是"茧栗"一联写笋的生长，"甘菹"二联写食笋菜谱，"小儿"一联用"哇"体现不喜，使全诗韵味悠长。苏轼得诗后，作《和黄鲁直食笋次韵》相答：

饱食有残肉，饥食无余菜。纷然生喜怒，似被狙公卖。尔来谁独觉，凛凛白下宰。（太和，古白下。）一饭在家僧，至乐甘不坏。多生

---

① （宋）黄庭坚著，郑永晓整理《黄庭坚全集辑校编年》上册，江西人民出版社，2011，第114页。
② 《苏轼文集》第4册，孔凡礼点校，中华书局，1986，第1532页。
③ （宋）黄庭坚著，郑永晓整理《黄庭坚全集辑校编年》上册，江西人民出版社，2011，第311页。

味蠹简,食笋乃余债。萧然映樽俎,未肯杂菘芥。君看霜雪姿,童稚已耿介。胡为遭暴横,三嗅不忍嘬。朝来忽解箨,势迫风雷噫。尚可饷三闾,饭筒缠五采。①

相对于黄诗,苏诗虽也有生硬之处,但总体上顺畅得多,而且更富有理趣,也更加诙谐。萧巽与葛敏修亦和答此诗(已佚),故黄庭坚作《萧巽葛敏修二学子和予食笋诗次韵答之》二首:

北馔厌羊酪,南庖丰笋菜。自北初落南,几为儿所卖。习知价廉平,百态事烹宰。盐晞枯腊瘦,蜜渍真味坏。就根煨苞美,岂念炮烙债。咀吞千亩余,胸次不蚕芥。二妙各能诗,才名动江介。论诗多佳句,脍炙甘我嘬。因君思养竹,万籁听秋噫。从此缮藩篱,下令禁渔采。

韭黄照春盘,菰白媚秋菜。惟此苍竹苗,市上三时卖。江南家家竹,剪伐谁主宰。半以苦见疏,不言甘易坏。葛陂雕龙睡,未索儿孙债。獭胆能分杯,虎魄妙拾芥。此物于食毂,如客得傧介。思入帝鼎烹,忍遭饥涎嘬。懒林供翰墨,砧杵风号噫。每下叹枯株,焚如落樵采。②

二诗皆从笋可以入菜谈起,其一说其价廉而味美,其二说其易得而珍贵,最后皆落到萧、葛二学子身上,希望他们能为国家干才,如竹乘风云。在已有一首的基础上,此二首尚能采用相似的构思,驱使众多典故,自由地表现对学子的期望,足见其才力过人,游刃有余。后又得胡朝请和作(已佚),黄庭坚复作《胡朝请见和食笋诗辄复次韵》:

人笑庾郎贫,满胸饭寒菜。春盘食指动,笋苞入市卖。回首万钱厨,不美廊庙宰。民生暂神奇,胞隽伐性坏。忍持芭蕉身,多负牛羊债。箨龙不称冤,易致等拾芥。萧萧烟雨姿,壮士持戈介。骈头沸鼎烹,可口垂涎嘬。霜丛负后凋,玉食香余噫。续诗无全功,荓菲倘可采。③

---

① 《苏轼诗集》第4册,(清)王文诰辑注,孔凡礼点校,中华书局,1982,第1170~1171页。
② (宋)黄庭坚著,郑永晓整理《黄庭坚全集辑校编年》上册,江西人民出版社,2011,第312页。
③ (宋)黄庭坚著,郑永晓整理《黄庭坚全集辑校编年》上册,江西人民出版社,2011,第313页。

此诗侧重表现食笋而足、自甘贫贱的文士清雅生活。虽然生而为人，亦当不事杀生，免负牛羊之债。所以还是食笋好，味道既清香可口，又易得如拾草芥。诗人甚至想到，待到霜后遇到傲岸的竹丛，也许还能闻到美食的清香。在自己已有三诗而他人亦有四诗的情况下，此诗仍能做到出入自如，尤其是在用韵上并不显得窘迫，实在是难能可贵！

这类诗歌在当时就因其独特风貌而受到较多的关注，苏轼甚至称之为"黄鲁直体"。其元祐二年（1087）所作《送杨孟容》云：

> 我家峨眉阴，与子同一邦。相望六十里，共饮玻璃江。江山不违人，遍满千家窗。但苦窗中人，寸心不自降。子归治小国，洪钟嘘微撞。我留侍玉座，弱步欹丰扛。后生多高才，名与黄童双。不肯入州府，故人余老庞。殷勤与问讯，爱惜霜眉庞。何以待我归，寒醅发春缸。①

黄庭坚读后，专作《子瞻诗句妙一世乃云效庭坚体盖退之戏效孟郊樊宗师之比以文滑稽耳恐后生不解故次韵道之》：

> 我诗如曹郐，浅陋不成邦。公如大国楚，吞五湖三江。赤壁风月笛，玉堂云雾窗。句法提一律，坚城受我降。枯松倒涧壑，波涛所舂撞。万牛挽不前，公乃独力扛。诸人方嗤点，渠非晁张双。袒怀相识察，床下拜老庞。小儿未可知，客或许敦庞。诚堪婿阿巽，买红缠酒缸。②

对此二诗，周裕锴在《宋代诗学通论》中说：

> 纪昀评此诗（指苏诗）"以窄韵见长"（见《苏轼诗集》卷二八），岂但是窄韵，完全是险韵。此诗所押"江"韵是平声韵部中含字最少的，全诗共十韵，几乎用了"江"韵中半数以上的字，而且绝不旁入他韵，其中尤以"撞""扛""双""庞"等字极难押。黄庭坚次韵此诗，履险如夷，举重若轻，次韵而如己出，以至于这首次韵诗成为代表黄诗风格的名篇。就押韵的难度而言，这首诗超过了"尖叉"诗。③

---

① 《苏轼诗集》第 5 册，（清）王文诰辑注，孔凡礼点校，中华书局，1982，第 1480 页。
② （宋）黄庭坚著，郑永晓整理《黄庭坚全集辑校编年》上册，江西人民出版社，2011，第 436 页。
③ 周裕锴：《宋代诗学通论》，上海古籍出版社，2007，第 538 页。

由此不难看出，至元祐初年，黄庭坚的诗歌创作已经成熟，其水平之高足以与苏轼对垒。正因为二人的诗才，再加上周围众多诗人的不懈努力，才有了中国历史上元祐诗歌高潮的出现。

二 粲字韵唱和——宋代最著名的斗诗

在黄庭坚的创作生涯中，熙宁年间的粲字韵唱和是值得大书特书的一笔。熙宁七年（1074）除夕（公历已是1075年），在密州知州任上的苏轼作《除夜病中赠段屯田》：

> 龙钟三十九，劳生已强半。岁暮日斜时，还为昔人叹。今年一线在，那复堪把玩。欲起强持酒，故交云雨散。惟有病相寻，空斋为老伴。萧条灯火冷，寒夜何时旦。倦仆触屏风，饥鼯嗅空案。数朝闭阁卧，霜发秋蓬乱。传闻使者来，策杖就梳盥。书来苦安慰，不怪造请缓。大夫忠烈后，高义金石贯。要当击权豪，未肯觑衰懦。此生何所似，暗尽灰中炭。归田计已决，此邦聊假馆。三径粗成资，一枝有余暖。愿君更信宿，庶奉一笑粲。①

除夕夜孤寂无聊，苏轼想起刚刚收得段绎（字释之）之书，遂作此诗打发时光。诗人以"暗尽灰中炭"来形容自己的人生，可见其对时局的失望。他故意选择一些生硬的韵字作为韵脚，这本身就带有很强的自娱自乐意味。此诗传开后，太常博士乔叙（字禹工）和答一首（已佚），于是苏轼又作《乔太博见和复次韵答之》：

> 百年三万日，老病常居半。其间互忧乐，歌笑杂悲叹。颠倒不自知，直为神所玩。须臾便堪笑，万事风雨散。自从识此理，久谢少年伴。逝将游无何，岂暇读城旦。非才更多病，二事可并案。愧烦贤使者，弹节整纷乱。乔侯瑚琏质，清庙尝荐盥。奋髯百吏走，坐变齐俗缓。未遭甘鹝退，并进耻鱼贯。每闻议论余，凛凛激贪懦。莫邪当自跃，岂复烦炉炭。便应朝秣越，未暮刷燕馆。胡为守故丘，眷恋桑榆暖。为君叩牛角，一咏南山粲。②

与前诗主要是诗人夫子自道不同，此诗以说理见长，他首先感叹自己

---

① 《苏轼诗集》第2册，（清）王文诰辑注，孔凡礼点校，中华书局，1982，第607~608页。
② 《苏轼诗集》第2册，（清）王文诰辑注，孔凡礼点校，中华书局，1982，第613~614页。

的"非才更多病",然后因乔叙作和诗引出对其人的称道,这样的人才不能让其归守故园,所以自己要为他呼吁。此诗虽然用典甚多,但语句反倒比前诗更加自然,足见其胸中雄兵百万,信手拈来。之后,段绎和乔叙又各有和作,苏轼又作《二公再和亦再答之》:

> 寒鸡知将晨,饥鹤知夜半。亦如老病客,遇节尝感叹。光阴等敲石,过眼不容玩。亲友如抟沙,放手还复散。羁孤每自笑,寂寞谁肯伴。元达号神君,(晋循吏乔智明,字元达。)高论森月旦。纪明本贤将,(段释之,本将家。)汨没事堆案。欣然肯相顾,夜阁灯火乱。盘空愧不饱,酒薄仅堪盥。雍容许著帽,不怪安石缓。虽无窈窕人,清唱弄珠贯。幸有纵横舌,说剑起慵懦。二豪沉下位,暗火埋湿炭。岂似草玄人,默默老儒馆。行看富贵逼,炙手借余暖。应念苦思归,登楼赋王粲。①

在已有两首的前提下,此诗写得更加自然,其前八句尤其如此。就是在这样的前提下,黄庭坚开始加入创作,而且一下子就作了三首,即《见子瞻粲字韵诗和答三人四返不困而愈崛奇辄次旧韵寄彭门三首(元丰二年北京作)》:

> 公材如洪河,灌注天下半。风日未尝撄,昼夜圣所叹。名世二十年,穷无歌舞玩。入宫又见妒,徒友飞鸟散。一饱事难谐,五车书作伴。风雨暗楼台,鸡鸣自昏旦。虽非锦绣赠,欲报青玉案。文似《离骚》经,诗窥《关雎》乱。贱生恨学晚,学未奉巾盥。昨蒙双鲤鱼,远托郑人缓。风义薄秋天,神明还旧贯。更磨荐祢墨,推挽起疲懦。忽忽未嗣音,微阳归候炭。仁风从东来,拭目望斋馆。鸟声日日春,柳色弄晴暖。漫有酒盈樽,何因见此粲。
>
> 人生等尺棰,岂耐日取半。谁能如秋虫,长夜向壁叹。朝四与暮三,适为狙公玩。臭腐暂神奇,暗噫即飘散。我观万世中,独立无介伴。小黠而大痴,夜气不及旦。低首甘荞养,尻脽登俎案。所以终日饮,醉眠朱碧乱。无人明此心,忍垢待濯盥。仰看东飞云,只使衣带缓。先生古人学,百氏一以贯。见义勇必为,少作衰俗懦。忠言愿回天,不忍敦吞炭。还从股肱郡,待诏图书馆。投壶得赐金,侏儒余饱

---

① 《苏轼诗集》第2册,(清)王文诰辑注,孔凡礼点校,中华书局,1982,第614~615页。

暖。宁令东方公，但索长安粲。

　　元龙湖海二，毁誉略相半。下床卧许君，上床自永叹。丈夫属有念，人物非所玩。坐令结欢客，化为烟雾散。武功有大略，亦复寡朋伴。咏歌思见之，长夜鸣曷旦。东南望彭门，官道平如案。简书束缚人，一水不能乱。斯文媿柤邑，可用圭瓒盥。诚求活国医，何忍弃和缓。开疆日百里，都内钱朽贯。铭功甚俊伟，乃见儒生懦。且当置是事，勿使冰作炭。上帝群玉府，道家蓬莱馆。曲肱夏簟寒，炙背冬屋暖。只令文字垂，万世星斗粲。①

在黄集中，这三首诗的写作有明确的时间，均在元丰二年（1079），这已经是苏轼写作《除夜病中赠段屯田》四年之后了，且此时苏轼已改官至徐州，故黄庭坚将这三首诗寄到了"彭门"（今江苏徐州）。他在其一中说"远托郑人缓"，就是对这个问题的解释。正如之前所作的《古诗二首上苏子瞻》，黄庭坚在这三首诗中亦对苏轼大力称赞，亦感叹其不被重用，又言倾慕其高士情怀，称其文可万古流传。大概因为粲字韵诗的写作过于艰难，当时和者甚少，故苏轼得黄庭坚所作三首后甚喜，又作《往在东武，与人往反作粲字韵诗四首，今黄鲁直亦次韵见寄，复和答之》：

　　苻坚破荆州，止获一人半。中郎老不遇，但喜识元叹。我今独何幸，文字厌奇玩。又得天下才，相从百忧散。阴求我辈人，规作林泉伴。宁当待垂老，仓卒收一旦。不见梁伯鸾，空对孟光案。才难不其然，妇女厕周乱。世岂无作者，于我如既盥。独喜诵君诗，咸韶音节缓。夜光一已多，刿获累累贯。相思君欲瘦，不往我真懦。吾侪眷微禄，寒夜抱寸炭。何时定相过，径就我乎馆。飘然东南去，江水清且暖。相与访名山，微言师忍、粲。②

苏轼此诗亦对黄庭坚赞美有加，不仅表现出对其诗的喜爱，而且邀请其前往湖州，彼此一起寻访名山，求法禅林。读到苏轼的答诗，黄庭坚又作《再和寄子瞻闻得湖州》：

　　天下无相知，得一已当半。桃僵李为仆，芝焚蕙增叹。佳人在江

---

① （宋）黄庭坚著，郑永晓整理《黄庭坚全集辑校编年》上册，江西人民出版社，2011，第155～156页。
② 《苏轼诗集》第3册，（清）王文诰辑注，孔凡礼点校，中华书局，1982，第925～926页。

湖，照影自娱玩。一朝入汉宫，扫除备冗散。何如终流落，长作朝云伴。相思欲面论，坐起鸡五旦。身惭尸廪禄，有罪未见案。公文雄万夫，皴皴不自乱。臧谷皆亡羊，要以道湔盥。传声向东南，王事不可缓。春波下数州，快若七札贯。椎鼓张风帆，相见泪衰孺。空文不传心，千古付煨炭。安得垂天云，飞就吴兴馆。鱼餍柳絮肥，笋煮溪沙暖。解歌使君词，樽前有三粲。①

在这首诗中，黄庭坚感激苏轼的知己之恩，并感谢苏轼相约，他也甚想能早日见到苏轼，与其彻夜长谈。在诗歌结尾，诗人想象着在湖州与苏轼相见的情景。之后苏轼未再和，反倒是晁端仁（字尧民）和了一首（已佚），于是黄庭坚又作《次韵答尧民（元丰二年北京作）》：

君开苏公诗，疾读思过半。譬如闻韶耳，三月忘味叹。我诗岂其朋，组丽等俳玩。不闻南风弦，同调广陵散。鹤鸣九天上，肯作家鸡伴。晁子但爱我，品藻私月旦。官闲乐相从，梨栗供杯案。门静鸟雀嬉，花深蜂蝶乱。忽蒙加礼貌，斋戒事揩盥。问大心更小，意督词反缓。君材于用多，舞选弓矢贯。聪明回自照，胜己果非孺。我如相绘事，素质施朽炭。古来得道人，非独大庭馆。晁子已不疑，冬寒春自暖。系表知药言，择友得荀粲。②

在此诗的前半部分，黄庭坚结合晁端仁和诗内容而论，谦虚地说自己的诗歌与苏轼的诗歌不可同日而语。后半部分写自己与晁端仁的交情，并对其大加褒美。

值得指出的是，这次粲字韵唱和有多人参加，除了前面提到的乔叙、段绎、晁端仁等人外，李之仪也参加了，其《次韵晁尧民黄鲁直苏子瞻同赋丰粲字韵十往返而不倦者》：

耿耿万里心，振衣常夜半。明星当户高，仰首每自叹。是身固虚空，殆将等闲玩。永怀一寸光，有之讵能散。南山富蕨薇，采采宁待伴。不愧郢中曲，谁报青玉案。千载北窗风，郑声何可乱。子职若崎

---

① （宋）黄庭坚著，郑永晓整理《黄庭坚全集辑校编年》上册，江西人民出版社，2011，第157页。
② （宋）黄庭坚著，郑永晓整理《黄庭坚全集辑校编年》上册，江西人民出版社，2011，第157~158页。

岖，垢指宁与盥。我惭老更拙，欲和知良难。但能袭余尘，未易窥重关。逾年与君俱，才此意少宽。奈何舍我去，鸿鹄随骞抟。岑楼起肤寸，万仞始一拳。知君未易量，愿君更加餐。亲发日益白，何以为亲欢。以义不以时，吾君正求贤。咫尺明光宫，峨峨望君冠。①

从次韵写作的角度看，此诗并不算成功，因为诗中只有前面几个韵脚属于次韵，中间的顺序已乱，后面干脆改为平声韵了。由此可见粲字韵次韵创作之难！有人说苏辙、陈师道也参加了唱和，但未见作品和相关文献，不知何据。不过有一点是无疑的，那就是只有苏轼和黄庭坚才是唱和的主角。苏轼作了4首，黄庭坚作了5首，不仅数量最多，而且水平极高。就苏、黄交往来说，粲字韵唱和也有其特殊意义。黄宝华说：

> 黄庭坚在元丰元年与苏轼订交之后，就始终将苏轼视为自己的师长，执弟子之礼甚恭，对他的人品、才华、学问给予崇高的评价，终其一生这种态度都没有改变。元丰二年庭坚在诗中写道："公材如洪河，灌注天下半。……文似《离骚》经，诗窥《关雎》乱。贱生恨学晚，曾未奉巾盥""先生古人学，百氏一以贯。见义勇必为，少作衰俗懦"(《见子瞻粲字韵诗，和答三人，四返不因而愈崛奇，辄次韵寄彭门三首》，《外集注》卷五)；"天下无相知，得一已当半。……公文雄万夫，皦皦不自乱"(《再和寄子瞻闻得湖州》，《外集注》卷五)；"君开苏公诗，疾读思过半。譬如闻韶耳，三月忘味叹。我诗岂其朋，组丽等俳玩"(《次韵答尧民》，《外集注》卷五)。他将东坡的诗文比作《诗》《骚》，其评价之高可谓无以复加，而认为自己的作品只不过像倡优一样博人一乐罢了。他将东坡看作情意相契的知己，庭坚后半生的立身行事也确实证明他和苏轼的友谊是金石之交，尤其在波谲云诡的元祐政坛上他成了苏轼的热切追随者。②

黄先生所举的诗例全部出自黄庭坚的粲字韵诗中，可见这组唱和进一步密切了苏、黄之间的关系。张承凤则从韵脚用字的角度对黄庭坚粲字韵唱和诗进行了分析：

> 苏轼连续用粲字韵作诗四首，黄庭坚则连续次韵五首。凡作诗使

---

① （宋）李之仪撰，史月梅笺注《李之仪诗词笺注》，郑州大学出版社，2020，第221页。
② 黄宝华：《黄庭坚评传》，南京大学出版社，2011，第36~37页。

用艰僻难押的韵字，谓之用险韵。"粲"字韵诗中的"盥""缓""贯""懦""炭""粲"皆属险韵。黄庭坚有意反复次韵，五返而不为所困，作到愈险愈奇，如"粲"字则有"何因见此粲""但索长安粲""万世星斗粲""樽前有三粲""择友得荀粲"。此种险韵有勉强凑韵之感，语意生涩，颇为古奥，形成险怪之风。①

张先生关于"勉强凑韵"的评价有其合理性，但是也要考虑到，在反复次韵的前提下，能够让原来的韵脚生发出新意正是诗人的努力追求。

对黄庭坚来说，此次粲字韵唱和可以看作一块试金石，试炼出他过人的创作才能。正所谓曲高和寡，在当时诗人如林的环境下，四海之内只有他一人能与苏轼反复唱和，这无疑为后来苏、黄齐名作了铺垫。

三 古体诗对近体诗的渗透

虽然黄庭坚的古体诗创作已经取得了很高的成就，但对他来说，这并不是重点，他更重要的突破是运用古体诗的特点去改造近体诗，从而使得他的近体诗也呈现出生新瘦硬的新风貌。

先看一首黄庭坚著名的古体诗《题竹石牧牛（并引）》：

> 子瞻画丛竹怪石，伯时增前坡牧儿骑牛，甚有意态，戏咏。
>
> 野次小峥嵘，幽篁相倚绿。阿童三尺棰，御此老觳觫。石吾甚爱之，勿遣牛砺角。牛砺角犹可，牛斗残我竹。②

这首五古作于元祐三年（1088），据说黄庭坚本人非常看重。吕本中《童蒙训》佚文云：

> 或称鲁直"桃李春风一杯酒，江湖夜雨十年灯"，以为极至。鲁直自以为此犹砌合，须"石吾甚爱之，勿遣牛砺角。牛砺角犹可，牛斗残我竹"，此乃可言至耳。然如鲁直《百里大夫冢诗》与《快阁诗》，已自见成就处也。③

当代学者对此诗亦很推重。霍松林比较重视其画面之美，并且强调其

---

① 张承凤：《黄庭坚诗论》，巴蜀书社，2013，第108页。
② （宋）黄庭坚著，郑永晓整理《黄庭坚全集辑校编年》上册，江西人民出版社，2011，第523页。
③ （宋）吕本中撰《吕本中全集》第3册，韩酉山辑校，中华书局，2019，第1029页。

具有的散文化特征：

> 前四句再现画中景，以"觳觫"代"牛"，强调其老迈之态；以"峥嵘"代"石"，突出其峭拔之势……后四句，作者忽然对牧童讲话……画中的峥嵘小石和翠绿丛竹多么意态横生，引人喜爱；画中的小童虽然拿着"三尺棰"，毕竟太年幼，不一定能管住几头牛，那几头牛虽然"老"，但牛性犹存，说不定会到石上磨角，甚至打斗起来，殃及丛竹。这一切，都从那篇讲话中表现出来，多么妙！当然，表现出来的，还有作者喜爱竹石的雅趣。全诗语言省净，音节拗峭。后四句散文化倾向极突出，符合讲话的口吻；其奇思妙想，尤令人赞叹不已，是题画诗中别开生面的佳作。①

黄宝华则更加重视其语言和用韵特征：

> 诗的前半再现了画面的意境，怪石丛竹之外，更有牧童与老牛的组合，少年的天真与老牛的龙钟相映成趣，意态可掬。后半更是神来之笔，诗人竟对画中人叮咛嘱咐起来，在看似矛盾的话语中表现其爱极而痴的心理，稚拙的口吻洋溢着一片天趣……此诗风格生新瘦硬，确是典型的山谷体……诗押八声韵，句中也有不少入声字，有的句子甚至全用仄声字，读来顿挫有节，石头般的硬感。在熔铸典故成语时又能别出心裁，如以"峥嵘""绿"等形容词及动词"觳觫"作名词用，不仅生新奇特，而且使寻常事物蒙上了一层古雅色彩。后四句化用古谣谚的句律，稚朴古拙，古语翻新，且俗中见雅，宜乎山谷要将此四句诗称为"乃可言至"的得意之笔（吕本中《紫微诗话》）。②

作为黄庭坚古体诗的代表作，此诗所具有的多种特征在他的近体诗中都有体现。换句话说，他的近体诗深受古体诗的影响。这可以从几个方面来解读。

其一，黄庭坚的近体诗有意改变了句中的节奏。中国诗歌是在四言诗的基础上发展起来的，因此形成了两字一个节奏点的传统，五言句为二三（二一二或二二一），七言句则为二二三。在前面所举的《题竹石牧牛（并引）》中，"石吾甚爱之""牛砺角犹可"两句的节奏分别是一四和三二，

---

① 霍松林：《宋诗鉴赏举隅》，中国青年出版社，2011，第112页。
② 黄宝华撰《黄庭坚诗词文选评》，上海古籍出版社，2018，第178~179页。

这在诗歌史上是罕见的。这在他的近体诗中也有表现。如其元祐二年所作《戏呈孔毅父（平仲）》：

> 管城子无肉食相，孔方兄有绝交书。文章功用不济世，何异丝窠缀露珠。校书著作频诏除，犹能上车问何如。忽忆僧床同野饭，梦随秋雁到东湖。①

此诗首联二句对仗，且其节奏都是三一三，这也是非常独特的。陈伯海说：

> 开头两句写得很别致。管城子，指毛笔。韩愈的《毛颖传》将毛笔拟人化，为之立传，还说他受封为管城子，诗语来源于此。食肉相，用《后汉书·班超传》的典故。据《后汉书·班超传》记载，看相的人曾说班超"燕颔虎颈，飞而食肉，此万里侯相也"，后来班超投笔从戎，立功西域，果然封侯。孔方兄，钱的别称。古时的铜钱中有方孔，故有此称，语出鲁褒《钱神论》："亲爱如兄，字曰孔方"，暗含鄙视与嘲笑之意。绝交书，则取自嵇康《与山巨源绝交书》。两句诗的意思是，我靠着一支笔杆子立身处世，既升不了官，也发不了财。但作者不这样明说，而是精心选择了四个本无关联的典故，把它们巧妙地组合到一起，构成了新颖奇特的联想。笔既然称"子"，当然可以食肉封侯，钱既然称"兄"，也就能够写绝交书，将自己富贵无望的牢骚，用这样的方式表达出来，非但不觉生硬，还产生了谐谑幽默的情趣。②

又如作于同年的《次韵柳通叟寄王文通》：

> 故人昔有凌云赋，何意陆沉黄绶间。头白眼花行作吏，儿婚女嫁望还山。心犹未死杯中物，春不能朱镜里颜。寄语诸公肯湔祓，割鸡今得近乡关。③

黄宝华这样品评此诗中的第三联：

---

① （宋）黄庭坚著，郑永晓整理《黄庭坚全集辑校编年》上册，江西人民出版社，2011，第455页。
② 缪钺等撰写《宋诗鉴赏辞典》，上海辞书出版社，1987，第555页。
③ （宋）黄庭坚著，郑永晓整理《黄庭坚全集辑校编年》上册，江西人民出版社，2011，第482页。

颈联却奇峰突起，以不合正常节奏的散文句式构成对偶，原来每句前半部分双音节的两个音步变成了"一——三——三"的节奏，这样就成为："心——犹未死——杯中物，春——不能朱——镜里颜。"读来拗崛顿挫，生动地传达出牢骚不平的情怀。这种奇句拗调，确是前人少有的，可谓力盘硬语，戛戛独造，不是大手笔、大功力，是绝难达到这一境界的。①

也许是为了突出这种效果，黄庭坚甚至有意大量写作前人较少涉足的六言绝句，其中打破常规节奏的情况更为常见。更值得注意的是《赠高子勉四首》：

> 文章瑞世惊人，学行刮心润身。沅江求九肋鳖，荆州见一角麟。
> 张侯海内长句，晁子庙中雅歌。高郎少加笔力，我知三杰同科。
> 妙在和光同尘，事须钩深入神。听他下虎口著，我不为牛后人。
> 拾遗句中有眼，彭泽意在无弦。顾我今六十老，付公以二百年。②

这四首诗中，除了第二首采用二二二的正常节奏外，其他三首都打破了这个常规，其一的后两句采用的是二一三的节奏，其三的后两句采用了二一三和一二三的节奏，其四的后两句也是采用二一三的节奏。之后，黄庭坚意犹未尽，又作《再用前韵赠子勉四首》，如其三云：

> 句法俊逸清新，词源广大精神。建安才六七子，开元数两三人。③

这首诗的后两句采用的是二一三的节奏，仍与原韵保持了一定的延续性。

黄庭坚的这些作品流传后，向子韶（字和卿）有和作，于是黄又作一组《荆南签判向和卿用予六言见惠次韵奉酬四首》相赠，其二云：

> 向侯赋我菁莪，何敢当不类歌。顾我乃山林士，看君取将相科。④

---

① 缪钺等撰写《宋诗鉴赏辞典》，上海辞书出版社，2015，第567页。
② （宋）黄庭坚著，郑永晓整理《黄庭坚全集辑校编年》中册，江西人民出版社，2011，第1122页。
③ （宋）黄庭坚著，郑永晓整理《黄庭坚全集辑校编年》中册，江西人民出版社，2011，第1122页。
④ （宋）黄庭坚著，郑永晓整理《黄庭坚全集辑校编年》中册，江西人民出版社，2011，第1123页。

在这四句诗中，除了第一句的节奏是二二二之外，其他三句分别变成了三三、二一三、二一三。

在黄庭坚的其他一些六言诗中，这种情况也很常见，如"白云横而不度，高鸟倦而犹飞"（《题山谷石牛洞》）二句，采用的是三一二的节奏。"骨鲠非黄合相，眼青见白蘋洲"（《次韵石七三七首》其一）二句，"博学似刘子政，清诗如孟浩然"（其四）二句，用的是二一三的节奏。"生涯一九节筇，老境五十六翁"（《次韵石七三七首》其二）二句，则更进一步变成了二一三和二三一。在他的66首六言绝句中，竟然有14首的正常节奏都被打破了，超过五分之一，这个比例已非常高了。

从前面的分析不难看出，凡是打破常规节奏的句子，基本上都是散文化的句子。这样的句子在黄庭坚的古体诗里已经比较常见，可是他却进一步将其运用到近体诗中，从而在一定程度上改变了近体诗的节奏。

其二，黄庭坚大力写作拗体律诗。拗体律诗虽然出现于唐代，但总的说来，唐人对拗体并不重视，真正重视它的是宋人，而宋人之所以重视这一点，其实还是为了避免近体诗常见的平弱弊病。吴沆《环溪诗话》卷中云："诗才拗则健而多奇，入律则弱而难工。"[①] 而范晞文《对床夜语》卷二则专门论述了拗字对于五律的意义："五言律诗，固要贴妥，然贴妥太过，必流于衰。苟时能出奇，于第三字中下一拗字，则贴妥中隐然有峻直之风。"[②] 五律本来就带有一定的拗折之气，至于七律则更容易"流于衰"，因此使用拗字就显得更有必要了。这可能就是黄庭坚喜欢作拗体七律的原因。如其《汴岸置酒赠黄十七（元丰三年授太和发汴京作）》云：

> 吾宗端居丛百忧，长歌劝之肯出游。黄流不解浣明月，碧树为我生凉秋。初平群羊置莫问，叔度千顷醉即休。谁倚柁楼吹玉笛，斗杓寒挂屋山头。[③]

黄庭坚此诗作于元丰三年（1080）离京赴太和知县任之时。此诗的平仄是这样的：

[①] （宋）吴沆撰《环溪诗话》，（清）曹溶辑《学海类编》第5册，江苏广陵古籍刻印社，1994，第233页。

[②] （宋）范晞文撰《对床夜语》，丁福保辑《历代诗话续编》上册，中华书局，1983，第418页。

[③] （宋）黄庭坚著，郑永晓整理《黄庭坚全集辑校编年》上册，江西人民出版社，2011，第210页。

平平平平仄仄平，平平仄平仄仄平。平平仄仄仄平仄，仄仄仄仄仄仄平平。平平平仄仄仄，仄仄仄仄仄平。平仄仄仄平仄，仄仄平仄仄平平。

相对于诗律，本诗仅有第三句和第七句合律，其他六句全都不合律，尤其是第四句不仅有三平调，前面四字竟然全是仄声，第五句不仅有三仄调，前面四字全是平声，更别谈失粘的问题了。可是，这恰恰被认为是黄庭坚此诗的长处之一。《苕溪渔隐丛话》前集卷四十七引《王直方诗话》云：

> 山谷谓洪龟父云："甥最爱老舅诗中何语？"龟父举"蜂房各自开户牖，蚁穴或梦封侯王""黄流不解涴明月，碧树为我生凉秋"，以为深类工部。山谷云："得之矣。"①

这里提到的另外一联出自《题落星寺四首（元丰三年道经南康作）》其一，全诗为：

> 星官游空何时落，著地亦化为宝坊。诗人昼吟山入座，醉客夜愕江撼床。蜜房各自开牖户，蚁穴或梦封侯王。不知青云梯几级，更借瘦藤寻上方。②

此诗的平仄为：

平平平平平平仄，仄仄仄仄平仄平。平平仄平仄仄仄，仄仄仄仄平仄平。仄平仄仄仄仄，仄仄仄仄平仄平。仄平仄仄平仄，平仄平平仄平。

此诗仅有第八句合律，其余七句都不合律。《王直方诗话》所举的一联不仅全不合律，而且也出现了三平调。《题落星寺四首》其三也是拗体律诗：

> 落星开士深结屋，龙阁老翁来赋诗。小雨藏山客坐久，长江接天

---

① （宋）胡仔纂集《苕溪渔隐丛话》前集，廖德明校点，人民文学出版社，1962，第320~321页。
② （宋）黄庭坚著，郑永晓整理《黄庭坚全集辑校编年》上册，江西人民出版社，2011，第227页。

帆到迟。宴寝清香与世隔,画图妙绝无人知。蜂房各自开户牖,处处煮茶藤一枝。①

此诗的平仄为:

仄平平仄平仄仄,平仄仄平平仄平。仄仄平平仄仄仄,平平仄平平仄平。仄平仄平仄仄仄,仄平仄平仄平平。平平仄平仄仄,仄仄仄平平仄平。

这首诗中只有第二句和第八句合律,其余六句都不合律,其中第三句、第五句使用了三仄调,第六句使用了三平调。王振远在评价这首诗的时候说:

这首诗在艺术上很有特色。从诗律上看,此诗属于拗律,就是故意将句中的平仄交换,造成音调的拗折,使诗句有一种奇崛瘦硬、不近凡庸的风貌。这种拗体所以为黄庭坚及江西派诗人所喜用,是与他们标新立异、出奇制胜的论诗宗旨相关的。②

与此类似的还有《次韵王定国扬州见寄》《双井茶送子瞻》等诗,都是这样的拗体律诗。《苕溪渔隐丛话》前集卷四十七引张耒的话云:

以声律作诗,其末流也,而唐至今诗人谨守之。独鲁直一扫古今,出胸臆,破弃声律,作五七言,如金石未作,钟磬声和,浑然有律吕外意。近来作者,颇有此体,然自吾鲁直始也。③

张耒认为"以声律作诗"为末流,却对黄庭坚的拗体律诗大力称赞。这对我们理解这类作品也有借鉴意义。拗体律诗的本质就是不遵守律诗的格律要求,也就是使用古体诗的声律写作律诗,尤其是黄庭坚最喜欢使用的三仄调和三平调,本来就是古体诗里最典型的句式。

其三,将生硬的语言运用到近体诗中。本来,语言生硬可以说是古体诗的专门属性,可是黄庭坚除了在古体诗中这样做以外,在写作近体诗时

---

① (宋)黄庭坚著,郑永晓整理《黄庭坚全集辑校编年》上册,江西人民出版社,2011,第228页。
② 缪钺等撰写《宋诗鉴赏辞典》,上海辞书出版社,2015,第640页。
③ (宋)胡仔纂集《苕溪渔隐丛话》前集,廖德明校点,人民文学出版社,1962,第319页。

也这样做。从这个意义上说，也是将古体诗的特点运用到近体诗中。如其元祐二年（1087）所作的七绝《睡鸭》：

> 山鸡照影空自爱，孤鸾舞镜不作双。天下真成长会合，两凫相倚睡秋江。①

除了具有拗律的特色外，此诗的用语亦颇为生硬。关于这首诗的长处，周裕锴说：

> 整首诗脱胎于南朝陈徐陵《鸳鸯赋》中的四句："山鸡映水那相得，孤鸾照镜不成双。天下真成长会合，无胜比翼两鸳鸯。"任渊注这首诗曰："山谷（黄庭坚）非蹈袭者，以徐语弱，故为点窜，以示学者尔。至其末语，用意尤深，非徐所及。政如临淮王用郭汾阳部曲，一经号令，气色益精明云。"（《山谷诗集注》卷七）虽然黄庭坚的点窜没有采用否定语势，但实际上也是将徐陵的赋翻进一层，象征爱情的鸳鸯换作象征江湖之志的两凫，诗的境界由艳变清，由俗变雅，相当于禅宗的"转凡入圣"。根据任渊的注释，黄诗点窜的目的是"以示学者"，使之知道如何利用前人诗句的旧材料，经自己构思的改造，翻出新境界。这和禅宗点化法那种老婆心切的态度也是相通的。②

又如作于元祐四年（1089）的《六月十七日昼寝》：

> 红尘席帽乌靴里，想见沧洲白鸟双。马啮枯萁喧午枕，梦成风雨浪翻江。③

此诗乃次上诗韵而作。叶梦得《石林诗话》卷上：

> 外祖晁君诚善诗，苏子瞻为集序，所谓"温厚静深如其为人"者也。黄鲁直常诵其"小雨愔愔人不寐，卧听嬴马齕残蔬"，爱赏不已。他日得句云："马齕枯萁暄午梦，误惊风雨浪翻江。"自以为工，以语舅氏无咎曰："我诗实发于乃翁前联。"余始闻舅氏言此，不解风雨翻

---

① （宋）黄庭坚著，郑永晓整理《黄庭坚全集辑校编年》上册，江西人民出版社，2011，第469页。
② 周裕锴：《禅宗语言》，复旦大学出版社，2017，第360页。
③ （宋）黄庭坚著，郑永晓整理《黄庭坚全集辑校编年》上册，江西人民出版社，2011，第564页。

江之意。一日，憩于逆旅，闻旁舍有澎湃鞺鞳之声，如风浪之历船者，起视之，乃马食于槽，水与草龃龉于槽间，而为此声，方悟鲁直之好奇。然此亦非可以意索，适相遇而得之也。①

在近体诗中，七绝本来应该是最为流利自然的，但黄庭坚的这两首绝句不仅语言生涩，而且有意使用三江韵，就更增加其硬气。这种特点在他其余的作品中也颇为常见。

对于黄庭坚的诗歌来说，论者最看重他的七律。如吴可在《藏海诗话》中说："七言律诗极难做，盖易得俗，是以山谷别为一体。"② 刘克庄在《江西诗派小序·山谷》中说：

> 豫章稍后出，会萃百家句律之长，究极历代体制之变，搜猎奇书，穿穴异闻，作为古律，自成一家，虽只字片句不轻出，遂为本朝诗家宗祖，在禅学中比得达磨，不易之论也。③

这里所谓的"古律"，当即指受古体诗影响较大的拗体律诗。清代方东树《昭昧詹言》卷十二云：

> 山谷之妙，起无端，接无端，大笔如椽，转折如龙虎，扫弃一切，独提精要之语。每每承接处，中亘万里，不相联属，非寻常意计所及。此小家何由知之，亦无此力，故作家不易得也。奇思，奇句，奇气。④

这里所说的特点在黄庭坚的七律中也很突出。这些特点的形成，其实是黄庭坚有意追求的结果，他曾在《答洪驹父书》中说：

> 文章最为儒者末事，然既学之，又不可不知其曲折，幸熟思之。至于推之使高如泰山之崇崛，如垂天之云，作之使雄壮，如沧江八月之涛，海运吞舟之鱼，又不可守绳墨令俭陋也。⑤

---

① （宋）叶梦得撰《石林诗话》，（清）何文焕撰《历代诗话》上册，中华书局，1981，第409~410页。
② （宋）吴可撰《藏海诗话》，丁福保辑《历代诗话续编》上册，中华书局，1983，第335页。
③ （宋）刘克庄撰《江西诗派小序》，丁福保辑《历代诗话续编》上册，中华书局，1983，第478页。
④ （清）方东树：《昭昧詹言》，汪绍楹校点，人民文学出版社，1961，第314页。
⑤ （宋）黄庭坚著，郑永晓整理《黄庭坚全集辑校编年》中册，江西人民出版社，2011，第733页。

对于黄庭坚的诗歌评价有一个有趣的现象：虽然苏轼最早提出"鲁直体"指的是其古体诗，但其后的人却用这个称呼指代黄庭坚的近体诗。如南宋王灼《以朝鸡送樊氏兄弟效鲁直体作两绝》云：

平生自许屠龙学，岁晚拟作祝鸡翁。长鸣分送君识取，腷腷膊膊风雨中。（其一）

麈柄笑君谈亹亹，鸡群笑我唤朱朱。晓窗试渠作人语，绝胜蠹简用工夫。（其二）①

这两首绝句中，前诗大都不合平仄，又失粘，语言生硬，且第二句打破了常见节奏。后诗第三句、第四句不合平仄，第三句打破了节奏，且两诗都用了叠字。这些特征的确在黄庭坚诗中都很常见。又如陈著《次单君范遗次儿韵效鲁直体》云：

世变不常有阴晴，吾道由来自坦平。安得天资白受采，要凭学力浊为清。三日刮目迎吕逊，一月坐春盉孔程。便须从今加鞭去，庶免辕越辙幽并。②

这首七律中多数句子不合平仄，同样失粘，同样语言生硬，尤其是最后一句不仅是散文句式，而且颇为拗口，典型的拗体律诗。从王灼和陈著的"鲁直体"诗歌中可以看出，他们心目中的"鲁直体"其实是黄庭坚的近体诗，尤其是拗体的近体诗，包括七绝和七律。由于黄庭坚在七律上用功最多，所以这方面的特征也最为明显。

总之，黄庭坚的古体诗虽然已经形成了自己鲜明的特色，但他更具创新意义的做法是用古体诗的特点改造近体诗，使得近体诗尤其是七律具有生硬拗峭和散文化的特征。白敦仁在《论黄庭坚诗》一文中说：

山谷的近体诗特别是七律，也往往贯注着古文精神，运单劲之气于偶俪之中。尤致力于拗律，一反律诗装点景物、四平八稳的俗套。八句诗往往一气回旋而下，宛转自如，具有顿挫抑扬的节奏。如《答黄几复》《次韵裴仲谋同年》等等，例证很多。③

---

① 刘安遇、胡传淮：《王灼集校辑》，巴蜀书社，1996，第85页。
② （宋）陈著撰《本堂文集》卷十九，清光绪十九年（1893）刻本，第7b页。
③ 白敦仁：《论黄庭坚诗》，《成都大学学报》（社会科学版）1986年第1期。

白先生的这个看法可谓抓住了黄庭坚在诗体改造中的要害,他用"运单劲之气于偶俪之中"、"尤致力于拗律"和"具有顿挫抑扬的节奏"三个方面来概括,虽与笔者的论述有不同,但在指向上是一致的。尤其是他用"古文精神"来说明这种影响的来源,也很有启发性。其实这种"古文精神"并非从散文中来,黄庭坚亦不以散文见长,而是主要从其古体诗中来。受以文为诗的风气影响,黄庭坚的古体诗首先带有较多的"古文精神",之后他又将这样的"古文精神"带到近体诗尤其是七律之中。这也就是笔者在本书中所说的以古体诗改造近体诗。

黄庭坚用古体诗改造近体诗,与苏轼的方向相反,但与王安石前期的做法很接近:二人都是用古体诗影响近体诗写作,虽然王安石是无意为之,黄庭坚是有意为之,但其结果是相近的。作为苏轼的门人,黄庭坚的诗歌与苏轼差别甚大,反而与王安石更加接近,从改造诗体的角度出发也是认识这个问题的一个角度。

在"宋调"的建构过程中,古体诗起到了最重要的作用,但与此同时,其代表诗人都没有忽视近体诗的作用,他们以不同的方式使用和改造近体诗,从而使得近体诗同样成为"宋调"不可或缺的重要组成部分。就其总体趋势而言,梅尧臣、苏舜钦和欧阳修在重视古体诗的同时,依然创作了数量更多的近体诗,尽管他们的古体诗与近体诗的风格有较大的差别。而王安石由于过于强调诗歌的政治性,反而在无意中用古体诗带动了近体诗的变化,使得二者出现了趋同的倾向。在其启发下,苏轼、黄庭坚在一如既往重视古体诗的同时,又进一步深化到古体、近体之间的融合问题。表面看来,苏轼用近体改造古体与黄庭坚用古体改造近体的方向正好相反,但实质上都是将二者融合在一起,是对宋代之前形成的诗体特征的根本否定和破坏。也正因如此,我们也可以从这个角度更清楚地看出"宋调"与"唐音"的差别。

第四章
以才学为诗

　　所谓"以才学为诗",就是指在诗歌中大量使用典故。典故可分为事典和语典两类:事典是指前人做过的事迹,而语典是指前人说过的话或出自诗文中的成语。使用典故是诗歌发展到一定阶段的必然结果。对于其出现原因,赵翼在《瓯北诗话》卷十中有这样的解释:"诗写性情,原不专恃数典;然古事已成典故,则一典已自有一意,作诗者借彼之意,写我之情,自然倍觉深厚,此后代诗人不得不用书卷也。"① 诗人用典可以追溯到三国时期,至唐代已发展到较高的水平,如杜甫、李商隐皆以长于用典著称。以宋代而论,宗法李商隐的西昆诗人即以过多地堆砌典故而为人所诟病。有鉴于此,开创"宋调"的梅尧臣、欧阳修、苏舜钦等人决心在诗歌创作中革除典故。因此,在"宋调"产生的第一阶段,典故是被排除在诗歌创作之外的。

　　梅、苏、欧三人创新"宋调"的做法,对诗歌来说固然有巨大的发展意义,但与此同时,他们有意排斥典故的做法却使得诗歌的含蓄蕴藉之美被削弱。叶燮在《原诗》卷四说:

> 开宋诗一代之面目者,始于梅尧臣、苏舜钦二人。自汉、魏至晚唐,诗虽递变,皆递留不尽之意,即晚唐犹存余地,读罢掩卷,犹令人属思久之。自梅、苏变尽昆体,独创生新,必辞尽于言,言尽于意,发挥铺写,曲折层累以赴之,竭尽乃止。才人伎俩,腾踔六合之内,纵其所如,无不可者;然含蓄渟涨之意,亦稍衰矣。②

---

① (清)赵翼:《瓯北诗话》,霍松林、胡主佑校点,人民文学出版社,1963,第160页。
② (清)叶燮撰《原诗》,(清)王夫之等撰《清诗话》下册,上海古籍出版社,1978,第605页。

其后沈德潜在《说诗晬语》卷下亦云："宋初台阁倡和，多宗义山，名'西昆体'。梅圣俞、苏子美起而矫之，尽翻科臼，蹈厉发扬，才力体制，非不高于前人，而渊涵渟滀之趣，无复存矣。"① 不过，梅、苏、欧这种极端的做法并没有被后来者接受，其后的王安石、苏轼、黄庭坚等皆以长于用典著称，最终形成了"宋调"中"以才学为诗"的新特征。不过，王安石、苏轼、黄庭坚三人使用典故的方法又各不相同：王安石使用典故追求"情态毕出"，并尽力泯灭用典的痕迹；苏轼则在赠人诗中全部使用与被赠者同姓的典故，自成一奇；黄庭坚则不仅把用典发展到"无一字无来处"，而且还总结出"夺胎换骨""点铁成金"等方法。

第一节
情态毕出：王安石用典

由于之前开创"宋调"的梅尧臣、苏舜钦、欧阳修等人有意在诗歌中革除典故，这使得其后的王安石有机会成了"以才学为诗"的开创者。钱锺书对于用典，特别是王安石用典，一直持批评态度。他在《宋诗选注》中说：

> 北宋初的西昆体就是主要靠"挦扯"——钟嵘所谓"补假"——来写诗的。然而从北宋诗歌的整个发展看来，西昆体不过像一薄层、一小圈的油花，浮在水面上，没有在水里渗入得透，溶解得匀；它只有极局限、极短促的影响，立刻给大家瞧不起，并且它"挦扯"的古典成语的范围跟它歌咏的事物的范围同样的狭小。王安石的诗无论在声誉上、在内容上、或在词句的来源上都比西昆体广大得多。痛骂他祸国殃民的人都得承认他"博闻""博极群书"；他在辩论的时候，也破口骂人："君辈坐不读书耳！"又说自己："某自百家诸子之书至于《难经》《素问》《本草》、诸小说无所不读"。所以他写到各种事物，只要他想"以故事记实事"——萧子显所谓"借古语申今情"，他都办得到。他还有他的理论，所谓"用事"不是"编事"，"须自出己意，借事以相发明"，这也许正是唐代皎然所说"用事不直"，的确就是后来杨万里所称赞黄庭坚的"妙法""备用古人语而不用其意"。后

---

① （清）沈德潜撰《说诗晬语》，（清）王夫之等撰《清诗话》下册，上海古籍出版社，1978，第544页。

面选的"书湖阴先生壁"里把两个人事上的古典成语来描写青山绿水的姿态，可以作为"借事发明"的例证。这种把古典来"挪用"，比了那种捧住了类书，说到山水就一味搬弄山水的古典，诚然是心眼儿活得多，手段高明得多，可是总不免把借债来代替生产。结果是跟读者捉迷藏，也替笺注家拉买卖。流传下来的、宋代就有注本的宋人诗集从王安石集数起，并非偶然。李壁的《王荆文公诗笺注》不够精确，也没有辨别误收的作品，清代沈钦韩的"补注"并未充分纠正这些缺点。①

钱先生对用典的批评固然有其合理的方面，但如果我们执拗于这种观点而去一味地否定典故，显然并不是历史唯物主义的态度。其实，只要我们对宋诗不抱偏见，不去按唐诗的特征衡量它，就会发现王安石在用典方面还是有自己的特色的。王安石对于用典有自己的认识，《苕溪渔隐丛话》后集卷二十五引《蔡宽夫诗话》载：

> 荆公尝云："诗家病使事太多，盖皆取其与题合者类之，如此乃是编事，虽工何益。若能自出己意，借事以相发明，情态毕出，则用事虽多，亦何所妨。"故公诗如"董生只为《公羊》惑，岂肯捐书一语真""桔槔俯仰妨何事，抱瓮区区老此身"之类，皆意与本题不类，此真所谓使事者也。②

王安石用典追求的是"情态毕出"的艺术效果，而并不在于典故数量的多少。那么，如何才能通过用典而使"情态毕出"呢？宋代以来众多论者的观点大约可以分为三个方面，现分别加以论述。

一 用典故叙实事

王安石之所以在诗歌中使用典故，其实带有许多无奈的成分。《苕溪渔隐丛话》前集卷十四引《陈辅之诗话》："荆公尝言：'世间好语言，已被老杜道尽；世间俗言语，已被乐天道尽。'"③ 既然他心中带有这样的认识，

---

① 钱锺书选注《宋诗选注》，人民文学出版社，1989，第43~44页。
② （宋）胡仔纂集《苕溪渔隐丛话》后集，廖德明校点，人民文学出版社，1962，第179~180页。
③ （宋）胡仔纂集《苕溪渔隐丛话》前集，廖德明校点，人民文学出版社，1962，第90页。

则用典就成了其无可奈何的选择。但只要用典恰当，能切合要表达的内容，不仅没有妨碍，而且还会增加语言的魅力，这有什么不好呢？如其《忠献韩魏公挽辞二首》其二：

  两朝身与国安危，典策哀荣此一时。木稼尝闻达官怕，山颓果见哲人萎。英姿爽气归图画，茂德元勋在鼎彝。幕府少年今白发，伤心无路送灵辀。①

对于诗中的"木稼"一联，论者多推崇备至。即以其本朝人所论，《西清诗话》卷上云：

  作诗妙处在以故事叙实事，王文公尤高胜。熙宁中，华山圮，冰木稼。不久，韩魏公薨。公作诗："木稼曾闻达官怕，山颓果见哲人萎。"用孔子语"太山其颓乎"。《旧唐史》：宁王卧疾，引谚语曰："木稼达官怕。"必大臣当之，吾其死矣。已而果然。此故事叙实事也。②

《东轩笔录》卷五对具体事件的记载则更加详细：

  熙宁三年，京辅猛风大雪，草木皆稼，厚者冰及数寸，既而华山震阜，头谷圮折数十百丈，荡摇十余里，覆压甚众，唐天宝中冰稼而宁王死，故当时谚曰："冬凌树稼达官怕。"又诗有"泰山其颓，哲人其萎"之说，众谓大臣当之，未数年，而司徒侍中魏国韩公琦薨，王荆公作挽词，略曰："冰稼尝闻达官怕，山颓今见哲人萎。"盖谓是也。③

《鸡肋编》卷下亦有类似的考证和赞誉：

  王介甫作韩魏公挽诗云："木稼尝云达官怕，山摧今见哲人萎。"时华山崩，京师木冰，极为中的。人多不见木稼出处。按《旧唐书·五行志》："开元二十九年十一月二十二日，雨木冰，凝寒冻冽而数日不解。

---

① 王水照主编《王安石全集》第5册，复旦大学出版社，2017，第691页。
② （宋）蔡絛撰《西清诗话》，张伯伟编校《稀见本宋人诗话四种·明钞本西清诗话》，江苏古籍出版社，2002，第178页。
③ （宋）魏泰撰《东轩笔录》，李裕民点校，中华书局，1983，第59页。

宁王见而叹曰：'谚云，树稼达官怕，必有大臣当之。'其月王薨。"①

将这几条记载结合起来，读者就会对"木稼"一联所写的"实事"以及其所用的典故有更清楚的认识，也更能体会到王安石用典的妙处。叶梦得在《石林诗话》卷上甚至认为这样的写法是由于诗人之前"预为储蓄"：

> 前辈诗材，亦或预为储蓄，然非所当用，未尝强出。余尝从赵德麟假陶渊明集本，盖子瞻所阅者，时有改定字，末手题两联云："人言卢杞有奸邪，我觉魏公真妩媚。"又"槐花黄，举子忙；促织鸣，懒妇惊"。不知偶书之邪，或将以为用也？然子瞻诗后不见此语，则固无意于必用矣。王荆公作韩魏公挽词云："木稼曾闻达官怕，山颓今见哲人萎。"或言亦是平时所得。魏公之薨，是岁适雨木冰，前一岁华山崩，偶有二事，故不觉尔。②

通过苏轼手题两联却未曾写成诗作，来推测王安石此联可能也是平时所得，遇到了恰当的时机，终于将好钢用到了刀刃上。虽然这种推测并没有直接的证据，但从另一方面也变相肯定了王安石用典的高妙。又如其《送吴仲庶出守潭州》：

> 吴公治河南，名出汉廷右。高才有公孙，相望千岁后。平明省门开，吏接堂上肘。指撝谈笑间，静若在林薮。连墙画山水，隐几诗千首。浩然江湖思，果得东南守。传鼓上清湘，旌旗蔽牛斗。方今河南治，复在荆人口。自古楚有材，鄩渌多美酒。不知樽前客，更得贾生否？③

对于此诗中的用典，《苕溪渔隐丛话》前集卷三十三云：

> 《王直方诗话》云："《送吴仲庶守潭诗》云：'自古楚有材，醽醁多美酒。不知樽前客，更得贾生否。'盖贾谊初为河南吴公召置门下，而后谪长沙，其用事之精如此。"苕溪渔隐曰："《上元戏刘贡甫诗》

---

① （宋）庄绰撰《鸡肋编》，《宋元笔记小说大观》第4册，上海古籍出版社，2001，第4068页。
② （宋）叶梦得撰《石林诗话》，（清）何文焕撰《历代诗话》上册，中华书局，1981，第413页。
③ 王水照主编《王安石全集》第5册，复旦大学出版社，2017，第214页。

云：'不知太一游何处，定把青藜独照公。'此诗用事亦精切。刘向校书天禄阁，夜有老人着黄衣，植青藜杖，叩阁而进。向请问姓名。'我是太一之精，天帝闻卯金之子有博学者，下而观焉。'乃出怀中竹牒授之。见王子年《拾遗》。此事既与贡甫同姓，又贡甫时在馆阁也。"①

胡仔首先引用《王直方诗话》肯定了王安石《送吴仲庶守潭诗》一诗用典的巧妙：在此诗中用贾谊曾被吴公所知而后被贬谪长沙的典故，不但切合了地点潭州（今湖南长沙），而且切合了吴仲庶的姓氏。之后，他又举出王安石"不知"一联具有相同的长处，该联出自《上元戏呈贡父》，全诗为：

车马纷纷白昼同，万家灯火暖春风。别开阊阖壶天外，特起蓬莱陆海中。尽取繁华供侠少，只分牢落与衰翁。不知太乙游何处，定把青藜独照公。②

"不知"一联，使用刘向校书天禄阁的典故，不仅扣住了刘攽的姓氏，而且扣住他就职馆阁的身份，故胡仔说"此诗用事亦精切"，就是对此诗用典的高度评价。

仅以以上三首诗为例，就可以看出王安石在用典故表现当前事实方面所取得的高度成就。

二 将典故用于对仗之中

王安石喜欢将用典与对仗结合起来，使诗歌更加精工和巧妙。如其作于熙宁四年（1071）的《张侍郎示东府新居诗因而和酬二首》其一：

得贤方慕北山莱，赤白中天二府开。功谢萧规惭汉第，恩从隗始诧燕台。曾留上主经过迹，更费高人赋咏才。自古落成须善颂，扫除东阁望公来。③

关于这首诗中的典故使用，《西清诗话》卷上记载了王安石与陆佃的一段对话：

---

① （宋）胡仔纂集《苕溪渔隐丛话》前集，廖德明校点，人民文学出版社，1962，第226页。
② 王水照主编《王安石全集》第5册，复旦大学出版社，2017，第467页。
③ 王水照主编《王安石全集》第5册，复旦大学出版社，2017，第406页。

熙宁初,张侍郎揆以二府成,诗贺王文公。公和曰:"功谢萧规惭汉第,恩从隗始诧燕台。"示陆农师。农师曰:"萧规曹随,高帝论功,萧何第一,皆摭故实。而'请从隗始',初无'恩'字。"公笑曰:"子善问也。韩退之《斗鸡联句》'感恩惭隗始',若无据,岂当对'功'字耶。"乃知前人以用事一字偏枯,为倒置眉目,返易巾裳,盖慎之如此。①

在用典时,王安石竟然要求每一个字都落到实处,而且还是在律诗的对仗联中。这不仅能够反映王安石对用典的执着,而且表明他的确是有意将用典与对仗结合在一起的。

王安石用典最精工的例子是《书湖阴先生壁二首》其一:

茅檐长扫静无苔,花木成畦手自栽。一水护田将绿绕,两山排闼送青来。②

此诗作于王安石退居江宁后,是"半山体"的代表作品之一,题中所说湖阴先生即是他的邻居杨骥(字德逢)。据说王安石对此诗颇为喜爱。《苕溪渔隐丛话》前集卷三十三引用黄庭坚的话说:"尝见荆公于金陵,因问丞相近有何诗,荆公指壁上所题两句'一水护田将绿绕,两山排闼送青来',此近所作也。"③ 王安石将这两句题于壁上,可见视其为得意之句。对于"一水"一联的佳处,《石林诗话》卷中云:

荆公诗用法甚严,尤精于对偶。尝云:用汉人语,止可以汉人语对,若参以异代语,便不相类。如"一水护田将绿去,两山排闼送青来"之类,皆汉人语也。此法惟公用之不觉拘窘卑凡。如"周颙宅作阿兰若,娄约身归窣堵波",皆以梵语对梵语,亦此意。尝有人面称公诗"自喜田园安五柳,但嫌尸祝扰庚桑"之句,以为的对。公笑曰:"伊但知柳对桑为的,然庚亦自是数。"盖以十干数之也。④

---

① (宋)蔡絛撰《西清诗话》,张伯伟编校《稀见本宋人诗话四种·明钞本西清诗话》,江苏古籍出版社,2002,第174页。
② 王水照主编《王安石全集》第5册,复旦大学出版社,2017,第588页。
③ (宋)胡仔纂集《苕溪渔隐丛话》前集,廖德明校点,人民文学出版社,1962,第226页。
④ (宋)叶梦得撰《石林诗话》,(清)何文焕撰《历代诗话》上册,中华书局,1981,第422~423页。

在此基础上，吴曾在《能改斋漫录》卷八中继续挖掘了王安石此联诗句的出处，云：

> 荆公诗云："一水护田将绿绕，两山排闼送青来。"盖本五代沈彬诗："地隈一水巡城转，天约群山附郭来。"彬又本唐许浑"山行朝阙去，河势抱关来"之句。①

"护田"二字出自《史记·大宛列传》②，"排闼"二字出自《史记·樊郦滕灌列传》之樊哙传③，这就是所谓"以汉人语对汉人语"。《艺苑雌黄》甚至连"将""送"二字的出处都加以考察：

> 宋玉《九辩》云："悲哉！秋之为气也：萧瑟兮，草木摇落而变衰；憭慄兮，若在远行，登山临水兮送将归。"……前辈诗中，惟王介甫有一联云："一水护田将绿绕，两山排闼送青来。"下得将、送二字与《楚辞》合。予尝考《诗》之《燕燕》篇曰："之子于归，远于将之；之子于归，远送于野"一篇，诗中亦用此送、将、归三字；然则《楚辞》之言，亦有本也。④

不过，这里的说法过于牵强，已经超越了事实的范围，也就谈不上有什么学术性了。

关于"梵语对梵语"，叶梦得已举出"周颙"一联，出自《与道原过西庄遂游宝乘》，其中"阿兰若"与"窣堵波"都是梵语，前者意为寂静处或空闲处，后者意为佛塔。这样的例子还见于其《朱朝议移法云院兰》中的"不出阿兰若，岂遭干闼婆"一联，与之如出一辙。

惠洪曾将王安石喜好用典与之前的西昆体放在一起考察。其《冷斋夜话》卷四云"西昆体"条云：

> 诗到李义山，谓之文章一厄。以其用事僻涩，时称西昆体。然荆公晚年亦或喜之，而字字有根蒂。如作雪诗曰："借问火城将策探，何

---

① （宋）吴曾撰《能改斋漫录》，上海师范大学古籍整理研究所编《全宋笔记·第五编》第3册，大象出版社，2012，第218页。
② （汉）司马迁撰《史记》第10册，中华书局，1982，第3179页。
③ （汉）司马迁撰《史记》第8册，中华书局，1982，第2659页。
④ （宋）严有翼撰《艺苑雌黄》，郭绍虞辑《宋诗话辑佚》下册，中华书局，1980，第540～541页。

如云屋听窗知。"又曰："未爱京师传谷口，但知乡里胜壶头。"其用事琢句，前辈无相犯者。①

惠洪所举二联中，前联出自王安石《次韵酬府推仲通学士雪中见寄》：

> 朝来看雪咏君诗，想见朱衣在赤墀。为问火城将策试，何如云屋听窗知。曲墙稍觉吹来密，穷巷终怜扫去迟。欲访故人非兴尽，自缘无路得传卮。②

诗中"借问"一联二句，均出自韩愈之诗句。邵博在《邵氏闻见后录》卷十八中曾不满地说：

> 王荆公以"力去陈言夸末俗，可怜无补费精神"，薄韩退之矣。然"喜深将策试，惊密仰檐窥"，又"气严当酒暖，洒急听窗知"，皆退之《雪诗》也。荆公咏雪则云："借问火城将策试，何如云屋听窗知。"全用退之句也。去古人陈言以为非，用古人陈言乃为是耶？③

邵博所言似未理解宋代诗人对化腐朽为神奇的审美追求，但他对典故的考察，正可见出"将策试""听窗知"皆出自韩愈诗句，而且用来对仗，尤能说明王安石用典的高明。"未爱"一联出自《次韵酬朱昌叔五首》其一：

> 点也自殊由与求，既成春服更何忧？拙于人合且天合，静与道谋非食谋。未爱京师传谷口，但知乡里胜壶头。嗟予老矣无一事，复得此君相与游。④

关于本联，叶梦得《石林诗话》卷上记载了王安石追改的故事，也提供了另一种异文：

> 尝与叶致远诸人和头字韵诗，往返数四，其末篇有云："名誉子真

---

① （宋）惠洪撰《冷斋夜话》，张伯伟编校《稀见本宋人诗话四种·日本五山版冷斋夜话》，江苏古籍出版社，2002，第38页。
② 王水照主编《王安石全集》第5册，复旦大学出版社，2017，第422页。
③ （宋）邵博撰《邵氏闻见后录》，刘德权、李剑雄点校，中华书局，1983，第145页。
④ 王水照主编《王安石全集》第5册，复旦大学出版社，2017，第390页。

矜谷口，事功新息困壶头。"以谷口对壶头，其精切如此。后数日，复取本追改云："岂爱京师传谷口，但知乡里胜壶头。"至今集中两本并存。①

"谷口"与"壶头"对仗之所以为佳，不仅因为这两个都是地名，而且还使用了郑子真与马援的相关典故，又"谷"与"壶"皆物名，"口"与"头"皆人与动物身上的部位，此典故的使用竟然可以与多重对仗结合，其精工巧妙达到无以复加的高度。

上章讨论了王安石"半山体"精工自然的风格，在这一风格的形成过程中，对典故的使用，尤其是将典故与对仗密切结合的做法，不仅更能突出其精工自然的特色，而且有时甚至显得过于巧妙了。《苕溪渔隐丛话》前集卷四十二引《王直方诗话》云：

> 东坡尝以所作小词示无咎、文潜，曰："何如少游？"二人皆对云："少游诗似小词，先生小词似诗。"陈无己云："荆公晚年诗伤工，鲁直晚年诗伤奇。"余戏之曰："子欲居工奇之间邪？"②

"工"竟然成了陈师道口中王安石诗歌的弊病，这固然与陈本人作诗追求朴拙有关，但也反映出王在这方面实在太讲究了。对于同样的对象，方回的评价则非常高，他在评王安石《送周都官通判湖州》时说：

> 乌程酒、顾渚茶，湖州风景也。酒与古不殊，茶于今适春，"犹"字、"正"字已佳，可以聚而泛，可以分而班，亦乐事也。然必仁风先及物，而后身可乐，故"已"字、"始"字尤妙。南贡、北辰，又勉之以心在王室，归而致吾君可也。诗律精密如此，他人太工则近弱，惟荆公独能工而不萎云。③

方回所评，就是将用典与技法结合在一起考虑得出的结论。明人焦竑对这类诗歌也颇为赞赏。其《焦氏笔乘》卷四云："韦苏州诗：'绿阴生昼

---

① （宋）叶梦得撰《石林诗话》，（清）何文焕撰《历代诗话》上册，中华书局，1981，第406页。
② （宋）胡仔纂集《苕溪渔隐丛话》前集，廖德明校点，人民文学出版社，1962，第284页。
③ （元）方回选评，李庆甲集评校点《瀛奎律髓汇评》上册，上海古籍出版社，1986，第179页。

寂，孤花表春余。'境静人闲，翛然在目。荆公'邻鸡生午寂，芳草弄秋妍'，语虽出韦，然亦工绝矣。"① 所举例子，也都是将用典与对仗紧密结合的诗联。

当然，王安石虽然重视将典故与对仗结合起来使用，但他不可能每次都非常出众，这是显而易见的。其为人推崇的都是其中比较成功的例子。

三 泯灭用典痕迹

比较而言，既使用典故，又能泯灭用典痕迹，让典故的字面意思发出光芒，这才是王安石用典的最高处。即以前面所举《书湖阴先生壁二首》其一中"一水"一联来说，即便读者不知其用典，亦可领略其中的好处。其实，他这方面的例子很多。如作于嘉祐元年（1056）的《虎图》：

> 壮哉非罴亦非貙，目光夹镜当坐隅。横行妥尾不畏逐，顾盼欲去仍踌躇。卒然我见心为动，熟视稍稍摩其须。固知画者巧为此，此物安肯来庭除？想当盘礴欲画时，睥睨众史如庸奴。神闲意定始一扫，功与造化论锱铢。悲风飒飒吹黄芦，上有寒雀惊相呼。槎牙死树鸣老乌，向之俯啄如哺雏。山墙野壁黄昏后，冯妇遥看亦下车。②

据说此诗是即席之作。《苕溪渔隐丛话》前集卷三十四引《漫叟诗话》载："荆公尝在欧公坐上赋《虎图》，众客未落笔，而荆公章已就，欧公亟取读之，为之击节称叹，坐客阁笔不敢作。"③ 作此诗时，王安石仅36岁，诗中用典已不露痕迹。如曾季狸《艇斋诗话》云："荆公《虎图》'目光夹镜当坐隅'，'夹镜'出《文选》颜延年《赭白马赋》'双瞳夹镜，两权协月'。"④ 又严有翼《艺苑雌黄》云：

> 予顷与荆南同官江朝宗论文，江云："前辈为文皆有所本，如介甫《虎图诗》，语极道健，其间有'神闲意定始一扫'之句，为此只是平

---

① （明）焦竑撰《焦氏笔乘》，李剑雄点校，上海古籍出版社，1986，第122页。
② 王水照主编《王安石全集》第5册，复旦大学出版社，2017，第203页。
③ （宋）胡仔纂集《苕溪渔隐丛话》前集，廖德明校点，人民文学出版社，1962，第230页。
④ （宋）曾季狸撰《艇斋诗话》，丁福保辑《历代诗话续编》上册，中华书局，1983，第316页。

常语无出处。后读《庄子》，宋元君画图，有一史后至，儃儃然不趋，受揖不立，因之舍，解衣盘礴臝，君曰：'是真画者也。'郭象注：'内足者神闲而意定。'乃知介甫实用此语也。"①

无论是"夹镜"还是"神闲意定"，即便读者不知道这属于用典，也并不影响对这首诗的理解，而当读者知道了典故的出处，就会更加惊异于王安石手法的高明。这样的例子很多，此处仅据宋人所论略举数例：

> 荆公绝句云："有似钱塘江上见，晚潮初落见平沙。"两句皆有来历。《才调集》诗云："还似琵琶弦畔见，细圆无节玉参差。"此上句来历也。张籍诗云："闲寻泊船处，潮落见平沙。"此下句来历也。第读诗不多，则不知耳。(《艇斋诗话》)②

> 荆公《字说》成后，赋绝句云："久苦诸君共此劳。"按：李密兵败，谓王伯当曰："兵败矣。久苦诸君。我今日自刭，请以谢众。"(《能改斋漫录》卷七)③

> 介甫《宜春苑》诗云："无复增修事，君王惜费金。"乃暗用汉文惜百金之产而辍露台事。(《碧溪诗话》卷五)④

> 临川："道德文章吾事落，南华夫子盍行邪？"无落吾事，乃柳诗有"惆怅樵渔事，今还又落然"，恐亦用此。(《碧溪诗话》卷六)⑤

> 半山《酴醾金沙》诗云："我无丹白看如梦，人有朱铅见即愁。"孙思邈云："苟丹白存于心中，即神灵如不降。"其用事精切如此。(《观林诗话》)⑥

> 荆公《金陵怀古》诗："逸乐安知与祸双。"双字最佳。《史·龟策传》："祸与福同，刑与德双。圣人察之，以知吉凶。"(《芥隐

---

① (宋)严有翼撰《艺苑雌黄》，郭绍虞辑《宋诗话辑佚》下册，中华书局，1980，第570页。
② (宋)曾季狸撰《艇斋诗话》，丁福保辑《历代诗话续编》上册，中华书局，1983，第326页。
③ (宋)吴曾撰《能改斋漫录》，上海师范大学古籍整理研究所编《全宋笔记·第五编》第3册，大象出版社，2012，第189页。
④ (宋)黄彻撰《碧溪诗话》，丁福保辑《历代诗话续编》上册，中华书局，1983，第368页。
⑤ (宋)黄彻撰《碧溪诗话》，丁福保辑《历代诗话续编》上册，中华书局，1983，第375页。
⑥ (宋)吴聿撰《观林诗话》，丁福保辑《历代诗话续编》上册，中华书局，1983，第126页。

笔记》)①

陈绎奉亲至孝，尝作庆老堂以娱其母。介甫赠之诗云"种竹常疑出冬笋"，暗用孟宗事，"开池故合涌寒泉"，暗用姜诗事。（《韵语阳秋》卷十)②

以上所列七条评论有一个共同之处，都是在谈王安石一些用典的语句在诗中有很强的表现力，自身已经熠熠生辉，根本让人意识不到其实是在用典。宋人的这种看法，也得到了后人的认可。翁方纲在《石洲诗话》卷四里进一步说：

王荆公题惠崇画，屡用"道人三昧力"之语。初以为只摹写其画笔之精耳，及见王卢溪题崇画诗自注云："往年见赵德之说惠崇尝自言：'我画中年后有悟入处，岂非慧力中所得之圆熟故耶？'今观此短轴，定非少年时笔也。"此可取以证荆公之诗，虽赞画之语，亦有所据而云也。③

而方东树在《昭昧詹言》卷十一中高度称赞王安石这样的用典方式："大家用事，若不知其用事者，此其妙也。用事全见瘢痕，视不典而不足于用者虽贤，去大家境界远矣。"④ 当代吴小林在《王安石传》中亦说："王诗在用典上的又一特点是，犹如盐着水中，看不出盐而有盐味，达到了'用事不使人觉，若胸臆语也'（《颜氏家训·文章》）的用典最高境界。"⑤

总之，作为最早在"宋调"中重视使用典故的大诗人，王安石不仅重视"以故事叙实事"，而且喜欢将典故与对仗结合起来，使得诗歌更加精工巧妙。特别是他重视典故的字面意思，让典故本身的含义泯灭在字面之后，亦此亦彼，若有若无，因而显得更加高妙。也正因为如此，一般读者若想读出王安石诗歌的妙处，注本必不可少。前引钱锺书指出"宋代就有注本的宋人诗集从王安石集数起"，其原因应该就在这里。

---

① （宋）龚颐正撰《芥隐笔记》，上海师范大学古籍整理研究所编《全宋笔记·第五编》第2册，大象出版社，2012，第78页。
② （宋）葛立方撰《韵语阳秋》，（清）何文焕撰《历代诗话》下册，中华书局，1981，第559页。
③ （清）翁方纲撰《石洲诗话》，陈迩冬校点，人民文学出版社，1981，第130页。
④ （清）方东树：《昭昧詹言》，汪绍楹校点，人民文学出版社，1961，第238页。
⑤ 吴小林：《王安石传》，广东高等教育出版社，2001，第207页。

第二节
显易切当：苏轼用典

在宋代大诗人中，苏轼同样也以用典见长，虽然其用典受到了王安石的一定影响，但从总体上来说，他也形成了自己的一些特色。

一　显易而切当

跟王安石用典特别重视对仗和化用不同，苏轼用典大都比较浅显。虽然他也写过诸如"用道家语对道家语"的诗歌，如熙宁七年（1074）作于密州的《雪后书北台壁二首》其二：

城头初日始翻鸦，陌上晴泥已没车。冻合玉楼寒起粟，光摇银海眩生花。遗蝗入地应千尺，宿麦连云有几家。老病自嗟诗力退，空吟《冰柱》忆刘叉。①

这是苏轼几首著名的叉韵诗中的一首，其中"冻合"一联用典颇为偏僻。赵令畤《侯鲭录》卷一载：

东坡在黄州日，作《雪》诗云："冻合玉楼寒起粟，光摇银海眩生花。"人不知其使事也。后移汝海，过金陵，见王荆公，论诗及此，云："道家以两肩为玉楼，以目为银海，是使此否？"坡笑之。退谓叶致远曰："学荆公者，岂有此博学哉！"②

尽管《侯鲭录》关于此诗写作时间和地点的说法有误，但其中关于苏轼与王安石的对话流传广泛，大致可信。不过，就总体来说，苏轼用典大都浅显易懂，其妙处在于恰到好处。《苕溪渔隐丛话》前集卷三十八引《漫叟诗话》云：

东坡最善用事，既显而易读，又切当。若《招待服人游湖不赴》云："却忆呼卢袁彦道，难邀骂坐灌将军。"《柳氏求字答》云："君家

---

① 《苏轼诗集》第 2 册，（清）王文诰辑注，孔凡礼点校，中华书局，1982，第 605 页。
② （宋）赵令畤撰《侯鲭录》，《宋元笔记小说大观》第 2 册，上海古籍出版社，2001，第 2038 页。

自有元和脚,莫厌家鸡更问人。"天然奇作。①

"却忆"一联出自《会客有美堂,周邠长官与数僧同泛湖往北山,湖中闻堂上歌笑声,以诗见寄,因和二首,时周有服》其一:

蔼蔼君诗似岭云,从来不许醉红裙。不知野屐穿山翠,惟见轻桡破浪纹。颇忆呼卢袁彦道,难邀骂座灌将军。(皆取其有服也。)晚风落日元无主,不惜清凉与子分。②

因当时周邠尚在服中,苏轼"却忆"就专门用了晋代袁耽守制时与人博戏和汉代灌夫在守制时在丞相田蚡家使酒骂座的典故,非常切合。他在诗中自注"皆取其有服也",就是为了突出这方面的意义。"君家"一联出自《柳氏二外甥求笔迹二首》其一:

退笔如山未足珍,读书万卷始通神。君家自有元和脚,莫厌家鸡更问人。③

"君家"一联的典故出自《晋中兴录》卷七:"庾翼书少时与王右军齐名,右军后进,庾犹不分,在荆州与都下书曰:'小儿辈厌家鸡,爱野雉,皆学逸少书,须吾下当北之。'"④又柳宗元《殷贤戏批书后寄刘连州并示孟仑二童》诗云:"闻道近来诸子弟,临池寻已厌家鸡。"⑤刘禹锡《酬柳柳州家鸡之赠》答诗有云:"柳家新样元和脚,且尽姜牙敛手徒。"⑥苏轼所谓"元和脚",也就是刘禹锡的"柳家新样元和脚",指的是柳公权的书法。柳姓的两位外甥想要向苏轼学习书法,苏调侃他们说:"你们柳家自有家传的高明书法,却要向外人学习,莫不是厌烦了家鸡,想要寻找野雉了吧?"这样的用典不但非常切合外甥的姓氏,而且颇为风趣。

对于苏轼用典的妙处,叶梦得《石林诗话》卷上云:

---

① (宋)胡仔纂集《苕溪渔隐丛话》前集,廖德明校点,人民文学出版社,1962,第257页。
② 《苏轼诗集》第2册,(清)王文诰辑注,孔凡礼点校,中华书局,1982,第453~454页。
③ 《苏轼诗集》第2册,(清)王文诰辑注,孔凡礼点校,中华书局,1982,第543页。
④ (南朝宋)阴法盛撰《晋中兴录》,《九家旧晋书辑本》,齐鲁书社,2000,第452页。
⑤ (唐)柳宗元撰《柳宗元集》第4册,中华书局,1979,第1175页。
⑥ (唐)刘禹锡撰《刘禹锡集》下册,卞孝萱校订,中华书局,1990,第552页。

诗之用事，不可牵强，必至于不得不用而后用之，则事词为之一，莫见其安排斗凑之迹。苏子瞻尝为人作挽诗云："岂意日斜庚子后，忽惊岁在己辰年。"此乃天生作对，不假人力。温庭筠诗亦有用甲子相对者，云："风卷蓬根屯戊巳，月移松影守庚申。"两语本不相类。其题云："与道士守庚申，时闻西方有警事。"邂逅适然，固不可知，然以其用意附会观之，疑若得此对而就为之题者。此蔽于用事之弊也。①

叶梦得所举"岂意"一联出自苏轼为孔延之作的《孔长源挽词二首》其二：

小堰门头柳系船，吴山堂上月侵筵。潮声半夜千岩响，诗句明朝万口传。（长源自越过杭，夜饮有美堂上联句。长源诗云：天目远随双凤落，海门遥应两潮趋。一坐称善。）岂意日斜庚子后，忽惊岁在巳辰年。佳城一闭无穷事，南望题诗泪洒笺。②

"岂意"一联，上联出自《汉书·贾谊传》所载贾谊《鵩鸟赋》："单阏之岁，四月孟夏，庚子日斜，服集余舍，止于坐隅，貌甚闲暇。"③下联出自《后汉书·张曹郑列传》中郑玄传："五年春，梦孔子告之曰：'起，起，今年岁在辰，来年岁在巳。'既寤，以谶合之，知命当终，有顷寝疾。时袁绍与曹操相拒于官度，令其子谭遣使逼玄随军。不得已，载病到元城县，疾笃不进，其年六月卒，年七十四。"④苏轼用这两个表现干支纪年的典故来表达对于友人去世的震惊，也是颇为精巧的。

吴开《优古堂诗话》"东坡用事切"条云：

东坡《和山谷嘲小德》诗，末云："但使伯仁长，还兴络秀家。"盖伯仁乃络秀子耳。洪驹父《哭谢无逸》诗云："但使添丁长，终兴谢客家。"此学东坡语，尤无功。"添丁卢同子，气骨不相属。"络秀本周伯仁父浚之妾，小德亦庶出，故坡用事其切如此。⑤

---

① （宋）叶梦得撰《石林诗话》，（清）何文焕撰《历代诗话》上册，中华书局，1981，第413页。
② 《苏轼诗集》第2册，（清）王文诰辑注，孔凡礼点校，中华书局，1982，第639页。
③ （汉）班固撰《汉书》第8册，中华书局，1964，第2226页。
④ （宋）范晔撰《后汉书》第5册，（唐）李贤等注，中华书局，1965，第1211页。
⑤ （宋）吴开撰《优古堂诗话》，丁福保辑《历代诗话续编》上册，中华书局，1983，第277页。

苏轼《次韵黄鲁直嘲小德。小德，鲁直子，其母微，故其诗云：解著〈潜夫论〉，不妨无外家》：

> 进馔客争起，小儿那可涯。莫欺东方星，三五自横斜。名驹已汗血，老蚌空泥沙。但使伯仁长，还兴络秀家。①

该诗紧扣黄庭坚庶子小德的出身，首联用晋代裴秀的典故，表明庶子未必不能杰出。颔联用《诗经》中的典故，写其母身份低微。颈联使用比喻，说明英雄何必问出处。尾联则一反黄庭坚原诗中的意思，希望黄庭坚及他子要善待小德的母亲及其娘家人。此诗虽然在内容上难说有什么特色，但句句扣住小德"庶出"这一点，其使用典故的恰当确如《优古堂诗话》所称道的那样。

对于这方面，赵翼《瓯北诗话》卷五列举的例子更多：

> 坡公熟于庄、列诸子及汉、魏、晋、唐诸史，故随所遇，辄有典故以供其援引，此非临时检书者所能办也。如《送郑户曹诗》："公业有田常乏食，广文好客竟无毡。"则皆用郑姓故事；《嘲张子野买妾》，所引"须长九尺""莺莺""燕燕""柱下相君""后堂安昌"等，皆用张姓故事。《戏徐君猷孟亭之不饮》，则通首全用徐邈、孟嘉故事。不特此也，贺黄鲁直生子，而其母微，则云："进馔客争起。"又云："但使伯仁长，还兴络秀家。"用《晋书》裴秀母贱，嫡母尝使进馔，客以秀故，皆惊起。又周颛母络秀谓颛曰："我屈为汝家妾，为门户计耳。汝若不与吾家为亲，吾亦何惜余生。"颛从命，由是李氏遂为方雅之族也。《和周邠长官诗》："颇忆呼卢袁彦道，难邀骂坐灌将军。"时邠有服，故所用"呼卢""骂坐"，皆服中故事也。《答孙侔》云："蒋济谓能来阮籍，薛宣真欲吏朱云。"侔与王荆公素善，及荆公为相，数年不复相闻，故用阮籍不应济之辟，朱云不肯留宣东阁事也。《以双刀遗子由》，则云："惟有王元通，阶庭秀芝兰。知子后必大，故择刀所便。"用《晋书》王祥以吕虔刀遗其弟览故事也。《和子由送梁左藏诗》，则云："问羊他日到金华。"用黄初平兄寻初平到金华，叱石成羊故事，谓他日己寻子由，同证仙籍也。与子由同转对，则云："晋阳岂为一门事。"用《唐书》温大雅与弟彦博对掌华近，唐高祖曰"我起晋

---

① 《苏轼诗集》第5册，（清）王文诰辑注，孔凡礼点校，中华书局，1982，第1595页。

阳，为卿一门"故事也。《贺陈述古弟章生子》，则云："参军新妇贤相敌。"用《晋书》王浑妻言新妇得配参军，生子当不啻如此。参军王伦，乃浑之弟也。《送王巩侄震知蔡州》，则云："君归助献纳，坐继岑与温。"则用《唐书》岑文本及其侄长倩、温大雅及其弟彦博同在机近故事，望其叔侄同入禁林也。哭任遵圣，望其子成立，则云："他年如入洛，生死一相访。惟有王浚冲，心知我散状。"用《晋书》嵇康死后，其子绍入洛，王戎特推奖之故事也。文与可为王执中作墨竹，嘱其勿令人题，俟东坡来题之；与可没八年，坡还朝，执中以此来乞题，则云："谁言生死隔，相见如龚隗。"用《晋书》隗照善筮，将死，以版授其妻，五年后有龚姓者奉使过此，以此索其金。至期，果有龚使过，妻以版索金，龚亦善筮，为筮之曰："吾不负金，汝夫自有金，知吾善《易》，故书版措意耳。"果如言而得金于屋东壁。以喻与可预嘱待己来题，今果如所嘱也。孔常父来访，坡适宴客，遣人邀孔同饮，孔已上马驰去；明日有诗来，坡和之曰："岂复见吾横气机，遣人追君君绝驰。"则用《庄子》季咸相壶子，壶子曰："是殆见吾横气机也。"明日又来见，立未定，自失而去，使列子追之不及。壶子曰："已失矣，吾勿及矣。"此又与常父驰去，追之不及相似也。以上数条，安得有如许切合典故，供其引证？自非博极群书，足供驱使，岂能左右逢源若是？想见坡公读书，真有过目不忘之资，安得不叹为天人也。①

从前面所举的众多例子可以看出，苏轼用典不仅很恰当，而且并不冷僻，甚至可以说都是常见的典故。唯其如此，更能见出苏轼驾驭典故的能力。

二　使用同姓典故

在用典精当方面，苏轼最典型的特征表现在使用与所赠之人同姓的典故。这样的做法其实最早出现在王安石的创作中。莫砺锋在《论荆公体》一文中指出王安石39岁时所作《上元戏呈刘贡父》"不知太一游何处，定把青藜独照公"两句中使用了两个刘姓典故的例子后，又举了以下四个例子：

---

① （清）赵翼：《瓯北诗话》，霍松林、胡主佑校点，人民文学出版社，1963，第59～60页。

"北平上谷当时守,气略人推李广优……五字亦君家世事,一吟何以称来求。"——《送李太保知仪州》,作于五十二岁之前。李太保,名不详,诗中用李广、李陵之典切其姓。

"无人敢劝公荣酒,为我聊寻逸少池。"——《送刘和甫奉使江南》,作年不详。刘和甫,名敞。公荣,西晋刘昶字。逸少,东晋王羲之字。二典分别切刘敞与王安石自己的姓。

"扬雄识字无人敌,何逊能诗有世家。"——《详定幕次呈圣从乐道》,作于四十一岁。圣从,何剡字;乐道,杨畋字。诗中用何逊、扬雄典切二人姓。

"近代诗名出卢骆,前朝笔墨数渊云。"——《奉酬杨乐道》,作于四十一岁。渊云,指王褒(字子渊)、扬雄(字子云),切王安石与杨畋二人姓。"出卢骆",暗指王勃、杨炯,亦切二人姓。①

这种用典方法虽为王安石首创,但显然苏轼在这条路上走得更远。上引《瓯北诗话》中对于苏轼《送郑户曹》和《嘲张子野买妾》二诗典故的分析也都属于此类。如其《余与李廌方叔相知久矣,领贡举事,而李不得第,愧甚,作诗送之》:

与君相从非一日,笔势翩翩疑可识。平生谩说古战场,过眼终迷日五色。我惭不出君大笑,行止皆天子何责。青袍白纻五千人,知子无怨亦无德。买羊酤酒谢玉川,为我醉倒春风前。归家但草凌云赋,我相夫子非癯仙。②

此诗中最为人称道的是"平生"一联。上联所用《吊古战场文》是唐代李华的一篇名作。《新唐书·李华传》载:

初,华作《含元殿赋》成,以示萧颖士,颖士曰:"《景福》之上,《灵光》之下。"华文辞绵丽,少宏杰气,颖士健爽自肆,时谓不及颖士,而华自疑过之。因著《吊古战场文》,极思研榷,已成,污为故书,杂置梵书之度。它日,与颖士读之,称工,华问:"今谁可及?"

---

① 莫砺锋:《唐宋诗歌论集》,凤凰出版社,2007,第 244 页。
② 《苏轼诗集》第 5 册,(清)王文诰辑注,孔凡礼点校,中华书局,1982,第 1568~1570 页。

颖士曰:"君加精思,便能至矣。"华愕然而服。①

下联所说的《日五色赋》为唐代李程应试之作。五代王定保《唐摭言》卷八"已落重收"条载:

> 贞元中,李缪公先落榜矣。先是出试,杨员外于陵省宿归第,遇程于省司,询之所试,程探鞠中得赋稿示之,其破题曰:"德动天鉴,祥开日华。"于陵览之,谓程曰:"公今年须作状元。"翌日杂文无名,于陵深不平,乃于故策子末缮写,而斥其名氏,携之以诣主文,从容绐之曰:"侍郎今者所试赋,奈何用旧题?"主文辞以非也。于陵曰:"不止题目,向有人赋次韵脚亦同。"主文大惊。于陵乃出程赋示之,主文赏叹不已。于陵曰:"当今场中若有此赋,侍郎何以待之?"主文曰:"无则已,有则非状元不可也。"于陵曰:"苟如此,侍郎已遗贤矣。乃李程所作。"亟命取程所纳,面对不差一字。主文因而致谢,于陵于是请擢为状元,前榜不复收矣,或曰出榜重收。②

苏轼用这两个典故,不仅都扣住了李姓,而且肯定了李豸的过人才华,也调侃了自己缺少识人之明,活泼幽默,韵味悠然,所以得到许多论者的肯定。朱弁《风月堂诗话》卷中云:

> 东坡知贡举,李豸方叔久为东坡所知。其年到省,诸路举子人人欲识其面。考试官莫不欲得方叔也。坡亦自言有司第以一拔方叔耳。既折号,十名前不见方叔,众已失色。逮写尽榜,无不骇叹。方叔归阳翟,黄鲁直以诗叙其事送之,东坡和焉。如"平生漫说古战场,过眼真迷日五色"之句,其用事精切,虽老杜、白乐天集中未尝见也。③

在此基础上,罗大经《鹤林玉露·甲编》卷五甚至将其附会成一个富有传奇色彩的故事:

---

① (宋)欧阳修、宋祁等撰《新唐书》第18册,中华书局,1975,第5776页。
② (五代)王定保撰《唐摭言》,古典文学出版社,1957,第90页。
③ (宋)朱弁撰《风月堂诗话》卷上,贾文昭主编《皖人诗话八种》,黄山书社,2014,第21页。

元祐中，东坡知贡举，李方叔就试。将锁院，坡缄封一简，令叔党持与方叔，值方叔出，其仆受简置几上。有顷，章子厚二子曰持曰援者来，取简窃观，乃"扬雄优于刘向论"一篇。二章惊喜，携之以去。方叔归，求简不得，知为二章所窃，怅惋不敢言。已而果出此题，二章皆模仿坡作，方叔几于阁笔。及折号，坡意魁必方叔也，乃章援。第十名文意与魁相似，乃章持。坡失色。二十名间，一卷颇奇，坡谓同列曰："此必李方叔。"视之，乃葛敏修。时山谷亦预校文，曰："可贺内翰得人，此乃仆宰太和时，一学子相从者也。"而方叔竟下第。坡出院，闻其故，大叹恨，作诗送其归，所谓"平生漫说古战场，过眼空迷日五色"者是也。其母叹曰："苏学士知贡举，而汝不成名，复何望哉！"抑郁而卒。余谓坡拳拳于方叔如此，真盛德事。然卒不能增益其命之所无，反使二章得窃之以发身，而子厚小人，将以坡为有私有党，而无以大服其心，岂不重可惜哉！①

这种带有过多演绎色彩的情节固不足信，但用于解释苏轼"平生"一联的佳处却更有文学趣味。

与此类似的还有写给郑仅的《送郑户曹》：

游遍钱塘湖上山，归来文字带芳鲜。羸童瘦马从吾饮，陋巷何人似子贤。公业有田常乏食，广文好客竟无毡。东归不趁花时节，开尽春风谁与妍。②

上节所引赵翼《瓯北诗话》已指出其中"公业"一联的佳处在于"皆用郑姓故事"。具体说来，上联出自《后汉书·郑孔荀列传》中郑太传："郑太字公业，河南开封人，司农众之曾孙也。少有才略。灵帝末，知天下将乱，阴交结豪杰。家富于财，有田四百顷，而食常不足，名闻山东。"③下联出自《新唐书·郑虔传》：

玄宗爱其才，欲置左右，以不事事，更为置广文馆，以虔为博士……虔学长于地里，山川险易、方隔物产、兵戍众寡无不详。尝为《天宝军防录》，言典事该。诸儒服其善著书，时号郑广文。在

---

① （宋）罗大经撰，王瑞来点校《鹤林玉露》，中华书局，1983，第92~93页。
② 《苏轼诗集》第3册，（清）王文诰辑注，孔凡礼点校，中华书局，1982，第791页。
③ （宋）范晔撰《后汉书》第8册，（唐）李贤等注，中华书局，1965，第2257页。

官贫约甚，澹如也。杜甫尝赠以诗曰"才名四十年，坐客寒无毡"云。①

在诗中，苏轼连用了郑大和郑虔两人的典故，借以赞美郑仅的好客而家贫，显得非常恰当。

又如寄给乡人蔡褒的《寄蔡子华》：

> 故人送我东来时，手栽荔子待我归。荔子已丹吾发白，犹作江南未归客。江南春尽水如天，肠断西湖春水船。想见青衣江畔路，白鱼紫笋不论钱。霜鬓三老如霜桧，旧交零落今谁辈。莫从唐举问封侯，但遣麻姑更爬背。②

此诗中最后一联，上联出自《史记·范雎蔡泽列传》中蔡泽传：

> 蔡泽者，燕人也。游学干诸侯小大甚众，不遇。而从唐举相，曰："吾闻先生相李兑，曰'百日之内持国秉'，有之乎？"曰："有之。"曰："若臣者何如？"唐举孰视而笑曰："先生曷鼻，巨肩，魋颜，蹙齃，膝挛。吾闻圣人不相，殆先生乎？"蔡泽知举戏之，乃曰："富贵吾所自有，吾所不知者寿也，愿闻之。"唐举曰："先生之寿，从今以往者四十三岁。"蔡泽笑谢而去，谓其御者曰："吾持梁刺齿肥，跃马疾驱，怀黄金之印，结紫绶于要，揖让人主之前，食肉富贵，四十三年足矣。"③

下联出自葛洪《神仙传·王远》："麻姑手爪不如人爪形，皆似鸟爪。蔡经中心私言，若背大痒时，得此爪以爬背，当佳也。"④苏轼在诗中连用两个蔡姓典故表达自己的情感：我这么久没有回去，并不是为了追逐富贵，只要能过上自由自在的快乐生活，就心满意足了。

在这类作品中，用同姓典故最多的当是《张子野年八十五，尚闻买妾，述古令作诗》：

> 锦里先生自笑狂，莫欺九尺鬓眉苍。诗人老去莺莺在，公子归来

---

① （宋）欧阳修、宋祁等撰《新唐书》第18册，中华书局，1975，第5766~5767页。
② 《苏轼诗集》第5册，（清）王文诰辑注，孔凡礼点校，中华书局，1982，第1665页。
③ （汉）司马迁撰《史记》第7册，中华书局，1982，第2418页。
④ （晋）葛洪撰《神仙传》，上海古籍出版社，1990，第16页。

燕燕忙。柱下相君犹有齿，江南刺史已无肠。平生谬作安昌客，略遣彭宣到后堂。①

苏轼此诗作于熙宁六年（1073）任杭州通判时。听说已经致仕的张先八十五岁了尚且买妾，知州陈襄命题，让苏轼作诗，苏轼即作此诗。除了首二句调侃张先年岁老大尚举动出格外，其余六句被认为皆用了张姓典故。第二联"诗人"句用唐代元稹《莺莺传》中张生与崔莺莺的典故。"公子"句，用赵飞燕事。《汉书·外戚传》载：

> 先是有童谣曰："燕燕，尾涎涎，张公子，时相见。木门仓琅根，燕飞来，啄皇孙。皇孙死，燕啄矢。"成帝每微行出，常与张放俱，而称富平侯家，故曰张公子。仓琅根，宫门铜锾也。②

也有人认为燕燕另有其人。王文诰曾引任居实之言云："或说张祜妾名燕燕。"③ 第三联"柱下"句用汉代张苍事。《史记·张丞相列传》云：

> 张丞相苍者，阳武人也。好书律历。秦时为御史，主柱下方书……苍为丞相十余年……初，张苍父长不满五尺，及生苍，苍长八尺余，为侯、丞相。苍子复长。及孙类，长六尺余，坐法失侯。苍之免相后，老，口中无齿，食乳，女子为乳母。妻妾以百数，尝孕者不复幸。苍年百余岁而卒。④

"江南"句，或以为用张又新事。孟棨《本事诗·情感第一》载：

> 李相绅镇淮南，张郎中又新罢江南郡，素与李构隙，事在别录。时于荆溪遇风，漂没二子，悲戚之中，复惧李之仇己，投长笺自首谢。李深悯之，复书曰："端溪不让之词，愚罔怀怨；荆浦沉沦之祸，鄙实悯然。"既厚遇之，殊不屑意。张感铭致谢，释然如旧交。与张宴饮，必极欢尽醉。张尝为广陵从事，有酒妓，尝好致情，而终不果纳。至是二十年犹在席，目张悒然，如将涕下。李起更衣，张以指染酒，题词盘上，妓深晓之。李既至，张持杯不乐。李觉之，即命妓歌以送酒。

---

① 《苏轼诗集》第2册，（清）王文诰辑注，孔凡礼点校，中华书局，1982，第523~524页。
② （汉）班固撰《汉书》第12册，中华书局，1964，第3999页。
③ 《苏轼诗集》第2册，（清）王文诰辑注，孔凡礼点校，中华书局，1982，第523页。
④ （汉）司马迁撰《史记》第8册，中华书局，1982，第2675~2682页。

遂唱是词曰："云雨分飞二十年，当时求梦不曾眠。今来头白重相见，还上襄王玳瑁筵。"张醉归，李令妓夕就张郎中。①

最后一联用汉代张禹事。《汉书·匡张孔马传》之张禹传云：

> 禹成就弟子尤著者，淮阳彭宣至大司空，沛郡戴崇至少府九卿。宣为人恭俭有法度，而崇恺弟多智，二人异行。禹心亲爱崇，敬宣而疏之。崇每候禹，常责师宜置酒设乐与弟子相娱。禹将崇入后堂饮食，妇女相对，优人管弦铿锵极乐，昏夜乃罢。而宣之来也，禹见之于便坐，讲论经义，日晏赐食，不过一肉卮酒相对。宣未尝得至后堂。及两人皆闻知，各自得也。②

按照这样的理解，此诗除首联外，其余三联都可以说用了张姓的典故。这种程度是前无古人的。叶梦得《石林诗话》卷下云：

> 张先郎中字子野，能为诗及乐府，至老不衰。居钱塘，苏子瞻作倅时，先年已八十余，视听尚精强，家犹畜声妓，子瞻尝赠以诗云："诗人老去莺莺在，公子归来燕燕忙。"盖全用张氏故事戏之。③

这种专用某姓典故的做法，虽然始自王安石，但至苏轼发扬光大，成为一种新的用典方式。除了上引所论，费衮《梁溪漫志》卷四亦云：

> 东坡词源如长江大河，汹涌奔放，瞬息千里，可骇可愕，而于用事对偶，精妙切当，人不可及。如《张子野买妾》诗，全用张氏事；《祭徐君猷文》，全用徐氏事；《送李方叔下第》诗，用"古战场""日五色"；皆当家事，殆如天成。徐君猷、孟亨之皆不饮，作诗戏之，用徐邈、孟嘉饮酒事，仍各举当时全语以为对。其通守余杭日，《答高丽使私觌状》云："归时事于宰旅，方劳远勤；发私币于公卿，亦蒙见及。"发币一事，非外夷使者致馈之故实乎？④

---

① （唐）孟棨撰《本事诗》，丁福保辑《历代诗话续编》上册，中华书局，1983，第9页。
② （汉）班固撰《汉书》第10册，中华书局，1964，第3349页。
③ （宋）叶梦得撰《石林诗话》，（清）何文焕撰《历代诗话》上册，中华书局，1981，第430页。
④ （宋）费衮撰《梁溪漫志》，金圆校点，《宋元笔记小说大观》第3册，上海古籍出版社，2001，第3382页。

三 关于苏轼用典错误的讨论

在宋代，苏轼的用典在受到称赞的同时，也有一些学者不断关注其中出现的错误。如邵博《邵氏闻见后录》卷十六载：

> 有童子问予东坡《梅花诗》："玉奴终不负东昏。"按《南史》，齐东昏侯妃潘玉儿，有国色。牛僧孺《周秦行记》："薄太后曰：'牛秀才远来，谁为伴？'潘妃辞曰：'东昏侯以玉儿身亡国除，不拟负他。'"注云："玉儿，妃小字。"东坡正用此事，以"玉儿"为"玉奴"，误也。又《过岐亭陈季常诗》："不见卢怀慎，烝壶似烝鸭。"按《卢氏杂记》：郑余庆约客食，戒中厨烂烝，去毛勿拗项折。客为烝鹅鸭。既就食，各置烝壶芦一枚于前。则烝壶似烝鸭者郑余庆，非卢怀慎，亦误也。又《送子由出疆诗》"忆昔庚寅降屈原，旋看蜡凤戏僧虔"。按《南史》，王昙首内集，听子孙为戏，僧达跳地作虎子。僧虔累十二博棋，不坠落。僧绰采蜡烛作凤皇。则以蜡凤戏者僧绰，非僧虔，亦误也。又《和徐积诗》"杀鸡未肯邀季路，裹饭应须问子来"。按《庄子》，子舆与子桑友，而霖雨十日。子舆曰："子桑殆疾矣！"裹饭往食之。则裹饭者子舆，非子来，亦误也。又《谢黄师是送酒诗》"偶逢元放觅挂杖，不觉鞠生来坐隅"。检《左慈元放传》，无挂杖酒事。按抱朴子《列仙传》，孔元方每饮酒，以挂杖卓地倚之，倒其身，头在下，足在上。则挂杖酒事乃孔元方，非左元放，亦误也。又《和李邦直诗》"恨无杨子一区宅，懒卧元龙百尺楼"。按陈登字元龙，许汜与刘备在刘表坐，表与备共论天下人。汜曰："陈元龙湖海之士，豪气不除。"备问汜宁有事耶？汜曰："昔过下邳见元龙，元龙无客主之意，久不相与语，自上大床卧，使客卧下床。"备曰："君有国士之名，今天下大乱，无救世之意，而求田问舍，言无可采，是元龙所讳也，何当与君语？如小人欲卧百尺楼上，卧君于地，何止上下床之间邪？"表大笑。则百尺楼者刘备，非元龙，亦误也。又《豆粥诗》"湿薪破灶自燎衣，饥寒顿解刘文叔"。按《汉史》，王郎起，光武自蓟东南驰，至南宫县，遇大风雨，引车入道旁空舍，冯异抱薪，邓禹爇火，光武对灶燎衣。冯异进麦饭，非豆粥，若芜蒌亭豆粥，则无湿薪破灶燎衣等事，亦误也。又《和刘景文听琵琶诗》"犹胜江左狂灵运，共斗东昏百草须"。按唐《刘梦得嘉话》，晋谢灵运美须，临刑施为南海祇洹寺维摩塑像

须。寺之人宝惜，初无亏损。至中宗朝，安乐公主五日斗百草，欲广物色，令驰驿取之，又恐为他所得，尽弃其余。则以灵运须斗百草者，唐安乐公主，非齐东昏侯，亦误也。又《会猎诗》"不向如皋闲射雉，归来何以得卿卿"。按《左传·昭公二十八年》，贾大夫娶妻美，御以如皋，射雉，获之。杜氏注："为妻御之皋泽。"则如当训之，非地名，亦误也。又《海市诗》"潮阳太守南迁归，喜见石廪堆祝融"。按韩退之《谒衡岳诗》"紫盖连延接天柱，石廪腾掷堆祝融"。又云"窜逐蛮夷幸不死"，故以为退之迁潮阳归日作。是未详退之先谪阳山令，徙掾江陵日，委舟湘流，往观衡岳之语。乃云"潮阳太守南迁归"，亦误也。周《诗》"大姒嗣徽音"者，大姒嗣大任耳，大任于大姒，君姑也，有嗣之义。《司马文正行状》"二圣嗣位"，哲宗于神庙为子，曰"嗣位"则可；宣仁后于神庙为母，曰"嗣位"则不可。亦误也。又《二疏赞》"孝宣中兴，以法驭人。杀盖韩杨，盖三良臣。先生怜之，振袂脱屣。使知区区，不足骄士"。三良臣，谓盖宽饶、韩延寿、杨恽也。意以孝宣杀此三人，故二疏去之耳。按《汉史》，孝宣地节三年，疏广为皇太子太傅，兄子受为少傅，至元康四年，俱谢病去。后二年，当神爵二年九月，司隶校尉盖宽饶下有司自杀。又三年，当五凤元年十二月，左冯翊韩延寿弃市。又一年，当五凤二年十二月，平通侯杨恽要斩，皆在二疏去之后。以二疏因杀三人而去者，亦误也。佛书"日月高悬，盲者不见"。《日喻》"眇者不识日"，眇能视，非盲也，岂不识日，亦误也。又序"谢自然欲过海求师，或谓蓬莱隔弱水三万里，不可到。天台有司马子微，身居赤城，名在绛阙，可往从之，自然可还授道于子微，白日仙去。"按子微以开元十五年死于王屋山，自然生于大历五年，至贞元十年仙去，是子微死四十三年自然始生。乃云"自然授道于子微"，亦误也。东坡信天下后世者，宁有误邪？予应之曰："东坡累误千百，尚信天下后世也。"童子更曰："有是言，凡学者之误亦许矣。"予曰："尔非东坡奈何？"①

邵博虽然指出了苏轼大量的用典错误，但并没有由此否定其在诗歌创作中取得的巨大成就。许颛在《彦周诗话》中也表达出这样的意思：

---

① （宋）邵博撰《邵氏闻见后录》，刘德权、李剑雄点校，中华书局，1983，第126~128页。

东坡诗，不可指摘轻议，词源如长河大江，飘沙卷沫，枯槎束薪，兰舟绣鹢，皆随流矣。珍泉幽涧，澄泽灵沼，可爱可喜，无一点尘滓，只是体不似江湖，读者幸以此意求之。①

后陈善所持态度亦与他们相近，他在《扪虱新话》下集卷一“东坡诗用事多误”条中说：

东坡诗用事多有误处。《虢国夫人夜游图》诗云：“当时亦笑潘丽华，不知门外韩擒虎。”按，陈后主张贵妃名丽华，韩擒虎平陈，后主、丽华俱见收。而齐东昏侯有潘淑妃，初不名丽华也。又按，《梅花绝句》云：“月地云阶漫一樽，玉奴终不负东昏。临春结绮荒荆棘，谁信幽香是返魂。”此亦张丽华事，而坡作东昏侯事用之。坡又有诗云：“全胜仓公饮上池。”《史记》，饮上池乃是扁鹊。又诗云：“纵令司马能镵石，奈有中郎解摸金。”而袁绍檄曹操盖云“发丘中郎”“摸金校尉”。又诗云：“市区收罢鱼豚税，来与弥陀共一龛。”褚遂良云；“一食清斋，弥勒同龛。”非“弥陀”也。此类非一，盖惟大才可以阔略，余人正不可学。②

邵博、许觊、陈善指出的苏轼用典错误大都证据清楚，且他们对于苏轼的评价也比较通达。但严有翼在《艺苑雌黄》中的批评除了与上引相同的若干内容外，还有一些似是而非甚至牵强附会的成分。对此，洪迈在《容斋四笔》卷十六中专门作“严有翼诋坡公”驳斥：

严有翼所著《艺苑雌黄》，该洽有识，盖近世博雅之士也。然其立说颇务讥诋东坡公，予尝因论玉川子《月蚀诗》，诮其轻发矣。又有八端，皆近于蚍蜉撼大木，招后人攻击。如《正误篇》中，摭其用五十本葱为“种薤五十本”，发丘中郎将为“中郎解摸金”，扁鹊见长桑君，使饮上池之水，为“仓公饮上池”；郑余庆烝胡芦为卢怀慎云，如此甚多。坡诗所谓抉云汉，分天章，万斛泉源不择地而出。若用葱为薤，用校尉为中郎，用扁鹊为仓公，用余庆为怀慎，不失为名语，于理何

① （宋）许觊撰《彦周诗话》，（清）何文焕撰《历代诗话》上册，中华书局，1981，第401页。

② （宋）陈善撰《扪虱新话》，（宋）俞鼎孙、俞经辑刊《儒学警悟》，中华书局，2000，第744～745页。

害？公岂一一如学究书生，案图索骏，规行矩步者哉！《四凶篇》中，谓坡称太史公多见先秦古书，四族之诛，皆非殊死，为无所考据。《卢橘篇》中，谓坡咏枇杷云"卢橘是乡人"，为何所据而言。《昌阳篇》中《昌蒲赞》，以为信陶隐居之言，以为昌阳，不曾详读《本草》，妄为此说。《苦荼篇》中，谓"《周诗》记苦荼"为误用《尔雅》。《如皋篇》中，谓"不向如皋闲射雉"与《左传》杜注不合，其误与江总"暂往如皋路"之句同。《荔枝篇》中，谓四月食荔枝诗，爱其体物之工，而坡未尝到闽中，不识真荔枝，是特火山耳。此数者或是或非，固未为深失，然皆不必尔也。最后一篇遂名曰《辨坡》，谓《雪诗》云"飞花又舞谪仙檐"，李太白本言送酒，即无雪事。"水底笙歌蛙两部"，无笙歌字。殊不知坡借花咏雪，以鼓吹为笙歌，正是妙处。"坐看青丘吞泽芥""青丘已吞云梦芥"，用芥字和韵，及以泽芥对溪草，可谓工新。乃以为出处曾不芥蒂，非草芥之芥。"知白守黑名曰谷"正是老子所言，又以为老子只云为天下谷，非名曰谷也。如此论文章，其意见亦浅矣。①

由此可见，像严有翼那样求全责备的批评方式并没有受到学者的认可。此后，寻找苏轼用典错误的工作仍在进行。在这些批评者中，叶大庆在《考古质疑》中的考察最详：

《容斋随笔》云：作议论文字，须考引事实无差，乃可传信后世。东坡作《二疏图赞》云："孝宣中兴，以法驭人。杀盖杨韩，盖三良臣。先生怜之，阵袂脱屣。使知区区，不足骑士。"其立意超卓如此。然以其时考之，元康三年，二疏去位，后二年，宽饶诛，（原注：神爵二年。）又三年，宴寿诛，（原注：五凤元年。）又一年，杨恽诛。方二人去时，三人皆无恙。盖先生文如倾河，不复效常人寻阅质究也。大庆因而观坡诗，错误尤多，前辈尝论之矣，今总序于此。《和徐积》诗："杀鸡未肯邀季路，裹饭须知问子来。"按《庄子》云："子祀、子舆、子来、子黎四人相与友。"无裹饭事。又："子舆子曰：'子桑殆病矣，裹饭而往。'"则裹饭非子来事也。《次韵景文听琵琶》诗："尤胜江左狂灵运，共斗东昏百草须。"按《刘公嘉话》："谢灵运须美，临刑因施为维摩诘象须。唐安乐公主斗百草，欲广其物色，令驰驿取之，

---

① （宋）洪迈：《容斋随笔》，上海古籍出版社，1996，第805~806页。

又恐为他人所得，因剪弃其余。"坡以为东昏，误矣。《和子由使契丹至涿见寄》诗："始忆庚寅降屈原，旋看蜡凤戏僧虔。"按《齐书》："王弘与兄弟会集，任子孙戏，僧绰独正坐采蜡烛珠为凤凰。"坡误以为僧虔欤？又《游圣女山》诗："纵令司马能镌石，奈有中郎解摸金。"按陈琳为袁绍檄曹公之罪云："特置发丘中郎、摸金校尉，所过隳突，无骸不露。"则又误以校尉为中郎矣。《立春日与李端叔》诗："丞掾颇哀亮。"按马援为陇西太守，但总大体，诸曹时白外事，援辄曰："此丞掾之任，何足相烦！颇哀老子使得遂游。"是"亮"字当作"援"，今有碑本，坡自大字书作"亮"，真误也。又《赠陈季常》诗："不见卢怀慎，燕瓠似蒸鸭。"按《卢氏杂说》，郑余庆召亲朋，呼左右处分厨家："烂蒸去毛，莫拗折项。"诸人以为蒸鸭，良久每人粟米饭一盂，烂蒸胡芦一枚。坡其误以余庆为怀慎耶！《和人会猎》诗："不向如皋闲射雉，归来何以得卿卿。"盖以"如皋"为地名也。按昭公二十八年，贾大夫娶妻，御以如皋，射雉获之。杜氏注"为妻御之皋泽"，如训之，谓往也，则"如皋"非地名，审矣。又《次韵滕元发等》诗："坐看清邱吞泽芥，自惭黄潦荐溪苹。"又《西湖》诗："清邱已吞云梦芥。"按相如《子虚赋》："秋田乎清邱，彷徨乎海外，吞云梦者八九，于其胸中曾不芥蒂。"芥蒂，刺鲠也，非草木之芥，坡诗云尔，岂非误欤！又云："市区收罢鱼豚税，来与弥陀共一龛。"按褚遂良云："一食清斋，弥勒同龛。"非弥陀也。又《次韵钱舍人病起》诗曰："何妨一笑千痾散，全胜仓公饮上池。"按《史记》"饮上池之水"乃扁鹊，非仓公也。又《谷庵铭》云："孔公之堂名虚白，苏子堂后作员屋。堂虽白矣庵自黑，知白守黑名曰谷。"按《老子》："知其白，守其黑，为天下式；知其荣，守其辱，为天下谷。"今曰"知白守黑名曰谷"，亦误也。又《戏作贾梁道诗并引》云："王凌谓贾充曰：'汝非贾梁道耶？乃欲以国与人！'"由是观之，梁道之忠于魏久矣。司马景王既执凌归，过梁道庙，凌大呼曰："我大魏之忠臣！"司马病，见凌与梁道守而杀之，然梁道之灵独不能已其子充之恶，至使首发成济之事，此又理之不可晓者，故戏作小诗云："嵇绍似康为有子，郗超叛鉴是无孙。如今更恨贾梁道，不杀公闾杀子元。"（原注：公闾乃充也。）大庆按，《晋纪》执王凌及梦为祟乃宣帝，名懿字仲达，非景帝子元也，然则序所谓景王，诗所谓子元，皆误也。又《徐州戏马台》诗："路失玉钩芳草合，林亡白鹤野泉清。"按《桂府丛谈》："李蔚咸通中移镇淮海,见郡寡胜游之地,命于戏马台西连玉钩斜道葺亭,名之曰赏心。"今此乃误用广陵戏马台事。至于下句亦误,《后山诗话》云:"广陵亦有戏马台,唐高宗东封,有鹤下焉,乃诏诸州为老氏筑宫,名以白鹤。"公盖二句皆误矣。又按《龚遂传》:"令民种一百本薤,五十本葱。"坡诗曰:"细思种薤五十本,大胜取禾三百廛。"则误以葱为薤矣。又云:"他年一舸鸱夷去,应记侬家旧姓西。"按《寰宇记》:"越州诸暨县西施家、东施家。"谓施氏所居分为东西,今谓"旧姓西",则误矣。坡之误,此类甚多。又云:"忆昔舜耕历山鸟耘田。"赵次公注云:"《史记·舜纪》注引传以为'下有群鸟耘田',故《文选》注左思赋云:'舜葬苍梧,象为之耕;禹耕会稽,鸟为之耘。'如此则鸟耘非舜事,象耕亦非历山时,而先生云尔。撼树之徒,遂轻议先生为错,殊不知先生胸次多书,下笔痛快,不复检本订之,岂比世间切切若獭祭鱼者哉!"大庆谓杜征南、颜秘书为丘明、孟坚忠臣,次公之言正此类尔。后生晚学,影响见闻,乃欲以是为借口,岂知以东坡则可,他人则不可,当如鲁男子之学柳下惠可也。①

对于苏轼用典中的错误,尤其是那些事实清楚的错误,不用为其回护,应该正本清源,把事情弄清楚。这是治学者应有的唯物主义态度。与此同时,应当进一步思考导致这些错误产生的两个因素。一方面,苏轼的用典错误大都属于人名、地名或物名之误,属于记忆混淆所致。苏轼在使用典故中虽然出现了错误,但其实对诗歌的表达效果来说并没有产生多少不利影响。如果想要改正,只需替换为正确的名词即可。另一方面,苏轼对于典故中的错误原本就不那么在意。早在进士科考试时,苏轼就以在策论中编造典故为人所知。事关人生大计尚且如此,寻常的诗歌创作中用错典故,他似乎更不放在心上。如果他在意的话,一些错误应该尚有修正的空间。王安石、黄庭坚皆有追改自己诗歌的记载,而苏轼则似乎没有这样的举动。

苏轼用典出现较多错误,并且被后人一一指出,这也跟他用典比较浅显有关。如果他用的典故更加冷僻,使用的方式更加隐晦一些,即便出现了错误,也未必会被发现。要之,错误是苏轼用典中的次要方面,他善于选择恰当的典故,采用浅显易懂的方式,运用得恰当得体,是其主要方面,也是最有价值的方面。

---

① (宋)叶大庆撰《考古质疑》,李伟国点校,中华书局,2007,第231~234页。

第三节
无一字无来处：黄庭坚用典

在王安石、苏轼之后，将用典手法发展到登峰造极地步的是黄庭坚。在继承王、苏经验的同时，黄庭坚又不断创新，从而在用典方面实现了对二人的超越，成为古代诗人用典的集大成者。现从几个方面来加以分析。

一　用典深密

此前王安石用典已显示出偏僻的一面，甚至有意泯灭用典的痕迹，之后苏轼一反其所为，大都使用浅显易懂的典故，但常常极为精妙，至黄庭坚时，则用典的密度和深度都大大加强了。

黄庭坚的诗歌之所以在用典上形成既密又深的特色，跟他本人对典故的重视有关。他在写给外甥洪刍的《答洪驹父书》中说：

> 自作语最难，老杜作诗，退之作文，无一字无来处，盖后人读书少，故谓韩、杜自作此语耳。古之能为文章者，真能陶冶万物，虽取古人之陈言入于翰墨，如灵丹一粒，点铁成金也。①

杜甫作诗也好，韩愈作文也好，虽然用典较多，但何尝到了"无一字无来处"的程度？其实，黄庭坚不过是借杜甫、韩愈为自己张目罢了，真正去实践"无一字无来处"的正是他本人。如其作于元祐元年（1086）的《和答钱穆父咏猩猩毛笔》，用典非常密集：

> 爱酒醉魂在，能言机事疏。平生几两屐，身后五车书。物色看王会，勋劳在石渠。拔毛能济世，端为谢杨朱。②

据黄宝华点校的《山谷诗集注》卷三，该诗首联下任渊等人注云：

> 猩猩事《通典》于哀牢国言之甚详，盖出于《华阳国志》及《水经注》。《唐文粹》载裴炎《猩猩说》，大率本此，其略云：阮研使封

---

① （宋）黄庭坚著，郑永晓整理《黄庭坚全集辑校编年》中册，江西人民出版社，2011，第733页。
② （宋）黄庭坚著，郑永晓整理《黄庭坚全集辑校编年》上册，江西人民出版社，2011，第425页。

溪，见邑人云猩猩在山谷间，数百为群，人以酒设于路侧。又爱着屐，里人织草为屐，更相连结。猩猩见酒及屐，知里人设张，则知张者祖先姓字，乃呼名骂云："奴欲张我。"舍之而去，复自再三，相谓曰："试共尝酒。"及饮其味，迨乎醉，因取屐而着之，乃为人所擒获。刺其血，染氁罽，随鞭棰而输之，至于一斗。退之诗：愁狖酸骨死，怪花醉魂馨。《曲礼》：猩猩能言，不离禽兽。《易》曰：几事不密则害成。①

根据这里的注释，首联十个字，除了句尾的"在""疏"二字之外，其余的八个字皆有出处，真的很接近"无一字无来处"了。关于颔联，任渊等人注云：

上句已具前注。《晋书·阮孚传》曰：未知一生能着几两屐。下句谓作笔为书。《晋书·张翰传》曰：使我有身后名，不如即时一杯酒。《庄子》曰：惠施多方，其书五车。②

跟首联相比，颔联的十个字皆有出处，已经是实实在在的"无一字无来处"了。再看颈联，任渊等人注云：

《列仙传》曰：关令尹知老子当过，物色而留之。昭明太子集《文选》诸赋有物色门，若"雪""月"之类是也。《汲冢周书》有《王会篇》。郑玄曰：王城既成，大会诸侯及四夷也。《唐书·黠戛斯传》李德裕上言：贞观时颜师古请如周史臣集四夷朝事为《王会篇》。令黠戛斯大通中国，宜为《王会图》以示后世。以《松扇》诗考之，猩毛笔盖穆父使高丽所得。《礼记》曰：昔者周公旦有勋劳于天下。班固《西都赋》曰：天禄、石渠，典籍之府。③

虽然这种连"物色""勋劳"这样常见词也注释的做法并不值得称赞，但即便去掉这样的部分，两句诗的主干也都有明显的典故。再看任渊等人

---

① （宋）黄庭坚著，（宋）任渊、史容、史季温注，黄宝华点校《山谷诗集注》，上海古籍出版社，2003，第88页。
② （宋）黄庭坚著，（宋）任渊、史容、史季温注，黄宝华点校《山谷诗集注》，上海古籍出版社，2003，第88页。
③ （宋）黄庭坚著，（宋）任渊、史容、史季温注，黄宝华点校《山谷诗集注》，上海古籍出版社，2003，第88~89页。

对于最后一联的注释：

> 《孟子》曰：杨氏为我，拔一毛而利天下不为也。《列子·杨朱篇》：禽子问杨朱曰："去子体之一毛以济一世，汝为之乎？"杨子曰："世固非一毛之所济。"《选》诗：端为谁辛苦？①

通观全诗，何止是句句用典，有时甚至一句中几个典故互相缠绕，互相发明，很能体现黄庭坚用典的特征。

相对于上诗，其元祐二年（1087）的"管城子无食肉相，孔方兄有绝交书"一联更加出色。该联出自《戏呈孔毅父（平仲）》：

> 管城子无食肉相，孔方兄有绝交书。文章功用不济世，何异丝窠缀露珠。校书著作频诏除，犹能上车问何如。忽忆僧床同野饭，梦随秋雁到东湖。②

在最为人称道的首联中，至少用了以下四个典故。黄宝华点校的《山谷诗集注》中任渊等人注云：

> 退之《毛颖传》曰：秦皇帝使蒙恬赐之汤沐，而封诸管城，号管城子。《后汉·班超传》相者曰：飞而食肉，万里侯相。《晋书》鲁褒《钱神论》曰：亲之如兄，字曰孔方。《文选》有嵇康《与山巨源绝交书》。③

对于这几个典故搭配起来后的使用效果，陈伯海在赏析这首诗时是这样解读此两句的：

> （黄庭坚）精心选择了四个本无关的典故，把它们巧妙地组合在一起，构成了新颖奇特的联想。笔既然称"子"，当然可以食肉封侯；钱既然称"兄"，也就能够写绝交书。将自己富贵无望的牢骚，用这样的方式表达出来，非但不觉生硬，还产生了诙谐幽默的情趣。④

---

① （宋）黄庭坚著，（宋）任渊、史容、史季温注，黄宝华点校《山谷诗集注》，上海古籍出版社，2003，第89页。
② （宋）黄庭坚著，郑永晓整理《黄庭坚全集辑校编年》上册，江西人民出版社，2011，第455页。
③ （宋）黄庭坚著，（宋）任渊、史容、史季温注，黄宝华点校《山谷诗集注》，上海古籍出版社，2003，第143页。
④ 缪钺等撰写《宋诗鉴赏辞典》，上海辞书出版社，1987，第516页。

黄庭坚并未真正做到"无一字无来处",但相对其他诗人来说,其诗用典之密则是非常突出的。房开江在谈到黄庭坚用典的时候曾说:

> 他用典也常是避熟就生,喜用僻典,再加之有时句句用典(如《和答钱穆父咏猩猩毛笔》),一句数典(如《戏呈孔毅父》诗),因而诗意晦涩,令人难解。正如钱锺书指出的:"读《山谷集》好象听异乡人讲他们的方言,听他们讲得滔滔滚滚,只是不大懂。"(《宋诗选注》)①

上面所举两诗主要反映的黄庭坚用典较密的一面,而关于其用典偏僻的方面,前人亦论述较多。如魏泰《临汉隐居诗话》说:

> 黄庭坚喜作诗得名,好用南朝人语,专求古人未使之事,又一二奇字,缀葺而成诗,自以为工,其实所见之僻也。故句虽新奇,而气乏浑厚。吾尝作诗题其编后,略云:"端求古人遗,琢抉手不停。方其拾玑羽,往往失鹏鲸。"盖谓是也。②

魏泰所谓"专求古人未使之事",就是指黄庭坚用典的偏僻。尽管魏泰是从批判的角度出发,但所说无疑是正确的。许尹在《黄陈诗注序》中说:

> 宋兴二百年,文章之盛,追还三代,而以诗名世者,豫章黄庭坚鲁直,其后学黄而不至者,后山陈师道无己。二公之诗,皆本于老杜,而不为者也。其用事深密,杂以儒、佛、《虞初》、稗官之说,《隽永》、《鸿宝》之书,牢笼渔猎,取诸左右,后生晚学此秘未睹者,往往苦其难知。三江任君子渊,博极群书,尚友古人,暇日遂以二家诗为之注解,且为原本立意始末,以晓学者,非若世之笺训,但能标题出处而已也。③

跟魏泰不同,许尹是从肯定的角度立论,但所谓"杂以儒、佛、《虞初》、稗官之说,《隽永》、《鸿宝》之书",其实跟魏泰表达的意思差不多。

---

① 房开江:《宋诗》,上海古籍出版社,1991,第69页。
② (宋)魏泰撰《临汉隐居诗话》,(清)何文焕撰《历代诗话》上册,中华书局,1981,第327页。
③ (宋)许尹:《黄陈诗注序》,(宋)黄庭坚著、(宋)任渊、史容、史季温注,黄宝华点校《山谷诗集注》,上海古籍出版社,2003,第4~5页。

这里举黄庭坚熙宁三年（1070）所作的《将归叶先寄明复季常（熙宁三年叶县作）》：

初日照屋山，好鸟哕檐角。卷帘吏却扫，斋舍寒萧索。呼儿笞春醪，期与夫子酌。简书驱我出，冲雪冻两脚。莫行星辉辉，晓起鸡喔喔。青烟过空村，商旅无远橐。岂不欲少留，王事苦敦薄。平生白眼人，今日折腰诺。可怜五斗米，夺我一溪乐。公等何逍遥，睥睨寄讲学。谈犀振清风，棋局落秋霍。云阴愁濛鸿，山路险荦确。慎无告归轩，使我数日恶。羸骖逆归心，旋泞蹶霜泺。悲嘶惜郫泥，短棰冷难捉。南征喜气动，迎面蛛丝落。买网鲙金橙，归偿炊黍约。①

此诗出自《山谷诗外集补》卷一，任渊等人未曾为其作注。此诗的用典范围非常广泛，笔者略加考察，除"青烟过空村，商旅无远橐"一联与"棋局落霍""买网鲙金橙"二句暂未找到明确的出处外，其余各句均可找到出处。"初日"句出自常建《题破山寺后禅院》："清晨入古寺，初日照高林。""好鸟"句出自吴均《与朱元思书》："好鸟相鸣，嘤嘤成韵。"②"卷帘"句中"卷帘"出自《西洲曲》："卷帘天自高，海水摇空绿。"③"却扫"出自王粲《寡妇赋》："阖门兮却扫，幽处兮高堂。"④"斋舍"句出自韦应物《郡中西斋》："似与尘境绝，萧条斋舍秋。"⑤"呼儿"一联出自李白《将进酒》："五花马，千金裘，呼儿将出换美酒，与尔同销万古愁。"⑥"简书"出自《诗经·小雅·出车》："岂不怀归？畏此简书。"⑦"驱我"出自陶渊明《乞食》："饥来驱我去，不知竟何之。"⑧"冲雪"句出自白居易《东南行一百韵寄通州元九侍御澧州李十一舍人果州崔二十二使君开州韦大员外庾三十二补阙杜十四拾遗李二十助教员外窦七校书》："翻身落

---

① （宋）黄庭坚著，郑永晓整理《黄庭坚全集辑校编年》上册，江西人民出版社，2011，第48页。
② （唐）欧阳询撰《艺文类聚》第1册，汪绍楹校，上海古籍出版社，1982，第129页。
③ （宋）郭茂倩编《乐府诗集》第3册，中华书局，1979，第1027页。
④ （唐）欧阳询撰《艺文类聚》第2册，汪绍楹校，上海古籍出版社，1982，第601页。
⑤ （唐）韦应物著，陶敏、王友胜校注《韦应物集校注》，上海古籍出版社，1998，第502页。
⑥ 詹锳主编《李白全集校注汇释集评》第1册，百花文艺出版社，1996，第363页。
⑦ （汉）毛亨传，（汉）郑玄笺，（唐）孔颖达疏，龚杭云等整理《毛诗正义》中册，北京大学出版社，1999，第601页。
⑧ （晋）陶渊明著，袁行霈撰《陶渊明集笺注》，中华书局，2003，第103页。

霄汉，失脚到泥涂。"① "莫行"一联出自《诗经·郑风·女曰鸡鸣》："女曰鸡鸣，士曰昧旦。子兴视夜，明星有烂。"② 又曹植《王仲宣诔（有序）》："君侍华毂，辉辉王涂。"③ "岂不"一联出自《诗经·小雅·四牡》："岂不怀归？王事靡盬，我心伤悲！"④ "平生"句出自《晋书·阮籍传》："籍又能为青白眼，见礼俗之士，以白眼对之。及嵇喜来吊，籍作白眼，喜不怿而退。喜弟康闻之，乃赍酒挟琴造焉，籍大悦，乃见青眼。"⑤ "今日""可怜"二句出自《晋书·陶潜传》："吾不能为五斗米折腰，拳拳事乡里小人邪。"⑥ "夺我"出自白居易《杜陵叟》："剥我身上帛，夺我口中粟。"⑦ "公等"句出自《史记·陈涉世家》："公等遇雨，皆已失期，失期当斩。"⑧ 又《庄子》有《逍遥游》一篇。"睥睨"出自《淮南子·修务训》："莫不左右睥睨而掩鼻。"⑨ "谈犀"句出自《晋书·王戎传》附《王衍传》：

> 魏正始中，何晏、王弼等祖述《老》《庄》……衍既有盛才美貌，明悟若神，常自比子贡。兼声名藉甚，倾动当世。妙善玄言，唯谈《老》《庄》为事。每捉玉柄麈尾，与手同色。义理有所不安，随即改更，世号"口中雌黄"。朝野翕然，谓之"一世龙门"矣。⑩

"清风"出自《诗经·大雅·烝民》："吉甫作诵，穆如清风。"⑪ "云阴"句出自高适《途中酬李少府赠别之作》："柳色感行客，云阴愁远天。"⑫ "山路"句出自杜甫《题张氏隐居二首》其二："前村山路险，归醉

---

① 谢思炜撰《白居易诗集校注》第 3 册，中华书局，2006，第 1247 页。
② （汉）毛亨传，（汉）郑玄笺，（唐）孔颖达疏，龚抗云等整理《毛诗正义》上册，北京大学出版社，1999，第 294 页。
③ （三国魏）曹植著，赵幼文校注《曹植集校注》，人民文学出版社，1984，第 164 页。
④ （汉）毛亨传，（汉）郑玄笺，（唐）孔颖达疏，龚抗云等整理《毛诗正义》中册，北京大学出版社，1999，第 560 页。
⑤ （唐）房玄龄等撰《晋书》第 5 册，中华书局，1974，第 1361 页。
⑥ （唐）房玄龄等撰《晋书》第 8 册，中华书局，1974，第 2461 页。
⑦ 谢思炜撰《白居易诗集校注》第 1 册，中华书局，2006，第 387 页。
⑧ （汉）司马迁撰《史记》第 6 册，中华书局，1982，第 1952 页。
⑨ 何宁撰《淮南子集释》，中华书局，1998，第 1363 页。
⑩ （唐）房玄龄等撰《晋书》第 4 册，中华书局，1974，第 1236 页。
⑪ （汉）毛亨传，（汉）郑玄笺，（唐）孔颖达疏，龚抗云等整理《毛诗正义》下册，北京大学出版社，1999，第 1224 页。
⑫ 刘开扬：《高适诗集编年笺注》，中华书局，1981，第 83 页。

每无愁。"① 又韩愈《山石》："山石荦确行径微，黄昏到寺蝙蝠飞。"（已见前文所引）"慎无"句出自《太平广记》卷三百一十六：

> 刘照，建安中，为河间太守。妇亡，埋棺于府园中。遭黄巾贼，照委郡走。后太守至，夜梦见一妇人往就之。后又遗一双锁，太守不能名。妇曰："此萎蕤锁也。以金缕相连，屈申在人，实珍物。吾方当去，故以相别，慎无告人。"后二十日，照遣儿迎丧。守乃悟云云。儿见锁感恸，不能自胜。（出《录异传》）②

"归轩"出自张九龄《送韦城李少府》："别酒青门路，归轩白马津。"③ "使我"句出自《世说新语·言语》："谢太傅语王右军曰：'中年伤于哀乐，与亲友别，辄作数日恶。'"④ "羸骖"句出自刘禹锡《送李策秀才还湖南因寄幕中亲故兼简衡州吕八郎中》："忽被戒羸骖，薄言事南征。"⑤ "旋泞"句出自杜甫《醉歌行（别从侄勤落第归）》："旧穿杨叶真自知，暂蹶霜蹄未为失。"⑥ "悲嘶"句出自《晋书·王浑传》附《王济传》："济善解马性，尝乘一马，著连乾鄣泥，前有水，终不肯渡。济云：'此必是惜鄣泥。'使人解去，便渡。故杜预谓济有马癖。"⑦ "短棰"句出自元稹《野节鞭》："短鞭不可施，疾步无由致。"⑧ "南征"句出自白居易《腊日谢恩赐口蜡状》："喜气动中，欢容发外。"⑨ "迎面"句出自薛道衡《昔昔盐》："暗牖悬蛛网，空梁落燕泥。"⑩ "归偿"句出自《后汉书·独行列传》中范式传：

> 范式字巨卿，山阳金乡人也，一名氾。少游太学，为诸生，与汝南张劭为友。劭字元伯。二人并告归乡里。式谓元伯曰："后二年当还，将过拜尊亲，见孺子焉。"乃共克期日。后期方至，元伯具以白

---

① 萧涤非主编《杜甫全集校注》第1册，人民文学出版社，2014，第19页。
② （宋）李昉等编《太平广记》，中华书局，1961，第2502页。
③ （唐）张九龄撰，熊飞校注《张九龄集校注》上册，中华书局，2008，第206页。
④ （南朝宋）刘义庆著，（南朝梁）刘孝标注，余嘉锡笺疏《世说新语笺疏》，中华书局，2011，第108页。
⑤ （唐）刘禹锡撰《刘禹锡集》下册，《刘禹锡集》整理组点校，中华书局，1990，第376页。
⑥ 萧涤非主编《杜甫全集校注》第2册，人民文学出版社，2014，第599页。
⑦ （唐）房玄龄等撰《晋书》第4册，中华书局，1974，第1206页。
⑧ 杨军笺注《元稹集编年笺注（诗歌卷）》，三秦出版社，2002，第525页。
⑨ （唐）白居易：《白居易全集》，丁如明、聂世美校点，上海古籍出版社，1999，第826页。
⑩ （宋）李昉等编《文苑英华》第2册，中华书局，1966，第1461页。

母，请设馔以候之。母曰："二年之别，千里结言，尔何相信之审邪？"对曰："巨卿信士，必不乖违。"母曰："若然，当为尔酝酒。"至其日，巨卿果到，升堂拜饮，尽欢而别。①

这样的考察虽并不准确，但对于解释黄庭坚用典的广泛性还是很有意义的。肖妩嫔在其《黄庭坚诗歌用典研究》一文中主要依据《黄庭坚诗集注》，从三个方面对黄庭坚诗中使用典故的出处情况进行了统计：

> 正史、传记、杂史、别史、地方志以至职官制度等典籍中的典故皆被黄庭坚入诗。引用较多的较有影响力的典籍，统计大致如下：《汉书》约440次、《左传》约334次、《史记》约289次、《晋书》约213次、《后汉书》约182次、《南史》约131次、《鲁论》（按，原文如此，未详是何书？）约106次、《唐书》约77次、《魏志》约59次、《战国策》约43次、《蜀志》约36次、《北史》约30次、《吕氏春秋》约24次等。②

> 黄庭坚在诗歌中引用儒、释、道三家典故极其频繁，其引儒家典籍《论语》约116次、《孟子》约188次；引佛家典故［籍］《传灯录》约79次、《楞严经》约52次、《维摩经》约50次、《法华经》约17次、《涅槃经》约15次；引道家典籍《庄子》约607次、《老子》约88次，其中黄庭坚引用《庄子》中的典故最多。③

> 名士风流、隐逸情怀是黄庭坚诗歌中的精髓，这与黄庭坚喜从大量小说、神话、杂记类文献中摘取典故有密切关系。其中，引用《世说新语》中典故的频率最高，大约有103次。此外，《淮南子》约57次、《神仙传》约18次、《北梦琐言》约8次、《搜神记》约6次以及《隐士传》《名士传》等小说黄庭坚也均有涉猎。④

> 黄庭坚还从诸子百家典籍中引用大量典故，如引用《列子》约58次、《荀子》约25次、《韩非子》约22次、《管子》约9次等。

此外，黄庭坚还刻意追求争巧斗胜，从接触到的生僻典籍中努力寻

---

① （宋）范晔撰《后汉书》第9册，（唐）李贤等注，中华书局，1965，第2676~2677页。
② 肖妩嫔：《黄庭坚诗歌用典研究》，硕士学位论文，哈尔滨师范大学，2011，第2页。
③ 肖妩嫔：《黄庭坚诗歌用典研究》，硕士学位论文，哈尔滨师范大学，2011，第3页。
④ 肖妩嫔：《黄庭坚诗歌用典研究》，硕士学位论文，哈尔滨师范大学，2011，第5页。

找新奇诗意，如《酉阳杂俎》《梅福传》《北梦琐言》《涅槃经》等。①

这里的分类可能有些不足，如《列子》属于道家典籍，《荀子》属于儒家典籍，应该放在前面的"儒、释、道三家"中，而且最后提到的几种书也难用"生僻典籍"来概括。但黄庭坚的确爱使用偏僻典故，他甚至会使用军事学上的一些术语。如其作于元祐元年（1086）的《送范德孺知庆州（纯粹）》：

> 乃翁知国如知兵，塞垣草木识威名。敌人开户玩处女，掩耳不及惊雷霆。平生端有活国计，百不一试薶九京。阿兄两持庆州节，十年麒麟地上行。潭潭大度如卧虎，边人耕桑长儿女。折冲千里虽有余，论道经邦政要渠。妙年出补父兄处，公自才力应时须。春风旆旗拥万夫，幕下诸将思草枯。智名勇功不入眼，可用折棰笞羌胡。②

此诗中用典最出色的地方在"敌人"一联。上联出自《孙子兵法·九地》："是故始如处女，敌人开户；后如脱兔，敌不及拒。"③下联出自《淮南子·兵略训》："疾雷不及塞耳。"④霍松林在品评这两句的时候说："'敌人'两句，点化兵家语言赞颂范仲淹善用兵，上下句既互相映衬，兼写敌我双方；又一气贯下，气机流畅。"⑤

不过，黄庭坚使用典故最主要的来源还是前代文人的创作（即所谓集部），其中尤以杜甫、陶渊明的典故居多。同时，由于用典本身的复杂性和注释的艰难程度，这样的统计数据只能作为参考，但其能够在一定程度上揭示出黄庭坚用典的广泛性和侧重点。因此，其价值还是值得肯定的。

二 提出"夺胎换骨"

相对于此前的诗人，黄庭坚不仅用典最多，其在技巧上也最为精细。

关于用典的技巧，在黄庭坚之前，已有文人总结了丰富的经验，又曾因为方法简单受人讥笑。张鷟《朝野佥载》卷六"卢照邻"条在谈到杨炯用典的时候说："时杨之为文，好以古人姓名连用，如'张平子之略谈'，

---

① 肖妩嫔：《黄庭坚诗歌用典研究》，硕士学位论文，哈尔滨师范大学，2011，第6页。
② （宋）黄庭坚著，郑永晓整理《黄庭坚全集辑校编年》上册，江西人民出版社，2011，第408~409页。
③ 陈曦译注《孙子兵法》，中华书局，2011，第215页。
④ 何宁撰《淮南子集释》，中华书局，1998，第1069页。
⑤ 霍松林：《霍松林历代好诗诠评》，陕西师范大学出版社，2018，第443页。

'陆士衡之所记','潘安仁宜其陋矣','仲长统何足知之',号为'点鬼簿'。"① 这里还是偏指文章,但李商隐被称"獭祭鱼"则明显包括了诗歌。辛文房《唐才子传》卷七载:"商隐工诗,为文瑰迈奇古,辞难事隐。及从(令狐)楚学,俪偶长短,而繁缛过之。每属缀多检阅书册,左右鳞次,号'獭祭鱼'。"② 宋代前期以李商隐为宗法对象的西昆体同样被讥为"獭祭鱼"。故梅尧臣、欧阳修等人在开创"宋调"时矫枉过正,把典故赶出了诗歌。王安石喜欢用典,但他也对用典方法有所警惕,明确反对"编事"(已见前引)。

黄庭坚不仅主张"无一字无来处",还对怎样用典进行了具体的分类和阐释。惠洪《冷斋夜话》卷一"换骨夺胎法"条载:

> 山谷云:"诗意无穷,而人之才有限。以有限之才,追无穷之意,虽渊明、少陵不得工也。然不易其意而造其语,谓之换骨法;规模其意形容之,谓之夺胎法。"如郑谷《十日菊》曰:"自缘今日人心别,未必秋香一夜衰。"此意甚佳,而病在气不长。西汉文章雄深雅健者,其气长故也。曾子固曰:"诗当使人一览语尽而意有余,乃古人用心处。"所以荆公作《菊诗》则曰:"千花万卉雕零后,始见闲人把一枝。"东坡则曰:"万事到头终是梦,休,休,休,明日黄花蝶也愁。"又如李翰林诗曰:"鸟飞不尽暮天碧。"又曰:"青天尽处没孤鸿。"然其病如前所论。山谷作《登达观台》诗曰:"瘦藤拄到风烟上,乞与游人眼界开。不知眼界阔多少,白鸟去尽青天回。"凡此之类,皆换骨法也。顾况诗曰:"一别二十年,人堪几回别。"其诗简缓而立意精确。舒王作《与故人诗》曰:"一日君家把酒杯,六年波浪与尘埃。不知乌石江头路,到老相逢得几回。"乐天诗曰:"临风杪秋树,对酒长年身。醉貌如霜叶,虽红不是春。"东坡《南中作》诗曰:"儿童误喜朱颜在,一笑那知是醉红。"凡此之类,皆夺胎法也。学者不可不知。③

根据这段话里的表达,黄庭坚将用典方法分成了两个层次。第一个层次是换骨法。所谓"不易其意而造其语",也就是不改变典故本来的意思,

---

① (唐)张鷟撰《朝野佥载》,恒鹤校点,上海古籍出版社,2012,第65页。
② 傅璇琮主编《唐才子传校笺》第3册,中华书局,1987,第277页。
③ (宋)惠洪撰《冷斋夜话》,张伯伟编校《稀见本宋人诗话四种·日本五山版冷斋夜话》,江苏古籍出版社,2002,第17~18页。

但改用自己的语言来表达。除了惠洪所举王安石、苏轼、黄庭坚每人一例之外,笔者再举两个黄庭坚的典型例子。如刘禹锡《望洞庭》诗云:"遥望洞庭山水翠,白银盘里一青螺。"① 黄庭坚《雨去登岳阳楼望君山二首》其二则云:

> 满川风雨独凭栏,绾结湘娥十二鬟。可惜不当湖水面,银山堆里看青山。②

刘禹锡将君山比作"一青螺",黄庭坚则将其比作娥皇、女英头上的发髻。刘把洞庭湖水比作"白银盘",黄则将其比作"银山堆",这就是"不易其意而造其语"。又如白居易《和答诗十首·和思归乐》云:"峡猿亦无意,陇水复何情。为人愁人耳,皆为肠断声。"③ 而黄庭坚《和陈君仪读太真外传五首》其二云:

> 扶风乔木夏阴合,斜谷铃声秋夜深。人到愁来无处会,不关情处总伤心。④

从字面看,二诗差别较大,但从内容来说,则彼此基本一致,这也是"不易其意而造其语",属于换骨法。

第二个层次是夺胎法。按照黄庭坚的解释,是"窥入其意而形容之",指对典故的意思有所修改。宋佚名《诗宪》云:"夺胎者,因人之意,触类而长之,虽不尽为因袭,又□不至于转易,盖亦大同而小异耳。"⑤ 此可以看作对黄庭坚之语的进一步阐释。古人使用夺胎法最成功的范例可能是林逋《山园小梅二首》其一中"疏影横斜水清浅,暗香浮动月昏昏"一联。据明人考察,五代南唐诗人江为有断句"竹影横斜水清浅,桂香浮动月黄昏",但并不出众。林逋上下联各改动一字而移用于咏梅,便觉精神焕发,成为最著名的咏梅佳句。黄庭坚这样的例子更多。刘大杰在《中国文学发展史》中说:

---

① (唐)刘禹锡撰《刘禹锡集》下册,《刘禹锡集》整理组点校,中华书局,1990,第576页。
② (宋)黄庭坚著,郑永晓整理《黄庭坚全集辑校编年》中册,江西人民出版社,2011,第1124页。
③ 谢思炜撰《白居易诗集校注》第1册,中华书局,2006,第214页。
④ (宋)黄庭坚著,郑永晓整理《黄庭坚全集辑校编年》上册,江西人民出版社,2011,第187页。
⑤ (宋)佚名:《诗宪》,郭绍虞辑《宋诗话辑佚》下册,中华书局,1980,第534页。

李白有诗云:"人烟寒橘柚,秋色老梧桐。"黄只改"烟""寒"为"家""围"便称为己作。白居易有诗云:"百年夜分半,一岁春无多。"黄增四字云:"百年中去夜分半,一岁无多春再来。"王安石有诗云:"只向贫家促机杼,几家能有一钩丝。"黄诗改换五字云:"莫作秋虫促机杼,贫家能有几钩丝?"这些都是脱胎或是换骨的好例子。也就因此造成模拟剽窃的恶习。①

刘先生从否定的立场出发,所以他主要看到了黄庭坚诗句与原诗的相同之处。如果撇开成见认真对比,就不难发现二者字面虽然相近,但意思都发生了明显变化。第一个例子中,李白突出的是秋日景色,黄庭坚虽只改动两字,却用来表现出居民的生活状态。第二个例子中,白居易表现的是"春无多",黄庭坚虽然只增加了四个字,但他突出的是"春再来",意思的差别更加突出。这两个例子显然都是使用换骨法。至于第三个例子,由于意思没有发生变化,仅仅是改变了几个字,则没有使用夺胎法,最多可以归到换骨法里去。

正如前文所说,无论换骨法也好,夺胎法也好,都不是黄庭坚的首创,而是诗歌史上早就出现的文学现象,只不过黄庭坚对其加以总结并明确地提出来罢了。即以宋代来说,这种情况也很常见。《邵氏闻见后录》卷十八云:"欧阳公喜韩退之文,皆成诵,中原父戏以为'韩文究'。每戏曰:永叔于韩文,有公取,有窃取,窃取者无数,公取者粗可数。"② 所谓"有公取,有窃取",里面无疑包括了换骨法与夺胎法的使用。欧阳修用韩愈典故如此,其他诗人使用典故也未尝不是如此。如王安石、苏轼在用典时,都会自觉、不自觉地使用这些方法。

当然,换骨法也好,夺胎法也好,都不可能一家做大,而是互相映衬,甚至互相结合,从而达到更好的效果。如黄庭坚作《寄黄几复(乙丑年德平镇作)》云:

我居北海君南海,寄雁传书谢不能。桃李春风一杯酒,江湖夜雨十年灯。持家但有四立壁,治病不蕲三折肱。想得读书头已白,隔溪猿哭瘴烟藤。③

---

① 刘大杰:《中国文学发展史》下册,商务印书馆,2015,第711页。
② (宋)邵博撰《邵氏闻见后录》,刘德权、李剑雄点校,中华书局,1983,第140页。
③ (宋)黄庭坚著,郑永晓整理《黄庭坚全集辑校编年》上册,江西人民出版社,2011,第392页。

"我居"句出自《左传·僖公四年》:"君处北海,寡人处南海,唯是风马牛不相及也。"① 黄庭坚改变了典故原来的文字,却基本保留了距离辽远的意思,应该属于换骨法。"寄雁"句出自《汉书·苏武传》,但黄庭坚却反用其意,说鸿雁也不能帮助寄信,这显然属于夺胎法。"桃李"句出自白居易《长恨歌》"春风桃李花开夜,秋雨梧桐叶落时"②,原句主要表现景色的美好和爱情的温馨,但黄庭坚在"桃李春风"后加上"酒一杯",就将其内涵修改为平平常常的日常生活,属于夺胎法。"江湖"句出自李商隐《夜雨寄北》"巴山夜雨涨秋池"③,黄庭坚虽然加了"十年灯"三个字,但保持了原来的意思,属于换骨法。"持家"句出自《史记·司马相如传》"家居徒四壁立"④,然黄介为知县,所以黄庭坚实际亦是赞美其清廉,属于夺胎法。"治病"句出自《左传·定公十三年》"三折肱知为良医"⑤,本意是说治病,黄庭坚此处却是用来赞美黄介的政治才能,也属于夺胎法。在上面分析的六个典故中,使用换骨法的有两个,使用夺胎法的有四个。这首诗之所以著名,主要就在于用典手法的高明。也曾有一些人将黄庭坚的换骨法、夺胎法说成剽窃他人,这种说法其实不够公允。用典是文化积淀到一定高度时的必然产物。陈善在《扪虱新话》上集卷三"韩文杜诗无一字无来处"条说:"文人自是好相采取。韩文杜诗,号不蹈袭者,然无一字无来处。乃知世间所有好句,古人皆已道之,能者时复暗合耳。"⑥ 范季随在《陵阳先生室中语》记载韩驹的话说:"目前景物,自古及今不知凡经几人道。今人一下笔,要不蹈袭,故有终篇无一句可解者,盖欲新而反不可晓耳。"⑦ 一说即便号称"不蹈袭"的杜甫诗与韩愈文,也大量使用前人的典故。一说如故意不使用典故,刻意创新,则会导致"终篇无一句可解"的不良结果。二者一正一反,共同表达出使用典故的必然性。张福勋曾为黄庭坚用典作辩护说:

　　夺胎换骨,从另一个角度讲,是有"胎"可夺,有"骨"可换。

---

① 李学勤主编《春秋左传正义》上册,北京大学出版社,1999,第329页。
② 谢思炜撰《白居易诗集校注》第2册,中华书局,2006,第944页。
③ 刘学锴、余恕诚:《李商隐诗歌集解》第3册,中华书局,1998,第1230页。
④ (汉)司马迁撰《史记》第9册,中华书局,1982,第3000页。
⑤ 李学勤主编《春秋左传正义》下册,北京大学出版社,1999,第1599页。
⑥ (宋)陈善撰《扪虱新话》,(宋)俞鼎孙、俞经辑刊《儒学警悟》,中华书局,2000,第709页。
⑦ (宋)韩驹、(宋)范季随撰《陵阳先生室中语》,程毅中主编《宋人诗话外编》第1册,中华书局,2017,第329页。

前人既然留下了丰厚的文化遗产，利用了，为我所用，就是聪明人；不利用，非要追求字必己出，则蠢而不可能达目的矣。①

三　追求奇趣

黄庭坚在用典上最奇特的地方在于能在典故外生出一种奇趣。熙宁四年（1071），黄庭坚在叶县（今属河南）任上所作的《弈棋二首呈任公渐（熙宁四年叶县作）》其二云：

> 偶无公事客休时，席上谈兵校两棋。心似蛛丝游碧落，身如蜩甲化枯枝。湘东一目诚甘死，天下中分尚可持。谁谓吾徒犹爱日，参横月落不曾知。②

此诗虽属早年之作，但在用典上已显示出不同寻常之处。其中"湘东"一联中，上联出自《梁书·元帝纪》：

> 世祖聪悟俊朗，天才英发。年五岁，高祖问："汝读何书？"对曰："能诵《曲礼》。"高祖曰："汝试言之。"即诵上篇，左右莫不惊叹。初生患眼，高祖自下意治之，遂盲一目，弥加悯爱。既长好学，博总群书，下笔成章，出言为论，才辩敏速，冠绝一时。③

下联出自《史记·项羽本纪》：

> 是时，汉兵盛食多，项王兵罢绝食。汉遣陆贾说项王，请太公，项王弗听。汉王复使侯公往说项王，项王乃与汉约，中分天下，割鸿沟以西者为汉，鸿沟而东者为楚。项王许之，即归汉王父母妻子。军皆呼万岁。汉王乃封侯公为平国君。匿弗肯复见。曰："此天下辩士，所居倾国，故号平国君。"项王已约，乃引兵解而东归。④

黄庭坚用梁元帝盲一目且最后死于敌手之典故写围棋中仅有一眼的一片死棋，又用项羽、刘邦以鸿沟中分天下的典故写下棋者虽处劣势尚苦力

---

① 张福勋：《胸中原自书万卷，夺胎换骨亦必然——关于"夺胎换骨"之再辩护》，《中国诗学研究》（第15辑），安徽师范大学出版社，2018，第47页。
② （宋）黄庭坚著，郑永晓整理《黄庭坚全集辑校编年》上册，江西人民出版社，2011，第77~78页。
③ （唐）姚思廉撰《梁书》第1册，中华书局，1973，第135页。
④ （汉）司马迁撰《史记》第1册，中华书局，1982，第330~331页。

支撑的倔强,都显得非常另类,令人忍俊不禁。

又如《观王主簿家酴醿(元丰六年太和作)》:

> 肌肤冰雪薰沉水,百草千花莫比芳。露湿何郎试汤饼,日烘荀令炷炉香。风流彻骨成春酒,梦寐宜人入枕囊。输与能诗王主簿,瑶台影里据胡床。①

此诗作于元丰六年(1083),其中最为人所重的是"露湿"一联。《冷斋夜话》卷四"诗比美女美丈夫"条云:

> 前辈作花诗,多用美女比其状,如曰:"若教解语应倾国,任是无情也动人。"陈俗哉。山谷作《酴醿诗》曰:"露湿何郎试汤饼,日烘荀令炷炉香。"乃用美丈夫比之,特若出类。而吾叔渊材作海棠诗又不然,曰:"雨过温泉浴妃子,露浓汤饼试何郎。"意尤工也。②

"露湿"一联中,上联出自《裴子语林》:"何晏子平叔,以主婿拜驸马都尉。美姿仪,面绝白,魏文帝疑其着粉。后正夏月,唤来,与热汤饼,既啖,大汗出,遂以朱衣自拭,色转皎然。帝始信之。"③下联出自《襄阳耆旧记》:

> 季和性爱香,直宫,尝上厕,过香炉上。主簿张坦曰:"人名公作俗人,不虚也。"季和曰:"荀令君至人家,坐处三日香,为我如何令君?而恶我爱好也!"坦曰:"古有好妇人,患而捧心,颦眉,见者皆以为好。其邻丑妇法之,见者走。公便欲使下官遁走耶?"季和大笑,以是知坦。④

上联用何晏肤色之白比花色,下联用荀彧之香比花气,这就是惠洪所说的"用美丈夫比之",所以显得另类而出奇。黄庭坚的这种写法,其实在李商隐诗中已有先例。李在《酬崔八早梅有赠兼示之作》中有"谢郎衣袖

---

① (宋)黄庭坚著,郑永晓整理《黄庭坚全集辑校编年》上册,江西人民出版社,2011,第315页。
② (宋)惠洪撰《冷斋夜话》,张伯伟校编《稀见本宋人诗话四种·日本五山版冷斋夜话》,江苏古籍出版社,2002,第38页。
③ (晋)裴启撰《裴子语林》,《汉魏六朝笔记小说大观》,王根林等校点,上海古籍出版社,1999,第570页。
④ (东晋)习凿齿撰,黄惠贤校补《校补襄阳耆旧记》,中华书局,2018,第105页。

初翻雪，荀令熏炉更换香"一联①，正是黄庭坚模拟的样本。

此联用典在模拟李商隐方面尚比较明显，除此之外，黄庭坚还有一些典故在使用时更能见出出奇的韵味。又如其作于元符二年（1098）的《题荣州祖元大师此君轩》一诗：

> 王师学琴三十年，响如清夜落涧泉。满堂洗尽筝琶耳，请师停手恐断弦。神人传书道人命，死生贵贱如看镜。晚知直语触憎嫌，深藏幽寺听钟磬。有酒如渑客满门，不可一日无此君。当时手栽数寸碧，声挟风雨今连云。此君倾盖如故旧，骨相奇怪清且秀。程婴杵臼立孤难，伯夷叔齐采薇瘦。霜钟堂上弄秋月，微风入弦此君说。君家周彦笔如椽，此君语意当能传。②

最受人称赞的"程婴"一联中，上联言程婴与公孙杵臼保护赵氏孤儿之事，出自《史记·赵世家》："屠岸贾杀赵朔一家，赵朔妻避难宫中，生一子。程婴与公孙杵臼谋救此儿。公孙问：'立孤与死孰难？'程曰：'死易，立孤难耳。'公孙先死，程婴忍辱抚养孤儿赵武长大，恢复其父之故位。程婴亦自杀。"③下联用孤竹君二子伯夷和叔齐宁可在首阳山采薇以致饿死，也不愿食周粟的故事。前人多以竹喻人。这两句诗却一反前人之所为，连用四位古代仁人志士的事迹，以展现竹子的瘦劲和高节，因而显得非常精警和峭拔。黄宝华在鉴赏这首诗的时候这样评价这两句：

> 这四个历史人物赋予竹子以活的生命，刻画竹子瘦劲挺拔的外形，崇高忠贞的气质，达到形神兼备的境界。前人激赏此联，以为巧于用比，确实，它是移情作用在艺术创作中的生动体现。④

此外还有吴坰所举"接花"一联，出自黄庭坚作于元丰元年（1078）的《和师厚接花》，全诗为：

> 妙手从心得，接花如有神。根株穰下土，颜色洛阳春。雍也本犁

---

① 刘学锴、余恕诚：《李商隐诗歌集解》第3册，中华书局，1998，第1281页。
② （宋）黄庭坚著，郑永晓整理《黄庭坚全集辑校编年》中册，江西人民出版社，2011，第865页。
③ （汉）司马迁撰《史记》第6册，中华书局，1982，第1783~1785页。
④ 缪钺等撰写《宋诗鉴赏辞典》，上海辞书出版社，1987，第191页。

子,仲由元鄙人。升堂与入室,只在一挥斤。①

其中最受推重的"雍也"一联,上联出自《论语·雍也》:"子曰:'雍也,可使南面。'"② 又云:"子谓仲弓,曰:'犁牛之子骍且角,虽欲勿用,山川其舍诸?'"③ 下联出自同书《子路》:"野哉,由也!君子于其所不知,盖阙如也。名不正则言不顺,言不顺则事不成,事不成则礼乐不兴,礼乐不兴则刑罚不中,刑罚不中则民无所措手足,故君子名之必可言也,言之必可行也。"④ 又《先进》中孔子的话:"门人不敬子路。子曰:'由也升堂矣,未入于室也。'"⑤ 关于此联,方回《瀛奎律髓》在此诗后的评论最为直截了当:"山谷最善用事,以孔门变化雍、由譬接花,而缴以《庄子》挥斤之语,此'江西'奇处。"⑥

从上面所举的几个例子大致可以看出,黄庭坚最为人称奇的几个例子,其实都是使用夺胎法改造出来的。而这样的改造,显示出黄庭坚在用典时有别样的追求,即力求拉开典故的原意和自己所要表达的意思之间的距离,从而更能在"化腐朽为神奇"的过程中展现出更多生新出奇的艺术效果。

关于黄庭坚与苏轼二人用典的不同,张健曾作了这样的比较:

> 苏轼用事,以自己的意贯穿典故,使典故本意与自己的意契合,而己意在诗中凸显,脉络清楚;黄庭坚用典,故意使典故原意与己意分离,让典故的原有意义呈现在外,而将自己的本意隐蔽起来,这样不同来源的典故组合在一起,而呈现在外的只是各个典故的意义单元,贯穿典故的意义脉络却隐藏在后面,读者不能直接把握,需要反复思索才能得之。⑦

张先生抓住了二人用典的不同个性,概括深刻而精到。黄庭坚的用典与苏轼相反,却与王安石更近一些,这可能也是"否定之否定"规律在其中起到的作用。

---

① (宋)黄庭坚著,郑永晓整理《黄庭坚全集辑校编年》上册,江西人民出版社,2011,第122页。
② 李学勤主编《论语注疏》,北京大学出版社,1999,第70页。
③ 李学勤主编《论语注疏》,北京大学出版社,1999,第73页。
④ 李学勤主编《论语注疏》,北京大学出版社,1999,第171页。
⑤ 李学勤主编《论语注疏》,北京大学出版社,1999,第148页。
⑥ (元)方回选评,李庆甲集评校点《瀛奎律髓汇评》中册,上海古籍出版社,1986,第1166页。
⑦ 张健:《知识与抒情——宋代诗学研究》,北京大学出版社,2015,第171~172页。

总之，在"宋调"的最初发展阶段，梅尧臣、苏舜钦和欧阳修等人有鉴于西昆体堆砌典故带来的弊端，坚定地将典故踢出了诗歌之外。因此可以说，"宋调"的初始阶段是没有典故的。可是，随着"宋调"的发展和深化，典故不仅重新回到了"宋调"之中，而且最终成了其重要的特征之一。这是颇为有趣的。在众多的诗人中，在用典方面进行开拓和创新方面贡献最大的是王安石、苏轼和黄庭坚三人。作为北宋最具代表性的几位诗人，他们对用典的重视和对用典方式的创新，深刻影响着当时和身后诗歌的发展，从而使得"以才学为诗"成为北宋诗歌的典型特征之一。

第五章
"宋调"建构之背景

"宋调"的建构不是一朝一夕完成的,而所谓"宋调"本身也没有一成不变的固定模式。在前面几章,笔者已据重视功利性、苦中作乐、古近体融合与"以才学为诗"等几个方面对其发展和演变做了梳理。本章要进一步思考的问题是,这些发展、演变背后的原因主要有哪些呢?它们又是怎样起作用的呢?

就社会矛盾与政治斗争而言,它们对"宋调"的影响是双刃的:一方面,它们推动着诗歌去反映民生,去批判时弊,从而推进了"宋调"的初步形成;另一方面,随着政治斗争越来越尖锐,迫使"宋调"最终消解了这方面的因素。就文化环境而言,无论是士风建设、理学发展还是"三教融合",都提升了士大夫的精神境界,使他们不再沉浸于个人的得失之中,而是以更加通达和乐观的态度去看待社会和人生。表现在"宋调"中,最典型的就是苦中作乐的新型特征的出现。就文学原因来说,宋人既钦仰前代诗人取得的高度成就,又不甘步其后尘,"以故为新""以俗为雅"是"宋调"得以建构的内在动力,而他们追求对技巧、对理论的重视,不过是其外在的具体体现而已。文学自身的发展规律,通过欧、王、苏、黄等少数大诗人的作品呈现出不同的面貌,既使得他们的创作个性在诗歌中张扬到空前的高度,也推动"宋调"一步步向前发展和演变,从而使其内涵更加丰富。

第一节
社会矛盾与政治斗争

在"宋调"建构的初始阶段,其最有价值的地方即在于对现实的关注和对政治的干预,可是在其最终阶段的成品中,这方面的内容却又消失得无影无踪。之所以发生如此颠覆性的变化，是因为社会矛盾和新旧党争，而这两方面所起的作用恰恰是相反的。社会矛盾促使诗人关心民生疾苦和干预社会政治，而新旧党争则令诗人将作诗视为险地，更别说以之反映现实了。现分为两个方面来分别考察。

一 社会矛盾激化丰富了"宋调"的题材和内容

从大的方面说，北宋的社会矛盾可以分为阶级矛盾和民族矛盾。先说阶级矛盾。宋代统治者"不立田制""不抑兼并"的土地政策，放纵了土地买卖，从根本上瓦解了自给自足的农村经济模式，令越来越多的农民失去了土地，沦为佃农或者流民。宋初这种情况尚不严重，可是随着太平日久，人口繁衍加快，这种土地制度带来的危害越来越严重。欧阳修在康定元年（1040）所作《原弊》一文中对土地兼并及其危害有具体的分析：

> 古者计口而受田，家给而人足。井田既坏，而兼并乃兴。今大率一户之田及百顷者，养客数十家。其间用主牛而出己力者，用己牛而事主田以分利者，不过十余户。其余皆出产租而侨居者曰浮客，而有畲田。夫此数十家者，素非富而畜积之家也，其春秋神社、婚姻死葬之具，又不幸遇凶荒与公家之事，当其乏时，尝举债于主人，而后偿之，息不两倍则三倍。及其成也，出种与税而后分之，偿三倍之息，尽其所得或不能足。其场功朝毕而暮乏食，则又举之。故冬春举食则指麦于夏而偿，麦偿尽矣，夏秋则指禾于冬而偿也。似此数十家者，常食三倍之物，而一户常尽取百顷之利也。夫主百顷而出税赋者一户，尽力而输一户者数十家也。就使国家有宽征薄赋之恩，是徒益一家之幸，而数十家者困苦常自如也。故曰有兼并之弊者，谓此也。此亦耗之一端也。①

在"宋调"出现之前，先后活跃在诗坛上的是白体、晚唐体和西昆体诗人。他们之所以不约而同地漠视农民问题，主要有两方面的原因：一方面，他们主要写作近体诗，近体诗体式短小而格律严格，不大适合表现这个问题；另一方面，他们或者身居高位，或者隐逸世外，或者专心著述，对民生疾苦缺少真切的感受。近年有些学者指出杨亿有《民牛多疫死》这样关心民生的诗歌，这固然可贵，但是个别作品的存在并不足以改变西昆

---

① 《欧阳修全集》第3册，李逸安点校，中华书局，2001，第871页。

体以及"宋初三体"脱离现实的总体倾向。笔者以为，除了上面分析的两个原因，还跟这些诗人生活的时代，正是宋王朝蒸蒸日上的时期，土地兼并产生的阶级矛盾在当时还不够尖锐有关。

再说民族矛盾。自太宗朝吴越王"纳土"之后，宋朝的版图基本确定了。而之后却先后发生了宋与辽、与西夏的战争。

宋辽之间的战争最初是由于幽云十六州的归属问题。十六州本汉人故地，五代时后晋石敬瑭割给辽。在宋太祖、太宗平定北汉割据政权的过程中，辽多次阻挠，甚至不惜兵戈相见。太宗灭北汉后，两次出兵北伐，欲收复幽云十六州，可惜皆未能成功。之后，辽多次兴兵南侵。真宗咸平二年（999）起，辽不断攻掠河北、山东的州县。景德元年（1004），辽大举南侵，双方在澶州（今河南濮阳）决战，真宗亲临前线，宋军士气大振，获得胜利。之后双方议和：以白沟河为界；宋每年向辽提供"助军旅之费"白银十万两，绢二十万匹。

景祐五年（1038），西夏李元昊宣布称帝，去宋封号。仁宗削去李元昊官爵，并悬赏缉拿。于是，西夏入侵，宋夏战争爆发。在经历了三川口之战、好水川之战、定川寨之战等多次战斗后，西夏虽胜多败少，但毕竟得不偿失，于是主动遣使议和。庆历四年（1044），双方达成合约：西夏归还所侵占宋朝土地、城堡；宋每年赐给西夏白银七万两，绢十五万匹，茶叶三万斤。英宗治平元年（1064），西夏入侵庆州（今甘肃庆城），后被击败。神宗即位后，王安石为相，推行"新法"，向西用兵，拓地二千里，建立熙河路，逐渐形成对西夏的夹击之势。至元丰年间，西夏出现内乱，神宗乘势分五路讨伐西夏，攻取了一些战略要地。从此之后，在对西夏的战争中，宋开始处于主动地位。经过哲宗朝的洪德城之战、延安之战和平夏城之战，西夏越来越被动。至徽宗朝，西夏战败臣服。不过此后不久，北宋却走向了灭亡。

作为最主要的外部战争，宋辽战争和宋夏战争给宋朝带来的社会问题非常严重，不仅使北方的人民饱尝战祸，流离失所，许多将士战死沙场，南方的人民也因为战争和赔款而被增加赋税，这些负担最后大都转嫁到最底层的佃农和自耕农身上，使得更多的自耕农出卖土地而沦为佃农。

就这样，阶级矛盾和民族矛盾交织在一起，使得土地兼并的情况更为严重，下层人民的生存状态也更加恶劣。特别是到了仁宗朝，随着宋夏战争的展开，人民的赋税进一步提高，一些地方已经到了民不聊生的地步。梅尧臣、欧阳修等人有意识地表现下层人民特别是农民遭受的苦难，都是立足于这样的现实背景。王安石进一步在诗中表达改革政治的主张，也是基于对当时内忧外患现实的清醒认识。神宗重用王安石推行"新法"后，一反之前对外的"买静求安"之策，主动出击，在战争中取得了不少胜利。不过，对普通的民众而言，他们不但未享受到变法之利，反而更增其害。苏轼作诗讽刺"新党"和"新法"，也是由当时的社会基础和政治背景决定的。因此，如果不拘于儒家的"民本"情怀，就可以清楚地看出，"宋调"对社会问题关注的程度越来越高，归根结底是由于阶级矛盾、民族矛盾以及二者交织后对下层人民的压迫越来越严重的社会现实决定的。

二　新旧党争清洗了"宋调"中的现实因素

早在"宋调"产生之初，即与政治斗争产生了一定的关联。最典型的例子就是发生在仁宗朝的"进奏院事件"。

为了解决内忧外患，范仲淹、富弼、韩琦等人在仁宗的支持下推行"庆历新政"。欧阳修、苏舜钦都积极支持，他们当时创作的反映民生疾苦和批判政治的诗歌，亦可看作其对"新政"的呼应。而以宰相吕夷简为代表的守旧派反对改革，主张因循，这些既得利益者污蔑支持"新政"者为朋党。"进奏院事件"的发生，就是守旧派对改革派的政治迫害。欧阳修在为苏舜钦所作的《湖州长史苏君墓志铭》中记载了这件事：

> 君状貌奇伟，慷慨有大志。少好古，工为文章。所至皆有善政。官于京师，位虽卑，数上疏论朝廷大事，敢道人之所难言。范文正公荐君，召试，得集贤校理。自元昊反，兵出无功，而天下殆于久安，尤困兵事。天子奋然用三四大臣，欲尽革众弊以纾民。于是时，范文正公与今富丞相多所设施，而小人不便。顾人主方信用，思有以撼动，未得其根。以君文正公之所荐而宰相杜公婿也，乃以事中君，坐监进奏院祠神奏用市故纸钱会客为自盗除名。君名重天下，所会客皆一时贤俊，悉坐贬逐。然后中君者喜曰："吾一举网尽之矣。"其后三四大臣继罢去，天下事卒不复施为。①

在"进奏院事件"中，苏舜钦与其余被贬逐者"皆一时贤俊"，在政治上支持"新政"。在这个事件中，他们并没有什么实质性的过错。保守派之所以以此为突破口，不仅是为了削弱改革者的势力，更主要是为了将他们

---

① 《欧阳修全集》第2册，李逸安点校，中华书局，2001，第455页。

身后的范仲淹、富弼等人拉下马，从根本上推翻改革大业。于是，"进奏院事件"发生后，范仲淹、富弼、韩琦、欧阳修等人被保守派不断攻击，接连被排挤出朝廷，"新政"归于失败。保守派炮制"进奏院事件"的主要目的是打击政敌，并不指向诗歌，但在客观上对"宋调"发展产生了不利影响。在开创"宋调"的几位诗人里，苏舜钦的诗歌批判政治的锋芒最为尖锐，感情也比较愤激，因此受到的打击也最重。被除名逐出后，苏舜钦心灰意冷，此后就很少在诗中表现与现实和政治有关的内容了。从这个事件已可看出政治斗争对诗歌发展的不利影响。

不过，相对于"进奏院事件"，真正对"宋调"发展具有颠覆性影响的是后来的新旧党争。对此，巩本栋师的博士学位论文《北宋党争与文学》与沈松勤的《北宋文人与党争》、肖庆伟的《北宋新旧党争与文学》两本专著已进行了深入的研究，此处仅略述北宋新旧党争对诗歌发展的不利影响。

新旧党争影响诗歌发展最直接的方式是对诗人进行政治打击。新旧党争对诗人的打击，按照与诗歌的关系大致可分为三类。

第一类，以诗歌为借口网罗政敌。属于这种情况的有两个著名的例子。其一是前面已经提到过的"乌台诗案"。熙宁至元丰年间，为了解决财政困难的问题，王安石在神宗的支持下锐意变法，推行"新法"。王安石关于"新法"的学说被称为"新学"，其参与和支持者被称为"新党"。由于当时的臣僚大都认为"新法"的本质是"与民争利"，并不支持甚至反对和阻挠"新法"的实施。这些人相应的被称作"旧党"。特别是当"新法"在推行过程中显露出若干弊病的时候，"旧党"中人不但对其批判，而且作诗加以讥刺。苏轼在其中表现最为突出。于是"新党"将苏轼的若干诗歌加以笺注，以讥刺朝政为由将其羁押、拷问，欲置之死地而后快。这次狱案中牵连的人员众多，其中因"收苏轼有讥讽文字，不申缴入司"的就有王巩、王诜、苏辙、李清臣、高立、僧居则、僧道潜、张方平、田济、黄庭坚、范镇、司马光、孙觉、李常、曾巩、周邠、刘挚、吴琯、刘攽、陈襄、颜复、钱藻、盛侨、王纷、戚秉道、钱世雄、王安上、杜子方、陈珪等二十九人。因"承受无讥讽文字"被列入名册的有章傅、苏舜举、钱觊、蔡冠卿、吕仲甫、刘述、刘恕、李杞、李有问、李昶、李孝孙、伸伯逵、晁端彦、沈立、文同、梁交、关景仁、张次山、徐汝翼、吴天常、刘瑾、李佖、晁端成、邵迎、陈章、杨介、刁约、姜成颜、张援、李定、毛国华、刘勋、沈迥、许醇、黄颜、单锡、孔舜亮、欧阳修、焦千之、孙洙、岑象之、张先、陈烈、张吉甫、张景之、李庠、孙弁等四十七人。

虽然说除了苏轼本人和王诜、苏辙、王巩被贬谪,其他人多是罚铜而已,但由于其打击面较大,当时重要的诗人多在其中,其影响不能低估。"乌台诗案"的出现,让原本一直认为"言之者无罪,闻之者足以戒"的诗人们突然惊醒:原来作诗讽喻现实也会招来杀身之祸,于是他们有意减少了在诗中对朝政说长道短的内容,而且开始减少对民生疾苦的关注。

另一个是元祐年间发生的"车盖亭诗案"。相对于"乌台诗案"是"新党"对"旧党"的罗织和陷害,"车盖亭诗案"则是"旧党"对"新党"的打击报复,而且同样是以诗歌为借口。哲宗即位后,垂帘听政的高太后重新起用司马光、文彦博等"旧党"成员。"旧党"掌握政权后,逐步展开了对"新党"的报复。属于"新党"的前宰相蔡确被贬谪到安陆,他写了一组《车盖亭诗》,却被对其怀恨在心的吴处厚诬陷,梁焘、刘安世、安焘等人于是欲借此清除"新党"。当时的"旧党"甚至将"新党"成员分为王安石之党与蔡确之党,各列主要成员若干名,张贴于朝堂。这实际上已为后来蔡京等人刻"元祐奸党碑"提供了思路。虽然相对于"旧党","新党"中诗人少一些,但蔡确因诗被诬陷贬死,与"乌台诗案"的性质并无不同。从某种程度上说,蔡确甚至比苏轼更冤枉,苏轼至少是确实讽刺了"新法"和"新党",虽然其作品又被加以放大和罗织,而蔡确的《车盖亭诗》完全没有讥刺朝廷之意,是被吴处厚诬陷的,而朝中的"旧党"其实明知其冤,仍故意以此为罪证对其责罚,并有意牵连其他"新党"成员。由"车盖亭诗案"足以表明,以君子自居的"旧党"在掌权时打击政敌不但不比他们眼中的小人仁慈,而且似乎更加无耻。相对于之前的"乌台诗案",其后的"车盖亭诗案"带来的影响更加恶劣,它让诗人们明白:即便是写作与现实、政治无关的诗歌,也有可能被敌对一方恶意解读,从而罗织出罪名来。如果说"乌台诗案"已经开始扭转了"宋调"注重功利性的倾向,那么,"车盖亭诗案"之后这种倾向已经变成了普遍的现实。

第二类,打击政敌时不以诗歌为借口,但客观上迫害了众多诗人。这也可以分为两种具体情况,一种是寻找一个借口以打击政敌。这跟上面所说的情况并无本质不同,只是选择的突破口不再是诗歌而是其他事情罢了。这方面典型的事件是"同文馆狱案"。哲宗亲政后,一反高太后之所为,重新起用"新党",打击"旧党"。绍圣四年(1097),属于"旧党"的文彦博去世,其子文及甫回乡守制。文及甫担心服除后不能回京任职,于是写信给时任御史中丞的友人邢恕,中有"司马昭之心路人所知也,济之以粉昆，朋类错立，必欲以眇躬为甘心快意之地，可为寒心"数语。其所谓"司马昭"指以前的宰相刘挚，刘曾将其弹劾外调，故文及甫对他怀恨在心，"粉昆"指韩忠彦，其弟嘉彦为驸马都尉，驸马俗称"粉侯"，而"眇躬"则为自指。邢恕得书后，将其转给蔡确之子蔡渭，令其上奏，以此书作为刘挚、吕大防等人陷害其父、倾危社稷的证据。于是，置同文馆狱，逮捕文及甫进行拷问。蔡京、章惇主其事。章惇引诱文及甫诬陷"旧党"的刘挚、王岩叟、梁焘等人。文及甫受到诱惑，便改称"眇躬"指当今皇帝，"粉"指王岩叟，缘其面白，"昆"指梁焘，缘其字况之，"况"字右旁为"兄"，亦即"昆"也。蔡京、章惇欲据此定刘挚等谋逆之罪，然并无其他证据支撑。此案后来虽不了了之，但蔡京、章惇因审理此案有功而升职，一大批"旧党"因此受到了更严厉的迫害。王岩叟此前已卒，吕大防、刘挚连续被贬后卒于旅途或贬所，苏轼、苏辙、黄庭坚、秦观等重要诗人也都被贬谪到岭南等偏远地区。"同文馆狱案"是"新党"对"旧党"的一次恶意清算，是毫无节操的党同伐异。

另一种则连借口都不需要，既然是敌人，就坚决打击。徽宗即位后，欲协调两党之间的关系，改元"建中靖国"。他一方面压抑在朝中的"新党"势力，另一方面将"旧党"的主要成员陆续召回京城。作为"旧党"成员的苏轼等诗人也都被"量移"北归。可是，徽宗的这一做法很快失败。已经回到朝中的"旧党"成员并不能做到以国事为重，也不愿理会皇帝的苦心，而是出于狭隘的党派利益，视"新党"为仇人，必欲全歼之而后快。"旧党"如此不顾大局的做法，令徽宗颇为难堪，逐渐心生厌恶，于是重新重用"新党"，并在"新党"的支持下进一步加大了对"旧党"的打击力度。至此，"新党"对"旧党"的迫害达到近乎疯狂的地步，不仅迫害活人，连死者也不放过，甚至株连、桎梏其子弟。崇宁初年，蔡京刻《元祐奸党碑》，将"旧党"成员不论生死尽数列入。"新党"如此丧心病狂地打击"旧党"，诗人连生存的权利都得不到保障，哪里还能谈得上诗歌创作。

第三类，对诗学本身进行打击。虽然说将诗歌作为获罪的理由和打击、迫害诗人已经严重破坏了创作的生态，造成万马齐喑的悲凉局面，但在"新党"专权的徽宗朝，还有一些更加荒唐的举动，比如设立"书禁"和"诗禁"。

如果说禁止苏、黄文集还可以从政党斗争的角度来理解，毕竟苏、黄都属于"旧党"，也就是"新党"口中的"元祐奸党"，禁止他们的文集有利于清除"旧党"的社会影响。可是连史书、笔记类也禁就让人不容易理解了,而"新党"给的理由是"诗赋之家,多出于史"!

"新党"打击"旧党"最走火入魔的举动是禁止士大夫作诗。"旧党"中固然诗人较多,但"新党"中亦不乏能诗者,当政者竟然将诗歌称为"元祐学术"来加以打击,真是荒诞至极!他们竟然忘了宋初皇帝经常向近臣赐诗的盛举,也忘了当朝皇帝也经常舞文弄墨的事实,甚至不顾"新党"开创者王安石本身就是卓有成就的大诗人,为了打击对手公然颠倒黑白,可谓丧尽天良!

从新旧党争中打击对手的不同做法可以看出,政治斗争对"宋调"的影响是致命的。残酷的政治迫害不仅影响和断送了一些诗人的仕途和前程,而且从肉体上损害了他们的健康甚至伤害了他们的生命,更别说还要禁止作诗了。如刘攽在《为人以文章与知己书》:

> 某七岁好诗,至今垂三十年,日夜之所积习,精力之所迫及,旁贯经史,下协声律,纸墨所存,不下千首。虽当世多贤,不敢仰希一二,而上追古人之作,窃以谓无甚大愧。夫击辕扣(甬)[角]之歌,词甚俚质,而贤君采之,故下情达而幽滞得出也;又况感激时事,吟咏国政,奖善而刺恶,有敦厚之风耶。世无诗官,畏陷诽谤之罪,故不敢露己。①

刘攽此文虽为代言,但所说的是当时诗人的共同心声。在这样的政治生态中,诗歌走向衰落是必然结果。北宋诗歌走向衰落的过程与政治斗争的进程大致同步。当双方用诗歌为借口打击对方的时候,诗歌中的现实内容首先被清洗掉了。始于反映现实和干预政治的"宋调"最终走向了自己的反面。与此同时,诗歌创作数量也受到了很大影响。当政党斗争进一步激烈,皆欲置对方于死地的时候,诗人的生命危机感更重,自然不愿意写作了。尤其是当诗歌作为"元祐学术"被禁止时,当作诗被视为犯罪之后,诗歌的没落也就是必然之势了。至于后人所盛称的"江西诗派",其实不过是若干下层官吏和士人甚至包括一些方外的僧人结成几个小团体自娱自乐罢了。

总之,社会矛盾和政治斗争对"宋调"的影响极为重要且直接。一方

---

① (宋)刘攽撰《彭城集》(四),《丛书集成初编》第1910册,商务印书馆,1935,第381~382页。

面，社会矛盾的加深推动诗人去关注民生疾苦并干预政治，使"宋调"得以出现并一步步发展和深化；另一方面，朝廷中的政治斗争特别是新旧党争中对诗人和诗歌的无情打击，使得双方阵营里的诗人都不敢在诗中表现对现实和政治的关切，从而使得最终定型的"宋调"已经割裂了与现实的联系，走向最初的反面，而诗歌也相应地一步步走向了衰落。

第二节
士风建设与文化发展

从文化的角度看，"宋调"的建构与宋代的士风建设、理学兴起、"三教合流"等都有着密切的关系。尤其是对于诗歌中排斥个人穷愁而彰显苦中作乐的一面，这些因素起到的作用更加明显。

一　士风建设

五代时期，由于身处乱世，士大夫唯以功名富贵为追求，寡廉鲜耻，不重名节。宋初承五代之习，此风未歇，但对一个大一统的王朝来说，这种恶劣风气的破坏力是可想而知的，故自皇帝至贤士大夫都在致力于新的士风建设。具体说来，其参加者主要有两类人。

一类是宋初的几代皇帝。为了激励士大夫重视节义，宋初几代皇帝皆有意旌表忠义，鄙薄奔竞，并且重视隐逸之士。太祖曾经旌表因反对他称帝而被杀的北周忠臣韩通。在改朝换代大局已定的情况下，韩通因坚决抵制赵匡胤而被杀。出于国家长治久安的政治需要，宋太祖称帝后旋即对韩通加以旌表。《宋史·周三臣传》载其诏书云：

> 易姓受命，王者所以应期；临难不苟，人臣所以全节。故周天平军节度、检校太尉、同中书门下平章事、侍卫亲军马步军副指挥使韩通，振迹戎伍，委质前朝，彰灼茂功，践更勇爵。夙定交于霸府，遂接武于和门，艰险共尝，情好尤笃。朕以三灵眷佑，百姓乐推，言念元勋，将加殊宠，苍黄遇害，良用怃然。可赠中书令，以礼收葬。遣高品梁令珍护丧事。①

而对于为其预作禅文的陶谷，宋太祖则颇为鄙薄。《宋史·陶谷传》

---

① （元）脱脱等撰《宋史》第40册，中华书局，1977，第13970页。

云:"初,太祖将受禅,未有禅文,谷在旁,出诸怀中而进之曰:'已成矣。'太祖甚薄之。"① 在宋太祖称帝一事上,韩通是坚定的反对者,因此全家皆被杀,而陶谷则主动献媚,提前作好了"禅文"。宋太祖对他们的态度如此不同,其实就是向臣民宣示新兴王朝对士人品节的重视。

宋太祖旌表韩通,在后世产生了很大的反响,甚至于是否为其立传成了检验史家眼界的试金石。周密《齐东野语》卷十三"韩通立传"条载:

> 旧传焦千之学于欧阳公,一日,造刘贡父,刘问《五代史》成邪?焦对将脱稿,刘问为韩瞠眼立传乎?焦默然,刘笑曰:"如此,亦是第二等文字耳。"
>
> 《唐余录》者,直集贤院王皞子融所撰,宝元二年上之。时惟有薛居正《五代史》,欧阳书未出也。此书有纪、志、传,又博采诸家之说,效裴松之《三国志注》,附见下方。表韩通于《忠义传》,且冠之以国初褒赠之典,新、旧《史》皆所不及焉。皞乃王沂公曾之弟,后以元昊反,乞以字为名。其后吕伯恭编《文鉴》,制、诏一类,亦以褒赠通制为首,盖祖子融之意也。②

在刘攽看来,欧阳修《新五代史》由于不为韩通立传,所以就只能算是"第二等文字"。周密对此认同,而且介绍了王子融所撰《唐余录》,书中不仅将韩通列入"忠义传","且冠之以国初褒赠之典",就由此一点出发,周密认为其书为"新、旧《史》皆所不及焉"。刘攽生活于北宋中期,周密则已由南宋入元,他们的这种观点很能代表宋代士大夫对宋太祖旌表韩通的认同。

宋太祖鄙薄陶谷的本意,就是为了制止士人为了功名利禄而四处奔走,所以他有意识地称扬隐士。《宋史·隐逸传》中记载的隐士多达数百人。其中许琼曾受到宋太祖的召见和赏赐。卷四百五十七《隐逸传上》载:

> 又有许琼者,开封鄢陵人。开宝五年,子永罢卢县尉,诣阙上言:"臣年七十五,父琼年九十九,长兄年八十一,次兄年七十九,欲乞近地一官,以就荣养。"上览奏,召永讯之,即命迎其父赴阙。琼得对于讲武殿,上顾问久之,悉能奏对,而词气不衰,言唐末以来事,历历

---

① (元)脱脱等撰《宋史》第26册,中华书局,1977,第9238页。
② (宋)周密撰《齐东野语》,张茂鹏点校,中华书局,1983,第234~235页。

可听。上悦其父子俱享遐寿,赐袭衣、犀带、银鞍勒马、帛三十匹、茶二十斤,授永鄞城令。是时,澶、密、齐、沂、莱、江、吉、方州、江阴、梁山军,各奏八十已上吕继美等二十九人,并赐爵公士。真宗时,凡老人年百岁已上者,州县以名闻,皆诏赐衣帛、米麦,长吏存抚之。①

宋太祖的这个做法在后世统治者中得到了继承和发扬。如太宗征召终南山隐士种放。真宗旌表陕州处士魏野,赐杭州隐士林逋粟帛。仁宗征召隐士孙侔、常秩等,都是比较突出的例子。

表彰忠义直接传达出皇帝对士大夫的品格诉求,鄙薄奔竞是树立反面典型加以警示,而赏赐和征召隐士同样也是为了转变士风。同卷的"孙侔传"中载刘敞知扬州时举荐他的理由即是"孝弟忠信,足以扶世矫俗"②。

另一类是田锡、王禹偁、范仲淹、欧阳修等正直敢言的名臣。《宋史》卷二百九十三的传主为田锡、王禹偁、张咏三人,皆以正道直行著名。其后传论曰:

> 《传》云:"邦有道,危言危行。"三人者,躬骨鲠謇谔之节,蔚为名臣,所遇之时然也。禹偁制戎之策,厥后果符其言,而醇文奥学,为世宗仰。锡身没之后,特降褒命,以贲直操,与夫容容嘿嘿,以持禄固位者异矣。咏所至以政绩闻。天子尝曰:"咏在蜀,吾无西顾之忧。"其被奖与如此。然皆骯脏自信,道不谐偶,故不极于用云。③

田锡、王禹偁、张咏三人主要活动于太宗、真宗二朝,而其后的范仲淹、欧阳修主要活动于仁宗朝,而且二人在改变士风方面做出的贡献更大。在宋代士风的建设中,仁宗朝至关重要,范仲淹发挥了中流砥柱的作用,而欧阳修正是他的战友。《宋史·范仲淹传》云:"每感激论天下事,奋不顾身,一时士大夫矫厉尚风节,自仲淹倡之。"④ 正是由于多种力量共同参与了宋初的士风建设,所以至仁宗朝时已经从根本上清除了五代以来的不良风气。马茂军在《论宋初百年士风的演进》一文中说:

---

① (元)脱脱等撰《宋史》第38册,中华书局,1977,第13422页。
② (元)脱脱等撰《宋史》第38册,中华书局,1977,第13443页。
③ (元)脱脱等撰《宋史》第28册,中华书局,1977,第9804页。
④ (元)脱脱等撰《宋史》第29册,中华书局,1977,第10268页。

庆历年间是北宋政治、文化、学术的转折点，也是北宋士风的转折点。围绕庆历新政的庆历党议，其核心内容是君子小人之争、直道顺道之争、名节操守之争，因此我们也可以把它看作是一场轰轰烈烈的道德建设、士风建设的运动。范仲淹是这场运动的领袖……①

诸葛忆兵在《范仲淹与北宋士风演变》一文中说：

> 宋代从君王到士大夫都致力于士风的建设，最终形成了宋代知识分子新的精神风貌。北宋士风的转变经历了一段漫长的时间。宋太祖、宋太宗、宋真宗三朝，新的士风皆在形成过程之中。至宋仁宗时期，这一转变过程才大致完成。范仲淹活跃于政坛，出将入相，逐渐成为当时知识分子的领袖人物，是这一转变过程完成的重要标志。②

在范仲淹倡导"矫厉尚风节"的过程中，欧阳修一直是其最坚定的支持者。景祐三年（1036），开封知府范仲淹因触怒宰相吕夷简被贬为饶州（今江西上饶）知州，欧阳修大为不平，作书责骂曾诋毁范的左司谏高若讷，并因此被贬知夷陵（今湖北宜昌）。庆历三年（1043），范仲淹推行"庆历新政"，欧阳修亦是其臂膀。"新政"失败后，范仲淹等相继被贬，欧阳修亦被贬为滁州知州。

除了积极参与当时的政治活动，用自己的行为宣示堂堂的士大夫气节，欧阳修还利用修撰前朝史书的机会，多次批判五代士风衰敝的现象。在《新五代史·一行传》前，他说：

> 呜呼！五代之乱极矣，《传》所谓"天地闭，贤人隐"之时欤！当此之时，臣弑其君，子弑其父，而缙绅之士安其禄而立其朝，充然无复廉耻之色者皆是也。吾以谓自古忠臣义士多出于乱世，而怪当时可道者何少也……③

欧阳修发现了一个奇怪的现象，即本以为"自古忠臣义士多出于乱世"，可五代就是乱世，为何却缺少忠义之士呢？在同书"杂传"前，他试

---

① 马茂军：《论宋初百年士风的演进》，《华南师范大学学报》（社会科学版）2004年第4期，第68页。
② 诸葛忆兵：《范仲淹与北宋士风演变》，《中国人民大学学报》2006年第5期，第150页。
③ （宋）欧阳修撰《新五代史》第2册，（宋）徐无党注，中华书局，1974，第369页。

图解答这个问题：

> 《传》曰："礼义廉耻，国之四维；四维不张，国乃灭亡。"善乎，管生之能言也！礼义，治人之大法；廉耻，立人之大节。盖不廉，则无所不取；不耻，则无所不为。人而如此，则祸乱败亡，亦无所不至，况为大臣而无所不取不为，则天下其有不乱，国家其有不亡者乎！予读冯道《长乐老叙》，见其自述以为荣，其可谓无廉耻者矣，则天下国家可从而知也。①

在这里，欧阳修借用管仲之言特别强调了"礼义廉耻"对于化人和治国两方面的重要作用。他认为从冯道自述中的"无廉耻"，可证当时的风气之恶，则国家焉能不败？中国人历来重视以史为鉴，欧阳修的这些话其实都是说给同代人听的，他希望士大夫能有廉耻之心，做忠义之臣。即便是在散文创作中，欧阳修也同样有意突出了这方面的意义。《宋史》编者为其所作传论云：

> 三代而降，薄乎秦、汉，文章虽与时盛衰，而蔼如其言，晔如其光，皦如其音，盖均有先王之遗烈。涉晋、魏而弊，至唐韩愈氏振起之。唐之文，涉五季而弊，至宋欧阳修又振起之。挽百川之颓波，息千古之邪说，使斯文之正气，可以羽翼大道，扶持人心，此两人之力也。愈不获用，修用矣，亦弗克究其所为，可为世道惜也哉！②

《宋史》编者将其与韩愈并举，充分肯定了欧阳修之文在"羽翼大道，扶持人心"方面的作用。

良好的士风一旦建立并得到维持，其对国家和人心产生的影响都是不可估量的。《宋史》的编者在"忠义传序"中动情地写道：

> 士大夫忠义之气，至于五季，变化殆尽。宋之初兴，范质、王溥，犹有余憾，况其他哉！艺祖首褒韩通，次表卫融，足示意向。厥后西北疆场之臣，勇于死敌，往往无惧。真、仁之世，田锡、王禹偁、范仲淹、欧阳修、唐介诸贤，以直言谠论倡于朝，于是中外缙绅知以名节相高，廉耻相尚，尽去五季之陋矣。故靖康之变，志士投袂，起而

---

① （宋）欧阳修撰《新五代史》第2册，（宋）徐无党注，中华书局，1974，第611页。
② （元）脱脱等撰《宋史》第30册，中华书局，1977，第10383页。

勤王，临难不屈，所在有之。及宋之亡，忠节相望，班班可书，匡直辅翼之功，盖非一日之积也。①

宋代士风建设的核心是"名节相高，廉耻相尚"，对于士大夫来说，也就是不汲汲于个人贵贱得失，以天下与万民为重，这也就是范仲淹在《岳阳楼记》里所提倡的"先天下之忧而忧，后天下之乐而乐"。对于这一点，王水照在《宋代文学通论·绪论》中说：

> 宋代士人的人格类型自然是多种多样、异彩纷呈的，从其政治心态而言，则大都富有对政治、社会的关注热情，怀有"以天下为己任"的责任感和使命感，努力于经世济时的功业建树中，实现自我的生命价值。这是宋代士人，尤其是杰出精英们的一致追求。②

成玮则进而从文学的角度将其概括为讽喻精神的建立，并将当代学者对这个问题的研究过程分为两个阶段。其《制度、思想与文学的互动——北宋前期诗坛研究》云：

> 先是发现李昉、李至等人学习白居易仅限于闲适之作，王禹偁入仕之初因仍此风，遭贬之后，转而取法白居易的讽喻之作，成为宋代文学讽喻精神的开端。后又在此基础上发现，宋代开国以来，文士观念上渐有重新注意白居易讽喻精神的趋势，王禹偁的转向，与此正相呼应；而且他的转向，遗留下不少有待弥补的问题，直至欧阳修一代，才解决了遗留问题，完成了讽喻精神的建立。经过学者持续不懈的努力，北宋前期文学讽喻精神的形成过程，至此已经相当清晰地呈现出来。③

在这样的背景下，宋前诗人惯常表现的穷愁悲苦反而变得不合时宜了。北宋重要的诗人皆不喜欢书写内心的悲苦，即便是心里很苦也不会将其写进诗中，而是或者干脆不作诗，一旦作诗，则要表现自己并不在乎的样子。如前面所分析欧阳修、苏轼、黄庭坚几人在贬谪时期的诗歌都带有苦中作乐甚至强颜欢笑的成分。这正是北宋士风建设的成果，是士大夫"名节相

---

① （元）脱脱等撰《宋史》第38册，中华书局，1977，第13149页。
② 王水照主编《宋代文学通论》，河南大学出版社，1997，"绪论"第13页。
③ 成玮：《制度、思想与文学的互动——北宋前期诗坛研究》，复旦大学出版社，2013，第31~32页。

高,廉耻相尚"在诗歌中的反映。

二 理学兴起

相对于一般的文人士大夫,北宋理学家更加在意从平常生活中获得乐趣,他们甚至将寻找"孔颜乐处"作为检验身心修养的一种标准。

其一,理学在北宋发展起来。在唐代啖助等人的基础上,宋代经学呈现出"舍传求经"甚至怀疑经文本身的新特色。在这种"疑古"思潮的影响下,以讨论宇宙起源问题为发端,理学开始兴起,出现了著名的"北宋五子"。按照年代和发展的脉络,这"五子"可以分为两个阶段。前一个阶段是开创阶段,邵雍、周敦颐和张载分别提出了不同的宇宙生成理论,为理学的发展奠定了基础。

邵雍(1011~1077),字尧夫,共城(今河南辉县)人。后移居洛阳,隐于苏门山百源,人称百源先生。与司马光、吕公著等交往较多,西京留守王拱辰为其建居所,称"安乐窝"。屡授官不仕,居三十余年,卒谥康节。著有《皇极经世书》《伊川击壤集》。邵雍是易学象数派的代表人物。在《皇极经世书》中,邵雍把宇宙的本源归为太极,认为数与象皆出自太极。如其中"观物外篇下"云:"太极,一也,不动。生二,二则神也。神生数,数生象,象生器。"①

周敦颐(1017~1073),原名敦实,避英宗讳,改为敦颐,字茂叔。道州营道(今湖南道县)人。幼丧父,由舅父龙图阁学士郑向抚养成人。仁宗景祐三年(1036),以舅父故得荫出仕,仕至广东转运判官、提点刑狱等,后以疾知南康军,居庐山莲花峰下小溪旁,并为其取名濂溪,人称濂溪先生。周敦颐根据道家陈抟的《无极图》,将其改造成《太极图》,并作《太极图说》云:

> 无极而太极。太极动而生阳,动极而静;静而生阴,静极复动。一动一静,互为其根;分阴分阳,两仪立焉。阳变阴合,而生水、火、木、金、土。五气顺布,四时行焉。五行,一阴阳也。阴阳,一太极也。太极,本无极也。五行之生也,各一其性。无极之真,二五之精,妙合而凝。乾道成男,坤道成女,二气交感,化生万物。万物生生,而变化无穷焉。惟人也,得其秀而最灵。形既生矣,神发知矣,五性

---

① (宋)邵雍撰《皇极经世书》,王鹤鸣、殷子和整理,九州出版社,2012,第503页。

感动而善恶分，万事出矣。圣人定之以中正仁义而主静，立人极焉。故圣人与天地合其德，日月合其明，四时合其序，鬼神合其吉凶。君子修之吉，小人悖之凶。故曰："立天之道，曰阴与阳；立地之道，曰柔与刚；立人之道，曰仁与义。"又曰："原始反终，故知死生之说。"大哉易也，斯其至矣！①

周敦颐以"太极"作为宇宙的本源，此说后来成为理学的奠基石，周敦颐也被认为是宋代理学的创始人。程颐、程颢皆出自其门下。

张载（1020～1077），字子厚，凤翔郿县（今陕西眉县）横渠镇人。人称横渠先生。嘉祐二年（1057）进士，仕至著作佐郎、崇文院校书兼知太常礼院等。著有《崇文集》《横渠易说》《正蒙》。张载认为"气"是宇宙的本源，"太虚"即是气。天、地、人、物也都是"气"的化身。他在《正蒙·乾称篇》中不仅提出"民胞物与"的进步思想，而且说："凡可状，皆有也；凡有，皆象也；凡象，皆气也。"②

程颢、程颐兄弟是第二阶段的代表。程颢（1032～1085），字伯淳，洛阳（今属河南）人。人称明道先生。嘉祐二年进士，仕至权监察御史里行。因反对王安石变法，被贬为京西路提点刑狱。元祐初召回，未几病卒。程颐（1033～1107），字正叔，程颢之弟。人称伊川先生。与兄同年进士及第。曾任崇政殿说书，后被贬谪峡州。程颢与弟程颐曾就学于周敦颐，又尝与邵雍、张载论学，著有《二程遗书》等。程颢与程颐在融汇前人思想精华的基础上，进一步提出"天理"的概念，以"天理"为宇宙本源的学说。《河南程氏外书》卷二载其语录云："万物皆只是一个天理，己何与焉？"③ 又云："理则天下只是一个理，故推至四海而准，须是质诸天地、考诸三王不易之理。"④

相对于邵雍、周敦颐和张载的不同说法，程颢、程颐兄弟提出"天理"的概念，认为以上诸人所说的"五行""太虚"等，都是"天理"的组成部分，从而将宇宙起源归结为主观的"天理"。至此，宋代理学正式形成，并且影响越来越大。

其二，"孔颜乐处"是理学家普遍关心的论题。"孔颜乐处"的出处皆

---

① （宋）周敦颐：《元公周先生濂溪集》，岳麓书社，2006，第7～9页。
② （宋）张载：《张载集》，章锡琛点校，中华书局，1978，第63页。
③ （宋）程颢、程颐：《二程集》上册，王孝鱼点校，中华书局，2004，第30页。
④ （宋）程颢、程颐：《二程集》上册，王孝鱼点校，中华书局，2004，第38页。

在《论语》中。《述而》载："子曰：'饭疏食饮水，曲肱而枕之，乐亦在其中矣。不义而富且贵，于我如浮云。'"① 同篇又载："叶公问孔子于子路，子路不对。子曰：'女奚不曰，其为人也，发愤忘食，乐以忘忧，不知老之将至云尔。'"② 孔子不仅用"乐以忘忧"来概括自己的生活态度，而且以此称赞自己的学生颜回。同书《雍也》载："子曰：'贤哉，回也！一箪食，一瓢饮，在陋巷，人不堪其忧，回也不改其乐。贤哉，回也！'"③ 由此可见，强调以乐观的态度对待生活的确是孔子与颜回师徒二人的共同之处，而这一点也被北宋的理学家发掘出来了。

"孔颜乐处"问题的提出者是周敦颐。在二程兄弟从其问学的时候，周敦颐就多次让他们去寻求"孔颜乐处"。《河南程氏外书》卷二载程颢之语云："昔受学于周茂叔，每令寻颜子、仲尼乐处，所乐何事。"④ 既言"每令"，可见这个话题经常被提起，亦可见周敦颐对这个问题高度重视。周敦颐在《通书》中也多次谈到这个问题。如他在《颜子》篇中说：

> 颜子一箪食，一瓢饮，在陋巷，人不堪其忧，而不改其乐。
> 夫富贵，人所爱也。颜子不爱不求，而乐乎贫者，独何心哉？
> 天地间有至贵至爱可求，而异乎彼者，见其大而忘其小焉尔。
> 见其大则心泰，心泰则无不足，无不足则富贵贫贱处之一也。处之一则能化而齐，故颜子亚圣。⑤

自此以后，理学家经常提到这个问题，虽然他们的解释并不一致。冯友兰在《中国哲学史新编》中说：

> 道学认为快乐幸福的生活是修养的一种副产品，并不是"希圣，希圣"的主要目的，"希圣，希圣"的主要目的是要做一个合乎人的标准的完全的人。完全的人自然有这种幸福，但是一个完全的人是自然而然地有这种幸福，而并不是为了这种幸福而要做一个完全的人。如果这样，他就是自私，就不是一个完全的人，也不可能成为一个完全

---

① 李学勤主编《论语注疏》，北京大学出版社，1999，第91页。
② 李学勤主编《论语注疏》，北京大学出版社，1999，第92页。
③ 李学勤主编《论语注疏》，北京大学出版社，1999，第75页。
④ （宋）程颢、程颐：《二程集》上册，王孝鱼点校，中华书局，2004，第16页。
⑤ （宋）周敦颐：《元公周先生濂溪集》，岳麓书社，2006，第64~65页。

的人，并且永远不可能成为一个完全的人。①

不过，虽然这个问题至关重要，但谁也没能把它说清楚，大都是一笔带过，或者即便自认为说清楚了，他人却又不认同，久而久之，就拖到了现代，研究者反而不愿意讨论这样的问题了。李泽厚在《伦理学纲要续编》中《回应桑德尔及其他》一文中说：

> "孔颜乐处"或"颜子所好何学"是宋明理学不断讨论探索的艰难课题，虽然讲得不少，但始终很不清楚很不明晰。原因在于它已越出道德层次，涉及神秘经验，无法理性处理，所以说不清道不明。②

"说不清道不明"体现出"孔颜乐处"问题本身的复杂性，但这并没有影响到这个问题的传播，特别在刚刚提出不久的北宋时期。理学家以道理为追求，注重个人修养，不在意自己的贵贱与得失，始终保持乐观的心态，这不仅可以与宋代士风建设相呼应，而且本身也可看作士风建设的成果之一。

其三，理学家的诗歌多表现怡然自得的乐趣。虽然从总体上说，北宋理学家不重创作，甚至有"作文害道"之说，但他们成长于诗赋取士的时代，其实都能作诗。理学家作诗，跟一般文人作诗有所不同，他们往往将其作为表现理学主张和个人修养的外化。尽管他们的观点并不相同，但在表现"乐"方面却是惊人的一致。比较而言，邵雍在这方面表现得更加突出。这方面诸贤所论已多，此处仅引用冯友兰在《中国哲学简史》中将其与程颢诗进行比较的一段话：

> 下面的两首诗，第一首的作者是邵雍，第二首的作者是程颢。从诗中可以看出，邵雍是一个快乐的人。程颢称他为"风流人豪"。他把自己的住所命名为"安乐窝"，自号"安乐先生"。下面这首诗的题目是《安乐吟》：
>
> 安乐先生，不显姓氏。垂三十年，居洛之涘。风月情怀，江湖性气。色斯其举，翔而后至。无贱无贫，无富无贵。无将无迎，无拘无忌。窘未尝忧，饮不至醉。收天下春，归之肝肺。盆池资吟，瓮牖荐

---

① 冯友兰：《中国哲学史新编》，《三松堂全集》第10卷，河南人民出版社，2001，第65~66页。
② 李泽厚：《伦理学纲要续编》，生活·读书·新知三联书店，2017，第135页。

睡。小车赏心，大笔快志。或戴接䍦，或著半臂。或坐林间，或行水际。乐见善人，乐闻善事，乐道善言，乐行善意。闻人之恶，若负芒刺。闻人之善，如佩兰蕙。不佞禅伯，不谀方士。不出户庭，直际天地。三军莫凌，万钟莫致。为快活人，六十五岁。(《伊川击壤集》卷十四。)

程颢的诗，题为《秋日偶成》：

闲来无事不从容，睡觉东窗日已红。万物静观皆自得，四时佳兴与人同。道通天地有形外，思入风云变态中。富贵不淫贫贱乐，男儿到此是豪雄。(《明道文集卷一》)

达到这种精神境界的人堪称英雄，因为他们是不可征服的。但他们不是通常的所谓"英雄"，而是"风流人豪"。

也有些新的儒家批评邵雍过分夸张了自己的欢乐，但对于程颢，则没有这样的批评。我们总算找到了中国式浪漫（风流）和古典主义（明教）结合的最美好的实例。①

理学家或者不喜作诗，作品不多，或者即便作诗，也不在乎工拙，而是表现自己的见解和感触。"北宋五子"中，只有邵雍一人存诗较多。其中仅《首尾吟》一题就有135首，每首诗的首句和尾句都是"尧夫非是爱吟诗"。如其一：

尧夫非是爱吟诗，为见圣贤兴有时。日月星辰尧则了，江河淮济禹平之。皇王帝伯经褒贬，雪月风花未品题。岂谓古人无阙典，尧夫非是爱吟诗。②

作为组诗的第一首，此诗多少带有开宗明义的意思。邵雍除了在首尾反复强调自己"非是爱吟诗"外，重点抒发了因仰慕古代圣贤而引发的兴会。其余各诗表现的具体对象虽各不相同，但要表现得都是自己体认的理学思想。

由于理学家大都对文学持排斥的态度，所以他们的思想对诗歌创作的影响并不大。而且，北宋理学家与文学家之间的关系也不密切，甚至出现了所谓"蜀党"与"洛党"的矛盾。不过，理学家的人格光辉仍受到诗人

---

① 冯友兰：《中国哲学简史》，赵复三译，译林出版社，2017，第297~299页。
② （宋）邵雍：《邵雍全集》第4册，郭彧、于天宝点校，上海古籍出版社，2015，第409页。

的称赞。如黄庭坚《濂溪诗序》云：

> 春陵周茂叔，人品甚高，胸中洒落，如光风霁月。好读书，雅意林壑，初不为人窘束世故。权舆仕籍，不卑小官，职思其忧。论法常欲与民，决讼得情而不喜……①

黄庭坚受周敦颐二子之请作诗，竟无一字论及其诗文，而只是赞其人品与官品，这样的写法应该是理学家所乐见的。

由前面的分析可以看出，理学的兴起与北宋士风建设有相当大的关联，理学家的修养亦为诗人树立了人格榜样。虽然理学家的诗歌数量不多，但总是表现出欢乐之情，这与欧阳修等人要求在诗歌中摒弃愁苦而彰显欢乐保持了一致，因此在"宋调"的建构中也具有一些积极意义。

三 佛道渗透

对于"宋调"的建构，"三教合流"的文化背景也产生了一定的影响。"三教合流"是宋代思想史上最重要的潮流之一，现从两个层次来分析。

第一个层次，"三教"皆吸收另外两教的长处发展自己，在学术思想上逐渐实现"合流"。

首先看宋代理学对佛道思想的吸收。相传，陈抟隐居华山时，得到传自唐代道士吕岩的《无极图》，又从麻衣道者接受了《先天图》。陈抟将《无极图》《先天图》传给隐士种放，种放传给穆修。穆修将《先天图》传给李之才，李之才传给邵古，邵古传给其子邵雍。邵雍著《皇极经世书》对其加以演述和发展，遂成理学的早期作品。而上节已经指出，周敦颐《太极图说》也是来源于陈抟的《先天图》。仅此二例，已足以表明道家思想在理学形成过程中曾经扮演过重要角色。除了道家，还有佛家思想的影响。如张载在写作《正蒙》之前，曾经遍读佛、道之书，认识到"三教"的互补功能。而"二程"兄弟拈出的"天理"，亦与佛教中的心性观念有较深渊源。可以这么说，北宋重要的理学家都已存在"出入佛老"的情况，可以看出佛、道二家已成为理学发展的重要思想来源。

与此同时，宋代佛教对儒、道思想的吸收也非常深入。佛教接受儒家思想的主要途径是通过较多吸纳知识分子也就是儒生成为僧人。这些人通

---

① （宋）黄庭坚著，郑永晓整理《黄庭坚全集辑校编年》上册，江西人民出版社，2011，第255页。

入空门前饱读诗书，原来接受的儒家思想在出家后逐渐同佛教思想融合，不仅提高了僧人的文化和文学修养，而且影响到佛教思想的发展，推动了"文字禅"的兴盛，也使得颂古的"诗化"程度越来越重。与此同时，宋代佛教也不断吸收道教的营养以发展自己。如北宋高僧契嵩著《辅教编》三卷，其核心内容就是通过广引经籍，以证三教的核心都是为了劝人为善。为此，他对来自教外的排斥也进行了回护，其《劝书第二》云：

> 天下之教化者，善而已矣。佛之法非善乎？而诸君必排之，是必以其与己教不同而然也。此岂非《庄子》所谓"人同于己则可，不同于己，虽善不善，谓之矜？"吾欲诸君为公而不为矜也。《语》曰："多闻，择其善者而从之。"又曰："君子之于天下也，无适也、无莫也，义之与比。"圣人亦酌其善而取之，何尝以与己不同，而弃人之善也？①

契嵩（1007~1072）的生卒年与欧阳修同，故可推知其所谓排斥佛教的"诸君"，即是以欧阳修为代表的一批文人士大夫。契嵩的高明之处在于，作为一代高僧，他在批评"诸君"囿于儒家立场不够通达时，使用了道家经典《庄子》和儒家经典《论语》中的原话，显得非常有力。

道教的做法也如出一辙，在发展自身的同时不断地从儒、佛两家汲取有价值的思想资源。宋代紫阳真人张伯端在所著《悟真篇》序中说：

> 嗟夫，人身难得，光阴易迁，罔测短修，安逃业根？不自及早省悟，惟只甘分待终，若临期一念有差，立堕三途恶趣，则动经尘劫，无有出期。当此之时，虽悔何及？故老释以性命学开方便门，教人修种以逃生死。释氏以空寂为宗，若顿悟圆通，则直超彼岸，如其习漏未尽，则尚徇于有生；老氏以炼养为真，若得其要枢，则立跻圣位，如其未明本性，则犹滞于幻形。其次《周易》有穷理尽性至命之辞，《鲁论》有毋意必固我之说，此又仲尼极臻乎性命之奥也。然其言之常略，而不至于详者，何也？盖欲序正人伦，施仁义礼乐有为之教，故于无为之道未尝显言，但以命术寓诸易象，性法混诸微言故耳。至于庄子推穷物累逍遥之性，孟子善养浩然之气，皆切几之矣。迨夫汉魏伯阳引易道阴阳交姤之体，作《参同契》以明大丹之作用；唐忠国师

---

① （宋）契嵩：《劝书第二》，《镡津文集》，钟东、江晖点校，上海古籍出版社，2016，第16页。

于《语录》首叙老庄言,以显至道之本末。如此岂非教虽分三,道乃归一。①

张伯端(983?~1082?)是道教内丹学派的重要代表,其生年比契嵩、欧阳修早了二十多年,卒年反在他们之后。从上段引文可以看出,张伯端从其"悟真"的立场出发,虽然他认为儒家的认识似乎比"老释"二家低了一个层次,因为"于无为之道未尝显言",但他充分肯定了三教相通的性质,其所谓"教虽分三,道乃归一"就是最清晰明白的表达。

北宋时期,在佛教和道教中,像契嵩和张伯端这样主张三教相通的人物为数众多,他们二人只是其中的代表而已。正是"三教"的共同努力,使得彼此之间的共同点逐渐增加,呈现出融合的趋势。《宋史·宋太初传》载传主所撰《简谭》也是一部以"三教合流"思想为主题的著作:

> 太初性周慎,所至有干职誉。尝著《简谭》三十八篇,自序略曰:"广平生纂文史老释之学,尝谓《礼》之中庸,伯阳之自然,释氏之无为,其归一也。喜以古圣道契当世之事,而患未博也,忽外物触于耳目,内机发于性情,因笔而简之,以备阙忘耳。"②

宋太初卒于真宗朝景德四年(1007),其生活时代比前面提到的几人都要早得多。他的观点似可表明:至少在此前,"三教合流"的情况就已经逐渐发展起来,并受到人们的注意。

"三教合流"并不是说"三教"合并成一种新的思想或教派,而是说它们各取所需,都能从另外两家那里获得新的发展资源。不过,北宋末年的徽宗皇帝还真的试图让"三教"合并过。他采用两个步骤:一是让道士参加考试,逐渐向儒士靠拢;二是取消佛教,将僧人改称"德士",让他们改信道教。通过这样的方式,徽宗皇帝先消灭了佛教,然后诱导道教与儒家融合,从而达到将"三教"合并为一教的目的。不过,当他施行这些措施时,"宋调"已经形成,因此并未对诗歌产生多少影响。而且,随着北宋的灭亡,这种强行合并三教的做法很快也失败了。

第二个层次,在"宋调"的建构过程中,其几位代表诗人的思想也有逐步走向"三教合流"的意味。现以欧阳修、王安石、苏轼和黄庭坚为例,

---

① (宋)张伯端:《〈悟真篇〉序》,周全彬、盛克琦编校《悟真抉要——道教经典〈悟真篇〉注解集成》,宗教文化出版社,2010,第89页。
② (元)脱脱等撰《宋史》第27册,中华书局,1977,第9423页。

对此问题略加考察。

（一）欧阳修一生坚持儒家思想，以当代韩愈自居，大力排斥佛、道二教。在其作于庆历二年（1042）的《御书阁记》中，他比较了佛教、道教的特点及其危害程度：

> 然而佛能籍人情而鼓以祸福，人之趣者常众而炽。老氏独好言清净远去、灵仙飞化之术，其事冥深，不可质究，则其为常以淡泊无为为务。故凡佛氏之动摇兴作，为力甚易。而道家非遭人主之好尚，不能独兴，其间能自力而不废者，岂不贤于其徒者哉！①

虽然认为道教的危害远远不及佛教，但欧阳修还是对二者都加以排斥。至庆历三年（1043），他在《本论》中篇指出了佛教危害的严重性：

> 佛法为中国患千余岁，世之卓然不惑而有力者，莫不欲去之。已尝去矣，而复大集，攻之暂破而愈坚，扑之未灭而愈炽，遂至于无可奈何，是果不可去邪？盖亦未知其方也。②

之后经过深入思考，欧阳修在《本论》下篇进一步分析了以礼义教化民众对于打击佛教的作用：

> 昔荀卿子之说，以为人性本恶，著书一篇以持其论。予始爱之，及见世人之归佛者，然后知荀卿之说谬焉。甚矣，人之性善也！彼为佛者，弃其父子，绝其夫妇，于人之性甚戾，又有蚕食虫蠹之弊，然而民皆相率而归焉者，以佛有为善之说故也。
>
> 呜呼！诚使吾民晓然知礼义之为善，则安知不相率而从哉？奈何教之谕之之不至也？③

在思想上排斥佛教，并不意味着欧阳修与佛教没有关联。实际上，欧阳修不仅写过《河南府重修净垢院记》《湘潭县修药师院佛殿记》《淅川县兴化寺廊记》等寺院记，还曾多次代皇帝、皇后写祈福的斋文，也有为民众祈福的斋文。他还与僧人交往较多。李承贵在《儒士视域中的佛教——宋代儒士佛教观研究》一书中说：

---

① 《欧阳修全集》第 2 册，李逸安点校，中华书局，2001，第 567～568 页。
② 《欧阳修全集》第 2 册，李逸安点校，中华书局，2001，第 288 页。
③ 《欧阳修全集》第 2 册，李逸安点校，中华书局，2001，第 291 页。

欧阳修为慧勤吟诗送行，指点惟昭作诗，为鉴聿著作作序，为惟俨、秘演的诗集作序，并每每肯定、夸赞僧人的文章、人品，因而完全可以由此得出欧阳修与佛僧关系密切的结论。但与佛僧关系密切、友好，并不能说明欧氏的立场是佛教的，更不能说明欧氏是支持佛教的，因为原因很简单，就是欧阳修对这五位名僧有同样的评论：空有才华而不被用于世。①

关于欧阳修排斥佛教的一面，宋人笔记亦颇多记载。王辟之《渑水燕谈录》卷十载：

> 欧阳文忠公不喜释氏，士有谈佛书者，必正色视之。而公之幼子小字和尚，或问："公既不喜佛，排浮屠，而以和尚名子，何也？"公曰："所以贱之也，如今人家以牛驴名小儿耳。"问者大笑，且伏公之辨也。②

比较而言，他对道教的态度稍微平和一些。叶梦得《避暑录话》卷一载：

> 欧阳文忠公平生诋佛老，少作《本论》三篇，于二氏盖未尝有别。晚罢政事，守亳，将老矣，更罹忧患，遂有超然物外之志。在郡不复事事，每以闲适饮酒为乐。时陆子履知颍州。公，客也，颍且其所卜居。尝以诗寄之，颇道其意。末云："寄语瀛洲未归客，醉翁今已作仙翁。"此虽戏言，然神仙非老氏说乎？世多言公为西京留守推官时，尝与尹师鲁诸人游嵩山，见薜书成文，有若"神清之洞"四字者，他人莫见。然苟无神仙则已，果有，非公等为之而谁？其言未足病也。公既登政路，法当得坟寺，极难之，久不敢请。已乃乞为道宫。凡执政以道宫守坟墓，惟公一人。韩魏公初见奏牍，戏公曰："道家以超升不死为贵，公乃使在丘垄之侧，老君无乃却辞行乎？"公不觉失声大笑。③

---

① 李承贵：《儒士视域中的佛教——宋代儒士佛教观研究》，宗教文化出版社，2007，第23页。
② （宋）王辟之撰《渑水燕谈录》，韩谷校点，上海古籍出版社，2012，第72页。
③ （宋）叶梦得撰《避暑录话》，《宋元笔记小说大观》第3册，上海古籍出版社，2001，第2586页。

这个故事说明，欧阳修虽然排斥佛老，但他认为佛教的危害远远大于道教，所以在必须从二者中选择其一时，他选择了道教。在上条之后，叶梦得又记载了这样的信息：

> 欧阳氏子孙奉释氏甚众，往往尤严于它士大夫家。余在汝阴，尝访公之子棐于其家。入门，闻歌呗钟磬声自堂而发。棐移时出，手犹持数珠，讽佛名，具谢今日适斋日，与家人共为佛事方毕。问之，云：公无恙时薛夫人已自尔，公不禁也。及公薨，遂率其家无良贱悉行之。汝阴有老书生犹及从公游，为予言公晚闻富韩公得道于净慈本老，执礼甚恭。以为富公非苟下人者，因心动。时法颙师住荐福寺，所谓颙华严者，本之高弟。公稍从问其说。颙使观《华严》，读未终而薨，则知韩退之与大颠事真不诬。公虽为世教立言，要之，其不可夺处不唯少贬于老氏，虽佛亦不得不心与也。①

这说明到了晚年，欧阳修的思想发生了变化，对佛、道二教都开始接受了。南宋志磐作《佛祖统纪》卷四十六引僧祖秀作《欧阳修传》载其致仕后的情形：

> 七月，欧阳永叔自致仕居颍上，日与沙门游，因自号'六一居士'，名其文曰《居士集》。息心危坐，屏却酒肴。临终数日，令往近寺，借《法华经》，读至八卷，倏然而逝。②

由于这个记载出自沙门，有学者怀疑其中可能有编造的成分。笔者以为，即便这段记载中有夸大的成分，但其中有些内容还是真实可信的，不足以否定欧阳修晚年对佛教有所接近的事实。

另外，从欧阳修退居颍州后常着道服，可见其与道家的关系更加亲近。苏轼在《欧阳晦夫遗接䍦琴枕戏作此诗谢之》中说："我怀汝阴六一老，眉宇秀发如春峦。羽衣鹤氅古仙伯，岌岌两柱扶霜纨。"③ 可见苏轼最后在颍州见到的欧阳修确实是身着道服。又彭乘《墨客挥犀》卷七载："先是欧公既致政，凡有宾客上谒，率以道服华阳巾，便坐延见。"④ 魏泰《东轩笔

---

① （宋）叶梦得撰《避暑录话》，《宋元笔记小说大观》第 3 册，上海古籍出版社，2001，第 2586~2587 页。
② （宋）志磐撰，释道法校注《佛祖统纪校注》，上海古籍出版社，2012，第 1087 页。
③ 《苏轼诗集》第 7 册，（清）王文诰辑注，孔凡礼点校，中华书局，1982，第 2372 页。
④ （宋）彭乘辑撰《墨客挥犀》，孔凡礼点校，中华书局，2002，第 361~362 页。

录》卷四亦有类似的记载:"欧阳公在颍,惟衣道服,称六一居士,又为传以自序。"① 有这些文献支撑,欧阳修晚年着道服之事应该无疑。

在开创"宋调"的几位大诗人中,欧阳修对"三教"的态度很有代表性。他一生反对佛、道,却在走到生命的尽头之前与其达成了和解。这在一定程度上也可以看作"三教合流"的特殊体现。从他开始,之后的几位代表诗人在"三教合流"的道路上越走越远,其思想亦渐趋融合。

(二) 王安石不但没有表现出对佛、道的排斥,而且还有援其入儒的做法。

他不仅曾为《金刚经》《摩诘经》《楞严经》作注,而且也曾为《老子》《庄子》作注。从理论上看,王安石并不认为佛、道有害。他在《涟水军淳化院经藏记》中说:

> 道之不一久矣,人善其所见,以为教于天下,而传之后世,后世学者或徇乎身之所然,或诱乎世之所趋,或得乎心之所好。于是圣人之大体,分裂而为八九。博闻该见有志之士,补苴调胹,冀以就完而力不足,又无可为之地,故终不得。盖有见于无思无为,退藏于密,寂然不动者,中国之老、庄,西域之佛也。既以此为教于天下而传后世,故为其徒者,多宽平而不忮,质静而无求,不忮似仁,无求似义。当士之夸漫盗夺,有己而无物者多于世,则超然高蹈,其为有似乎吾之仁义者,岂非所谓贤于彼而可与言者邪?②

在王安石看来,"中国之老、庄"也好,"西域之佛"也好,只要能体现"圣人之大体",与儒家在本质上并无不同。他甚至认为佛家的一些高僧甚至"过孟子",而这种说法据说来自张方平。《佛祖统纪》卷四十六载:

> 荆公王安石问文定张方平曰:"孔子去世百年而生孟子,后绝无人,或有之而非醇儒。"方平曰:"岂无过人,亦有过孟子者。"安石曰:"何人?"方平曰:"马祖、汾阳、雪峰、岩头、丹霞、云门。"安石意未解,方平曰:"儒门淡薄,收拾不住,皆归释氏。"安石欣然叹服,后以语张商英,抚几赏之曰:"至哉此论也!"③

---

① (宋) 魏泰撰《东轩笔录》,李裕民点校,中华书局,1983,第45页。
② 王水照主编《王安石全集》第7册,复旦大学出版社,2016,第1473~1474页。
③ (宋) 志磐撰,释道法校注《佛祖统纪校注》,上海古籍出版社,2012,第1091页。

王安石还特别反对归罪于佛教的做法，他在《答曾子固书》中曾说："方今乱俗不在于佛，乃在于学士大夫沉没利欲，以言相尚，不知自治而已。"① 他主张将佛家思想纳入治道，并得到了皇帝的认可。《续资治通鉴长编》卷二三三载熙宁五年（1072）五月王安石与神宗皇帝曾有这样一次对话：

> 甲午，上谓王安石等曰："蔡确论太学试，极草草。"冯京曰："闻举人多盗王安石父子文字，试官恶其如此，故抑之。"上曰："要一道德。若当如此说，则安可臆说？诗书法言相同者乃不可改？"安石曰："'柔远能迩'，《诗》《书》皆有是言，别作言语不得。臣观佛书，乃与经合，盖理如此，则虽相去远，其合犹符节也。"上曰："佛，西域人，言语即异，道理何缘异？"安石曰："臣愚以为苟合于理，虽鬼神异趣，要无以易。"上曰："诚如此。"②

就道家而言，王安石关注的主要是先秦老子、庄子的思想资源，而与北宋当时的道教关系不大。他在论《老子》时，解释"当其无，有车之用"一句时说：

> 夫毂辐之用，固在于车之无用，然工之琢削未尝及于无者，盖无出于自然之力，可以无与也。今之治车者，知治其毂辐，而未尝及于无也。然而车以成者，盖毂辐具，则无必为用矣。如其知无为用而不治毂辐，则为车之术固已疏矣。
>
> 今知无之为车用，无之为天下用，然不知所以为用也。故无之所以为车用者，以有毂辐也；无之所以为天下用者，以有礼、乐、刑、政也。如其废毂辐于车，废礼、乐、刑、政于天下，而坐求其无之为用也，则亦近于愚矣。③

在《老子》中，这句话的原意本是突出"无"的意义，而王安石则是强调"有"的作用。这既是以儒家的有为思想解释《老子》，同时又将其跟治道联系在一起。在其子王雱所著《老子训传》卷下，有这样一段论述：

> 窃尝考《论语》《孟子》之终篇，皆称尧、舜、禹、汤圣人之事

---

① 王水照主编《王安石全集》第6册，复旦大学出版社，2016，第1314页。
② （宋）李焘撰《续资治通鉴长编》第17册，中华书局，1986，第5659~5660页。
③ 王水照主编《王安石全集》第6册，复旦大学出版社，2016，第1230~1231页。

业，盖以为举是书而加之政，则其效可以为比也。老子，大圣人也，而所遇之变，适当反本尽性之时，故独明道德之意，以收敛事物之散，而一之于朴。乘举其书以加之政，则化民成俗，此篇其效也。故经之义终焉。杨子云为《法言》，亦终乎唐、虞之言，盖有法乎孔、孟与此书也。然子云之说，诚得施于天下，亦何足以与乎圣人之业，可谓有其意矣，而言之过也。①

王雱不仅将《老子》里的道家思想解释成了儒家思想，而且将其视为治道的组成部分，甚至比扬雄《法言》更加适用。王雱的这种阐释，在很大程度上就是对王安石思想的发挥。即便说这段话出自王安石之口，也甚有可能。

王安石不只如此解读《老子》，在解读《庄子》时，王安石也是这样的思路。其《庄周上》云：

> 昔先王之泽，至庄子之时竭矣，天下之俗，谲诈大作，质朴并散，虽世之学士大夫，未有知贵己贱物之道者也。于是弃绝乎礼义之绪，夺攘乎利害之际，趋利而不以为辱，殒身而不以为怨，渐渍陷溺，以至乎不可救已。庄子病之，思其说以矫天下之弊而归之于正也。其心过虑，以为仁、义、礼、乐皆不足以正之，故同是非，齐彼我，一利害，则以足乎心为得，此其所以矫天下之弊者也。②

通过这样的解读，王安石把庄子打造成了心忧天下、"思其说以矫天下之弊而归之于正"的志士形象。他还进一步希望读者"不以辞害志"，要体会庄子的真正意思。其《庄周下》云：

> 学者诋周非尧、舜、孔子，余观其书，特有所寓而言耳。孟子曰："说《诗》者，不以文害辞，不以辞害志，以意逆志，是为得之。"读其文而不以意原之，此为周者之所以诋也。③

方勇在《庄学史略》里这样评价王安石：

> 由于王安石是一位大政治家，他首先需要考虑的是如何利用前人

---

① 王水照主编《王安石全集》第9册，复旦大学出版社，2016，第175~176页。
② 王水照主编《王安石全集》第6册，复旦大学出版社，2016，第1231~1232页。
③ 王水照主编《王安石全集》第6册，复旦大学出版社，2016，第1233页。

的学说来为现实服务的问题，而《庄子》中又有那么多诋毁圣人、攻击儒家的言论，与赵宋王朝所推行的以儒家思想为主体的文化政策格格不入，所以只得倡言读《庄子》必须"善其为书之心，非其为书之说"，希冀以此来化解儒、道之间的矛盾，使《庄子》成为一部有益于治道的著作。①

要之，王安石对佛、道的认识比较深刻，他试图打通彼此之间的壁垒，择善而从，利用其中的思想归于治道，为现实服务。在"三教合流"的问题上，王安石的认识较欧阳修大大前进了一步。

（三）苏轼与黄庭坚都是"三教合流"的积极实践者。苏轼的家乡在眉州，那里道教盛行，加上其父苏洵信奉道教，所以他从小即受到道教影响。其后来每有炼丹之举，甚至去世前尚在作的《东坡易传》，历来被认为是以老庄解《易》，都跟其深厚的道家修养有关。苏轼与佛教也有颇多渊源，他与多位名僧有交往，甚至多读佛书，后被《嘉泰普灯录》列作临济宗黄龙派东林常总禅师的法嗣。其弟苏辙在《亡兄子瞻端明墓志铭》中说：

> 公之于文，得之于天。少与辙皆师先君，初好贾谊、陆贽书，论古今治乱，不为空言。既而读《庄子》，喟然叹息曰："吾昔有见于中，口未能言，今见《庄子》，得吾心矣。"……后读释氏书，深悟实相，参之孔老，博辩无碍，浩然不见其涯也。②

苏辙这段话主要是就写作而言，但同时也指出了苏轼接受道家、佛教的情况和影响。苏辙作《老子解》充分体现出"三教合流"的思想，苏轼对此大加称赞。其《跋子由老子解后》云：

> 昨日子由寄《老子新解》，读之不尽卷，废卷而叹。使战国时有此书，则无商鞅、韩非；使汉初有此书，则孔、老为一；晋宋间有此书，则佛、老不为二；不意老年见此奇特。③

与苏轼类似，黄庭坚也深受佛家与道家影响。黄庭坚是江西修水人，其地禅风盛行，故受到禅宗的影响更大，已经达到登堂入室的水平。《居士

---

① 方勇：《庄学史略》，巴蜀书社，2008，第210页。
② （宋）苏辙：《栾城集》下册，曾枣庄、马德富校点，上海古籍出版社，1987，第1421～1422页。
③ 《苏轼文集》第5册，孔凡礼点校，中华书局，1986，第2072页。

传》卷二十六载：

> 初，鲁直诣晦堂禅师问道，晦堂曰："《论语》云：二三子以吾为隐乎？吾无隐乎尔。公居常如何理论？"鲁直呈解，晦堂曰："不是不是。"鲁直迷闷不已。一日侍晦堂山行时，木樨盛放，晦堂曰："闻木樨香否？"曰："闻。"晦堂曰："吾无隐乎尔。"鲁释然，即拜之。既谒死心禅师，随众入室。死心张目问曰："死心死，学士死，烧作两堆灰，向何处相见？"鲁直不能对。死心挥出。及至黔，忽明死心所问，报以书曰："往日蒙苦心提撕，长如醉梦，依稀在光影中。盖疑情不尽，命根不断，故望崖而退耳。黔南道中，昼卧醒来，忽然廓尔，寻思被天下老和尚谩了多少，惟有死心道人不肯，乃是第一慈悲也。"①

相对于苏轼，黄庭坚的佛学修养更加精深。黄庭坚《写真自赞五首》其四、其五云：

> 道是鲁直亦得，道不是鲁直亦得。是与不是且置，且道唤那个作鲁直？若要斩截一句，藏头白海头黑。
>
> 似僧有发，似俗无尘。作梦中梦，见身外身。②

在这两首赞中，黄庭坚不仅发挥了禅宗的开悟思辨，而且都把自己说成戴发修行的和尚了！但与此同时，他也接受了道教的影响。在去世前不久，他还在向曾纡讨要钟乳粉。

苏轼与黄庭坚都是"三教合流"的大力实践者，不过在儒家之外，二人对佛、道的偏重略有不同，大致来说，苏轼偏重于道教，而黄庭坚偏重于佛教。

从欧阳修到王安石再到苏轼、黄庭坚，"宋调"的几位代表诗人对"三教合流"的接受有一个不断深入的过程。这个过程，也是"三教合流"对诗歌创作影响越来越大的过程。

大体而言，"三教合流"对"宋调"主要诗人的影响可以分为两个方面，第一个是思想方面的影响。"三教合流"的影响，说白了其实主要是接受佛、道的影响，因为这些诗人原本就以儒家思想为主。儒家主张积极入

---

① （清）彭绍升：《居士传》，赵嗣沧点校，成都古籍书店，2000，第135页。
② （宋）黄庭坚著，郑永晓整理《黄庭坚全集辑校编年》下册，江西人民出版社，2011，第1380页。

世，富有进取意识，是促使知识分子参加科举并建功立业的精神动力。而佛、道二家偏于出世，是知识分子失势或遭受挫折时治疗精神创伤的良药。欧阳修致仕后更多受佛、道二教的影响，固然跟其远离了朝廷的纷争有关。王安石在蒋山的生活亦颇有隐居色彩，也离不开养之有素的方外思想。而苏轼、黄庭坚则依靠佛、道思想消解了他们被不断打击和贬谪的痛苦，使他们能够坦然面对各种风雨。有了这样的思想解脱，他们自然不屑于在诗歌中表现个人悲苦了！

第二个是对文学创作的影响。且不说道家的长生久视、神仙鬼怪与佛家的生死轮回、大千世界给文学创作增加了无穷的魅力，仅就上文所论几位诗人来说，他们不仅会将佛、道思想写进自己的诗中，而且还会使用相关的典故和术语。例如，黄庭坚在《题东坡书道术后》中曾指出道教对苏轼创作的重要影响："东坡平生好道术，闻辄行之，但不能久，又弃去。谈道之篇传世欲数百千字，皆能书其人所欲言，文章皆雄奇卓越，非人间语。"① 而他自己也是如此，其拈出的"夺胎换骨""点铁成金"等，亦当是从道家炼丹术语中脱出。

总之，士风建设也好，理学发展也好，"三教合流"也好，其共同之处都在于提升了知识分子的思想境界和道德追求，不仅强化了文学创作的思想性和议论色彩，而且从根本上扭转了此前诗人喜欢抒发个人悲愁的传统做法。

第三节 文学环境

就文学环境而言，"宋调"的建构受到了以下几个方面的制约。

一 以故为新，以俗为雅

"宋调"是对"唐音"的继承与创新。唐诗是中国诗歌发展的第一个高潮，不仅名家辈出，而且以其贴近性情和丰韵天成深受后人的喜爱，其中具有典型特征的作品风格被称为"唐音"。对于唐诗取得的辉煌成就，宋人既非常景仰，又觉得难以超越，于是转而强调在继承的基础上加以创新。

---

① （宋）黄庭坚：《题东坡书道术后》，《山谷题跋》，屠友祥校注，上海远东出版社，1999，第12页。

《后山诗话》载:"闽士有好诗者,不用陈语常谈。写投梅圣俞,答书曰:'子诗诚工,但未能以故为新,以俗为雅耳。'"① 从目前所知看,梅尧臣可能是最早谈到这个问题的。其后,苏轼在《题柳子厚诗二首》其二中说:"诗须要有为而作,用事当以故为新,以俗为雅。好奇务新,乃诗之病。柳子厚晚年诗,极似陶渊明,知诗病者也。"② 在前引黄庭坚《再次韵(杨明叔)》小引中,亦明确提出"以俗为雅,以故为新"的诗歌主张。苏轼的说法时间难以确定,但黄庭坚的说法是在黔州所发,因此很能体现他当时的诗歌认识。跟苏轼主要用来谈论"用事",也就是使用典故不同,黄庭坚谈论的范围更大,即整体的诗歌创作。

"以故为新"和"以俗为雅"的内涵是不同的。"以故为新"的实质是对文学遗产的继承和创新,其含义比较丰富。

首先,就立意和构思而言,"翻案法"是其中比较突出的一个方面。王安石《明妃曲二首》一反前人同情昭君命运的惯例,勉励她好好生活不要想家,就是使用"翻案法"比较成功的例子。这两首诗在当时就得到欧阳修等人的和答,在很大程度上也是对其能够翻出新意的肯定。王安石有不少这样的诗歌,除了前文已经引出的,这里再举两首绝句:

> 谋臣本自系安危,贱妾何能作祸基。但愿君王诛宰嚭,不愁宫里有西施。(《宰嚭》)③

> 百战疲劳壮士哀,中原一败势难回。江东子弟今虽在,肯与君王卷土来?(《乌江亭》)④

王安石在前诗中推翻了前人普遍将西施看作吴国灭亡的红颜祸水的成见,指出国家安危与一个可怜的女人没多大关系,只要朝中有宰嚭这样的佞臣在,吴王宫中如何会缺了绝色美女呢?后诗则是针对唐朝杜牧《题乌江亭》而发。杜牧诗云:

> 胜败兵家事不期,包羞忍耻是男儿。江东子弟多才俊,卷土重来未可知。⑤

---

① (宋)陈师道撰《后山诗话》,(清)何文焕撰《历代诗话》上册,中华书局,1981,第314页。
② 《苏轼文集》第5册,孔凡礼点校,中华书局,1986,第2109页。
③ 王水照主编《王安石全集》第5册,复旦大学出版社,2016,第675页。
④ 王水照主编《王安石全集》第5册,复旦大学出版社,2016,第660页。
⑤ 吴在庆撰《杜牧集系年校注》第2册,中华书局,2008,第536页。

杜牧认为，如果项羽能忍辱负重回到江东，也许尚有卷土重来的机会。王安石对杜牧的想法加以否定，认为天下厌战，且大势已定，即便项羽回到江东，江东父老也不会再给他卖命了！

王安石的这种做法对苏轼、黄庭坚也产生了一定的影响。苏轼的名作《荔枝叹》在惯常批判唐玄宗、李林甫君臣荒淫误国的基础上，生发出对当代现实问题的思考：如果朝中仅有丁谓这样的奸臣拼命讨皇帝欢心还不难理解，可是像钱惟演、蔡襄这样的忠臣也在用洛阳的"姚黄"牡丹和武夷山的"龙团"茶饼"争新买宠"，这问题就更加严重了！这首诗虽然未必可以用"翻案"来概括，但苏轼这样推陈出新的方式还是很值得称道的。正因为如此，这首诗的思想价值很高，既超越了当时新旧党争的局限，也超越了一般咏史诗借古讽今的局限。苏轼与黄庭坚都强调"以故为新"，也许主要是指用典的技巧，但也可看作从王安石"翻案诗"中受到的影响。

其次，如就诗体变化而言，则可以从两个角度理解"以故为新"。第一个角度，对于最常见的近体诗、古体诗加以改造。这个问题前文有具体的探讨，此不赘言。这里主要从第二个角度谈，即是对之前发展不充分的诗体的探索与创新。比如集句诗、柏梁体、六言诗的发展都是如此。

集句诗的最早作品是晋代傅咸的《七经诗》。但在其后很长的时间里，并没有人接力。陈师道说唐代有人作集句诗，《后山诗话》云："王荆公暮年喜为集句，唐人号为四体，黄鲁直谓正堪一笑尔。"① 不过，就现存唐五代诗歌而言，其中并没有集句诗。到了北宋前期，石延年、胡归仁以文滑稽，集句诗才重新回归，但影响不大，直到王安石大力写作，才逐渐为人所知。故宋人甚至直接将王安石认作集句诗的开创者。如沈括《梦溪笔谈》卷十四"王荆公始为集句诗"条载：

> 古人诗有"风定花犹落"之句，以为无人能对，王荆公以对"鸟鸣山更幽"。"鸟鸣山更幽"本宋王籍诗，元对"蝉噪林逾静，鸟鸣山更幽"上下句只是一意，"风定花犹落，鸟鸣山更幽"则上句乃静中有动，下句动中有静。荆公始为集句诗，多者至百韵，皆集合前人之句，语意、对偶往往亲切过于本诗，后人稍稍有效而为者。②

---

① （宋）陈师道撰《后山诗话》，（清）何文焕撰《历代诗话》上册，中华书局，1981，第306页。
② （宋）沈括：《梦溪笔谈》，金良年校点，齐鲁书社，2007，第97页。

沈括的记载代表了宋人的基本认识，甚至还有人干脆直接将集句诗称作"王荆公体"。说"荆公始为集句诗"虽然不符合事实，但集句诗确实是至王安石时才为人所重，并一步步发展起来，在后来的明、清两代实现了繁荣。徐师曾《文体明辨序说》："集句诗者，杂集古句以成诗也。自晋以来有之，至王安石尤长于此。盖必博学强识，融会贯通，如出一手，然后为工。若牵合傅会，意不相贯，则不足以语此矣。"① 而王安石之所以重视集句诗创作，其实就是为了"以故为新"。集句诗使用的都是前人的诗句，是所谓"故"，而所写的都是自己当下的事情和心情，是所谓"新"。王安石之所以重视集句诗，或者说集句诗之所以从王安石开始发展起来，主要还是投合了"宋调"建构过程中对"以故为新"的审美追求。

苏轼则大力推动了柏梁体的发展。柏梁体的历史非常悠久。西汉元封三年（前108），武帝修柏梁台，君臣联句赋诗，诗今存。自顾炎武在《日知录》中怀疑此事的真实性后，多人对其亦持怀疑态度。不过，随着研究的深入和细致，近年来越来越多的学者认为"柏梁台联句"真实可信。"柏梁台联句"的意义主要有二，一是开创了联句诗。联句诗创作在唐代达到高潮，在宋代却没有得到多少发展，此处不论。二是开创了每句七字、句末皆押韵的"柏梁体"诗歌。曹丕《燕歌行二首》都是这样的作品。柏梁体要求每句押韵，且句皆七言，缺少腾挪、变换的空间，故在三国之后也少有继作。可是随着宋代诗歌高潮的到来，苏轼给柏梁体注入了新的生机。他不仅自己写作，而且多次与人唱和，在当时掀起了一个柏梁体创作的高潮。柏梁体属于古体诗，不仅属于"故"，而且被人冷落了一千多年，苏轼却从历史中发现了它，赋予它新的生命和理想。如果没有"以故为新"的自觉追求，苏轼是很难想到去发展柏梁体的。

而黄庭坚发展六言诗也属于同样的情况。六言诗相传始自西汉谷永，但其诗不传，今存以东汉孔融《六言诗三首》为最早。不过，六言诗在宋代之前发展的程度不高。虽然唐代已经出现了六言律诗和绝句，但数量很少。胡震亨在《唐音癸签·体凡》中说："六言律诗，刘长卿集有之；及六言绝句，王维集有。"② 相对于五言诗和七言诗，六言诗的写作更加艰难，

---

① （明）徐师曾撰《文体明辨序说》，罗根泽校点，人民文学出版社，1962，第111页。
② （明）胡震亨：《唐音癸签》，上海古籍出版社，1981，第2页。

故唐人创作的数量较少。洪迈《容斋三笔》卷十五"六言诗难工"条云:"予编唐人绝句,得七言七千五百首,五言二千五百首,合为万首。而六言不满四十,信乎其难也。"① 在北宋的重要诗人中,王安石曾写作六言诗,而且水平很高,苏轼也作有六言诗,但比较而言,黄庭坚对六言诗用功最大,作品也最多,而且他有意打破原来的节奏,形成了新的特点,对惠洪和江西诗派的六言诗创作产生了直接的影响。

总之,无论是集句诗、柏梁体还是六言诗,都是古已有之但并未发展起来的诗体,王安石、苏轼、黄庭坚分别选择一种去大力拓展,也是"以故为新"的重要表现。

而"以俗为雅"则是对通俗语言和文学类别的提升和改造。这也可以分为两个层面。一是诗体的层面,指对杂体诗、民歌、吴体等方面的学习与改造。就杂体诗而言,如所谓离合体、药名诗、八音诗、宝塔体之类,虽多出现于宋前,但皆属偶尔为之的文人游戏,而北宋则出现了专门从事此类创作的诗人,如孔平仲著有《诗戏》三卷,而陈亚甚至著《药名诗》一卷。又如学习民歌如《竹枝词》"吴体"等也是"以俗为雅"的体现。如果以黄庭坚贬谪黔州时创作的"黔州诗"来考察,他使用白居易的诗歌,剪裁出一组类似于集句的绝句来,不正是"以故为新"的表现吗?他学习《竹枝词》,先后写出几组诗歌,不正是为了"以俗为雅"吗?二是语言层面,即对俗语的改造。这里亦举一例。苏轼有《薄薄酒二首(并引)》:

> 胶西先生赵明叔,家贫,好饮,不择酒而醉。常云:薄薄酒,胜茶汤;丑丑妇,胜空房。其言虽俚,而近乎达,故推而广之以补东州之乐府;既又以为未也,复自和一篇,聊以发览者之一噱云尔。
>
> 薄薄酒,胜茶汤;粗粗布,胜无裳。丑妻恶妾胜空房。五更待漏靴满霜,不如三伏日高睡足北窗凉。珠襦玉柙万人祖送归北邙,不如悬鹑百结独坐负朝阳。生前富贵,死后文章,百年瞬息万世忙。夷齐、盗跖俱亡羊,不如眼前一醉是非忧乐两都忘。
>
> 薄薄酒,饮两钟;粗粗布,著两重;美恶虽异醉暖同,丑妻恶妾寿乃公。隐居求志义之从,本不计较东华尘土北窗风。百年虽长要有终,富死未必输生穷。但恐珠玉留君容,千载不朽遭樊崇。文章自足

---

① (宋)洪迈:《容斋随笔》,上海古籍出版社,1996,第596页。

欺盲聋，谁使一朝富贵面发红。达人自达酒何功，世间是非忧乐本来空。①

据诗前小引可知，苏轼听密州人赵杲卿常说"薄薄酒，胜茶汤；丑丑妇，胜空房"几句俗语，以为"近乎达"，于是作此二首以表现自己对出处穷达的认识。许总《宋诗：以新变再造辉煌》一书在引录其一的主体部分后这样解读：

这里以安于贫寒与贬低富贵的比照，体现出不同于世俗的人生价值取向，明显可见庄子"齐物"思想的渊源与烙印，但在这里，诗人超脱的程度还停留在依赖醉中忘忧的层次。而紧接着的第二首进而云"达人自达酒何功，世间是非忧乐本来空"，固然可见佛教"色空"观念的强烈投射及其对庄子"齐物"思想未能完全扬弃，突现出"达人自达"，则大踏步地从外在的生理性跃入内在心理性层次。这种处身于艰险与忧患之中的彻底解脱，正是诗人主体意识和精神力量的确立和张扬。②

原本只是几句"近乎达"的俗语，苏轼却以其为由头抒发了"醉中忘忧"甚至"达人自达"的深邃思想，这不就是"以俗为雅"的鲜明写照吗？之后，黄庭坚作和诗二首，其小引曰："苏密州为赵明叔作《薄薄酒》二章，愤世疾邪，其言甚高。以予观赵君之言，近乎知足不辱，有马少游之余风。故代作二章，以终其意。"③ 黄庭坚的两首诗将赵杲卿的俗语进一步引申为家居生活之乐，在苏轼之后又翻出新意。又杜纯、晁端仁、李之仪亦有和作，今存李之仪《苏子瞻因胶西赵明叔赋薄薄酒杜孝锡晁尧民黄鲁直从而有作孝锡复以属予意则同也聊以广之》二首，表现的是养生的道理，与苏、黄之作又有不同。值得指出的是，南宋创作《薄薄酒》的诗人也不少，如王炎、陈造、于石、敖陶孙等人皆有作品保存到今天。

"以故为新"和"以俗为雅"虽然内涵不同，但在本质上是一致的，都是突出在继承的基础上能够加以变化和创新，集中体现了"宋调"的审美

---

① （宋）苏轼：《苏轼诗集》第3册，（清）王文诰辑注，孔凡礼点校，中华书局，1982，第687~689页。
② 许总：《宋诗：以新变再造辉煌》，广西师范大学出版社，1999，第205~206页。
③ （宋）黄庭坚著，郑永晓整理《黄庭坚全集辑校编年》上册，江西人民出版社，2011，第140页。

理想。

二 重视诗歌技巧

在"宋调"的建构过程中,宋人对诗歌技巧的重视和探讨也具有很重要的意义。大致来说,可以从这样几个方面去考察。

其一是讨论作诗的技巧和方法。通过引证佳句的方式来表达观点在中国有悠久的传统。如钟嵘《诗品序》有这样一段:

> 至于吟咏情性,亦何贵于用事?"思君如流水",即是即目。"高台多悲风",亦惟所见。"清晨登陇首",羌无故实。"明月照积雪",讵出经史。观古今胜语,多非补假,皆由直寻。①

在这段话中,钟嵘列出几个"皆由直寻"的佳句,从而否定用典的作用,其观点固有偏颇之处,然此处不拟论及,而仅关注其借用佳句表达诗歌主张的一面。

在"宋调"的建构过程中,这种做法也很常见。梅尧臣是最早参与"宋调"建构的诗人,他的诗歌观点就是通过品评前人佳句来说明的。今传其所作《续金针诗格》,内容多是讨论诗歌的写作要求,如第一条为"诗有内外意":

> 内意欲尽其理,外意欲尽其象,内外含蓄,方入诗格。诗曰:"旌旗日暖龙蛇动,宫殿风微燕雀高。""旌旗"喻号令也;"日暖"喻明时也;"龙蛇"喻君臣也。言号令当明时,君所出,臣奉行也。"宫殿"喻朝廷也;"风微"喻政教也;"燕雀"喻小人也。言朝廷政教才出,而小人向化,各得其所也。"旌旗"、"风日"、"龙蛇"、"燕雀",外意也;号令、君臣、朝廷、政教,内意也。此之谓含蓄不露。又诗:"岛屿分诸国,星河共一天。"言明君理化一统也。②

第二条为"诗有三本":

> 一曰声调则意婉,律应则格清;二曰物象明则骨健,物象暗则格弱;三曰意圆则髓满,格高则髓深。声律为窍一。诗曰:"影沉嵩岳

---

① (梁)钟嵘撰《诗品》,(清)何文焕撰《历代诗话》上册,中华书局,1981,第4页。
② (宋)梅尧臣撰《续金针诗格》,张伯伟撰《全唐五代诗格汇考》,凤凰出版社,2002,第520~521页。

短，光溢太行高。"意婉格清，莫非声调而律应也。物象为骨二。诗曰："雷霆驱号令，星斗焕文章。""雷霆"喻号令，"星斗"喻文章也。意格为髓三。诗曰："是星皆拱北，无水不朝东。""星""水"喻民，皆向明君之化也。此两句谓意圆、格高、诗髓满也。①

《续金针诗格》的水平虽然不高，但至少可以体现出梅尧臣对诗歌技巧的重视。

作为梅尧臣的好友，欧阳修则写出了中国第一本以"诗话"命名的文学评论著作——《六一诗话》。该书只有二十几则，但其中不乏评论他人诗歌的内容。如：

> 杨大年与钱、刘数公唱和，自《西昆集》出，时人争效之，诗体一变。而先生老辈患其多用故事，至于语僻难晓，殊不知自是学者之弊。如子仪《新蝉》云："风来玉宇乌先转，露下金茎鹤未知。"虽用故事，何害为佳句也。又如"峭帆横渡官桥柳，叠鼓惊飞海岸鸥"，其不用故事，又岂不佳乎？盖其雄文博学，笔力有余，故无施而不可，非如前世号诗人者，区区于风云草木之类，为许洞所困者也。②

这是对前辈诗作的评价。欧阳修虽曾是西昆派的后进，但后来已走向了与该派相反的道路。尽管如此，对于西昆派特别是其领袖杨亿、刘筠和钱惟演三人所取得的成就，欧阳修仍给予肯定，而且举出了刘筠和杨亿（后联）的佳句。欧阳修虽不主张使用典故，但并未一味反对，这也为后来者"以学问为诗"留下了方便之门。

比较而言，欧阳修对梅尧臣与苏舜钦两位诗友的评价更加细致。他不仅曾将对二人的评价写入诗中，在晚年又将其写进了《六一诗话》。且不论欧阳修对梅、苏二人的评价是否准确，单就他推崇两种几乎截然不同的风格而言，就可以看出他作为文坛宗主的宏大气度。事实上在"宋调"的建构过程中，也一直存在这样两种对立的诗风，如欧阳修与苏轼的诗风偏于平易，而王安石、黄庭坚和江西诗派的诗风则更加峭拔。

值得关注的是，欧阳修有时还会评价自己的诗作。《戏答元珍》是欧阳

---

① （宋）梅尧臣撰《续金针诗格》，张伯伟撰《全唐五代诗格汇考》，凤凰出版社，2002，第521页。
② （宋）欧阳修撰《六一诗话》，（清）何文焕撰《历代诗话》上册，中华书局，第270页。

修七律中的名作：

> 春风疑不到天涯，二月山城未见花。残雪压枝犹有橘，冻雷惊笋欲抽芽。夜闻归雁生乡思，病入新年感物华。曾是洛阳花下客，野芳虽晚不须嗟。①

这首诗作于他在夷陵贬所的第二年（1037）春天。其《笔说·峡州诗说》专门分析了前两句："'春风疑不到天涯，二月山城未见花'，若无下句，则上句何甚？既见下句，则上句颇工。文意难评，盖如此也。"② 欧阳修这话说得比较玄乎，如果使用今天的语言解读，其妙处就在于使用了倒装句式。这个句式的使用有力突出了作者的处境和心境，所以欧阳修说"既见下句，则上句颇工"。用后世的眼光看，倒装句式是鸡毛蒜皮的小道，欧阳修的自我评价有点自矜的意思。不过，在当时的文学背景中，这个发现确实是有价值的，而且受到了重视。一个突出的例子就是几年后的康定元年（1040），梅尧臣写出其近体诗中水平最高的《鲁山山行》：

> 适与野情惬，千山高复低。好峰随处改，幽径独行迷。霜落熊升树，林空鹿饮溪。人家在何许，云外一声鸡。③

其首联"适与野情惬，千山高复低"同样采用了倒装句式。考虑到欧阳修与梅尧臣之间密切的关系，不难认定《鲁山山行》首联的写法受到《戏答元珍》的影响。

王安石较少讨论诗法，但也会结合具体诗人或诗作谈论自己的一些看法。如其《哭梅圣俞》云：

> 《诗》行于世先《春秋》，《国风》变衰始《柏舟》。文辞感激多所忧，律吕尚可谐鸣球。先王泽竭士已偷，纷纷作者始可羞，其声与节急以浮。真人当天施再流，笃生梅公应时求。颂歌文武功业优，经奇纬丽散九州。众皆少锐老则不，翁独辛苦不能休，惜无采者入名道。贵人怜公青两眸，吹嘘可使高岑楼，坐令隐约不见收。空能乞钱助馈馏，疑此有物可诸幽。栖栖孔孟葬鲁邹，后始卓荦称轲丘。圣贤与命

---

① 《欧阳修全集》第2册，李逸安点校，中华书局，2001，第173页。
② 《欧阳修全集》第5册，李逸安点校，中华书局，2001，第1969页。
③ （宋）梅尧臣著，朱东润编年校注《梅尧臣集编年校注》上册，上海古籍出版社，1980，第168页。

相牴牾，势欲强达诚无由。诗人况又多穷愁，李杜亦不为公侯。公窥穷厄以身投，坎轲坐老当谁尤？吁嗟岂即非善谋，虎豹虽死皮终留。飘然载丧下阴沟，粉书轴幅悬无旒。高堂万里哀白头，东望使我商声讴。①

梅尧臣虽以诗鸣，却沉沦下僚，穷困而死。王安石对此大为不平，同时又进一步指出，古代的圣贤孔子、孟子，唐代的大诗人李白、杜甫，又何尝不是栖栖遑遑、穷愁潦倒的？其中表现的观点比较接近欧阳修的"穷而后工"说。此诗采用柏梁体的形式，句句押韵，增加了文章的古硬之气，也能更好体现出对梅尧臣赍志以殁的不平。

在宋代诗人中，黄庭坚对诗法讨论得最为精细，除了用典方面的"夺胎换骨""点铁成金"外，尚涉及许多方面。如孔平仲《谈苑》卷四载："山谷云：作诗正如杂剧，初时布置，临了须打诨，方是出场。盖是读秦少章诗，恶其终篇无所归也。"② 所论属于诗歌的章法。黄庭坚的诗法后来成了江西诗派的金科玉律，也成了"宋调"的有机组成部分。

从上面所列可以看出，北宋几位大诗人总会在不同程度和角度上对诗歌写作的技巧和得失发表自己的观点，这甚至成为时代风气。李东阳在《麓堂诗话》中说：

> 唐人不言诗法，诗法多出宋，而宋人于诗无所得。所谓法者，不过一字一句，对偶雕琢之工，而天真兴致，则未可与道。其高者失之捕风捉影，而卑者坐于黏皮带骨，至于江西诗派极矣。惟严沧浪所论超离陈俗，真若有所自得，反覆譬说，未尝有失。顾其所自为作，徒得唐人体面，而亦少超拔警策之处。予尝谓识得十分，只做得八九分，其一二分乃拘于才力，其沧浪之谓乎？若是者往往而然。③

如果从积极的方面去理解，从中可以看出谈论诗法的风气对于"宋调"产生的深刻影响。李东阳和严羽一样推崇唐诗，不喜"宋调"，自然对与之相关的诗法也加以否定了。

---

① 王水照主编《王安石全集》第5册，复旦大学出版社，2016，第264~265页。
② （宋）孔平仲撰《谈苑》，《宋元笔记小说大观》第2册，上海古籍出版社，2001，第2273页。
③ （明）李东阳撰《麓堂诗话》，丁福保辑《历代诗话续编》下册，中华书局，1983，第1371页。

其二是明确提出自己的诗学观点。北宋几位大诗人，都有着鲜明的诗学观点，从而影响到其创作，并进一步对"宋调"产生影响。

首先是梅尧臣的"意新语工"说。欧阳修《六一诗话》载：

> 圣俞尝语余曰："诗家虽率意，而造语亦难。若意新语工，得前人所未道者，斯为善也。必能状难写之景，如在目前，含不尽之意，见于言外，然后为至矣。贾岛云：'竹笼拾山果，瓦瓶担石泉。'姚合云：'马随山鹿放，鸡逐野禽栖。'等是山邑荒僻，官况萧条，不如'县古槐根出，官清马骨高'为工也。"余曰："语之工者固如是。状难写之景，含不尽之意，何诗为然？"圣俞曰："作者得于心，览者会以意，殆难指陈以言也。虽然，亦可略道其仿佛：若严维'柳塘春水漫，花坞夕阳迟'，则天容时态，融和骀荡，岂不如在目前乎？又若温庭筠'鸡声茅店月，人迹板桥霜'，贾岛'怪禽啼旷野，落日恐行人'，则道路辛苦，羁愁旅思，岂不见于言外乎？"①

从梅尧臣所举佳句全为对仗的写景佳句来看，他所谓"意新语工"，不仅本身包括了对于之前西昆体堆砌典故的否定，而且要求用平淡的语言表现出"难写之景"和"不尽之意"。

其次是欧阳修的"穷而后工"说。在《梅圣俞诗集序》中，欧阳修说：

> 予闻世谓诗人少达而多穷，夫岂然哉？盖世所传诗者，多出于古穷人之辞也。凡士之蕴其所有而不得施于世者，多喜自放于山巅水涯。外见虫鱼草木风云鸟兽之状类，往往探其奇怪。内有忧思感愤之郁积，其兴于怨刺，以道羁臣、寡妇之所叹，而写人情之难言，盖愈穷则愈工。然则非诗之能穷人，殆穷者而后工也。②

欧阳修的"穷而后工"说是宋代重要的诗学观点之一，其上承司马迁的"发愤著书说"和韩愈的"不平辄鸣说"，而又有所发展，深刻揭示了"非诗之能穷人，殆穷者而后工也"的道理。那么，诗歌之"工"所指为何呢？与此相联系，欧阳修在《六一诗话》中还借称赞韩愈鲜明地表达出对"工于用韵"的重视（已见前引）。坦率地说，欧阳修自己的诗歌在

---

① （宋）欧阳修撰《六一诗话》，（清）何文焕撰《历代诗话》上册，中华书局，第267页。
② 《欧阳修全集》第2册，李逸安点校，中华书局，2001，第612页。

"工于用韵"方面并不突出，但是他这个观点的提出，对于后来王安石、苏轼和黄庭坚写作险韵诗，甚至反复次韵唱和，以及对于"宋调"总体上偏于刚健风貌的形成，都有一定的启发和影响。如《岁寒堂诗话》卷上云："苏黄用事押韵之工，至矣尽矣，然究其实，乃诗人中一害，使后生只知用事押韵之为诗，而不知咏物之为工，言志之为本也，风雅至此扫地矣。"①

以画论诗是苏轼诗歌理论中最精彩的部分。不过，其理论形成也有一个渐进的过程。在《书吴道子画后》，苏轼说：

> 知者创物，能者述焉，非一人而成也。君子之于学，百工之于技，自三代历汉至唐而备矣。故诗至于杜子美，文至于韩退之，书至于颜鲁公，画至于吴道子，而古今之变，天下之能事毕矣。道子画人物，如以灯取影，逆来顺往，旁见侧出，横斜平直，各相乘除，得自然之数，不差毫末，出新意于法度之中，寄妙理于豪放之外，所谓游刃余地，运斤成风，盖古今一人而已。余于他画，或不能必其主名，至于道子，望而知其真伪也。然世罕有真者，如史全叔所藏，平生盖一二见而已。元丰八年十一月七日书。②

在这里，苏轼尚没有直接将绘画理论引入诗歌理论。他首先将"诗至于杜子美，文至于韩退之，书至于颜鲁公，画至于吴道子"作为技艺的顶峰。这种排列有诗人，有画家，算是开始找到诗与画之间的关联，其所谓"出新意于法度之中，寄妙理于豪放之外"的评价，也许放在诗歌中更为恰当。再看其《书摩诘蓝田烟雨图》：

> 味摩诘之诗，诗中有画。观摩诘之画，画中有诗。诗曰："蓝溪白石出，玉川红叶稀。山路元无雨，空翠湿人衣。"此摩诘之诗，或曰非也。好事者以补摩诘之遗。③

此文写作时间不详，但结合王维的作品，已明确指出其诗与其画之间的内在关联，即所谓"诗中有画"与"画中有诗"。其实，"诗中有画"未

---

① （宋）张戒撰《岁寒堂诗话》，丁福保辑《历代诗话续编》上册，中华书局，1983，第452页。
② 《苏轼文集》第5册，孔凡礼点校，中华书局，1986，第2210~2221页。
③ 《苏轼文集》第5册，孔凡礼点校，中华书局，1986，第2209页。

必是诗的最精妙之处，而"画中有诗"亦是中国古典绘画的传统追求，但苏轼这样将二者联系起来，已经明显带有以画论诗的特色了。再看其作于元祐二年的《书鄢陵王主簿所画折枝二首》：

> 论画以形似，见与儿童邻。赋诗必此诗，定非知诗人。诗画本一律，天工与清新。边鸾雀写生，赵昌花传神。何如此两幅，疏淡含精匀。谁言一点红，解寄无边春。
> 瘦竹如幽人，幽花如处女。低昂枝上雀，摇荡花间雨。双翎决将起，众叶纷自举。可怜采花蜂，清蜜寄两股。若人富天巧，春色入毫楮。悬知君能诗，寄声求妙语。①

在其一中，苏轼不仅以画论诗，而且进一步提出了"赋诗必此诗，定非知诗人"即前文已经论及的"遗貌取神"问题。在其二中，苏轼从画家绘画中流露出来的"天巧"，也就是有"神"，推断他一定善于作诗，所以邀请他作诗。

在苏轼看来，"遗貌取神"并非不写外形，而是不进行精雕细刻，仅用三言两语写出其富有个性的神采。苏轼在《评诗人写物》中说：

> 诗人有写物之功。"桑之未落，其叶沃若。"他木殆不可以当此。林逋《梅花》诗云："疏影横斜水清浅，暗香浮动月黄昏。"决非桃、李诗。皮日休《白莲》诗云："无情有恨何人见，月晓风清欲堕时。"决非红莲诗。此写物之功。若石曼卿《红梅》诗云："认桃无绿叶，辨杏有青枝。"此至陋语，盖村学中体也。元祐三年十二月六日，书付过。②

苏轼之所以鄙视石延年的"认桃无绿叶，辨杏有青枝"两句，就是因为其仅得红梅的皮相而未能及其内在精神。"遗貌取神"对其后诗歌影响甚为深刻，除了形成独特的"白战体"之外，所谓"皮毛落尽，筋骨独存"的"宋调"特征，从某种程度上也可以从这里找到根源。

黄庭坚对诗歌理论探讨得更加细腻和丰富，前文所论已多，如关于内容方面的"吟咏性情"，又如关于用典方面的"夺胎换骨"与"点铁成

---

① 《苏轼诗集》第5册，（清）王文诰辑注，孔凡礼点校，中华书局，1982，第1525~1526页。
② 《苏轼文集》第5册，孔凡礼点校，中华书局，1986，第2143页。

金",此处就不再论及了。

这些重要诗人不仅提出诸多带有创新意义的诗歌理论,而且将其运用到自己的创作实践中,并进一步影响他人的创作,最终从不同的侧面影响到"宋调"特征的形成。

其三是树立崇高的诗歌典范。为了推动"宋调"的建构,宋人还从前代众多诗人中选择了陶渊明与杜甫作为公认的典范,使此二人在北宋完成了经典化的过程。

杜甫虽然生前诗名不彰,但在身后产生了很大影响,有力推动了中、晚唐诗歌的发展。可是到了北宋前期,先后盛行的"宋初三体"诗人大都不喜杜诗。其中只有两个例外情况,一是白体诗人王禹偁因为沉沦下僚,没有条件像白居易那样唱和闲适诗,于是转而学习其乐府诗,并由其上溯到杜甫,成为宋代第一个学杜的诗人。不过,在王禹偁之后,并未有人继承。二是受西昆派重视使用典故的影响,可能都属于西昆后进的王洙、王琪先后整理了杜甫诗集。不过,就其总体情况而言,杜甫不仅在当时不受重视,即便在"宋调"出现后,情况也没有多大变化,欧阳修不喜欢杜诗,他的两位诗友梅尧臣和苏舜钦也未对杜甫表现出特别的热情。

将杜甫塑造成诗歌典范的最关键人物是王安石。他曾编纂《老杜诗后集》,在序中对杜甫推崇备至:

> 予考古之诗,尤爱杜甫氏作者。其辞所从出,一莫知穷极,而病未能学也。世所传已多,计尚有遗落,思得其完而观之。然每一篇出,自然人知非人之所能为,而为之者,惟其甫也,辄能辨之。
>
> 予之令鄞,客有授予古之诗世所不传者二百余篇,观之,予知非人之所能为,而为之实甫者,其文与意之著也。然甫之诗其完见于今者,自予得之。世之学者,至乎甫而后为诗,不能至,要之不知诗焉尔。呜呼!诗其难惟有甫哉!自《洗兵马》下,序而次之,以示知甫者,且用自发焉。
>
> 皇祐壬辰五月日,临川王某。①

他编《四家诗选》,仅选杜甫、欧阳修、韩愈、李白四人诗,而以杜甫为首。《苕溪渔隐丛话》前集卷六在谈到这个问题时引用了《遯斋闲览》中的记述:

---

① 王水照主编《王安石全集》第7册,复旦大学出版社,2016,第1483页。

或问王荆公云："编四家诗，以杜甫为第一，李白为第四，岂白之才格词致不逮甫也？"公曰："白之歌诗，豪放飘逸，人固莫及；然其格止于此而已，不知变也。至于甫，则悲欢穷泰，发敛抑扬，疾徐纵横，无施不可。故其诗有平淡简易者，有绮丽精确者，有严重威武若三军之帅者，有奋迅驰骤若泛驾之马者，有淡泊闲静若山谷隐士者，有风流酝藉若贵介公子者。盖其诗绪密而思深，观者苟不能臻其阃奥，未易识其妙处，夫岂浅近者所能窥哉？此甫所以光掩前人，而后来无继也。元稹以谓兼人所独专，斯言信矣。"①

在这段话中，王安石明确表达出李白不如杜甫的观点，并将杜甫树立为"光掩前人，而后来无继"的伟大诗人。不仅如此，王安石还曾作《杜甫画像》一诗（已见前引），以"宁令吾庐独破受冻死，不忍四海赤子寒飕飕"来概括杜甫的精神，可谓深得其髓。

在宋代大诗人中，王安石是第一个大力标榜杜甫的，后经过苏轼、黄庭坚等人的继续努力，终于使杜诗经典化，杜甫也从此成为后人心目中永远的"诗圣"。在这个过程中，王安石的作用是至关重要的。

宋人重视陶诗始于梅尧臣和欧阳修。梅诗的平淡风格，有得力于陶渊明之处。比较而言，欧阳修对陶渊明的推崇影响更大。欧阳修非常仰慕陶渊明的人品，在《偶书》一诗中曾感叹："吾见陶靖节，爱酒又爱闲。二者人所欲，不问愚与贤。奈何古今人，遂此乐尤难？饮酒或时有，得闲何鲜焉。"② 不仅如此，欧阳修还对陶渊明的诗文推崇备至。苏轼《跋退之送李愿序》载："欧阳文忠公尝谓晋无文章，惟陶渊明《归去来》一篇而已。"③ 之后王安石继续接力。他曾作《岁晚怀古》：

> 先生岁晚事田园，鲁叟遗书废讨论。问讯桑麻怜已长，按行松菊喜犹存。农人调笑追寻壑，稚子欢呼出候门。遥谢载醪袪惑者，吾今欲辩已忘言。④

此诗的八个诗句竟然全由陶渊明诗句点化而成，颇令人惊异。《诗林广

---

① （宋）胡仔纂集《苕溪渔隐丛话》前集，廖德明校点，人民文学出版社，1962，第37页。
② 《欧阳修全集》第3册，李逸安点校，中华书局，2001，第766页。
③ 《苏轼文集》第5册，孔凡礼点校，中华书局，1986，第2057页。
④ 王水照主编《王安石全集》第5册，复旦大学出版社，2016，第386页。

记》卷一在陶渊明《饮酒（结庐在人境）》后附录了王安石的这首诗，诗后引《遯斋闲览》云：

> 王荆公在金陵作诗，多用渊明诗中事，至有四韵诗全使渊明诗者。且言其诗有奇绝不可及之语，如"结庐在人境，而无车马喧。问君何能尔，心远地自偏"，由诗人以来，无此句也。然则渊明趋向不群，词彩精拔，晋、宋之间，一人而矣。①

比较而言，对陶诗经典化贡献最大的应该是苏轼。他最喜欢陶诗，他不仅曾将《归去来兮辞》檃栝为《哨遍》，而且在贬谪惠州后"遍和渊明诗"，在当时社会上掀起了一个和陶诗创作的小高潮。据苏辙《子瞻和陶渊明诗集引》中所载，苏轼曾在来信中说：

> 吾于诗人无所甚好，独好陶渊明之诗。渊明作诗不多，然其诗质而实绮，癯而实腴，自曹、刘、鲍、谢、李、杜诸人，皆莫及也。吾前后和其诗凡百数十篇，至其得意，自谓不甚愧渊明。今将集而并录之，以遗后之君子，子为我志之。然吾于渊明，岂独好其诗也哉？如其为人，实有感焉。②

黄庭坚亦赞同苏轼的观点。从此以后，陶诗与杜诗一起成了永远的经典。

从表面看，陶渊明与杜甫在北宋成为两个典范有点令人奇怪，毕竟二人差异太大。就生活态度而论，陶厌弃官场，归隐田园；杜忧国忧民，鞠躬尽瘁。就诗歌特征而言，杜注重技巧，法度森严；陶无意为文，自写其心。可是透过这个表面现象，就会发现这种选择非常高明："宋调"重视诗歌的技术层面，以杜甫为宗很容易理解，可是，苏轼、黄庭坚这些大诗人也明白，最高的技巧是没有技巧。相对于杜诗，陶诗那种不假雕饰的天然更加难以企及，也正好可以矫正过分注重技巧的弊病。苏轼、黄庭坚晚年的诗歌皆不同程度地向陶诗靠拢，正是出于这方面的原因。

---

① （宋）蔡正孙撰《诗林广记》，常振国、降云点校，中华书局，1982，第4页。
② （宋）苏辙：《栾城集》下册，曾枣庄、马德富校点，上海古籍出版社，1987，第1402页。

三　诗歌发展之内在动力

除了前面分析的社会背景和文化环境，"宋调"的建构归根结底还是落到诗歌自身的发展规律和大诗人身上。有的学者反对使用"规律"来描述文学的发展，固然有其合理性，毕竟由无数作家创作出来的作品是丰富多彩的，没有也不可能整齐划一。这是问题的一个方面。另一方面，不论多么丰富多彩的作品面貌，总会有一个或几个大致集中的倾向或者趋势，从而能够体现出一个时代的基本风貌。其中个别大作家尤其能够起到引领风骚、改变文风的作用。就"宋调"的形成过程而言，除了众多诗人的积极创作外，主要还是欧阳修、王安石、苏轼、黄庭坚等少数大诗人掌控着诗坛的局势，一次次引领了诗歌的发展。如果从表达和理解的难易程度看，"宋调"的建构就是一个化深为浅，又由浅入深的反复过程。

其一，梅尧臣、欧阳修开创"宋调"将诗歌引向浅易。在梅、欧之前，在诗坛盛行几十年的是西昆体，而其被指责主要是堆砌典故太多，导致诗句难以理解，甚至遭到优人的讥讽。刘攽《中山诗话》载：

> 祥符、天禧中，杨大年、钱文僖、晏元献、刘子仪以文章立朝，为诗皆宗尚李义山，号"西昆体"，后进多窃义山语句。赐宴，优人有为义山者，衣服败敝，告人曰："吾为诸馆职挦扯至此。"闻者欢笑。①

有鉴于此，梅尧臣、欧阳修革新诗风实际上也就是让诗歌回到更加平易的正常轨道上来。为此，他们主要做了两方面的工作。一是有意使用古体诗。西昆诗人专攻近体诗，写作古体诗的情况较少，正因为如此，其喜欢堆砌典故的风气也就未对古体诗产生什么影响。梅、欧主攻古体诗，也就相当于另起炉灶，易于体现自己的平易主张。二是在近体诗中有意不用典故。前文已举出欧阳修的《戏答元珍》和梅尧臣的《鲁山山行》，是二人近体诗的代表作。这两首诗都没有使用一个明显的典故，反映出他们有意排斥典故的倾向。与这两首诗近似的还有他们的诗友苏舜钦的代表作《淮中晚泊犊头》："春阴垂野草青青，时有幽花一树明。晚泊孤舟古祠下，满川风雨看潮生。"② 这里同样没有使用明显的典故。通过这样两方面的努力，当时的诗风逐渐走向了平易。

---

① （宋）刘攽撰《中山诗话》，（清）何文焕撰《历代诗话》上册，中华书局，第287页。
② （宋）苏舜钦：《苏舜钦集》，沈文倬校点，上海古籍出版社，1981，第74页。

欧阳修自己的诗风以平易著称。叶梦得《石林诗话》卷上云："欧阳文忠公诗始矫'昆体',专以气格为主,故其诗多平易疏畅,律诗意所到处,虽语有不伦,亦不复问。而学之者往往遂失于快直,倾囷倒廪,无复余地。"① 梅尧臣的诗风素称平淡,其中自然也含有平易的意思。苏舜钦的诗被欧阳修称为"笔力豪隽",也就是表达酣畅自如,大气磅礴,其中同样含有平易的意思。不过,对于这种平易他们也保持了警惕的态度,故他们才去探讨新的技巧,尤其是强调用朴素的语言表现出深婉的意境。上面所论梅、苏、欧三首近体诗都具有"意新语工"也就是"状难写之景如在目前,含不尽之意见于言外"的特色。可惜的是他们诗集中能够达到这个水平的作品实在太少了。欧阳修晚年在《六一诗话》中称赞梅尧臣"近诗尤古硬"并强调学习韩愈诗歌的"工于用韵",在某种程度上也是为了自救,避免诗歌滑向"白体"的浅俗陷阱。《六一诗话》中又有这样的记载:

圣俞尝云:"诗句义理虽通,语涉浅俗而可笑者,亦其病也。如有《赠渔父》一联云:'眼前不见市朝事,耳畔惟闻风水声。'说者云:'患肝肾风。'又有《咏诗者》云:'尽日觅不得,有时还自来。'本谓诗之好句难得耳,而说者云:'此是人家失却猫儿诗。'人皆以为笑也。"②

虽然三人的诗歌风格并不一致,但相对于之前西昆体的用典深僻,他们都走向了浅易,尤其是欧阳修的诗歌,其最基本的特色就是平易。

其二,王安石将"宋调"引向深警。求新求变是"宋调"得以形成的内在动力,这在大诗人身上表现得更加突出。在梅、欧、苏之后,王安石对诗歌的改造力度也很大。主要有三个方面。

一是将题材引向更深入的政治问题。在宋代诗人中,用诗歌反映现实甚至批判现实并非始于王安石,而是始于之前的梅尧臣、苏舜钦和欧阳修,但是他们反映的多是表面的现象和问题,王安石则不同,除了反映民生外,他进一步分析了深层次的社会问题,在诗中反映出自己的"变法"思想。前文对此已有较多的阐述,此处仅举其《河北民》为例:

---

① (宋)叶梦得撰《石林诗话》,(清)何文焕撰《历代诗话》上册,中华书局,1981,第407页。
② (宋)欧阳修撰《六一诗话》,(清)何文焕撰《历代诗话》上册,中华书局,1981,第268页。

> 河北民,生近二边长苦辛。家家养子学耕织,输与官家事夷狄。今年大旱千里赤,州县仍催给河役。老小相携来就南,南人丰年自无食。悲愁白日天地昏,路旁过者无颜色。汝生不及贞观中,斗粟数钱无兵戎。①

此诗的新意并不在于表现"河北民"遭受的苦难,也不是为了批判某位君主或执政者,而在于否定年年以"岁币"输送给辽与西夏因而被批评为"买静求安"的外交方略,认为其已经严重伤害了经济的正常发展。在诗歌的结尾,王安石以唐代贞观天下大治与其所处时代对比,进一步强化了主题。这样的诗歌在王安石笔下很多,其与政治之间的关系较之之前梅、欧、苏等人的诗歌显然更加深入和密切,已经成为当今学者所说的"政治诗"了。

二是将诗风引向峭拔。王安石前期的诗歌以奇崛峭拔著称。前引敖陶孙《诗评》称"荆公如邓艾缒兵入蜀,要以险绝为功"。方东树《昭昧詹言》卷十二云:

> 荆公健拔奇气胜六一,而深韵不及,两人分得韩一体也。荆公才较爽健,而情韵幽深,不逮欧公。二公皆从韩出,而雄奇排戛皆逊之。可见二公虽各用力于韩,而随才之成就,只得如此。②

撇开关于学韩方面的分析,方东树指出了"荆公健拔奇气胜六一"的特征,这其实是由诗歌发展的内在规律决定的。就其外在表现而言,王安石诗风峭拔,似乎主要是受其性格影响。他年轻时作《与舍弟华藏院此君亭咏竹》:

> 一径森然四座凉,残阴余韵去何长?人怜直节生来瘦,自许高材老更刚。曾与蒿藜同雨露,终随松柏到冰霜。烦君惜取根株在,欲乞伶伦学凤凰。③

古今学者皆认为,此诗颇能反映王安石奇崛诗风与其性格的关系。《苕溪渔隐丛话》前集卷三十四引曾慥《高斋诗话》载:

---

① 王水照主编《王安石全集》第7册,复旦大学出版社,2016,第1734页。
② (清)方东树:《昭昧詹言》,汪绍楹校点,人民文学出版社,1961,第285页。
③ 王水照主编《王安石全集》第5册,复旦大学出版社,2016,第466~467页。

荆公《题金陵此君亭诗》云:"谁怜直节生来瘦,自许高材老更刚。"宾客每对公称颂此句,公辄颦蹙不乐。晚年与平甫坐亭上,视诗碑曰:"少时作此题榜,一传不可追改。大抵少年题诗,可以为戒。"平甫曰:"此扬子云所以悔其少作也。"①

王安石晚年颇为自悔,大概也是因为此诗过于峭拔,跟其少年时张扬的个性关系过于密切。今人亦持相同的看法。如郑振铎在《中国文学简史》中介绍王安石的时候说:

他是一位大政治家,力行新法,颇为守旧者所嫉视。他的诗才殊高,所作皆以险绝为工,多未经人道语。他有《题金陵此君亭诗》云:"谁怜直节生来瘦,自许高才老更刚。"正是他的自赞。②

而张毅在《唐宋诗词审美》中又进一步发挥说:

所谓"奇崛",以雄劲刚健为特征,是王安石早年追求的一种艺术境界,与其坚强刚毅、果敢有为的"拗相公"本色有关,但进入老境后,却试奇崛为平常了。其《题金陵此君亭诗》云:"谁怜直节生来瘦,自许高才老更刚。"这正是他的自赞。③

王安石奇崛峭拔诗风的形成,固然可以从其性格上找到原因,但换一个角度看,这种诗风是对梅、苏、欧等人诗风偏于平易的反拨,也是对欧阳修晚年赞赏的"古硬"诗风的发展。

三是通过用典和咏史增加诗歌的内涵。王安石不仅将被梅、欧等人排斥的典故重新请回诗歌中,用典手法较之前的西昆体也更加高明。前文已引出王安石一首律诗八句皆用陶渊明诗句的例子,这种情况是前所未有的,尤能见出他对用典的重视。一方面,王安石强调将用典与对仗结合,甚至要求"汉人语"与"汉人语"相对,"梵语"与"梵语"相对,大大增加了使用的难度。另一方面,王安石在用典的同时又竭力泯灭其表面痕迹,将典故的表面意思与他要表现的意思直接融合在一起。在王安石晚年创作的"半山体"小诗中,这两方面的特征都很突出,最终形成了其精工自然

---

① (宋)胡仔纂集《苕溪渔隐丛话》前集,廖德明校点,人民文学出版社,1962,第229页。
② 郑振铎:《中国文学简史》,台海出版社,2018,第319页。
③ 张毅:《唐宋诗词审美》,南开大学出版社,2013,第162页。

的独特风格。

与用典类似，王安石喜欢咏史，不论是否"翻案"，他都善于将历史与现实结合起来，从而突出其政治意义。刘成国在《论王安石咏史诗的艺术特色和政治内涵》一文中说，咏史诗是"王安石在政治风浪中特立独行、不屈不挠地坚持新法、反驳政敌的号角，也是他在逆境中传达幽曲、表明心迹的自白"，是"借古人古事阐述自己的政治主张，以咏史为政论，反驳守旧派对新法的攻击、责难"。① 用典也好，咏史也好，都是在表达自己想法的同时又符合了典故或历史所具有的另一层含义，或者说是借典故或历史使得自己的想法表达得更加深婉或者深刻。

通过这样几种途径，王安石将诗歌引向了深警之路，走向了梅、苏、欧等人的反面。方东树《昭昧詹言》卷十二云：

> 向谓欧公思深，今读半山，其思深妙，更过于欧。学诗不从此入，皆粗才浮气俗子也。用意深，用笔布置逆顺深。章法疏密，伸缩裁剪。有阔达之境，眼孔心胸大，不迫猝浅陋易尽。如此乃为作家，而用字取材，造句可法。半山有才而不深，欧公深而才短。②

如果我们忽略最后关于才深才短的评价，专就前面关于"思深"的论断，则可以更加清楚地看出王安石"其思深妙，更过于欧"是对之前欧阳修平易诗风的重要变化，而他的这种追求又为后来苏轼改革诗风树立了新的靶子。

其三，苏轼再次转向"自然成文"。苏轼的诗不能说没有艰深的一面，如喜欢次韵、有意使用某姓典故等，但总体来说，其诗风偏于雄放恣肆。为了实现这样的目的，苏轼至少在以下几个方面付出了努力。

一是有意提倡自然文风。苏轼之父苏洵已提倡自然文风，在《仲兄字文甫说》中说：

> 且兄尝见夫水之与风乎？油然而行，渊然而留，渟洄汪洋，满而上浮者，是水也，而风实起之。蓬蓬然而发乎太空，不终日而行乎四方，荡乎其无形，飘乎其远来，既往而不知其迹之所存者，是风也，而水实形之。今夫风水之相遭乎大泽之陂也，纡余委蛇，蜿蜒沦涟，

---

① 刘成国：《论王安石咏史诗的艺术特色和政治内涵》，《变革中的文人与文学——王安石的生平与创作考论》，浙江大学出版社，2011，第84页。
② （清）方东树：《昭昧詹言》，汪绍楹校点，人民文学出版社，1961，第284页。

安而相推，怒而相凌，舒而如云，蹙而如鳞，疾而如驰，徐而如徊，揖让旋辟，相顾而不前，其繁如縠，其乱如雾，纷纭郁扰，百里若一，汩乎顺流，至乎沧海之滨，磅礴汹涌，号怒相轧，交横绸缪，放乎空虚，掉乎无垠，横流逆折，溃旋倾侧，宛转胶戾，回者如轮，萦者如带，直者如燧，奔者如焰，跳者如鹭，跃者如鲤，殊状异态，而风水之极观备矣！故曰："风行水上涣。"此亦天下之至文也。①

以苏轼的《自评文》来对比，可以明显地看出其中的继承关系：

> 吾文如万斛泉源，不择地皆可出，在平地滔滔汩汩，虽一日千里无难。及其与山石曲折，随物赋形，而不可知也。所可知者，常行于所当行，常止于不可不止，如是而已矣。其他虽吾亦不能知也。②

在《与谢民师推官书》中，苏轼又说：

> 所示书教及诗赋杂文，观之熟矣。大略如行云流水，初无定质，但常行于所当行，常止于所不可不止，文理自然，姿态横生。孔子曰："言之不文，行而不远。"又曰："辞达而已矣。"夫言止于达意，即疑若不文，是大不然。求物之妙，如系风捕影，能使是物了然于心者，盖千万人而不一遇也。而况能使了然于口与手者乎？是之谓辞达。辞至于能达，则文不可胜用矣。扬雄好为艰深之词，以文浅易之说，若正言之，则人人知之矣。此正所谓雕虫篆刻者，其《太玄》《法言》，皆是类也。而独悔于赋，何哉？终身雕虫，而独变其音节，便谓之经，可乎？屈原作《离骚经》，盖风雅之再变者，虽与日月争光可也。可以其似赋而谓之雕虫乎？使贾谊见孔子，升堂有余矣，而乃以赋鄙之，至与司马相如同科！雄之陋，如此比者甚众。可与知者道，难与俗人言也。因论文偶及之耳。欧阳文忠公言文章如精金美玉，市有定价，非人所能以口舌定贵贱也。纷纷多言，岂能有益于左右。③

二是借近体诗之流畅改造古体诗。苏轼主张自然为文，落实在诗体改造上，就是借用近体诗自然流畅的优势，将古体诗改造成可以酣畅淋漓地

---

① （宋）苏洵：《仲兄字文甫说》，曾枣庄、金成礼笺注《嘉祐集笺注》，上海古籍出版社，1993，第412页。
② 《苏轼文集》第5册，孔凡礼点校，中华书局，1986，第2069页。
③ 《苏轼文集》第4册，孔凡礼点校，中华书局，1986，第1418~1419页。

表现自己观感的文体。在苏轼之前，王安石以本色作诗，不但古体诗奇崛峭拔，连近体诗也深受影响。对此问题，苏轼虽未曾明言自己的态度，但他通过自己的行动表达了出来。他一方面改造近体诗，让其在写景时更加富有表现力，更能体现出自然景色的神采和变化；另一方面又将这种意图贯彻到古体诗写作之中，使得其古体诗也具有了行云流水的风格。这种风格是对王安石奇崛峭拔之风格的明显反驳，而与欧阳修的诗风更加接近。

三是用典力求浅近。苏轼同样工于用典，但他不像王安石那样过分重视技巧，而是追求贴切恰当，并时时营造出奇妙的趣味。这里再举其写于熙宁五年（1072）杭州通判任内的《山村五绝》其三：

老翁七十自腰镰，惭愧春山笋蕨甜。岂是闻韶解忘味，迩来三月食无盐。①

苏轼用孔子"在齐闻《韶》，三月不知肉味"的典故写杭州山区的老人无钱买盐，是对王安石变法的辛辣讽刺。使用的典故很浅显，但表达出来的含义却妙趣横生，令人忍俊不禁，也令"新党"颇为尴尬，所以其所在的组诗也成了"乌台诗案"中苏轼的罪证之一。

总之，自然为文不仅是苏轼的基本主张，也是他的主流诗风。这既可看作对王安石诗风的反拨，也可看作对欧阳修诗风的回归。这当然是苏轼追求的新变特征，但文学发展的"否定之否定"规律在其背后所起的作用亦不容低估。

其四，黄庭坚追求瘦硬生新是对苏轼的否定。既然苏轼追求自然，喜欢标新立异的黄庭坚就朝着"不自然"的方向去努力。其做法主要有几个方面。

一、有意打破诗句正常的节奏。黄庭坚不论在五言诗还是七言诗中，都喜欢打破正常的节奏，以便形成异乎寻常的生新效果。他自己最得意的《题竹石牧牛》中"石吾甚爱之，勿遣牛砺角。牛砺角犹可，牛斗残我竹"几句，最突出的句式特点就是节奏感的拗峭恣肆。不过，比较而言，他的六言诗中这样打破常见节奏的情况更为多见，以至成为其明显特色。《能改斋漫录》卷八载：

蔡絛《西清诗话》云："黄鲁直贬宜州，谓其兄元明曰：'庭坚笔

---

① 《苏轼诗集》第2册，（清）王文诰辑注，孔凡礼点校，中华书局，1982，第438~439页。

老矣，始悟抉章摘句为难。要当于古人不到处留意，乃能声出众上。'元明问其然，曰：'庭坚六言近诗，醉乡闲处日月，鸟语花间管弦是也。'此优入诗家藩闱，宜其名世如此。"以上皆蔡语。余案：此说出于鲁直，是否虽未敢必，然上句本于唐皇甫松"醉乡日月"发之，下句本于唐崔湜《应制诗》："庭际花飞锦绣合，枝间鸟啭管弦同。"①

如蔡絛所记实有，则可以突出黄庭坚对于六言诗的重视。需要指出的是，黄庭坚六言诗打破节奏的做法，实亦受到王安石的影响。《苕溪渔隐丛话》前集卷三十四引《高斋诗话》云：

> 舒州三祖山金牛洞山水闻于天下，荆公尝题诗云："水泠泠而北去，山靡靡以旁围。欲穷源而不得，竟怅望以空归。"后人凿山刊木，寖失山水之胜，非公题诗时比也。鲁直效公题六言云："司命无心播物，祖师有记传衣。白云横而不度，高鸟倦而犹飞。"识者云："语虽奇，亦不及荆公之自然也。"②

仅从节奏的角度看，王诗每句都打破了正常的节奏，句式散文化的气息很浓。黄诗"白云横而不度，高鸟倦而犹飞"的节奏，很显然是被王安石带动起来的。只是王安石六言诗数量较少，这种打破节奏的情况更加少见，于是这个领域就由黄庭坚大力开拓了。

二、以古体诗改造近体诗。在古体诗与近体诗的融合方面，黄庭坚选择了与苏轼相反的道路。与苏轼一样，黄庭坚对古体诗与近体诗之间的差别非常清楚。正因为清楚，他才会主动使用古体诗的特点去改造近体诗。打破节奏的情况，不仅经常出现在他的六言绝句中，也会出现在他的七律中。如前文已经引出的《次韵柳通叟寄王文通》中的"心犹未死杯中物，春不能朱镜里颜"一联，就是非常出名的例子。与此同时，他还在近体诗中大量写作拗句，有意识地使用古体诗特有的三仄调甚至三平调。在其《题落星寺四首》中，这样的例子很多。在语言方面，黄庭坚追求意思奇特而字面峭拔，亦有意破坏了近体诗自然流畅的个性。黄庭坚之所以去改造近体诗，固然体现了他个人的审美追求，同时也跟他追求自成一家，有意

---

① （宋）吴曾撰《能改斋漫录》，上海师范大学古籍整理研究所编《全宋笔记·第五编》第3册，大象出版社，2012，第226页。

② （宋）胡仔纂集《苕溪渔隐丛话》前集，廖德明校点，人民文学出版社，1962，第230~231页。

在苏轼外别树一帜有关。黄庭坚在《以右军书数种赠丘十四（元丰三年太和作）》中说："随人作计终后人，自成一家始逼真。"① 在当时诗书相通的语境下，这不仅是他的书法追求，也是他的诗歌追求。黄庭坚的书法风格也与苏轼相反。曾敏行《独醒杂志》卷三载：

> 东坡尝与山谷论书，东坡曰："鲁直近字虽清劲，而笔势有时太瘦，几如树梢挂蛇。"山谷曰："公之字固不敢轻议，然间觉褊浅，亦甚似石压虾蟆。"二公大笑，以为深中其病。②

再回头看其诗歌，黄庭坚以古体诗改造近体诗从而人为制造出生涩和压抑的效果，同样也是故意反苏轼之道而行之。

三、用典更密集、更深奥。即便是用典，黄庭坚也明显表现出与苏轼的不同。清人赵翼曾经在《瓯北诗话》卷十一对二人用典之不同做过比较：

> 北宋诗推苏、黄两家，盖才力雄厚，书卷繁富，实旗鼓相当；然其间亦自有优劣。东坡随物赋形，信笔挥洒，不拘一格，故虽澜翻不穷，而不见有矜心作意之处。山谷则专以拗峭避俗，不肯作一寻常语，而无从容游泳之趣。且坡使事处，随其意之所之，自有书卷供其驱驾，故无掭撦痕迹。山谷则书卷比坡更多数倍，几于无一字无来历；然专以选材庀料为主，宁不工而不肯不典，宁不切而不肯不奥，故往往意为词累，而性情反为所掩。此两家诗境之不同也。③

赵翼指出，跟苏轼"随其意之所之"相比，黄庭坚用典的不同有三点：用典更多，"几于无一字无来历"；视用典为目的，"宁不工而不肯不典"；追求深奥，"宁不切而不肯不奥"。这些不同正是黄庭坚有意求新求变的结果。

从以上分析可以看出，黄庭坚的诗歌风格与苏诗恰好相反，而苏诗是对王安石诗风的否定，所以黄诗反而距离王诗更近，其道理就在这里。梁启超在《王安石传》中说："荆公之诗，实导江西派之先河，而开有宋一代

---

① （宋）黄庭坚著，郑永晓整理《黄庭坚全集辑校编年》上册，江西人民出版社，2011，第222页。
② （宋）曾敏行撰《独醒杂志》，朱杰人校点，《宋元笔记小说大观》第3册，上海古籍出版社，2001，第3223页。
③ （清）赵翼：《瓯北诗话》，霍松林、胡主佑校点，人民文学出版社，1963，第168页。

风气。"① 其所谓"江西派",当是主要指黄庭坚,其次才是学黄的众多成员。江西诗派的最大弊病就是学黄而缺少变化,除了陈师道外,几乎都未能自成一家。从文学发展规律看,在黄庭坚与江西诗派之后,诗风必将再次走向自然,可惜金人南侵、北宋灭亡,打乱了诗歌发展的链条,于是这个任务就落在南渡后江西诗派的部分成员和一些"苏门"后人的肩膀上了。从这个意义上说,"宋调"的建构过程,其实就是对西昆体的两次"否定之否定"的过程。也正因为如此,西昆体诗人、王安石、黄庭坚才会有更多的共同之处,因为他们追求的都是"深"的一面;而欧阳修与苏轼有更多共同之处,因为他们追求的都是"浅"的一面。

总之,"宋调"的建构不是哪一方力量作用的结果,而是政治斗争、文化环境与文学自身因素共同影响的产物。

---

① 梁启超:《王安石传》,海南出版社,2001,第320页。

下 编

第六章
"宋调"之解构与遗存

受到北宋灭亡这一强烈外力的影响,"宋调"在北宋的建构过程至黄庭坚与江西诗派而后止,于是他们也就成了最典型的"宋调"代表者。当人们津津乐道于"唐音"与"宋调"之对举时,最能体现"宋调"特征的无疑是黄庭坚的诗歌。江西诗派是在黄庭坚的影响下形成的,其成员的创作亦颇为复杂,有像陈师道这样能自成一家的,但大多数人的诗歌个性不够鲜明;有像"四洪"兄弟那样片面发展诗歌生涩一面的,但多数人的作品未到这个地步,甚至还有一些人的诗风比较平易;但总的说来,江西诗派主要学习和模拟黄庭坚和杜甫的诗歌,其作品缺少变化,总体成就并不高。南渡后,国破家亡的经历将那些有幸活下来的江西诗派成员从过去沉醉于"诗法"的迷梦中惊醒,他们开始对自己过去的创作进行反思,逐渐走向自我否定同时也否定江西诗派的道路。于是,他们在解构江西诗派的同时,也就开启了对"宋调"的解构过程。之后的"中兴四大家"虽从江西诗派入而不从该派出,反而提倡唐诗来与其对抗,这就将解构"宋调"的进程又大大推进了一步。随后崛起的四灵派和江湖派虽立志不高,但人数众多,他们沉迷于晚唐诗人特别是贾岛、姚合的诗歌,使得晚唐诗风弥漫诗坛,并且从南宋中期一直盛行到南宋灭亡。就其大势而言,可以说"宋调"已经被解构了。不过,即便在这样的文学背景下,也仍有少数诗人在一定程度上坚持或接受"宋调",尤其是接受黄庭坚的影响,他们大都隶属于各种不同的江西诗社,个别出众者甚至被归入江西诗派。这种情况表明,尽管从总体上说"宋调"在南宋被一步步解构了,但它并没有消失得无影无踪,而是仍在一个较小的范围内得到传承,一直持续到宋亡以后。

第一节
江西诗派在南宋前期的蜕变

由于黄庭坚与江西诗派是"宋调"发展的最后一个阶段，所以南宋诗人对"宋调"的解构也是从江西诗派成员的蜕变开始的。这种蜕变至少表现在以下几个方面。

一 否定技巧

江西诗派之所以得以建立，一个最根本的原因就是社会上有一些后进奉行黄庭坚的诗法，视"夺胎换骨""点铁成金"为金科玉律，并努力塑造出深刻生硬的诗风。如黄庭坚曾这样跋高荷的诗："高子勉作诗，以杜子美为标准，用一事如军中之令，置一字如关门之键，而充之以博学，行之以温恭，天下士也。"[1] 这大致可以反映江西诗派诗歌创作的状况。金兵南侵，宋室南渡时，名列吕本中《江西宗派图》的大部分成员都已谢世，而有幸活到南宋的诗人幡然醒悟，开始厌弃以前沾沾自喜的那些方法和技巧，转而追求自然面貌。这里举徐俯和吕本中两个例子。

徐俯（1075~1141），字师川，号东湖居士，洪州分宁人。其父徐禧为黄庭坚表兄，其母为黄庭坚堂妹。元丰五年（1082），因父徐禧战死于永乐之役，徐俯被授通直郎，后升为奉议郎。作为外甥，徐俯诗受到黄庭坚很大的影响。李廌《师友谈记》载：

> 徐禧之妻，黄鲁直之堂妹也，故禧死鲁直祭文有"文足以经邦，武足以定难"之语。禧之没，朝廷厚其赠典，至金紫光禄大夫、礼部尚书，谥忠愍，官其子弟八人。禧止有一子甚幼，曰俯，遂独受其遗泽，至通直郎。今上即位，覃恩转奉议郎，今年才十有六岁矣。近娶吕温卿之女，盖吕吉甫与禧厚善故也。每读《责吕吉甫诰》，至于"力引狂生之谋，驯至永乐之祸"，未尝不泣涕也。好读兵书，善学。其舅鲁直近有诗云："平生功名心，夜窗短檠灯。"大赏之也。[2]

---

[1] （宋）黄庭坚著，郑永晓整理《黄庭坚全集辑校编年》下册，江西人民出版社，2011，第1531页。

[2] （宋）李廌撰《师友谈记》，孔凡礼点校，中华书局，2002，第31页。

此处不仅记载了徐俯少年时期的诗歌学自黄庭坚的事实，还指出其作品已得到了黄的赞赏。黄庭坚还曾跋徐俯《上蓝庄》诗，其《题所书诗卷后与徐师川》云：

> 前日洪龟父携师川《上蓝庄》诗来，词气甚壮，笔力绝不类年少书生，意其行已读书，皆当老成解事。熟读数过，为之喜而不寐。小舟遽兀，又箧笥中寻纸不得，辄书龟父此纸奉师川。老舅年衰才劣，不足学，师川有意日新之功，当于古人中求之耳。①

可惜以上所说的两诗全诗皆已失传。《上蓝庄》诗今有断句见于施宿《嘉泰〈会稽志〉》：

> 戴叔伦《赠秦系》诗云："北人归欲尽，犹自住萧山。闭户不曾出，诗名满世间。"系居萧山，今不知其地矣。近时徐师川《过上蓝庄》诗云："诗名空复满世间，白髯萧萧今老矣。"用叔伦语也。②

从仅存的这联诗句中，已难看出黄庭坚所称道的"词气甚壮，笔力绝不类年少书生"的一面。不过，徐俯化用戴叔伦的诗句，使用了"夺胎"之法，这正是黄庭坚所提倡的用典方法。

北宋末年，随着一些重要诗人的去世，黄庭坚甚至对徐俯以诗坛砥柱相期。其给徐俯的信中说："自东坡、秦少游、陈履常之死，常恐斯文之将坠。不意复得吾甥，真颓波之砥柱也。续当写魏郑公《砥柱铭》奉寄。"③即便南渡后，徐俯仍有一段时间还在学习黄庭坚。如其《戊午山间对雪》：

> 雪中出去雪边行，屋下吹来屋上平。积得重重那许重，飞来片片又何轻。檐间日暖重为雨，林下风吹再落晴。表里江山应更好，溪山已复不胜清。④

---

① （宋）黄庭坚著，郑永晓整理《黄庭坚全集辑校编年》下册，江西人民出版社，2011，第1529~1530页。
② （宋）施宿撰《嘉泰〈会稽志〉》，李能成点校《（南宋）会稽二志点校》，安徽文艺出版社，2012，第369页。
③ （宋）黄庭坚著，郑永晓整理《黄庭坚全集辑校编年》中册，江西人民出版社，2011，第1162页。
④ 北京大学古文献研究所编《全宋诗》第24册，北京大学出版社，1995，第15832页。

其中最出色的"积得"一联即是从黄庭坚诗中化出。王若虚《滹南诗话》卷二载：

> 吴虎臣《漫录》云："欧阳季默尝问东坡：'鲁直诗何处是好？'坡不答，但极称道。季默复问如《雪诗》'卧听疏疏还密密，起看整整复斜斜'岂亦佳耶？坡云：'正是佳处。'"慵夫曰："予于诗固无甚解，至于此句，犹知其不足赏也，当是所传忘耳。"徐师川亦尝《咏雪》云："积得重重那许重，飞时片片又何轻。"曾伯端以为警策，且言"师川作此罢，因诵山谷'疏疏密密'之句，云：我则不敢容易道。"意谓鲁直草率而已语为工也。噫！予之惑甚矣。①

撇开王若虚本人的好恶，黄诗的佳联早已经过苏轼印证，且徐俯并不只是学习，已有超越的意图。这表明徐俯已不甘心学黄，而是有了自成一家的想法。徐俯从信州知州任上罢职后即闲居德兴故居，直至去世。曾季狸《艇斋诗话》云："东湖自言作诗至德兴，方知前日之非。"② 此后，徐俯更加有意识地摆脱黄庭坚的理论，转而追求更加自然的风格。《春日游湖上》被认为是其晚年的代表作：

> 双飞燕子几时回？夹岸桃花蘸水开。春雨断桥人不度，小舟撑出柳阴来。③

这首诗完全洗去了学黄带来的生涩与瘦硬，也没用一个明显的典故，但写景新鲜活泼，令人心旷神怡。徐俯能写出这样的作品，前提是实现了自我超越，打破了之前对技巧的迷恋。不过他的突围在当时并没有受到肯定，连高宗皇帝都对此表达了不满。赵鼎《丁巳笔录》载："（绍兴六年）十一月四日宣麻，右相转光禄大夫，以进书也。进呈吕本中乞宫观，上曰：'本中诗极佳，不减徐俯少时所作。俯晚年学李白，稍放肆矣。'"④ 周紫芝

---

① （元）王若虚撰《滹南诗话》，丁福保辑《历代诗话续编》上册，中华书局，1983，第518页。
② （宋）曾季狸撰《艇斋诗话》，丁福保辑《历代诗话续编》上册，中华书局，1983，第293页。
③ 北京大学古文献研究所编《全宋诗》第24册，北京大学出版社，1995，第15838页。
④ （宋）赵鼎《丁巳笔录》，《宋代日记丛编》第2册，顾宏义、李文整理标校，上海书店出版社，2013，第702~703页。

在《书老圃集后》替他辩护说："近时士大夫论徐师川诗甚不公，以谓稍稍放倒，而不知师川暮年得句多出自然也。"① 这里所谓"稍稍放倒"，类似于宋高宗所说的"稍放肆"，大致是说徐俯晚年的诗歌不像以前那样重视技术或技巧，与后面所说的"得句多出自然"意思比较接近，也就是说徐俯已走向"无意于文"，故较少考虑工拙。

吕本中（1084~1145），字居仁，自号密庵居士，学者尊为东莱先生，寿州（今安徽凤台）人。曾祖吕公著曾任宰相，祖父吕希哲、父亲吕好问皆曾陷于党争之中。吕本中在徽宗朝后期曾为地方小吏，至绍兴六年（1136），五十三岁时被赐进士出身，后仕至中书舍人兼权直学士院。

吕本中是江西诗派的命名者，除了因为他学习黄庭坚诗歌用功甚苦外，还跟他与其他学黄者交流较多有关。其祖父吕希哲受到"新党"打击居住宿州五年，吕本中也一直陪同左右，并因而结识汪革、饶节、黎确等人。其《师友杂志》载：

> 崇宁初，予家宿州，汪信民为州教授，黎确介然初登科，依妻家孙氏居，饶德操亦客孙氏，每从予家游。三人者，尝与予及亡弟揆中由义会课，每旬作杂文一篇，四六表启一篇，古律诗一篇。旬终会课，不如期者罚钱二百。②

在后来吕本中所作《江西宗派图》中，汪革、饶节皆名列其中，可推知他们在宿州共同学习黄庭坚，形成了一个志趣相投的小团体。吕本中的诗受到徐俯称赞，这对他来说是一个很大的鼓舞。《师友杂志》又载："徐俯师川，少豪逸出众，江西诸人皆从服焉。崇宁初，见予所作诗，大相称赏，以为尽出江西诸人右也。其乐善过实如此。"③

离开宿州后，吕本中又随父吕好问居住在真州（今江苏仪征）。大观四年（1110）后，吕本中赴南昌参加徐俯等人的诗社。张元干《苏养直诗贴跋尾六篇》其一载：

> 往在豫章，问句法于东湖先生徐师川。是时洪刍驹父、弟炎玉

---

① （宋）周紫芝撰《太仓稊米集》卷六十六，《文渊阁四库全书》（影印本）第1141册，台湾商务印书馆，第473页。
② （宋）吕本中撰《师友杂志》，《吕本中全集》第3册，韩酉山辑校，中华书局，2019，第1078页。
③ （宋）吕本中撰《师友杂志》，《吕本中全集》第3册，韩酉山辑校，中华书局，2019，第1078页。

父、苏伯坚固、子庠养直、潘淳子真、吕本中居仁、汪藻彦章、向子
諲伯恭，为同社诗酒之乐。予既冠矣，亦获攘臂其间。大观庚寅、辛
卯岁也。①

南昌是学黄的中心，其时黄庭坚虽已作古，但其外甥徐俯和洪氏兄弟皆亲受指点，他们在南昌发起诗社，比时多少已带有江西诗派的雏形了。再加上当时九江、蕲春、京师等地皆有一些学黄的诗人群体活动。吕本中根据自己的理解，大约在北宋末年或者南宋初年，在黄庭坚外，选出了二十五位诗人，参照禅宗临济宗的名号，作《江西宗派图》。从此开始，才逐渐有了"江西诗派"的称谓。

跟徐俯能直接得到黄庭坚的指点不同，吕本中与黄庭坚从未谋面，而他自少年便学黄诗主要是受当时诗坛风气的影响。曾季狸《艇斋诗话》："吕东莱诗：'风声入树翻归鸟，月影浮江倒客帆。'此篇年十六时作，作此诗尝呕血，自此遂得羸疾终其身。其始作诗如是之苦也。"② 然其所引二句并非吕本中十六岁之作。祝尚书《吕本中年谱》在元符二年（吕本中十六岁）条下已考其误：

> 考本中十六岁即此年，然所引诗句却出于《晚步至江上》，并非此诗（《暮步至江上》），而《晚步至江上》题下有注曰："大观二年（1108），真州。"大观二年诗人已二十五岁。又宋乾道本吕本中《东莱先生诗集》（以下简称《诗集》）乃编年体例，《暮步至江上》诗编于卷一之首，《晚步至江上》虽也在卷一，却要靠后得多。显然，如果曾季狸所言确实，则十六岁所作只能是《暮步至江上》即此诗，而非《晚步至江上》。疑二诗因题目相近曾氏混误。③

根据祝先生的考证，吕本中十六岁时所作为《暮步至江上》，全诗如下：

> 客事久输鹦鹉杯，春愁如接凤凰台。树阴不碍帆影过，雨气却随潮信来。山似故人堪对饮，花如遗恨不重开。雪篱风榭年年事，辜负风光取次回。④

---

① （宋）张元干《芦川归来集》，上海古籍出版社，1978，第173页。
② （宋）曾季狸撰《艇斋诗话》，丁福保辑《历代诗话续编》上册，中华书局，1983，第304页。
③ 祝尚书：《吕本中年谱》，《新宋学》第7辑，复旦大学出版社，2018，第257页。
④ （宋）吕本中撰《吕本中全集》第3册，韩西山辑校，中华书局，2019，第1257页。

此诗用典较多,语言雕镂,想象新奇,颇得黄诗之长。尤其是"树阴"一联,与曾季狸所举"风声"一联颇为相近,体现出吕本中早年的诗歌风格。又林之奇《记闻》上:"吕紫微未二十岁时有《滕王阁诗》,其两句云:'小艇元从天上来,白云自向杯中落。'前辈作者已伏其精当矣。"① 从这三个例子可以看出,吕本中少年时期的诗歌即以"精当"出名,而这得力于他对黄庭坚诗歌的刻苦学习。

不过,跟其他学黄者大都不关注社会现实不同,吕本中始终没有忘记外面的世界。无论是"花石纲",还是方腊造反,这些重大的事件在他当时的诗中都有明显的反映。特别是金兵两次包围汴京,吕本中皆困在城中,他写了多首诗歌记录其时的景象。谢思炜在《吕本中诗歌创作简论》中介绍了这些作品的情况:

> 《东莱先生诗集》中记述这一事件的诗篇有:《丁未二月上旬四首》《兵乱寓小巷中作》《城中纪事》《无题》等。而尤为重要的是《东莱诗外集》中的一组《兵乱后自嬉杂诗》,共二十九首。《外集》宋以后即亡佚,人们也只能从方回的《瀛奎律髓》中读到从这组诗中摘出的五首。本世纪二十年代,傅增湘重新发现了《外集》,但孤本秘籍,未经翻印,宋诗选本和有关论著都未能加以利用。这组诗的发现,应使我们重新估价吕本中靖康事变之后的创作情况以及他在诗坛上的地位。它广泛地记述了诗人在围城中的见闻与感触,反映了靖康事件的各个方面,堪称"书一代之事"的宏篇巨构。②

吕本中在围城中创作的诗歌,被认为是其一生中的最高成就,因为这些作品不再以技巧见长,而是侧重反映动乱之中的社会现象,故论者多将其比作杜甫的"诗史"。这也表明,在南渡前后,吕本中已经不再执拗于诗歌技巧,其创作逐渐走向自然。尽管前引高宗批评徐俯的话里充分肯定了吕本中,但吕诗因为走向平易自然在当时还是受到了很多非议。吕本中在《送范子仪将漕湖北五首》其五中说:"我诗老益退,久为人所嗤。"③ 后人亦嫌吕诗"轻率"。贺裳在《载酒园诗话》中说:

---

① (宋)林之奇撰《道山记闻》,李裕民整理,上海师范大学古籍整理研究所编《全宋笔记》(典藏版)第41册,大象出版社,2019,第173页。
② 谢思炜:《吕本中诗歌创作简论》,《北京师范大学学报》(社会科学版)1987年第6期,第30页。
③ (宋)吕本中撰《吕本中全集》第4册,韩酉山辑校,中华书局,2019,1640页。

吕居仁诗亦清致，惜多轻率。如《柳州开元寺夏雨》诗："风雨翛翛似晚秋，鸦归门掩伴僧幽。云深不见千岩秀，水涨初闻万壑流。钟唤梦回空怅望，人传书至竟沉浮。虎头燕颔非吾相，莫羡班超拜列侯。"《西归舟中怀通泰诸君》曰："一双一只路旁堠，乍有乍无天际星。乱叶入船侵败衲，疾风吹水拥枯萍。山林何谢谁方驾，诗语曹刘可乞灵？酒碗茶瓯俱不厌，为公醉倒为公醒。"不无秀句，卒付颓然，韵度虽饶，终有缓骨孱筋之恨，亦大似其国事也。此种皆韩子苍流弊。①

贺裳所举二诗，前诗作于绍兴三年（1133），吕本中五十岁；后诗作于宣和二年（1120），吕本中才三十七岁。对于活到六十二岁的吕本中来说，二诗似乎还不能算是晚年之作，但可以从中看出其中年诗风的变化。其晚年之作实际上比贺裳所举二诗更加自然平易。如《读书》：

老去有余业，读书空作劳。时闻夜虫响，每伴午鸡号。久静能忘病，因行当出遨。胡为良自苦，膏火自煎熬。②

此诗一般认为作于绍兴八年吕本中被秦桧罢职之后。此诗主要写内心的不满，但语言比较随意。这样浅俗的律诗，不要说青年时期，即便是中年时期，吕本中恐怕也不屑为之。可是对于老年的吕本中来说，他已经"无意为文"，只要意思表达出即可，懒得去论艺术的工拙。

贺裳将吕本中晚年诗风的变化称为"韩子苍流弊"，可见有意放弃或降低诗歌的技巧，是南宋初年江西诗派的共同做法。徐俯如此，韩驹如此，吕本中如此，陈与义、曾几等人也是如此。江西诗派本来就是以技巧见长的，这些派中高手纷纷放弃或降低技术、技巧，也就意味着原来的诗派不复存在，已经退回到学习黄庭坚诗歌之前即苏轼诗歌盛行时期的状态了。

二　用禅悟取代诗法

江西诗派成员在南宋时期纷纷降低甚至放弃诗歌技巧，但这并不是简单的回归，而是在他们自己的思想认识下进行的。他们彼此之间的具体观点并不相同，但皆将学诗与参禅联系起来。曾季狸《艇斋诗话》中有一句

---

① （清）贺裳撰《载酒园诗话》，郭绍虞编选，富寿荪校点《清诗话续编》上册，上海古籍出版社，1983，第442~443页。
② （宋）吕本中撰《吕本中全集》第4册，韩西山辑校，中华书局，2019，第1578页。

带有总结意义的话："后山论诗说换骨，东湖论诗说中的，东莱论诗说活法，子苍论诗说饱参，入处虽不同，然其实皆一关捩，要知非悟入不可。"①强调"悟入"在本质上就是否定具体的诗法或者技巧，让诗人用心灵直接表达对于万事万物的感知。这与上节所论南宋初年江西诗人有意否定诗歌技巧是一个问题的不同侧面。

本来，黄庭坚禅学修养较高，其诗歌已受到佛教较大影响。至其后学，则将这种影响进一步扩大了。被吕本中列入《江西宗派图》中的有饶节、祖可、善权三位僧人。南宋初年，以禅喻诗成了韩驹、徐俯、吕本中等人谈论诗学时的共同倾向，其中最突出的是韩驹。

韩驹（1080～1135），字子苍，陵阳仙井监（今四川仁寿）人，学者称陵阳先生。政和间赐进士出身，仕至中书舍人兼修国史。晚年寓居临川（今属江西）。韩驹早年作诗追求字字有来历，且乐于锤炼字句。刘克庄《江西诗派小序·韩子苍》云："其诗有磨淬剪裁之功，终身改窜不已。有已写寄人数年，而追取更易一两字者，故所作少而善。"② 如其《夜泊宁陵》：

> 汴水日驰三百里，扁舟东下便开帆。旦辞杞国风微北，夜泊宁陵月正南。老树挟霜鸣窣窣，寒花垂露落毵毵。茫然不悟身何处，水色天光共蔚蓝。③

韩驹此诗，不止宋人评价较高，今人亦颇为认同。钱志熙曾将其与黄庭坚《登快阁》、陈师道《秋怀示黄预》排列在一起评价：

> 这些诗歌，都十分鲜明地体现了各家在句法、章法、立意、运思等方面的个人作风，但是感受都很真切，意境能够创新。从这里我们不难领悟江西诗派诗人们在处理法与境界、法与立意等关系的独特匠心。④

---

① （宋）曾季狸撰《艇斋诗话》，丁福保辑《历代诗话续编》上册，中华书局，1983，第296页。
② （宋）刘克庄撰《江西诗派小序》，丁福保辑《历代诗话续编》上册，中华书局，1983，第479页。
③ 北京大学古文献研究所编《全宋诗》第25册，北京大学出版社，1995，第16615～16616页。
④ 钱志熙：《活法为诗——江西诗社精品赏析》，吉林文史出版社，1997，"前言"第14页。

韩驹《夜泊宁陵》可谓"宋调"的典型作品，其得力于黄庭坚之处甚多。可是后来韩驹"直欲别作一家"，有意通过融合苏、黄的特征，以突破之前的瘦硬奇警。虽然韩驹在南宋生活时间较短，其创作未能像徐俯、吕本中那样发生颠覆性的变化，但他较早打破江西诗派的宗派风气，走出一味学黄的牢笼，对当时诗坛影响甚大。

韩驹喜欢谈论诗歌技巧，范季随将其言论编辑为《陵阳室中语》。在韩驹的诗歌理论中，以禅喻诗具有重要意义。其《赠赵伯鱼》云：

> 学诗当如初学禅，未悟且遍参诸方。一朝悟罢正法眼，信手拈出皆成章。①

禅家悟入之法有所谓"顿悟"与"渐悟"二门，韩驹所论应该是"顿悟"。为了实现"顿悟"，就要"遍参诸方"，也就是所谓的"饱参"。在"顿悟"之后，方能追求自成一家。《陵阳先生室中语》载："学诗须是有始有卒，自能名家，方不枉下功夫。如罗隐、杜荀鹤辈，至卑弱，至今不能泯没者，以其自成一家耳。"② 韩驹所举的这个例子很能说明问题，即便是"至卑弱"的诗歌，但能自成一家，也比模拟他人重要得多。

作为当时的诗坛巨擘，韩驹的影响是重大的，他的创作具有扭转诗风的意义，但他主要的作用亦限于此。至于沿着他的方向走得更远，甚至从根本上否定诗法，则由徐俯、吕本中来完成。

徐俯论诗突出"对景能赋"。曾季狸《艇斋诗话》载："东坡论作诗，喜对景能赋，必有是景，然后有是句。若无是景而作，即谓之'脱空'诗，不足贵也。"其下注云："'东坡'，琳琅秘室丛书本作'东湖'。"③ "对景能赋"最早为苏轼提出，但徐俯曾用"对景能赋"教人亦见于《独醒杂志》卷四所载：

> 汪彦章为豫章幕官，一日，会徐师川于南楼，问师川曰："作诗法门当如何入？"师川答曰："即此席间杯柈、果蔬、使令以至目力所及，皆诗也。君但以意剪裁之，驰骤约束，触类而长，皆当如人意，切不可闭门合目，作镌空妄实之想也。"彦章领之。逾月，复见师川曰：

---

① 北京大学古文献研究所编《全宋诗》第25册，北京大学出版社，1995，第16588页。
② （宋）魏庆之编《诗人玉屑》上册，王仲闻校勘，上海古籍出版社，1978，第122页。
③ （宋）曾季狸撰《艇斋诗话》，丁福保辑《历代诗话续编》上册，中华书局，1983，第284页。

"自收教后，准此程度，一字亦道不成。"师川喜谓之曰："君此后当能诗矣。"故彦章每谓人曰："某作诗句法得之师川。"①

那么，怎么理解"对景能赋"呢？徐俯有段话可以作为进一步注解。其《苏祖可诗引》曰：

> 盖游刃有余，遣言无滞，源源而来，多多益善。自为僧，居庐山之下，登高临深，穷幽极远，北望九江，南望彭蠡，取阴晴之变，风云之会，水石林木，春秋霜露，千变万态，皆一于诗。②

将两者结合起来分析，可以看出徐俯强调的就是能够把眼前的对象写得最为生动传神。前引曾季貍说徐俯论诗说"中的"，但未见于其本人著述，要之，当是"对景能赋"的另一种表达。

既然有了自己的理论，那么原先从黄庭坚那里学来的就不足贵了。如江西诗派皆以宗法杜甫为本职，而徐俯晚年则对此大为反感。周紫芝《书徐师川诗后》云：

> 金陵吴思道为余言：顷尝以近诗示徐公，徐公谓仆："是岂欲拟杜少陵诗句法邪？"思道曰："少陵安可拟，但不取法耳。"公因言："余平生正坐子美见误。"思道问其故，公曰："今人饭客，饮食中最美者无如馒头夹子，连日食之，如嚼木扎耳。"③

对于黄庭坚的诗法，徐俯同样也表现出厌弃。周辉《清波杂志》卷五"徐东湖"条载：

> 东湖徐师川，绍兴初繇谏垣迁翰院，赞几命。辉乾道丁亥在上饶，从公季子珪游，因叩问家集，云诗已板行，他无存者，久而得奏议于残编断简中，猥并错乱，不可读，乃为整缀成十卷，附以杂文一卷，写以归之。公视山谷为外家，晚年欲自立名世，客有赞见，盛称渊源所自，公读之不乐，答以小启曰："涪翁之妙天下，君其问诸水滨；斯

---

① （宋）曾敏行撰《独醒杂志》，朱杰人校点，《宋元笔记小说大观》第3册，上海古籍出版社，2001，第3232页。
② 曾枣庄、刘琳主编《全宋文》第146册，上海辞书出版社、安徽教育出版社，2006，第62页。
③ （宋）周紫芝撰《太仓稊米集》卷六十六，《文渊阁四库全书》（影印本）第1141册，台湾商务印书馆，第475页。

道之大域中，我独知之濠上。"及观序《修水集》"造车合辙"之语，则知持此论旧矣。①

徐俯提倡的"对景能赋"虽然出自苏轼，但其实也可视为从禅宗悟入，这与韩驹类似"顿悟"不同，这种悟入是渐进式的，接近于"渐悟"，这一点与吕本中的看法更加接近。

吕本中论诗亦强调禅悟，但他更注重长期的修行。其《童蒙训》佚文曰："作文必要悟入处，悟入必自工夫中来，非侥幸可得也。如老苏之于文，鲁直之于诗，盖尽此理也。"②他又在《与曾吉甫论诗第一帖》中说：

> 楚词、杜、黄，固法度所在，然不若遍考精取，悉为吾用，则姿态横出，不窘一律矣。如东坡、太白，虽规模广大，学者难依，然读之使人敢道，澡雪滞思，无穷苦艰难之状，亦一助也。要之，此事须令有所悟入，则自然越度诸子。悟入之理，正在工夫勤惰间耳。如张长史见公孙大娘舞剑，顿悟笔法。如张者，专意此事，未尝少忘胸中，故能遇事有得，遂造神妙；使它人观舞剑，有何干涉。非独作文学书而然也。③

在这里吕本中虽也提到"张长史见公孙大娘舞剑顿悟笔法"，但他更强调的还是平时的修养，即所谓"专意此事，未尝少忘胸中"。正是因为有了这样的长期积累，才能"故能遇事有得，遂造神妙"。所以他提出了著名的"活法"理论。刘克庄《江西诗派小序·吕紫微》云：

> 紫微公作《夏均父集序》云：学诗当识活法。所谓活法者，规矩备具而能出于规矩之外，变化不测而亦不背于规矩也。是道也，盖有定法而无定法，无定法而有定法，知是者则可以与语活法矣。谢玄晖有言："好诗流转圆美如弹丸。"此真活法也。近世惟豫章黄公首变前作之弊，而后学者知所趣向，毕精尽知，左规右矩，庶几至于变化不测。然予区区浅末之论，皆汉、魏以来有意于文之法，而非无意于文者之法也。子曰："兴于诗。"又曰："诗可以兴，可以观，可以群，可

---

① （宋）周辉撰，刘永翔校注《清波杂志校注》，中华书局，1994，第194页。
② （宋）吕本中撰《吕本中全集》第3册，韩西山辑校，中华书局，2019，第1033页。
③ （宋）吕本中撰《吕本中全集》第4册，韩西山辑校，中华书局，2019，第1771～1772页。

以怨，迩之事父，远之事君，多识于鸟兽草木之名。"今之为诗者，读之果可使人兴起其为善之心乎，果可使人兴观群怨乎，果可使之知事父事君而能识鸟兽草木之名之理乎？为之而不能使人如是，则如勿作。①

在这篇序中，吕本中系统地提出"活法"理论。"活法"是相对于"死法"而言的。吕本中虽然有意回避了"死法"所指，但他进一步将诗法分成了"有意于文之法"与"无意于文者之法"。他把黄庭坚之法归入"有意于文之法"，即把诗法本身当成了作文的目的，因此他自己转而提倡"无意于文者之法"，其实是将"诗教"内容看作作文的目的，而诗法则是次要的因素了。对于"活法"一词，吕本中表达得很玄乎，也有论者很想弄明白它到底是什么样的诗法，其实"活法"既然突出"活"，又何尝一定要有具体的诗法。就吕本中所论，拈出"活法"主要是为了颠覆黄庭坚以来作诗重视艺术而轻视思想的倾向，并非要去另外提出一套诗法。我们可以这样理解，吕本中所谓"活法"，其实就是无法之法，强调的是变化与活泼。他赞同谢朓"好诗流转圆美如弹丸"的说法，认为这就是对"活法"的最好解释。既然"活法"是无法之法，也就没有具体的学习手段；想掌握"活法"，也就只能借助禅宗的"悟入"之说了。

吕本中的"活法"说在当时就产生了很大的影响，而曾几就是其中受其影响较大的一位。曾几有《读吕居仁旧诗有怀其人作诗寄之》：

学诗如参禅，慎勿参死句。纵横无不可，乃在欢喜处。又如学仙子，辛苦终不遇。忽然毛骨换，正用口诀故。居仁说活法，大意欲人悟。常言古作者，一一从此路。岂惟如是说，实亦造佳处。其圆如金弹，所向若脱兔。风吹春空云，顷刻多态度。铿然奏琴筑，间以八珍具。人谁无口耳，宁不起欣慕。一编落吾手，贪读不能去。尝疑君胸中，食饮但风露。经年阙亲近，方寸满尘雾。足音何时来，招唤亦云屡。贱子当为君，移家七闽住。②

此诗前四联中所写，就是曾几对吕本中"活法"的理解。曾几的诗歌较少江西诗派的古硬劲拔，反而以清新流利居多，可能跟他较早接受吕本

---

① （宋）刘克庄撰《江西诗派小序》，丁福保辑《历代诗话续编》上册，中华书局，1983，第485页。
② 北京大学古文献研究所编《全宋诗》第29册，北京大学出版社，1995，第18594页。

中的"活法"理论有关。有人讥笑曾幾的诗"粗做大卖",亦同嗤笑吕本中诗如出一辙。不仅如此,吕本中的诗歌理论还进一步影响到陆游。陆游少年时已自觉学习吕本中诗歌,他在《吕居仁集序》中说:

> 某自童子时,读公诗文,愿学焉。稍长,未能远游,而公捐馆舍。晚见曾文清公,文清谓某:君之诗渊源殆自紫微,恨不一识面。某于是尤以为恨。①

后来曾幾又进一步强化了"活法"理论。陆游《追怀曾文清公呈赵教授赵近尝示诗》:

> 忆在茶山听说诗,亲从夜半得玄机。常忧老死无人付,不料穷荒见此奇。律令合时方帖妥,工夫深处却平夷。人间可恨知多少,不及同君叩老师。②

从"律令"一联不难看出,曾幾"夜半"时传授给陆游的"玄机",其实就是吕本中的"活法"。

杨万里在《诚斋荆溪集序》中叙述自己的学诗过程:

> 予之诗,始学江西诸君子,既又学后山五字律,既又学半山老人七字绝句,晚乃学绝句于唐人。学之愈力,作之愈寡。尝与林谦之屡叹之,谦之云:"择之之精,得之之艰,又欲作之之不寡乎?"予喟曰:"诗人盖异病而同源也,独予乎哉?"

> 故自淳熙丁酉之春,上暨壬午,止有诗五百八十二首,其寡盖如此。其夏之官荆溪,既抵官下,阅讼牒,理邦赋,惟朱墨之为亲。诗意时日往来于予怀,欲作未暇也。戊戌三朝时节,赐告少公事。是日即作诗,忽若有窾。于是辞谢唐人,及王、陈、江西诸君子皆不敢学,而后欣如也。试令儿辈操笔,予口占数首,则浏浏焉,无复前日之轧轧矣。自此每过午,吏散庭空,即携一便面,步后园,登古城,采撷杞菊,攀翻花竹。万象毕来,献予诗材。盖麾之不去,前者未仇而后者已迫,涣然未觉作诗之难也,盖诗人之病去体将有日矣。方是时不惟未觉作诗之难,亦未觉作州之难也。③

---

① 《陆游集》第5册,中华书局,1976,第2102页。
② 《陆游集》第1册,中华书局,1976,第63页。
③ (宋)杨万里撰,辛更儒笺校《杨万里集笺校》第6册,中华书局,2007,第3260页。

杨万里"辞谢唐人及王、陈、江西诸君子",也就是转而追求"活法"的过程,从而才有了著名的"诚斋体"。钱锺书在《谈艺录》第三三"放翁诗"条曾将杨万里诗与陆游诗加以比较:

> 以入画之景作画,宜诗之事赋诗,如铺锦增华,事半而功则倍,虽然非拓境宇、启山林手也。诚斋、放翁,正当以此轩轾之。人所曾言,我善言之,放翁之与古为新也;人所未言,我能言之,诚斋之化生为熟也。放翁善写景,而诚斋擅写生。放翁如画图之工笔;诚斋则如摄影之快镜,兔起鹘落,鸢飞鱼跃,稍纵即逝而及其未逝,转瞬即改而当其未改,眼明手捷,踪矢蹑风,此诚斋之所独也。①

钱先生比较二人的诗固然有加以"轩轾"的意思,但其实杨万里诗与陆游诗虽然不同,仍都是在不同程度上对"活法"的体现,其中尤以杨万里诗更加通透和活泼。除了自己作诗之外,杨万里还常以"活法"诲人。周必大在《次韵杨廷秀侍郎寄题朱氏渔然书院(丙辰春)》其二云:"诚斋万事悟活法,诲人有功如利涉。"②

南宋初年的江西诗人大都通过禅悟的方式摆脱了黄庭坚及其诗法的束缚,各自追求自成一家。金代刘迎有《题吴彦高诗集后》一诗:

> 片云踪迹任飘然,南北东西共一天。万里山川悲故国,十年风雪老穷边。名高冀北无全马,诗到西江别是禅。颇忆米家书画否,梦魂应逐过江船。③

其中"诗到西江别是禅"一句,不仅能揭示江西诗派与禅学的关联,而且能够揭示南宋初年诗歌受到禅学的深刻影响。

三 题材回归

北宋中期以后,由于"乌台诗案"及其后越来越激烈的政党斗争,以外力的形式封堵了诗人反映现实和干预政治的道路,黄庭坚顺势提出"性情说",将诗歌引向文人日常生活中去。受其影响,江西诗派的诗歌也都表

---

① 钱锺书:《谈艺录》,生活·读书·新知三联书店,2007,第298页。
② (宋)周必大撰,王瑞来校证《周必大集校证》第2册,上海古籍出版社,2020,第614页。
③ (金)刘迎:《题吴彦高诗集后》,阎凤梧、康金声主编《全辽金诗》上册,山西古籍出版社,1999,第700页。

现出脱离现实社会的鲜明特征。即使他们打着学杜的旗号，其实也主要是学杜诗的技巧，对杜诗忧国忧民的情怀不以为意。可是到了徽宗末年，随着社会矛盾越来越尖锐，民族危机越来越严重，诗人们不得不走出自己的书斋，去面对外面的世界。其中金兵南侵、北宋灭亡是当时最重要的事件，这在韩驹、吕本中诗中有较为突出的表现。

韩驹反映的内容比较广泛，有表现杀敌雄心的，如《二十九日戎服按军城外向仪曹亦至戏赠一首》云：

> 旌旗杂沓铙鼓鸣，使君小队来郊垧。旧时视草判花手，今学操剑驱民丁。逆胡未灭壮士耻，子虽年少有典型。短衣匹马肯从我，与子北涉单于庭。①

虽云"戏赠"，但其中抒发的报国热情却是真诚的。更值得注意的是《送鄂州刘使君》：

> 昔在史馆中，地禁无经过。唯君直庐近，退食同委蛇。至今梦催班，九门郁嵯峨。伤心望金马，极目悲铜驼。脱身来此郡，见公拥珊戈。猛士三千人，旌旟相荡摩。男儿晚有此，世儒安足多。少来谬秉笔，报国终无他。闻当向夏口，秋风水增波。愿子静荆峡，送我归江沱。②

跟上诗不同的是，韩驹在这首诗中表达出对刘使君兵强马壮的赞赏，并为自己无力报国而悲慨，也祝愿刘能够"静荆峡"，为国建立功勋。他也写自己在战乱中的艰难困苦，如《昔与道颜智俱二僧居武宁明心寺未几与俱避贼山中颜几不免绍兴三年复会于广寿寺偶作一首》：

> 昔与二子居明心，避贼夜走南山阴。天寒更蹋沮洳径，月黑错堕杨梅林。历险登危四三里，少复前行过溪水。平明乞火野人家，十日身藏岩窟里。闽俱叹我装赍空，蜀颜转陷妖氛中。谁言性命脱针孔，沉忧伤人衰疾同。春风酣酣柳边寺，相对梦中论梦事。莫嫌薄饭一茎斋，郡国而今无鼓鼙。③

---

① 北京大学古文献研究所编《全宋诗》第 25 册，北京大学出版社，1995，第 16598 页。
② 北京大学古文献研究所编《全宋诗》第 25 册，北京大学出版社，1995，第 16600～16601 页。
③ 北京大学古文献研究所编《全宋诗》第 25 册，北京大学出版社，1995，第 16603 页。

尽管是几年之后的追忆,但诗人当年九死一生的逃难经历如在眼前。当韩驹叙述这段往事的时候,乱世的悲伤填满心胸,哪里还会计较什么工拙呢!侥幸在乱世中生存下来,又遇到故交,那种恍若隔世的感觉更令人悲喜交加。如其《抚州邂逅彦正提刑道旧感叹辄书长句奉呈》所写即是这样的心情:

> 忆在昭文并直庐,与君三岁侍皇居。花开辇路春迎驾,日转蓬山晓曝书。学士南来尚岩穴,神州北望已丘墟。愁逢汉节沧江上,握手秋风泪满裾。①

相对于韩驹多方面反映战乱现实,吕本中则集中记录了靖康元年(1126)金兵第二次围困汴州城时的各种现象。如《京城围闭之初天气晴和军士乘城不以为难也因成四韵》:

> 贼马侵城急,官军报捷频。民心皆欲斗,天意已如春。魏阙方佳气,王畿且战尘。不妨来往路,经月绝行人。②

这是十二月汴京被金兵围困之初的情况,官军屡有捷报,居民亦欲参战,情况并不糟糕。之下是《守城士》:

> 北风且莫雪,一雪三日寒。不念守城士,岁晚衣裳单。衣单未为苦,隔壕闻战鼓。杀贼须长枪,防城要强弩。炮来大如席,城头且撑柱。岂不知爱身,倾心报明主。报主此其时,一死吾亦宜。未敢望爵赏,且令无事归。寄语守城士,此言君所知。③

士卒们冒寒守城,虽然辛苦而危险,依然舍身报国,并不是为了"爵赏",而是为了太平。其下是《闻军士求战甚力作诗勉之》:

> 今春贼来时,军士怖而走。今冬贼来时,决拾擐两肘。愤然思出斗,不但要死守。仰怀吾君仁,愈觉戎虏丑。欲以占天心,于焉卜长久。暂劳何足道,富贵要力取。行看斩贼头,金印大如斗。④

---

① 北京大学古文献研究所编《全宋诗》第 25 册,北京大学出版社,1995,第 16626 页。
② (宋)吕本中撰《吕本中全集》第 4 册,韩酉山辑校,中华书局,2019,第 1452 页。
③ (宋)吕本中撰《吕本中全集》第 4 册,韩酉山辑校,中华书局,2019,第 1452 页。
④ (宋)吕本中撰《吕本中全集》第 4 册,韩酉山辑校,中华书局,2019,第 1453 页。

吕本中在这首诗中赞赏军士们主动请战的行为，鼓励他们建立功勋。其下是《丁未二月上旬四首》：

> 丞相忧宗及，编氓恐祸延。乾坤正翻覆，河洛倍腥膻。报主悲无术，伤时只自怜。遥知汉社稷，别有中兴年。
>
> 厄运虽云极，群公莫自疑。民心空有望，天道本无知。野帐留黄屋，青城插皂旗。燕云旧耆老，宁识汉官仪。
>
> 羽檄从天下，于今久未回。如何半年内，不见一人来。周室仍遭变，宣王且遇灾。犹存九庙在，咫尺得祈哀。
>
> 主辱臣当死，时危命亦轻。谁吞豫让炭，肯结仲由缨。洒血瞻行殿，伤心望虏营。尚留仪卫否？早晚复神京。①

这组诗写城被攻破，国家灭亡，皇帝被辱，吕本中一方面痛斥无人前来勤王，另一方面抒发了自己巨大的悲伤，同时渴望能够像汉王朝那样早日实现中兴。其下为《兵乱寓小巷中作》：

> 城北杀人声彻天，城南放火夜烧船。江河梦断不得往，问君此住何因缘。窜身穷巷米如玉，翁寻湿薪煴爨粥。明日开门雪到檐，隔墙更听邻家哭。②

金兵不仅抓走了皇帝、后妃、皇子和帝姬，而且大肆屠杀平民，疯狂掠夺财物，把当时世界上最繁华的帝都变成了鬼窟狼窝。

之后为《围城中故人多避寇在邻巷者雪晴往访问之坐语既久意亦暂适也》和《城中纪事》二首。这些诗歌完整地记载了从金兵围城到宋军坚守三月而无援兵最终城破国亡的完整过程。比较而言，收在《东莱诗集外集》中的《兵乱后自嬉杂诗》二十九首更为出色。如其一：

> 晚逢戎马际，处处聚兵时。后死番为累，偷生未有期。积忧全少睡，经劫抱长饥。欲逐范仔辈，同盟起义师（近闻河北布衣范仔起义师）。③

对于普通的百姓来说，既然生存如此艰难，不如干脆奋起一搏，起兵

---

① （宋）吕本中撰《吕本中全集》第4册，韩西山辑校，中华书局，2019，第1454页。
② （宋）吕本中撰《吕本中全集》第4册，韩西山辑校，中华书局，2019，第1455页。
③ （宋）吕本中撰《吕本中全集》第4册，韩西山辑校，中华书局，2019，第1679页。

与敌人作战。这组诗历来受到好评，如钱志熙在赏析最后一首的时候说：

> 《兵乱后自嬉杂诗》二十九首是南北宋之际诗坛上的一个巨制。它们全面地反映了金兵入侵所造成的乱离景象，艺术价值和历史价值都是很高的。也是能反映江西派诗人实力的一个硕果。组词词气朴老、笔法苍健，风格沉郁顿挫，从五律诗艺术上看，直接继承了杜甫和陈师道的五律诗艺术传统。①

陈与义与曾幾也有反映战乱或乱世感受的诗歌。陈与义（1090~1139），字去非，号简斋，洛阳（今属河南）人，政和三年（1113）以上舍及第，南宋初仕至参知政事。陈与义虽然未被吕本中列入《江西宗派图》，但其诗的确是从黄庭坚入手的，而且在学习杜甫方面颇具匠心。元初方回提出"一祖三宗"之说，不仅将杜甫奉为江西诗派的远祖，而且将陈与义与黄庭坚、陈师道一起称为"三宗"，就是对其江西诗风的充分肯定。不过，在北宋灭亡之前，陈与义对杜诗的学习同样局限在技巧上。他在南渡后所作的《正月十二日自房州城遇金虏至奔入南山十五日抵回谷张家》一诗中说："但恨平生意，轻了少陵诗。"② 其之前所"轻"的正是杜诗的思想内涵。不过，北宋灭亡后，他的思想发生了转变，体现出杜甫那种忧国忧民的情怀。如其著名的《伤春》：

> 庙堂无策可平戎，坐使甘泉照夕烽。初怪上都闻战马，岂如穷海看飞龙。孤臣霜发三千丈，每岁烟花一万重。稍喜长沙向延阁，疲兵敢犯犬羊锋。③

此诗批判北宋君臣无能，坐视国家灭亡，而且南渡的高宗也曾为避金兵追击逃至海上避难，可是朝中的新贵却已经忘记了故土，整日醉生梦死，纸醉金迷。在南宋表现战争的诗作中，此诗的批判性是最强的。

曾幾（1084~1166），字吉甫，号茶山居士，洛阳（今属河南）人。大观初赐进士出身，南宋初仕至敷文阁待制。曾幾也没有被列入《江西宗派图》，但是他以学习杜甫、黄庭坚自居，在《东轩小室即事五首》其四中自

---

① 钱志熙：《活法为诗——江西诗社精品赏析》，吉林文史出版社，1997，第306页。
② （宋）陈与义著，白敦仁校笺《陈与义集校笺》上册，上海古籍出版社，1990，第498页。
③ （宋）陈与义著，白敦仁校笺《陈与义集校笺》下册，上海古籍出版社，1990，第713页。

称:"工部百世祖,涪翁一灯传。"① 他人对此也都认可。曾几直接反映战乱的诗歌几乎没有,但部分作品以战乱为背景写自己的痛苦和无奈。如其最有名的《寓居吴兴》:

> 相对真成泣楚囚,遂无末策到神州。但知绕树如飞鹊,不解营巢似拙鸠。江北江南犹断绝,秋风秋雨敢淹留?低回又作荆州梦,落日孤云始欲愁。②

跟上引陈诗偏重于国事不同,此诗表现的是战乱给知识分子带来的精神与肉体上的双重伤害。

不过,无论是陈与义还是曾几,这样的作品都不占主流,他们后期的作品,越来越走向自然欢快,已与早期对杜甫、黄庭坚的学习背道而驰。就陈与义而言,最有创新价值的其实是所谓"新体"。葛胜仲在《陈去非诗集序》中说:

> 宣和中,徽宗皇帝见所赋《墨梅》诗,善之,亟命召对,有见晚之嗟。遂登册府,擢掌符玺,向进用矣。会兵兴抢攘,避地湖、广,泛洞庭,上九疑、罗浮,虽流离困厄,而能以山川秀杰之气益昌其诗,故晚年赋咏尤工。搢绅士庶争传诵,而旗亭传舍摘句题写殆遍,号为"新体"。③

根据葛胜仲的说法,陈与义的"新体"虽得名于南渡之后,但其起源可追溯到北宋宣和年间。不过,作为陈与义"新体"源头的《墨梅》却被认为是学苏所得。陈善《扪虱新话》卷四"咏梅"条云:

> 客有诵陈去非《墨梅》诗于予者,且曰:"信古人未曾道此。"予喜其一,曰:"'粲粲江南万玉妃,别来几度见春归。相逢京洛浑依旧,只是缁尘染素衣。'世以简斋诗为'新体',岂此类乎?"客曰:"然。"予曰:"此东坡句法也。坡《梅花》绝句云:'月地云阶漫一樽,玉奴终不负东昏。临春结绮荒荆棘,谁信幽香是返魂。'简斋亦善夺胎耳。"简斋又有《腊梅》诗曰:"奕奕金仙面,排行立晓晴。殷勤夜来雪,少

---

① 北京大学古文献研究所编《全宋诗》第29册,北京大学出版社,1995,第18512页。
② 北京大学古文献研究所编《全宋诗》第29册,北京大学出版社,1995,第18567页。
③ (宋)葛胜仲:《陈去非诗集序》,(宋)陈与义著,白敦仁校笺《陈与义集校笺》下册,上海古籍出版社,1990,"附录"第1013页。

住作珠璎。"亦此法也。①

"新体"除了长于表现山川景物外，还有意让笔下的山水和花鸟带有人的形象、情感和思想，趣味盎然而不喜雕琢。如其《秋试院将出书所寓窗》：

> 门前柿叶已堪书，弄镜烧香聊自娱。百世窗明窗暗里，题诗不用着工夫。②

竟然公开标榜"题诗不用着工夫"，这不正是徐俯、吕本中等人晚年所为吗？可是只有陈与义大大方方地说了出来。而这样写出来的"新体"还能有多少江西诗派的影子呢？相对而言，陈善以《墨梅》和《腊梅》为例说其学法苏轼还更为可信一些。

曾幾深受吕本中"活法"影响，其晚年诗作走向清新自然。尤其是五律，特色更为明显。如其《蛱蝶》：

> 不逐春风去，仍当夏日长。一双还一只，能白或能黄。恋恋不能已，翩翩空自狂。计功归实用，终自愧蜂房。③

将五律写得如此顺达，在此前的重要诗人中似乎只有苏轼能够做到。又如《高邮无梅花求之于扬帅邓直阁》：

> 送腊腊垂尽，迎春春欲回。如何万家县，不见一枝梅。有客幽寻去，无人远寄来。扬州何逊在，政用小诗催。④

与上诗一样，诗中虽不乏对仗，但多使用流水对，使得上下联之间的意脉非常流畅，颇有苏轼五律的长处。《诗人玉屑》卷十九"曾茶山"条引王林《中兴诗话补遗》载：

> 唐人诗，喜以两句道一事；曾茶山诗中，多用此体。如"又从江北路，重到竹西亭""若无三日雨，那复一年秋""似知重九日，故放两三花""次第翻经集，呼儿理在亡""又得清新句，如闻謦咳音"

---

① （宋）陈善撰《扪虱新话》，（宋）俞鼎孙、俞经辑刊《儒学警悟》，中华书局，2000，第734页。
② （宋）陈与义著，白敦仁校笺《陈与义集校笺》上册，上海古籍出版社，1990，第305页。
③ 北京大学古文献研究所编《全宋诗》第29册，北京大学出版社，1995，第18529页。
④ 北京大学古文献研究所编《全宋诗》第29册，北京大学出版社，1995，第18537页。

"如何万家县，不见一枝梅"，此格亦甚省力也。①

所举例子都是五律中的诗句，可见这个特点非常突出。这种特点是否由于学唐所致尚可讨论，但肯定不是他本人标榜的学杜或学黄所致，可以看出此时曾诗中已经清洗了江西诗派的影响。

由于黄庭坚与江西诗派最能代表"宋调"的个性，所以韩驹、徐俯、吕本中、陈与义和曾幾等人在南宋初年摆脱江西宗风，可以视为对"宋调"的疏离和破坏。

其实，在江西诗派盛行之后的南宋初年，社会上还有些学苏的诗人在坚持创作，如晁说之、汪藻等，甚至于出现了两派诗人互相指责的一面。晦斋在为陈与义《简斋集》作序时引用陈本人的话说：

> 诗至老杜极矣。东坡苏公、山谷黄公奋乎数世之下，复出力振之，而诗之正统不坠。然东坡赋才也大，故解纵绳墨之外，而用之不穷；山谷措意也深，故游泳口味之余，而索之益远。大抵同出老杜，而自成一家，如李广、程不识之治军，龙伯高、杜季良之行己，不可一概诘也。近世诗家知尊杜矣，至学苏者乃指黄为强，而附黄者亦谓苏为肆；要必识苏、黄之所不为，然后可以涉老杜之涯涘。此简斋陈公之说云耳，予游吴兴得之。②

如陈与义所说，当时影响较大的诗人只有两类，要么学黄，要么学苏，在这样的文学环境中，韩驹、徐俯、吕本中、陈与义、曾幾等人从根本上摆脱了生涩瘦硬的宗派特征，一起走向了流利自然。而这一点恰好与学苏诗人的做法是一致的。换句话说，这些曾经的江西诗派中人纷纷跳出了黄庭坚诗歌的牢笼，重新回到苏轼那种不拘一格、自由活泼的创作天地中。

第二节
南宋诗坛对江西诗派的摆脱与批判

对于江西诗派来说，韩驹、徐俯、吕本中、陈与义、曾幾等人的背离只是解构"宋调"的开始，更大的风暴还在后面。之后的"中兴四大家"

---

① （宋）魏庆之编《诗人玉屑》下册，王仲闻校勘，上海古籍出版社，1978，第418页。
② （宋）陈与义著，白敦仁校笺《陈与义集校笺》下册，上海古籍出版社，1990，"附录"第1017页。

和四灵派、江湖派皆将江西诗派视为批判和否定的靶心，一步步削弱其影响，而这也就意味着其所代表的"宋调"被一步步解构了。

一 杨万里与陆游焚删旧作

相对于南渡后幸存的江西诗派中人，南宋初年成长起来的诗人虽然也深受江西诗风的影响，但其中出类拔萃者皆能摆脱其影响而自成一家。"中兴四大家"就是最典型的代表。所谓"中兴四大家"，一般指陆游、范成大、杨万里、尤袤四人，或者再加上萧德藻。杨万里在《千岩摘稿序》中说："予尝论近世之诗人，若范石湖之清新，尤梁溪之平淡，陆放翁之敷腴，萧千岩之工致，皆余之所畏者云。"① 将范成大、尤袤、陆游和萧德藻并称是杨万里的一贯说法，他多次表达过相同的意思。而尤袤所说则除去自己而加上杨万里，见下文引姜夔《白石道人诗集》序一。至方回在《瀛奎律髓》中评价翁卷《道上人房老梅》时说："乾、淳以来，尤、杨、范、陆为四大诗家，自是始降而为'江湖'之诗。"② 后人一般采用此说。四大诗人中，杨万里与陆游的成就最高，而恰好他们都与江西诗派有很深的渊源，而且又都曾焚删过自己早期的诗作。

杨万里（1127~1206），字廷秀，号诚斋，吉州吉水（今属江西）人。绍兴二十四年（1154）进士，曾任秘书少监、江东转运副使等。杨万里诗初学江西诗派。上节引其《诚斋荆溪集序》云："予之诗，始学江西诸君子。"明确地表明他是学习江西诗风起步的。《诚斋江湖集序》云："予少作有诗千余篇，至绍兴壬午七月皆焚之，大概江西体也。今所存曰《江湖集》者，盖学后山及半山及唐人者也。"③ 由此看出，走出"江西体"后，他又走向了学习陈师道、王安石以及唐人之路。他晚年在《诚斋南海诗集序》中说：

> 予生好为诗。初好之，既而厌之。至绍兴壬午，予诗始变，予乃喜。既而又厌之，至乾道庚寅，予诗又变。至淳熙丁酉，予诗又变。④

---

① （宋）杨万里撰，辛更儒笺校《杨万里集笺校》第 6 册，中华书局，2007，第 3281 页。
② （元）方回选评，李庆甲集评校点《瀛奎律髓汇评》中册，上海古籍出版社，1986，第 771 页。
③ （宋）杨万里撰，辛更儒笺校《杨万里集笺校》第 6 册，中华书局，2007，第 3257 页。
④ （宋）杨万里撰，辛更儒笺校《杨万里集笺校》第 6 册，中华书局，2007，第 3263~3264 页。

其所谓"予诗始变",即前文所引对"江西体"的厌弃;第一个"予诗又变"则指对"学后山及半山及唐人者"的否定;至第二个"予诗又变",才开始摆脱他人,形成自己的特色,至于后来又有变化,则是其个性更加成熟的体现。

陆游(1125~1210),字务观,号放翁,越州山阴(今浙江绍兴)人。绍兴三十二年(1162)赐进士出身,仕至礼部郎中兼实录院检讨官。陆游早年诗学吕本中,后来学习曾幾,虽云与江西诗派关系较杨万里更为亲近,然吕、曾二人的诗歌已经背离了黄庭坚及其宗风,故他学到的其实是吕、曾都非常重视的"活法"。尽管如此,陆游对自己早年的作品仍不满意,也多次删削自己的诗歌。其《跋诗稿》云:"此予丙戌以前诗二十之一也。及在严州编,又去十之九。然此残稿,终亦惜之,乃以付子辈。绍熙改元立夏日书。"① 在绍熙三年(1192)的《九月一日夜读诗稿有感走笔作歌》中,他记述了自己"顿悟"作诗之法的契机:

> 我昔学诗未有得,残余未免从人乞。力孱气馁心自知,妄取虚名有惭色。四十从戎驻南郑,酣宴军中夜连日。打球筑场一千步,阅马列厩三万匹。华灯纵博声满楼,宝钗艳舞光照席。琵琶弦急冰霰乱,羯鼓手匀风雨疾。诗家三昧忽见前,屈贾在眼元历历。天机云锦用在我,剪裁妙处非刀尺。世间才杰固不乏,秋毫未合天地隔。放翁老死何足论,广陵散绝还堪惜。②

杨万里也好,陆游也好,其诗歌都与江西诗派渊源甚深,但最终不仅跳出江西诗派的窠臼,而且较韩驹、徐俯、吕本中、陈与义、曾幾等人走得更远,分别形成各自不同的鲜明风格。王水照《宋代文学通论》云:

> 对江西派诗风的修正,杨、范、陆、尤比吕、曾、陈贡献更大,他们的创新远远超过了他们的继承。从题材上看,他们比黄、陈,乃至比吕、曾、陈都更为广泛。杨的自然写生,陆的爱国激情,范的田园写实都各成特色,不再拘泥于个人情怀,这是时代生活引起的激变,也是寻求超越的文学内部机制的调节。从诗歌理论上讲,黄、陈要求法度谨严,无一字无来处,而杨、范、陆、尤则追求活法,力求"直

---

① 《陆游集》第5册,中华书局,1976,第2245页。
② 《陆游集》第2册,中华书局,1976,第699页。

寻"。从诗风上看,黄、陈的奇峭瘦硬、朴拙生涩,变成了杨、范、陆、尤的流巧平滑、轻巧工致,完全是两种不同的风格、境界。这些截然不同的方方面面,使人无法将他们归为一类,但仔细考察黄、陈等25人到吕、曾、陈,再到尤、杨、范、陆、萧,其演变的轨迹却昭然可见。江西诗派从初创到墨守再到修正,然后到大变,最能揭示文学自身的发展规律。①

吉川幸次郎在《宋诗概说》里曾这样评价陆游的诗歌:

我认为,在陆游的诗中,有一种对于往往过于冷静的北宋诗风进行反拨的倾向。反拨作为整个诗坛的问题,在南宋初的先辈诗人中,就已经萌动了。我认为前章所说的对唐诗的复归,就是因为这个原因。不过抒情的复活是通过这个大诗人的行动型性格才结出果实的。②

比较而言,范成大、尤袤、萧德藻等人与江西诗派的关系比较模糊。尤其是尤、萧二家诗皆亡佚过甚,已难以窥其早期面目。不过照常理推测,既然南宋初年江西诗风比较盛行,他们也当或多或少受其影响。朱则杰在《永嘉四灵与南宋诗坛》一文中说:

江西诗派,亦即有意无意地接受黄庭坚影响的一派诗人。其影响颇大,直至南宋初年,在诗坛上仍然居于统治地位。就是南宋四大著名诗人尤袤、杨万里、范成大、陆游,也都或深或浅地受过江西诗派的影响。杨万里五十八岁,还为当时程氏所刻《江西诗派诗》作了一篇序(见《诚斋集》卷七十九);七十七岁撰《江西续派二曾居士诗集序》,增补吕本中《江西诗社宗派图》为"江西续派"(同上卷八十三);并且将江西诗派比为南宗禅,认为是诗中的最高境界,创作上也时时重犯江西诗派的老毛病。四大诗人尚且如此,其他诗人更是可想而知了。吕本中作《江西诗社宗派图》,自黄庭坚以下,共收诗人二十五名。其后陈振孙《直斋书录解题》卷十五著录:"江西诗派一百三十七卷、续派十三卷。自黄山谷而下三十五家。又曾纮、曾思父子诗详见诗集类。"这表明江西诗派在吕本中作图之后,阵营还在不断扩大。南宋郑天锡诗《江西宗派诗》云:"人比建安多作者,诗从元祐总名

---

① 王水照主编《宋代文学通论》,河南大学出版社,1997,第119页。
② 〔日〕吉川幸次郎:《宋元明诗概说》,李庆等译,中州古籍出版社,1987,第121页。

家。"(《南宋群贤小集·前贤小集拾遗》卷三)如实描绘了江西诗派的盛况。①

朱先生不仅指出了江西诗派对中兴四大家的影响,而且揭示出"江西诗派在吕本中作图之后,阵营还在不断扩大"的一个事实。也正因为当时的诗坛是这样一种状况,中兴四大家的脱颖而出和自成一家也就显得更加可贵。杨理论在《中兴四大家诗学研究》中说:

> 四大家涉足于文坛的南宋前期,正是江西诗学范式流行的时期。和当时的诸多青年诗人一样,他们学诗大多是从师法江西入手。四大家中,陆游曾亲炙江西大家,为江西嫡传,杨万里在学诗入门之时以江西为学习范本,均濡染了颇深的江西诗风。重要的是,入门之后,陆、杨二家不甘寄人篱下,试图突破江西,自成一家。为了走出江西,他们建立了传承江西而又不同于江西的较为系统的诗学理论,并以此指导诗歌创作。这样,突破江西既有理论的支撑,也有实践的印证。尤、范虽然和江西关系较为疏离,但不满江西的诗学倾向使得他们和陆、杨二家殊途同归。四大家走出江西的种种努力,虽未彻底扫除江西余响,但"各个诗家各筑坛"的多元化诗坛格局初步形成。②

中兴四大家虽没有,事实上也不可能"彻底扫除江西余响",但他们不仅皆能独树一帜,而且有意识地提倡唐诗,在一定程度上将南宋诗歌引到了学唐的道路上去。

二 四灵派对江西诗派的否定

相对于各自摆脱江西诗派的"中兴四大家"而言,活跃于温州一带的四灵派只能算是一群小诗人,其代表是徐照(? ~1211)、徐玑(1162~1214)、翁卷(生卒年不详)、赵师秀(1170~1220)四人,因其字号中皆有一个"灵"字,大儒叶适编选他们的诗作,称为《四灵诗选》,故此派被称为四灵派。其实,四灵派较少直接谈论江西诗派,其批评观点主要体现在该派命名者叶适的文章中。叶适《谢景思集序》云:

> 崇、观后文字散坏,相矜以浮,肆为险肤无据之辞,苟以荡心意,

---

① 朱则杰:《永嘉四灵与南宋诗坛》,《浙江学刊》1982年第3期。
② 杨理论:《中兴四大家诗学研究》,中华书局,2012,第70~71页。

移耳目，取贵一时，雅道尽矣。谢公尚童子，脱卝髦，游太学，俊笔涌出，排迮老苍，而不能受俗学熏染，自汉、魏根柢，齐、梁波流，上遡经训，旁涉传记，门枢户钥，庭旅陛列，拨弃组绣，考击金石，洗削纤巧，完补大朴。①

这里对"崇、观后"诗风的批判，其实就是对苏轼影响下的"苏门"诗人和黄庭坚影响下的江西诗派的批判。叶适又在《徐文渊墓志铭》中说：

初，唐诗废久，君与其友徐照、翁卷、赵师秀议曰："昔人以浮声切响单字只句计巧拙，盖风骚之至精也。近世乃连篇累牍，汗漫而无禁，岂能名家哉！"四人之语遂极其工，而唐诗鶨此复行矣。君每为余评诗及他文字，高者迥出，深者寂入，郁流瓒中，神洞形外，余辄俛仰终日，不知所言。然则所谓专固而狭陋者，殆未足以讥唐人也。②

这里所说的"近世"应该与上文所说的"崇、观后"意思接近。叶适所批评的"连篇累牍，汗漫而无禁"，也就是喜欢写作长篇，这其实是"苏门"诗人和江西诗派的共性。吕本中作《江西宗派图》后，江西诗派更加为人所重，所以相对来说其批评指向江西诗派的意味可能更重一些。对此，马兴荣在《四灵诗述评》中直接说："四灵所谓的'近世'诗，主要指的是江西诗派。"之后，马先生又将四灵派与江西诗派进行了一番比较：

江西诗派宗法杜甫，诋諆晚唐。四灵则提倡学贾岛、姚合；江西诗派要求作诗要"无一字无来处"，四灵则强调"诗凭景物全"（《舟中》）、"诗句多于马上成"（《六月归途》）、"诗思出门多"（《凭高》）；江西诗派的诗艰涩生硬，四灵则讲究"浮声切响"、强调工秀清圆。使宋诗至此一变。这一点，全祖望早就看到了，他在《宋诗纪事序》中说：

庆历以后，欧、梅、苏、王数公出，而宋诗一变。坡公之雄放，荆公之工练，立起有声，而涪翁以崛奇之调，力追草堂，所谓江西派者，和之者最盛，而宋诗又一变。渐炎以后，东夫之瘦硬，诚斋之生

---

① （宋）叶适：《谢景思集序》，《叶适集》上册，刘公纯、王孝鱼、李哲夫点校，中华书局，2010，第212~213页。
② （宋）叶适：《徐文渊墓志铭》，《叶适集》中册，刘公纯、王孝鱼、李哲夫点校，中华书局，2010，第212~213页。

涩，放翁之清圆，石湖之精致，四壁并开，乃永嘉徐、赵诸公以清虚便利之调行之，见尝（疑当作赏）于水心，则四灵派也，而宋诗又一变。①

从马先生的对比和他引用全祖望的话来看，四灵派无疑是作为江西诗派的掘墓者而存在的。不过，当代学者对四灵派的认定差别较大。如钱锺书将其与江湖派视为一体。他在《宋诗选注》"徐玑小传"中说："他和他的三位同乡好友——字灵晖的徐照，字灵舒的翁卷，号灵秀的赵师秀——并称'四灵'，开创了所谓'江湖派'。"② 这是直接将"四灵"看作江湖派的开创者了。胡明继承了这个看法，其对江湖派的评价，也包括了对四灵派的评价。如他在《江西诗派泛论》中说：

> "江湖"的晚唐旗号能打出来，坚持不倒，与"江西"抗衡并最终压倒"江西"与他们的战略战术正确也有很大关系。他们进攻"江西"营垒的方略主要有两条：一、以捐书以为诗来攻"江西"的资书以为诗，以白描雅淡对付"江西"之獭祭板滞；二、以一字一句浮声切响之锻炼精巧来攻"江西"的连篇累牍、汗漫无禁，也即是叶适所谓"胠鸣吻决，出毫芒之奇"的意思。——这两套本事其实并不高明，也不难，只是击中要害而已，费力小而事功倍。再加上胸中的一点"灵"气，结果却扫荡了"江西末流"的积弊，使天下学诗者一新耳目，踊跃追摹。叶适说的"横绝欻起，冰悬雪跨，使读者变绰慑慄，肯首吟叹不自已"恐怕并没有多少夸张。③

这里所说的江湖派，其实就是四灵派。其中所论江湖派的两条"方略"，其实正是四灵派反对江西诗派的做法：不但"捐书以为诗"，连"一字一句浮声切响之锻炼精巧"也都为四灵派所有，后者的出处就在前引叶适的《徐文渊墓志铭》中。而文章最后所引叶适的几句话，出处是叶适的《徐道晖墓志铭》，其本身就是对"四灵"之一徐照诗歌的评价。

四灵派虽然没有明确表达出对江西诗派的批评，却通过提倡贾岛、姚合以否定江西诗派对杜甫的宗法，提倡"捐书以为诗"以否定江西诗派的"无一字无来处"，并且专门写作近体诗，尤其是五律，跟江西诗派长于古

---

① 马兴荣：《四灵诗述评》，《文学遗产》1987年第2期。
② 钱锺书选注《宋诗选注》，人民文学出版社，1989，第220页。
③ 胡明：《江西诗派泛论》，《文学遗产》1987年第4期。

体长篇形成鲜明的对比。这些显然都不是巧合，而是有意为之。反倒是叶适的论述更加清晰地揭示出四灵派对江西诗派的反对态度。

不过，四灵派以晚唐诗为旨归，并未能为诗歌发展开辟出一片新天地，反而将其带入更加狭隘纤弱的邪路上去了。俞文豹《吹剑录》云：

> 近世诗人好为晚唐体，不知唐祚至此，气脉浸微，士生斯时，无他事业，精神伎俩悉见于诗。局促于一题，拘挛于律切，风容色泽，清浅纤微，无复浑涵气象。求如中叶之全盛，李杜元白之瑰奇，长章大篇之雄伟，或歌或行之豪放，则无此力量矣。故体成而唐祚亦尽，盖文章之正气竭矣。今不为中唐全盛之体，而为晚唐哀思之音，岂习矣而不察邪！①

相对于大气浑涵的盛中唐诗，以小巧见称的晚唐诗实在是过于卑弱。南宋四灵派舍本逐末，见小忘大，利用当时反对"宋调"、反对江西诗派的社会风气，提倡晚唐诗虽似颇为快意，然其所得又何足以望苏轼、黄庭坚及江西诗派之项背？

虽然在"宋调"和江西诗派面前，四灵派的批评和反对颇有蚍蜉撼树之嫌疑，无奈其人多势众，相煽成风，从者如流，其后学最终竟然占据了南宋中后期的诗坛，也从根本上削弱和动摇了江西诗派的根基。

三 江湖派对江西诗派的不同态度

当代有些学者之所以将四灵派与江湖派视为一体，其主要原因可能在于江湖派不仅的确是在四灵派的影响下发展起来的，而且一些江湖派的诗学观点在相当程度上也与四灵派保持了一致。上节所引胡明对江湖派的论断，其实更切合四灵派，当然用来评价一部分江湖派诗人也是非常恰当的。尽管当代研究者对江湖派的具体人数认定有不同看法，但公认这个诗派人数众多，成员庞杂。其中固然有学习"四灵"者，但也不乏学习江西诗派者，且少数成就较高者大都曾经有过杨万里、陆游那样先学"江西"而后又摆脱"江西"、自成一家的作诗经历。这里举刘过、戴复古、刘克庄、姜夔几人为例。

在江湖派中，年岁较早的刘过没怎么受到四灵派的影响。刘过（1154～

---

① （宋）俞文豹：《吹剑录》，《俞文豹集》，尚佐文、邱旭平点校，浙江古籍出版社，2016，第33页。

1206），字改之，号龙洲道人，吉州太和（今江西泰和）人。曾几次应举，皆不第。他虽布衣终生，流落江湖间，却又曾屡次上书朝廷，陈述"恢复大计"。由于坚决主张抗金，刘过诗有鲜明的政治内容，这一点跟江西诗派固然有所不同，但刘过本身就是江西人，自小受到江西诗派的影响。其《次刘启之韵》云：

> 豪结交游三十年，暮年识子海霜边。江西析派诗同社，鸿宝传家子已仙。无用白须甘我老，有才青眼望谁怜？譬如漂泊溢城下，篁竹萧疏无管弦。①

从诗中"江西析派诗同社"句看，刘过自认为其所属的诗社是江西诗派的分支。岳珂《桯史》卷六《快目楼题诗》云："江西诗派所在士，多渐其余波，然资豪健和易不常，诗亦随以异。庐陵在淳熙间，先后有二士，其一曰刘改之，余及识之……"② 这里也是肯定了刘过受到江西诗派的影响。刘过的基本诗风与江西诗派并不一致，但他从江西诗派入手并且最终摆脱了该派，成为江湖派中一位重要的诗人。

戴复古（1167～1248?），字式之，号石屏，天台黄岩（今属浙江台州）人。一生布衣，漂泊江湖。在江湖派的重要诗人中，戴复古的年岁亦比较靠前，且曾得杨万里、陆游妙处。嘉定三年（1210），戴复古44岁，其诗已颇得时名。楼钥在《跋戴式之诗卷》中云："雪巢林景思、竹隐徐渊子皆丹丘名士，俱从之游，又登三山陆放翁之门，而诗益进。"③ 又巩丰题跋云：

> 乾道间，东皋子以诗名。式之幼孤，壮乃能承其家。余顷于都中，尝见江西胡都司、杨监丞皆甚称其诗。盖二公导诚斋宗派，不轻许与。别去逾三年矣，一日忽见过于武川村舍，袖出近作一编，款论终日，余为之废睡，挑灯熟读，仍为摘句，犹未能尽。大抵唐律尤工，务新奇而就帖妥，道路江湖间，尤多语意之合，读之使人不厌。余益老矣，不复能进矣，倘未委土壤，尚及见君凌厉斯世，扣参历井，横翔而杰出也。东坡云："诗非甚习不能工。"余谓如登羊肠之坂，中间无地驻足，不进即退，虽有过人之才，可不勉哉！

---

① （宋）刘过：《龙洲集》，上海古籍出版社，1978，第37页。
② （宋）岳珂撰《桯史》，吴企明点校，中华书局，1981，第71页。
③ （宋）楼钥撰《楼钥集》第4册，顾大朋点校，浙江古籍出版社，2010，第1223页。

嘉定七年正月甲戌栗斋巩丰。①

嘉定七年（1214），戴复古48岁。巩丰文中所谓"诚斋宗派"，可能是指由宗尚杨万里而形成的一派。戴复古诗在当时被"诚斋宗派"的二位诗人"甚称"，可见已得到杨诗的妙处。戴复古曾向陆游学诗，而陆游亦喜"活法"。既然杨万里、陆游都已经摆脱了江西诗派，戴复古从他们那里受到的影响也很难说是江西诗派的影响，其距离江西诗派已经更远了。如果说巩丰当时看到的戴复古诗歌"大抵唐律尤工"尚有近于四灵派之处，其提出的"凌厉斯世，扪参历井，横翔而杰出"的期望，亦在后来极大影响到戴复古诗歌的发展。至淳祐二年（1242）戴复古76岁时，包恢作序称其"在石屏则古尤工而过于近"，可见其诗歌即便在诗体上也经历了从重律诗到重古体的明显变化过程。

相对于诗体形式的变化，戴复古诗歌更有价值的地方在于对社会现实的关心。端平元年（1234）王野为《石屏诗集》作题跋时已云：

近岁以诗鸣者多学晚唐，致思婉巧，起人耳目，然终乏实用。所谓言之者无罪，闻之者足以戒，要不专在风云月露间也。式之独知之，长篇短章，隐然有江湖廊庙之忧，虽诋时忌，忤达官，弗顾也。犹每以不读书为恨。予曰"平生不识字，把笔学吟诗"，非韦苏州言乎？苏州兴寄冲逸，远追陶、谢，顾不识字邪？苏州且不识字，式之亦何必读书哉！②

王野明确指出戴复古诗歌与当时四灵派的不同，主要在于"隐然有江湖廊庙之忧"，即对现实非常关切。

刘克庄是"江湖诗派"中成就最高的诗人。刘克庄（1187～1269），字潜夫，号后村，莆田（今属福建）人。其诗早期主要学习四灵派，由于四灵派反对江西诗派，刘克庄亦当接受了这样的观点。不过，他后来对此颇不满意。宋刻刘克庄《南岳旧稿》卷首标注"诗一百首"，卷末有两行跋语："余少作几千首，嘉定己卯（1219），自江上奉祠南归，发故箧，尽焚之，仅存百篇，是为《南岳旧稿》。"③焚弃早年的作品，是与过去的诀别，

---

① 《戴复古诗集》，金芝山校点，浙江古籍出版社，1992，"附录"第327~328页。
② 《戴复古诗集》，金芝山校点，浙江古籍出版社，1992，"附录"第326页。
③ 转引自翁连溪、袁理《古籍春秋：中国古籍善本鉴赏与收藏》，新世界出版社，2009，第98页。

表明诗人追求自成一家的决心。其为《瓜圃集》所作序云：

> 近岁诗人，惟赵章泉五言有陶、阮意，赵蹈中能为韦体。如永嘉诗人，极力驰骤，才望见贾岛、姚合之藩而已。余诗亦然。十年前，始自厌之，欲息唐律，专造古体。赵南塘不谓然，其说曰："言意深浅，存人胸怀，不系体格。若气象广大，虽唐律不害为黄钟大吕。否则手操云和，而惊飙骇电，犹隐隐弦拨间也。"余感其言而止。①

这段话清楚地表现出刘克庄对于四灵派始好之而终弃之的变化过程，其诗走向了"四灵"的反面。叶适《题刘潜夫南岳诗稿》曰：

> 往岁徐道晖诸人，摆落近世诗律，敛情约性，因狭出奇，合于唐人，夸所未有，皆自号四灵云。于时刘潜夫年甚少，刻琢精丽，语特惊俗，不甘为雁行比也。今四灵丧其三矣，冢臣沦没，纷唱迭吟，无复第叙。而潜夫思益新，句愈工，涉历老练，布置阔远，建大将旗鼓，非子孰当！
>
> 昔谢显道谓："陶冶尘思，模写物态，曾不如颜、谢、徐、庾流连光景之诗。"此论既行，而诗因以废矣。悲夫！潜夫以谢公所薄者自鉴，而进于古人不已，参《雅》《颂》，轶《风》《骚》，何必四灵哉！②

叶适已经明显看出刘诗对于四灵派的发展和突破，但由于所评对象为刘克庄早期所作的《南岳诗稿》，故尚未能反映出刘后来的诗歌成就。刘克庄不仅不反对江西诗派，而且曾作《江西诗派小序》，对江西诗派的诗人分别加以评价。他在《后村诗话》后集卷二说："游默斋序张晋彦诗云：'近世以来学江西诗，不善其学，往往音节聱牙，意象迫切。且论议太多，失古诗吟咏性情之本意。'切中时人之病。"③这段话虽然是批评，但指向的是那些"不善其学"者，并没有笼统地批判江西诗派。刘克庄转述这段话，亦表明他也认同这样的观点。

姜夔在江湖派中比较另类。姜夔（1154？～1221？），字尧章，号白石道人，鄱阳（今属江西）人。姜夔一生未第，以布衣游走江湖，诗歌受到

---

① （宋）刘克庄著，辛更儒校注《刘克庄集笺校》第9册，中华书局，2011，第3975～3976页。
② （宋）叶适：《题刘潜夫南岳诗稿》，《叶适集》中册，刘公纯、王孝鱼、李哲夫点校，中华书局，2010，第611页。
③ （宋）刘克庄撰《后村诗话》后集，王秀梅点校，中华书局，1983，第70页。

萧德藻和杨万里的影响。其《白石道人诗集自叙》云：

> 诗本无体，三百篇皆天籁自鸣。下逮黄初迄于今，人异韫，故所出亦异。或者弗省，遂艳其各有体也。近过梁溪，见尤延之先生，问余诗自谁氏。余对以异时泛阅众作，已而病其驳如也，三薰三沐师黄太史氏。居数年，一语噤不敢吐。始大悟学即病，顾不若无所学之为得，虽黄诗亦偃然高阁矣。先生因为余言："近世人士喜宗江西，温润有如范致能者乎，痛快有如杨廷秀者乎，高古如萧东夫，俊逸如陆务观，是皆自出机轴，亶有可观者，又奚以江西为。"余曰："诚斋之说政尔。昔闻其历数作者，亦无出诸公右，特不肯自屈一指耳。虽然，诸公之作，殆方圆曲直之不相似，则其所许可亦可知矣。"余识千岩于潇湘之上，东来识诚斋、石湖，尝试论兹事，而诸公咸谓其与我合也。岂见其合者而遗其不合者耶？抑不合乃所以为合耶？抑亦欲俎豆余于作者之间而姑谓其合耶？不然，何其合者众也。余又自嗜曰：余之诗，余之诗耳。穷居而野处，用是陶写寂寞则可，必欲其步武作者，以钓能诗声，不惟不可，亦不敢。①

由此可知，姜夔早年受江西诗派影响很大，所谓"三薰三沐师黄太史氏。居数年"，这个功夫是扎扎实实的。不过，其后来在萧德藻、尤袤、杨万里、范成大等人影响下，形成了与众不同的特色。而且姜夔的词名很高，不仅在很大程度上掩盖了他的诗名，其词对于其诗的创作也产生了一定的影响。胡云翼在《宋诗研究》中甚至将姜夔的诗歌称为"词人的诗"。

尽管南宋后期被四灵派倡导的晚唐体诗风所笼罩，但诗人亦步亦趋地学习必然难以有所成就，即便想在四灵派和江湖派之间做些调节也于事无补。不幸的是，四灵派和江湖派的大多数成员即是如此。王水照说：

> 江湖诗派大多数诗人既不满于江西诗派，认为它"资书以为诗失之腐"，也不满于四灵"捐书以为诗失之野"，却无法超越它们。于是只能在四灵体和江西诗派间徘徊，实际上是在"唐音"与"宋调"之间摸索；但偏重或倾向于四灵的成分多些，也就是更多侧重"唐音"。②

---

① （宋）姜夔：《白石道人诗集自叙》，《白石诗词集》，夏承焘校辑，人民文学出版社，1959，第1页。
② 王水照主编《宋代文学通论》，河南大学出版社，1997，第122~123页。

不难看出，这些诗人之所以取得更大的成就，是因为或者较少受到四灵派的影响，或者突破四灵派樊篱转而借鉴江西诗派，或者直接、间接地学习江西诗派。正因为如此，跟当时为数众多的江湖派成员还在否定江西诗派不同，他们反对的对象是四灵派带来的弊病，而不再是江西诗派了。

在江湖派中，反对江西诗派最有力的是诗歌成就不高但诗学理论为人所重的严羽，他在《沧浪诗话·诗辨》中说："近代诸公乃作奇特解会，遂以文字为诗，以才学为诗，以议论为诗。"① 这远比之前的"中兴四大家"和四灵派走得远，他不仅批判江西诗派，而且把王安石、苏轼也囊括在内，可以说是对"宋调"的根本否定。郭绍虞认为严羽的认识来源于之前张戒的《岁寒堂诗话》。他在《宋诗话考》中说："盖张氏诗论重要之点，乃在南宋苏黄诗学未替之时，已有不满之论，而其所启发，似又足为沧浪之先声也。"② 张戒生活于两宋之交，论诗主张"言志"，强调"思无邪"，对苏、黄大肆攻击。他在《岁寒堂诗话》卷上曾说过下面这些极端的言论：

> 苏、黄用事押韵之工，至矣尽矣，然究其实，乃诗人中一害，使后生只知用事押韵之为诗，而不知咏物之为工，言志之为本也，风雅自此扫地。③

> 《国风》《离骚》固不论，自汉魏以来，诗妙于子建，成于李、杜而坏于苏、黄。余之此论，固未易为俗人言也。子瞻以议论作诗，鲁直又专以补缀奇字，学者未得其所长，而先得其所短，诗人之意扫地矣。④

> 自建安七子、六朝、有唐及近世诸人，思无邪者，惟陶渊明、杜子美耳，余皆不免落邪思也。六朝颜、鲍、徐、庾，唐李义山，国朝黄鲁直，其邪思之尤者。⑤

---

① （宋）严羽撰《沧浪诗话》，（清）何文焕撰《历代诗话》下册，中华书局，1981，第688页。
② 郭绍虞：《宋诗话考》，中华书局，1979，第56~57页。
③ （宋）张戒撰《岁寒堂诗话》，丁福保辑《历代诗话续编》上册，中华书局，1983，第452页。
④ （宋）张戒撰《岁寒堂诗话》，丁福保辑《历代诗话续编》上册，中华书局，1983，第455页。
⑤ （宋）张戒撰《岁寒堂诗话》，丁福保辑《历代诗话续编》上册，中华书局，1983，第465页。

严羽继承了张戒的一些观点，将"宋调"的主题特征概括为"以文字为诗，以才学为诗，以议论为诗"，虽出之于批评，但还是颇为精到和深刻的。不过，严羽否定"宋调"并不意味着他认同四灵派和江湖派写作晚唐体的做法，实际上恰恰相反，他对晚唐体非常不满，因为他所重视的是李、杜所代表的盛唐诗。

从前面的分析可以看出，否定江西诗派是南宋诗学的主流。无论是南宋初年的韩驹、徐俯、吕本中、陈与义、曾幾，还是之后的"中兴四大家"，抑或是后来的四灵派和江湖派，都以否定江西诗派为己任。由于江西诗派是"宋调"的代表，所以南宋诗歌的这种发展趋势在本质上也就是对"宋调"的逐步解构及解构程度的不断深化。

不过，"宋调"在南宋的解构并不彻底，虽然使得江西诗派不再居于诗坛的主流，但其并没有真正消失。事实上，江西诗派不仅在经历了各种打击后尚不绝如缕，而且在南宋后期还有不断复苏的迹象。

第三节
从江西诗派到江西诗社

作为"宋调"的代表，江西诗派在南宋一直受到不同流派的否定和反对，恰好说明它并没有随着韩驹、徐俯、吕本中、陈与义、曾幾等人的去世而消歇，而是依赖社会上大量存在的学诗者和各种不同的江西诗社，一直得以在一定范围内继续生存和发展。

一 江西诗法得到延续

随着韩驹、徐俯、吕本中、陈与义、曾幾等人纷纷从江西诗派中破茧而出，原来意义上的"诗派"已不复存在了。可是，现实社会中仍有成千上万难以统计的人还在沿用江西诗派的诗法学习作诗，这些人也常被时人归入江西诗派。这些人实际上又可分为三类。一类是始于学习江西诗派而终于自成一家的诗人。如前面提到的韩驹、徐俯、吕本中、陈与义、曾幾等人，又如"中兴四大家"，还有江湖派的戴复古、姜夔等人，大都有一段学黄的历史。一类是一直学习江西诗风而生活在下层的寂寂无闻者。胡云翼在《宋诗研究》中谈到"反江西派的诗人"时说：

自元祐以后，江西诗派的势力便占据了全宋的诗坛。系统相传，迄于南宋，江西诗的风气更加嚣张了。仿佛被称为江西派中人便值得骄傲，不学江西诗便不时髦。大诗人如陈与义、陆游、范成大、杨万里虽不是江西嫡派，多少也受了一点江西诗的影响。其余的小诗人则更不必说，完全沉湎在这个宗派的风气里面。①

胡先生对于江西诗派在南宋影响的认识应该带有夸张的成分，但关于"其余的小诗人则更不必说，完全沉湎在这个宗派的风气里面"的判断还是接近事实的。关于这类"小诗人"，今天尚可依据《全宋诗》考出若干成员。第三类是坚持学习江西诗风而终成大家者，以刘辰翁、方回为代表。

仅就诗法而论，无论是背离了江西诗派的韩驹、徐俯、吕本中、陈与义、曾几等人，还是南宋成就最高的"中兴四大家"，都还残留着江西诗派的印记。如韩驹虽然追求自成一家，但其诗在很大程度上是将苏轼与黄庭坚的诗风"嫁接"在一起。王十朋《陈郎中公说赠韩子苍集》云：

> 唐宋诗人六七作，李杜韩柳欧苏黄。近来江西立宗派，妙句更推韩子苍。非坡非谷自一家，鼎中一脔曾已尝。丈人珍重赠全集，开卷烂然光焰长。诗如此公固足贵，赐出仁者尤难忘。兼金白璧不足道，愿宝兹集为家藏。鲰生幸脱场屋累，老境欲入诗门墙。古诗三百未能学，句法且学今陵阳。②

称"非坡非谷自一家"显然有些过誉，也许将其看作韩驹的努力方向更为准确。韩驹主张使用参禅的方式学习作诗，但所学对象仍然严重依赖黄庭坚诗，只是同时兼学苏轼诗罢了。又如曾几，据说曾向韩驹学诗，虽然接受了吕本中的"活法"理论，诗歌走向了自然流利，然其中仍时时露出学杜甫和黄庭坚所带来的硬气。潘德舆《养一斋诗话》卷九云：

> "工部百世祖，涪翁一灯传。""老杜诗家初祖，涪翁句法曹溪。尚论渊源师友，他时派衍江西。"皆曾茶山诗也。夫祖工部可也，竟以涪翁为杜之法嗣可乎？此自茶山之见耳。茶山五言时有清迥之格，如："卷书坐东轩，有竹甚魁伟。清风过其中，戛戛鸣不已。写之以素琴，音节淡如水。不惜为人弹，临流须洗耳。""丛芦受风低，积潦得霜浅。

---

① 胡云翼：《宋诗研究》，巴蜀书社，1993，第128~129页。
② （宋）王十朋：《王十朋全集》上册，梅溪集重刊委员会编，王十朋纪念馆修订，上海古籍出版社，2012，第170页。

沙匀洲渚净，水澹凫鸭远。禅扉掩昼夜，短纸开秋晚。欲问此间诗，半山呼不返。"赵仲白所谓"清于月白初三夜，淡似汤烹第一泉"，当指此种言之。他作则多笔率气羸，虽尝受法于韩子苍，在江西宗派中，然与涪翁之崛已绝不似，况老杜哉！所以得盛名者，或由剑南为其高足耳。评者谓其"全集风骨高骞，蕴涵深远，居涪翁、剑南间，未为蜂腰"，非笃论也。①

潘德舆对曾幾诗的评价不高，但对其五言诗"时有清迥之格"的说法还是颇为中肯的，而这跟他学杜、学黄有很大的关联。戴复古甚至认为陆游从曾幾那里学到的仍有江西诗派的基因，其《读放翁先生剑南诗草》云：

茶山衣钵放翁诗，南渡百年无此奇。入妙文章本平淡，等闲言语变瑰琦。三春花柳天裁剪，历代兴衰世转移。李杜陈黄题不尽，先生摹写一无遗。②

在"中兴四大家"中，相对于陆游，杨万里不仅重视"活法"，而且要求"通透"。其《和李天麟二首》其一云：

学诗须透脱，信手自孤高。衣钵无千古，丘山只一毛。句中池有草，子外目俱蒿。可口端何似？霜螯略带糟。③

杨万里如此重视"通透"，使诚斋体成为当代学者心中最富创造性的宋诗代表，但其诗中仍保留着一定的江西习气。钱锺书在《宋诗选注》中为其所撰小传中说：

不过他对黄庭坚、陈师道始终佩服，虽说把受江西派影响的"少作千余"都烧掉了，江西派的习气也始终不曾除根，有机会就要发作；他六十岁以后，不但为江西派的总集作序，还要增补吕本中的"宗派图"，来个"江西总派"，而且认为江西派好比"南禅宗"，是诗里最高的境界。④

钱先生所说的这一点，其实在杨万里自己的《诚斋诗话》中已有体现：

---

① （清）潘德舆：《养一斋诗话》，朱德慈辑校，中华书局，2010，第145页。
② 《戴复古诗集》，金芝山校点，浙江古籍出版社，1992，第171页。
③ （宋）杨万里撰，辛更儒笺校《杨万里集笺校》第1册，中华书局，2007，第199页。
④ 钱锺书选注《宋诗选注》，人民文学出版社，1989，第158页。

> 初学诗者，须学古人好语，或两字，或三字。如山谷《猩猩毛笔》："平生几两屐，身后五车书。""平生"二字出自《论语》，"身后"二字，晋张翰云："使我有身后名。""几两屐"，阮孚语。"五车书"，庄子言惠施。此两句乃四处合来。又："春风春雨花经眼，江北江南水拍天。"春风春雨，江北江南，诗家常用。杜云："且看欲尽花经眼。"退之云："海气昏昏水拍天。"此以四字合三字，入口便成诗句，不至生硬。要诵诗之多，择字之精，始乎摘用，久而自出肺腑，纵横出没，用亦可，不用亦可。①

在这段话中，杨万里不但重点谈论了用典的技巧，也就是诗法，而且所举也都是黄庭坚诗联，尤其可以看出他与江西诗派的关系。

其后的四灵派虽以反对江西诗派相标榜，其实亦有对其继承的地方。对此，已有多位学者加以讨论，此处引马兴荣《四灵诗述评》文中的一段话：

> 从宋诗的发展来看，四灵是反江西诗派的。但是，从四灵的诗歌主张和创作实践来看，他们的诗也或多或少地有江西诗派的影子。例如江西诗派作诗"虽只字半句不轻出"，而四灵主张以"单字只句计巧拙"，虽然两者的含义不相同，而重视诗的锻字练［炼］句却是完全相同的。正因为这样，江西诗派的诗，锻炼太过而入于险怪。而四灵诗也有因锻炼太过而入于险怪的，如"秋至昏星易，天长楚月孤"之类（翁卷《宿邬子寨下》）。又如江西诗派喜欢用的"拗体"，从句法方面来说，四灵诗中也偶有发现，如：五言诗句一般是上而下三，而四灵诗中的"十年前有约"（徐照《题翁卷山居》）、"富荣峰入天"（翁卷《能仁寺》）、"八百里重湖"（《送蒋德瞻节推》）都是上三下二的。再如江西诗派主张"夺胎还［换］骨""点铁成金"的做［作］诗方法，在四灵诗中也可以遇到，除了《诗人玉屑》《娱书堂诗话》等已经指出的外，我们再以翁卷的诗为例来说明。如《石门庵》"果落群猿过，林昏独虎行"来自温庭筠的《早秋山居》"果落见猿过，叶乾闻鹿行"。《酬友人》"我无资身策，合守贫贱居"来自王维的《酬张少府》"自顾无长策，空知返旧林"。《幽居》"移松连峤土，买石带溪苔"来自姚合的《武功县中作三十首》之四"移花兼蝶至，买石得云饶"。总

---

① （宋）杨万里撰《诚斋诗话》，丁福保辑《历代诗话续编》上册，中华书局，1983，第140~141页。

之,四灵是反江西诗派的,但他们的诗作却或多或少地受到江西诗派的影响,他们的是或多或少地有江西诗派的影子就是明证。①

马先生的分析也许不够全面,但至少体现出江西诗派对四灵派的影响也是多层次、多方面的。

跟四灵派相比,江湖派受江西诗派的影响还更大一些。戴复古与刘克庄在这方面表现得尤为突出。为了反对四灵派"捐书以为诗",他们转而强调读书的重要性。戴复古屡次感叹自己读书少,虽然带有自谦的成分,但恰好说明他对学问的重视。这与江西诗派是一致的。其族侄戴昺所作《〈石屏后集〉锓梓,敬呈屏翁》一诗云:

> 新刊后稿又千首,近日江湖谁有之!妙似豫章前集语,老于夔府后来诗。梅深岁月枝逾古,菊饱风霜色转奇。要洗晚唐还大雅,愿扬宗旨破群痴。②

这首诗有两处值得注意,一是颔联直接用黄庭坚和杜甫诗来比戴复古的诗作。以杜、黄为宗,正是江西诗派的传统做法。二是尾联中"要洗晚唐还大雅"句,将始自杨万里而盛于四灵派的宗尚晚唐之风视为小道,而将以杜甫、黄庭坚为代表的诗风视为"大雅"。而刘克庄虽非从江西诗派入,后来亦自觉学习和研究江西诗派,并曾作《江西诗派小序》。此外,严羽《沧浪诗话·诗辩》云:"夫诗有别才,非关书也;诗有别趣,非关理也。然非多读书,多穷理,则不能极其至。"③ 这也颇能代表一些江湖派诗人的观点。

相对于生活在社会下层的江湖派,南宋中后期士大夫阶层在继承江西诗法方面表现得更加突出。侯体健曾考察了他们的诗歌写作状况:

> 南宋中后期士大夫的诗歌成就,较之北宋的欧、苏、王、黄自然远远不如,较之南宋前、中期的周必大、范成大、陆游、杨万里也存在差距。此时的士大夫群体,多以官僚或学者的面貌留在历史书写之中,似乎失去了原有的文学光彩,但他们的文学作品数量仍然十分可

---

① 马兴荣:《四灵诗述评》,《文学遗产》1987年第2期。
② 《戴复古诗集》,金芝山校点,浙江古籍出版社,1992,"附录"第271页。
③ (宋)严羽撰《沧浪诗话》,(清)何文焕撰《历代诗话》下册,中华书局,1981,第688页。

观，取得的艺术成就亦不可轻视。他们的诗歌虽然在创新性上略显不足，却仍是宋诗艺术嬗变的关键一环，也是晚宋诗坛图景中极为重要的组成部分。譬如其中郑清之、洪咨夔、林希逸三人，作为南宋中后期的重要士大夫，郑侧重于官僚身份，洪和林侧重于学者身份，实则诗歌创作均有不俗的表现……

这批官僚士大夫的诗作都具有"事料广博""事料富有"等特点，继承了以"苏黄"为代表的元祐诗风而又有所损益变化，依然保持了典型宋调"以议论为诗、以才学为诗、以文字为诗"的传统，其创新性与变革性虽不强烈，却也是对当时空疏轻薄、佻滑狭促的江湖诗风的反拨。正是由于"江湖诗派"概念的强势，使得他们或被忽视，或被错置，从而造成了文学史书写中对南宋中后期传统士大夫诗歌创作的漠视。①

总之，即使经过派中人的背离、其他诗人和诗派的批判，江西诗法不但没有绝迹，反而影响不断回升。尤其是到了南宋中后期，无论是下层的四灵派、江湖派，还是地位更高的士大夫诗人，都不同程度地受到了江西诗法的影响。

二 江西诗社涌现

江西诗派之成立，实赖于当时出现的若干诗社，而得名于吕本中所作的《江西宗派图》。照常理说，随着图中所列诗人一个个离世，甚至连吕本中及其诗友陈与义、曾几等人也已作古后，这个诗派也就不复存在了。可事实上，这个诗派不仅没有在当时灭亡，而且一直延续到宋亡之后，体现为南宋众多的江西诗社。郭鹏、尹变英在《中国古代的诗社与诗学》中称之为"江西诗社群"，并认为："早在乾道元年时，'江西社'或一个实体性的江西社已经活跃在人们的诗学视野中了。"② 不论虚拟的还是实体的，南宋有多少"江西诗社"已经难以考察了。至于数量更为庞大的社中诗人，由于绝大多数默默无闻，甚至作品散尽，也就更加无法统计了。江西诗社的生命力之所以如此坚强，主要取决于以下两个因素。

其一是大量后继者的坚持。如上面所说，尽管吕本中等人背离了原来

---

① 侯体健：《"江湖诗派"概念的梳理与南宋中后期诗坛图景》，《文学遗产》2017年第3期，第94页。
② 郭鹏、尹变英：《中国古代的诗社与诗学》，商务印书馆，2015，第463页。

意义上的江西诗派,但并没能阻挡住后来者的脚步。在众多的后来者中,"中兴四大家"就是先学江西诗歌而终能独树一帜的典范。而且在他们周围,始终有一些属于江西诗社或者在诗风上可以归入的小诗人。仅以杨万里文集所载,至少可以确定以下 11 人。

1. 曾集,字致虚,绍兴间知南康军(今江西九江),勤于政事。与朱熹交往较多。杨万里《寄题庐山楞伽寺三贤堂呈南康太守曾致虚》云:

山房牙签三万轴,六丁下取归群玉。空余坡老枯木枝,雪骨霜筋插云屋。楞伽老僧怀两贤,作堂要与祠千年。只供清风荐明月,不用秋菊兼寒泉。江西社里曾常伯,李家玉润苏家客。并遣巫阳招取来,分坐庐山泉上石。①

在这首诗中,杨万里直接称曾集为"江西社里曾常伯",明显将其视作江西诗社的成员。

2. 邹敦礼,字和仲,临江军新淦(今江西新干)人。绍兴二年(1132)进士,仕至赣州节度推官。著有《北窗集》。② 杨万里《北窗集序》云:

北窗先生邹公和仲,绍兴丙子为章贡观察推官,予时为户曹掾,以乡邻,故相得欢甚。每见,必论诗,未尝不移日也。公之诗祖山谷,记其诵所作,如《久霖》云:"劝雷且卧鼓。"如《读人诗卷》云:"声名蔼作紫兰馥,诗句清于黄菊秋。"若置之江西社,不知温似越石乎?越石似温乎?今其外孙曾叔遇尽得公之诗文若干卷,将刻板以传于学者,岂惟学者之幸,抑亦予之幸。

庆元庚申六月二十七日,诚斋野客杨万里书。③

3. 照上人,事迹不详。曾为永州东寺诗僧。杨万里《东寺诗僧照上人访予于普明寺赠以诗》诗题已言及其当时身份。又杨万里《题照上人迎翠轩二首》(1162)其二云:

参寥癞可去无还,谁踏诗僧最上关?欲具江西句中眼,犹须作礼

---

① (宋)杨万里撰,辛更儒笺校《杨万里集笺校》第 4 册,中华书局,2007,第 1835 页。
② 夏汉宁、黎清、刘双琴等:《南宋江西籍进士考录》上册,江西教育出版社,2017,第 21 页。
③ (宋)杨万里撰,辛更儒笺校《杨万里集笺校》第 6 册,中华书局,2007,第 3359~3360 页。

问云山。①

4. 彭元忠，字号、事迹不详。曾学陈师道诗。杨万里《送彭元忠司户二首》其一云：

> 触热能相访，言归有底忙？百闻才半面，一别又三湘。诗入江西社，心传《肘后方》。木天须此士，丹笔校官黄。②

5. 张镃（1153~1221?），原字时可，因慕郭功甫，故易字功甫，号约斋。祖籍成纪（今甘肃天水），寓居临安（今浙江杭州）。名将张俊曾孙，词人张炎曾祖。仕至司农寺丞。杨万里《又和〈木犀初发呈张功父〉》其四云：

> 约斋诗客坐诗林，派入江西彻底深。缝雾裁云梭织锦，明堂清庙玉掇金。已呼毛颖哦斋白，更约姮娥聘槁砧。细咏新来木犀句，一灯明灭夜沉沉。③

6. 徐安国，字衡仲，号西窗，上饶人。曾知横州（今广西横县）、提举广东茶盐。杨万里《题徐衡仲西窗诗编》：

> 江东诗老有徐郎，语带江西句子香。秋月春花入牙颊，松风涧水出肝肠。居仁衣钵新分似，吉甫波澜并取将。岭表旧游君记否，荔支林里折桄榔。④

7. 萧彦毓，字虞卿，庐陵（今江西吉安）人。秀才，能诗，与周必大、杨万里、陆游均有交往。著有《梅坡诗集》。杨万里《跋萧彦毓梅坡诗集》：

> 西昌有客学南昌，衣钵真传快阁旁。坡底诗人梅底醉，花为句子蕊为章。想渠蹋月枝枝瘦，赠我盈编字字香。若画江西后宗派，不愁禽贼不禽王。⑤

8. 罗宠材，字号、事迹不详。曾任分宁主簿。杨万里《送分宁主簿罗宠材秩满入京》云：

---

① （宋）杨万里撰，辛更儒笺校《杨万里集笺校》第1册，中华书局，2007，第24页。
② （宋）杨万里撰，辛更儒笺校《杨万里集笺校》第2册，中华书局，2007，第376页。
③ （宋）杨万里撰，辛更儒笺校《杨万里集笺校》第3册，中华书局，2007，第1172页。
④ （宋）杨万里撰，辛更儒笺校《杨万里集笺校》第3册，中华书局，2007，第1175页。
⑤ （宋）杨万里撰，辛更儒笺校《杨万里集笺校》第4册，中华书局，2007，第1877页。

要知诗客参江西，政是禅客参曹溪。不到南华与修水，于何传法更传衣？吾家亲党子罗子，只今四海习凿齿。花红玉白几百篇？塞破锦囊脱无底。三年簿领修水涯，夜半亲传双井芽。定知诵向百僚上，不道长江与落霞。①

9. 赵彦法，字正则，宗室子弟，寓洪州进贤（今江西进贤）。淳熙十四年（1187）进士，仕至吉州司户参军。杨万里《杜必简诗集序》云：

吾州户曹掾赵君彦法，以公事行县，因访予于南溪之上，赠予七言古诗一篇，命意高秀，下语有气力。予惊异焉，则劳之曰："豫章代出诗人，今君家进贤，山谷江西之派今有人矣……"②

10. 欧阳铁，字伯威，号寓庵，庐陵（今江西吉安）人。著有《胜辞集》。杨万里《欧阳伯威胜辞集序》云：

予退而观之，其得句，往往出象外而其力不遗余者也。高者清厉秀邈，其下者犹足以供耳目之笙磬卉木也。盖自杜少陵至江西诸老之门户，窥阚殆遍矣。③

11. 陈琦（1136～1184），字择之，号克斋，临江人。乾道二年（1166）进士，张孝祥招为幕僚。曾任衡阳主簿。杨万里《陈择之墓志铭》云："君讳琦，字择之。陈氏清江人……尤工于诗，得江西体。年四十有九，于淳熙十一年五月二十有六日卒于官……"④

根据杨万里的说法，以上 11 人皆可归入江西诗社之中，其中除了张镃略为知名外，其他人皆鲜为人知。这里仅仅是依据杨万里一人文集考察出来的结果，如对他人的文集和作品一一考察，应当可以列出一个数量可观的江西诗社人员名单来。这种情况表明，江西诗社成员（包括一些风格相近但未入社的诗人）不仅在社会上大量存在，而且传承不绝。也正因为如此，四灵派反对江西诗派，严羽和一些江湖派成员也反对江西诗派，都有其现实的基础，而并非向壁空谈。

---

① （宋）杨万里撰，辛更儒笺校《杨万里集笺校》第 4 册，中华书局，2007，第 1995 页。
② （宋）杨万里撰，辛更儒笺校《杨万里集笺校》第 6 册，中华书局，2007，第 3305 页。
③ （宋）杨万里撰，辛更儒笺校《杨万里集笺校》第 6 册，中华书局，2007，第 3173 页。
④ （宋）杨万里撰，辛更儒笺校《杨万里集笺校》第 9 册，中华书局，2007，第 4990～4992 页。

其二是一些重要的"江西诗人"继续出现。即便在名列吕本中《江西宗派图》中的所有人员以及吕本人、陈与义、曾几等人均已作古之后，南宋诗坛上仍然出现了一些比较知名的"江西诗人"。结合相关文献看，主要有以下诸人。

1. 曾纮、曾思父子。曾纮，字伯容，号临汉居士。其父曾阜，为曾巩从兄弟。宣和六年（1124）特科进士，致仕后放浪江湖。著有《临汉居士集》。曾思，字显道，号怀岘居士，曾纮子。著有《怀岘居士集》。二曾父子诗皆学黄庭坚，杨万里认为二人均已登堂入室。杨万里《江西续派二曾居士诗集序》云：

> 南丰先生之族子，有二诗人焉。曰临汉居士伯容者，南丰从兄弟曰子山名阜之子也。曰怀岘居士显道者，伯容之子也。子山尝位于朝，出漕湖南，后家于襄阳，遂为襄阳人。伯容一世豪俊而能文，其诗源委山谷先生，然以不肯仰侃于世，有官而终身不就列显道，得其父之句法，亦以气节高简。尝宰祁阳，小不可其意即弃去。隐于衡之常宁者三十年，此君子之一不幸也。伯容放浪江湖间，与夏均父诸诗人游从唱和，其题与韵，见于《均父集》中者三十有二篇。予每诵均父之诗云："曾侯第一。"又云："五言类玄度。"又云："秀句无一尘。"想见其诗而恨不见也。行天下五十年，每见士大夫，必问伯容父子诗，皆无能传之者。此又君子之一不幸也，兹非所谓生不用于时，没又不传于后，不幸之不幸者欤？
>
> 今日忽得故人尚书郎、江西漕使雷公朝宗书，寄予以《二曾诗集》二编，属予序之。欣然盥手，披读三过。蔚乎若玉井之莲敷月露之下也，沛乎若雪山之水泻滟濒而东也，琅乎若岐山之凤鸣梧竹之风也。望山谷之宫廷，盖排闼而入，历阶而升者欤？①

2. "余杭二赵"，即赵汝谈与赵汝谠。赵汝谈，字履常，号南塘，宋太祖八世孙，居余杭（今浙江杭州）。淳熙十一年（1184）进士，仕至给事中权刑部尚书。刘克庄在《后村诗话》前集卷二中对其诗颇多称赏：

> 赵南塘《挽馀干相》云："柩前留素杖，帘下进黄袍。"语简而事核。又云："汉阁新图迥，秦筝旧曲长。"《挽巩仲至》云："万卷

---

① （宋）杨万里撰，辛更儒笺校《杨万里集笺校》第6册，中华书局，2007，第3345页。

非其崇，单方或以封。"有无穷之味。《和韩仲止怀蹈中弟》云："《黄台瓜辞》可怜矣，老根连蒂摘都稀。风流遂至尔身尽，衰病况堪吾道非。少日槊棋豪索酒，暮年丝竹泪沾衣。人生到此将何遣，一卷《南华》坐掩扉。"《立春》云："苍规不与先生智，白发惟添老在身。"《绝句》云："我欲将君洞庭野，斜河澹月听云和。"要妙之音也。①

赵汝说，字蹈中，号懒庵，余杭人。嘉定元年（1208）进士，仕至温州知州。与兄汝淡并称"余杭二赵"。赵汝说诗受其兄影响，曾选戴复古诗百余首为《石屏小集》。方回《送罗寿可诗序》云：

> 立为"江西派"之说者，铨取或不尽然，胡致堂诋之。乃后陈简斋、曾文清为渡江之巨擘。乾、淳以来，尤、范、杨、陆、萧其尤也。道学宗师，于书无所不通，于文无所不能，诗其余事，而高古清劲，尽扫余子，又有一朱文公。嘉定而降，稍厌江西，"永嘉四灵"复为"九僧"旧晚唐体，非始于此四人也。后生晚进不知颠末，靡然宗之，涉其波而不究其源，日浅日下。然尚有余杭二赵、上饶二泉，典刑未泯。今学诗者不于三千年间上溯下沿，穷探邃索，而徒追逐近世六七十年间之所偏，非区区所敢知也。②

3. "上饶二泉"，即赵蕃与韩淲。赵蕃（1143～1229），字昌父，号章泉，原籍郑州，南渡后居信州玉山（今属江西）。以恩荫入仕，曾任辰州司理参军等职。诗集已佚，但清代四库辑本尚有三千多首。韩淲（1159～1224），字仲止，号涧泉，韩元吉之子。祖籍开封，南渡后属籍信州上饶（今属江西）。著有《涧泉集》。相对于前面提到的曾纮、曾思父子与"余杭二赵"的诗集今皆不传，"上饶二泉"的诗作大都得以保存。"上饶二泉"诗虽受到江湖派影响，也有学习陶渊明之处，但其与江西诗派的关系更为密切。方回多次指出这一点，如上引《送罗寿可诗序》。他在《瀛奎律髓》中评价翁卷《道上人老梅》时说："天下皆知四灵之为晚唐，而巨公亦或学之。赵昌父、韩仲止、赵蹈中、赵南塘兄弟，此四人不为晚唐，而诗

---

① （宋）刘克庄撰《后村诗话》前集，王秀梅点校，中华书局，1983，第36页。
② （元）方回撰《桐江续集》卷三十二，《文渊阁四库全书》（影印本）第1193册，台湾商务印书馆，第662页。

未尝不佳。"① 赵蕃与韩淲曾选《唐人绝句》，借以表现自己的诗歌观点。明代谢榛在《四溟诗话》卷二说："赵章泉、韩涧泉所选《唐人绝句》，惟取中正温厚，闲雅平易。若夫雄浑悲壮，奇特沉郁，皆不之取。"② 对此，清代王士禛颇为不满，在《唐人万首绝句选·凡例》中说：

  元赵章泉、涧泉选唐绝句，其评注多迂腐穿凿，如韦苏州《滁州西涧》一首，"独怜幽草涧边生，上有黄鹂深树鸣"，以为君子在下、小人在上之象，以此论诗，岂复有风雅耶？③

王士禛的批评虽然不能说是无的放矢，但所举之例却很难归为错误。从"知人论世"的立场出发，"上饶二泉"的解释亦未尝没有合理的成分。而且，这样的解读，在一定程度上体现出江西诗派对典故的使用方式。

4. 刘辰翁与方回。刘辰翁（1232～1279），字会孟，号须溪，吉州庐陵（今江西吉安）人。曾从学于陆九渊。景定三年（1262）进士，自请为濂溪书院山长。入元不仕。著有《须溪集》。刘辰翁虽以词名家，其诗亦颇有成就，且得江西诗派之传。刘辰翁曾评点杜甫、王维、李贺、陆游诸家之作，其诗亦具有融会之功。程钜夫《严元德诗序》云：

  自刘会孟尽发古今诗人之秘，江西诗为之一变，今三十年矣，而师昌谷、简斋最盛，余习时有存者。无他，李变眩，观者莫敢议；陈清俊，览者无不悦。此学者急于人知之弊也。变眩、清俊固非二子之本，亦非会孟教人之意也，因其所长，各有取焉耳……会孟于古人之作，若生同时，居同乡，学同道，仕同期。其心情笑貌，依微俯仰，千态万状，言无不似，似无不极。其言曰："吾之评诗，过于作者用意。"故会孟谈诗，近世鲜能及之。夫学者必求之古。不求之古而徒胶胶夏夏，取合一时，其去古人也益远矣，其不为会孟所笑者亦寡矣。求古之道当何如？能如会孟之融会斯可矣，而犹必以养性情，正德行为本。④

---

① （元）方回选评，李庆甲集评校点《瀛奎律髓汇评》中册，上海古籍出版社，1986，第771页。
② （明）谢榛撰《四溟诗话》，丁福保辑《历代诗话续编》下册，中华书局，1983，第1161页。
③ （清）王士禛编《唐人万首绝句选》，吴鸥校点，辽宁教育出版社，2000，第2页。
④ （元）程钜夫：《程钜夫集》上册，王齐洲、温庆新点校，湖北人民出版社，2018，第248页。

程钜夫不仅将刘辰翁指为"江西诗为之一变"的重要人物,而且对其诗善于融会古人的长处予以肯定。方回(1227~1305),字万里,徽州歙县(今属安徽)人。理宗朝进士,仕至严州(今浙江建德)知府。后降元,出任建德路总管。方回不仅自己的创作受到江西诗风影响,而且通过选编《瀛奎律髓》表现出对诗律的重视,其中尤可见出其对江西诗派的推重。此外,方回在《瀛奎律髓》中注解陈与义《清明》一诗的时候说:"古今诗人当以老杜、山谷、后山、简斋四家为一祖三宗,余可预配飨者有数焉。"① 方回在这里提出的"一祖三宗"之说,对于江西诗派的理论建构有重要意义。

对于南宋中期以后江西诗派的生存状态,刘大杰在所著《中国文学发展史》中说:

> 嘉定以降,江西诗渐为人所厌,而有四灵派的兴起,但当日称为"二赵"的赵汝谠、汝谈兄弟,以及"二泉"的赵章泉、韩涧泉,仍守着江西诗派的藩篱,在诗坛上还有相当的力量。接着江湖派风行天下,江西诗几绝,但到了宋末,又有刘辰翁、方回两人出来,成为江西诗派最后的余火,并且由他们两人,把这种风气,带到了元朝。由此看来,在宋代的诗坛,江西诗派的势力,由元祐黄、陈,以迄宋末刘、方,延长到二百年间的长期,并且南渡以后,大诗人无不蒙受其影响。②

从以上两个方面的分析可以看出,虽然受到内部的背离和外部的攻击,江西诗派或者更准确地说是江西诗社已不再居于诗坛的主流,但众多的下层追随者和少数优秀者的坚持,使其虽屡经打击而并未灭亡,甚至在宋亡之后尚有刘辰翁、方回等人可以归到该派。梁昆在《宋诗派别论》中提出"江西派五期说":诗派之名,起于南宋吕居仁作《江西诗社宗派图》,自山谷以下列陈后山等二十五人……此二十五人,为江西派初期作家,《宋志》所载江西诗派一百三十七卷,是其诗总集。其后江西势弥盛,有曾纮、曾思父子,杨诚斋尝序之入派,《宋志》所载江西续派十三卷,是其诗总集。今皆不传。此后遂无江西派者。然方回、欧阳元之集及他载记,得知二十五人后,吕本中、曾吉父、陈简斋为其魁,可谓江西派次期作家;再继以

---

① (元)方回选评,李庆甲集评校点《瀛奎律髓汇评》中册,上海古籍出版社,1986,第1149页。
② 刘大杰:《中国文学发展史》下册,商务印书馆,2015,第720页。

尤杨范陆萧五难，可谓江西派三期作家；更继以二赵二泉四公，可谓江西派四期作家；四期之江西派，其势大微，盖多流入江湖体，能卓立不拔者，惟此四公。至于宋秀，则方、刘振其余响，竟入元世矣。① 梁昆的说法及分期未必正确或合理，但至少大致勾画出江西诗派或江西诗社在南宋的发展脉络，还是具有积极意义的。

其三是增补成员和整理作品。既然在吕本中之后仍有众多的江西诗社成员，且其中尚有一些人成就较高，因此将其中出类拔萃者补入江西诗派，也就成了后人捍卫江西诗派的重要方式。同时，为了维持和扩大江西诗派的影响，南宋学者还对属于该派的诗歌作品进行了多次整理。关于增补江西诗派的过程，程千帆、吴新雷《两宋文学史》已梳理得比较清晰：

> 形成于北宋末年的江西诗派影响了整个南宋的诗坛。自从吕本中在《江西诗社宗派图》中列举陈师道等二十五人的名单以后，南宋的评论家又不断地作了增补。如赵彦卫著《云麓漫钞》，把吕本中本人归入了诗派；杨万里作《〈江西续派二曾居士诗集〉序》，称曾纮、曾思父子为续派；刘克庄为《〈茶山诚斋诗选〉序》，又把曾几和杨万里也定为诗派中人；严羽《沧浪诗话·诗体》则说陈与义"亦江西之派而小异"。到了宋末元初，方回编《瀛奎律髓》，进一步作了总结，把陈与义尊奉为江西诗派的三宗之一。他在《送罗寿可序》中，更把尤袤、杨万里、范成大、陆游、萧德藻和余杭二赵（赵汝谠、赵汝谈）、上饶二泉（赵章泉、韩涧泉）都划入了派中。这种铨选和增补的江西诗派后期作家名单，今天看来不尽妥当，如尤、杨、范、陆、萧等虽曾受到江西诗派的影响，但他们已另外开辟了新的道路。曾纮父子和余杭二赵，则因其诗集早已失传，无从详辨……必须明确，后期江西派的作风，是与前期有所不同的。②

而对于江西诗派作品的整理，亦跟其成员扩大有一定关联。根据有关资料考察，至少有以下几种版本。

1. 谢源石本。杨万里作《江西宗派诗序》云：

> 秘阁修撰给事程公，以一世儒先，厌直而帅江西。以政新民，以

---

① 梁昆：《宋诗派别论》，商务印书馆，1938，第78~79页。
② 程千帆、吴新雷：《两宋文学史》，《程千帆全集》第13卷，河北教育出版社，2000，第278页。

学赋政。如春而煦，如秋而肃，盖二年如一日也。追暇，则把酒赋诗，以繻韍乎翼轸，而金玉乎落霞秋水。尝试登滕王阁，望西山，俯章江，问双井今无恙乎？因谓曰："《江西宗派图》，吕居仁所谱而豫章自出也。而是派之鼻祖，云仍其诗，往往放逸，非阙欤？"于是以谢幼槃之孙源所刻石本，自山谷外凡二十有五家，汇而刻之于学宫。将以兴发西山章江之秀，激扬江西人物之美，鼓动骚人国风之盛。移书谂予曰："子江西人也乎？序斯文者，不在子其将焉在？"予三辞不获，则以所闻书之篇首云。

淳熙甲辰十月三日，庐陵杨万里序。①

按，谢幼槃即谢薖，与其兄谢逸皆名列《江西宗派图》。据杨序可知，谢薖之孙谢源曾刻石本，收诗"自山谷外凡二十有五家"。

2. 程叔达本，收二十家诗。上引杨万里《江西宗派诗序》已述其事本末。又其《宋故华文阁直学士赠特进程公墓志铭》亦及其事：

淳熙甲辰十月一日，万里既除先太硕人之丧。又三日，江西安抚使给事程公遣骑踵门，遗以书曰："江西诗人渊林也，祖于山谷先生，派于陈、徐诸贤，谓之诗社。而社中多逸诗，某冥搜得之，今刻枣以传。而序引缺焉，非君其谁宜为？"②

关于此本的情况，陆九渊在《与程帅》中有更具体的信息："伏蒙宠贶《江西诗派》一部二十家，异时所欲寻绎而不能致者，一旦充室盈几，应接不暇，名章杰句，焜耀心目，执事之赐伟哉！"③尤袤《遂初堂书目》载有《江西诗派》一书，疑即此本。

3. 《续派》本。《直斋书录解题》卷十五收录《江西诗派》一百三十七卷、《续派》十三卷，解题云："自黄山谷而下二十五家，又曾纮、曾思父子诗。详见诗集类。诗派之说本出于吕居仁，前辈多有异论，观者当自得之。"④ 这里的《江西诗派》一百三十七卷是否即程叔达所刻本，尚待考察。《续派》十三卷则为雷朝宗所得之本，称谓则始自杨万里，见上引《江

---

① （宋）杨万里撰，辛更儒笺校《杨万里集笺校》第6册，中华书局，2007，第3232页。
② （宋）杨万里撰，辛更儒笺校《杨万里集笺校》第9册，中华书局，2007，第4819页。
③ （宋）陆九渊：《陆九渊集》，钟哲点校，中华书局，1980，第103页。
④ （宋）陈振孙撰《直斋书录解题》，徐小蛮、顾美华点校，上海古籍出版社，1987，第449页。

西续派二曾居士诗集序》。

4. 刘克庄本。刘克庄《江西诗派小序·总序》云：

> 吕紫微作《江西宗派》，自山谷而下，凡二十六人，内何人表颙、潘仲达大观有姓名而无诗，诗存者凡二十四家。王直方诗绝少，无可采。余二十三家，部帙稍多，今取其全篇佳者，或一联一句可讽咏者，或对偶工者，各著之编，以便观览。派中如陈后山彭城人，韩子苍陵阳人，潘邠老黄州人，夏均父、二林蕲人，晁叔用、江子之开封人，李商老南康人，祖可京口人，高子勉关西人，非皆江西人也。同时如曾文清乃赣人，又与紫微公以诗往还，而不入派，不知紫微去取之意云何，惜当日无人以此叩之。后来诚斋出，真得所谓活法，所谓流转圆美如弹丸者，恨紫微公不及见耳。派诗旧本，以东莱居后山上，非也。今以继宗派，庶几不失紫微公初意。①

仅就以上考察可以看出，江西诗派包括所谓"续派"的作品多次被整理出版，也表明其在社会上一直拥有广泛的读者基础。

与此同时，南宋诗人对江西诗派的内涵也进行了一些理论阐释。如杨万里《江西宗派诗序》云：

> 江西宗派诗者，诗江西也，人非皆江西也。人非皆江西，而诗曰江西者何？系之也。系之者何？以味不以形也。东坡云："江瑶柱似荔子。"又云："杜诗似太史公书。"不惟当时闻者吪然，阳应曰诺而已，今犹吪然也。非吪然者之罪也，舍风味而论形似，故应吪然也，形焉而已矣。高子勉不似二谢，二谢不似三洪，三洪不似徐师川，师川不似陈后山，而况似山谷乎？味焉而已矣。酸咸异和，山海异珍，而调胹之妙出乎一手也。似与不似，求之可也，遗之亦可也。
>
> 大抵公侯之家有阀阅，岂唯公侯哉？诗家亦然。窭人子崛起委巷，而一旦纡以银黄，缨以端委，视之言公侯也，貌公侯也。公侯则公侯乎？尔遇王谢子弟，公侯乎？江西之诗，世俗之作，知味者当能别之矣。②

---

① （宋）刘克庄撰《江西诗派小序》，丁福保辑《历代诗话续编》上册，中华书局，1983，第486页。

② （宋）杨万里撰，辛更儒笺校《杨万里集笺校》第6册，中华书局，2007，第3230~3231页。

杨万里关于"诗江西也,人非皆江西也"的论断和"以味不以形"的独特认知角度,对于后人理解江西诗派具有重要的启发意义。

其后,刘克庄作《江西诗派小序》,是一本总集中的小序和总结。在二十四位诗人的小序中,他分别对个人诗歌渊源和主要特征进行了解读。如专论陈师道的"后山"条云:

> 后山树立甚高,其议论不以一字假借人,然自言其诗师豫章公。或曰:"黄、陈齐名,何师之有?"余曰:"射较一镞,弈角一著,惟诗亦然。后山地位去豫章不远,故能师之。若同时秦、晁诸人,则不能为此言矣。此惟深于诗者知之。文师南丰,诗师豫章,二师皆极天下人本色,故后山诗文高妙一世。然《题太白画像》云:'江西胜士与长吟,后来不忧身陆沉。'胜士谓饶德操也。按德操此诗去手污吾足之作,大争地位,太白非德操,遂陆沉耶?似非笃论。"①

在解读陈师道学黄庭坚的问题上,刘克庄可谓别出心裁。对其他诗人的小序中,也大都具有类似的特征。特别是最后的总结部分,理论色彩更强,已见前引。

从前面所考察的几个方面可以看出,江西诗派虽然已不再居于诗坛的中心,但其影响仍是如此的深入而广泛。

三 江西诗社与其他诗派的对立与融合

江西诗社虽然在南宋一直存在,但由于受到主流诗派的否定和批判,其特征不能不发生若干变化。总体来说,江西诗社呈现出与它们既对立又融合的现象。

就其对立的一面来说,主要是与四灵派、江湖派之间的对立。宋伯仁《雪岩吟草序》云:

> 诗如五味,所嗜不同,宗江西流派者则难听四灵之音调,读"日高花影重"之句,其视"河畔青青草"即路旁苦李,心使然也。古人以诗陶写性情,随其所长而已,安能一天下之心如一人之心?吁,此

---

① (宋)刘克庄撰《江西诗派小序》,丁福保辑《历代诗话续编》上册,中华书局,1983,第478~479页。

诗门之多事也！甚至裂眦怒争，必欲字字浪仙、篇篇苟鹤，殊未思《骚》、《选》文章于世何用。①

从这段话可以看出，宋伯仁对当时"诗门之多事"的不满，不过，他厌恶的是"必欲字字浪仙、篇篇苟鹤"，也就是四灵派和江湖派中众多诗人所提倡的晚唐诗。赵孟坚《彝斋文编》卷三《孙雪窗诗序》亦云："窃怪夫今之言诗者，江西、晚唐之交相诋也，彼病此冗，此訾彼拘。"② 赵孟坚所谓"江西、晚唐之交相诋"，与宋伯仁所说"宗江西流派者则难听四灵之音调"虽然侧重点不同，但都指出了江西诗派或江西诗社与四灵派、江湖派之间的矛盾与对立。这种对立，其实是主张江西诗风者与宗晚唐诗风者之间的对立，在本质上是坚持"宋调"与回归"唐音"两种主张与思潮之间的竞争与对立。

不过，对立只是问题的一个方面，二者还有一个互相融合的方面，且表现得非常明显。钱锺书《容安馆札记》卷一云：

> 方虚谷以江西与江湖、四灵与二泉分茅设蕝，一若矛盾水火者，却非情实。虚谷甚推曾茶山，而当时称茶山者有赵庚夫仲白，则四灵同声也。（参观《律髓》卷十四，又《梅磵诗话》）江湖集中多与二泉唱酬，二泉所作亦不主江西手法。③

慈波曾以戴复古为个案讨论了江西诗派与四灵派两种风格的并存，并对其影响加以探讨。他在《戴复古与季宋诗风》一文中说：

> 戴复古则能够出入四灵，复主江西，调和折衷，以其创作实绩和诗学主张深深影响了季宋诗风。流风所被，江湖诗人在学习四灵及晚唐的同时，复能兼及江西，并能关注现实生活，对四灵一味模山范水、追求野逸清瘦之趣的局限有所突破。此后在刘克庄之手江湖诗风更得以同江西诗派合流，而宋末的遗民诗人冲破诗歌体制的限制，唱响了宋代诗歌的最强音，也未始不与戴复古倡导的伤时忧国的创作趣尚

---

① 曾枣庄、刘琳主编《全宋文》第341册，上海辞书出版社、安徽教育出版社，2006，第43页。
② （宋）赵孟坚撰《彝斋文编》卷三，《文渊阁四库全书》《影印本》第1181册，台湾商务印书馆，第331页。
③ 钱锺书：《钱锺书手稿集·容安馆札记》卷一，商务印书馆，2003，第706页。

相关。①

通过以上对江西诗派各方面的考察，可以得出这样的结论：进入南宋，随着韩驹、徐俯、吕本中、陈与义、曾幾纷纷追求自成一家，原来意义上的江西诗派已不复存在。之后，"中兴四大家"比他们走得更远，取得的成就更高，也更加接近唐诗的特征。受其影响和启发，四灵派与江湖派干脆将江西诗派视作反面并加以批判，且取代江西诗派成为诗坛的主流。尽管如此，江西诗派并没有真正灭亡，而是换了一种形式，以江西诗社的形式继续发挥影响。而且，江西诗社与四灵派、江湖派之间并非仅有斗争，彼此之间还有互相融合的一面。不过，从总体趋势而言，江西诗社在南宋的影响较小，在很大程度上表明北宋建立起来的"宋调"已经被消解或解构了。

---

① 慈波：《戴复古与季宋诗风》，《廊坊师范学院学报》2006年第2期，第9页。

第七章
回归"唐音"

解构"宋调"和回归"唐音"其实是同一个问题的两个方面,彼此互为表里。上一章主要从江西诗派的角度考察了"宋调"被解构的过程和程度,本章则分别从"中兴四大家"、四灵派和江湖派的角度考察南宋诗歌回归"唐音"的问题。

第一节
"中兴四大家"开启回归"唐音"之路

"宋调"虽是在否定"唐音"的前提下建构的,但即便如此,其与唐诗的联系仍然非常密切。欧阳修、梅尧臣等人提倡学习韩愈,王安石、苏轼、黄庭坚极力推崇杜甫,由于杜、韩诗被认为与主流的"唐音"不同,反而成为"宋调"的先行者。作为"宋调"的主要建构者之一,王安石晚年的"半山体"诗歌中最早显现出复归"唐音"的趋向。前引叶梦得《石林诗话》称其"后为群牧判官,从宋次道尽假唐人诗集,博观而约取,晚年始尽深婉不迫之趣"。其实,从"晚年始尽深婉不迫之趣"来看,其所谓"从宋次道尽假唐人诗集",主要还是晚唐诗人的诗集。他的这种做法也得到了时人和后人的称道。《苕溪渔隐丛话》前集卷三十五引录黄庭坚的话说:"荆公暮年作小诗,雅丽精绝,脱去流俗,每讽味之,便觉沉潜生牙颊间。"[1] 南宋严羽在《沧浪诗话·诗体》中拈出"王荆公体",并解释说:"公绝句最高,其得意处高出苏、黄、陈之上,而与唐人尚隔一关。"[2] 味其

---

[1] (宋)胡仔纂集《苕溪渔隐丛话》前集,廖德明校点,人民文学出版社,1962,第234页。

[2] (宋)严羽撰《沧浪诗话》,(清)何文焕撰《历代诗话》下册,中华书局,1981,第690页。

意思，严羽虽以唐诗为典范，从根本上认为王安石绝句"与唐人尚隔一关"，但至少承认王安石学习唐诗（主要是晚唐诗）的事实，并且肯定了二者之间的相似之处。

张耒的诗歌也被认为与唐诗关系较大，但其所学为盛唐、中唐诗人，而非晚唐。《宋史》本传云："作诗晚岁益务平淡，效白居易体，而乐府效张籍。"① 学者对此论述颇多，其中潘德舆在《养一斋诗话》卷五所说最为具体：

"亭亭画舸系春潭，直待行人酒半酣。不管烟波与风雨，载将离恨过江南。"张文潜绝句也。渔洋《池北偶谈》取宋七绝之似唐者数十首，此亦与焉。《宋人千首绝句》则以为郑文宝诗，系于寇莱公前，误矣。又改"春潭"为"寒潭"，与下三句意尤不洽。予考文潜此题诗又有一首云："风樯浮烟匝地回，雨将浓翠扑山来。晚凉楼角三吹罢，夕照江天万里开。"前诗以情致胜，此诗以气格胜，皆唐人佳境，渔洋遗之何也？予又考文潜所诣，在北宋当属大家，无论非少游、无咎所能，即山谷、后山亦当放出一头也。盖劲于少游，婉于山谷，腴于后山，精于无咎，苏公以为超逸绝群，山谷以为"笔端可以回万牛"，诚非虚誉。其《离黄州》七古，酷摹老杜，洪容斋赏之，然尤非其至者。予最爱其《昭陵六马》五古，《孙彦古画风雨山水歌》七古，真得老杜神理。其《输麦行》《牧牛儿》两诗，摹写情态，质而愈文，虽使文昌、仲初为之，宁复过此？佳句如"星低春野路，月淡夜淮风""江城过风雨，花木近清明""风江客帆疾，晴野雁行迟""云露窗前日，秋明树外天""浅山寒带水，旱日白吹风""川平双桨上，天阔一帆西""春云藏泽国，夜雨啸山城""溪田雨足禾先熟，海树风高叶易秋""愁如明月长随客，身似飞鸿不记家"，是皆中唐以上风格，不堕晚唐门径。即其下者，如"幽花冠晓露，高柳筛和风""花须娇带粉，树角老封苔""涧泉分代井，山叶扫供厨""蝶衣晒粉花枝午，蛛网牵丝屋角晴""幽花避日房房敛，翠树含风叶叶凉""柳色渐经秋雨暗，荷香时为好风来""绿野染成延昼永，乱红吹尽放春归"，犹堪与赵倚楼争席矣。历代以来，推崇称述不止一人，然以为出山谷、少游之右者无之，盖均为成见所蒙，大名所压耳。②

---

① （元）脱脱等撰《宋史》第37册，中华书局，1977，第13114页。
② （清）潘德舆：《养一斋诗话》，朱德慈辑校，中华书局，2010，第87页。

即便是苏轼、黄庭坚等其他诗人也都在不同程度上受到唐诗的影响，这里不再讨论了。不过，只有到了南宋，随着杨万里提出"晚唐异味"，回归"唐音"才开始逐步走进诗坛的主场。

杨万里"晚唐异味"的说法主要见于他的两首诗。他在《读笠泽丛书》其一中说：

> 笠泽诗名千载香，一回一读断人肠。晚唐异味同谁赏？近日诗人轻晚唐。①

《笠泽丛书》是晚唐诗人陆龟蒙的诗文集。杨万里在这首诗中不仅表现出对陆龟蒙诗歌的喜爱，而且抒发了世无知音的孤独感。另一首是《跋吴箕秀才诗卷》：

> 君家子华翰林老，解吟芳草夕阳愁。开红落翠天为泣，覆手作春翻手秋。晚唐异味今谁嗜？耳孙下笔参差是。一径芙蓉千万枝，唤作春风二月时。旁人笑渠眼花恐落井，渠方掉头得句呼不醒。老夫向来守荆溪，郡有诗人元不知。赠我连城杂照乘，一夜空斋横白蜺。②

此诗所赠对象是吴箕秀才，杨万里称赞其继承了先人即晚唐诗人吴融的"晚唐异味"。不过，杨万里"晚唐异味"所指的并非仅有陆龟蒙、吴融，而是泛指以李商隐、杜牧为代表的诗人群体。其《诚斋诗话》云：

> 五七字绝句最少，而最难工，虽作者亦难得四句全好者，晚唐人与介甫最工于此。如李义山忧唐之衰云："夕阳无限好，其奈近黄昏。"如："青女素娥俱耐冷，月中霜里斗婵娟。"如："芭蕉不解丁香结，同向春风各自愁。"如："莺花啼又笑，毕竟是难春。"唐人《铜雀台》云："人生富贵须回首，此地岂无歌舞来。"《寄边衣》云："寄到玉关应万里，戍人犹在玉关西。"《折杨柳》云："羌笛何须怨杨柳，春光不度玉门关。"皆佳句也……杜牧之云："清江漾漾白鸥飞，绿净春深好染衣。南去北来人自老，夕阳长送钓船归。"唐人云："树头树尾觅残红，一片西飞一片东。自是桃花贪结子，错教人恨五更风。"韩偓云："昨夜三更雨，临明一阵寒。蔷薇花在否，侧卧卷帘看。"……四句皆

---

① （宋）杨万里撰，辛更儒笺校《杨万里集笺校》第3册，中华书局，2007，第1377页。
② （宋）杨万里撰，辛更儒笺校《杨万里集笺校》第3册，中华书局，2007，第1543~1544页。

好矣。①

在杨万里所称道的晚唐诗作中，仅列出姓名的诗人即有李商隐、杜牧、韩偓三人。其余未署姓名的诗作中，《铜雀台》的作者是薛能，属于晚唐诗人；所谓《折杨柳》即盛唐王之涣的《凉州词》，"唐人云"出自中唐王建的《宫词》，都与晚唐无涉；又有所谓《寄边衣》一联，实出自宋人贺铸的《捣练子》词作。不过，贺铸词深受李商隐、温庭筠影响，有着浓重的晚唐韵味。杨万里对晚唐诗歌的推崇是一贯的，有时，他直接用"晚唐诸子"指代他所喜爱的晚唐诗人，详见下文。那么，杨万里所说的"晚唐异味"到底是什么意思呢？

其一，就诗体而言，杨万里所说的"晚唐异味"专指或者主要指晚唐人所擅长的绝句。杨万里非常重视绝句，其成就最高的"诚斋体"就以七绝为基本形式。在上引《诚斋诗话》中，杨万里也专门就绝句的长处加以论述。吕肖奂在《宋诗体派论》中说：

> 四灵因为推行"唐诗"而被称为宋调的反拨，但是南宋倡导"唐诗"始于杨万里，而非四灵。杨万里至少在淳熙五年以前就力学晚唐，而四灵倡导唐诗决不会早于淳熙五年，人们何以认为四灵最先倡导"唐诗"？杨万里和四灵的"唐诗"都是指晚唐诗（即现在人们公认的中晚唐），这一点人所共知，但是杨万里的晚唐概念非常宽泛，几乎包括晚唐各家各派的诗，杨万里最欣赏的是晚唐绝句，称之为"晚唐异味"，而且晚唐诗对他来说只是遍参百家中的参悟对象之一……②

杨万里重视的晚唐诗虽然范围比较广泛，但在诗体上却主要指向了绝句，这与他之前学习王安石有很大的关系，王安石最受称道的"半山体"就是以绝句为载体的。

其二，"晚唐异味"体现出杨万里对风雅传统的重视。杨万里多次谈到这个问题。他在《周子益训蒙省题诗序》中说：

> 唐人未有不能诗者，能之矣，亦未有不工者，至李、杜极矣。后

---

① （宋）杨万里撰《诚斋诗话》，丁福保辑《历代诗话续编》上册，中华书局，1983，第141~142页。
② 吕肖奂：《宋诗体派论》，四川民族出版社，2002，第190页。

有作者，蔑以加矣。而晚唐诸子，虽乏二子之雄浑，然好色而不淫，怨悱而不乱，犹有《国风》《小雅》之遗音。①

他还在《颐庵诗集序》中说：

夫诗何为者也？尚其词而已矣。曰善诗者去词，然则尚其意而已矣。曰善诗者去意，然则去词去意，则诗安在乎？曰去词去意而诗有在矣。然则诗果焉在？曰尝食夫饴与荼乎？人孰不饴之嗜也？初而甘，卒而酸。至于荼也，人病其苦也。然苦未既而不胜其甘，诗亦如是而已矣。

昔者暴公谮苏公，而苏公刺之。今求其诗，无刺之之词，亦不见刺之之意也。乃曰："二人从行，谁为此祸？"使暴公闻之，未尝指我也。然非我其谁哉？外不敢怒，而其中愧死矣。三百篇之后，此味绝矣，惟晚唐诸子差近之。《寄边衣》曰："寄到玉关应万里，戍人犹在玉关西。"《吊古战场》曰："可怜无定河边骨，犹是春闺梦里人。"《折杨柳》曰："羌笛何须怨杨柳，春光不度玉门关。"《三百篇》之遗味，黯然犹存也。近世惟半山老人得之，予不足以知之，予敢言之哉？②

正因为如此，张宏生在《江湖诗派研究》中直截了当地说："什么是'晚唐异味'？按照杨万里的说法，就是风雅比兴的传统。"③ 发扬风雅比兴传统，也就是强调用委婉讽喻的方式批评现实。丁功谊在《"晚唐异味"与诚斋诗的底蕴》一文中说：

他（杨万里）心中的晚唐诗，是那些具有强烈现实关怀、忧国忧民、批评时政的诗歌；他所说的晚唐异味，就是以委婉讽谏为特征，以言外之意为追求的诗歌趣味。④

也许杨万里这样的追求在其作品尤其是后期的作品中表现得并不明显，但至少表明他之前曾经非常重视诗歌的讽谏意义。

---

① （宋）杨万里撰，辛更儒笺校《杨万里集笺校》第 6 册，中华书局，2007，第 3337～3338 页。
② （宋）杨万里撰，辛更儒笺校《杨万里集笺校》第 6 册，中华书局，2007，第 3332 页。
③ 张宏生：《江湖诗派研究》，中华书局，1995，第 183 页。
④ 丁功谊：《"晚唐异味"与诚斋诗的底蕴》，《文化学刊》2012 年第 2 期，第 57 页。

其三，杨万里"晚唐异味"追求的是"味外之味"。罗根泽《中国文学批评史》在引出《诚斋诗话》中称赞晚唐绝句的一段话后概括说：

> 然则他所谓风味，是《三百篇》的"好色不淫，怨诽不乱"，是《春秋》的微婉显晦，近而不污，直然是怨刺。不过不是谩骂的怨刺，而是委婉的怨刺，与苏轼的怨刺不同，与黄庭坚的反讪谤更异。所作《习斋论语讲义序》云："读书必知味外之味，不知味外之味而曰我能读书者，否也。"（集七七）好像来自司空图，但他所谓味与司空图并不相同。①

而周裕锴在《宋代诗学通论》中的看法又有差异，他说：

> 杨万里在陆龟蒙诗中发现"晚唐异味"的魅力（《读笠泽丛书》三首之一），又认为"《三百篇》之遗味"，"惟晚唐诸子差近之"（《颐庵诗稿序》）。他推崇的"晚唐异味"，主要是司空图诗论的回归，即所谓"味外之味"（参见《习斋论语讲义序》）。②

虽然二人对于杨万里"晚唐异味"与司空图诗论之间关系的认识差异较大，但其实皆有道理，可以综合在一起，即彼此之间既有相似的方面，也有不同的地方，罗、周二位先生各自强调了其中一个方面罢了。

其四，"晚唐异味"体现出杨万里对"人巧"的重视。杨万里在《黄御史集序》中说：

> 诗至唐而盛，至晚唐而工。盖当时以此设科而取士，士皆争竭其心思而为之，故其工，后无及焉。时之所尚，而患无其才者，非也。诗非文比也，必诗人为之。如攻玉者必得玉工焉，使攻金之工代之琢，则窳矣。而或者挟其渊博之学，雄隽之文，于是橐栝其伟辞以为诗，五七其句读，而平上其音节，夫岂非诗哉？至于晚唐之诗，则躩而诽之曰：锻炼之工，不如流出之自然也，谁敢违之乎？
>
> 余每见绘画唐人李、杜辈，衣冠之奇古也，伟之乃未既，而笑之者至矣。不笑不足以为古也。古之可笑者，独衣冠哉？③

---

① 罗根泽：《中国文学批评史》，商务印书馆，2017，第 837 页。
② 周裕锴：《宋代诗学通论》，上海古籍出版社，2007，第 314 页。
③ （宋）杨万里撰，辛更儒笺校《杨万里集笺校》第 6 册，中华书局，2007，第 3209～3210 页。

杨万里并没有试图否定李白、杜甫等盛唐大诗人的成就，但却认为唐诗"至晚唐而工"，这正是他提倡"晚唐异味"的基本前提。针对他人批评晚唐诗，杨万里则嘲笑其仅得古人衣冠，正面强调"锻炼之工"。这里有一个值得关注的问题，即杨万里的"诚斋体"明明直接受到之前陈与义"新体"的深刻影响，可是他为何对此避而不谈呢？

杨万里接受并发展了吕本中的"活法"理论，其"诚斋体"亦是该理论影响下的结果。在南宋初年，最能体现"活法"的成果是陈与义的"新体"。如陈《春日二首》其一：

> 朝来庭树有鸣禽，红绿扶春上远林。忽有好诗生眼底，安排句法已难寻。①

对于此诗，陈衍在《宋诗精华录》中认为"已开诚斋先路"②。张福勋《简斋已开诚斋路——陈与义写景诗略论》中选择以写景诗的角度对这个观点进一步加以发挥。笔者在《徽宗朝诗歌研究》一书中分析了陈与义"新体"的几个特征，并且认为：

> 陈与义的"新体"是南宋初年诗坛上重要的突破性成果，其与徽宗朝江西诗派的群体性已具有根本的不同。陈与义已真正做到把诗歌创作的源泉转向了外面的世界，尤其是山水物色和花草树木，向自然索取新诗，而不再乞灵于古人陈语。而且他的艺术手法，也跟学黄有很大区别，而更加接近苏轼的做法。前引陈善以其《墨梅》为例，指出其"新体"乃"东坡句法也"，而且其"题诗不用着工夫"的做法也是苏门诗人的惯常态度。就连他从吕本中那里受到"活法"理论的影响，也是间接地学习苏轼。③

可以说，正是由于陈与义"新体"的出现，才使得南宋初年的诗歌真正摆脱黄庭坚和江西诗派的束缚，从而回归到之前更加自由活泼的状态。杨万里等"中兴四大家"沿着吕本中、陈与义、曾几等人开辟的道路取得了更大的成就。笔者以为，杨万里不愿意提及陈与义的"新体"，原因可能

---

① （宋）陈与义著，白敦仁校笺《陈与义集校笺》上册，上海古籍出版社，1990，第279页。
② （清）陈衍：《宋诗精华录》，江西人民出版社，1984，第145页。
③ 张明华：《徽宗朝诗歌研究》，上海古籍出版社，2009，第261页。

有两个方面。

一方面可能由于杨万里顾忌彼此风格过于接近。时人和后人对杨万里的"诚斋体"皆不吝赞美,但如果将陈与义"新体"与其加以比较,则可以看出"诚斋体"中的若干特征,在"新体"中已得到一定的体现。比如说,"趣"是"诚斋体"很受关注的方面,而"新体"也以趣胜。贺裳在《载酒园诗话》中说:

> 陈简斋诗以趣胜,不知正其着魔处,然俊气自不可掩。如《雨晴》诗:"墙头语鹊衣犹湿,楼外残雷气未平。"《以事走郊外示友》:"黄尘满面人犹去,红叶无言秋又归。"《观江涨》:"叠浪并翻孤日去,两津横卷半天流。"俱可观。《送熊博士赴瑞安令》一作尤佳:"衣冠衮衮相逢处,草木萧萧未变时。聚散同惊一枕梦,悲欢各诵十年诗。山林有约吾当去,天地无情子亦饥。笑领铜章非失计,岁寒心事欲深期。"虽格调不足言,颇为入情也。①

"诚斋体"对童趣、理趣的侧重与"新体"固然有明显的不同,但杨万里与陈与义都重视"趣"的理念则是一致的。在诗体选择和诗歌风格上,彼此也颇有相近之处。在这样的情况下,如果杨万里标举陈与义的"新体",其诗与陈与义接近的一面可能就会被他人注意或放大,这可能是杨万里所忌讳的。

另一方面,更重要的原因可能是杨万里与陈与义的见解不同。虽然从表面看,"诚斋体"与"新体"有颇多类似之处,但隐藏在其后的诗学观点却是不同的。前面说过,陈与义"新体"是对黄庭坚和江西诗派的否定,在一定程度上也是对技巧的否定,而杨万里重视技巧,彼此的观点是对立的。既然如此,杨万里不愿提及陈与义"新体"也就很容易理解了。所以,他每称道王安石的"半山体",甚至说自己曾有专门学习"半山体"的阶段。究其原因,王安石"半山体"不仅得力于晚唐,而且极其工巧,与杨万里的基本观点一致,尽管他以为王诗与晚唐诗"尚隔一关",但大方向是一致的。陈与义的"新体"就不同了,陈不但不重视技巧,而且与晚唐诗关系不大,这从根本上并不符合杨万里的诗学观点。

不过,与杨万里同为"中兴四大家"的陆游却不喜欢晚唐诗,甚至多

---

① (清)贺裳撰《载酒园诗话》,郭绍虞编选,富寿荪校点《清诗话续编》第1册,上海古籍出版社,1983,第444页。

次明确表现出对晚唐诗的厌弃。如其《宋都曹屡寄诗且督和答作此示之》云：

> 古诗三千篇，删取才十一。每读先再拜，若听清庙瑟。诗降为楚骚，犹足中六律。天未丧斯文，杜老乃独出。陵迟至元白，固已可愤疾。及观晚唐作，令人欲焚笔。此风近复炽，陴穴始难窒。淫哇解移人，往往丧妙质。苦言告学者，切勿为所怵。航川必至海，为道当择术。①

陆游认为，杜甫之后，唐诗已走向衰落，至元稹、白居易已令人"愤疾"，而晚唐诗更"令人欲焚笔"！在陆游看来，如此不堪的晚唐诗竟然在诗坛大受欢迎，令他颇为不满，所以作诗以告诫他人千万不要受到不良风气的污染。又如其《追感往事五首》其四云：

> 文章光焰伏不起，甚者自谓宗晚唐。欧曾不生二苏死，我欲痛哭天茫茫。②

在这首诗中，陆游对晚唐诗的鄙视是通过对比体现出来的。陆游与杨万里都曾有一段学习江西诗派的经历，故皆具有反"宋调"、反江西诗派和回归"唐音"的特色。可即便如此，陆游仍然认为时人效法的晚唐诗远不如以欧阳修、苏轼等人为代表的北宋诗，这甚至令他伤心得痛哭流涕。

陆游反对晚唐诗，但并不反对学唐。无论在理论上还是创作上，陆游都力主学唐，只不过他学习的对象是以李白、杜甫为代表的盛唐诗。其《白鹤馆夜坐》云：

> 竹声风雨交，松声波涛翻。我坐白鹤馆，灯青无晤言。廓然心境寂，一洗吏卒喧。袖手哦新诗，清寒愧雄浑。屈宋死千载，谁能起九原。中间李与杜，独招湘水魂。自此竞摹写，几人望其藩。兰苕看翡翠，烟雨啼青猿。岂知云海中，九万击鹏鹍。更阑灯欲死，此意与谁论！③

在这首诗中，陆游不仅将李、杜与屈原一起作为历史上最杰出的诗人，

---

① 《陆游集》第 4 册，中华书局，1976，第 1839 页。
② 《陆游集》第 3 册，中华书局，1976，第 1136 页。
③ 《陆游集》第 1 册，中华书局，1976，第 230 页。

而且明确表现出自己对"雄浑"风格的追求。又其《读李杜诗》云：

> 濯锦沧浪客，青莲澹荡人。才名塞天地，身世老风尘。士固难推挽，人谁不贱贫。明窗数编在，长与物华新。①

陆游不但高度肯定李、杜二人的诗歌成就，而且对他们的一生遭际寄予深切的同情。

类似的表达在陆游的诗文中还可以找到多处。这些都表明陆游的学唐主要是对李、杜二人"雄浑"诗风的学习，这与杨万里提倡的"晚唐异味"背道而驰。

在回归"唐音"的过程中，范成大也是一位重要的参与者，他的"使金诗"、乐府诗皆受人关注，其中尤以田园诗成就最高。范成大广泛学习前代的重要诗人，既包括陆游推崇的李白、杜甫，也包括了杨万里所推崇的晚唐诗人，同时也包括了唐前诗人和北宋的名家，因此其诗歌风格更加多样化，不过从总体上看，还是比较接近"唐音"的特征。杨万里在《石湖先生大资参政范公文集序》里这样评价范成大的多彩诗风与创新价值：

> 至于大篇决流，短章敛芒，缛而不酿，缩而不窘。清新妩丽，奄有鲍、谢；奔逸隽伟，穷追太白。求其只字之陈陈，一唱之呜呜，而不可得也。今四海之内，诗人不过三四，而公皆过之无不及者。②

由此以往，关于范成大诗歌的论述和评价非常多。比较而言，周汝昌在《范石湖集前言》中的一段话更加具有总结意义：

> 范成大的诗歌风格，前人亦曾有所指出，如"典雅标致""端庄婉雅""清新妩丽""奔逸""俊伟""温润""精致""秀淡""婉峭"等不同的品目，虽各得其一端，而大率应以清新婉丽、温润精雅为其主要特色。他于前辈诗人，几乎无所不学：大抵于六朝鲍谢，唐代李杜、刘白、张王、中晚温李、皮陆，北宋欧梅、苏黄，皆下过深功；此外，韩愈、杜牧、王安石、陈与义等大家，也都对他有一定的影响。粗略说来，歌行古风，摄神太白；山川行旅，取径老杜；七律，极有樊川英爽俊逸之风；五律，时得武功细腻旖旎之格；乐府，力追王仲初遗

---

① 《陆游集》第 4 册，中华书局，1976，第 1660 页。
② （宋）杨万里撰，辛更儒笺校《杨万里集笺校》第 6 册，中华书局，2007，第 3297 页。

峭之姿；绝句，颇擅刘梦得竹枝之调。因此，在宋诗中，最能脱略江西，饶有唐韵，卓然称为南宋一大名家。①

在"中兴四大家"中，尤袤和萧德藻的成就相对小一些，而且诗歌保存得不多，后人的评价也比较少，这里就不论及了。杨万里、陆游与范成大都有否定"宋调"而回归"唐音"的一面，但彼此的观点差别很大：杨万里大力提倡晚唐诗，陆游专门学习李白、杜甫，范成大则兼而有之，不拘一格。不过就影响而言，只有杨万里的"晚唐异味"最为深远。许总在《宋诗史》里这样说：

> 杨万里作为当时诗坛宗主，其大倡唐诗的作用自不可低估，同时的洪迈，就编成一部《万首唐人绝句》，可见唐诗已逐渐形成当时诗坛风尚了。而在南宋最后时期，晚唐诗风重又弥漫诗坛，与宋初遥相回映，固有诗歌史自身发展规律的支配作用，但杨万里在江西派之后、四灵诗出现之前，首次提出"晚唐异味"的明确概念并加以赞赏，无疑也是一个重要的促进因素。②

第二节
四灵派将"唐诗"带入中场

杨万里提倡"晚唐异味"的时候，一开始似乎并没有多少人响应，因此他每有世无知音之感。可是随着时间的推移，特别是当反对江西诗派成为诗坛上的政治正确之后，"宋调"逐渐被视为诗歌的异类而加以否定，"唐音"重新走进诗坛的中央。四灵派的兴起和发展就是突出的标志。

一 四灵派提倡"唐诗"

四灵派对"唐诗"的提倡，从直接原因看是受到杨万里"晚唐异味"的影响。刘怀荣在《论"四灵"诗的艺术渊源》一文中说："学晚唐的风气，最迟也应从杨万里算起，四灵不过顺其潮而扬波鼓浪而已。"③ 之前亦有学者认为四灵提倡"唐诗"比杨万里更早，上节所引吕肖奂之文已辨

---

① （宋）范成大撰《范石湖集》上册，上海古籍出版社，1981，"前言"第5页。
② 许总：《宋诗史》，重庆出版社，1992，第727页。
③ 刘怀荣：《论"四灵"诗的艺术渊源》，《桂林市教育学院学报》1996年第3期，第31页。

其误。

永嘉学派的大儒叶适选徐照、徐玑、赵师秀、翁卷之诗，因四人字号皆有"灵"字，故题为《四灵诗选》。这可以视为四灵派的形成，四人自然也是该派最早、成就最大的诗人。叶适多次对四人加以揄扬，已见上章所引。吴子良《荆溪林下偶谈》"四灵诗"条云：

> 水心之门，赵师秀紫芝、徐照道晖、玑致中、翁卷灵舒工为唐律，专以贾岛、姚合、刘得仁为法。其徒尊为四灵，翕然傚之，有八俊之目。水心广纳后辈，颇加称奖。①

吴子良为叶适门人，所说较叶适又增加了关于后学者的内容，可惜其"八俊之目"所指为哪些诗人，今天恐已难以考实了，但至少在一定程度上显示出四灵派的人数众多。当时的王䢜在《薛瓜庐墓志铭（绍定二年三月）》中就已简述了四灵派的盛况：

> 永嘉之作唐诗者首四灵，继灵之后，则有刘咏道、戴文子、张直翁、潘幼明、赵几道、刘成道、卢次夔、赵叔鲁、赵端行、陈叔方者作。而鼓舞倡率，从容指论，则又有瓜庐隐君薛景石者焉。诸家嗜吟如啖炙，每有文会，景石必高下品评之，曰："某章贤于某若干，某句未圆，某字未安。"诸家首肯而意惬，退复竞勤，语不到惊人不止……继诸家后，又有徐太古、陈居端、胡象德、高竹友之伦，风流相沿，用意益笃。永嘉视昔之江西几似矣，岂不胜哉，然不知者谓此特晚唐之作。②

当然，这还不算四灵派的全部成交。在此十五人之外，解旬灵在博士学位论文《南宋四灵诗派研究》中又补充了一个十八人的名单：潘柽、周学古、翁忱、贾仲颖、杜耒、葛绍体、张弋、曹豳、苏泂、赵汝鐩、赵庚夫、薛嵎、宋希仁、刘明远、蒋叔舆、薛泳、薛师董、翁常之。③两者相加，计有三十三人之多。对于这些名单所列诸人是否皆属于四灵派，应该尚可商榷，但仅温州一地诗人如此之多，足以见出四灵派在当时多么深入人心。不过，这仍然不是四灵派的全部，被列入江湖派的众多诗人中也大

---

① （宋）吴子良撰《荆溪林下偶谈》，程毅中主编《宋人诗话外编》第4册，中华书局，2017，第1517页。
② 曾枣庄、刘琳主编《全宋文》第284册，上海辞书出版社、安徽教育出版社，2006，第101页。
③ 解旬灵：《南宋四灵诗派研究》，博士学位论文，复旦大学，2007，第86~87页。

多受到四灵派的深入影响，其实归到四灵派中也未尝不可。有些学者之所以混用这两个概念，主要原因即在这里。

虽然四灵派只是一批小诗人，其成就远不能与此前的"中兴四大家"相比，但他们思想认识和写作倾向一致，容易以一种集团的力量产生更大的作用，远较"中兴四大家"的各自为战、单打独斗效果要好得多。四灵派能够走到诗坛的中央，拥有巨大的声势，得力于这种集团作战的方式。而且，他们更加清晰地表达出学习唐诗的强烈愿望。这在徐照的诗中表现最为突出，如其《酬赠徐玑》云：

> 每到斋门敲始应，池禽双戏动清波。爱闲却道无官好，住僻如嫌有客多。字学晋碑终日写，诗成唐体要人磨。山民百事今全懒，只合烟江著短蓑。①

在这首诗中，他称赞徐玑诗为"唐体"。又如《病起呈灵舒紫芝寄文渊》云：

> 唐世吟诗侣，一时生在今。不因吾疾重，谁识尔情深。解愿衣赊酒，更医药费金。天教残息在，安敢废清吟。②

徐照在这首诗中直接将自己与翁卷、赵师秀、徐玑称作"唐世吟诗侣"，正是由于彼此四人皆以唐诗为旨归。为了更好地推广自己的诗学思想，赵师秀先后选编了《众妙集》和《二妙集》。他们的这种做法得到了永嘉大儒叶适的认可，为其编《四灵诗选》加以揄扬，进一步扩大了四灵的影响。叶适《徐斯远文集序》云：

> 庆历、嘉祐以来，天下以杜甫为师，黜唐人之学，而江西宗派章焉。然而格有高下，技有工拙，趣有浅深，材有大小。以夫汗漫广莫，徒枵然从之而不足充其所求，曾不如胝鸣吻决，出毫芒之奇，可以运转而无极也。故近岁学者，已复稍趋于唐而有获焉。③

---

① （宋）徐照撰《芳兰轩诗集》卷中，《永嘉四灵诗集》，陈增杰校点，浙江古籍出版社，1985，第47页。
② （宋）徐照撰《芳兰轩诗集》卷中，《永嘉四灵诗集》，陈增杰校点，浙江古籍出版社，1985，第50页。
③ （宋）叶适：《徐斯远文集序》，《叶适集》上册，刘公纯、王孝鱼、李哲夫点校，中华书局，2010，第214页。

不过，四灵派所倡导的"唐诗"并不是一般意义上的唐诗，而是专指晚唐诗，甚至主要是学习贾岛、姚合而已。严羽《沧浪诗话·诗辩》在叙述宋代诗学大势时直接将四灵派的宗法对象确定为贾岛、姚合二人（已见前引）。后来方回在《瀛奎律髓》中注翁卷《道上人房老梅》一诗时曰：

> 乾、淳以来，尤、杨、范、陆为四大诗家，自是始降而为"江湖"之诗，叶水心适以文为一时宗，自不工诗。而"永嘉四灵"从其说，改学晚唐，诗宗贾岛、姚合。凡岛、合同时渐染者，皆阴捃取摘用，骤名于时，而学之者不能有所加，日益下矣。名曰厌傍"江西"篱落，而盛唐一步不能稍进。天下皆知"四灵"之为晚唐，而巨公或亦学之。①

相对于严羽直言贾岛、姚合二人，方回的说法更加圆通，又及"凡岛、合同时渐染者"。梁昆在《宋诗派别论》中亦云："四灵素以唐诗为号召，实则纯遵守晚唐之格，而效者纷纷，一时有'八俊'之目，余响及于江湖。"② 张海鸥在《北宋诗学》中说：

> 杨万里学晚唐诗，为晚唐诗正名分，争地位，在当时并不孤立。"永嘉四灵"年龄要比杨小三四十岁，但在杨开始学"晚唐诗"的时候，"四灵"也在专力学"晚唐诗"。永嘉学派的领袖叶适对"四灵"学"唐诗"大力称许，使他们声誉大增而"唐诗"盛行。比他们略晚的南宋人王绰在《薛瓜庐墓志铭》中列举了以"四灵"为首的"永嘉之作唐诗者"十八人，可见一时风气。不过叶适和"四灵"都没有使用"晚唐"一词，而是称"唐诗"。③

二 四灵派"唐诗"与杨万里"晚唐异味"之不同

从诗歌发展的历史看，四灵派提倡"唐诗"明显继承了杨万里的"晚唐异味"，但略加比较即可看出，彼此之间的差别还是很明显的，四灵派对杨万里的"晚唐异味"进行了若干重要的改造。

---

① （元）方回选评，李庆甲集评校点《瀛奎律髓汇评》中册，上海古籍出版社，1986，第771页。
② 梁昆：《宋诗派别论》，商务印书馆，1938，第136页。
③ 张海鸥：《北宋诗学》，河南大学出版社，2007，第28页。

其一，就取法的范围看，四灵派学习对象更加狭窄。杨万里学习晚唐，范围相当广泛，并不局限于某种宗尚；而四灵主要学习贾岛、姚合二人而已。四库馆臣甚至说四灵派"所宗实止姚合一家"，《四库全书总目提要·集部》卷十八为薛嵎《云泉集》所作提要云：

> 宋承五代之后，其诗数变，一变而西昆，再变而元祐，三变而江西。江西一派，由北宋以逮南宋，其行最久。久而弊生，于是永嘉一派以晚唐体矫之，而"四灵"出焉。然四灵名为晚唐，其所宗实止姚合一家，所谓"武功体"者是也。其法以新切为宗，而写景细琐，边幅太狭，遂为宋末江湖之滥觞。①

刘怀荣对此论不以为然，作《论"四灵"诗的艺术渊源》一文以反驳。他以《众妙集》《二妙集》为据，认为四灵派取法对象包括了"大历十才子"等人，并不限于贾岛、姚合，而且还特意考察了他们对贾岛的态度：

> 从二集不难看出，以苦吟著名的四灵，对"二妙"之一的贾岛的态度。此外，在四灵及其师友的诗作中，也多自比贾岛，或将贾岛作为一个艺术楷模加以标举。
> 徐照名齐贾浪仙。（叶适《徐师垕广行家集定价三百》）
> 魂应湘水去，名与浪仙俱。（赵师秀《徐灵晖挽词》）
> 君诗如贾岛，劲笔斡天巧。（赵师秀《哀山民》）
> 谁怜穷贾岛，临老失栖依。（徐照《哭翁诚之二首》其一）
> 君参唐句法，亲得浪仙衣。（葛天民《访紫芝回与子舒集诗》）
> 可见，纪昀四灵"所宗实止姚合一家"的说法是比较片面的。至于严羽等人四灵诗宗姚、贾的说法，我们也需作具体的分析。②

可是，即便根据刘先生的观点，四灵派的取法范围仍然是非常狭窄的，这与杨万里"晚唐异味"的丰富内涵有极大不同。

本来，在唐诗的不同发展阶段中，诗歌也呈现出明显的时代风貌。严羽在《沧浪诗话·诗体》中将唐诗分成"五体"："唐初体（唐初犹袭陈隋

---

① （清）纪昀总纂《四库全书总目提要》第4册，河北人民出版社，2000，第4212页。
② 刘怀荣：《论"四灵"诗的艺术渊源》，《桂林市教育学院学报》1996年第3期，第28页。

之体），盛唐体（景云以后，开元、天宝诸公之诗），大历体（"大历十才子"之诗），元和体（元、白诸公），晚唐体。"① 他又在《诗评》中说："大历以前，分明别是一副言语；晚唐分明别是一副言语；本朝诸公分明别是一副言语。如此见，方许具一只眼。"② 又云："大历之诗，高者尚未失盛唐，下者渐入晚唐矣。晚唐之下者，亦随野狐外道鬼窟中。"③ 严羽的"五体说"对后世影响很大，至今仍为多数人接受的"四唐说"就是在其基础上演变而成的。

杨万里提倡"晚唐异味"，本身就带有浓重的个人偏爱成分。杨万里并不否认李白、杜甫才是唐代最杰出的诗人，但由于审美趣味不同，他更加喜欢晚唐诗所具有的那些特征。四灵派倡导贾岛、姚合诗风，却不愿意称之为"晚唐诗"，而是笼统地称为"唐诗"。这或者可从叶适《王木叔诗序》中找到解释：

> 木叔不喜唐诗，谓其格卑而气弱，近岁唐诗方盛行，闻者皆以为疑。夫争妍斗巧，极外物之变态，唐人所长也；反求于内，不足以定其志之所止，唐人所短也。木叔之评，其可忽诸！④

作为四灵派的鼓吹者，叶适后来对其所谓"唐诗"并不满意。他不仅借王楠之口，言其"格卑而气弱"，而且对"唐诗"的长处和短处有着清醒的认识。

那么，四灵派将晚唐贾岛、姚合二家之诗称为唐诗，又有何深意呢？叶适《习学记言序目》中说："陶潜、杜甫、李白、韦应物、韩愈、欧阳修、王安石、苏轼各自为家，唐诗通为一家，黄庭坚及江西诗通为一家。"⑤ 由此不难看出，叶适所谓"唐诗"，是不包括"杜甫、李白、韦应物、韩愈"等人的作品的。对此，钱锺书的认识最为深刻。钱锺书在《宋诗选注》中说：

---

① （宋）严羽撰《沧浪诗话》，（清）何文焕撰《历代诗话》下册，中华书局，1981，第689页。
② （宋）严羽撰《沧浪诗话》，（清）何文焕撰《历代诗话》下册，中华书局，1981，第695页。
③ （宋）严羽撰《沧浪诗话》，（清）何文焕撰《历代诗话》下册，中华书局，1981，第695页。
④ （宋）叶适：《王木叔诗序》，《叶适集》上册，刘公纯、王孝鱼、李哲夫点校，中华书局，2010，第221页。
⑤ （宋）叶适：《习学记言序目》下册，中华书局，1977，第701页。

名叫"唐体"其实就是晚唐体,杨万里已经把名称用得混淆了;江湖派不但把"唐"等于"晚唐""唐末",更把"晚唐""唐末"限于姚合、贾岛,所以严羽抗议说这是惑乱观听的冒牌,到清初的黄宗羲还得解释"四灵"所谓"唐诗"是狭义的"唐诗"。①

钱先生对于江湖派的说法,放在四灵派这里其实更为切合,因为江湖派在这方面受到四灵派的影响。钱先生并没有把问题停留在表面,在《谈艺录》第三四条"放翁与中晚唐人"的补订中,他进一步发挥说:

> 四灵而还,宋人每以"唐"诗指"晚唐"诗,如《水心集》卷十二《徐斯远文集序》、《习学记言序目》卷四十七论荆公七绝、《桐江集》卷一《滕元秀诗集序》。周南《山房后稿》有七绝题为《读唐诗》,而诗曰:"却是晚唐工状物,手调烟露染天膏。"明人言"唐诗",意在"盛唐",尤主少陵;南宋人言"唐诗",意在"晚唐",尤外少陵。此其大校也。②

在这段话中,钱先生指出南宋人(主要是四灵派和江湖派)言"唐诗",就是为了排斥杜甫。这一点不难理解,因为江西诗派皆以学杜相号召,四灵派反对江西诗派,连其宗法对象也一起反对。其实,四灵派排斥的并不只是杜甫,更有李白、王维、孟浩然、高适、岑参、韩愈、孟郊、元稹、白居易等一大批盛唐和中唐诗人,甚至连晚唐杜牧、李商隐、温庭筠等重要诗人,他们也不感兴趣,他们感兴趣的充其量只有贾岛、姚合与"大历十才子"等少数小诗人而已。《钱锺书手稿集·容安馆札记》卷二在引录《浩雅斋雅谈》中关于评价叶适诗的一段话后说:

> 水心诗才确逊四灵之清,所谓唐诗笼统混淆,特以自外于李、杜、韩及江西派,独恨四灵一派不足取江西而代之,末流之弊益有甚焉,故始扬终抑。至于崇尚所谓唐诗,则谨守不变。③

钱先生认为,叶适之所以对四灵派"始扬终抑",就在于四灵派表现出来的"唐诗"始终局限在晚唐的贾岛、姚合身上,跟叶适本人心目中的"唐诗"尚有较远的距离。

---

① 钱锺书选注《宋诗选注》,人民文学出版社,1989,第221页。
② 钱锺书:《谈艺录》,生活·读书·新知三联书店,2007,第320页。
③ 钱锺书:《钱锺书手稿集·容安馆札记》卷二,商务印书馆,2003,第765~766页。

总之，四灵派的"唐诗"观点虽然受到杨万里"晚唐异味"的启发，但其独宗贾岛、姚合，其实跟杨万里差之千里，彼此已没有多少共同之处了。

其二，就对技巧的重视看，四灵派与杨万里也有显著的不同。杨万里提倡"晚唐异味"，虽然重视晚唐诗之"工"，但由于之前他下大力气学习王安石的"半山体"，所以深受其影响。从总体上说，杨万里诗歌，特别是"诚斋体"诗歌，以精工为底蕴，而出之以自然活泼。四灵派重视技巧的努力或者超过杨万里，但诗风清苦，远远不像杨万里那样灵活风趣。

四灵派主要学习贾岛、姚合，其二人是唐代著名的苦吟诗人。四灵派效法贾、姚，亦以苦吟为事。戴复古《哭赵紫芝》云：

呜呼赵紫芝，其命止于斯。东晋时人物，晚唐家数诗。瘦因吟思苦，穷为宦情痴。忆在藏春圃，花边细话时。（尝在平江孟侍郎藏春园终日论诗）①

如果说戴复古此诗中所论尚仅及赵师秀一人，刘克庄序《林子覆》诗时所言正好可以弥补这个不足："近世理学兴而诗律坏，惟永嘉四灵，复为言苦吟，过于郊、岛，篇帙少而警策多，今皆亡矣。"②作为南宋后期的重要诗人，戴复古与刘克庄的看法很具有代表性。

《诗人玉屑》卷十九引《玉林诗话》记载了赵师秀改诗的两个例子：

赵天乐《冷泉夜坐》诗："楼钟晴更响，池水夜如深。"后改"更"为"听"，改"如"为"观"。《病起》诗云："朝客偶知承送药，野僧相保为持经。"后改"承"为"亲"，改"为"作"密"。二联改此四字，精神顿异，真如光弼入子仪军矣。③

这里所涉赵师秀二诗今皆存，其《冷泉夜坐》云：

众境碧沉沉，前峰月正临。楼钟晴听响，池水夜观深。清净非人

---

① 《戴复古诗集》，金芝山校点，浙江古籍出版社，1992，第43页。
② （宋）刘克庄著，辛更儒笺校《刘克庄集笺校》第9册，中华书局，2011，第4139～4140页。
③ （宋）魏庆之编《诗人玉屑》下册，王仲闻校勘，上海古籍出版社，1978，第428～429页。

世,虚空见佛心。却寻来处宿,风起古松林。①

未改前的"楼钟"一联已然颇佳,赵师秀将原来的虚词改成了实词,更加切合"夜坐"的情境,显然更好一些。其《病起》云:

> 身如瘦鹤已伶俜,一卧兼旬更有零。朝客偶知亲送药,野僧相保密持经。力微尚觉衣裳重,才退难凭笔砚灵。惟有爱花心未已,遍分黄菊插空瓶。②

诗中"朝客"一联,原本已经能够体现友人的深厚情谊,赵师秀改为情感和程度色彩更重的两个字,则又将表达效果大大增强了。《玉林诗话》说改后的效果"真如光弼入子仪军矣"固有夸张之嫌,但改后比改前明显更佳则是不争的事实。不只赵师秀如此,其他四灵派诗人其实都是如此,"苦吟"是他们作诗的共同态度。不过因为苦吟,他们也确实写出了一些为人称道的佳句。刘克庄《赠翁卷》云:

> 非止擅唐风,尤于选体工。有时千载事,只在一联中。世自轻前辈,天犹活此翁。江湖不相见,才见又西东。③

此诗"有时千载事,只在一联中"一联,颇能揭示出四灵派诗歌工致的一面。

不过,虽然同样是重视诗歌技巧,杨万里坚持的是"活法",其诗歌的技巧是隐形的,藏在活泼生动的诗意背后。钱锺书对杨万里的"活法"评价很高,在《宋诗选注》杨万里小传中说:

> "活法"是江西派吕本中提出来的口号,意思是要诗人又不破坏规矩,又能够变化不测,给读者以圆转而"不费力"的印象。杨万里所谓"活法"当然也包含这种规律和自由的统一,但是还不仅如此。根据他的实践以及"万象毕来""生擒活捉"等话来看,可以说他努力要跟事物——主要是自然界——重新建立嫡亲母子的骨肉关系,要恢复耳目观感的天真状态。古代作家言情写景的好句或者古人处在人生

---

① (宋)赵师秀撰《清苑斋诗集》,《永嘉四灵诗集》,陈增杰校点,浙江古籍出版社,1985,第227页。
② (宋)赵师秀撰《清苑斋诗集》,《永嘉四灵诗集》,陈增杰校点,浙江古籍出版社,1985,第261页。
③ (宋)刘克庄著,辛更儒笺校《刘克庄集笺校》第2册,中华书局,2011,第416页。

各种境地的有名轶事,都可以变成后世诗人看事物的有色眼镜,或者竟离间了他们和现实的亲密关系,支配了他们观察的角度,限制了他们感受的范围,使他们的作品"刻板""落套""公式化"。他们仿佛挂上口罩去闻东西,戴了手套去摸东西。譬如赏月作诗,他们不写自己直接的印象和切身的情事,倒给古代的名句佳话牢笼住了,不想到杜老的鄜州对月或者张生的西厢待月,就想到"我欲乘风归去,又恐琼楼玉宇,高处不胜寒"或者"本是分明夜,翻成黯淡愁"。他们的心眼丧失了天真,跟事物接触得不亲切,也就不觉得它们新鲜,只知道把古人的描写来印证和拍合,不是"乐莫乐兮新相知"而只是"他乡遇故知"。六朝以来许多诗歌常使我们怀疑:作者真的领略到诗里所写的情景呢?还是他记性好,想起了关于这个情景的成语古典呢?沈约《宋书》卷六十七说:"子建'函京'之作,仲宣'灞岸'之篇,子荆'零雨'之章,正长'朔风'之句,并直举胸情,非傍诗史。"钟嵘《诗品》也说过:"'思君如流水',既是即目;'高台多悲风',亦唯所见;'清晨登陇首',羌无故实;'明月照积雪',讵出经史?"杨万里也悟到这个道理,不让活泼泼的事物做死书的牺牲品,把多看了古书而在眼睛上长的那层膜刮掉,用敏捷灵巧的手法,描写了形形色色从没描写过以及很难描写的景象,因此姜夔称赞他说,"处处山川怕见君"——怕落在他眼睛里,给他无微不至的刻划在诗里。①

表面看来,四灵派对技巧的重视程度甚至超过了杨万里,因为他们把技巧本身看作目标。换句话说,四灵派重视的不过是杨万里之前就已经厌弃的"死法",因此任凭如何努力,他们也难以取得杨万里那样的成就。而且,四灵派所宗法对象贾岛、姚合原本即非一流诗人,故他们自己的诗歌甚至不及贾岛、姚合,也就不难理解了。李世民《帝范后序》云:"夫取法于上,仅得为中;取法于中,故其为下。"② 四灵派虽然产生了很大的影响,但主要并不是由于他们的诗歌成就,而是由于他们的诗歌主张适应了当时回归"唐音"的需要。

其三,就对诗歌的本质认识看,四灵派与杨万里差别更大。杨万里坚持风雅传统,也就是突出诗歌的社会意义。四灵派在很大程度又从社会退

---

① 钱锺书选注《宋诗选注》,人民文学出版社,1989,第161~162页。
② 吴云、冀宇校注《唐太宗全集校注》,天津古籍出版社,2004,第620页。

回到个人生活，具有鲜明的隐居或避世色彩。清代冯班在评希昼《书惠崇师房》时说：

> "西昆"之流弊，使人厌读丽词。"江西"以粗劲反之，流弊至不成文章矣。"四灵"以清苦为唐诗，一洗黄、陈之恶气味、狞面目，然间架太狭，学问太浅，更不如黄陈有力也。①（《瀛奎律髓汇评》卷四十七）

同之前学者的看法一致，冯班也将四灵派看作江西诗派的掘墓者，但是就诗歌的创作目的看，四灵派却又回到黄庭坚和江西诗派"性情说"的老路上去了。叶适后来在《题刘潜夫南岳诗稿》中说："往岁徐道晖诸人摆落近世诗律，敛情约性，因狭出奇，合于唐人，夸所未有，皆自号四灵。"（已见前引）如果说"因狭出奇"主要指四灵派对诗歌技巧的苦心孤诣，那么"敛情约性"就是对他们避世倾向的思想概括。这在四灵派的诗歌里也有清晰的表达，如翁卷《行药作》云：

> 病倦令人懒欲吟，偶因行药过墙阴。烟生园柳暮鸦集，水涸池塘秋草侵。有口不须谈世事，无机惟合卧山林。西风飒飒吹毛骨，且看满园花似金。②

诗中"有口"一联明确体现出翁卷对外部世界的疏离，甚至带着厌恶之情。不仅如此，翁卷还有意向友人输送自己的这种观点。其《送蒋德瞻节推》云：

> 八百里重湖，长涵太古波。君山云出少，梦泽雨来多。才子今方去，名楼必屡过。《楚辞》休要学，易得怨伤和。③

蒋叔舆出任华容节推，地近岳阳，翁卷为其送行，自然想起了洞庭湖，想起了曾写出《湘夫人》中"袅袅兮秋风，洞庭波兮木叶下"的屈原，想起了著名的岳阳楼。翁卷并没有以忧国忧民之情与蒋氏相激励，反而劝诫

---

① （元）方回选评，李庆甲集评校点《瀛奎律髓汇评》下册，上海古籍出版社，1986，第1714~1715页。
② （宋）翁卷撰《苇碧轩诗集》，《永嘉四灵诗集》，陈增杰校点，浙江古籍出版社，1985，第199页。
③ （宋）翁卷撰《苇碧轩诗集》，《永嘉四灵诗集》，陈增杰校点，浙江古籍出版社，1985，第185页。

他不要学屈原楚辞,以免多得怨愤而影响心境的平和。赵师秀在《送徐玑赴永州掾》中也提出了同样的劝诫:

> 二水鸿飞外,君今问去程。家贫难择宦,身远易成名。入署梅花落,过汀蕙草生。莫因饶楚思,词体失和平。①

永州在洞庭湖之南,固然可以联想到屈原,但该地与柳宗元的关系更近,后世艳称的《永州八记》均作于此。比较翁卷之诗,赵师秀此诗倒是多少有点积极进取的意思,从"身远易成名"句可知,诗中所谓"楚思",意思接近上诗中的"楚辞",也许还包括了柳宗元的怀才不遇之感。赵师秀劝勉徐玑不要"楚思"太多,以免令诗歌失去了温柔敦厚的平和之气。

不仅对诗歌的认识和要求不同,四灵派在主要诗体的选择上也与杨万里有差别。杨万里最重的诗体是绝句,尤其是七绝。其"诚斋体"就是以七绝为载体的。四灵派则选择律诗作为主要诗体,尤以五律为主。刘克庄在为《晚觉翁稿》作序时说:

> 近时诗人,竭心思搜索,极笔力雕镌,不离唐律。少者二韵,或四十字,增至五十六字而止。前辈以此擅名,后生歆慕,人人有集,皆轻清华艳,如露蝉之鸣木杪,翡翠之戏苕上,非不娱耳而悦目也。然视古诗,盖有等级。毋论《骚》《选》,求一篇可以籍手见岑参、高适辈人,难矣。虽穷搜索之功,而不能掩其寒俭刻削之态。②

绝句和律诗虽然都是近体诗,但绝句不须对仗,所以自然明快;律诗一般中间两联要对仗,所以更重视工整。而五言诗与七言诗风格也有差异,大致说来,七言诗更加流利,而五言诗更显质朴。杨万里与四灵派分别选择了七绝与五律这样不同的诗体,对其迥异风格的形成也具有突出的影响。当然还要考虑到另外一个因素,杨万里喜欢七绝与其追求风雅比兴的言外之意有关,而四灵派偏爱五律是因为这更能体现他们对技巧的重视和对文字的推敲。

总之可以说,四灵派的出现离不开杨万里的启发和推动,但四灵派发展起来的"唐诗"与杨万里的"晚唐异味"却相去甚远,有些方面甚至截

---

① (宋)赵师秀撰《清苑斋诗集》,《永嘉四灵诗集》,陈增杰校点,浙江古籍出版社,1985,第234页。
② (宋)刘克庄著,辛更儒笺校《刘克庄集笺校》第9册,中华书局,2011,第4082页。

然相反。这也许并不是全由人力决定，而是在很大程度上受当时的文化和文学背景所限。

三 回归"唐音"的背后原因

平心而论，"永嘉四灵"的诗歌成就并不高，至少向前比远不及"中兴四大家"，向后比亦不及戴复古、刘克庄、姜夔等人，可是却能使温州当地诗人向慕成风，形成所谓的四灵派。与此同时，他们的影响也逐渐跨越不同的地域，吸引了更多的诗人，这就是后来人数众多的江湖派的形成基础。从四灵派到江湖派，主张"唐诗"的诗人一直占据了南宋诗坛的中心，换句话说，回归"唐音"成了南宋中后期诗歌发展的主流。

赵敏《宋代晚唐体诗歌研究》列出自己确定宋初晚唐体诗人的基本标准：

> 在作诗态度上，极度投入，好苦吟；在诗歌体制上，重近体轻古体，重五律轻七律（也有例外的），重七绝轻五绝；在时间背景上，喜欢选择秋天，选择黄昏及黑夜；在师法对象上，主要以贾岛、姚合为宗，那包括学习那些好苦吟作诗的许浑、薛能等晚唐诗人；在题材的兴趣上，对于社会现实缺乏关心，诗歌以吟咏风月为主；在诗歌结构上，重腹联轻首尾；在诗歌美学风格上，呈现出"清"的特点。①

那么，在南宋王朝的治下，为什么会出现"唐音"盛行的局面呢？笔者以为，择其要者，大致可以归结为以下几个方面的原因。

其一，诗歌与诗人被边缘化。北宋时期，诗歌与诗人的地位都比较高。一方面，历代皇帝大都能诗，爱诗，时有赐诗给新科进士或近臣之举，且喜欢与臣僚唱和，太宗、真宗甚至选当时诗人的诗歌作为《句图》；另一方面，北宋在"庆历新政"和"王安石变法"之外的年份，进士科大都实行诗赋取士，诗歌的地位很高。在这两方面的共同作用下，北宋的诗歌创作不仅非常繁荣，而且诗人们高度自信，所以能在继承的基础上创作出迥异于前人的"宋调"。比较而言，南宋诗歌和诗人就远远没有这么幸运了！除了高宗、孝宗比较重视诗歌和诗人外，后来的皇帝大都对诗歌和诗人比较漠然。进士科虽仍考诗赋，但南宋考试制度已被

---

① 赵敏：《宋代晚唐体诗歌研究》，巴蜀书社，2008，第 42 页。

破坏,权相干预科举的事情时有出现。高才如陆游,竟然因为秦桧阻挠而多年不得一第!尤其是中期以后,天下苟安阻塞了众多知识分子的上升之路,使他们丧失了政治热情,陷入了个人生活的狭小空间,思想上走向了平庸。在这方面,葛兆光《从四灵诗说到南宋晚唐诗风》一文有具体的分析:

> 本来,在南宋初年,中下层士大夫中曾出现过不少优秀人物,他们或投笔从戎,或抗疏斥奸,或立志改除弊政,或守节终老山林,在历史上留下过光彩的痕迹。可是,南宋中期战争结束,却使他们一下子掉进了一个相安无事、平平静静的气氛中。高级士大夫固然可以在升平气象下歌儿舞女、筑园赏花、升官发财、清游宴乐,而这些中、下层士大夫却由于仕途狭窄、升迁不易而辗转下僚,弄得灰心丧气;由于相对舒适恬静的生活而胸无大志,变得眼界狭小;由于民族激情和报国热忱的逐渐消失而无所事事,变得庸俗凡近。他们或者隐居山林以博高名,或者交游唱酬以博诗誉,或者到处钻营游说以求官职和馈赠。因而,产生了一种既清高自负又卑下狭小的心理。
>
> 四灵恰恰都是这一类士大夫。本来,他们也并不乏热情,对和战现实也常有议论,对民间疾苦也有所关心,象赵师秀《抚栏》说:"听说边头事,时贤策在和",《九客一羽衣泛舟分韵得尊字就送未几仲》说:"慷慨念时事,所惜智者昏,贬疗非无术,讳疾何由论,北望徒太息,归欤寻故园",徐照《送翁灵舒游边》也说翁卷"忧国夜观星",表明他们也曾有过一腔热血,对议和求全是不满意的;又像徐玑《监造御茶有所争执》对上级官吏巧取豪夺贡茶的指责,徐照《促促词》对"东家欢欲歌,西家悲欲哭"这样贫富苦乐不均现象的揭露,说明他们对现实也并非麻木不仁,毫不关心的。可是,他们终究浮沉下僚,既受人限制,又无法有所作为,所以只好灰心丧气,退缩在自得其乐的天地中,哀叹一番,然后做出一副淡泊的姿态来。如当年刚入仕时很有一番雄心壮志,要"定将咏物意,移作爱民心"的赵师秀,只好自我解嘲地唱道"无欲自然心似水,有营何止事如毛",本来曾被人寄以期望要"奏凯边人悦,翻营战地腥,期君归幕下,何石可书铭"的翁卷,也只好无可奈何地说道"有口不须谈世事,无机惟合卧山林",过去还劝慰他人"未必圣明代,终令隐姓名"的徐照,也只好终

老山林,永为"山民",写道"山民百事今全懒,只合烟江著短莎",过去曾经敢于宣称"以此得重劾,刀锯弗敢辞"而抵制贪吏,大胆释放被官军妄捕邀功的百姓的徐玑,也只好大声悲叹自己命运不济,仅为"微官"和"冷官"了。①

葛先生立论主要着眼于南宋中期以后政治环境对于诗人处境和思想的影响,但在客观上也揭示了南宋诗歌和诗人都被边缘化的现实。乍看诗歌和诗人的边缘化似乎与回归"唐音"没有直接关联,实则二者之间关系非常密切。被边缘化的诗人和诗歌哪里有本钱去指点江山、开疆拓土?甚至连守成的自信都没有,于是否定本朝的前贤,转而乞灵于古人,这才有了回归"唐音"的土壤。如果南宋诗人和诗歌没有被边缘化,而是像北宋那么为朝野瞩目,当时的诗歌又怎么会堕入唐诗的窠臼中去呢?

其二,反对江西诗派不断深入。反对江西诗派是南宋诗坛的主流趋势,但在不同的阶段其发展程度并不相同。四灵派的出现和大发展正是这种趋势不断加深加强的结果。

最初从江西诗派中走出来的韩驹、徐俯、吕本中、曾幾、陈与义等人,虽然提出了多种诗歌见解,包括了题材和技法两个方面,但实质上都是对黄庭坚和原来的诗派观点的突破。在苏轼遭遇"乌台诗案"之后,黄庭坚重提"性情说",就是反对用诗歌反映现实和干预政治,其产生的影响是后学者埋头不问红尘,只管做隐士和高人,即便居官,也可理解为"吏隐"。黄庭坚先后提出的"夺胎换骨""点铁成金"等一系列主张,也成了后学者醉心于诗艺的金科玉律。随着北宋灭亡、南宋建立,有幸活到其时的诗派众人的思想发生了根本变化。面对着天崩地裂的家国之变,他们无法做到视而不见,如吕本中记录汴京围城情境的诗作,韩驹表现宋金战争和自己逃难经历的作品,都使得黄庭坚"性情说"变得不合时宜了。与此同时,黄庭坚原来的诗法也失去了光辉,被看作"死法",被"活法""悟入""饱参"等说法取代。值得注意的是,这些新说法都比较玄妙,并无具体的操作范式,其实只是各人对自己学诗体验的提炼。也正因为这些方法都不具体,因此也就从根本上否定了黄庭坚的具体诗法。这样一来,无论从题材还是技法上看,黄庭坚的诗歌理论都被韩驹、徐俯、吕本中、曾幾、陈与义等人否定了。不过,这些诗人虽然否定了自己坚守大半生的江西诗派,

---

① 葛兆光:《从四灵诗说到南宋晚唐诗风》,《文学遗产》1984年第4期,第77~78页。

但对于诗歌的发展方向并没有提出建议和主张。他们都渴望能自成一家，但除了陈与义的"新体"外，其余诗人的创新性并不充分。也就是说，他们否定了江西诗派，却不知道诗歌将要向哪里发展。

比较而言，作为其后辈的"中兴四大家"在反对江西诗派的道路上走得更远，他们不仅远离了黄庭坚的诗学理论，而且不约而同地把诗歌发展道路引向了学习唐诗。上节对此有专门的探讨。作为其中的代表，杨万里主张学习晚唐诗，陆游主张学习盛唐的李白、杜甫诗，范成大的诗学取法范围更宽，不拘唐宋，更不为盛唐、晚唐所限，但总体仍以学唐为主。尽管彼此的主张各不相同，但在学唐这个大方向上却是一致的。不过，从当时人的接受看，产生影响最大的是杨万里的"晚唐异味"，而陆游和范成大的主张影响都不大。而且从总体上说，"只兴四大家"追求的是自成一家，学唐只是他们的手段而已。杨万里《跋徐恭仲省干近诗》其三云：

> 传派传宗我替羞，作家各自一风流。黄陈篱下休安脚，陶谢行前更出头。①

四灵派才真正将学唐看作作诗的主要目标。"四灵"虽然对江西诗派的用典习气非常厌弃，但自己又何尝有闯出一片天地的雄心壮志？他们集中精力学习贾岛、姚合，一方面是因为二人之诗跟江西诗派所代表的"宋调"特征正好相反，可以借以寄托对江西诗派的批判意见；另一方面也是因为贾岛、姚合皆有避世倾向，且作诗讲究"苦吟"，这也正好投合了"四灵"的心理诉求和审美追求。当然，也跟"四灵"的才力不足有关，如他们有过人的才气，又岂是贾岛、姚合能束缚得住的呢？

四灵派大力回归"唐音"也许并不是一条健康的诗歌道路，但与南宋初年以来，诗人们不知道诗歌出路何在相比，总算是找到了一个明确的突破口。"四灵"的成就并不高，却能引领南宋中期以后回归"唐音"的诗歌发展潮流，在很大程度是因为满足了当时诗坛上的两种需求：一是反对江西诗派，这是当时绝大多数诗人的共同要求，即便有少数诗人不甘心被裹挟，也难以摆脱其影响；二是为反对江西诗派找到了出口。南宋以后的诗人，在反对江西诗派方面几乎众口一词，但是却没有找到令人信服的路径。就成就最大的"中兴四大家"而言，陆游兼学李白、杜甫，杜甫与江西诗派的渊源特别深，单凭这一点，陆游的道路就不被人接受；范成大的取法

---

① （宋）杨万里撰，辛更儒笺校《杨万里集笺校》第3册，中华书局，2007，第1369页。

范围更广，甚至还学习本朝的苏轼和黄庭坚，这也是其后的诗人不愿效法的；只有杨万里提倡"晚唐异味"，本来接近当时和后世诗人的需求了，可是他又提了两个很高的标杆，一个是风雅比兴，一个是"活法"，于是那些有些心动的人又被吓回去了。"四灵"虽然没被吓跑，但是也仅仅是跟着杨万里走到晚唐，接着就不再理睬杨万里了，而是去寻找自己喜欢的贾岛、姚合。"四灵"的做法，正好适合了当时大多数小诗人的想法，于是大家纷纷起而仿效，才有了四灵派在温州的兴盛和江湖派在全国的盛行。

总的说来，可以这样概括南宋的诗歌发展趋势：一方面，从韩驹、徐俯、吕本中、陈与义、曾几到"中兴四大家"，再到四灵派和江湖派，诗人反对江西诗派的呼声此起彼伏，而且总体上程度不断加深；另一方面，这个过程，也是唐诗影响越来越大亦即回归"唐音"趋势越来越深化的过程。在南宋中后期，随着四灵派和江湖派成为诗坛主流，"宋调"除了仍有少量继承者外，总体上差不多已经被解构了。

其三，诗歌发展的内在规律。在诗歌的发展过程中，否定之否定的发展规律一直在起推动作用。就内容和形式而言，这两方面在发展过程中不断地互相否定，从而推动了诗歌的健康发展。以《诗经》为代表的早期诗歌以内容为主，故"言志"为其根本，可是后出的屈原楚辞却以词采见长。刘勰《文心雕龙·辨骚》谈其影响时说：

> 是以枚、贾追风而入丽，马、扬沿波而得奇，其衣被词人，非一代也。故才高者苑其鸿裁，中巧者猎其艳辞，吟讽者衔其山川，童蒙者拾其香草。若能凭轼以倚《雅》《颂》，悬辔以驭楚篇，酌奇而不失其贞，玩华而不坠其实，则顾盼可以驱辞力，欬唾可以穷文致，亦不复乞灵于长卿，假宠于子渊矣。①

这样的情况在后世也反复出现。如汉魏古诗以抒情为主，六朝诗歌却更加注重形式的精美。李白在《古风》其一云："自从建安来，绮丽不足珍。"② 就是对六朝唯美诗风的否定。在唐朝，诗歌发展中也有类似的否定过程。一方面，初唐诗歌继承了南朝重视形式的长处，经过李世民与"秦府十八学士"以及其后的上官仪、"珠英学士"、沈佺期与宋之问等宫廷诗人的共同努力，发展出前所未有的律诗与绝句；另一方面，"初唐四杰"与

---

① （南朝梁）刘勰著，周振甫注《文心雕龙注释》，人民文学出版社，1981，第37页。
② 詹锳主编《李白全集校注汇释集评》第1册，百花文艺出版社，1996，第22页。

陈子昂等人更加关注诗歌的内容，在不同程度上表现出对前一类诗人重视形式的批判。可是，正是由于这两股力量互相作用，互相否定，才使得中国诗歌在总体上既没有走向质木无文也没有走向唯美主义，而是一直朝着有风有骨、形神兼备的方向发展。唐代以前是如此，唐代以后也是如此。如单就诗歌的内容或形式甚至其中的某一方面而言，也常常可以发现否定之否定的规律在起作用。

对于南宋中期以后回归"唐音"的问题，亦可从这个角度得到解释。本来，北宋形成的"宋调"是对"唐音"的否定，而南宋回归"唐音"则是对"宋调"的否定之否定。当然，"唐音"与"宋调"的差别，是就其总体情况而言，并不能包括所有人的诗歌风格。为此，钱锺书《谈艺录》中第一则"诗分唐宋"云：

> 唐诗、宋诗，亦非仅朝代之别，乃体格性分之殊。天下有两种人，斯分两种诗。唐诗多以丰神情韵擅长，宋诗多以筋骨思理见胜。严仪卿首倡断代言诗，《沧浪诗话》即谓"本朝人尚理，唐人尚意兴"云云。曰唐曰宋，特举大概而言，为称谓之便。非曰唐诗必出唐人，宋诗必出宋人也。故唐之少陵、昌黎、香山、东野，实唐人之开宋调者；宋之柯山、白石、九僧、四灵，则宋人之有唐音者。①

在钱先生关于"宋人之有唐音者"的列举中，"柯山"即北宋诗人张耒，其诗学唐特点比较突出，前已论及；"白石"即姜夔，是江湖派中的重要诗人；而另外两个诗人群体更有意思，"九僧"是北宋前期诗人，诗歌学习贾岛、姚合，被称为晚唐体诗人，而南宋中期的"四灵"亦学习贾岛、姚合，提倡"唐诗"。这就揭示了贾岛、姚合诗风与"宋调"之间的奇妙关系。

北宋前期，晚唐体与白体、西昆体活跃在诗坛上，今人称之为"宋初三体"。后来发展起来的"宋调"虽然从它们那里接受和继承了一些有用的成分，但主要还是把它们作为"唐音"即自己的对立面来看待的。从这个意义上说，包括"九僧"在内的晚唐体诗人，作为"唐音"的代表和组成部分，在"宋调"的建构过程中被否定了。可是到了南宋中期，"宋调"不仅早已在北宋形成，而且因为江西诗派的流弊，已沦落到人人喊打的惨状。在这样的环境下，贾岛、姚合诗风借四灵派而还魂，自然体现的仍然是

---

① 钱锺书：《谈艺录》，生活·读书·新知三联书店，2007，第3页。

"唐音"特色，这是对"宋调"的否定之否定。经过这样两次否定，从"唐音"来，最后又回到"唐音"，似乎只是一个循环，其实四灵派也好，江湖派也好，即使之前的"中兴四大家"也好，不管他们怎样学唐，自己的诗歌都已经不可避免地被"宋调"打上了烙印，跟"宋调"形成前的那种纯粹的"唐音"已不相同了。

需要说明的是，本书没有使用螺旋式上升或者"之"字形上升这样的表达方式，是基于下面的考虑：从"唐音"到"宋调"固然是一种深刻的转变，但"宋调"很难说是对"唐音"的超越，它只是"唐音"的另外一端而已；从"宋调"到四灵派和江湖派，虽然带有鲜明的回归"唐音"的性质，但这些人的成就更远逊于黄庭坚及江西诗派，甚至连带动诗歌向前发展的趋势都不明显，而更多呈现的是复古色彩。

此外，南宋愈演愈烈的理学和禅学都对诗歌发展产生了不利影响，都在以自己的方式推动"宋调"的解构。不过，这里要谈的是另外一个问题，即回归"唐音"也是诗人对理学和禅学的一种反抗。理学也好，禅学也好，介入诗歌之后，都是要在诗歌中讲述道理，区别只在于是哪一家的道理而已。严羽是唐诗的大力鼓吹者，他在所著《沧浪诗话·诗辩》里说：

> 夫诗有别材，非关书也；诗有别趣，非关理也。然而非多读书，多穷理，则不能极其至，所谓不涉理路不落言筌者上也。诗者，吟咏性情也，盛唐诸人，惟在兴趣，羚羊挂角，无迹可求。故其妙处，透彻玲珑，不可凑泊。如空中之音，相中之色，水中之月，镜中之象，言有尽而意无穷。近代诸公乃作奇特解会，遂以文字为诗，以才学为诗，以议论为诗；夫岂不工，终非古人之诗也，盖于一唱三叹之音，有所歉焉。且其作多务使事，不问兴致，用字必有来历，押韵必有出处，读之反覆终篇，不知着到何在。其末流甚者，叫噪怒张，殊乖忠厚之风，殆以骂詈为诗。诗而至此，可谓一厄也。①

严羽这段话揭示了南宋中期以后许多四灵派和江湖派诗人的心声：他们极力反对江西诗派所代表的"宋调"，把唐诗看作诗歌的高峰。不过，严羽推崇的唐诗是李白、杜甫为代表的盛唐诗，这与四灵派与多数江湖派诗人推崇贾岛、姚合是根本不同的。这段话的前两句，所谓"诗有别材，非

---

① （宋）严羽撰《沧浪诗话》，（清）何文焕撰《历代诗话》下册，中华书局，1981，第688页。

关书也",这是反对江西诗派堆砌典故;所谓"诗有别趣,非关理也",则是反对理学对诗歌的浸淫。严羽把这两面放在一起,则其对理学的厌恶可以见出。严羽《沧浪诗话》以禅喻诗,自然没有否定禅理。不过,禅学对诗歌的不利影响与理学影响非常近似,只不过影响的程度不像理学那么重罢了。从这个意义上说,既要反对江西诗派的用典习气,又要突破理学与禅学对文学性的双重围剿,四灵派和江湖派回归"唐音",重新重视诗歌中的情感因素,也就成了必然的道路。

总之,四灵派以及之后的江湖派将回归"唐音"作为主要追求,既是政治、社会影响诗人和诗歌,使得诗人和诗歌边缘化的结果,也是众多诗人合力反对江西诗派的反映,同时也受到诗歌发展内在规律的制约。理学和禅学从总体上虽不利于诗歌发展,却从反面成了推动其回归"唐音"的助力。

第三节
江湖派中"唐诗"之质变

江湖派其实并不是一个真正的诗派。最初是个别诗人为了表现自己远离政权或庙堂的心态,故意以"江湖"自居,如杨万里有一部诗集即名为《江湖集》。后来此风渐盛,一些诗人浪迹江湖,作为谒客或游士,被人称为江湖诗人。随着这类诗人越来越多,钱塘(今浙江杭州)书商陈起将自己交往的多位诗人的作品刻为《江湖集》。后来陈起因此受到政治迫害,《江湖集》被官方毁坏,曾极、赵汝迕、陈起、敖陶孙、刘克庄等诗人均受到不同程度打击。这就是著名的"江湖诗案"。事平后,陈起复刻《江湖》诸集。陈起的举动一方面反映出江湖诗人为数众多的现实,另一方面又进一步推动了江湖诗风的继续蔓延。被陈起刻入《江湖》诸集的诗人成分比较庞杂,时间跨度也比较大,很难作为一个诗派的判断标准。不过,江湖诗风代表了南宋后期的诗风,至少是代表了当时社会上普遍接受的主流诗风。

一 "江湖诗派"仅略具诗派意味

江湖诗派是对南宋后期许多下层诗人的总括。这些人本是一些四处漂泊的谒客和游士,成分非常复杂,当时不仅没有流派之名,更无诗派之实,但却被后人逐渐加上一个江湖派之名。即便是作为后人追认的诗派,较之宋代的其他诗派，江湖派仍有若干明显的不同之处。这主要表现在以下几个方面。

其一，没有公认的领袖。一般来说，一个流派得以成立，至少要有一个或者几个具有领袖意义的核心人物。以宋代的诗派来说，白体的领袖是徐铉、李昉、李至等人，晚唐体的领袖是潘阆、魏野、"九僧"等人，西昆体的领袖是杨亿、刘筠、钱惟演等人，四灵派的领袖是"四灵"，等等。再以影响最大的江西诗派来说，黄庭坚是公认的领袖。可是，江湖派却没有出现这样的领袖或核心。有人似乎认为"四灵"是江湖诗人的核心。赵希意《适安藏拙乙稿序》云："四灵诗，江湖杰作也，水心先生尝印可之。"①从今天的学术语境看，这实际上混淆了四灵派和江湖派之间的关系。不过，钱塘书商陈起刻印发行《江湖集》系列时收录了"四灵"之诗，而且"四灵"之诗确实开启了江湖派的门径。方回《恢大山西山小稿序》云："嘉定中忽有祖许浑、姚合为派者，五、七言古体并不能为，不读书亦作诗，曰学四灵，江湖晚生皆是也。"② 即便如此，毕竟四灵派另是一派，跟今人认可的江湖派并非一派。况且，对此问题清代亦有人提出不同的看法。《围炉诗话》卷五云："宋时江西宗派专主山谷，江湖诗派专主曾茶山。"③ 吴乔说"江西宗派专主山谷"，古今对此少有异词，可是他说"江湖诗派专主曾茶山"却未见有赞同者。曾几诗清新明丽，受其影响最大者为陆游，然陆诗主体风格与其并不相近。退一步说，即便按照某些学者的观点，将"四灵"亦视为江湖派，可"四灵"主要学贾岛、姚合，亦无"专主曾茶山"之事。

中期以后，随着刘克庄崭露头角，江湖派才开始出现属于自己的代表诗人。张宏生在《江湖诗派研究》中说：

> 任何一个完整意义上的社会团体或派别，都有自己的领袖。对于一个诗派来说，领袖不仅应当具有最高的创作水平，而且也要具有促进诗派壮大，推进诗派发展的能力。由于中国古代文学中关于流派的划分过于宽泛，领袖产生的情形是并不相同的。如江西诗派的领袖黄

---

① 曾枣庄、刘琳主编《全宋文》第353册，上海辞书出版社、安徽教育出版社，2006，第102页。
② （元）方回撰《桐江续集》卷三十三，《文渊阁四库全书》《影印本》第1193册，台湾商务印书馆，第683~684页。
③ （清）吴乔撰《围炉诗话》，郭绍虞编选，富寿荪校点《清诗话续编》上册，上海古籍出版社，1983，第606页。

庭坚,他是由于自己富有独创性的创作,吸引了一批作家,围绕在他的周围,对他的诗风进行学习和摹仿,因而确立了自己的领袖地位。刘克庄则不同。他在江湖诗派中的行辈并不早,在他登上诗坛时,江湖诗风已开始普及。他的领袖地位,是在江湖诗派的形成和发展中,由于个人条件突出而被确立的。①

可是,正如张先生所说,刘克庄的"领袖地位,是在江湖诗派的形成和发展中,由于个人条件突出而被确立的",这实际上指出这样的现实:刘克庄并非该派领袖,而只是因为诗歌成就突出而成长为后起之秀而已。即使要突出刘克庄在该派中的作用,也要注意这样的事实:他晚年居住在莆田,主要与当地诗人唱和,很难对当时诗风产生多大影响,更无法让他的观点为当时多数人所认可。

其二,诗派成员无法确定。江湖派既以江湖谒客作为诗人主体,则其成员颇难确定。当代学者对于江湖派成员的确定,主要依据陈起刻行的《江湖》诸集,包括《江湖集》《江湖前集》《江湖后集》《江湖续集》《中兴江湖集》和《中兴群公吟稿》等诗集。可是这些集子大都散佚,其所收诗人作品已经难以确考。张君瑞在《〈江湖集〉〈江湖前后续集〉的刊行及江湖派的鉴定》一文中以《四库全书》收录的《江湖小集》《江湖后集》所收诗人作为依据,共统计出诗人109人,又从中排除了洪迈,加上了"四灵"等人,列出了一个"一共一百一十九人"的诗人名单。②胡益民《关于江湖派的鉴别标准与"江湖诗人名单"》依据张先生的标准,在其基础上又补出周师成、方惟深、晁公武、林洪、李泳、赵与时(德行)、邵持正(子文)、卢祖皋等8人,同时排除了张文名单中的孙季蕃、岳珂、方岳,原因是"以目前所能见到的材料,并没有直接证据说明他们有诗入《江湖》诸集"③。在张宏生《江湖诗派研究》附录的"江湖诗派成员考"中,所考成员为138人,数量又有明显增加。不过,张先生一方面将四灵派成员统计在内,另一方面又根据生活年代、社会地位、性别等原因排除了32人。④ 胡益民之后又发表《〈江湖〉诸宗集"名录"新考》,在

---

① 张宏生:《江湖诗派研究》,中华书局,1995,第24页。
② 张君瑞:《〈江湖集〉〈江湖前后续集〉的刊行及江湖派的鉴定》,《文献》1990年第1期。
③ 胡益民:《关于江湖派的鉴别标准与"江湖诗人名单"》,《江淮论坛》1990年第5期。
④ 张宏生:《江湖诗派研究》,中华书局,1995,第317页。

其前文基础上,又进一步补充了徐文卿、柳月涧、赵希(左亻右丙)、陈起宗、赵善扛(文鼎)、郑自立(介夫)、周孚(信道)、陈枂(君正)、郑克己(仁叔)、郭世模(从范)、史文卿、黄简(元易)、冯时行、曾几(吉甫)、真山民、赵师秀、翁卷、李时等18人。① 不过,如果将这个名单里面的人员都看作江湖诗派成员,显然是有问题的,其中最突出的是冯时行、曾几生活于两宋之际,不当归入江湖派。对此,上引张宏生《江湖诗派研究》已有辨析。而赵师秀、翁卷为四灵派领袖,亦不当归入江湖派。这种情况表明,且不说《江湖》诸集保存已不完整,即便其完整,根据其统计出来的名单也不能直接看作江湖诗派的成员。这是问题的一个方面。另一方面,有些诗人的诗歌虽没有被收入《江湖》诸集,也可看作该派诗人。因为本来江湖诗派就不是一个真正意义上的诗派,又何必将其名单一定与《江湖》诸集捆绑在一起呢?再者,有些人可能早期潦倒江湖,按其当时的谒客身份可以归到江湖派,可是其后来仕途顺畅,失去了游士身份,也就不当归入派中了。考虑到以上各种因素,可以说江湖诗派的人数是不固定的。

其三,没有统一的创作倾向。因为被列为江湖派的诗人原本鱼龙混杂,观点多样,创作倾向自然也不一致。梁守中《江湖诗派与江湖派诗》云:

> 江湖派,是紧承江西诗派和永嘉四灵派之后所出现的一个诗派。它的成员,大多是一些落第文士,由于功名不得意,只得流转江湖,依人作客,靠献诗卖文为活。这些人流品很杂。大致可分为三类:一类是生活面较广,对当时的政治形势比较关心,对人民疾苦比较同情,喜欢放言高论,感伤时事的,如刘克庄、戴复古、刘过等人。一类是生活面较窄,对政治不甚关心,只希望在文艺上有所专精,以赢得时人的赏识的,如姜夔便是突出的一个。他虽然常与大官交往,却能超然自拔,有所不为。另如葛天民、叶绍翁等人,也可归于这一类。再有一类是以诗文干谒公卿,奔走权门,以求利禄的,如高似孙之流便是此类。②

梁先生从生活态度方面对江湖派的人员构成进行了分析。又李越深

---

① 胡益民:《〈江湖〉诸总集"名录"新考》,《复旦学报》(社会科学版)2000年第2期。
② 梁守中:《江湖诗派与江湖派诗》,《中山大学学报》(哲学社会科学版)1989年第2期。

《江湖派诗歌风格论》云：

> 江湖诗人多经历了南宋光、宁、理宗三朝，少数人甚至生活于高宗、孝宗时期，还有宋遗民，可以说整个南宋历史都留下了江湖诗人的足迹。这样一个庞杂的作家群体，可谓派中有派。其风格大体可分为三：有步趋"四灵"，师承贾、姚，诗风清深闲雅的一派；有追求奇警瘦硬作风，倾向韩愈、孟郊的一派；又有承衍陆龟蒙自然明净、空灵绝尘的一派。至于江湖派中最著名的诗人刘克庄则兼取各家、贯穿融液，独树一帜，其风格已突破江湖派的牢笼。①

李先生则是从风格的角度对江湖诗派的诗歌情况进行了介绍，虽然其对该派的界定显然过于宽泛，分类也未必准确，但指出其"派中有派"，对我们理解其复杂性很有意义。又张宏生在《江湖诗派的纤巧之美》一文中认为，江湖诗派的纤巧"具体地说，主要表现在小、巧、纤、细四个方面"②。张瑞君《江湖派诗歌艺术检讨》一文将江湖派的共性概括为三点：感情平和，气骨较弱；名士化的意象和境界特征；闲雅清淡的艺术表现手法。③ 这些概括各有其深入之处，但由于未将其与四灵派加以区分，所以用到四灵派身上也许更加切合。

如果一定要加区分，则可大致看出其前后期有比较明显的变化。就其前期而言，除了刘过、戴复古等个别诗人能突出重围取得一定成就外，其余诗人几乎都被四灵派所牢笼，其创作倾向与四灵派保持了一致。至今尚有不少学者将四灵派与江湖派视为一体，主要原因即在这里。然此风流行既久，弊病愈加突出，诗人内部不能不发生变化。前文已经说过，虽然被列为该派的诗人大都是仕途不顺而浪迹江湖的下层文人，但彼此诗歌宗尚并不一致。早期江湖派诗人受四灵派影响多宗晚唐，后来则有人转重盛唐。此外亦有学习江西诗派、学习汉魏乐府者，因此诗风多样。严羽提倡盛唐诗，刘克庄甚至重拾江西诗派，都是在这样的诗学背景下展开的。张宏生《江湖诗派研究》将江湖派的审美情趣归纳为纤巧之美、真率之情、俗的风貌、清的趣味四个方面。④ 张先生的概括固然精到，但由于他将四灵派视为江湖派的一部分，所以这里的概括用在四灵派身上也许更加恰当。如果专

---

① 李越深：《江湖派诗歌风格论》，《温州师院学报》（哲学社会科学版）1988年第2期。
② 张宏生：《江湖诗派的纤巧之美》，《辽宁大学学报》（哲学社会科学版）1990年第2期。
③ 张瑞君：《江湖派诗歌艺术检讨》，《河北大学学报》（哲学社会科学版）1993年第3期。
④ 张宏生：《江湖诗派研究》，中华书局，1995，第88～134页。

就后期江湖派而言，则情况已发生了一些变化。

江湖派以"江湖"相标榜，在一定程度上反映了厌恶仕途、渴望隐逸的人生态度。这不只是当时人的看法，也反映出后世学者对江湖派的认识。不过，这样的看法对江湖派成员的认定产生了重要影响，那就是将一些仕途通达的诗人排除在诗派之外，如郑清之、洪咨夔、陈著、姚勉等人。如果不排除这些人，则南宋后期的诗歌面貌更加多样。

近年来，侯体健分析了之前关于江湖派的众多观点的得失之后，在《"江湖诗派"概念的梳理与南宋中后期诗坛图景》一文中这样概括其性质与特点：

> 所谓江湖诗派，是活跃在南宋中后期的诗人群体，他们创作上主要追摹晚唐，以姚、贾为矩矱，工于五律、七绝，诗风清俊纤巧，用语时有率俗滑薄之弊，《江湖集》所收时人作品，在风格上总体表现出此派诗风特点。这一派的成员以江湖游士为骨干，随着诗人社会身份的转变而时有出入，未可轻定。①

从前面的分析可以看出，江湖派其实就是后世对南宋后期众多生活在社会下层的诗人的合称，虽然不具有诗派性质，但后人将其作为一个诗派讨论仍有积极意义，因为这样的研究有利于深入揭示南宋后期的诗歌发展面貌，更好地反映其在回归"唐音"过程中起到的作用。

二　江湖派与四灵派之关系

前文考察江湖派的性质，是为了更好地揭示其在回归"唐音"过程中所起到的作用；考察其与四灵派的关系，也是为了同样的目的。

江湖派与四灵派的关系非常紧密。如果笼统地讨论这个问题，实在难以说清。但如果将江湖派大致分成前后两个时期，则彼此之间的关系可以看得更加清晰。

在江湖派发展的前期，江湖诗人主要是趋同或跟风。由于江湖派并不是真正的流派，彼此之间的关系比较松散，也没有形成创作中心。因此，他们并没有形成自己的特色，而主要受当时诗坛风气的影响。而当时正是四灵派大力倡导晚唐诗的时候，此时的江湖诗人也就像四灵派一样去学习

---

① 侯体健：《"江湖诗派"概念的梳理与南宋中后期诗坛图景》，《文学遗产》2017年第2期。

晚唐诗。江湖派的早期诗歌大体与四灵派保持了一致。如胡仲参《题雪舟云心二友吟卷》云：

> 君诗何所似，绝似晚唐诗。写出春云状，融成白雪词。百篇多态度，二妙一襟期。与我为三友，他年题品谁。①

这大致能反映江湖派前期诗人普遍像四灵派一样学习晚唐诗的情形。刘克庄在跋《蒲领卫诗》时直截了当地说："今江湖诸人竞为四灵体。"②后来范晞文在《对床夜语》卷二中亦云：

> 四灵，倡唐诗者也，就而求其工者，赵紫芝也。然具眼犹以为未尽者，盖惜其立志未高而止于姚、贾也。学者阐其闻奥，辟而广之，犹惧其失。乃尖纤浅易，相煽成风，万喙一声，牢不可破，曰此"四灵体"也。其植根固，其流波漫，日就衰坏，不复振起。吁！宗之者反所以累之也！③

范晞文一方面指出当时"相煽成风，万喙一声"的诗坛现状，另一方面也指出其带来的恶果，所以才有了后来江湖派诗风的变化。

从这个意义上说，将早期的江湖诗人归为四灵派似乎也无不可。换个角度，如果以此时江湖诗人的表现视为江湖派的主流特色，则江湖派与四灵派的确无法区分。一些学者将四灵派都归到江湖派中，应该也跟这一点有很大的关系。如胡明《江西诗派泛论》云：

> 杨、陆称"前辈"应是没有疑义的，江湖派最主要的代表人物刘克庄、戴复古都言之凿凿。刘克庄《刻楮集序》称："初余由放翁入，后喜诚斋"，这是他学诗的入门途径。戴复古《诸诗人会吴门》诗称："杨、陆不再作，何人可受降"，这是他顶礼心香的口辞；《石屏集》楼钥序说他"登三山陆放翁之门而诗学大进"，可见又是列门墙的嫡传。杨、陆有资格做刘、戴辈的引路人和启导者主要有两点：一、由"江西"入而不由"江西"出；二、倡晚唐体。杨、陆两位都是从学"江西"起家的，杨受学于王庭珪，陆则出自曾几的门下，又自称源出吕

---

① 北京大学古文献研究所编《全宋诗》第63册，北京大学出版社，1998，第39847页。
② （宋）刘克庄著，辛更儒笺校《刘克庄集笺校》第10册，中华书局，2011，第4607页。
③ （宋）范晞文撰《对床夜语》，丁福保辑《历代诗话续编》上册，中华书局，1983，第416页。

本中。但两人都反出了"江西派"阵营，各自挂牌，独立门户，或明或暗、或多或少、或积极或消极地提倡晚唐体。细比较来，杨万里的作用影响要比陆游大得多，事实上晚宋的"江西"与"晚唐"之争也是由杨万里拉开序幕的。①

乍看胡先生的这一段论述，可能有两个问题令人难以明白。其一，胡先生何以认为"杨、陆有资格做刘、戴辈的引路人和启导者"？就一般的诗学认知而言，戴复古与刘克庄都在一定程度上重新向江西诗派靠拢，这与杨万里、陆游由"江西"入而不由"江西"出的路径恰好相反。虽然戴复古与刘克庄学习杨万里与陆游，但不能由此认为他们学习的是江西诗派，毕竟杨、陆早就反出了江西诗派。就与晚唐体的关系而言，说杨、陆（其实主要是杨）提倡故可，可是戴、刘并未明显提倡，他们只是受其影响，后来则具有明显的反拨意味。因此，胡先生所说两点都难以成立。其二，胡先生何以将杨、陆说成戴、刘的"前辈"？这句话本身并没有错误，可是杨、陆（其实主要是杨）真正影响到的是四灵派，而戴、刘都是在四灵诗风盛行时成长起来的，因此在一定程度上与四灵派具有趋同性。不过话又说回来，这样说法的本质就是混淆了江湖派与四灵派的区别。胡先生的说法有个前提，就是他把四灵派归到了江湖派，也就是说他所谓的江湖派，在很大程度上指的是四灵派。这一点前文已经论及。弄明白这个前提，再将江湖派的发展分成两个阶段，胡先生的意思就很容易理解了。中间加入四灵派的概念转换一下，其意思大致是：杨万里与陆游凭借"两点"成为四灵派的"引路人和启导者"，这一点是成立的。戴复古与刘克庄作为江湖派中的重要代表，早年曾受到四灵派影响，因此说杨万里与陆游是他们的"引路人和启导者"，这一点也成立。可是这样的说法却忽略了戴、刘诗歌的主要方面，没有看到他们诗风转变的事实和价值，还是不够全面的。

在江湖派发展的后期，则出现了明显的求异或背离现象。戴复古其实与"四灵"同时，受到四灵派的影响是很自然的事情。同时，他也是较早从四灵派中突围而出的诗人。针对四灵派独宗贾岛、姚合而专力近体诗的做法，戴复古则长于古体诗，使得其古体诗数量甚至比近体诗还多。包恢为其文集作序时说：

> 石屏自谓少孤失学，胸中无千百字书，予谓其非无书也，殆不滞

---

① 胡明：《江西诗派泛论》，《文学遗产》1987年第4期，第93页。

于书与不多用故事耳，有靖节之意焉。果无古书，则有真诗，故其为诗，自胸中流出，多与真会。三者备矣，其源流不甚深远矣乎！故诗有近体，有古体，以他人则近易工而不及古，在石屏则古尤工而过于近。以此视彼，其有效晚唐体如刻楮剪缯，妆点粘缀，仅得一叶一花之近似，而自耀以为奇者，予惧其犹黄钟之于瓦釜也。此予所私窃自评者，亦未始为石屏道，今敢以是质之，请石屏自剖决，予也奚敢妄为若是决！淳祐壬寅孟夏四旴江包恢书于赤城皇华馆。恢以卧疾，未能自书，不免令朋友代札，伏乞尊照。恢皇恐申秉。①

包恢不仅看出戴诗与晚唐体（即四灵诗风）之间的不同，而且将其说成"黄钟之于瓦釜"，对四灵派颇为鄙薄。这种观点在戴复古本人那里也可找到根据。如其《昭武太守王子文日与李贾严羽共观前辈一两家诗及晚唐诗因有论诗十绝子文见之谓无甚高论亦可作诗家小学须知》中的两首诗：

　　文章随世作低昂，变尽风骚到晚唐。举世吟哦推李杜，时人不识有陈黄。（其一）

　　飘零忧国杜陵老，感寓伤时陈子昂。近日不闻秋鹤唳，乱蝉无数噪斜阳。（其六）②

从其一可以看出，戴复古所反对的并非江西诗派，而是造成"时人不识有陈黄"的四灵诗风。在其二中，戴复古又将当时流行的四灵诗风比作"乱蝉无数噪斜阳"。由二诗不难看出，戴复古对四灵派的不满是明确而坚定的。

刘克庄在江湖派中成就最高。作为后起之秀，其诗也较早与四灵派拉开了距离。其《南岳诗稿》得到叶适的称道，认为其"思益新，句愈工，涉历老练，布置阔远，建大将旗鼓，非子孰当"，也是看出了刘克庄诗相对于四灵派出现了新的气象。

可以这么说，凡江湖派中成就较大者皆走上了与四灵派不同的道路。无论是与戴复古年岁相近的刘过（1154～1206）、姜夔（1154～1221），还是年岁较迟的方岳（1199～1262）等人，都是如此。如果说刘过、戴复古、姜夔等人对四灵派不满在当时还尚属少数，那么后来具有这种认识的人就

---

① 《戴复古诗集》，金芝山校点，浙江古籍出版社，1992，"附录"第324页。
② 《戴复古诗集》，金芝山校点，浙江古籍出版社，1992，第230页。

越来越多了。如赵汝回为薛师石（1178～1228）所作《瓜庐诗序（嘉泰元年）》云：

> 永嘉徐照、翁卷、徐玑、赵师秀，乃始以开元、元和作者自期，冶择淬炼，字字玉响，杂以姚、贾中，人不能辨也。水心先生既啧啧叹赏之，于是"四灵"之名天下莫不闻。而瓜庐翁薛景石，每与聚吟，独主古淡，融狭为广，夷镂为素，神悟意到，自然清空。如秋天迥洁，风过而成声，云出而成文。间谓四灵君为姚、贾，吾于陶、谢、韦、杜何如也？①

在江湖派中，薛师石成就并不突出，可是他不仅"独主古淡，融狭为广，夷镂为素，神悟意到，自然清空"，竭力与四灵派不同，而且还明确表达出自己不同的诗学取向——"间谓四灵君为姚贾，吾于陶谢韦杜何如也"。薛师石只是一个例子，从他可以看出江湖派后期诗人为摆脱四灵派影响而付出的努力。

可以这么说，经过众多诗人的努力追新，江湖派终于一步步摆脱了四灵派的束缚，具有了属于自己的某些特征。元张之翰《跋王吉甫直溪诗稿》云："近时东南诗学，问其所宗，不曰晚唐，必曰四灵；不曰四灵，必曰江湖。盖不知诗法之弊，始于晚唐，中于四灵，又终江湖。"②张之翰对于南宋诗歌评价不高，但他将江湖诗风与四灵诗风明确加以区别，当是关注到江湖派后期诗风的显著变化。

江湖派对四灵派态度的前后不同，也就意味着他们在回归"唐音"的问题上与四灵派的认识与做法均有显著的变化。下文专门讨论这个问题。

三 江湖派"唐诗"理念与四灵派之不同

在江湖派追随四灵派的时候，该派并没有形成自己的特色；但是当其中一些诗人不甘心为四灵派笼罩而试图突破时，江湖派开始有了自己的一些特色。

就其中回归"唐音"这个问题而言，由于缺少真正文学流派那样的内部机制，江湖派中的看法亦颇不一致。许总在《宋明理学与中国文学》

---

① 曾枣庄、刘琳主编《全宋文》第304册，上海辞书出版社、安徽教育出版社，2006，第125页。

② （元）张之翰：《张之翰集》卷十八，邓瑞全、孟祥静校点，吉林文史出版社，2009，第201页。

中说：

> 在南宋诗风趋变的进程中，早期的杨万里已明确倡导"晚唐异味"，但其所谓的"晚唐"范围尚较广泛；到叶适时，则表现为向宋初"晚唐体"诗风回复；迨"四灵"及江湖派，更直接以宋初"晚唐体"的典范为典范，将"晚唐"乃至"唐诗"概念完全定向为贾岛、姚合诗风。①

许先生辨析了四灵派的"晚唐"观念与杨万里"晚唐异味"之不同，可是却又将四灵派与江湖派看作一般，因此没有关注到他们之间的区别。实则，江湖派中不少人对唐诗的看法与四灵派是不同的。前引戴复古《昭武太守王子文日举李贾严羽共观前辈一两家诗及晚唐诗因有论诗十绝子文见之谓无甚高论亦可作诗家小学须知》中的两首诗，在论及唐诗的时候，其一云"举世吟哦推李杜"，其二云"飘零忧国杜陵老，感寓伤时陈子昂"，所列三位诗人，并无一位属于晚唐，更与四灵派所宗的贾岛、姚合无涉。而刘克庄在为《刻楮集》作序时自述其学诗的历程是这样的："初，余由放翁入，后喜诚斋，又兼取东都、南渡江西诸老，上及于唐人大小家数，手钞口诵……"②刘克庄的这个历程，与南宋诗坛回归"唐音"的过程并不吻合，但他"上及于唐人大小家数"，并不专学晚唐小诗人，还包括了李白、杜甫这样的大诗人，同样体现出与四灵派的不同。

后期江湖诗人摆脱四灵派独宗晚唐之贾岛、姚合的意愿是共同的，但是他们自己对所要回归的"唐诗"的选择却是不同的。如陈必复在《山居存稿序》中回顾了自己的观念转变原因：

> 余爱晚唐诸子，其诗清深闲雅，如幽人野士，冲淡自赏，要皆自成一家。及读少陵先生集，然后知晚唐诸子之诗尽在是矣，所谓诗之集大成者也。不俟三熏三沐，敬以先生为法。虽夫子之道不可阶而升，然钻坚仰高，不敢不由是乎勉。③

跟陈必复专力学习杜甫不同，更多的人主张同时学习李白。从前引戴

---

① 许总：《宋明理学与中国文学》，百花洲文艺出版社，1999，第205页。
② （宋）刘克庄著，辛更儒校注《刘克庄集笺校》第9册，中华书局，2011，第4063页。
③ 曾枣庄、刘琳主编《全宋文》第341册，上海辞书出版社、安徽教育出版社，2006，第300页。

复古"举世吟哦推李杜"的诗句中，我们不难看出：即便在晚唐体最盛行的时候，学习李白和杜甫仍有一定的市场。依据这样的认识，严羽更直接提出"当以盛唐为法"。其《沧浪诗话·诗辩》在指出四灵派学习贾岛、姚合清苦诗风后，又接着这样说：

> 江湖诗人多效其体，一时自谓之唐宗。不知只入声闻、辟支之果，岂盛唐诸公大乘正法眼者哉？嗟呼！正法眼之无传久矣。唐诗之说未唱，唐诗之道或有时而明也。今既唱其体曰唐诗矣，则学者谓唐诗诚止于是耳，得非诗道之重不幸邪！故余不自量度，辄定诗之宗旨，且借禅以为喻，推原汉、魏以来，而截然谓当以盛唐为法，（后舍汉、魏而独言盛唐者，谓古律之体备也。）虽获罪于世之君子，不辞也。①

当然，也有人走得更远，超出了盛唐范围。如姜夔追求"不求与古人合，而不能不合；不求与古人异，而不能不异"。其《白石道人诗集》序二曰：

> 作诗求与古人合，不若求与古人异。求与古人异，不若不求与古人合而不能不合，不求与古人异而不能不异。彼惟有见乎诗也，故向也求与古人合，今也求与古人异。及其无见乎诗已，故不求与古人合而不能不合，不求与古人异而不能不异。其来如风，其止如雨。如印印泥，如水在器。其苏子所谓不能不为者乎。余之诗盖未能进乎此也。未进乎此，则不当自附于作者之列。悉取旧作秉畀炎火，俟其庶几于不能不为而后录之。或曰，不可，物以蜕而化，不以蜕而累。以其有蜕，是以有化。君于诗将化矣，其可以旧作自为累乎。姑存之，以俟他日。②

不过，这样的认识在当时可谓超前，不但四灵派不能接受，大多数江湖派也难以跟上这样的脚步。就大部分江湖派诗人而言，能走到学习盛唐诗这一步，就已经很不简单了。

由晚唐而盛唐，由"中兴四大家"而四灵派，而江湖派，经过几代诗人的不断接力，回归"唐音"的梦想至此终于实现。当然，这也同时意味

---

① （宋）严羽撰《沧浪诗话》，（清）何文焕撰《历代诗话》下册，中华书局，1981，第688页。
② （宋）姜夔：《白石诗词集》，夏承焘校辑，人民文学出版社，1959，第2页。

着"宋调"逐步被解构殆尽。不过,由于北宋诗人曾经取得了那么高的成就,再加上尽管"宋调"在南宋被边缘化但并未消失,所以不管上述诗人如何努力地去回归"唐音",他们自己的诗歌仍不同程度被打上"宋调"的烙印。胡应麟《诗薮外编》卷五说:

> 宋之学陈子昂者,朱元晦;学杜者,王介甫、苏子美、黄鲁直、陈无己、陈去非、杨廷秀等;学太白者,郭功父;学韩退之者,欧阳永叔;学刘禹锡者,苏子瞻;学王右丞者,梅圣俞;学白乐天者,王元之、陆放翁;学李商隐者,杨大年、刘子仪、钱思公、晏元献;学李长吉者,谢皋羽;学王建者,王禹玉。学晚唐者,九僧。林和靖、赵天乐、徐照、翁卷、戴石屏、刘克庄诸人,亦自有近者,总之不离宋人面目。①

这里所列多人,除了朱元晦即大儒朱熹和杨万里外,其余几人中,苏舜钦、王安石、黄庭坚正是"宋调"的建构者,他们的诗歌何尝只是"不离宋人面目"?尽管陈与义在进入南宋后开始突破宗派特征,但陈师道与陈与义仍都属于江西诗派。胡应麟的两处归纳并不高明,但至少他意识到宋人在学唐时没有也不可能真正摆脱"宋调"的影响。钱锺书曾这样概括萧立之的诗歌风格:

> 斯立《萧冰崖诗集拾遗》三卷。谢叠山跋谓江西诗派有二泉及涧谷,涧谷知冰崖之诗。夫赵、韩、罗三人已不守江西密栗之体,傍江湖疏野之格。冰崖虽失之犷狠狭仄,而笔力峭拔,思路新辟,在二泉、涧谷之上。顾究其风调,则亦江湖派之近西江者耳。②

其实,在南宋提倡唐诗的众多诗人中,谁又能超越自己的时代限制真正离开"宋人面目"呢?所谓回归"唐音",在很大程度上就是南宋诗人的一种渴望或理想,并不是说他们的诗歌真的回到了唐诗的状态。

正如上章所说,回归"唐音"和解构"宋调"是同一个问题的两种表现。解构"宋调"带来的诗歌变化就是回归"唐音",而"唐音"的回归又一步步推动了"宋调"的解构。

---

① (明)胡应麟撰《诗薮》,上海古籍出版社,1979,第215页。
② 钱锺书:《钱锺书手稿集·容安馆札记》卷二,商务印书馆,2003,第881页。

第八章
理学推动"宋调"解构

"宋调"的建构与解构,并不只是诗坛或诗人内部的事情,更不只是由诗人的审美趋向和个性偏好所能决定的。即使撇开政治、经济及制度问题,仅就文化领域来看,理学与禅学均对南宋诗歌发展和"宋调"解构产生了重要的影响。本章先讨论理学对"宋调"的影响问题。

第一节
理学兴盛与诗道衰落

从北宋到南宋,理学家对诗歌的态度有着明显的变化。理学在北宋产生之初,只有程颐提出"作文害道"之说,明显表达出对诗歌创作的否定态度,"五子"中的其他四人,不论作品数量多少,也不管水平高低,都没有出面否定诗歌创作。到了南宋,随着理学愈来愈盛,更多的理学家开始对诗歌评头论足,指指点点,其意见各不相同,但总体上是推崇古诗,而否定唐代以来的诗歌成就。与此同时,理学家还通过自己的诗歌创作以及编纂诗歌选本的方式,不停地宣传自己非常偏激和片面的诗学观念,最后竟然一步步掌控了诗坛。理学的兴盛与诗学的衰落之间有着明显的因果关联。即便是逃离了理学主流学派,在缝隙中发展的四灵派和江湖派,也是在理学支派浙东学派的引导下发展起来的,同时亦未能躲开主流理学思想的影响。

一 理学在南宋走向兴盛

理学虽然兴起于北宋,并且出现了著名的"北宋五子",但在整个北宋时期,理学并没有真正发展起来,只是在很小的范围内传播,更没有产生全国性的影响。尤其是在愈演愈烈的新旧党争中,理学家被归为"旧党",

受到"新党"的无情打击。二程兄弟皆被定为"奸党"成员,屡次受到贬谪。程颢在党争中尚能以著述自保。元丰八年(1085),神宗去世,哲宗即位后,欲召程颢为宗正丞,程颢未行而卒,年五十四。哲宗朝前期,高太后临朝,重用"旧党",然至哲宗亲政后重新起用"新党",程颐作为"旧党"成员处境更加恶劣。其去世后,故交、门人甚至不敢为其送葬。《河南程氏遗书》后附录了张绎《祭文》,其按语载:

> 尹子曰:先生之葬,洛人畏入党,无敢送者,故祭文惟张绎、范域、孟厚及焞四人。乙夜,有素衣白马至者,视之,邵溥也,乃附名焉。盖溥亦有所畏而薄暮出城,是以后。①

在如此险恶的政治生态中,理学如何能发展起来呢?所以在整个北宋时期,理学受到的关注不多,并未在社会上产生多大的影响。

进入南宋,情况发生了很大的变化。随着"新党"被彻底铲除,被列为"旧党"学说的理学终于获得了难得的发展机遇。程门弟子杨时门徒众多,有力地推动了南宋理学的发展。翁方纲《石洲诗话》卷五云:"有宋南渡以后,程学行于南,苏学行于北。"② 这段话表达得也许不够精细,因为在高宗和孝宗的支持下,苏学在南方也盛行了几十年。在这最初的几十年里,理学的影响虽然也在提升,但由于受到秦桧的阻挠,二程之学被列为"伪学",因此尚不可与苏学争衡。到孝宗朝,理学迅速发展起来,其影响逐渐超越了苏学。不仅朱熹闽学得到大发展,胡宏、张栻的湖湘学、吕祖谦的婺学、陆九渊的心学也逐渐传播开来,以陈亮、叶适为代表的浙东事功学派也发展起来。各种学派互相争论,又互相交流,共同推进了理学的繁荣。

湖湘学是由胡安国(1074~1138)、胡宏(1106~1162)父子在湘潭开创的,至胡宏弟子张栻(1133~1180)而发扬光大。该派上承二程兄弟,同时综合了周敦颐和张载的思想,但更重视知行并重、体用合一。张栻同样在思想上主张兼容,更加突出学以致用。该派与闽学都出自程学,故彼此关系较近。真德秀在《西山读书记》中说:"二程之学,龟山得之而南传之豫章罗氏,罗氏传之延平李氏,李氏传之朱氏,此其一派也。上蔡传之武夷胡氏,胡氏传其子五峰,五峰传之南轩张

---

① (宋)程颢、程颐:《二程集》上册,王孝鱼点校,中华书局,2004,第347~348页。
② (清)翁方纲撰《石洲诗话》,人民文学出版社,1981,第162页。

氏，此又一派也。"① 正因为两个学派关系较近，彼此交往也较多。如朱熹所师事胡宪，即胡安国从子。张栻去世后，其部分门徒转入朱熹门下，也跟这一点密切相关。

闽学虽可追溯到杨时、罗从彦和李侗，但其实主要是由朱熹（1130～1200）发展起来的。该派传自程学，朱熹尤其得程学真髓而又将其发扬光大，故后世并称程朱理学，亦可见彼此关系之密切。朱熹主张"格物致知"，他非常重视读书，一生皆以讲学著书为乐，著有《诗集传》《周易本义》《四书章句集注》《楚辞集注》等书。朱熹是宋代理学的集大成者，对后世产生了极其深远的影响。

婺学是由吕祖谦（1137～1181）在婺州（今浙江金华）开创的一个学派。吕祖谦与张栻、朱熹交往较多，三人亦被目为"东南三贤"。吕祖谦曾于淳熙二年（1175）发起著名的"鹅湖之会"，让朱熹与陆九渊、陆九龄兄弟聚集在一起，讨论理学问题的分歧，可见其在当时的影响。婺学亦被认为浙东学派中的一支。关于该派在南宋的情况，明王袆在《送胡先生序》中说：

> 尚论吾婺学术之懿，宋南渡以还，东莱吕成公、龙川陈文毅公、说斋大著唐公，同时并兴。吕公以圣贤之学自任，上继道统之重。唐公之学，盖深究帝王治世之大谊。而陈公复明乎皇帝王霸之略，而有志于事功者也。②

王袆的说法在很大程度上也概括出该派的思想特征。

陆九渊（1139～1193）一派虽属理学，但骨子里受禅学影响较大。其弟子中名气较大者有杨简、袁燮、舒璘、沈焕，被称为"甬上四先生"。陆九渊主张"心即理""吾心即是宇宙，宇宙即是吾心"，和朱熹坚持"格物致知"构成鲜明的对比。陆学在当时影响颇大，全祖望《同谷三先生书院记》云：

> 宋乾、淳以后学派，分而为三：朱学也，吕学也，陆学也。三家同时皆不甚合，朱学以格物致知，陆学以明心，吕学则兼取其长，而又以中原文献之统润色之。门庭径路虽别，要其归宿于圣人则一也。③

---

① （宋）真德秀撰《西山读书记》，刘光胜整理，上海师范大学古籍整理研究所编《全宋笔记·第十编》第2册，大象出版社，2018，第415页。
② （明）王袆：《王袆集》上册，颜庆余点校，浙江古籍出版社，2016，第206页。
③ （清）全祖望撰，朱铸禹汇校集注《全祖望集汇校集注》中册，上海古籍出版社，2018，第1048页。

当年吕祖谦之所以发起"鹅湖之会",就是为了调和朱熹与陆九渊之间的思想矛盾。全祖望的说法反映了当时理学学派的基本情况。

在以上几派之外,还有陈亮(1143~1194)、薛季宣(1134~1173)、陈傅良(1137~1203)、叶适(1150~1223)的浙东事功学派。陈亮反对空谈道德性命,与朱熹多次展开"王霸义利之辨"。叶适亦志在恢复中原,非常关心北伐。该派还重视经济发展,主张"农商并重",保护富人利益,具有突出的现实意义。其下又可分为以陈亮为代表的永康学派和以薛季宣、叶适为代表的永嘉学派。

不过,这种流派众多的蓬勃发展势头,很快被朱熹闽学的独领风骚所取代。随着朱熹广授门徒,加上当时的政府支持理学的发展,至光宗朝,理学迅速发展起来,不少朱门弟子进入朝廷为官。可是到了宁宗即位后,外戚韩侂胄在皇帝的支持下打击赵汝愚的势力,赵汝愚被罢黜右相之位,谪永州安置,理学被定为"伪学",列入伪学籍的朝中大臣多达数十名,一律罢官。不久,赵汝愚病死途中,朱熹因公开祭奠赵汝愚被废为庶人。随后,对理学的打击力度进一步加强。这就是著名的"庆元党案"。《宋史纪事本末》卷八十《道学尊诎》对此事叙述甚详。"庆元党案"对朝中"伪学"官员的打击虽然阻碍了理学发展,但由于其初衷在于韩侂胄争权,打击对象主要限于朝臣,因此并没有动摇理学的根基,在地方官员和一般士人中理学信徒仍为数众多。韩侂胄因坚持"开禧北伐"被史弥远谋杀后,原来打击理学的理由不复存在,于是理学重新焕发了生机。

嘉定十三年(1220),朱熹去世后被谥文公。由于魏了翁、真德秀一再上奏,随后周敦颐、程颢、程颐亦被追加谥号。这表明理学家的著书与修身得到官方的认可,这对理学的繁荣无疑具有更大的推动作用。至理宗即位后,重用真德秀、魏了翁等理学家,理学势力大炽。《宋史·理宗纪》载宝庆三年(1227)正月,理宗下诏:"朕观朱熹集注《大学》《论语》《孟子》《中庸》,发挥圣贤蕴奥,有补治道。朕励志讲学,缅怀典刑,可特赠熹太师,追封信国公。"① 后来,理宗下诏将周敦颐、程颢、程颐、张载、朱熹等理学家从祀孔庙。理宗的这些前所未有的恩宠使理学获得了一定的准官方地位,从此理学进一步弥漫朝野,影响到社会的各个角落。由此以至元、明、清三代,理学最终得到官方的正式认可,变成了官方哲学。

南宋理学逐步繁荣的过程,也正是诗学衰落和"宋调"被解构的过程。

---

① (元)脱脱等撰《宋史》第3册,中华书局,1977,第789页。

二者的此消彼长并不是偶然的，而是有着密切的内在关联。换句话说，正是由于理学的繁荣，才带来了南宋诗学的衰落和"宋调"的解构。

二　理学家对文学性的消解

虽然南宋理学与文学的关系比较复杂，但就其大体而言，可以概括为理学的繁荣压制了诗歌的发展。究其缘由，主要在于一些重要的理学家大都反对诗歌创作，或者反对诗中的文学性成分。其具体情形，大致可分为三种。

其一，从文与道的关系出发，理学家要求文章合于圣人之道，以诗歌为末事。这种观点在宋代理学家中最为突出。如《河南程氏遗书》卷二载程颢在谈到"兴"的时候说："夫子言兴于《诗》，观其言，是兴起人善意，汪洋浩大，皆是此意。"① 程颢还非常注意《诗经》对于理学的兴发之意：

> 学之兴起，莫先于《诗》。《诗》有美刺，歌诵之以知善恶治乱废兴。礼者所以立也，"不学礼无以立"。乐者所以成德，乐则生矣，生则恶可已也？恶可已，则不知手之舞之足之蹈之也。若夫乐则安，安则久，久则天，天则神，天则不言而信，神则不怒而威。至于如此，则又非手舞足蹈之事也。②

程颢的这段话虽可从孔子那里找到依据，即《论语·泰伯》所载："子曰：'兴于《诗》，立于礼，成于乐。'"③ 但孔子关注的是个体修养的提升过程，程颢突出的却是对天理的体悟过程，彼此之间的差别还是很大的。

如果诗歌的内容不合圣人之道，则被认为不值得作。《河南程氏遗书》卷十八记载了程颐与门人的一段对话：

> 或问："诗可学否？"曰："既学时，须是用功，方合诗人格。既用功，甚妨事。古人诗云'吟成五个字，用破一生心'；又谓'可惜一生心，用在五字上'。此言甚当。"先生尝说："王子真曾寄药来，某无以答他，某素不作诗，亦非是禁止不作，但不欲为此闲言语。且如今言能诗无如杜甫，如云'穿花蛱蝶深深见，点水蜻蜓款款飞'，如此闲言

---

① （宋）程颢、程颐：《二程集》上册，王孝鱼点校，中华书局，2004，第31页。
② （宋）程颢、程颐：《二程集》上册，王孝鱼点校，中华书局，2004，第128页。
③ 李学勤主编《论语注疏》，北京大学出版社，1999，第104页。

语,道出做甚?某所以不常作诗。今寄谢王子真诗云:'至诚通化药通神,远寄衰翁济病身。我亦有丹君信否?用时还解寿斯民。'子真所学,只是独善,虽至诚洁行,然大抵只是为长生久视之术,此济一身,因有是句。"①

此处所举杜甫的两句诗,文学性甚佳,程颐却因为其不合圣人之道,斥之为"闲言语",对其加以否定。而他感谢别人寄药,在所作诗中竟然还要宣传自己的理学道理。

到了南宋,这样的思想为更多的理学家所接受。如杨时《语录》卷二"荆州所闻"载其语云:"为文要有温柔敦厚之气。对人主语言及章疏文字,温柔敦厚,尤不可无。如子瞻诗,多于讥玩,殊无恻怛爱君之意。"② 杨时否定苏轼,主要原因在于他认为苏诗缺少"温柔敦厚之气",甚至说苏诗"殊无恻怛爱君之意",竟认为苏轼因诗致祸是咎由自取,这样的说法未免也同样缺少了"温柔敦厚之气",显得有些苛刻。

朱熹也反复强调诗歌一定要合乎圣人之道。其《诗集传序》云:

> 或有问余曰:"《诗》何谓而作也?"余应之曰:"人生而静,天之性也。感于物而动,性之欲也。夫既有欲矣,则不能无思;既有思矣,则不能无言;既有言矣,则言之所不能尽而发于咨嗟咏叹之余者,必有自然之音响节奏而不能已焉。此《诗》之所以作也。"
>
> 曰:"然则其所以教者何也?"曰:"诗者,人心之感物而形于言之余也。心之所感有邪正,故言之所形有是非。惟圣人在上,则其所感者无不正,而其言皆足以为教。其或感之之杂而所发不能无可择者,则上之人必思所以自反,而因有以劝惩之,是亦所以为教也。昔周盛时,上自郊庙朝廷而下达于乡党闾巷,其言粹然,无不出于正者,圣人固已协之声律,而用之乡人,用之邦国,以化天下。至于列国之诗,则天子巡狩亦必陈而观之,以行黜陟之典。降自昭、穆而后,寖以陵夷。至于东迁,而遂废不讲矣。孔子生于其时,既不得位,无以行帝王劝惩黜陟之政,于是特举其籍而讨论之,去其重复,正其纷乱,而其善之不足以为法、恶之不足以为戒者,则亦刊而去之,以从简约,示久远,使夫学者即是而有以考其得失,善者师之而恶者改焉。是以

---

① (宋)程颢、程颐:《二程集》上册,王孝鱼点校,中华书局,2004,第239页。
② (宋)杨时撰《杨龟山集》,商务印书馆,1937,第19~20页。

其政虽不足以行于一时,而其教实被于万世,是则诗之所以为教者然也。"

曰:"然则《国风》《雅》《颂》之体,其不同若是,何也?"曰:"吾闻之,凡《诗》之所谓《风》者,多出于里巷歌谣之作,所谓男女相与咏歌,各言其情者也。惟《周南》《召南》亲被文王之化以成德,而人皆有以得其性情之正,故其发于言者乐而不过于淫,哀而不及于伤。是以二篇独为《风》诗之正经。自《邶》而下,则其国之治乱不同,人之贤否亦异,其所感而发者有邪正是非之不齐,而所谓先王之风者,于此焉变矣。若夫《雅》《颂》之篇,则皆成周之世,朝廷郊庙乐歌之词,其语和而庄,其义宽而密,其作者往往圣人之徒,固所以为万师法程而不可易者也。至于'雅'之变者,亦皆一时贤人君子闵时病俗之所为,而圣人取之。其忠厚恻怛之心,陈善闭邪之意,犹非后世能言之士所能及之。此《诗》之为经,所以人事浃于下,天道备于上而无一理之不具也。"

曰:"然则其学之也当奈何?"曰:"本之二《南》以求其端,参之列国以尽其变,正之于《雅》以大其规,和之于《颂》以要其止,此学《诗》之大旨也。于是乎章句以纲之,训诂以纪之,讽咏以昌之,涵濡以体之,察之情性隐微之间,审之言行枢机之始,则修身及家、平均天下之道其亦不待他求而得之于此矣。"问者唯唯而退,余时方辑《诗传》,因悉次是语以冠其篇云。淳熙四年丁酉冬十月戊子,新安朱熹书。①

在朱熹看来,《诗经》的价值主要在于儒家的教化意义。他对《楚辞》的评价也是立足于此,他在《楚词集注序》中说:

> 右《楚词集注》八卷,今所校定,其第录如上。盖自屈原赋《离骚》而南国宗之,名章继作,通号《楚辞》,大抵祖原意而离骚深远矣。窃尝论之,原之为人,其志行虽或过于中庸而不可以为法,然皆出于忠君爱国之诚心。原之为书,其辞旨虽或流于跌宕怪神、怨怼激发而不可以为训,然皆生于缱绻恻怛,不能自已之至意。虽其不知学于北方,以求周公、仲尼之道,而独驰骋于变风、变雅之末流,以故醇儒庄士或羞称之,然使世之放臣屏子、怨妻去妇抆泪讴吟于下,而

① 《朱熹集》第7册,郭齐、尹波点校,四川教育出版社,1996,第3965~3967页。

所天者幸而听之，则于彼此之间天性民彝之善，岂不足以交有所发而增夫三纲五典之重？此予之所以每有味于其言而不敢直以词人之赋视之也。①

相对于《诗经》，后出的《楚辞》在多方面体现出与儒家思想的不一致，但是朱熹却透过这些差别，看到了"变风之流""变雅之类""几乎颂"的一面，因此对其加以肯定。

可以这样说，几乎所有的理学家在谈到文与道的关系时，说法都大同小异。其"大同"在于都会强调符合圣人之道，其"小异"则在于或是将文学作为理学的对立面加以排斥，或是将文学作为理学的附庸强调其为理学服务。不论属于哪种情况，都带有明显消解文学的意思，对于诗歌发展都是不利的。

其二，从诗歌的层面将内容与艺术对立起来，要求诗歌吟咏性情，有补于世，反对章句技巧。这种看法亦可追溯到北宋二程。《河南程氏遗书》卷十八载程颐与人的一段对话：

> 问："作文害道否？"曰："害也。凡为文，不专意则不工，若专意则志局于此，又安能与天地同其大也？《书》曰'玩物丧志'，为文亦玩物也。吕与叔有诗云：'学如元凯方成癖，文似相如始类俳。独立孔门无一事，只输颜氏得心斋。'此诗甚好。古之学者，惟务养情性，其他则不学。今为文者，专务章句，悦人耳目。既务悦人，非俳优而何？"曰："古者学为文否？"曰："人见《六经》，便以谓圣人亦作文，不知圣人亦摅发胸中所蕴，自成文耳。所谓'有德者必有言'也。"曰："游、夏称文学，何也？"曰："游、夏亦何尝秉笔学为词章也？且如'观乎天文以察时变，观乎人文以化成天下'，此岂词章之文也？"②

将作文说成"玩物丧志"，这可能是中国历史上对文学贬低最甚的一句话，也是理学家否定文学的突出表现。程颐之所以认为"作文害道"，说到底还是针对"今为文者，专务章句，悦人耳目"而发，他从心里认为"专务章句"即重视文学色彩会妨碍"务养性情"。

比较而言，南宋理学家更加突出了对诗歌技巧的否定。如朱熹在《答

---

① 《朱熹集》第7册，郭齐、尹波点校，四川教育出版社，1996，第4008页。
② （宋）程颢、程颐：《二程集》上册，王孝鱼点校，中华书局，2004，第239页。

杨宋卿》中说：

> 熹闻诗者志之所之，在心为志，发言为诗。然则诗者岂复有工拙哉，亦视其志之所向者高下如何耳。是以古之君子德足以求其志，必出于高明纯一之地，其于诗固不学而能之。至于格律之精粗，用韵属对、比事遣辞之善否，今以魏晋以前诸贤之作考之，盖未有用意于其间者，而况于古诗之流乎？近世作者乃始留情于此，故诗有工拙之论，而葩藻之词胜，言志之功隐矣。①

朱熹以道德作为评价诗歌高低的标准，其实也是对文学性的否定。其所谓"葩藻之词胜，言志之功隐矣"，与程颐的"作文害道"说并无本质的不同。不过，撇开这样的文道关系，朱熹还是承认文学的价值的，只不过他有他自己的偏好。朱熹特别喜欢浑成、大气的风格。他在《与程允夫书》说：

> 某闻先师屏翁及诸大人先生，皆言作诗须从陶、柳门庭中来，乃佳耳，盖不如是，不足以发萧散冲澹之趣，不免于尘埃局促，无由到古人佳处也。如《选》诗及韦苏州诗，亦不可以不熟读。近世诗人如陈简斋，绝佳，吴兴有本可致也。张巨山愈冲澹，但世不甚喜耳，后旬当寄一读。胸中所欲言者无他，大要亦不过如此。更须熟观《语》《孟》等书，以探其本。②

虽然朱熹这种审美的建立，仍跟他的儒学修养有关，但毕竟不再像有的理学家那样将古今诗人一棍子打死。他喜欢陆游诗，他在《答徐载叔（赓）》中说："放翁之诗，读之爽然，近代唯见此人为有诗人风致。如此篇者，初不见其着意用力处，而语意超然，自是不凡，令人三叹不能自已。"③不过，朱熹对诗人的评价仍然着眼于其"冲澹之趣"与"诗人风致"，而并非肯定其艺术和技巧。

湖湘派较朱熹走得更远，他们根本不承认文学有独立价值。胡寅《洙泗文集序》云：

> 《洙泗集》者，龙溪陈君元忠以后世文体之目求诸《论语》，得其

---

① 《朱熹集》第4册，郭齐、尹波点校，四川教育出版社，1996，第1757页。
② 束景南：《朱熹佚文补辑（续）》，《朱子学刊》1998年第1辑，第248页。
③ 《朱熹集》第5册，郭齐、尹波点校，四川教育出版社，1996，第2824页。

义类，分明而编之，以为文章之祖也，丐予为之序。予嘉其述，乃序之曰：

文生于言，言本于不得已。或一言而尽道，或数千百言而尽事，犹取象于十三卦，备物致用为天下利。一器不作，则生人之用息。乃圣贤之文言也，言非有意于文，本深则末茂，形大则声闳故也。周衰，道丧而文浮，孔子盖甚不取，尝曰："孝弟、谨信，泛爱而亲仁，行有余力，则以学文。"又曰："文吾不若人也，躬行君子，则吾未之有得。"学士大夫千百成群，行彼六者，谁有余力？行之未有余力，是夫人未可以学文矣。汲汲学文而不躬行，文而幸工，其不异于丹青朽木俳优博笑也几希。况未必能工乎？游、夏以文学名，表其所长也。然《礼运》，偃也所为。《乐记》，商也所为。华实彬彬，亚于经训，后之作者，有能及邪？从周之文，从其监于二代，忠质之致也。文不在兹者，经天纬地，化在天下，非吮笔书简，祈人见知之作也。《离骚》妙才，太史公称其与日月争光，尚不敢望《风》《雅》之阶席，况一变为声律众体之诗，又变而为雕虫篆刻之赋。概以仲尼删削之意，其弗畔而获存者，吾知其百无一二矣。是则无之不为损，有之非惟无益或反有所害，乃无用之空言也。夫竭其知，思索其技巧，蕲于立言而归于无用，果何为哉？①

胡寅将"声律众体之诗"与"雕虫篆刻之赋"放在一起，视之为"无之不为损，有之非惟无益，或反有所害，乃无用之空言也"。这样的看法较之朱熹更加偏激。而该派的理论家胡宏大力贬低宋代文学家的经学成就，其在《程子雅言前序》中云：

或问：然则斯文遂绝矣乎？大宋之兴，经学倡明，卓然致力于士林者：王氏也，苏氏也，欧阳氏也。王氏盛行，士子所信属之王氏乎？曰：王氏支离。支离者，不得其全也。曰：欧阳氏之文典以重，且韩氏之嗣矣，属之欧阳氏乎？曰：欧阳氏浅于经。浅于经者，不得其精也。曰：苏氏俊迈超世，名高天下，属之苏氏乎？曰：苏氏纵横。纵横者，不得其雅也。然则属之谁乎？曰：程氏兄弟。明道先生，伊川先生也。②

---

① （宋）胡寅撰《斐然集》，尹文汉校点，岳麓书社，2009，371～372页。
② （宋）胡宏撰《五峰集》，《胡宏著作两种》，王立新点校，岳麓书社，2008，第146页。

北宋经学与理学虽然都是对先秦儒学的继承和发展，但二者走上了不同的道路。在理学发展的早期阶段，受到了经学特别是欧阳修经学思想的一定影响。胡宏这段话有两方面值得注意，一是将"斯文"混同于经学。北宋学者已将道统与文统分别看待，胡宏却仍将其混为一谈，显得比较保守。二是将"斯文"归到二程兄弟身上。他并非没有看到欧阳修、王安石、苏轼的经学和文学成就，却在贬低其经学时连同文学一起否定。胡宏这样强行以道统夺文统的做法，充分显示了一些理学家面对文学时的傲慢与专横。

而该派理学成就更高的张栻更进一步分出"诗人之诗"与"学者之诗"。盛如梓《庶斋老学丛谈》载：

> 有以诗集呈南轩先生。先生曰：诗人之诗也，可惜不禁咀嚼。或问其故，曰：非学者之诗，学者诗读着似质，却有无限滋味，涵泳愈久，愈觉深长。又曰：诗者纪一时之实，只要据眼前实说。古诗皆是道当时实事，今人做诗多爱装造语言，只要斗好，却不思一语不实，便是欺。这上面欺，将何往不欺？①

张栻进行这样的区别，目的是提倡"学者之诗"，也就是理学家的诗，从而贬低"诗人之诗"，将其中的文学修饰说成"欺"，将原本限于学术领域的批评上升到人格攻击。

比较而言，闽学学者还算多少给文学留下了一点颜面。如朱熹后学真德秀在《跋彭忠肃文集》中说：

> 汉西都文章最盛，至有唐为尤盛，然其发挥理义有补世教者，董仲舒氏、韩愈氏而止尔。国朝文治猬兴，欧、王、曾、苏以大手笔追还古作，高处不减二子。至濂洛诸先生出，虽非有意为文，而片言只辞贯综至理，若《太极》《西铭》等作，直与六经相出入，又非董、韩之可匹矣。然则文章在汉唐未足言盛，至我朝乃为盛尔。②

真德秀所说的"文章"主要还是指文学家的创作，虽然他看重的仅是其中"发挥理义有补世教者"，但他并没有否定文学家的创作，甚至还称赞

---

① （元）盛如梓撰《庶斋老学丛谈》卷中之下，商务印书馆，1941，第31页。
② （宋）真德秀撰《真文忠公文集》卷三十六，《宋集珍本丛刊》第76册，线装书局，2004，第364页。

"欧、王、曾、苏以大手笔追还古作"的成就。他极力抬高周敦颐《太极图说》和张载《西铭》的价值,但他所谓"文章在汉唐未足言盛,至我朝乃为盛尔",其中仍然包括了文学家的创作。

以上诸人的说法,虽然没有完全否定诗歌,貌似给诗歌留下了一条生路,却要砍掉其最富魅力的文学成分,其实这也是断绝了诗歌的出路。试想,没有了文学色彩的所谓诗歌,跟散文还有何区别?从这个意义上说,理学家对诗歌可谓釜底抽薪,令其名存实亡,而以技巧见长的"宋调"自然成了其突出的打击对象了。

其三,在诗体的层面,理学家大都认同古体诗而反对近体诗,特别反对"宋调"。对于主张"作文害道"和将诗歌视为"闲言语"的理学家来说,恨不得除去诗歌而后快。但这种想法在现实中行不通。一则,诗歌有一个高贵的出身,即由先秦《诗经》发展而来。理学家既然打着圣人之道的旗帜,那么绞杀诗歌就显得名不正言不顺。而且,诗歌作为中国古代文学的主流,历代名家荟萃,名作如林,如果像湖湘派那样明目张胆地否定诗歌也不得人心。因此,一些理学家便玩起了利用诗歌来打击诗歌的把戏,除了上面所说的要求诗歌"吟咏性情"和"有补于世"外,还有一种办法就是抬高古代的诗歌,并以其来否定唐代以后的诗歌,主要是否定近体诗,特别是否定以苏轼、黄庭坚为代表的"宋调"。本来,这对理学家来说,是一个退而求其次的无奈之举,但在一定程度上为诗歌争取了一定的空间。这方面的观点,以朱熹所言最为集中。《诗人玉屑》卷一载其"三变"之说:

> 古今之诗,凡有三变:盖自书传所记,虞、夏以来,下及汉、魏,自为一等;自晋、宋间颜、谢以后,下及唐初,自为一等;自沈、宋以后,定著律诗,下及今日,又为一等。然自唐初以前,其为诗者固有高下,而法犹未变;至律诗出,而后诗之与法,始皆大变;以至今日,益巧益密,而无复古人之风矣。故尝妄欲抄取经史诸书所载韵语,下及文选、汉魏古词,以尽乎郭景纯、陶渊明之所作,自为一编,而附于三百篇、楚辞之后,以为诗之根本准则;又于其下二等之中,择其近于古者,各为一编,以为之羽翼舆卫;(且以李、杜言之,则如李之古风五十首,杜之秦蜀纪行、遣兴、出塞、潼关、石濠、夏日、夏夜诸篇,律诗则如王维、韦应物辈,亦自有萧散之趣,未至如今日之细碎卑冗,无余味也。)其不合者,则悉去之,不使其接于吾耳目,而

入于吾之胸次。要使方寸之中，无一字世俗言语意思，则其诗不期于高远，而自高远矣。①

在朱熹的认识中，中国诗歌每况愈下，一直在走下坡路。其所谓"三变"，也就是越变越差的意思。朱熹对近体诗非常排斥，认为其损害了"古人之风"。即便对于古体诗，朱熹也持今不如昔的态度。《朱子语类》卷一百四十载其言曰："古诗须看西晋以前，如乐府诸作皆佳。杜甫夔州以前诗佳，夔州以后自出规模，不可学。苏黄只是今人诗。苏才豪，然一滚说尽，无余意；黄费安排。"②总之，在朱熹眼中，越古老的诗歌越好，凡"近世"之诗都不好，很少有例外。

在给人的书信中，他也明确表达出对苏轼"才气"和"又出其后"者的否定。其《答谢成之》云：

> 诸诗亦佳，但此等亦是枉费功夫，不切自己底事。若论为学，治己治人，有多少事？至如天文地理、礼乐制度、军旅刑法，皆是著实有用之事业，无非自己本分内事。古人六艺之教，所以游其心者正在于此。其与玩意于空言，以校工拙于篇牍之间者，其损益相万万矣。若但以诗言之，则渊明所以为高，正在其超然自得，不费安排处。东坡乃欲篇篇句句依韵而和之，虽其高才，合揍得着，似不费力，然已失其自然之趣矣。况今又出其后，正使能因难而见奇，亦岂所以言诗也哉？东坡亦自晓此，观其所作《黄子思诗序》论李杜处，便自可见。但为才气所使，又颇要惊俗眼，所以不免为此俗下之计耳。③

不过，朱熹对苏、黄的态度也是有矛盾的。在不同的场合，他也肯定过二人的诗歌成就。如《朱子语类》卷一百四十载："作诗先用看李杜，如士人治本经。本既立，次第方可看苏黄以次诸家诗。"④虽然这里主要肯定的是李白、杜甫的诗，但他认为在看过李杜之后可以学苏轼、黄庭坚的诗，也算是对他们的肯定。又如同卷载：

> 蜚卿问山谷诗，曰："精绝！知他是用多少工夫。今人卒乍如何及

---

① （宋）魏庆之编《诗人玉屑》上册，王仲闻校勘，上海古籍出版社，1978，第4页。
② （宋）黎靖德编《朱子语类》第8册，王星贤点校，中华书局，1986，第3324页。
③ 《朱熹集》第5册，郭齐、尹波点校，四川教育出版社，1996，第2947页。
④ （宋）黎靖德编《朱子语类》第8册，王星贤点校，中华书局，1986，第3333页。

得！可谓巧好无余，自成一家矣。但只是古诗较自在，山谷则刻意为之。"又曰："山谷诗忒好了。"①

从引文来看，朱熹对黄庭坚诗虽仍有不满意之处，认为其太"刻意"，甚至"忒好了"，也即是"巧好无余"，但毕竟总体上还是肯定了其"精绝"和"自成一家"，这很不容易。也许正因有朱熹的这些话，闽学后学魏了翁后来才敢明目张胆地为苏轼、黄庭坚开脱。不过，就理学家对诗学的主流认识来说，基本上还是以否定为主，不但否定诗歌本身，而且进一步否定其中的文学性，否定近体诗和"宋调"。当这样的认识成为一种时代风气，诗歌还怎么生存？更别说发展了，而以技巧见长的"宋调"就更加没有生存空间了。理学成了解构"宋调"的重要力量，其原因恐怕就在这里。

从前面的分析可以看出，对于诗道的衰落和"宋调"的解构，南宋理学从总体上说是重要的破坏力量。理学的兴盛，不仅恶化了诗歌的生存空间，而且改变了诗人的观念，进而消解了诗歌的文学性，这对以技巧见长的"宋调"来说是致命打击。房开江在《宋诗》一书中这样评价理学家的影响：

> 理学家的观点，虽然对于强调诗歌要有社会内容，反对华而不实的形式主义倾向有一定的积极意义，但是，他们忽略了诗歌创作题材的多样性，忽视了诗歌创作自身的规律和表现技巧。似乎诗歌只能够谈理说道，写"当时实事"，别的题材不可入诗；似乎诗歌只能直说、实说，不能用形象思维。这就使宋诗中板着面孔说教的多了，抒情色彩逐渐淡了，形象性大为减弱。比起唐诗来，宋诗往往是严肃多于活泼，冷静多于热情。②

第二节
南宋理学家的诗歌创作与选本

除了在理论上否定诗歌的价值，尤其是否定苏、黄和"宋调"的成就外，南宋理学家还通过创作彰显自己的诗歌主张，甚至通过编纂选本来引领诗歌的发展方向。

---

① （宋）黎靖德编《朱子语类》第8册，王星贤点校，中华书局，1986，第3329页。
② 房开江：《宋诗》，上海古籍出版社，1991，第7~8页。

一　南宋理学家的诗歌及其得失

理学家的诗歌与理学诗内涵不同，这一点很容易理解。一方面，理学家的诗歌未必都表现理学内容，而那些与理学无关或关系较小的诗歌就不属于理学诗。另一方面，理学家以外的其他诗人，受到理学家和理学的影响，也会创作理学诗。为了论述方便，本文仅就南宋最具有代表性的理学家的理学诗来略加考察。

其一，朱熹的理学诗。南宋以后，随着洛学南移，几传之后，朱熹成为理学的集大成者，也成为最大的理学诗人。关于朱熹的诗歌研究，现有的成果已比较丰富。跟北宋邵雍在诗中表现自己的快乐不同，朱熹将作诗视为"即物穷理"的方式，而且由于他的文学修养很高，创作时充分借鉴比兴传统，并严格遵循了诗歌的形式要求，因而作品富有情趣，历来为人所称道。顾农在《两宋理学诗》一文中曾以朱熹的一首名诗为例详细加以解读：

> 到两宋情况很不同了，一流的理论家亲自动手写诗，而且比较注意诗歌的特点，从生活实际出发，从自然景物中悟道，理论见解大抵安排在言外，往往能即事明理，并不迂腐。在这些理学家中，朱熹的诗要算是写得最好的，数量也比较多，有《晦庵先生朱子诗集》十三卷，《全宋诗》录其诗十二卷。试从中再选取一首来读，其《春日》诗云："胜日寻芳泗水滨，无边光景一时新。等闲识得东风面，万紫千红总是春。"春天到了，春天在哪里？表现在一切地方，例如可以从万紫千红的花卉中体会到它的存在，都很容易看到。"道"在哪里？"理"在哪里？也是表现在一切地方，此即朱熹反复强调的月印万川、理一分殊，这也不难领会。体会这个"理"最重要的途径是要读儒家的经典四书、五经。所以他说："夫天下之物，莫不有理，而其精蕴，则已具于圣贤之书，故必由是以求之。"（《答曹元可》）世界上最重要的道理都在儒家圣贤的经典中，抓住这个根本，一切问题全都可以解决。孔子去世后葬于泗上，后人往往以"泗水"或"泗上"指代孔门儒学；《春日》一开始就说"胜日寻芳泗水滨"正是指从儒家经典里寻找精神营养，据此来探究事理（"寻芳"），格物致知——春天里的万紫千红无不体现了道。《大学》里有所谓"八条目"，开始的两条就是格物、致知，然后才是诚意、正心、修身、齐家、治国、平天下。朱熹解释

说:"所谓致知在格物者,言欲致吾之知,在即物而穷其理也。盖人心之灵莫不有知,而天下之物莫不有理,惟于理有未穷,故其知有不尽也。是以大学始教,必使学者即凡天下之物,莫不因其已知之理而益穷之,以求至乎其极。至于用力之久,而一旦豁然贯通焉,则众物之表里精粗无不到,而吾心之全体大用无不明矣。此谓物格,此谓知之至也。"(《大学章句》)在这首诗里,"万紫千红"即指"天下之物",而"春"则代表"理",由"万紫千红"而认识"春"的过程就叫"即物而穷其理",也就是穷吾性中之理,使"吾心之全体大用无不明",此即所谓"格物致知"。"万紫千红总是春"一句,后来常常被人引用,往往取其字面的意思,同朱熹的哲学思想距离比较远,而由此亦可见这一句诗的深刻高明了。①

关于朱熹的理学诗,下文还有具体分析,这里就暂不多谈了。值得注意的是,作为南宋诗歌修养最高的理学家,朱熹的诗歌题材比较广泛,他有许多登山临水和关心现实、民生的诗歌,有些作品明显不具有理学色彩,也就是说并不属于理学诗。

其二,张栻的理学诗。朱熹之外,张栻也有一些出色的诗作。张栻将"学者之诗"与"诗人之诗"分开。其所谓"学者之诗",也就是理学诗,如其《题城南书院三十四咏》其二十四:

莫道闲中一事无,闲中事业有工夫。闭门清昼读书罢,扫地焚香到日晡。②

这里所谓的"闲中事业",也就是读圣贤遗书,修圣人之境界。张栻近五百首诗歌中,并不乏这种阐发理学道理的诗歌。不过,张栻的文学修养很高,他也有不少诗歌写得"闲澹简远"。罗大经《鹤林玉露甲编》卷三"南轩六诗"条载:

张宣公《题南城》云:"坡头望西山,秋意已如许。云影度江来,霏霏半空雨。"《东渚》云:"团团凌风桂,宛在水之东。月色穿林影,却下碧波中。"《丽泽》云:"长哦伐木诗,伫立以望子。日暮飞鸟归,门前长春水。"《濯清》云:"芙蓉岂不好,濯濯清涟漪。采去不盈把,

---

① 顾农:《两宋理学诗》,《人民政协报》2019 年 6 月 17 日。
② (宋)张栻撰《张栻集》下册,邓洪波校点,岳麓书社,2017,第 517 页。

惆怅暮忘机。"《西屿》云:"系舟西岸边,幅巾自来去。岛屿花木深,蝉鸣不知处。"《采菱舟》云:"散策下亭舸,水清鱼可数。却上采菱舟,乘风过南浦。"六诗闲澹简远,德人之言也。①

罗大经一连列举张栻六首表面看起来属于写景、咏物的诗歌,称其为"德人之言",也就是认为这些诗歌洋溢着张栻的理学气息。不过,即便将这样的作品都视为理学诗,张栻也仍有很多作品属于"诗人之诗",例如其《与弟侄饮梅花下分韵得香字》:

日夕色愈正,春和天与香。提携一樽酒,问讯满园芳。嗣岁诗多思,怀人心甚长。更须多秉烛,玉立胜红妆。②

可以这么说,在宋代重要的理学家中,朱熹与张栻的诗歌除了阐发天理之外,最擅长于写景咏物时抒发性情之美。他们不仅远远超越了"北宋五子"在诗歌创作上的成绩,其流风遗韵也为更加迂腐的后学所不及。因此,朱熹与张栻的时代事实上也是理学诗成就最高的时代。

其三,真德秀与魏了翁的理学诗。随着朱熹理学诗的影响越来越大,南宋中期以后的理学家普遍不再以作诗为非,而纷纷加入诗歌创作的队伍之中,促进了理学诗的大发展。不过,这些效颦者大都没有朱熹、张栻那样的文学修养,往往片面发展在诗中阐发理学思想的一面,将理学诗发展成真正意义上的"语录讲义之押韵者"。这个阶段比较有代表性的理学诗人是真德秀与魏了翁。

真德秀今存诗近二百首。跟之前的理学家一样,真德秀不乏阐述理学思想的诗歌,但与别人不同的是,他非常重视诗歌实用价值,特别关心民生疾苦,而且喜欢说教,语言非常朴实。在潭州(今湖南长沙)知州任上,他曾举酒拜托各县知县爱惜百姓。其《会长沙十二县宰》云:

从来守令与斯民,都是同胞一样亲。岂有脂膏供尔禄,不思痛痒切吾身。此邦只似唐时古,我辈当如汉吏循。今夕湘春一卮酒,直烦散作十分春。③

---

① (宋)罗大经撰《鹤林玉露》,王瑞来点校,中华书局,1983,第46页。
② (宋)张栻撰《张栻集》下册,邓洪波校点,岳麓书社,2017,第492页。
③ (宋)真德秀撰《真文忠公文集》卷一,《宋集珍本丛刊》第75册,线装书局,2004,第646~647页。

他还大力劝耕。如其《长沙劝耕》组诗中的两首：

> 是州皆有劝农文，父老听来似不闻。只为空言难感动，须将实意写殷勤。（其一）
> 不教言语太艰深，为要人人可讽吟。把向田间歌几遍，儿童亦识使君心。（其十）①

这两首诗都是强调劝农要注重效果，要体现出自己的真诚，不能用"空言"和"太艰深"的语言。这正好可以反映真德秀的诗歌特点。有时，就连写太子阁的端午帖子词，都被他弄成了赤裸裸的说教：

> 午漏迟迟滴玉壶，清阴羃羃布庭除。只将底事销长日，《大学》《中庸》两卷书。②

当然，也不能据此认为真德秀的诗歌毫无意趣。有时，他也会将自己的心情放飞，写得比较欢快。如《登南岳山》云：

> 烟霞本成癖，况复游名山。举手招白云，欲纳怀袖间。咄哉亦痴绝，有著即名贪。振衣遇长风，浩浩天地宽。③

就其中多数句子而言，明显洋溢着激越的情感与天真的浪漫，可是真德秀毕竟巾头气太重，终于还是没忍住在里面说道理。

魏了翁今存诗歌近七百首，在理学家中数量也比较多。宋代重要的理学家中，只有魏了翁与真德秀曾经受到皇帝重用。因此，他们在诗中关心现实政治也是很自然的事情。如魏了翁的《送游吏部赴召》云：

> 天马周流不停策，青龙挂空山无色。区中物物见根柢，岁年滔滔逐流水。吁于求归归未获，客里随人送行客。鏦金伐鼓行清秋，江头组练云如稠。道旁老人相与语，主宾闻之愕相顾。或云造关如登仙，一声謦咳落九天。岂知位高势逾逼，莫向紫宸庭下立。非关啾唧解喑

---

① （宋）真德秀撰《真文忠公文集》卷一，《宋集珍本丛刊》第75册，线装书局，2004，第647页。
② （宋）真德秀撰《真文忠公文集》卷二十三，《宋集珍本丛刊》第76册，线装书局，2004，第160页。
③ （宋）真德秀撰《真文忠公文集》卷一，《宋集珍本丛刊》第75册，线装书局，2004，第637页。

嘿，紫宸地禁鸣不得。或云敢言儗鸣凤，千古高名泰山重。岂知说著心骨惊，臣名愈重国愈轻。或言古人重晚节，元忠子方费分说。岂知晚节不难保，却忧攘臂为人笑。三人所赠不皆然，然则子也今何言。元祐中年基绍圣，建中靖国何尝靖。若教此事欠讲明，直将两是为端平。是时臣言便休得，臣不忧身却忧国。臣愿天意开平治，明良长似改元时。史刚未终戒苋陆，姤阴虽微畏赢躅。真教世道端且平，宁使臣无赫赫名。三人辗然笑，子之所愿吾不到。吾言必于身，子言望于人，子意虽厚吾言真。低头谢二老，还以告景仁。①

诗中借"道旁老人"之语，用三个"或云"勾画出朝中官场是非之多与为官之不易，表现出"臣不忧身却忧国"的爱国热忱和"真教世道端且平"的仁者情怀。这样的作品，在魏了翁的诗歌中还有一些，这里就不再举例了。

魏了翁的诗歌不全是说理题材，但不论什么题材，他都可以写成理学诗。跟以前的理学家相比，魏了翁的诗歌最接近邵雍之作，都喜欢吟咏性情。这与他特别推崇邵雍诗有关。他在《邵氏击壤集序》中说：

邵子平生之书，其心术之精微在《皇极经世》，其宣寄情意在《击壤集》。凡立乎皇王帝霸之兴替，春夏秋冬之代谢，阴阳五行之运化，风云雨露之霁曀，山川草木之荣悴，惟意所驱，周流贯彻，融液摆落，盖左右逢源，略无毫发凝滞倚著之意。呜乎！真所为风流人豪者与！……秦汉以来诸儒无此气象，读者当自得之。②

魏了翁不仅对邵雍推崇备至，称其为"风流人豪"，而且认为其《伊川击壤集》所"宣寄"的都是"秦汉以来诸儒"所没有的儒家"气象"。魏了翁自己的诗歌，走的正是邵雍的路子，尤其喜欢在不同的题材中表现儒家"气象"。比如，江山风物之美在他笔下是天理流行带来的快乐。如其《和虞永康美功堂诗》云：

我曾寄径城南州，果杏纂纂香浮浮。云开千仞雪山白，月照万古

---

① （宋）魏了翁撰《鹤山先生大全文集》卷六，《宋集珍本丛刊》第76册，线装书局，2004，第669页。
② （宋）魏了翁撰《鹤山先生大全文集》卷五十二，《宋集珍本丛刊》第77册，线装书局，2004，第243页。

沧江流。我时未得江山意，但爱高明甲西州。十年重来是邪非，独觉真意烂不疏。虞侯著堂发幽闷，岂但清与耳目谋。川流衮衮来不断，云物叠叠生无休。既从静寿识至乐，复于叹逝希前修。游人翕翕满江头，随所适处心悠悠。童子长佩搴江蓠，女儿缝裙学石榴。没人扬波白鱼跃，舟子竞渡苍龙桴。田翁野妇看儿戏，咏归山暝风作秋。固亦有志感时节，欲起湘累问灵修。人人得处自深浅，江山于尔无显幽。堂上主宾亦复尔，各各会意风泠飕。宇宙无穷本如此，我亦皓然希天游。①

此诗虽然主要是写江山之美，但作者更加关注的是"江山意"，是"独觉真意烂不疏"，是"宇宙无穷本如此，我亦皓然希天游"所体现的天理与性情的统一。又如其写给家人的《送二兄三兄赴廷对》云：

吾家令兄弟，异氏而同气。雅知义利分，不作温饱计。天子龙飞春，了翁对轩陛。柄臣方擅朝，党论如鼎沸。轧轧不能休，一挥三千字。植治贵和平，用人戒偏陂。天子擢第一，期以风有位。寻寘之三人，仍诏恩礼视。后此者三年，东瞻复联第。天子方谅闇，有言不得试。岁行在协洽，文翁陈谠议。惟知守家学，宁顾触时忌。虽不第甲乙，自谓傥无愧。古人为己学，何有于富贵。穷则独善身，仁将以行义。两兄西南彦，九牧将倒指。平生刚直胸，毋以科举累。翾逢主听宽，宁复怀顾畏。厥今果何事，请略陈一二。内无王文正，谁与理家事。外无韩忠献，谁与饬戎备。荧惑守羽林，震雷诧冬瑞。天象已云然，人事犹尔耳。劈析为上言，卓哉朝阳喙。却携令名归，为亲一启齿。②

在这首诗中，魏了翁主要叙述自己和本家兄弟科场连捷的消息，借以鼓励将要参加殿试的两位兄长大胆向皇帝进言，不要有所顾忌，并祝愿他们能载誉而归。照理说，这本来属于家人之间的交往，可是魏了翁却不停地表达他的理学思想，如"雅知义利分，不作温饱计"，又如"古人为己学，何有于富贵。穷则独善身，仁将以行义"等。其五十多岁生日时，魏

---

① （宋）魏了翁撰《鹤山先生大全文集》卷一，《宋集珍本丛刊》第 76 册，线装书局，2004，第 635 页。

② （宋）魏了翁撰《鹤山先生大全文集》卷二，《宋集珍本丛刊》第 76 册，线装书局，2004，第 641~642 页。

了翁曾作《次肩吾庆生日韵》二首：

> 谩阅人间五十年，年来道远思悠然。一心可使乾坤位，五性元钟父母全。为己工夫浑间断，满头岁月浪推迁。更无益友相扶植，平地羊肠仆白颠。
>
> 山中兀兀不知年，但数前山庚火然。人笑腰无金可佩，我忻胫与玉俱全。圣贤面目昼三接，简册期程日九迁。此事知心君有几，不妨相伴各童颜。①

仕途不顺的魏了翁，并没有在意个人的得失，他遗憾的是"为己工夫"被间断，又无同道一起探讨理学。虽然遭遇"简册期程日九迁"，但一想到可以"圣贤面目昼三接"，他的心境仍然恬然而安静。这就是儒者"气象"在其诗中的"宣寄"。

不过，魏了翁虽以邵雍诗为标准，他的诗歌还是有着自己的特点。比如，他的诗歌不仅遵守格律要求，而且经常使用一些典故，这与邵雍不守格律、不计工拙并不相同，反倒有点"诗人之诗"的意味了，而这又跟他喜欢苏轼、黄庭坚的诗歌有很大的关系。

相对于此前的朱熹和张栻，真德秀和魏了翁的诗歌较少使用比兴手法，喜欢直来直去，诗味明显大大削弱，而说教意味更重。真德秀和魏了翁大致代表了南宋中期以后理学家的诗歌创作倾向。

写作理学诗的理学家人数之多及其发展演变之复杂，当然远非本书的略加介绍所能概括。王利民在《濂洛风雅的主潮及其余波流衍》一文中提出了"六个阶段"的说法：

> 北宋五子是理学学派的创始人，也是理学诗派的创始人，因此称为理学诗的"五祖"，他们共同构成了"性理诗"的真正源头。随着理学诗派按照自身的发展逻辑展开时，邵雍、周敦颐、程颢、杨时等人的诗作显示了一个被理学逐渐符号化的演进轨迹，即击壤范式、濂溪范式、明道范式和道南范式的延衍过程，并由此而派衍出南宋理学诗派的各大支流。宋代理学诗派的发展全程可分为六个阶段：第一阶段是崛起期，此一时期正处于陈衍《宋诗精华录》所分宋诗"四期"中

---

① （宋）魏了翁撰《鹤山先生大全文集》卷十一，《宋集珍本丛刊》第 76 册，线装书局，2004，第 701 页。

的"盛宋期"。这是宋代学风与诗风发生重大变革的时期，代表人物为邵雍、周敦颐、张载、程颢。他们禀有北方文化的朴厚之质，通过探索物理之隐微、洞彻性命之蕴奥的理学实践，培养了光风霁月的道学气象和安乐温厚的性情，而这些都在他们温柔敦厚的诗歌中体现出来。他们的诗是理学诗派的始音，还带有初始期的幼稚和率易。第二阶段是过渡期，与陈衍所谓"中宋期"在同一阶段。随着文化中心的南移、大量士人的南迁，过渡期的代表人物杨时、游酢、尹焞、罗从彦、胡安国、周行己等，将理学诗派的余脉从北宋引导到南宋。第三阶段是繁荣期，代表人物为刘子翚、胡寅、胡宏、张九成。他们的诗歌得到"江南佳丽地"的滋润，继承了唐代江南文学追慕情韵的特点，表现出南方文化的清明之气，其艺术上的成就说明理学诗派已走向成熟。第四阶段是巅峰期，约同于日本幸川吉次郎《宋诗概说》所说的"南宋中期"，代表人物为朱熹、张栻、陆九渊、吕祖谦。朱熹以闽学承洛学，用北方文化变化南人气质，变志士、智者为醇儒。其诗歌在表现本于人性的感性愉悦时，仿佛有天籁自鸣的韵度；当以明理为第一义时，他既写有作为教化工具的性理诗，也有寄寓了感发人心之兴致的理兴诗、寓物说理而不腐的理趣诗，实为理学诗派的正音。第五阶段为流衍期，代表人物为杨简、袁燮、叶适、黄榦、陈淳，他们的诗歌志正思纯，劝多惩少，以和平淡泊之音为主调，几无忧愁放旷之态、奇崛跳踉之姿。第六阶段为总结期，代表人物为真德秀、魏了翁、王柏、陈著、金履祥。他们的诗歌酣畅道德之中，歆动风雩之意，即便身际末造，也很少发扬蹈厉之词。除自身从事创作以外，他们还编选《文章正宗》《朱子诗选》《濂洛风雅》等诗文总集和选集，总结了宋代理学诗派的创作业绩。①

宋代理学家能诗者人数众多，王先生的勾勒有助于我们更好地理解这个问题。谢桃坊《略论宋代理学诗派》一文中说：

> 宋代理学诗派远不止金履祥所编选的《濂洛风雅》所列的四十八家，如果我们将这个诗派的作者和作品加以统计，其阵容之大与数目之多是绝不会亚于江西诗派的。②

---

① 王利民：《濂洛风雅的主潮及其余波流衍》，《中国文化研究》2019 年第 1 期。
② 谢桃坊：《略论宋代理学诗派》，《文学遗产》1986 年第 3 期。

谢先生的判断是可信的。如此众多的理学家及其门徒从事诗歌创作，而他们的作品大都烙上了浓重的理学痕迹。两宋的理学诗大都出自理学家之手，他们的作品也能够清晰地反映出理学诗的各方面特色。

二 南宋理学家诗歌创作的得失

南宋理学诗的发展状况大致如上文所说，那么，应该如何去认识和评价它们呢？从历史上看，评价往往趋于两极。后世的理学家赞其为"天机自动""天籁自鸣"，是最好的诗歌，简直可以与《诗经》相媲美；而文学家则贬之为"讲义语录之押韵者"，认为理学诗是对诗歌的糟蹋。平心而论之，这两种说法都不够公允。理学诗的成就虽然不高，但也有其独到的价值和存在的意义。

其一，理学诗有其存在的价值。自《诗经》以降，中国诗歌始终走的都是抒情的道路，"言志"也好，"缘情"也好，抑或"不平则鸣""穷而后工"，无不强调了情感在诗歌中的重要性。比较而言，说理诗一直发展得很不充分。

在中国漫长的封建社会中，"三教并存"是普遍现象，其中虽有个别极端情况的出现，但从总体上没有改变这一基本态势。"三教"之中，最早的说理诗出现在道家，即在魏晋以后曾经盛极一时的玄言诗。刘勰《文心雕龙·明诗》云：

> 江左篇制，溺乎玄风，嗤笑徇务之志，崇盛亡机之谈。袁孙已下，虽各有雕采，而辞趣一揆，莫与争雄，所以景纯仙篇，挺拔而俊矣。宋初文咏，体有因革，庄老告退，而山水方滋。①

比较而言，钟嵘《诗品》中的叙述更加具体：

> 永嘉时，贵黄老，稍尚虚谈。于时篇什，理过其辞，淡乎寡味。爰及江左，微波尚传，孙绰、许询、桓、庾诸公诗，皆平典似《道德论》，建安风力尽矣。②

即便玄言诗曾经有过自己的辉煌，可是由于受到后人的排斥，其作品大都失传了。张廷银《魏晋玄言诗研究》确定了80多名诗人，而作品仅有

---

① （南朝梁）刘勰著，周振甫注《文心雕龙注释》，人民文学出版社，1981，第49页。
② （南朝梁）钟嵘撰《诗品》，（清）何文焕撰《历代诗话》上册，中华书局，1981，第2页。

200多首。① 参考《文心雕龙》与《诗品》中描写的盛况，再将这两个数据对比，平均每人不到三首诗，可见遗失非常严重。后人盛称王羲之等人曾经举行的兰亭雅集，却往往忽略了这本是一次玄言诗人的诗歌盛会的事实，也忽略了玄言诗对诗歌发展同样具有重要的推动作用，它既推动了山水诗的出现和发展，也为陶渊明这位大诗人的出现提供了契机。

诗歌是充满生机的百花园，应该容许不同风格、不同流派、不同倾向的诗人和作品存在。正是由于后世诗人和评论者不够宽容，对玄言诗鄙薄太甚，以至其作品大都失传，这不仅是文学文献资料的重要损失，也给今天对相关问题的研究增加了困难。

比较而言，由于佛教比较在意衣钵传承，重视对于名僧传记的撰写和对其作品的保存，所以佛理诗保存状况比玄言诗好得多。僧人所作之诗，简称僧诗，未必是佛理诗，但佛理诗多出自僧人之手，这是不争的事实。南朝之后，僧诗的数量迅速增加，其中佛理诗的数量也在不断增加。关于这个情况，将在下一章论述，此不赘言。

相对于玄言诗和佛理诗，专门讲述儒家道理的诗歌出现得其实更早，汉代已有少量作品，但此后并没有发展起来。直到宋代理学发展兴盛，随着理学家或多或少地进行诗歌创作，其作品被烙上浓重的理学色彩，即所谓"气象"，甚至直接讲述理学道理，理学诗才形成了自己的独特面貌。由于接受了禅宗的宗派意识，理学家特别注重师承渊源，门徒不但对老师毕恭毕敬，更要在老师身后为其整理遗作，甚至通过回忆的方式为其纂写语录。正因为如此，两宋理学家的诗歌，除了周敦颐因为时代太早，作品藏于家而亡佚不传外，其他人的诗歌大都保存得比较完整。无论是对于理学研究，还是对于两宋诗歌研究来说，这都是非常幸运的事情。

理学诗能够开前人未有之境，自成面目，为诗坛中值得珍惜的一个支流，这本身就具有重要的文化意义。退一步说，作为两宋诗歌的组成部分，不论理学诗的成就是大还是小，价值是高还是低，都有其值得肯定的一面。

其二，理学诗不等于说理诗，其中最为诟病者是"语录讲义之押韵者"。理学诗本身也有比较丰富的内涵，结合境界、思想和技法等方面的因素，现将其分为以下几个不同的类别。

第一类即所谓"天籁自鸣"的作品。理学家以自己高妙的修养为基础，看待万物时尽量不带主观色彩，而是出自内心的"天机自动"，从而达到物

---

① 张廷银：《魏晋玄言诗研究》，商务印书馆，2008，"绪论"第27页。

我合一的境界，让万物勃勃的生机和浓浓的天理一起呈现出来。不过，理学家一般认为这种境界只有《诗经》及古人的作品才能达到。如包恢在《答曾子华论诗》中说：

> 盖古人于诗不苟作，不多作，而或一诗之出，必极天下之至精。状理则理趣浑然，状事则事情昭然，状物则物态宛然，有穷智极力之所不能到者，犹造化自然之声也。盖天机自动，天籁自鸣，鼓以雷霆，豫顺以动，发自中节，声自成文。此诗之至也，孰发挥是？帝出乎《震》，非虞之歌、周之正风、雅、颂，作乐殷荐上帝之盛，其孰能与于此哉！①

其他理学家也有类似的说法。不过，由于理学家认为这种境界是诗歌的最理想状态，所以一般不以许人。实际上，如果不过分挑剔，理学家确实有一些这样的诗歌。如前引罗大经《鹤林玉露甲编》卷三载张栻的六首诗，似可归入这一类中。又如朱熹著名的《斋居感兴二十首》大致也可归到此类，其序云：

> 余读陈子昂《感遇》诗，爱其词旨幽邃，音节豪宕，非当世词人所及。如丹砂空青，金膏水碧，虽近乏世用，而实物外难得自然之奇宝。欲效其体作十数篇，顾以思致平凡，笔力萎弱，竟不能就。然亦恨其不精于理，而自托于仙佛之间以为高也。斋居无事，偶书所见，得二十篇。虽不能探索微眇，追迹前言，然皆切于日用之实，故言亦近而易知。既以自警，且以贻诸同志云。②

从这个自序可以看出，朱熹有意在这组诗歌中寄寓了自己的理学"微眇"，这里试举几首，如其一云：

> 昆仑大无外，旁薄下深广。阴阳无停机，寒暑互来往。皇牺古神圣，妙契一俯仰。不待窥马图，人文已宣朗。浑然一理贯，昭晰非象罔。珍重无极翁，为我重指掌。③

---

① 曾枣庄、刘琳主编《全宋文》第319册，上海辞书出版社、安徽教育出版社，2006，第287页。
② 《朱熹集》第1册，郭齐、尹波点校，四川教育出版社，1996，第177页。
③ 《朱熹集》第1册，郭齐、尹波点校，四川教育出版社，1996，第177页。

这首诗虽然表现的是阴阳无始无终、贯通万物之理，但诗人主要是通过描写和叙述来展现的，议论的成分并不突出，这不就是包恢所说的"状理则理趣浑然"吗？又如其三：

人心妙不同，出入乘气机。凝冰亦焦火，渊沦复天飞。至人秉元化，动静体无违。珠藏泽自媚，玉韫山含晖。神光烛九垓，玄思彻万微。尘编今寥落，叹息将安归？①

此诗主要写人心，随着使用的不同，可以产生"凝冰"与"焦火"、"渊沦"与"天飞"等天差地别的变化，但只有"至人"顺合天理，动静得宜，因而可以使心光如珠玉，能够洞彻精微。跟上诗相比，此诗的意象更丰富，形象也更加鲜明，这不就是包恢所说的"状物则物态宛然"吗？又如其六：

东京失其御，刑臣弄天纲。西园植奸秽，五族沉忠良。青青千里草，乘时起陆梁。当涂转凶悖，炎精遂无光。桓桓左将军，仗钺西南疆。伏龙一奋跃，凤雏亦飞翔。祀汉配彼天，出师惊四方。天意竟莫回，王图不偏昌。晋史自帝魏，后贤盍更张？世无鲁连子，千载徒悲伤。②

此诗咏三国史事，简洁清晰。朱熹惋惜蜀汉政权仅能偏安一隅，致后世史家不能以正统相待。这不就是包恢所说的"状事则事情昭然"吗？至于组诗里的其余诗歌，这里就不再分析了。

虽然我们可以找到少量例子，但是总的说来，可以归入此类的理学诗很少。清人胡丹凤说金履祥《濂洛风雅》所收理学家的近五百首"率皆天籁自鸣，出入风雅，无一不根于仁义，发于道德"，明显出于溢美，不可以当真。

第二类是以比兴为体的作品。比兴传统可追溯到《诗经》，宋代理学家在作诗时比较重视这个传统。朱熹亦善于使用比兴手法。前文所引顾农《两宋理学诗》已对其《春日》一诗进行了解读，这里再举其《观书有感二首》：

---

① 《朱熹集》第1册，郭齐、尹波点校，四川教育出版社，1996，第177~178页。
② 《朱熹集》第1册，郭齐、尹波点校，四川教育出版社，1996，第178页。

半亩方塘一鉴开，天光云影共徘徊。问渠那得清如许？为有源头活水来。

昨夜江边春水生，蒙冲巨舰一毛轻。向来枉费推移力，此日中流自在行。①

诗题是"观书有感"，而诗中却貌似未有一字写到书，可是那清澈澄净的池塘、在中流自在航行的大小船舰，又无一不是作者观书所感的形象化反映。程千帆《宋诗精选》在解读这两首诗的时候说：

> 这两首诗当然是说理之作，前一首以池塘要不断地有活水注入才能清澈，比喻思想要不断有所发展提高才能活跃，免得停滞和僵化。后一首写人的修养往往有一个由量变到质变的阶段。一旦水到渠成，自然表里澄澈，无拘无束，自由自在。这两首诗以鲜明的形象表达自己在学习中悟出的道理，既具有启发性，也并不缺乏诗味，所以陈衍评为"寓物说理而不腐"。②

张栻《三月七日城南书院偶成》则呈现出另外一种情形：

> 积雨欣始霁，清和在兹时。林叶既敷荣，禽声亦融怡。鸣泉来不穷，湖风（岂）[起]沦漪。西山卷余云，逾觉秀色滋。层层丛绿间，爱彼松柏姿。青青初不改，似与幽人期。坐久还起步，堤边足逶迤。游鱼傍我行，野鹤向我飞。敢云昔贤志，亦复咏而归。寄言山中友，和我和平诗。③

这首诗写鸟语花香，欣欣向荣，春意盎然，这不就是天机勃发，不就是张栻内心世界的外化吗？

比兴为体，可以像朱熹那样全用比体，不露真容；也可以像张栻这样更注重兴象，时而显出本相。无论采用哪种方式，在表现性情时都更加含蓄曲折，也更加见出生命的活力。

第三类是吟咏性情的作品。理学家将修身养性看作终生的事业，通常并不在意身外的出处穷达。《论语·宪问》载："子曰：'有德者必有言，有

---

① 《朱熹集》第1册，郭齐、尹波点校，四川教育出版社，1996，第90页。
② 程千帆：《宋诗精选》，凤凰出版社，2018，第167页。
③ （宋）张栻撰《张栻集》下册，邓洪波校点，岳麓书社，2017，第467页。

言者不必有德。'"① 宋代理学家对此深有会心。不过，吟咏性情有不同的方式，既可以像上文所说的那样使用比兴手法，也可以寄意于更加客观的自然景色，或者直接描绘自己的精神状态。北宋邵雍在《伊川击壤集》中表现得特别突出的就是借助自然风光去表现自适而快乐的性情。邵雍之外，其他理学家未有为吟咏性情而如此大动干戈者，但都会自觉不自觉地写出一些相关的作品。如南宋真德秀的《闲吟》：

闲中意趣定何如，静把陈编自卷舒。希圣希贤真事业，潜天潜地细工夫。林泉有分吾生足，钟鼎无心世味疏。政使一贫真到骨，不妨陋巷乐颜癯。②

在这首诗中，真德秀直接倾诉自己的衷肠，他的"意趣"、"事业"和品节，都直白无隐地表现了出来。

同样是吟咏性情，魏了翁《十二月九日雪融夜起达旦》一诗就更加富有意趣：

远钟入枕雪初晴，衾铁稜稜梦不成。起傍梅花读《周易》，一窗明月四檐声。③

积雪融化的夜里，天气特别冷，作者被冻醒后没有留恋自己的被窝，而是干脆起床，在高洁的梅花旁边读起了自己最钟爱的《周易》，于是月光下四檐滴水的声音仿佛变成了天籁之声。这是一种怎样的精神境界啊！《鹤林玉露》甲编卷六"读易亭"条载：

魏鹤山诗云："远钟入枕报新晴，衾铁衣稜稜梦不成。起傍梅花读《周易》，一窗明月四檐声。"后贬渠阳，于古梅下立读易亭，作诗云："向来未识梅生时，绕溪问讯巡檐索。绝怜玉雪倚横参，又爱清黄弄烟日。中年《易》里逢梅生，便向根心见华实。候虫奋地桃李妍，野火烧原葭菼出。方从阳壮争出门，直待阴穷排闼入。随时作计何太痴，

---

① 李学勤主编《论语注疏》，北京大学出版社，1999，第 183 页。
② （宋）真德秀撰《真文忠公文集》卷一，《宋集珍本丛刊》第 75 册，线装书局，2004，第 648 页。
③ （宋）魏了翁撰《鹤山先生大全文集》卷十，《宋集珍本丛刊》第 76 册，线装书局，2004，第 693 页。

争似此君藏用密。"推究精微，前此咏梅者未之及。①

因为开花时间的特殊性，梅花被理学家赋予了君子的含义。这里所引魏了翁的另一首诗题作《肩吾摘傍梅读易之句以名吾亭且为诗惟发之用韵答赋》。刘培在《南宋华夷观念的转变与梅花象喻的生成》一文中分析了这两首诗，并且说：

> 魏了翁的咏梅诗或许受到了程颐和朱熹的启发。程颐曾从易学的角度对梅的品格加以阐述，以梅之早发借指一阳初生，由梅花的绽放体会阴阳消长的自然轮回之力。朱熹《易四》也说："文王本说'元亨利贞'为大亨利正，夫子以为四德。梅蕊初生为元，开花为亨，结子为利，成熟为贞。物生为元，长为亨，成长未全为利，成熟为正（节）。"魏了翁的咏梅诗是对程朱之论的进一步发挥。②

按照这样的思路阐释，则魏了翁的两首诗中所咏之梅不仅是其君子人格的写照，也是《周易》所蕴含的理学思想的写照。

总之，理学家在诗中吟咏性情，表现得并不仅仅是自己的喜怒哀乐，而是温暖如春的君子人格，是透过这个人格所散发出来的理学思想的光辉。

第四类是谈论国计民生的作品。南宋重要的理学家大都曾为政一方，而真德秀、魏了翁甚至在理宗朝执掌朝中权柄，无论从儒家的仁爱情怀或者上天的好生之德出发，还是从当时的职务责任看，他们都不能不去关心国家命运，不能不去关心民生疾苦。如朱熹有《次子有闻捷韵四首》：

> 神州荆棘欲成林，霜露凄凉感圣心。故老几人今好在？壶浆争听鼓鼙音。
>
> 杀气先归江上林，貔貅百万想同心。明朝灭尽天骄子，南北东西尽好音。
>
> 孤臣残疾卧空林，不奈忧时一寸心。谁遣捷书来荜户？真同百蛮听雷音。
>
> 胡命须臾兔走林，骄豪无复向来心。莫烦王旅追穷寇，鹤唳风声

---

① （宋）罗大经撰《鹤林玉露》，王瑞来点校，中华书局，1983，第107页。
② 刘培：《南宋华夷观念的转变与梅花象喻的生成》，《文学评论》2021年第5期。

尽好音。①

绍兴三十一年（1161），金主完颜亮大举南侵，刘锜在对敌斗争中收复若干失地。在刘锜皂桷林之捷后，正在福建南屏闭门读书的朱熹，获知大捷消息后按捺不住内心的激动，作了这组次韵诗，表现出强烈的爱国主义思想。同年十一月，虞允文复获采石矶大捷，完颜亮被部下所杀，朱熹又作《闻二十八日之报喜而成诗七首》。之后金兵退去，南宋获得胜利，朱熹作《感事抒怀十六韵》表达自己的喜悦之情。

比较而言，真德秀官做得比较大，其诗中关心国计民生的作品也更多。前文已引其《会长沙十二县宰》与《长沙劝耕》，都是这方面的作品。这里再举一首《会三山十二县宰》：

> 皇皇造化钧，橐籥生万汇。林林满穹壤，异体实同气。痛痒本相关，彼己当一视。矧惟守令职，休戚我焉寄。盍推若保心，眷焉抚孩稚。横目事征求，往往学顽痹。床剥肤已侵，鹰击毛尽挚。但期己丰腴，皇恤彼憔悴。近来二十年，贪风日滋炽。蒲萄得凉州，西园哄成市。环瞻郡邑间，太半皆污吏。民穷盗乃起，原野厌枯骴。哀哉罹祸徒，念之辄挥涕。天地忽开张，清飙扫氛瞖。我乃于此时，拥旄忝为帅。顾惭老儒生，蹇拙乏长技。同官为僚友，努力图共济。惟闽古大都，星罗邑十二。岂无良大夫，与我同厥志。要如羔羊直，委蛇自无愧。勿为硕鼠贪，踯躅乃多畏。上方明黜陟，我亦公举刺。民言即丰碑，令问疾邮置。黄堂一卮酒，殷勤抒至意。慎勿多酌余，忧心正如醉。②

真德秀在该诗中深刻揭露了当时官场的恶劣风气和积弊之深，他把所辖的知县都集中在一起，说是请他们喝酒，实则恩威并施，希望他们为官正直，不要贪腐怯懦，以图在自己力所能及的范围内改变官场作风。

以上所举例子，带有很大的随意性，因为关心现实、心怀天下苍生是理学家自身修养中的重要部分，所以他们这方面的诗歌也比较多。

第五类是直接谈论理学义理的作品。对于理学家来说，言说义理本是他们作诗的重要动机，所不同者仅在于言说的方式。对于理学诗来说，最

---

① 《朱熹集》第1册，郭齐、尹波点校，四川教育出版社，1996，第96页。
② （宋）真德秀撰《真文忠公文集》卷一，《宋集珍本丛刊》第75册，线装书局，2004，第645页。

为人诟病的是全以议论说道理的作品。如真德秀《寿杨鯀父》一诗：

> 寿日将何劝寿厄，不妨拈出去年诗。大生皆自微阳起，百善端从一念基。身欲宁时须主静，几才动处要先知。老来自笑无新句，那得仙翁一解颐。①

为人祝寿，他竟然说不必重新作诗，将去年所作拿来就可以了，之后还讲了一番为善和主静的理学道理，实在是迂腐不堪。类似的情况还见于其《志道生日为诗勉之》：

> 我闻洙泗言，惟仁静而寿。汝欲绵修龄，斯义盍深究。越从开辟来，新故更禅受。巍巍独山岳，屹立镇宇宙。其体固而安，其形博而厚。嘘呵云雾兴，涵煦草木茂。皆由一静功，变化生万有。千古无动摇，两仪等悠久。吁嗟人心危，六凿互攻斗。眇焉方寸微，怵彼群物诱。扰扰无宁期，得不易衰朽。汝今志于学，一念贵操守。天真浚其源，人伪窒其窦。冶容命之斧，妖声性之寇。腊毒由厚味，乱德本醇酎。当如御仇敌，岂但恶恶臭。敛然肃襟灵，神物森左右。融融湛虚明，役役息纷揉。还吾性之仁，万善此其首。但存达德三，可卜与龄九。不胜玉女心，持用荐杯酒。②

这就是一篇讲义，是真正意义上的"语录讲义之押韵者"。除了这两首，真德秀这样的诗歌还有很多。李懿在《理学诗派与晚宋诗坛》一文中说：

> 南渡后理学家语录、讲义大量传播，理学家诗歌的说理性日渐增强，近乎散文化地直陈其事。真德秀《赠岳相师》《赠小铁面王相士》《题李立父高远楼》《送永嘉陈有辉》《题黄氏贫乐斋》《闲吟》便是很好的例子。③

平心而论，在理学家的诗歌创作中，无论是那些"天籁自鸣"的作品和以比兴为体的作品，还是吟咏性情和关心国计民生的作品，都在不同程

---

① （宋）真德秀撰《真文忠公文集》卷一，《宋集珍本丛刊》第75册，线装书局，2004，第648页。
② （宋）真德秀撰《真文忠公文集》卷一，《宋集珍本丛刊》第75册，线装书局，2004，第639~640页。
③ 李懿：《理学诗派与晚宋诗坛》，《西南民族大学学报》（人文社会科学版）2006年第1期。

度上得到人们的认可。只有那些一本正经地讲解迂腐的理学义理的"语录讲义之押韵者",才是其中等而最下者。不过,这类诗歌仅仅是理学诗中的一部分而已,不但不足以代表理学诗的成就,甚至不足以反映理学诗的特征。甚至在理学家看来,这样的作品也并不值得推崇。

其三,理学诗被攻击的原因分析。理学诗虽然总体上因缺少鲜活的形象而显得迂腐呆板,但并非没有比较好的作品。上文对此已有所分析。那么,理学诗为何招致那么多的批判呢?笔者以为,至少可以从以下几个方面得到解释。

第一,理学诗在历史上曾经产生过非常恶劣的影响。理学家的诗歌虽然具有一定的成就,但与唐宋时期的李杜、苏黄等人相比,完全不可同日而语。可即便如此,理学家们如果只作自己的诗歌,不论水平高低,这本来跟别人并无太大的关系。可是强烈的用世之心和仁爱情怀,促使理学家们非要把自己的片面观点说成是天理,并利用一切机会将其强加给别人。他们自认为是代表天理的君子,他们的看法就是天理的体现,于是乎,不赞同他们观点的就是小人,不被他们认同的做法就是违反天理。就诗歌领域而言,他们同样表现得非常强势。他们不喜欢李杜、苏黄的诗歌,对其大加鞭挞,同时也不许别人喜欢。这种情况在南宋前期就已经开始显现。杨万里《周子益训蒙省题诗序》云:

> 诗又其专门者也。故夫人而能工之也,自《日五色》之题,一变而为《天地为炉》,再变而为《尧舜性仁》,于是始无赋矣。自《春草碧色》之题,一变而为《四夷来王》,再变而为《为政以德》,于是始无诗矣。非无诗也,无题也。①

杨万里所说,就是理学家利用科举考试影响诗赋发展的情况。理学家自己作了许多"语录讲义之押韵者"也就罢了,还不以为羞地强行向他人输入这样的作诗观念。如魏了翁《跋王君诏诗》云:

> 王君诏不识一字,而为诗皆根诸孝友。其言兄弟之乖争未有不因诸妇言者,此尤切近人情,有合于《易·家人》《诗·常棣》之旨,虽世之名能文词者往往有弗过。②

---

① (宋)杨万里撰,辛更儒笺校《杨万里集笺校》第6册,中华书局,2007,第3338页。
② (宋)魏了翁撰《鹤山先生大全文集》卷六十一,《宋集珍本丛刊》第77册,线装书局,2004,第312页。

诗歌是文学中的精华。这位王君诏"不识一字"却也动手作诗,"为诗皆根诸孝友",这件事本身已非常滑稽,可以见出理学诗的影响之恶劣。可是魏了翁却对其大加称赞,企图把这种风气扩散开来。

对于理学诗的恶劣影响,钱锺书在《谈艺录》第六九"随园论诗中理语"下"附说十七"中也曾论及:

> 世所讥"太极圈儿大,先生帽子高",盖出庄定山《游茆山》:"山较太极圈中阔,天放先生帽顶高。"白沙《寄定山》亦曰:"但闻司马衣裳大,更见伊川帽桶高。"真唱予和汝矣……《濂洛风雅》所载理学家诗,意境既庸,词句尤不讲究。即诗家长于组织如陆放翁、刘后村,集中以理学语成篇,虽免于《击壤集》之体,而不脱山谷《次韵郭右曹》《去贤斋》等诗窠白,亦宽腐不见工巧。①

诚如前文所说,"语录讲义之押韵者"本来只是理学诗中最差的一类,却在最大限度上败坏了理学诗的名声,这当然不能都怪评论者,也跟一些理学家不恰当地鼓吹这类作品有很大的关系。从批评者的角度看,这类恶劣作品的存在,正好成了文学家反击理学、否定理学诗的有力武器。经过长期的浸淫和渲染,现在但凡提到理学诗,人们首先想到的就是这类作品。这对理学诗来说,显然是不公平的。为了更好地揭示理学诗的面貌和成就,当代学者甚至不得不将他们的多数诗歌称为"诗人之诗",以便与这类作品区别开来。如王利民在《宋代理学家的文学》一文中说:

> 由于理学诗人常常在理学家角色和诗人角色之间自由游移,因此从数量上看,理学诗在理学诗人的作品中占的比例并不显著。李复、刘子翚、朱熹、周行己、叶适、真德秀、魏了翁、林希逸、金履祥等人踵武诗坛前贤,流连风景,浅吟低唱,他们的不少诗作都可归为"诗人之诗",钱锺书《谈艺录》说:"亦犹邵尧夫能赋'半记不记梦觉后,似愁无愁情倦时。拥衾侧卧未欲起,帘外落花撩乱飞';程明道能赋'不辞酒盏十分满,为惜风花一片飞',又'未须愁日暮,天际是轻阴';吕洞宾能赋'草铺横野六七里,笛弄晚风三四声。归来饱饭黄昏后,不脱蓑衣卧月明',虽皆学道之人,而诗不必专为理语。"朱熹

---

① 钱锺书:《谈艺录》,生活·读书·新知三联书店,2007,第575~576页。

的诗尤其具有一代宗师的风格多样性。①

可能正是觉得理学诗名声不佳，王先生抬出"诗人角色"和"诗人之诗"来肯定理学家其他类别的诗歌。南宋主流理学家曾经非常轻视"诗人之诗"，而今人却又不得不借用"诗人之诗"来帮他们洗刷冤案，这肯定是当时猛烈抨击"诗人之诗"的理学家们所始料未及的。历史总是会在某种特殊时期流露出其非常有趣的一面。

第二，理学内外的反击。南宋的理学家们在批判"诗人之诗"的同时，又极力吹捧所谓的"学者之诗"。如包恢《书徐致远无弦稿后》云：

> 诗有表里浅深，人直见其表而浅者，孰为能见其里而深者哉！犹之花焉，凡其华彩光焰漏泄呈露，晔然尽发于表，而其里索然，绝无余蕴者，浅也；若其意味风韵含蓄蕴藉，隐然潜寓于里，而其表淡然，若无外饰者，深也。②

在这段话里，包恢以花为喻，将诗歌分为"浅"与"深"两类。如果对应理学家关于"诗人之诗"与"学者之诗"的论述，其所谓"浅"者指的是"诗人之诗"，而所谓"深"者指的是"学者之诗"，也就是理学家的诗。其中蕴含的"诗人之诗"不及"学者之诗"的意思是非常明显的。而这并不是包恢一个人的偏见，而是多数理学家的偏见。

理学家不仅通过撰写书序的方式来传达自己的观念，还喜欢通过设立书院的方式广招门徒，将自己的理学思想四处传播。南宋重要的理学家无不是书院的积极建设者，当时重要的书院也都为理学家所控制。因此，南宋众多的书院也就成为理学家传播理学思想的主场，其中自然包括了他们的诗学观点。与此同时，理学家还通过编选诗歌集的方式体现自己的诗学观点，以达到占据文坛的目标。

经过一代又一代理学家的不懈努力，他们控制文坛和诗坛的目标在南宋中期以后基本上得到了实现。也正因此，他们对文学的危害也就特别严重。南宋以后诗歌逐渐走向"宋调"的反面，跟弥漫朝野的理学家自上而下抨击苏、黄诗有极大的关联。不过，南宋诗走向学唐，虽超出了程朱等主流理学家的控制，却又落到浙东学派理学家的股掌之中。也许正因为如

---

① 王利民：《宋代理学家的文学》，《光明日报》2018年12月3日。
② 曾枣庄、刘琳主编《全宋文》第319册，上海辞书出版社、安徽教育出版社，2006，第315页。

此，最先抨击程朱理学危害文学发展的是浙东学派的理学家叶适，他在《习学记言序目》中说："程氏兄弟发明道学，从者十八九，文字遂复沦坏。"① 叶适的这个说法，得到了文学家的普遍认可。如周密《浩然斋雅谈》卷上云：

> 宋之文治虽盛，然诸老率崇性理，卑艺文。朱氏主程抑苏，吕氏《文鉴》去取多朱意，故文字多遗落者，极可惜。水心叶氏曰："洛学兴而文字坏。"至哉言乎。②

叶适之后，直接将理学诗贬为"语录讲义之押韵者"的是诗人刘克庄，他曾经多次表达过类似的说法。如其跋《恕斋诗存稿》时云：

> 嘲弄风月，污人行止，此论之行已久。近世贵理学而贱诗，间有篇咏，率是语录讲义之押韵者耳。然康节、明道于风月花柳未尝不赏好，不害其为大儒。恕斋吴公深于理学者，其诗皆关系伦纪教化，而高风远韵，尤于佳风月好山水大放厥辞，清跋骏壮。先儒读《西铭》云："某合下有此意思，然须子厚许大笔力。"公学力足以畜之，笔力足以泄之。分康节之庭，而升明道之堂，非今诗人之诗也。③

除了"语录讲义之押韵者"的说法，刘克庄又在《竹溪诗序》中称其为"经义策论之有韵者"，意思略同。刘克庄身处当时的环境中，自己的诗歌亦深受理学影响，所以他的这个说法，更容易换取后世的共鸣。如袁桷《戴先生墓志铭》载其师戴表元曾"力言后宋百五十年，理学兴而文艺绝"④。在《乐侍郎诗集序》中，他本人也进一步阐述了这个观点：

> 方南北分裂，两帝所尚，唯眉山苏氏学。至理学兴而诗始废，大率皆以模写宛曲为非道。夫明于理者，犹足以发先王之底蕴。其不明理，则错冗猥俚，散焉不能以成章，而诿曰吾惟理是言，诗实病焉。⑤

不过，刘克庄、戴表元等人并没有因此全面否定理学诗的成就，这一点却为后来的论者所忽略了。而且越到后来，批评越是极端。清末朱庭珍

---

① （宋）叶适撰《习学记言序目》下册，中华书局，1977，第696页。
② （宋）周密撰《浩然斋雅谈》卷上，孔凡礼点校，中华书局，2010，第15页。
③ （宋）刘克庄著，辛更儒校注《刘克庄集笺校》第10册，中华书局，2011，第4596页。
④ （元）袁桷著，杨亮校注《袁桷集校注》第4册，中华书局，2012，第1349页。
⑤ （元）袁桷著，杨亮校注《袁桷集校注》第3册，中华书局，2012，第1117页。

《筱园诗话》卷四云："自宋以来，如邵尧夫、二程子、陈白沙、庄定山诸公，则以讲学为诗，直是押韵语录。"① 近代陈延杰在《宋诗之派别》中说："理学诗倡自邵雍，而周敦颐、张载、程颢相继而作，亦宋诗之一厄也。"② 由此以往，理学诗即被钉在耻辱柱上，今人想为其翻身，还需要做不少工作才行。

第三，理学家的能力和人品受到质疑。理学家的诗歌后来受到普遍的否定，还跟理学家及其追随者的政治能力和人品受到质疑有很大的关联。陈亮在《上孝宗皇帝第一书》中说：

> 臣不佞，自少有驱驰四方之志，常欲求天下豪杰之士，而与之论天下之大计。盖尝数至行都，而人物如林，其论皆不足以起人意，臣是以知陛下大有为之志孤矣。辛卯、壬辰之间，始退而穷天地造化之初，考古今沿革之变，以推极皇帝王伯之道，而得汉、魏、晋、唐长短之繇，天人之际，昭昭然可察而知也。始悟今世之儒士自以为得正心诚意之学者，皆风痹不知痛痒之人也。举一世安于君父之雠，而方低头拱手以谈性命，不知何者谓之性命乎！③

这话颇能击中以朱熹为代表的南宋理学家的短处。陈亮是浙东事功学派的代表，对于空谈性命的理学家极其厌恶。刘壎《隐居通议》"龙川功名之士"条载：

> 宋乾淳间，浙学兴，推东莱吕氏为宗。然前是已有周恭叔、郑景望、薛士龙出矣，继是又有陈止斋出，有徐子宜、叶水心诸公出，而龙川陈同父亮，则出于其间者也。当时性命之说盛，鼓动一世，皆为微言高论而以事功为不足道，独龙川俊豪开扩，务建实绩。其告孝宗有曰："今世儒士，自以为得正心诚意之学者皆风痹而不知痛痒之人也。举一世安于君父之雠，而方低头拱手以谈性命，不知何者谓之性命！"孝宗极喜其说。④

---

① （清）朱庭珍撰《筱园诗话》，郭绍虞编选，富寿荪校点《清诗话续编》第 4 册，上海古籍出版社，1983，第 2407 页。
② 陈延杰：《宋诗之派别》，梁昆：《宋诗派别论》，陈斐整理，文化艺术出版社，2018，"附录"第 184~185 页。
③ （宋）陈亮撰《陈亮集》上册，中华书局，1974，第 8~9 页。
④ （元）刘壎撰《隐居通议》卷二，《丛书集成初编》第 212 册，商务印书馆，1937，第 19~20 页。

理学家强调诗歌有补于世,可是他们做地方官时未见得比他们所鄙视的诗人做得好,而真德秀、魏了翁在理宗朝受到重用时迂腐不堪,辜负了皇帝和朝野的殷切期望,彻底将理学家治国无能的真面目大白于天下。周密《癸辛杂识前集》"真西山入朝诗"条记载了南宋人对真德秀秉政的失望之情:

> 真文忠负一时重望,端平更化,人傒其来,若元祐之涑水翁也。是时楮轻物贵,民生颇艰,意真儒一用,必有建明,转移之间,立可致治。于是民间为之语曰:"若欲百物贱,直待真直院。"及竟马入朝,敷陈之际,首以尊崇道学,正心诚意为第一义,继而复以《大学衍义》进。愚民无知,乃以其所言为不切于时务,复以俚语足前句云:"吃了西湖水,打作一锅面。"市井小儿,嚣然诵之。士有投公书云:"先生绍道统,辅翼圣经,为天地立心,为生民立命。愚民无知,乃欲以琐琐俗吏之事望公,虽然负天下之名者,必负天下之责。楮币极坏之际,岂一儒者所可挽回哉?责望者不亦过乎!"公居文昌几一岁,洎除政府,不及拜而薨。①

《宋稗类钞》卷六"诋毁"条在引述上面故事后,又加上了魏了翁的故事:

> 魏了翁督师,亦未及有所经略而罢。临安优人装一儒生,手持一鹤,别一儒生与之邂逅,问其姓名。曰:"姓钟,名庸。"问其手持何物。曰:"大鹤也。"因倾盖欢然,呼酒对饮。其人大嚼洪吸,酒肉靡有孑遗。忽颠仆于地,数人曳之不动。中一人乃批其颊打骂曰:"说甚《中庸》《大学》,吃了许多酒食,一动也动不得。"遂一笑而罢。西山省试主文,有轻薄子作赋云:"误南省之多士,真西山之饿夫。"②

不仅如此,还有一批假借理学名义的小人唯利是图,进一步败坏了理学家的形象。《癸辛杂识续集》卷下"道学"条结合沈仲固之说与自己所见,对道学末流的丑态描绘得非常生动:

> 尝闻吴兴老儒沈仲固先生云:"道学之名,起于元祐,盛于淳熙。

---

① (宋)周密撰《癸辛杂识》,吴企明点校,中华书局,1988,第43页。
② (清)潘永因编《宋稗类钞》下册,刘卓英点校,书目文献出版社,1985,第522页。

其徒有假其名以欺世者，真可以嘘枯吹生。凡治财赋者，则目为聚敛；开阃扞边者，则目为粗才；读书作文者，则目为玩物丧志；留心政事者，则目为俗吏。其所读者，止《四书》《近思录》《通书》《太极图》《东西铭》《语录》之类，自诡其学为正心、修身、齐家、治国、平天下。故为之说曰：'为生民立极，为天地立心，为万世开太平，为前圣继绝学。'其为太守，为监司，必须建立书院，立诸贤之祠，或刊注《四书》，衍辑语录。然后号为贤者，则可以钓声名，致腴仕，而士子场屋之文，必须引用以为文，则可以攫巍科，为名士。否则立身如温国，文章气节如坡仙，亦非本色也。于是天下竞趋之，稍有议及，其党必挤之为小人，虽时君亦不得而辨之矣。其气焰可畏如此。然夷考其所行，则言行了不相顾，卒皆不近人情之事。异时必将为国家莫大之祸，恐不在典午清谈之下也。"余时年甚少，闻其说如此，颇有嘻其甚矣之叹。其后至淳祐间，每见所谓达官朝士者，必愤愤冬烘，弊衣菲食，高巾破履，人望之知为道学君子也。清班要路，莫不如此，然密而察之，则殊有大不然者，然后信仲固之言不为过。盖师宪当国，独握大柄，惟恐有分其势者，故专用此一等人，列之要路，名为尊崇道学，其实幸其不才愦愦，不致掣其肘耳。以致万事不理，丧身亡国，仲固之言，不幸而中，呜呼，尚忍言之哉！①

不仅如此，周密在《齐东野语》卷十一"道学"条中不仅考究道学历史，而且对假道学的危害加以分析：

> 伊洛之学行于世，至乾道、淳熙间盛矣。其能发明先贤旨意，溯流徂源，论著讲解卓然自为一家者，惟广汉张氏敬夫、东莱吕氏伯恭、新安朱氏元晦而已。朱公尤渊洽精诣，盖以至高之才，至博之学，而一切收敛，归诸义理。其上极于性命天下之妙，而下至于训诂名数之末，未尝举一而废一。盖孔、孟之道，至伊洛而始得其传，而伊洛之学，至诸公而始无余蕴。必若是，然后可以言道学也已。
>
> 此外有横浦张氏子韶，象山陆氏子静，亦皆以其学传授。而张尝参宗杲禅，陆又尝参杲之徒德光，故其学往往流于异端而不自知。程子所谓今之异端，因其高明者也。至于永嘉诸公，则以词章议论驰骋，固已不可同日语。

---

① （宋）周密撰《癸辛杂识》，吴企明点校，中华书局，1988，第169~170页。

> 世又有一种浅陋之士，自视无堪以为进取之地，辄亦自附于道学之名。裒衣博带，危坐阔步。或抄节语录以资高谈，或闭眉合眼号为默识。而叩击其所学，则于古今无所闻知；考验其所行，则于义利无所分别。此圣门之大罪人，吾道之大不幸，而遂使小人得以借口为伪学之目，而君子受玉石俱焚之祸者也。
>
> 韩侂胄用事，遂逐赵忠定。凡不附己者，指为道学尽逐之。已而自知道学二字，本非不美，于是更目之为伪学。臣僚之荐举，进士之结保，皆有"如是伪学者，甘伏朝典"之辞。一时嗜利无耻之徒，虽尝附于道学之名者，往往旋易衣冠，强习歌鼓，欲以自别。甚者，邓龙友辈，附会迎合，首启兵衅。而向之得罪于庆元初者，亦皆从而和之，可叹也已。①

相对于前引《癸辛杂识》，周密这段话当为后来所作，其中对道学的历史描述和评价更加客观，而对道学中一些无耻小人的危害程度，也揭示得更加深刻。

跟理学家将理学诗说成"天籁自鸣"完全相反，以诗人为主的文学家却将理学家的理学诗说得一文不值，其实两种观点都过于极端。撇开对理学家和理学诗的偏见，可以看出理学诗是对中国说理诗的深化和发展，还是有其进步意义的。理学诗的总体成就虽然不高，但也有一定的收获，是宋诗中重要一支，不能将其排除在外，更不宜将其视为诗歌发展史中的逆流。

三　理学家通过编纂诗选掌控诗坛

理论批判固然是理学家对文学、对诗歌施加影响的重要方式，创作理学诗也有利于展示他们的追求。对比之下，他们还有更进一步的方法，即通过编纂诗选的方式来宣传自己的文学主张。

其一是吕祖谦所编《皇朝文鉴》，今存。该书一百五十卷，专收北宋各体诗文共计二千多篇，对于保存北宋文献和文学作品具有极其重要的意义。该书虽然不是专门的诗选，但诗选是其中的重要部分。书成后，孝宗赐名，宋后则称之为《宋文鉴》。关于该书的编纂原因和过程，李心传在《建炎以来朝野杂记乙集》卷五"文鉴"条有具体的记载：

---

① （宋）周密撰《齐东野语》，张茂鹏点校，中华书局，1983，第202~203页。

《文鉴》者，吕伯恭被旨所编也。先是，临安书坊有所谓《圣宋文海》者，近岁江钿所编，孝宗得之，命本府校正刻板，时淳熙四年十一月也。其七日壬寅，周益公以学士轮当内直，召对清华阁，因奏："陛下命临安府开《文海》，有诸？"上曰："然。"益公曰："此编去取差谬，殊无伦理，今降旨刊刻，事体则重，恐难传后。莫若委馆阁官铨择本朝文章，成一代之书。"上大以为然，曰："卿可理会。"益公奏乞委馆职。上曰："特差一两员。"后二日，伯恭以秘书郎转对，上遂令伯恭校正，本府开雕，其日甲辰也。始赵丞相以西府奏事。上问伯恭文采及为人何如？赵公力荐之，故有是命。伯恭言："《文海》元系书坊一时刻行，名贤高文大册，尚多遗落，乞一就增损，仍断自中兴以前铨次，庶几可以行远。"十五日庚戌，许之。后数日，又命知临安府赵磻老并本府教官二员，同伯恭校正。二十日乙卯，磻老言："臣府事繁委，若往来秘书同共校正，虑有妨碍本职，兼策府书籍亦难令教官携出，乞专令祖谦校正。"从之。于是伯恭尽取秘府及士大夫所藏本朝诸家文集，旁求传记他书，悉行编类，凡六十一门，为百五十卷。既而伯恭再迁著作郎兼礼部郎官。五年十二月十四日夜，得中风病。六年春正月，引疾求去。十一日庚午，有诏予郡，伯恭固辞。后十三日癸未，上对辅臣，因令王季海枢使问伯恭所编《文海》次第，伯恭乃以书进。二月四日壬辰，上又谕辅臣曰："祖谦编类《文海》，采摭精详，可与除直秘阁。"又遣中使李裕文宣谕，赐银帛三百匹两。时方严非有功不除职之令，舍人陈叔进将缴之，先以白丞相赵公，公谕毋缴，叔进不从。七日乙未，辅臣奏事，上谕曰："祖谦平日好名则有之，今此编次《文海》，采取精详，有益治道，故以宠之。可即命词。"叔进不得已草制曰："馆阁之职，文史为先。尔编类《文海》，用意甚深，采取精详，有益治道。寓直中秘，酬宠良多。尔当知恩之有自，省行之不诬，用竭报焉。"人斯无议。时益公为礼部尚书兼学士，其月十八日丙午，得旨撰《文海序》。四月三日辛卯，进呈，乞赐名。上问何以为名？益公乞名"皇朝文鉴"。上曰："善。"时序既成，将刻板，会有近臣密启云："所载臣僚奏议，有诋及祖宗政事者，不可示后世。"乃命直院崔大雅更定，增损去留凡数十篇，然迄不果刻也。张南轩时在江陵，移书晦翁曰："伯恭好弊精神于闲文字中，徒自损何益。如编《文海》，何补于治道，何补于后学，徒使精力困于翻阅，亦可怜耳！且承当编此等文字，亦非所以承君德也。"今《孝宗实录》书此事颇详,未知何人当笔。其词曰:"初,祖谦得旨校正,盖上意令校雠差误而已。祖谦乃奏以为去取未当,欲乞一就增损。三省取旨,许之。甫数日,上仍命磻老与临安教官二员同校正,则上意犹如初也。时祖谦已诵言皆当大去取,其实欲自为一书,非复如上命。议者不以为可。磻老及教官畏之,不敢与共事,故辞不肯预,而祖谦方自谓得计。及书成,前辈名人之文,搜罗殆尽,有通经而不能文辞者,亦以表奏厕其间,以自矜党同伐异之功,荐绅公论皆疾之。及推恩除直秘阁,中书舍人陈骙缴还。比再下,骙虽奉命,然颇诋薄之,祖谦不敢辩也。故祖谦之书上,不复降出云。"史臣所谓通经不能文词,盖指伊川也。时侂胄方以道学为禁,故诋伯恭如此,而牵连及于伊川。余谓伯恭既为词臣丑诋,自当力逊职名,今受之非矣。黄直卿亦以余言为然。①

由此不难看出,孝宗皇帝与周必大决定编纂《皇朝文鉴》的目的,就是为了彰显本朝文章之美,以"成一代之书"。其后吕祖谦作《进编次文海札子》云:

> 右某先于淳熙四年十一月内承尚书省札子,勘会已降指挥,令临安府校正开雕《圣宋文海》。十一月九日,三省同奉圣旨,委吕某专一精加校正。某窃见《文海》元系书坊一时刊行,名贤高文大册尚多遗落,遂具札子,乞一就增损,仍断自中兴以前铨次,庶几可以行远。②

由于该书编纂的缘由是孝宗命临安府开雕江钿所编《文海》,且吕祖谦的工作也是在其基础上进行,所以他称之为"圣宋文海"。至于需要选择哪些篇目,吕祖谦并不敢自专,所以他在札子中一一列出,请孝宗过目。不过,吕祖谦毕竟是理学家,所以他除了增补"名贤高文大册"外,还有意增加了孙复、李觏、张载、程颢、程颐、邵雍等人的作品,明显体现出对理学家的偏爱。巩本栋师在谈到这个问题时特别关注到吕祖谦"以道为治"的用意,其《"中原文献之所传":吕祖谦在文献文化史上的地位》一文中说:

---

① (宋)李心传撰《建炎以来朝野杂记》下册,徐规点校,中华书局,2000,第595~597页。
② (宋)吕祖谦撰《东莱吕太史集》卷三,《吕祖谦全集》第1册,浙江古籍出版社,2008,第60页。

吕祖谦为北宋名臣吕夷简之后,有深厚的家学渊源,思想学术上既承关、洛之统绪,以理学为宗,又经史文章,博通兼擅,折中诸说,自成一家,同时还主张经世致用,不废事功。时与张栻、朱熹齐名,并称"东南三贤"。因而,他编纂《宋文鉴》所提出的"以道为治"的"道",内涵是十分丰富的,并不仅仅限于理学一端,可以说举凡儒家关于天地山川的自然物理,正心诚意的心性学说,格物致知的修养方法,修齐治平的政治理想,以及忠孝节义、师友爱悌、宽厚仁慈、谦恭退让等方面的伦理道德和行为规范,俱在其中。其选诗文,也首重反映和表现上述儒家思想和观念的作品。①

吕祖谦上承孝宗之命编纂《皇朝文鉴》,将"前辈名人之文,搜罗殆尽"乃其应有之义。但与此同时,他又有意突出了理学家的文章。因此,他已在很大程度上兼顾了选文的文学性与理学性。也正因为如此,反而两面不讨好。一方面,文学之士认为他有"自矜党同伐异之功"。另一方面,理学家的不满更多。罗大经《鹤林玉露》甲编卷一"文鉴"条载:

> 孝宗命吕成公诠择国朝文章,成公尽翻三馆之储,逾年成编,赐名《文鉴》。周益公承制撰序云:"建隆、雍熙之际,其文伟;咸平、景德之际,其文博;天圣、明道之词古;熙宁、元祐之词达。虽体制互兴,源流间出,而气全理正,其归则同。"成公为此书,朱文公、张宣公殊不以为然,谓伯恭无意思承当,此事便好截下,因以发明人主之学。昔温公作《资治通鉴》,可谓有补治道,识者尚惜其枉费一生精力,况《文鉴》乎?②

其所谓"朱文公、张宣公殊不以为然",今皆可找到明显的证据。张栻的不满已见前引李心传的记述,朱熹的不满则资料更多。《朱子语类》卷一百二十二载:

> 伯恭《文鉴》,有正编其文理之佳者;有其文且如此,而众人以为佳者;有其文虽不甚佳,而其人贤名微,恐其泯没,亦编其一二篇者;有文虽不佳,而理可取者,凡五例。先生云:"已亡一例,后来为人所谮,令崔大雅敦诗删定,奏议多删改之。如蜀人吕陶有一文论制师服,

---

① 巩本栋:《宋代文献编纂与文化变革》,南京大学出版社,2021,第221页。
② (宋)罗大经撰《鹤林玉露》,王瑞来点校,中华书局,1983,第12页。

此意甚佳，吕止收此一篇。崔云：'陶多少好文，何独收此？'遂去之，更参入他文。"①

单看此文，朱熹对吕祖谦《皇朝文鉴》虽有不满，但主要是不满其对于"文虽不佳，而理可取者"收录太少，态度还比较平和。迨至其下另外一条，朱熹的态度就显得比较激动：

> 先生方读《文鉴》，而学者至。坐定，语学者曰："伯恭《文鉴》去取之文，若某平时看不熟者，也不敢断他。有数般皆某熟读底，今拣得也无巴鼻。如诗，好底都不在上面，却载那衰飒底。把作好句法，又无好句法；把作好意思，又无好意思；把作劝戒，又无劝戒。"林择之云："他平生不会作诗。"曰："此等有甚难见处？"②

这样评价吕祖谦所编《皇朝文鉴》中的诗歌，完全是强词夺理，自然难以令人信服。又同书卷一百四十载朱熹之言云："崔德符《鱼》诗云：'小鱼喜亲人，可钩亦可扛。大鱼自有神，出没不可量。'如此等作甚好，《文鉴》上却不收。不知如何正道理不取，只要巧！"③崔德符的这首诗文学色彩不强，却被朱熹说成是"如此等作甚好"。朱熹用这样的眼光去看《皇朝文鉴》中的诗歌，自然是极不满意。

平心而论，朱熹对《皇朝文鉴》进行恶评并无道理。《皇朝文鉴》是孝宗下旨编纂，并不是吕祖谦的个人作品，他也没有权力将其编成理学家的著述集成，尽管他实际上已经为理学家塞进了不少私货。可是朱熹胃口太大，完全不考虑朝廷编书的动机，只希望吕祖谦能通过编书的机会，大力弘扬理学，同时将文学打死，至少是将其边缘化。实际上，吕祖谦与朱熹曾经讨论过《皇朝文鉴》的编纂体例。朱熹《答吕伯恭》一书云：

> 《文海》条例甚当，今想已有次第。但一种文胜而又义理乖僻者，恐不可取。其只为虚文而不说义理者却不妨耳。佛老文字，恐须如欧阳公《登真观记》、曾子固《仙都观莱园记》之属，乃可入。其他赞邪害正者，文词虽工，恐皆不可取也。盖此书一成，便为永远传布，司

---

① （宋）黎靖德编《朱子语类》第 8 册，王星贤点校，中华书局，1986，第 2954 页。
② （宋）黎靖德编《朱子语类》第 8 册，王星贤点校，中华书局，1986，第 2954 页。
③ （宋）黎靖德编《朱子语类》第 8 册，王星贤点校，中华书局，1986，第 3330 页。

去取之权者，其所担当，亦不减《纲目》，非细事也。①

不过，由于朱熹的要求过于极端和狭隘，吕祖谦不可能全盘接受他的观点。退一步说，假使吕祖谦真这么做了，孝宗皇帝也一定不会认同。孝宗与周必大本来是要追踪《文选》与《唐文粹》以"成一代之书"，如果全拿理学家的道德文章来拼凑，岂不笑话？可是透过朱熹的几段话，我们可以清楚理学家企图通过编书的机会传播理学而又同时打击文学的用意。与朱熹一样不满《皇朝文鉴》的理学家张栻，其写给朱熹的《答朱元晦》其中一封书信云：

> 伯恭近遣人送药与之，未回。渠爱弊精神于闲文字中，徒自损，何益！如编《文海》，何补于治道？何补于后学？徒使精神困于翻阅，亦可怜耳。承当编此文字，亦非所以承君德。今病既退，当专意存养，此非特是养病之方也。②

相对于朱熹、张栻这样贬低文学，吕祖谦却显得比较超脱，他肯定文学的独立价值。他还曾编选《古文关键》一书，选唐宋古文家的古文六十多篇。《四库全书总目提要·集部》卷四十为该书所作的提要称："各标举其命意布局之处，示学者以门径，故谓之'关键'。卷首冠以总论看文、作文之法。"③ 如其《看古文要法·总论看文字法》云：

> 第一看大概主张。第二看文势规模。第三看纲目关键：如何是主意、首尾相应，如何是一篇铺叙次第，如何是抑扬开合处。第四看警策句法：如何是一篇警策，如何是下句、下字有力处，如何是起头换头佳处，如何是缴结有力处，如何是融化屈折、翦截有力处，如何是实体、贴题目处。④

虽然《古文关键》专选古文，跟本书所论诗歌并无直接关系，然从吕祖谦对古文技法的讨论，可以知道他并没有排斥文学。这与他编《皇朝文鉴》时大量收入前代文人佳作都是相通的。

---

① 《朱熹集》第3册，郭齐、尹波点校，四川教育出版社，1996，第1470页。
② （宋）张栻撰《张栻集》下册，邓洪波校点，岳麓书社，2017，第717页。
③ （清）纪昀总纂《四库全书总目提要》第4册，河北人民出版社，2000，第5116页。
④ （宋）吕祖谦撰《古文关键》，《吕祖谦全集》第11册，浙江古籍出版社，2008，第1页。

这里顺便说一下叶适选编《四灵诗选》之事。虽然该书已不存，然时人许棐《跋四灵诗选》尚在：

> 蓝田种种玉，檐林片片香。然玉不择则不纯，香不简则不妙，水心所以选四灵诗也。选非不多，文伯犹以为漏，复有加焉。呜呼，斯五百篇出自天成，归于神识，多而不滥，玉之纯、香之妙者欤！芸居不私宝，刊遗天下，后世学者，爱之重之。①

跟吕祖谦通过编纂《皇朝文鉴》有意多收理学家的文章以及朱熹、张栻企图通过《皇朝文鉴》抬高理学和打击文学相类似，叶适编《四灵诗选》也是为了推广自己的诗学主张，只不过他推崇的是"唐诗"，而上述诸人推崇的是理学而已。

其二是真德秀所编《文章正宗》，今存。朱熹对于吕祖谦《皇朝文鉴》的诸多不满和遗憾，后来终于在真德秀所编的《文章正宗》中得到了满足和补偿。《文章正宗》是真德秀晚年所编，选录先秦至唐代诗文，分为辞命、议论、叙事、诗赋四类，计正编、续编共四十四卷。作为朱门后学，真德秀编《文章正宗》可能就是受到了朱熹的启发，同时也是代朱熹实现其未了的心愿。朱熹曾向人说自己有个编选古诗的计划（已见前引），真德秀即将其付诸实现。其《文章正宗》为诗赋类所作纲目云：

> 按古者有诗，自虞《赓歌》、夏《五子之歌》始，而备于孔子所定《三百五篇》，若《楚辞》则又诗之变而赋之祖也。朱文公尝言：古今之诗凡三变，盖自书传所记，虞、夏以来，下及魏、晋，自为一等；自晋、宋间颜、谢以后，下及唐初，自为一等；自沈、宋以后定著律诗，下及今日，又为一等。然自唐初以前，其为诗者固有高下，而法犹未变。至律诗出，而后诗之古法始皆大变矣。故尝欲抄取经史诸书所载韵语，下及《文选》、古诗，以尽乎郭景纯、陶渊明之所作，自为一编，而附于《三百篇》《楚词》之后，以为诗之根本准则。又于其下二等之中，择其近于古者，各为一编，以为之羽翼舆卫。其不合者，则悉去之，不使其接于胸次，要使方寸之中，无一字世俗言语意思，则其为诗不期高远而自高远矣。今惟虞夏二歌与《三百五篇》不录外，自余皆以文公之言为准，而拔其尤者列之此编。律诗虽工，亦不得与。

---

① 《永嘉四灵诗集》，陈增杰校点，浙江古籍出版社，1985，第279页。

若箴铭颂赞、郊庙、乐歌、琴操，皆诗之属，间亦采摘一二，以附其间。至于辞赋，则有文公《集注楚词后语》，今亦不录。或曰："此编以明义理为主，后世之诗，其有之乎？"曰："三百五篇之诗，其正言义理者盖无几，而讽咏之间，悠然得其性情之正，即所谓义理也。后世之作虽未可同日而语，然其间兴寄高远，读之使人忘宠辱，去系吝，脩然有自得之趣，而于君亲臣子大义，亦时有发焉。其为性情心术之助，反有过于他文者。盖不必颛言性命而后为关于义理也，读者以是求之，斯得之矣。"①

真德秀自称"今惟虞夏二歌与《三百五篇》不录外，自余皆以文公之言为准"，其实他的思想比朱熹更加狭隘。朱熹虽不喜近体诗，但在其所拟计划中，尚因"律诗则如王维、韦应物辈，亦自有萧散之趣"而保留了一点空间（见前引《诗人玉屑》），真德秀却宣称"律诗虽工，亦不得与"。近体诗是唐人的创造，与古体诗一起实现了唐诗的高度繁荣。朱熹对近体诗的极端贬低已令人惊惧，真德秀干脆弃之不顾的做法更为蛮横。

不过，跟《皇朝文鉴》不同，《文章正宗》是真德秀个人编纂，里面并无官方参与，所以他可以完全按照自己的认识与好恶行事。《文章正宗》的编纂，就是理学家渴望把持文衡并以理学消解文学的重要文化活动。真德秀在《文章正宗》纲目中说：

> "正宗"云者，以后世文辞之多变，欲学者识其源流之正也。自昔集录文章者众矣，若杜预、挚虞诸家，往往埋没弗传，今行于世者，惟梁昭明《文选》、姚铉《文粹》而已。繇今眂之，二书所录，果皆得源流之正乎？夫士之于学，所以穷理而致用也，文虽学之一事，要亦不外乎此。故今所辑，以明义理、切世用为主，其体本乎古，其指近乎经者，然后取焉。否则，辞虽工亦不录。其目凡四，曰辞命，曰议论，曰叙事，曰诗赋。今凡二十余卷云。绍定执除之岁正月甲申，学易斋书。②

真德秀出于理学家的偏狭立场，认为连昭明《文选》、姚铉《文粹》二

---

① （宋）真德秀撰《文章正宗》，《文渊阁四库全书》（影印本）第1355册，台湾商务印书馆，第6~7页。
② （宋）真德秀撰《文章正宗》，《文渊阁四库全书》（影印本）第1355册，台湾商务印书馆，第5页。

书皆未得"源流之正",不但要求所选诗文"以明义理、切世用为主",而且还要"其体本乎古,其指近乎经"。

真德秀曾经邀请刘克庄来负责其中诗歌一门的编纂,后又否定了刘的大部分成果。刘克庄《后村诗话》前集卷一载:

> 《文章正宗》初萌芽,西山先生以诗歌一门属余编类,且约以世教民彝为主,如仙释、闺情、宫怨之类,皆勿取。余取汉武帝《秋风词》,西山曰:"文中子亦以此词为悔心之萌,岂其然乎!"意不欲收,其严如此。然所谓"携佳人兮不能忘"之语,盖指公卿群臣之扈从者,似非为后宫设。凡余所取而西山去之者大半,又增入陶诗甚多,如三谢之类,多不入。①

真德秀以如此偏激的观点编辑宋前的诗歌,所取自然不足以代表古代的诗歌成就,但却反映了理学家霸占文坛的企图,并开创了有意篡改诗歌史的恶劣风气。不仅如此,真德秀还曾在为友人所作的《咏古诗序》中表达出自己对诗歌的认识:

> 达斋《咏古诗》若干篇,余友龚君德庄所作也。古今诗人,吟讽吊古多矣。断烟平芜,凄风澹月,荒寒萧瑟之状,读者往往慨然以悲,工则工矣,而于世道未有云补也。惟杜牧之、王介甫,高才远韵,超迈绝出,其赋息妫、留侯等作,足以订千古是非。今吾德庄所赋,遇得意处不减二公,至若以诗人比兴之体,发圣门理义之秘,则虽前世以诗自雄者,犹有惭色也。盖德庄少而学诗,微词奥旨,既以洞贯,而又博参于诸老先生之书,沉酣反覆,不极不止。其涵泳久,故蕴积丰;权度公,故美刺审,有本故如是也。虽然,德庄于此,岂直区区较计已陈之得失哉?悯时忧世之志,亡以自发,则一寓之于诗。善善极其褒,冀来者之知慕也;恶恶致其严,冀闻者之知戒也。名虽咏古,实以讽今,此孤臣畎亩之心,人见其优游而和平,不知其殷忧愤叹而至于啜泣也。②

在这篇序中,真德秀提出了"以诗人比兴之体,发圣门理义之秘"的

---

① (宋)刘克庄撰《后村诗话》前集,王秀梅点校,中华书局,1983,第4~5页。
② (宋)真德秀撰《真文忠公文集》卷二十七,《宋集珍本丛刊》第76册,线装书局,2004,第226页。

要求，明确将诗歌与理学思想绑定在一起，这与他在编纂《文章正宗》的用意是一致的。

《文章正宗》虽然出自理学家私人之手，但由于当时理学势力的强大，其产生的影响是不可低估的。可以这样说，朱熹欲通过编纂古文文选来传播理学家思想并且打击文学的目的，经过真德秀的努力，终于变成了现实。这种现象表明，理学家已占领了文坛高处，宣称他们的理学讲义就是文学，而真正的文学，却被他们视为异端而逐渐清除了。

此后又有何无适、倪希程所编《诗准》四卷、《诗翼》四卷，今皆存。何无适、倪希程二人无考，书前载王柏《诗准诗翼序》云：

> 诗者声之文也，乐之本也。心有所感，不能不形之于辞，歌以伸之，律以和之，此乐之所由生也。五帝有乐，固有声诗，世远无传焉。《康衢》之谣，其大章之遗声乎！《南风》之歌，其箫韶之遗声乎！昔者圣人定《书》，特取其赓歌警戒之辞，《五子》忧思之章，俎豆乎典谟，□□□□《三百五篇》之宗祖也。圣人在上，礼乐用于朝廷，□□于闾里，命之以官，□之以教，所以荡涤其念虑之邪，斟酌其气质□偏，动荡其血脉，舒畅其精神。由是教化流行，天理昭著，使天下之人心明气定，从容涵泳于道德仁义之泽……
>
> 昔紫阳夫子考诗之原委，尝欲分为三等，别为二端。自《书》传所记，虞夏以来及经史所载韵语，下及《文选》汉魏古辞，以尽乎郭景纯、陶渊明之所作，自为一编，而附于《三百篇》《楚辞》之后，以为诗之根本准则。又于其下二等，择其近于古者，各为一编，以为之羽翼舆卫。紫阳之功，又有大于此者，未及为也，每抚卷为之太息。友人何无适、倪希程前后相与编类，取之广，择之精，而又放黜唐律，法度益严。予因合之，前曰《诗准》，后曰《诗翼》，使观者知诗之根原，知紫阳之所以教。盖其言曰："不合于此者悉去之，不使接于吾之耳目而入于吾之胸次，要使方寸之中，无一字世俗言语意思。则其为诗，不期于高远而自高远矣。"呜呼，至哉言乎！□□序其本旨，冠于篇端云。
>
> 淳祐癸卯莫春望，金华处士王柏仲会父序。①

---

① （宋）王柏：《诗准诗翼序》，《四库全书存目丛书·集部》第289册，齐鲁书社，1997，第1～2页。

然四库馆臣怀疑该书为伪书，《四库全书总目提要·集部》卷四十四为《诗准》三卷、《附录》一卷、《诗翼》四卷所作《提要》云：

> 旧本题宋何无适、倪希程同撰。其诗杂撮古谣歌词一卷，又附录一卷，复掇汉、魏、晋、宋诗二卷，而以齐江淹一首终焉，命曰《诗准》。杂撮唐杜甫、李白、陈子昂、韦应物、韩愈、柳宗元、权德舆、刘禹锡、孟郊、宋苏轼、黄庭坚、欧阳修、王安石、陈师道、陈与义、秦观、张耒、郭祥正、张孝祥为四卷，而以陆游一首终焉，命曰《诗翼》。盖影附朱子古诗分为三等，别为一统之说，而剽窃真德秀《文章正宗》绪论以为之。庞杂无章，是非参差，又出陈仁子《文选补遗》下。疑为明人所伪托。观其《岣嵝山碑》全用杨慎释文，而《大戴礼·几铭》并用钟惺《诗归》之误本，其作伪之迹显然也。①

四库馆臣的怀疑是有道理的。假使此书不伪，照常理说，王柏曾为此书作序，加以揄扬，其门生金履祥编《濂洛风雅》时不会对此事只字不提。但退一步说，即便二书皆为明人伪书，至少也能反映出朱熹的诗学观念对后世的巨大影响。

其三是金履祥编《濂洛风雅》。这是一部真正的理学家诗歌选集。真德秀选编《文章正宗》的用意虽深，但所选毕竟都是先秦至唐代的旧文，并不能直接反映宋代理学家的诗学观点，未免令人遗憾。不过，理学家的这份遗憾，终于在元代被金履祥《濂洛风雅》的出现所弥补。金履祥（1232～1303）属于朱熹一派。朱熹弟子黄榦在金华传道，何基得其学，何基又传王柏，王柏传金履祥，这就是所谓的"金华四先生"。金履祥虽已入元，但以遗民自处。关于该书的编选动机，清人戴锜所作序中有这样的解释：

> 濂洛乃宋儒讲学传道之邦也，所言者道德，所行者仁义，安有风雅之名哉？不知人之生也，有性必有情，有体必有用。即圣门教人，依仁则游艺，余力则学文，未尝离情以言性，舍用以言体也。但发而中节与否，则在人而不在天。金仁山先生，从游何、王二先生之门，得上绍紫阳，传勉斋之派，升堂入室，而道统赖以不坠。既著《大学疏义》《论孟考证》，虑后之学者，徒知务本为重，不知有玩物适情之

---

① （清）纪昀总纂《四库全书总目提要》第 4 册，河北人民出版社，2000，第 5221～5222 页。

义，未免偏而不全，执而鲜通，大失先贤垂训之本意，是谁之过与？于是每读遗编，见其中有韵语，可以正人心，可以救风俗，可以考古论世者，撮而录之，使人洗心涤虑，非劝则惩，扶道之功何大也！①

金履祥编《濂洛风雅》，收入宋代理学家四十八家的诗歌四百二十首，是第一部理学家的诗歌总集。《濂洛风雅》以"濂洛"标识风尚，卷首有"濂洛诗派图"，不仅重视所录作品"可以正人心，可以救风俗，可以考古论世"的价值，在选诗时亦有明显的偏向。濂学周敦颐今存29首诗，选入7首；洛学程颢存诗67首，选入20首；程颐存诗6首，入选1首。所占比例都比较高。对于本门的理学前辈，金履祥的宗派观念更加明显。他选朱熹诗多达78首，黄榦6首，何基23首，王柏42首。故明代王崇炳作序时干脆称其为"以风雅谱婺学"，将其归入婺学：

《濂洛风雅》者，仁山先生以风雅谱婺学也。吾婺之学，宗文公，祖二程，濂溪则其所自出也。以龟山为程门嫡嗣，而吕、谢、游、尹则支；以勉斋为朱门嫡嗣，而西山、北溪、搞堂则支。由黄而何而王，则世嫡相传，直接濂洛。程门之诗以共祖收，朱门之诗以同宗收。非是族也，则皆不录，恐乱宗也。诗名风雅，其实有颂，而变风、变雅则不录。②

对这个问题，石明庆在其博士学位论文《理学诗论与南宋诗学》中这样评价说：

他们以自己所确定的濂洛道统为选诗标准，只有道统中的人，诗才被选入，陆九渊心学派因与朱学对立，当然不选。即使像魏了翁这样的大儒，也未入其诗谱，原因恐怕在于金华朱学的承续渊源中没有他。这种以道统为文统，乃至诗之正宗的观点，正是他们以道统自居的理学正统思想的体现，后人在为《濂洛风雅》作序时，正是接受和突出了这一点："窃以为今之诗，非风雅之体，而濂洛渊源诸公之诗，则固风雅之遗也。"本来理学家是鄙视、反对作诗、评诗的，而且道统

---

① （元）金履祥撰《濂洛风雅》，《丛书集成初编》补印本，商务印书馆，1960，"戴序"第1页。
② （元）金履祥撰《濂洛风雅》，《丛书集成初编》补印本，商务印书馆，1960，"王序"第1页。

虽然可以追溯到孔子，孔子虽也有论述《诗经》的著名言论，理学家并以之来重新阐释了《诗经》，但他们不承认后世的诗歌继承了《诗经》的"风雅"传统，他们也没有标举理学"风雅"的大旗，但随着理学对诗学的渗透，到金履祥的时代，他们就直接打出理学风雅的旗帜，并从道统的角度来选诗，确立理学风雅的范围与性质。①

金履祥编纂《濂洛风雅》，是为了更好地展现宋代理学家的诗歌风貌，同时发挥程朱思想以加强对文学的渗透，达到把持诗坛的目的，所以受到理学家的交口称赞。清人胡凤丹序云：

> 风骚以降，诗人林立，大都雕刻花月，藻绘山川，求其蔼如仁义之言，蔚然道德之气，自杜、韩数子以降，十盖不得一二。夫浴沂风雩，不废吟咏；《孺子》《沧浪》，圣人有取。因物观时，因时见道，谓讲学家不娴韵语，岂通论哉？今读仁山先生所辑濂洛诸子之诗，率皆天籁自鸣，出入风雅，无一不根于仁义，发于道德。宣尼复起，其必采而录之矣。②

总体上说，宋代大多数理学家排斥或者至少不喜欢诗歌创作，又否定文学性，所以留下来的好诗并不多。胡丹凤称其"率皆天籁自鸣"，但其实多数作品远远达不到这样的境界。《濂洛风雅》仅仅是宋代理学家的诗歌总集，反映了理学家的诗歌风貌，但远不足以与他们所鄙视的诗人创作相比，更不足以代表宋代诗歌的成就。对于此书的作用，《四库全书总目提要·集部》卷四十四中为其所作提要中有很好的总结：

> 昔朱子欲分古诗为两编而不果。朱子于诗学颇邃。殆深知文质之正变、裁取为难。自真德秀《文章正宗》出，始别为谈理之诗。然当时助成其稿者为刘克庄，德秀特因而删润之。故所黜者或稍过，而所录者尚皆未离乎诗。自履祥是编出，而道学之诗与诗人之诗千秋楚越矣。夫德行、文章，孔门即分为二科；儒林、道学、文苑，《宋史》且别为三传。言岂一端？各有当也。以濂、洛之理责李、杜，李、杜不能争，天下亦不敢代为李、杜争。然而天下学为诗者，终宗李、杜，

---

① 石明庆：《理学文化与南宋诗学》，中国社会科学出版社，2006，第219页。
② （元）金履祥撰《濂洛风雅》，《丛书集成初编》补印本，商务印书馆，1960，"胡序"第1页。

不宗濂洛也。此其故可深长思矣！①

从《文鉴皇朝》到《文章正宗》，再到《濂洛风雅》，理学家对文学的排斥逐步加深，从排斥诗文发展到利用诗文宣传理学思想，从内部瓦解文学。受其影响，宋代诗文逐渐理学化，作品的文学性越来越差，成就也越来越低。

可以这么说，为了夺取诗坛的主动权，理学家用尽了手段：不仅在理论上否定和批判唐宋以来的诗歌，在创作上极力贯彻狭隘的理学观念，而且通过编纂诗选的方式传播自己的观点。他们的努力没有白费，在南宋中期以后，他们的目的基本上实现了。也正因为如此，南宋诗歌受理学戕害之深也是空前的。

第三节
理学对诗歌的渗透

当理学与诗学在南宋成为互相角力的双方时，理学凭借强大的道德力量甚至政治势力迅速占据了优势地位，逐渐把诗学踩在脚下，将其逼到死亡的边缘。不仅如此，由于南宋理学家在宣传理学思想时不遗余力，不计手段，使得理学思想深入人心，广泛渗透进尚可称为"诗人"的那些作者的内心，令他们不由自主地用理学的观念去看待诗学，这对于诗歌的打击是更加致命的。更加奇特的是，就连南宋诗学回归"唐音"，其背后也是理学家在操控。四灵派、江湖派的诗歌虽难入闽派与湖湘派理学家的法眼，但其形成之初却得到了浙东学派理学家薛季宣、叶适的启发、引导和扶植。

一　南宋理学将诗歌踩在脚下

从理学产生之初，直到北宋结束，其与诗歌的关系还比较疏远。北宋时期，相对于理学的弱小，诗歌的力量非常强大，但诗人的包容性比较强，并没有以大欺小，压迫理学的发展。程颐说"作文害道"，他自己完全可以不去作诗，当时似乎也没有诗人在意他的观点。周敦颐、程颢用诗歌表现自己的人格和气象，当时的诗人不但无人反对，而且还有些称赞之声。至于邵雍著《伊川击壤集》用诗歌的形式表现理学思想，当时的诗人虽不以

---

① （清）纪昀总纂《四库全书总目提要》第4册，河北人民出版社，2000，第5225页。

为然，但似乎也并不怎么在意，因为他们并没有将其看作真正的诗歌。其间苏轼代表的"蜀党"与二程代表的"洛党"之间的矛盾和斗争，虽然已经带有理学家攻击文学家的意味，但这些一时得势的理学家也因为"新党"的重新上台很快被打翻在地，并未成为胜利者。可是到了南宋，随着理学力量的增加，理学家唯我独尊的一面变本加厉，他们出于自己狭隘的理学观念，竟然将诗歌和诗人看作仇敌，不断对其进行各种形式的打压，直至最后将诗歌踩在脚下，逼迫其成为理学的附庸。如果将眼光放远点，再结合其后元、明、清三代的情况看，则理学压迫诗学的情形和结果会显得更加突出。莫砺锋在《朱熹文学研究》中，依次简述了理学对宋代以后文学发展的压迫程度之深、之强：

> 在北宋后期，洛、蜀之争虽然常被看作理学思想内部的斗争，但事实上却带有鲜明的文学与理学之争的性质。在那个时期，以苏轼为代表的文学家在以程颐为代表的理学家面前毫无自馁之感，苏轼甚至认为自己在诠释儒道方面的理论水平并不亚于二程。
>
> 宋室南渡以后，理学的声势骎骎然凌驾于文学之上。陆游、杨万里等大文学家都自觉地皈依到理学家的队伍中来，即使是豪放磊落的辛弃疾也不免对朱熹表示出高度的崇敬。
>
> 到了宋末元初，真德秀编的《文章正宗》和金履祥编的《濂洛风雅》标志着理学思想对诗文领域的占领。方回本为纯粹的文士，却偏偏要依附理学，甚至在《瀛奎律髓》中也大力推崇理学家之诗。至于元代的诗文大家，十有七八都被认作理学中人，以至于当明初宋濂等人编《元史》时，竟干脆取消《文苑传》或《文艺传》而把它们并入了《儒林传》。
>
> 入明以后，宋濂、王祎、方孝孺等以纯儒自命的理学家成为文坛领袖，程朱理学借助于成为科举标准的朝廷功令之力而控制了天下士子的思想，即使是《琵琶记》等戏剧作品也成为演绎理学道德理想的通俗唱本。正是由于理学对文学的限制过于苛严，才激起了晚明文学家的激烈反抗。无论是李贽、公安三袁等士人对理学的理论批判和寓言式调侃，还是小说戏曲等通俗文学作品中用叙事表示出来的对理学准则的疏离和背叛，都从反面体现出理学对文学的巨大压力。
>
> 到了清代，一方面由于前期的遗民将亡国归咎于王学而重张程朱理学的旗帜，另一方面由于满清皇朝非常机智地把程朱理学奉为官方

哲学，晚明思想界由于王学的反动而造成的较为活泼状态消失殆尽。程朱理学虽然在学术上受到汉学家的严重挑战，但在思想上却长期处于独尊地位，且对文学家起着思想禁锢的作用。在清代，文学对理学的反动首先从小说中发难，《儒林外史》《红楼梦》就是鲜明的例证。稍后的龚自珍则以箫韵剑气为个性特征的诗文创作宣告了在正统文学领域内对程朱理学的冲击。从那以后，理学与文学的冲突日趋激烈，直到"五四"时代，随着新型文化的出现，文学最终宣告摆脱理学。鲁迅笔下的狂人的呼喊就是这种宣告的奇特表现方式。

　　上述历史回溯告诉我们，在长达七百多年的历史时期中，宋代理学的非文学乃至反文学属性从正、反两方面得到强化。提倡者为了政治上的利益，竭力淡化甚至抹杀理学思想中的文学内容，同时强调其反文学的倾向。反对者则为了打碎精神枷锁而不分青红皂白地对理学思想作整体性的批判，从而殊途同归地淡化甚至抹杀了理学思想中的文学内容。①

从宋代到其后的元明清三朝，理学肆意地挤压文学的生存空间，直到原来意义上的文学几乎不复存在，只是苟延残喘而已。而诗歌作为古代文学的主体部分，更是首当其冲，受到的冲击和挤压最为严重。

总之，就理学与诗学之间的关系而言，南宋时期最具有典型性。跟此前相比，宋代之前尚无理学，所以这个问题根本就不存在。理学在北宋产生，就开始对诗歌暴露出不友善的面目，不过由于其当时势力尚小，还不足以危害或者危及诗歌的发展。而且当时的部分理学中人，并没有有意排斥诗歌的文学性。如去世后被徽宗赐为"节孝处士"的徐积（1028～1103），师从胡瑗，可以将其视为理学中人。《宋史》本传引元祐间近臣称其"养亲以孝闻，居乡以廉称，道义文学，显于东南"②，可见徐积是"道义"与"文学"并称的。在其今存的七百多首诗歌中，虽不乏讲道说理之作，亦有不少作品富有想象力，意境奇诡怪异，近于中唐韩愈一派。《苕溪渔隐丛话》前集卷五十二"徐仲车"条对其评价颇高：

　　东坡云："徐积，字仲车，古之独行也，於陵子仲不能过；然其诗文，则怪而放，如玉川子，此一反也。耳聩甚，画地为字，乃始通语，

---

① 莫砺锋：《朱熹文学研究》，南京大学出版社，2000，"前言"第6~8页。
② （元）脱脱等撰《宋史》第38册，中华书局，1977，第13474页。

终日面壁坐，不与人接，而四方事无不周知其详，虽新且密，无不先知，此二反也。"苕溪渔隐曰："余尝记仲车二诗，有云：'淮之水，淮之水。春风吹，春风洗。青于蓝，绿染指。鱼不来，鸥不起。潋潋滟滟天尽头，只见孤帆不见身。残阳欲落未落处，尽是人间今古愁。今古愁，可奈何！莫使骚人闻棹歌。我曹尽是浩歌客，笑声酒面春风和。'又《咏蒲扇》诗云：'妾有一尺绢，以为身上衣。自织清溪蒲，团团手中持。朝携麦陇去，暮汲井泉归。无人不看妾，不使见娥眉。'皆佳作也。"①

徐积与当时的主流诗人关系很好，与苏轼及"苏门四学士"均有交往。苏轼曾几次相访，可见关系之亲近。徐积对苏轼的评价很高，如《赠子瞻三首》其二：

> 翰林岂特文章工，赤心白日相贯通。先与吴人除二凶，次与吴田谋常丰。乃与徒役开西湖，狭者使广塞者除。溉田不知几万夫，其田立变为膏腴。世世可知无旱枯，吴人衣食常有余。有余之人善可趣，官司亦可省刑诛。无穷之利谁与俱，前有白傅后有苏。从有苏翰林，如此能成务，吴人叩额呼为父。未知何处立生祠，定是吴山行坐处。翰林却过淮之东，无人不看眉阳公。玉堂气貌将以恭，又到南城寻老农。仍使尊中酒不空，玉泉最好白醅醲。便将玉水倾喉咙，须臾醉倒无忧翁。老翁虽醉不敢迁，记得杭州三事书。欲毗舜智皋陶谟，事防沮隔有所拘。翰林此说若行诸，圣朝惠泽可大敷。譬如雷雨动天衢，旷然霈然而廓如。无分草木与虫鱼，一时奋振皆需濡。满堂饮酒尽欢娱，更无一人泣向隅。老农虽然无所遗，愿同众口齐欢呼。②

此诗的重点虽然是鼓励苏轼勤政爱民，造福一方，但首先对其"文章工"加以肯定。苏轼去世后，徐积作《苏子瞻挽词（二首）》云：

> 起起公终矣，斯文将奈何。新书传异域，旧隐寄东坡。直道谋身

---

① （宋）胡仔纂集《苕溪渔隐丛话》前集，廖德明校点，人民文学出版社，1962，第351页。
② （宋）徐积撰《节孝先生文集》卷三，《宋集珍本丛刊》第15册，线装书局，2004，第570页。

少，孤忠为国多。死生公论在，高义山峨峨。

  白玉棺无价，青囊葬有书。奔星来启路，走电去随车。官是修文号，人同上行居。峨嵋山下客，谁是跨鲸鱼。①

  在这二首诗中，徐积对苏轼的人品和文学成就都给予了高度评价。徐积树立了理学与文学、理学家与文学家和谐相处的良好模式。如果后世的理学家不那么偏狭而激进，理学原本可以与文学携手前行，至少是可以和谐共处的。当然，徐积对文学和文学家的包容，还可能跟当时理学尚未真正发展起来，而其所师承的胡瑗亦与二程"洛学"一系没有什么关联有关。

  直到北宋末年，理学对诗学的影响尚且很小，仅有少量诗人受到理学的影响。黄庭坚就是一个典型的例子。王培友《两宋"理学诗"辨析》一文在谈到这方面的时候说：

  其中，黄庭坚的诗歌比较有代表性。他对"理学"怀有浓厚的兴趣，并与周敦颐的两个儿子、胡瑗的大弟子徐积等都有交往，而徐积被认为"已透露了后来宋学所谈修养问题的要旨"，"可当后来宋学的大辂椎轮看"。周敦颐的儿子周焘、周寿，也被以为是得理学真谛的。因此，这就为他深入钻研"理学"提供了条件。受到理学的影响，黄庭坚把写诗当作了"求道"的途径和手段，在思想上具有统摄心性存养与诗歌艺术的倾向，他的诗因此呈现出以情裁景的特色，由此体现为"有法"和"无法"、"奇崛拗硬"与"自然简远"的诗学体系上的矛盾统一。其诗歌诗境的生成与其心性存养的体悟与践行，关系密切，他的诗歌也呈现出"程式化"与"类型化"的特征。②

  而到了其后的元、明、清三朝，理学不仅稳稳地成了官方哲学思想，而且牢牢控制了文坛，文学彻底沦为理学的附庸。其间绝大多数的文人，几乎皆可归为理学家；而绝大多数所谓的文学，也已经失去了原本应有的鲜活、色彩与精神，失去了自己的灵魂，变成了理学的阐释工具。理学将文学踩在脚下，不让其有喘息的机会；而文学亦接受了这种被践踏的命运，甚至主动向理学靠拢，进而加剧了诗学的衰落。

  南宋时期理学与文学关系的特殊性就在于其清晰地展现出理学家通过

---

① （宋）徐积撰《节孝先生文集》卷二十七，《宋集珍本丛刊》第15册，线装书局，2004，第671页。
② 王培友：《两宋"理学诗"辨析》，《文学评论》2011年第5期。

各种不同的手段最终令诗歌臣服的过程。这样的过程中,"宋调"自然也被逐步解构了。

二 诗人用理学的眼光看待诗学

面对着南宋理学家的不断挤压,诗人们逐渐丧失了对文学价值的自信心,转而在不同程度上认可了理学家的观点,并进一步用理学的眼光去看待诗学。莫先生在谈到南宋理学凌驾于文学之上时,举了"陆游、杨万里等大文学家都自觉地皈依到理学家的队伍中来,即使是豪放磊落的辛弃疾也不免对朱熹表示出高度的崇敬"这样典型的例证。陆游、杨万里和辛弃疾算得上南宋最有创造力的杰出诗人和词人了,尚且不能摆脱理学的影响,其他众多的中下层诗人自然更无力对抗了。朱则杰在《严羽与永嘉四灵》一文中说:

> 南宋是一个理学弥漫的时代,理学对诗坛的危害大致有二。第一,理学家大都排斥文艺,反对作诗,而要求人们努力去"格物致知","正心诚意"。如早在北宋,程颐就说过:"学诗用功甚妨事。"(《二程遗书》卷十八)南宋朱熹《读大学诚意章有感》则说:"顷以多言害道,绝不作诗。"(《朱子大全》卷二)《清邃阁论诗》又说:"今人不去讲义理,只去学诗文,已落得第二义。"甚至还说:"近世诸公作诗费工夫要何用?"(《朱子语类》卷一百四十)朱熹的再传弟子真德秀编选《文章正宗》,近体诗竟连一首"亦不得与"。这样一来,正如陈亮在《送吴允成运干序》中所指出的,"为士者耻言文章行义,而日尽心知性"(《龙川文集》卷十五)诗坛也就相对冷落寂寞了。第二,由于理学的影响,不少诗人作诗一味讲求理趣,忽视形象思维,作品往往充满浓厚的道学气。刘克庄《吴恕斋诗稿跋》就说:"近世贵理学而贱诗,间有篇咏,率是语录讲义之押韵者耳。"(《后村先生大全集》卷一百十一)即如杨万里这样的大诗人,有时也难以避免这种创作倾向。这同样可以说是诗之一厄。①

对于朱先生所说的前一点,前文已论述得比较充分;关于后一点,侯体健在《"江湖诗派"概念的梳理与南宋中后期诗坛图景》一文中分析得更加透彻:

---

① 朱则杰:《严羽与永嘉四灵》,《浙江学刊》1994年第2期。

由于南宋理学（或称"道学"）的兴盛和官方化，理学对士大夫阶层乃至全社会产生了深远的影响，《宋元学案》等书在叙述南宋学派时，也会将知名士大夫归入某个理学门派，有的学者据此便将这批士大夫全部看作是理学诗人，这是不符合实际的。钱锺书曾经指出"攀附洛闽道学""乃南宋之天行时气病也"：

> 山谷已常作道学语，如"孔孟行世日杲杲"、"窥见伏羲心"、"圣处工夫"、"圣处策勋"之类，屡见篇什……曾茶山承教于胡康侯，吕东莱问道于杨中立，皆西江坛坫而列伊洛门墙……名家如陆放翁、辛稼轩、洪平斋、赵章泉、韩涧泉、刘后村等，江湖小家如宋自适、吴锡畴、吴龙翰、毛翊、罗与之、陈起辈，集中莫不有数篇"以诗为道学"，虽闺秀如朱淑真未能免焉。至道学家遣兴吟诗，其为"语录讲义之押韵者"，更不待言。

正如钱先生所指出的，南宋中后期无论是诗坛领袖还是江湖小家，无论江西末流还是闺秀诗人，大家都可能在诗歌创作中"作道学语"，但这和真正的理学诗人却有质的不同。当时以真德秀（1178～1235）、魏了翁（1178～1237）为代表的一批理学家，诗学崇尚"濂洛风雅"，尤为推崇邵雍，俨然理学诗人楷模，这一派诗人甚至被称作"击壤派"。他们的诗歌创作由于风格的平质尚实，内容的议论说理，在艺术层面常被否定，"病其以理为宗，不得诗人之趣"，却也是晚宋诗歌版图的独特风景。真德秀编选《文章正宗》，在序中特别说明其旨趣云："故今所辑，以明义理、切世用为主，其体本乎古，其指近乎经者，然后取焉。否则，辞虽工亦不录。"他曾委托刘克庄协助编选，却与刘克庄在选诗标准上出现了重大分歧，实际上也折射出理学诗人独具一格的审美意趣。毋庸置疑，士大夫阶层中的理学家群体，肯定是南宋中后期不可忽视的诗歌力量，这在金履祥的《濂洛风雅》中更有突出的承传脉络，但如果把沾染了理学色彩的士大夫都视为理学诗人，就未免因太过粗略而模糊了内部的差异。①

理学诗人一方面创作理学诗，另一方面又可以写作一般的"诗人之诗"。前有北宋的徐积，后有南宋的朱熹，都是这方面的典型例子。可是由于朱熹在理学界的名头太大，后人硬是将其"诗人之诗"解读为理学诗。

---

① 侯体健：《"江湖诗派"概念的梳理与南宋中后期诗坛图景》，《文学遗产》2017年第3期。

莫先生曾举例说：

> 在朱熹的诗歌中，《武夷櫂歌》无疑是最具有活泼情趣和鲜明意象的一组作品。尽管它们因为出于理学宗师之口，总是不可避免地蕴含有几分哲思理趣，但是其本质是朱熹为了"呈诸同游，相与一笑"而"戏作"的写景抒怀之作，则是可以确定的。然而元人陈普却解之曰："朱文公《九曲》，纯是一条进道次序。其立意固不苟，不但为武夷山作也。"于是，文学作品便成了阐述义理的韵文体哲学文本。经过如此的诠释，当然朱熹的所有作品都被视作理学思想的载体，朱熹身上便只见理学宗师的耀眼光圈，而他作为文学家的身影便隐而不见了。①

对于朱熹诗歌同时具备的两方面特征，王利民在《濂洛风雅的主潮及其余波流衍》一文中也有所分析：

> 大多数的理学诗人既写诗人之诗，也作学者之诗。朱熹诗亦复如此。陈訏《宋十五家诗选》曰："朱子诗高秀绝伦，如峨眉天半，不可攀跻；至其英华发外，又觉光风霁月，粹然有道之言，千载下可想其胸次也。"这段话的前一半针对的是诗人之诗，后一半针对的是学者之诗。贺裳《载酒园诗话》选朱熹诗，即瞩目于饶多兴趣风致者。在朱熹的学者之诗中，《斋居感兴》将经史事理播之吟咏，最受推崇。刘熙载曰："朱子《感兴诗》二十篇，高峻寥旷，不在陈射洪下。盖惟有理趣而无理障，是以至为难得。"姚莹《论诗绝句六十首》其十二曰："力振衰淫伯玉功，卢王沈宋未为雄。考亭异代真知己，特识曾推《感遇》工。"笔者认为，《斋居感兴》中有不少理兴诗，但要说它毫无理障，也有些言过其辞。如果它真是语言平易、理趣盎然的组诗，何须黄榦、潘柄、杨庸成、蔡模、熊刚大、真德秀、詹景辰、何基、徐几、黄伯旸、余伯符、胡升、胡次焱、胡炳文等纷纷为之作注？历代诗家过誉《斋居感兴》，而不指摘这种近于钞疏的诗作中有"理障""腐而可厌"，不过是慑于朱熹之盛名罢了。至于像《南岳倡酬集》《东归乱稿》中的诗作，虽多理语道心，却没有字字牵入道理。②

---

① 莫砺锋：《朱熹文学研究》，南京大学出版社，2000，"前言"第5~6页。
② 王利民：《濂洛风雅的主潮及其余波流衍》，《中国文化研究》2019年第1期。

可是，无论莫先生还是王先生同时也都不否认，朱熹的"诗人之诗"也会受到其理学的渗透，只是还没有达到理学诗的程度而已。

朱熹以其理学宗师的身份尚且无法保护其部分诗歌的文学身份，那么，一般的文人又如何有能力抵挡理学的强势出击。于是乎，南宋中期以后，即便是所谓文人或诗人的创作中，也都不同程度地受到理学思想的影响。石明庆在《理学文化与南宋诗学》中不仅认真考察了南宋重要理学家的诗学思想，而且在下编专列三章"理学与中兴诗人"、"理学与南宋江湖诗学"与"理学与南宋江西诗学"，分别对以陆游、杨万里为代表的中兴诗人，以刘克庄、林希逸和严羽为代表的江湖诗人和以"上饶二泉"和方回为代表的江西诗人所受理学的影响进行了深入探讨。① 关于这个方面，此处仅再举一个赵蕃的例子。《诗人玉屑》卷一载：

> 赣川曾文清公题吴郡所刊东莱吕居仁公诗后语云："诗卷熟读，治择工夫已胜，而波澜尚未阔；欲波澜之阔，须令规模宏放，以涵养吾气而后可，规模既大，波澜自阔；少加治择，功已倍于古矣。"蕃尝苦人来问诗，答之费辞，一日阅东莱诗，以此语为四十字，异日有来问者，当誊以示之云："若欲波澜阔，规模须放弘。端由吾气养，匪自历阶升。勿漫工夫觅，况于治择能。斯言谁语汝，吕昔告于曾。"②

吕本中告诉曾幾的诗法，竟然是"以涵养吾气而后可"，这固然可以从《孟子》找到源头，但与当时的理学发展有更密切的关系。吕本中虽然作诗推崇江西诗派，但本身亦具有较高的理学修养，其侄孙即金华学派的吕祖谦，所以他的说法里已包含着理学思想在内。赵蕃被认为是南宋中期以后江西诗派的代表之一，他生活在朱熹闽学大力打压诗歌的时代，而江西诗派正是被打击的重点，他谈到诗法时竟然不仅要套用吕本中的说法，而且还加了一句"勿漫工夫觅，况于治择能"，将作诗的技巧和方法都加以否定，剩下来的就只有"养气"的道德工夫了，这就是自觉向理学家的要求靠拢了。

总之，理学家逐步占领文坛自然也占领诗坛的过程中，诗人们都在不同程度上接受了理学家的诗学观点，从而或多或少地放弃了诗歌的文学因素。而随着占领过程的结束，诗歌的文学色彩也就几乎被洗涤干净了。此

---

① 石明庆：《理学文化与南宋诗学》，中国社会科学出版社，2006，第229~344页。
② （宋）魏庆之编《诗人玉屑》上册，王仲闻校勘，上海古籍出版社，1978，第6~7页。

后的诗歌，几乎都是在理学影响下创作的，已经丧失了独立发展的自信和能力。当此之时，诗歌连自身的文学性都难以坚持，又岂能奢谈什么"唐音"与"宋调"？哪里仅仅是"宋调"被解构，连诗歌本身也已经被逼迫到死亡的角落了。

三 回归"唐音"背后的理学力量

按照朱熹闽学和湖湘派的极端看法，诗歌不应该有其独立存在的价值，除非将其改造成理学的宣传工具。可是，事情的发展并没有完全按照他们设定的剧情走。承濂洛发展而来的朱熹闽学势力虽大，并没能完全左右当时诗歌的发展方向。南宋诗歌总体上在解构"宋调"的基础上转而回归"唐音"，这显然并非朱熹一派所乐见的。关于这一点，明人徐象梅在《赵紫芝师秀》中已经有所揭示：

> 自乾、淳以来，濂、洛之学方行，诸老类以穷经相尚，时或言志，取足而止，固不暇如昔人体验声病，俾律吕相宜也。至潘柽出，始倡为唐诗，而师秀与徐照、翁卷、徐玑绎寻遗绪，日锻月炼，一字不苟下，由是唐体盛行。其诗清新圆美。①

虽然"濂、洛之学方行"，这一谱系的理学家反对文学，反对诗歌，成为解构"宋调"的重要力量，可是他们控制得相对薄弱的浙东地区，却出人意料地成了回归"唐音"的突破口。

回归"唐音"是南宋诗歌的主旋律，而这一思潮的形成虽与"濂、洛之学"的期望背道而驰，其背后却与浙东事功学派关系至为密切。该派学者中以薛季宣和叶适提倡唐诗的态度最为鲜明。薛季宣对晚唐诗歌持肯定态度，他在《香奁集叙》和《李长吉诗集序》中分别称赞了韩偓和李贺诗歌的文学价值。如前者云：

> 韩偓《香奁集》二卷，蜀本诗一百一篇；京师本赋二篇，诗一百七篇，曲词二章；秘阁本同，亡诗十篇。三家篇什相糅莒，差次不伦，以雠比，除重复，定著赋、诗、曲、词一百十二，以朱墨辨阁、京本，皆以刊正可传。偓字致尧，唐翰林学士承旨，朱全忠专命，以偓行礼

---

① （明）徐象梅撰《两浙名贤录》卷四十六，《四库全书存目丛书·史部》第114册，齐鲁书社，1997，第470~471页。

为简傲，放外以死。事见唐传。曰"字致光"者，讹也。渥为诗有情致，形容能出人意表。有集二卷，其一此书。晋相和凝亦尝著《香奁集》，皆委巷艳词，猥亵不可示儿，时已有曲子相公之号。沈括《笔谈》著论，乃以是为凝书，陈正敏为辨之，设二事以验。谓《吴融集》有《和致光无题诗》二，与《香奁》诗韵正同，而此集序中正载其事，一也；向尝于渥裔坰所见渥亲书作诗卷，其《裛娜》《春尽》《多情》等篇多出卷中，二也。渥富才情，词致婉丽，固非凝及。而《北梦琐言》载凝小词布于汴、洛，作相之后，收拾焚毁，则凝之集乃浮艳小词，安得遂以《香奁》为凝作。走谓正敏辨得矣！传称凝尝自刊己集为板本，而特谓《香奁集》不行于时。行不行在凝，则此集为可知也。况诗与词曲固有不言之辨，其诗有岐下作者，而凝未尝在岐。《江表志》王延彬子继士与渥子寅亮，幼日通家，寅亮母尼，即荐福寺讲筵偶见又别者也。今诗亦在此什，则斯集也为渥语可不疑。夫人之著书，上世犹不免沿袭，《春秋》大典亦有十数家书，学者不究谓何？泛以名取，则晏、吕之传为孔氏之经矣，以凝艳曲视渥集者，不几于此乎？信《笔谈》者，虽甚惑于此，必自有辨。年月日叙。①

从此序的内容可以看出，薛季宣对于韩偓《香奁集》的版本进行了深入的研究与辨析，特别辨析了其与和凝同名词集之间的关系。韩渥是晚唐诗人，诗风接近李商隐、吴融等人，以词采艳丽为世所知。薛季宣对此并不否认，称其"富才情，词致婉丽"，由此可以看出他对才情和丽词的重视，从而与程朱一系理学家的观点可谓大相径庭。若非此序的著作权如此清晰，很难令人想到竟会出自南宋的理学家之手。又其后者云：

长吉名贺，唐宗室子也，本书有传，其小传出李商隐，悉已暴白行事，盖不必言。长吉讳父嫌名，不举进士，虽过中道，然其蔑富贵，达人伦，不以时之贵尚，蒂芥乎方寸。其于末世，顾不可以厚风俗、美教化哉？其诗著矣，上世或讥以伤艳。走窃谓不然，世固有若轻而甚重者，长吉诗是也。他人之诗，不失之粗，则失之俗，要不可谓诗人之诗。长吉无是病也。其轻扬纤丽，盖能自成一家，如金玉锦绣，辉焕白日，虽难以疗御寒饥，终不以是故不为世宝。其诗当无日不赋，而传者只此，何则？长吉慵次己作，友朋率早死，故录偕亡遗诗。李

---

① （宋）薛季宣：《薛季宣集》，张良权点校，上海社会科学院出版社，2003，第441页。

藩尝集之，从其外兄求益，授之既久，求之不复，谰曰："长吉素易我，我衔愤次骨，得其文辄投圊圂，那复有诗。"是必设辞拒藩，非实有此。遗诗终以不见，岂天爱宝故耶？小传之说诞矣，学者已不尽信。前世任信臣者，又记书仙事实之。仙者，庆历中长安女倡曹文姬也，颖而工书，名以艺得，睹朱衣吏持篆玉示曰：帝使李贺记白玉楼。竟召而写之琬琰。家人曰：贺死岁三百矣，乌有是？文姬曰：是非若所知也，世载三百，仙家犹顷刻然。乃拜命更衣，飙然飞去。走稽于传，贺不闻于记事有所长，且以落笔章成，见称前史，自玉溪子固已记白玉楼事，追文姬更祀三百，天家日月虽长，其敏速尚何道。信天有帝王，羲之辈皆已亡，故不乏工书之臣，何待此文姬者。文人设辞指事，殆寓言乎！走惧其污长吉，故为辨明。年月日叙。①

相对于上文，薛季宣在此文中肯定了李贺的人品可以"厚风俗、美教化"，这才是理学家的本色之言。其否定李贺身后的神异故事，但称之为"寓言"，亦显示出其非常通达的一面。不过，正如其评价韩偓一样，薛季宣对李贺的称扬也是在其文学成就上，称其诗"如金玉锦绣，辉焕白日"，是难得的"世宝"，并且惋惜其亡佚太多。薛季宣以李贺诗为真正的"诗人之诗"是出于赞美，和前引张栻抬高所谓"学者之诗"而贬低"诗人之诗"的态度正好相反。薛季宣二文所称扬的韩偓、李贺，皆是中晚唐诗人，诗风皆偏于艳丽，从中可以看出薛季宣对于唐诗和诗歌中文学性的肯定，这为后来四灵派的出现提供了理论支持。

在薛季宣之后，提倡"唐诗"的理学家是叶适，前文在论述四灵派时已多次引用其观点。叶适非常推崇唐诗，其《徐道晖墓志铭》云：

盖魏晋名家，多发兴高远之言，少验物切近之实。及沈约、谢朓永明体出，士争效之，初犹甚艰，或仅得一偶句，便已名世矣。夫束字十余，五色彰施，而律吕相命，岂易工哉！故善为是者，取成于心，寄妍于物，融会一法，涵受万象，豨苓、桔梗，时而为帝，无不按节赴之，君尊臣卑，宾顺主穆，如丸投区，矢破的，此唐人之精也。然厌之者，谓其纤碎而害道，淫肆而乱雅，至于廷设九奏，广袖大幅，而反以浮响疑宫商，布缕缪组绣，则失其所以为诗矣。然则发今人未

---

① （宋）薛季宣：《薛季宣集》，张良权点校，上海社会科学院出版社，2003，第441~442页。

悟之机,回百年已废之学,使后复言唐诗自君始,不亦词人墨卿之一快也!惜其不尚以年,不及臻乎开元、元和之盛。

而君既死,同为唐诗者,徐玑字文渊,翁卷字灵舒,赵师秀字紫芝。紫芝集常朋友殡且葬之,在塔山、林额两村间,嘉定四年闰月二十三日,距卒四十五日。铭曰:

诵其诗,其人可乎!身可没,墓不可无。①

叶适不但高度肯定唐诗的成就,而且充分肯定了徐照"回百年已废之学,使后复言唐诗自君始",即在回归"唐音"之路所起的重要作用,肯定了"四灵"的积极意义。不过,诚如前文已论,叶适所说的"唐诗",也就是四灵派所学的"唐诗",其实是晚唐诗,主要是贾岛、姚合二人之诗,并非他在这篇墓志铭里所提到的"开元、元和之盛"。回归"唐音"和解构"宋调"是互为关联的,叶适推崇唐诗,也就对"宋调"颇不以为然。如他在《习学记言序目》中说:

五七言律诗:按诗自曹、刘至二谢日趋于工,然犹未以联属校巧拙;灵运自夸"池塘生春草",而无偶句亦不计也。及沈约、谢朓竟为浮声切响,自言灵均所未睹,其后浸有声病之拘,前高后下,左律右吕,匀致丽密,哀思宛转,极于唐人而古诗废矣。杜甫强作近体,以功力气势掩夺众作,然当时为律诗者不服,甚或绝口不道。至本朝初年,律诗大坏,王安石、黄庭坚欲兼用二体擅其所长,然终不能庶几唐人;苏氏但谓七言之伟丽者,则失之尤甚,盖不考源流所自来,姑因其已成者貌似求之耳。②

南宋主张学唐的风气虽然可以追溯到杨万里提倡的"晚唐异味",但在当时无人响应,事实上非常孤单。直到"四灵"出来大力提倡唐诗,学唐才逐步形成风气,并一直影响到宋末。而"四灵"都是叶适的学生,虽不能认定为理学家,但均深受浙东学派诗学思想的影响。由此不难看出,浙东学派大力推动了学唐的新风尚,并深深影响了四灵派和江湖派。

南宋中期以后,诗歌为何会甘心沿着浙东学派指出的方向前进,除了诗歌自身方面的原因外,也跟朱熹一派有极大的关系。在反对近体诗,反

---

① (宋)叶适:《徐道晖墓志铭》,《叶适集》中册,刘公纯、王孝鱼、李哲夫点校,中华书局,2010,第321~322页。
② (宋)叶适撰《习学记言序目》下册,中华书局,1977,第705页。

对江西诗派的问题上，朱熹闽学与浙东学派都是一致的，而且由于朱熹闽学是主流，所以产生的作用还比浙东学派大得多。可是在涉及诗歌的出路时，朱熹闽学却显得过于迂腐。朱熹推崇《诗经》和古诗，喜欢陶渊明的诗，能接受王维、韦应物的少量诗歌，但从总体上对唐诗是否定的。朱熹本人的诗歌尚有一定的文学色彩，可是其他成员的诗歌却以说理为主，每况愈下。这些主流理学家忙于攻击当代诗歌甚至唐代以来的近体诗，却未能给诗歌指明走出困境的道路。在这样的情况下，浙东派理学家的诗学观点就成了当时诗歌发展的突破口。之后越来越多既反对江西诗派又不甘心事实上也不可能回归到汉魏古诗的众多诗人逐渐聚拢在一起，形成了强大的合力，于是回归"唐音"就成了当时诗歌发展的主导趋势。

南宋诗歌逐渐回归"唐音"，这是反对"宋调"同时也反对唐代近体诗的主流理学家所未曾想到，也不愿看到的。如南宋后期的黄震对江湖派学唐大为不满。其《书刘拙逸诗后》云：

> 一太极之妙，流行发见于万物，而人得其至精以为心；其机一触，森然胥会，发于声音，自然而然，其名曰诗。后世之为诗者，虽不必皆然，亦未有不涵泳古今、沉潜义理，以养其所自出。近有所谓江湖诗者，曲心苦思，既与造化迥隔，朝推暮吟，又未有以溉其本根，而诗于是始卑。①

黄震为朱熹后学，虽然也受到叶适的影响，可这样的背景并没有影响到他批判江湖派。他所谓"曲心苦思"，所谓"朝推暮吟"，指的就是四灵派以来的学唐风气。

四灵派也好，江湖派也好，其得以发展和成为潮流主要是受到浙东学派的影响，同时也受到了程朱一派的打击。但由于程朱一派的势力过于强大，江湖派其实也无法躲避其影响。李懿在《理学诗派与晚宋诗坛》曾对这个问题加以分析：

> 理学诗派和江湖诗派在诗风上互相抵制，但二者又以共析儒家理义为纽带交往频繁。一些江湖诗人直接受教于程朱派，或作为讲友与其论道，被黄宗羲《宋元学案》列入理学派别中。刘克庄见于"西山学案"和"艾轩学案"，真德秀以"学贯古今，文追骚雅"进之。张

---

① （宋）黄震撰《慈溪黄氏日抄分类》卷九十二，明刻本。

良臣见于"龟山学案"和"横浦学案",张端义见于"龟山学案"和"鹤山学案",刘翼入"艾轩学案",陈允平附于陈居仁家学入"龟山学案",林希逸、刘克逊均入"艾轩学案"。罗椅入黄榦门下一支"双峰学案"。高翥收入王梓材、冯云濠《宋元学案补遗》"和靖学案补遗",黄大受入《补遗》"晦翁学案"。有的江湖诗人虽未收入程朱学案,却与其联系密切,叶绍翁学出叶适,但他与真德秀交往颇深。

由于江湖诗人和理学家的身份交叉与日常互动,江湖诗人在很大程度上受理学思想的影响,其中不乏理学与诗学兼顾之人。清代吴之振《瀛奎律髓序》指出诗歌发展到江湖诗派这一阶段时:

律诗起于贞观、永徽,逮乎祥兴、景炎,盖阅六百余年矣。其间为初、盛,为中、晚,为"西昆",为元祐,为"江西",最后而为"江湖",为"四灵"。作者代生,各极其才而尽其变,于是诗之意境开展而不竭,诗之理趣发泄而无余。

"日用无非道"(戴复古《次韵胡公权》)的观念深入江湖诗人心中,他们善于从日常生活的景物和事件中捕捉理学因子,抒发自我对"洙泗"传统的称颂和"光风霁月"磊落人格的倾慕。在江湖诗人的作品中时常贯穿着天人合一、大道流行、格物穷理、尽性明德、主静和乐、守礼修身、安贫乐道的思想。①

这种现象的存在,更进一步表明了理学对诗歌的影响是何等的深刻。但不管如何,四灵派和江湖派毕竟突破了朱熹闽学的防线,在一定程度上捍卫了诗歌的形式之美,表现出对艺术和技巧的重视。当然,这种突破并非仅仅是诗人的自身努力,其背后仍是浙东学派的理学家在引导和提倡。

除了四灵派与江湖派回归"唐音",即便是在南宋得以不绝如缕的"宋调",也离不开其背后一些重要的理学家的支持。如吕祖谦自述其家族与江西诸贤尤其是与江西诗派的关系云:

先君子尝诲某曰:"吾家全盛时,与江西诸贤特厚。文靖公与晏公戮力王室。正献公静默自守,名实加于上下,盖自欧阳公发之。平生交友如王荆公、刘侍读、曾舍人,屈指不满十。虽中间以国论与荆公异,元丰末守广陵钟山,犹有书来,甚惓惓;且有绝江款郡斋之约,

---

① 李懿:《理学诗派与晚宋诗坛》,《西南民族大学学报》(人文社会科学版)2006年第1期。

会公召归乃止。巳而自讲筵还政路，遂相元祐。二刘、三孔、曾子开、黄鲁直诸公，皆公所甄叙也。侍讲于荆公，乃通家子弟。李泰伯入汴，亦常讲绎焉。绍圣后，始与李君行游。晚节居党籍，右丞以筦库之禄养亲。虽门可设爵罗，然四方有志之士，多不远千里从公。谢无逸、汪信民、饶德操自临川至，奉几杖侍左右，如子侄。退见右丞，亦卑抑严事，不敢用钧敌之礼。舍人以长孙应接宾客，三君一见，折辈行为忘年交，谈赏篇什，闻于天下……"①

吕祖谦所谓"江西诸贤"主要就地域而言，包括范围比较广泛，里面甚至有属于西昆体的晏殊，但此外所有的诗人，包括欧阳修、王安石、刘敞、曾巩、黄庭坚诸人，所作皆可归为"宋调"，尤其是最后提到的谢逸、汪革、饶节三人，皆曾被吕本中列入《江西宗派图》，是名副其实的江西诗派中人。在吕祖谦所罗列先祖中，亦不乏能诗者，尤其是"舍人"吕本中，在南宋初年影响甚大；与他们密切交往的这些"江西诸贤"中，也大都以文学尤其以诗歌见长。这段话集中体现了吕祖谦对诗歌的肯定态度，反映出他对江西诗派的赞赏，这与同属浙东学派的薛季宣、叶适两位理学家提倡"唐诗"而反对"宋调"的观点截然相反。

南宋心学的代表人物陆九渊，更对江西诗派赞不绝口。其《与程帅》一书云：

> 诗亦尚矣，原于赓歌，委于风雅。风雅之变，壅而溢焉者也。湘累之《骚》，又其流也。《子虚》《长杨》之赋作，而《骚》几亡矣。黄初而降，日以澌薄。唯彭泽一源，来自天稷，与众殊趣，而淡泊平夷，玩嗜者少。隋唐之间，否亦极矣。杜陵之出，爱君悼时，追蹑《骚》《雅》，而才力宏厚，伟然足以镇浮靡，诗家为之中兴。自此以来，作者相望，至豫章而益大肆其力。包含欲无外，搜抉欲无秘，体制通古今，思致极幽眇，贯穿驰骋，工力精到。一时如陈徐韩吕三洪二谢之流，翕然宗之。由是江西遂以诗社名天下，虽未极古之源委，而其植立不凡，斯亦宇宙之奇诡也。②

这段话通过陈述诗歌发展历史的方式，高度赞扬"江西遂以诗社名天

---

① （宋）吕祖谦撰《东莱吕太史文集》卷七，《吕祖谦全集》第1册，浙江古籍出版社，2008，第118~119页。

② （宋）陆九渊：《陆九渊集》，钟哲点校，中华书局，1980，第103~104页。

下",并誉之为"斯亦宇宙之奇诡也"。在《与沈宰》其二中,他又对自己的观点进一步阐释:

> 荐领诗文,皆豪健有力,健美,健美!
>
> 某乡有复程帅惠江西诗派书,曾见之否?其间颇述诗之源流,非一时之说,愚见大概如此。《国风》《雅》《颂》固已本于道。风之变也,亦皆发乎情,止乎礼义,此所以与后世异。若乃后世之诗,则亦有当代之英,气禀识趣,不同凡流,故其模写物态,陶冶情性,或清或壮,或婉或严,品类不一,而皆条然各成一家,不可与众作浑乱。字句音节之间皆有律吕,皆诗家所以自异者。曾子固文章如此,而见谓不能诗。其人品高者,又借义理以自胜,此不能不与古异。今若恒以古诗为师,一意于道,则后之作者又当左次矣。何时合并,以究此理。①

陆九渊肯定后世诗歌的成就,不仅赞赏"豪健有力"之作,而且认为诗歌风格是多种多样的,"或清或壮,或婉或严,品类不一,而皆条然各成一家,不可与众作浑乱",突出个性特色的重要性。与此相联系,他还反对以"古诗"衡量后世诗歌的做法。

甚至朱熹的后学魏了翁也转而支持"宋调"。朱熹对近体诗和"宋调"的反对过于苛刻,而且由于其门徒众多,几乎引领了整个社会的基本态度,可始料未及的是他的这个观点反而助长了四灵派与江湖派的发展,而这两派都主张学唐,尤其是四灵派专学晚唐近体诗,这同样是朱熹激烈反对的对象。于是,作为朱门后学的魏了翁在继承朱熹基本观点的同时,又转而从人品的角度肯定苏、黄等人,这等于间接地承认了"宋调"的价值。其《坐忘居士房公文集序》云:

> 古之学者,自孝弟谨信泛爱亲仁,先立乎其本,迨其有余力也,从事于学文。文云者,亦非若后世哗然后众取宠之文也。游于艺以趣博其趣,多识前言往行以蓄其得,本末兼该,内外交养,故言根于有德,而辞所以立诚,先儒所谓笃其实而艺者书之,盖非有意于为文也。后之人稍涉文艺,则沾沾自喜,玩心于华藻,以为天下之美尽在于是,而本之则无,终于小技而已矣。②

---

① (宋)陆九渊:《陆九渊集》,钟哲点校,中华书局,1980,第220页。
② (宋)魏了翁撰《鹤山先生大全文集》卷五十一,《宋集珍本丛刊》第77册,线装书局,2004,第238页。

但从这里可以看出，魏了翁继承了朱熹对于文学的基本认知，即在强调圣人之道的同时，仍在一定程度上承认了文学的独立价值。当然，他也对这个价值作了严格的限定，要求"非有意于为文"。不过，他毕竟承认了"后之人稍涉文艺，则沾沾自喜，玩心于华藻"也属于"小技"，而没有完全否定。比较而言，下面二序也许更能见出魏了翁的文学观。如《杨少逸不欺集序》云：

> 人之言曰：尚辞章者乏风骨，尚气节者窘辞令。某谓不然。辞虽末伎，然根于性，命于气，发于情，止于道，非无本者能之。且孔明之忠忱，元亮之静退，不以文辞自命也，若表若辞，肆笔脱口，无复雕缋之工，人谓可配训诰雅颂，此可强而能哉？唐之辞章称韩柳元白，而柳不如韩，元不如白，则皆于大节焉观之。苏文忠论近世辞章之浮靡，无如杨大年，而大年以文名，则以其忠清鲠亮大节可考，不以末伎为文也。眉山自长苏公以辞章自成一家，欧尹诸公赖之以变文体，后来作者相望，人知苏氏为辞章之宗也，孰知其忠清鲠亮临死生利害而不易其守，此苏氏之所以为文也。①

在这篇序里，魏了翁对"人之言"其实也就是理学家们对文学家的贬低之言加以否定，对杨亿、苏轼等"尚辞章者"的风骨加以褒扬，同时也在一定程度上肯定了他们的文学成就。这在朱门中，可以说是重要的理论突破。又如其《黄太史文集序》云：

> 山谷黄公之文，先正钜公称许者众矣，江、浙、闽、蜀间亦多善本，今古戎黄侯又欲刻诸郡之墨妙亭，以致怀贤尚德之意，而属了翁识之。顾浅陋何敢措词？昔者幸尝有考于先民之言行，切叹夫世之以诗知公者末也。
>
> 公年三十有四，上苏长公诗，其志已荦荦不凡，然犹是少作也。迨元祐初，与众贤汇进，博文蓄德，大非前比。元祐中、末，涉历忧患，极于绍圣。元符以后，流落黔、戎，浮湛于荆、鄂、永、宜之间，则阅理益多，落华就实，直造简远。前辈所谓"黔州以后，句法尤高"。虽然，是犹其形见于词章者然也。元祐史笔，守正不阿。迨章、

---

① （宋）魏了翁撰《鹤山先生大全文集》卷五十五，《宋集珍本丛刊》第77册，线装书局，2004，第272页。

蔡用事，摘所书王介甫事，将以瑕众正而珍焉。公于是有黔、戎之役。魋狄之所嗥，木石之与居，间关百罹。然自今诵其遗文，则虑澹气夷，无一毫憔悴陨获之态。以草木文章发帝杼机，以花竹和气验人安乐，虽百岁之相后，犹使人跃跃兴起也。至其闻龚、邹冠豸，张、董上坡，则喜溢词端。《荆江亭》以后诸诗，又何其恢广而平实！乐不至淫，怨不及怼也。然而犹为小人承望时好，捃撦《承天院记》语，窜之宜阳。虽存离险艰，而行安节和，纯终不疵。呜呼！以其所养若是，设见用于建中靖国之初，将不弭蔡、邓之萌，而销崇、观之纷纷乎？是恶可以词人目之也！

国朝以记览词章哗众取宠，非无丁、夏、王、吕之俦，而施诸用则悖。二苏公以词章擅天下，其时如黄、陈、晁、张诸贤亦皆闻于时，人孰不曰此词人之杰也！是恶知苏氏以正学直道周旋于熙、丰、祐、圣间，虽见愠于小人，而亦不苟同于君子，盖视世之富贵利达曾不足以易其守者，其为可传，将不在兹乎？诸贤亦以是行诸世，皆坐废弃，无所悔恨。其间如后山不予王氏，不见章厚，于邢、赵姻娅也，亦未尝假以词色。褚无副衣，匪焕匪安，宁死无辱，则山谷一等人也。张文潜之诗曰："黄郎萧萧日下鹤，陈子峭峭霜中竹。"是其为可传真在此而不在彼矣。

余惧世之以诗知山谷也，故以余所自得于山谷者复于黄侯。侯其谓然，则刻诸篇端，以补先儒之偶未及者焉。①

苏、黄是"宋调"的主要代表者，他们与其余诗人共同推动了元祐诗歌高潮的出现。魏了翁从肯定人品的角度对他们加以肯定，虽然仍带有轻视其诗歌的意思，但客观上肯定了"宋调"的成就。闽学学者从排斥"宋调"到为"宋调"的代表诗人苏轼、黄庭坚开脱，跟当时诗坛的风尚有很大关系。

薛季宣、叶适等人提倡"唐诗"，对南宋诗歌的发展影响极大。四灵派就是在叶适的奖掖和宣传下形成和壮大的，并进而带动了其后的江湖派，在一定程度上左右了南宋中后期的诗歌风尚。比较而言，提倡"宋调"的理学家虽然名望更高，但由于反对"宋调"的社会风气已经形成，他们也未能重新掀起一个学习宋诗的潮流，而只是保障了"宋调"在经历多重打

---

① （宋）魏了翁撰《鹤山先生大全文集》卷五十三，《宋集珍本丛刊》第77册，线装书局，2004，第251页。

击后仍能延续，为刘克庄这样大诗人的出现准备了理论支撑。

在南宋中期以后，理学虽然有不同的流派，但朱熹闽学占有绝对的优势地位，正是在该派的不断努力下，理学最终战胜了诗学，诗学沦为理学的奴仆。四灵派、江湖派得以发展，也离不开理学家的支持，只不过其支持者不是闽学，而是浙东学派，可即便如此，二派在发展过程中同样深受朱熹闽学理学思想的影响。

诗歌的发展从来都不是诗人和诗坛可以决定的，尤其是当外部条件具有巨大影响力的时候，更是如此。南宋理学的繁荣不仅恶化了诗歌的生存环境，而且挤压了诗歌的生存空间。理学家不仅强行兜售自己狭隘的诗学思想，而且对诗歌尤其是本朝的诗歌进行史无前例的批判，并通过选编诗歌来推广他们的诗学思想。在理学家的强势攻势下，大多数诗人在思想上被理学化，受到理学的各种影响。这种深入诗人思想内部的占领对于诗歌的破坏是更加致命的。从这个意义上说，南宋诗歌在很大程度上已经理学化了。四灵派和江湖派回归"唐音"虽然在一定程度上逃出了程朱理学的牢笼，其背后却是浙东学派在支撑和引领，所以从根本上说仍没有躲过理学的操纵。

第九章
僧诗与"宋调"之关系

宋代诗歌繁荣，跟佛教有一定的关系，因为僧人也是诗歌创作的重要成员。在《全宋诗》已录八百多人近三千首的基础上，朱刚、陈珏《宋代禅僧诗辑考》（复旦大学出版社，2012）又收录了禅僧一千多人的近八千首诗，而这还不是两宋僧诗的全貌。许红霞《珍本宋集五种——日藏宋僧诗文集整理研究》（北京大学出版社，2013）收录了五种藏于日本的宋僧诗集，金成宇《和刻本中国古逸书丛刊》（凤凰出版社，2013）中也收录了慧空、宝昙、居简、元肇、善珍、大观、道灿、行海等人的多种诗集。不过总的来说，两宋僧人对"宋调"的态度不同，在其中所起的作用也不相同。如果说北宋时期一些著名的诗僧参与到"宋调"的建构之中，那么南宋时期的著名诗僧则推动了"宋调"的解构。

第一节
北宋诗僧参与"宋调"建构

对于北宋的诗僧和僧诗，学界现有的研究已比较深入，成果也比较丰富，因此本章不拟对其进行全面的考察，而是专就其与"宋调"建构有关的方面加以探讨。在北宋时期，一些诗僧积极参与到"宋调"的建构之中，这主要体现在以下几个方面。

一 排除"蔬笋气"

诗僧首先是僧人，其次才是诗人。天下寺观，很少位于通邑大都之中，大多建于远离世俗的青山绿水之区，所谓"天下名山僧占多"。僧人属于方外之人，不近女色，不食酒肉，生活极为清苦。因此，自有僧人作诗以来，其诗歌难免带有自身生活的痕迹，如环境清幽而单调、衣食粗劣、修行艰

辛等,所以往往显得格调不高。即便是唐代著名的诗僧贯休、齐己,亦是如此。苏轼在《答蜀僧几演一首(翰林)》中说:

> 几演大士。蒙惠《蟠龙集》,向已尽读数册,乃诗乃文,笔力奇健,深增叹服。仆尝观贯休、齐己诗,尤多凡陋,而遇知得名,赫奕如此。盖时文凋敝,故使此二僧为雄强。今吾师老于吟咏,精敏豪放,而汩没流俗,岂亦有幸不幸耶?然此道固亦淡泊寂寞,非以蕲人知而鼓誉也,但鸣一代之风雅而已。既承厚贶,聊奉广耳。①

苏轼所说"贯休、齐己诗,尤多凡陋",又用"时文凋敝,故使此二僧为雄强"解释了二人得名的原因。苏轼鄙薄贯休、齐己之诗,其实就是不满其诗的"蔬笋气"。其《赠诗僧道通》云:

> 雄豪而妙苦而腴,只有琴聪与蜜殊。(钱塘僧思聪,总角善琴,后舍琴而学诗,复弃诗而学道。其诗似皎然而加雄放。安州僧仲殊诗,敏捷立成,而工妙绝人远甚。殊辟谷,常啖蜜。)语带烟霞从古少,(李太白云:他人之文,如山无烟霞,春无草木。)气含蔬笋到公无。(谓无酸馅气也。)香林乍喜闻蓍卜,古井惟愁断辘轳。为报韩公莫轻许,从今岛可是诗奴。②

苏轼在这首诗中拈出"蔬笋气",将其解释为"酸馅气",并与"雄豪而妙""语带烟霞"构成对比,大约就是指僧诗中大多带有的清苦之气。叶梦得《石林诗话》卷中:

> 唐诗僧,自中叶以后,其名字班班为当时所称者甚多,然诗皆不传,如"经来白马寺,僧到赤乌年"数联,仅见文士所录而已。陵迟至贯休、齐己之徒,其诗虽存,然无足言矣。中间惟皎然最为杰出,故其诗十卷独全,亦无甚过人者。近世僧学诗者极多,皆无超然自得之气,往往反拾掇摹效士大夫所残弃。又自作一种僧体,格律尤凡俗,世谓之酸馅气。子瞻有《赠惠通诗》云:"语带烟霞从古少,气含蔬笋到公无。"尝语人曰:"颇解蔬笋语否?为无酸馅气也。"闻

---

① 《苏轼文集》第5册,孔凡礼点校,中华书局,1986,第1892~1893页。
② 《苏轼诗集》第7册,(清)王文诰辑注,孔凡礼点校,中华书局,1982,第2451页。

者无不皆笑。①

苏轼关于僧诗中"蔬笋气"的批评,实可追溯到欧阳修对怀琏的评价。惠洪《冷斋夜话》卷六载:

> 大觉琏禅师,学外工诗,舒王少与游。尝以其诗示欧公,欧公曰:"此道人作肝脏馒头也。"王不悟其戏,问其意,欧公曰:"是中无一点菜气。"琏蒙仁庙赏识,留住东京净因禅院甚久,尝作偈进呈,乞还山林,曰:"千簇云山万壑流,闲身归老此峰头。殷勤愿祝如天寿,一炷清香满石楼。"又曰:"尧仁况是如天阔,乞与孤云自在飞。"②

怀琏在主持开封净因禅院时虽与士大夫交往较多,但入世之心并不重,故晚年恳辞还山。惠洪在《禅林僧宝传》中为其立传。怀琏是一代高僧,欧阳修称赞其诗"无一点菜气",也就是没有苏轼所说的"蔬笋气"。那么,怀琏诗歌有的是什么"气"呢?惠洪虽然没有明说,但从所录诗句"千簇云山万壑流""乞与孤云自在飞"来看,不正是苏轼所提倡的"雄豪"和"烟霞"之气吗?郑獬在《文莹师诗集序》中也有类似的说法:

> 浮屠师之善于诗,自唐以来,其遗篇之传于世者班班可见。缚于其法,不能闳肆而演漾,故多幽独衰病枯槁之辞。予尝评其诗如平山远水,而无豪放飞动之意。若莹师则不然,语雄气逸,而致思深处往往似杜紫微,绝不类浮屠师之所为者。少之时,苏子美尝称之,欲挽致于欧阳永叔以发其名,而莹辞不肯往,遂南游湖湘间。今已老矣,其诗比旧愈道愈健,穷之而不顿,使子美而在,则其叹服之又何如也!
>
> 莹字道温,钱塘人,尝居西湖之菩提寺,今退老于荆州之金銮。荆州无佳山水,又鲜有知之者,安得携之以归吴,俾日吟哦于湖山之间,岂不遂其所乐哉!③

郑獬没有使用"蔬笋气"这样的表达,但其所谓唐代以来僧诗"多幽

---

① (宋)叶梦得撰《石林诗话》,(清)何文焕撰《历代诗话》上册,中华书局,1981,第425~426页。
② (宋)惠洪撰《冷斋夜话》,张伯伟编校《稀见本宋人诗话四种·日本五山版冷斋夜话》,江苏古籍出版社,2002,第55页。
③ (宋)郑獬:《文莹师诗集序》,《郑獬集》,谢葵点校,湖北人民出版社,2020,第201~202页。

独衰病枯槁之辞""无豪放飞动之意",不就是指"蔬笋气"的具体内涵吗?其称道文莹的"语雄气逸""其诗比旧愈遒愈健,穷之而不顿",也跟苏轼"雄豪"的说法颇为接近。郑獬认为文莹所欠缺的可能正是"烟霞"之气,故希望有人"携之以归吴,俾日吟哦于湖山之间"。

关于"蔬笋气"的内涵,可能在苏轼或者包括之前的欧阳修那里还比较单纯,但在后人的解读中,其内涵越来越丰富。比苏轼小四十岁的叶梦得将其解释为僧人"自作一种僧体,格律尤凡俗,世谓之酸馅气",虽然生发出了一个"格律"问题,涉及诗体选择和遣词造句,但大概还比较接近苏轼的原意。当代学者的阐释更加全面。许红霞在《"蔬笋气"意义面面观》中考察了宋人否定"蔬笋气"时着意突出的方面:

> 在苏轼提出"蔬笋气"的概念来评价僧诗之后,宋代很多诗人都纷纷跟进,在他们的诗文中都提到了"蔬笋气",而以无蔬笋气的诗为高。如欧阳澈诗云:"襟怀磊落富诗情,琢句端明法颂声。格健要除蔬笋气,语工须带雪霜清。碧云矜式存风雅,黄卷沉潜学老成。锻炼更能师岛可,禅林无患不知名。"李石《送叔规》诗有"笔端落尽蔬笋气,胸次不留荆棘田";而朱熹在其《跋南上人诗》中称僧志南诗"清丽有余,格力闲暇,绝无蔬笋气",并引其"沾衣欲湿杏花雨,吹面不寒杨柳风"两句诗为证。戴复古《题古源棠和尚送青轩》诗亦有"道人诗更高,不作蔬笋语"之句。刘克庄在评论北宋如璧、祖可、善权三位诗僧时亦说:"三僧中如璧诗轻快似谢无逸,亦欠工;祖可瞜读书诗料多,无蔬笋气,僧中一角麟也;善权与可相上下。"我们可以看出,虽然他们都认为无蔬笋气的僧诗是好诗,但他们对所谓"无蔬笋气"的理解又因其所评论对象诗歌特点的不同而不尽相同。欧阳澈强调的是"格健"、"语工";朱熹讲的是"清丽"、"格力闲暇";而刘克庄则又把"无蔬笋气"与"瞜读书,诗料多"相联系。①

相对于许文主要从反面考察不同,周裕锴在《中国禅宗与诗歌》中从正面分析了"蔬笋气"的主要弊病:

> 从人们(主要是宋人)对僧诗的嘲讽批评来看,蔬笋气主要包括以下这些弊病:

---

① 许红霞:《"蔬笋气"意义面面观》,《中国典籍与文化》2005年第4期。

（一）意境过于清寒，缺乏人世生活热情……

（二）题材过于狭窄，缺乏广泛深刻的社会生活内容，"其体格不过烟云、草树、山川、鸥鸟"（《庐山志》卷一引《学圃馀力》评祖可诗）……

（三）语言拘谨少变化，篇幅短小少宏放，前者是感情枯寂在语言上的反映，后者是题材狭窄在体裁选择上的表现……

（四）作诗好苦吟，缺乏自然天成之趣；又好使用禅语，缺乏空灵蕴藉之韵……①

结合诸人的评价，特别是从周先生的分析中可以看出，所谓"蔬笋气"不过是僧诗的本色，原本谈不上什么弊病。苏轼等人将其视为弊病，往重处说是出于文人居高临下的傲慢。查明昊在《唐代诗僧文化的几个问题》一文中曾经说：

在文人与诗僧的交往中，文人对自己的诗才是极为自矜的。在诗僧与文人的双向交往中，文人多慕诗僧之清名，而诗僧多以佛学思想影响到文人的思想及其生活方式。文人与诗僧的交往中，唯一可以骄傲的，就是他们的文学创作。②

正是凭借自己"唯一可以骄傲的"一技之长，文人在与诗僧的交往中找到了平衡，获得了心理上的满足。往轻处说，苏轼等人批评僧诗"蔬笋气"也有不视诗僧为异类且将其引为同道而一起改造诗歌的意思，同时里面也蕴含着彼此之间深厚的交情和友谊。从诗歌发展的角度看，这也就意味着将僧诗纳入"宋调"的建构之中。这是之前从未出现过的新现象。

二 追踪诗歌新变

排除僧诗中的"蔬笋气"并非仅仅是文人的一厢情愿，也是诗僧特别是少量著名诗僧的主动诉求。僧人主动与文人士大夫交游，其原因多种多样，或者出于弘法的需要，或者欲借此扬名，或者只是比较单纯地喜好文学。诗僧自然也是如此。不过，要称得上诗僧，其诗歌必须达到较高水平，而且得到文人的认可。吴坰《五总志》记载了这样一个故事：

---

① 周裕锴：《中国禅宗与诗歌》，复旦大学出版社，2017，第51~53页。
② 查明昊：《唐代诗僧文化的几个问题》，《皖西学院学报》2001年第4期。

王荆公一日与郭功甫饭于半山宅，食已，忽有一僧名义了者自称诗僧，投谒于公。功甫大不平之，曰："于丞相前自称诗僧，定狂夫也。不必见之。"公曰："姑见之何害？"因询以为诗，且令即席而作。僧云："愿乞题并韵。"公欲试以寻常题目，复疑其宿成。偶一老卒取沙入宅，公令以是为题，且以汀字为韵。功甫云："亦愿得纸数十幅，为百韵诗。"盖以气压之也。须臾笔札至，功甫挥毫如风雨，将及二十幅。僧徐取纸一幅，以指甲染墨对功甫，不敢仰视，仅书一绝云："茫茫黄出塞，漠漠白连汀。鸟去风平篆，潮回日射星。"公赏味之，因目功甫，功甫乃袖所作，亦复称叹。僧始厉声谓功甫："山僧不学，殊无思致，但未觉鸟飞不尽楚天碧，渔歌忽断芦花风为工耳。"功甫殊疾之，竟无以报也。①

义了仅仅因为拜见王安石时自称诗僧，就引得郭祥正愤愤不平，可见在当时文人的心目中，能被称为诗僧并不是一件随意的事情。也许正因为如此，宋代作诗的僧人很多，但能成为文人心目中诗僧的却很少。胡仔《苕溪渔隐丛话》前集卷五七载：

《古今诗话》云："南方浮图能诗者多，士大夫鲜有汲引，多汩没不显。福州僧有诗百余篇，其中佳句，如'虹收千嶂雨，潮展半江天'，不减古人也。"苕溪渔隐曰："此一联乃体李义山诗'虹收青嶂雨，鸟没夕阳天'，所谓屋下架屋者，非不经人道语，不足贵也。"②

胡仔虽然对《古今诗话》所举的佳句不以为然，但并未否定其前面的论断。实际情况也是如此。叶梦得《避暑录话》卷四载：

钱塘西湖旧多好事僧，往往喜作诗。其最知名者熙宁间有清顺、可久二人。顺字怡然，久字逸老，其徒称顺怡然、久逸老。所居皆湖山胜处，而清约介静，不妄与人交。无大故不至城市，士大夫多往就见。时有馈之米者，所取不过数斗，以瓶贮置几上，日取其三二合食之。虽蔬茹亦不常有，故人尤重之。其后有道潜。初无能，但从文士

---

① （宋）吴坰撰《五总志》，《丛书集成初编》第295册，商务印书馆，1939，第18～19页。

② （宋）胡仔纂集《苕溪渔隐丛话》前集，廖德明校点，人民文学出版社，1962，第395页。

往来，窃其绪余，并缘以见当世名士，遂以口舌论说时事，讥评人物，因见推称。同时有思聪者，亦似之而诗差优。近岁江西有祖可、惠洪二人。祖可诗学韦苏州，优此数人。惠洪传黄鲁直法，亦有可喜而不能无道潜之过。祖可病癞死。思聪，宣和中弃其学为黄冠，又从而得官。道潜、惠洪皆坐累编置。风俗之变，虽此曹亦然。如顺、久，未易得也。①

按照叶梦得的说法，熙宁年间，西湖清顺、可久二僧作诗"最知名"，可是由于"清约介静，不妄与人交"，所以其诗名远不及道潜、思聪、祖可、惠洪等人。事实上，苏轼通判杭州时与二僧皆有交往，今集中尚有《上元过祥符僧可久房萧然无灯火》《五月十日与吕仲甫周邠僧惠勤惠思清顺可久惟肃义诠同泛湖游北山》二诗，其在惠州托惠诚所带十二篇手札中亦有写给清顺、可久的两篇。另苏轼今尚传世的《北游帖》也是写给可久的。清顺、可久虽也与士大夫交游，但态度不甚主动，被汲引得不多，所以名声不著。其实，因为未被士大夫汲引而默默无闻的能诗僧人又何限于南方呢？反过来说，那些名声较著的诗僧大都与士大夫交往较多，如叶梦得列举的几人，莫不如是。

不过，要获得士大夫的汲引，仅仅靠能诗和交游还是不够的，更关键的是诗歌水平要出众，并且符合当时诗坛的审美取向。这里还以前引苏轼《赠诗僧道通》诗中提到的琴聪与仲殊为例以说明之。苏轼对二人的称道都主要是基于其诗歌成就，他在诗中自注云："钱塘僧思聪总角善琴，后舍琴而学诗，复弃诗而学道，其诗似皎然而加雄放。安州僧仲殊诗敏捷立成，而工妙绝人远甚。殊辟谷，常啖蜜。"思聪，杭州人，孤山僧。苏轼《送钱塘僧思聪归孤山叙》对其前半生经历有所介绍：

钱塘僧思聪，七岁善弹琴。十二舍琴而学书，书既工。十五舍书而学诗，诗有奇语。云烟葱胧，珠玑的皪，识者以为画师之流。聪又不已，遂读《华严》诸经，入法界海慧。今年二十又九，老师宿儒，皆敬爱之。秦少游取《楞严》文殊语，字之曰闻复。使聪日进不止，自闻思修以至于道，则《华严》法界海慧，尽为蘧庐，而况书、诗、琴乎。虽然，古之学道，无自虚空入者。轮扁斫轮，佝偻承蜩，苟可以发

---

① （宋）叶梦得撰《避暑录话》，《宋元笔记小说大观》第3册，上海古籍出版社，2001，第2661页。

其巧智，物无陋者。聪若得道，琴与书皆与有力，诗其尤也。聪能如水镜以一含万，则书与诗当益奇。吾将观焉，以为聪得道浅深之候。①

可惜思聪后来未能如苏轼所期"日进不止，自闻思修以至于道"，竟然还俗为官了。周紫芝《竹坡诗话》有这样的记载：

> 聪闻复，钱塘人，以诗见称于东坡先生。余游钱塘甚久，绝不见此老诗。松园老人谓余言："东坡倅钱塘时，聪方为行童试经。坡谓坐客言，此子虽少，善作诗，近参寥子作昏字韵诗，可令和之。聪和篇立就，云：'千点乱山横紫翠，一钩新月挂黄昏。'坡大称赏，言不减唐人，因笑曰：'不须念经也做得一个和尚。'是年，聪始为僧。"②

其中所举二句诗，词语清健，境界宏达，也许正是苏轼称"似皎然而加雄放"的依据。至于他后来挟琴游开封，以及还俗为官、苏过（苏轼子）谏阻未得诸事，都发生在苏轼身后。陆游《老学庵笔记》卷七载：

> 杭僧思聪，东坡为作《字说》者，大观、政和间，挟琴游梁，日登中贵人之门。久之，遂还俗，为御前使臣。方其将冠巾也，苏叔党因浙僧入都送之诗曰："试诵《北山移》，为我招琴聪。"诗至已无及矣。参寥政和中老矣，亦还俗而死，然不知何故。③

苏轼对仲殊的推重也是源于其作诗才能。仲殊，安州（今湖北安陆）人，先后居苏州承天寺、杭州宝月寺。俗姓张，名挥，曾举进士。因行为放浪，被其妻下毒，几死，一生需食蜜解毒。故苏轼称其"蜜殊"。苏轼有《安州老人食蜜歌》，所言"安州老人"即仲殊。苏轼与仲殊因诗结缘。《舆地纪胜》卷五引《郧城志》所载云：

> 僧仲殊初至吴，姑苏台柱倒书一绝云："天长地久大悠悠，尔既无心我亦休。浪迹姑苏人不管，春风吹笛酒家楼。"东坡见之，疑神仙所作。是后，与坡为莫逆交。④

---

① 《苏轼文集》第 1 册，孔凡礼点校，中华书局，1986，第 326 页。
② （宋）周紫芝撰《竹坡诗话》，（清）何文焕撰《历代诗话》上册，中华书局，1981，第 338 页。
③ （宋）陆游撰《老学庵笔记》，李剑雄、刘德权点校，中华书局，1979，第 93 页。
④ （宋）王象之编《舆地纪胜》第 1 册，赵一生点校，浙江古籍出版社，2012，第 223 页。

苏轼知杭州时，与西湖附近的僧人交往颇多。《苕溪渔隐丛话》前集卷五十七"戏词"条载：

> 《冷斋夜话》云："东坡镇钱塘，无日不在西湖。尝携妓谒大通禅师，愠形于色。东坡作长短句，令妓歌之，曰：'师唱谁家曲，宗风嗣阿谁。借君拍板与门槌，我也逢场作戏莫相疑。　溪女方偷眼，山僧莫皱眉。却嫌弥勒下生迟，不见阿婆三五少年时。'时有僧仲殊在苏州，闻而和之，曰：'解舞清平乐，如今说向谁。红炉片雪上钳槌，打就金毛狮子也堪疑。　木女明开眼，泥人暗皱眉。蟠桃已是着花迟，不向春风一笑待何时。'"①

相对于大通禅师持律森严，不苟言笑，同样出自禅宗的仲殊显然更加洒脱，豪迈不羁，故与苏轼颇为投缘。苏轼在杭州，曾与来访的仲殊同游西湖，仲殊作《雪中游西湖二首》，苏轼作《次韵仲殊雪中游西湖二首》。虽然仲殊原作已佚，但从苏作其二中"乞得汤休奇绝句，始知盐絮是陈言"二句②看，仲殊之作亦当近于汤惠休的轻艳而新奇。这与前引《赠诗僧道通》诗中自注"安州僧仲殊诗敏捷立成，而工妙绝人远甚"亦可互证。苏轼在惠州所作《付僧惠诚游吴中代书》十二篇中，其六即是写给仲殊的："苏州仲殊师利和尚，能文，善诗及歌词，皆操笔立成，不点窜一字。予曰：'此僧胸中无一毫发事。'故与之游。"③由于彼此关系较近，苏轼甚至会梦见仲殊弹琴和作诗。其《书仲殊琴梦》一文云：

> 元祐六年三月十八日五鼓，船泊吴江，梦长老仲殊弹一琴，十三弦颇坏损而有异声。余问云："琴何为十三弦？"殊不答，但诵诗曰："度数形名岂偶然，破琴今有十三弦。此生若遇邢和璞，方信秦筝是响泉。"梦中了然谕其意，觉而识之。今晚到苏州，殊或见过，即以示之。写至此，笔未绝，而殊老叩舷来见，惊叹不已，遂以赠之。时去州五里。④

仲殊的创作才能，不仅为苏轼称道，也得到了他人的肯定。《苕溪渔隐

---

① （宋）胡仔纂集《苕溪渔隐丛话》前集，廖德明校点，人民文学出版社，1962，第393页。
② 《苏轼诗集》第6册，（清）王文诰辑注，孔凡礼点校，中华书局，1982，第1751页。
③ （宋）苏轼撰《东坡志林》，王松龄点校，中华书局，1981，第40页。
④ 《苏轼文集》第5册，孔凡礼点校，中华书局，1986，第2250页。

丛话》后集卷三十七引《复斋漫录》所载云：

> 元丰末，张诜枢言龙图之守杭也，一日，宴客湖上，刘泾巨济、僧仲殊在焉。枢言命即席赋诗曲。巨济先唱云："凭谁妙笔，横扫素缣三百尺；天下应无，此是钱塘湖上图。"仲殊遽云："一般奇绝，云淡天高秋夜月；费尽丹青，只这些儿画不成。"枢言又出梅花，邀二人同赋。仲殊即席作前章云："江南二月，犹有枝头千点雪；邀上芳樽，却占东风一半春。"巨济不复继也。后陈袭善云："我为续之，曰：樽前眼底，南国风光都在此；移过江来，从此江南不复开。"①

刘泾为熙宁六年（1073）进士，与仲殊联句作词（词调当是《减字木兰花》），竟然至于落败，可反衬仲殊才力过人。王灼《碧鸡漫志》则直接将仲殊视为词人，其"各家词短长"条云：

> 贺方回、周美成、晏叔原、僧仲殊各尽才力，自成一家。贺、周语意精新，用心甚苦。毛泽民、黄载万次之。叔原如金陵王谢子弟，秀气胜韵，得之天然，将不可学。仲殊次之，殊之胆，晏反不逮也。②

在名家辈出的北宋词坛，仲殊竟然可以"自成一家"，尤能见出其成就之高。

苏轼作为宋代最杰出的诗人和文坛领袖，其身边自然不缺少思聪、仲殊这样的诗僧，但只有道潜与其关系最为密切。苏轼《东坡志林》卷二载：

> 予在惠州，有永嘉罗汉院僧惠诚来谓曰："明日当还浙东。"问所欲干者，予无以答之。独念吴、越多名僧，与予善者常十九，偶录此数人以授惠诚，使归见之，致予意，且谓道予居此起居饮食状，以解其念也。信笔书纸，语无伦次，又当尚有漏落者，方醉不能详也。绍圣二年东坡居士书。③

仓促之间，又在醉后，苏轼尚能一下子为妙总（即道潜、参寥子）、维琳、圆照、秀州长老、楚明、仲殊、守钦、思义、闻复、可久、清顺、法

---

① （宋）胡仔纂集《苕溪渔隐丛话》后集，廖德明校点，人民文学出版社，1962，第297~298页。
② （宋）王灼著，岳珍校正《碧鸡漫志校正》，人民文学出版社，2015，第26页。
③ （宋）苏轼撰《东坡志林》，王松龄点校，中华书局，1981，第41页。

颖等十二位名僧作手札，确实可以印证其"吴越多名僧，与予善者常十九"的说法。在十二位名僧中，自然有仲殊和思聪（闻复），也有清顺、法颖等人，但由于道潜与其关系之密切，非他僧所能及，故首先被想到。

道潜（1043~1106），钱塘（今浙江杭州）人，俗姓何，一云姓王，初名昙潜，苏轼为易为道潜，字参寥，后被赐妙总法师。所著《参寥子诗集》十二卷，今存。在所有交往的诗僧中，道潜与苏轼关系最为密切。道潜为苏轼所知，最初也是因为其诗歌成就。《冷斋夜话》卷六"东坡称道潜之诗"条载：

> 东吴僧道潜，有标致。尝自姑苏归湖上，经临平，作诗云："风蒲猎猎弄清柔，欲立蜻蜓不自由。五月临平山下路，藕花无数满汀州。"东坡赴官钱塘，过而见之，大称赏。已而相寻于西湖，一见如旧。及坡移东徐，潜往访之，馆于逍遥堂，士大夫争欲识面。东坡馔客罢，与俱来，而红妆拥随之。东坡遣一妓前乞诗，潜援笔而成曰："寄语巫山窈窕娘，好将魂梦恼襄王。禅心已作沾泥絮，不逐春风上下狂。"一座大惊，自是名闻海内。然性褊尚气，憎凡子如仇。尝作诗云："去岁春风上苑行，烂窥红紫厌平生。如今眼底无姚魏，浪蕊浮花懒问名。"士论以此少之。①

《春渚纪闻》卷六"寺认法属黑子如星"条："钱塘西湖寿星寺老僧则廉言，先生作郡倅时，始与参寥子同登方丈……"② 又《咸淳临安志》卷八十四"明智寺"条载："熙宁七年八月，苏文忠公同毛君宝、方君武访参寥、辩才，遂留西菩山留题。"③ 这几份文献互相对照，可以证明其真实性。不过当时二人的关系尚不亲近，彼此关系的升温，是在后来苏轼知徐州之时，道潜从杭州到徐州拜访苏轼，在其地停留一两个月。朱弁《风月堂诗话》卷中载：

> 参寥自余杭谒坡于彭城。一日燕郡寮，谓客曰：参寥不与此集，然不可不恼也。遣官妓马盼盼持纸笔就求诗焉。参寥诗立成，有"禅

---

① （宋）惠洪撰《冷斋夜话》，张伯伟编校《稀见本宋人诗话四种·日本五山版冷斋夜话》，江苏古籍出版社，2002，第59页。
② （宋）何薳撰《春渚纪闻》，张明华点校，中华书局，1983，第93页。
③ （宋）潜说友纂《咸淳临安志》下册，王志邦、王福群、金利权标点，浙江古籍出版社，2017，第782页。

心已似沾泥絮，不逐东风上下狂"之句。坡大喜曰："吾尝见柳絮落泥中，私谓可以入诗，偶未曾收拾，遂为此人所先，可惜也。"①

王文诰《苏轼诗集》卷十七在《次韵僧潜见赠》题下引施注云："（道潜）过东坡于彭城，甚爱之，以书告文与可，谓其诗句清绝，与林逋上下，而通了道义，见之令人萧然。"② 相对于诗歌，道潜对苏轼的友情更加令人动容。苏轼因"乌台诗案"被贬黄州团练副使，交游畏惧连累多不敢联系，而道潜竟然只身前往，在黄州居住了一年多。苏轼《参寥泉铭（并叙）》之叙云：

> 余谪居黄，参寥子不远数千里从余于东城，留期年。尝与同游武昌之西山，梦相与赋诗，有"寒食清明""石泉槐火"之句，语甚美，而不知其所谓。其后七年，余出守钱塘，参寥子在焉。明年，卜智果精舍居之。又明年，新居成，而余以寒食去郡，实来告行。舍下旧有泉，出石间，是月又凿石得泉，加洌。参寥子撷新茶，钻火煮泉而瀹之，笑曰："是见于梦九年，卫公之为灵也久矣。"坐人皆怅然太息，有知命无求之意。③

因为之前徐州、黄州两次共处，故至苏轼知杭州时彼此已非常亲近。《武林梵志》载：

> 钱塘道潜禅师，以诗见知于苏文忠公，公号师为参寥子，凡诗词迭唱更和形于翰墨，必曰"参寥"，及交吕丞相公著后与简牍，则称曰"妙总老师"，江浙石刻存者甚多。后公离钱塘，以长短句别之，曰："有情风、万里卷潮来，无情送潮归。问钱塘江上，西兴浦口，几度斜晖？不用思量今古，俯仰昔人非。谁似东坡老，白首忘机。　记取西湖西畔，正暮山好处，空翠烟霏。算诗人相得，如我与君稀。约他年、东还海道，愿谢公、雅志莫相违。西州路，不应回首，为我沾衣。"仲温莹禅师赞曰："噫！今世之小生，于有道宗师，必名呼而示

---

① （宋）朱弁撰《风月堂诗话》卷上，贾文昭主编《皖人诗话八种》，黄山书社，2014，第21页。
② 《苏轼诗集》第3册，（清）王文诰辑注，孔凡礼点校，中华书局，1982，第879～880页。
③ 《苏轼文集》第2册，孔凡礼点校，中华书局，1986，第566～567页。

如《东坡先生挽词四首》前两首云：

> 造物周千载，真材得豫章。经纶等尹吕，词学过班扬。德厚倾蛮貊，名高震房羌。数奇终不偶，难与问苍苍。（其一）
> 博学无前古，雄文冠两京。笔头千字落，词力九河倾。雅量同安石，高才类孔明。平生勋业志，郁郁冈佳城。（其二）①

两诗从治才、道德、文词等方面对苏轼极力褒美，同时又为其勋业未就而深感惋惜。

道潜与苏轼虽为友人，但他从心里是师事苏轼的，所以苏轼才会对他影响非常之深。作为僧人，道潜的诗歌仍在一定程度上具有僧诗所共有的特色，但其诗最重要的价值并不在此，而在于向文人诗靠拢。从苏轼对他的评价来看，也总是将其视为同类，并不大在意他的僧人身份。

苏轼是北宋最杰出的诗人，其对"宋调"的影响是多方面的，前文已有论述，此处仅以道潜受其影响比较明显的几个方面为例来谈谈。

其一，道潜学习陶渊明诗歌，明显受到苏轼的影响。《冷斋夜话》卷四"道潜作诗追法渊明乃十四字师号"条载：

> 道潜作诗，追法渊明，其语逼真处："数声柔橹苍茫外，何处江村人夜归。"又曰："隔林仿佛闻机杼，知有人家住翠微。"时从东坡在黄州，京师士大（士）[夫]以诗抵坡曰："闻公与诗僧相从，真东山胜游也。"坡以书示潜，诵前句，笑曰："此吾师是四字师号耳。"②

道潜在黄州"追法渊明"，应该跟苏轼有很大的关系。黄州时期是苏轼政治生涯中的第一次重大挫折，甚至需要躬耕才能解决家人的吃饭问题，他不得不靠效法陶渊明来抚慰自己，于是开始自觉地学陶。苏轼后来在扬州、惠州、儋州大量写作和陶诗，皆可追溯到此时的学陶之举。苏轼从黄州改官汝州，道潜送其北上，至九江而止，之后苏轼继续北行，道潜则留在庐山一带。置身于陶渊明的家乡，道潜寻找到了陶渊明的后人，与陶渊明之间的关系进一步拉近，于是诗歌进一步受其影响。道潜作《庐山杂兴》组诗等诗作，更突出了学陶的方面。如《游咏真洞赠陶道人》：

---

① （宋）道潜撰《参寥子诗集》，孙海燕点校，上海古籍出版社，2017，第245~246页。
② （宋）惠洪撰《冷斋夜话》，张伯伟编校《稀见本宋人诗话四种·日本五山版冷斋夜话》，江苏古籍出版社，2002，第39页。

其忽慢，亦安知文忠于一诗僧，尚尔敬重，况道德崇重者乎！"①

其后苏轼被贬惠州，道潜几次派使者看望。苏轼被贬儋州后，道潜竟然欲渡海前往陪伴，被苏轼断然制止。对苏轼的这份深情厚谊，也给道潜带来了灭顶之灾，致其被勒令还俗。楼钥《跋参寥诗》曰：

> 参寥以东坡门人得罪。黄师是，坡之姻家，时为京东漕使。坡与之书曰："参寥以某故窜兖州，望为之地。"师是曰："昨方有兖州楼教授见过，其人必长者，遂以为属。"教授，某大父少师也，领其意而行。既至兖，与之定交。②

对道潜获罪之事，《墨庄漫录》卷一"吕温卿萹人人亦萹之"条的记载更加具体：

> 吕温卿为浙漕，既起钱济明狱，又发廖明略事，二人皆废斥。复欲网罗参寥，未有以中之。会有僧与参寥有隙，言参寥度牒冒名。盖参寥本名昙潜，因子瞻改曰道潜。温卿索牒验之，信然，竟坐刑之，归俗编管兖州。③

表面看来，这里似乎没有提到苏轼，实际上吕温卿在杭州兴狱案主要是打击苏轼的"余党"。这里提到的几个人中，"钱济明"即钱世雄，曾为苏轼同僚，此后与苏轼关系密切。今尚存苏轼诗《答钱济明三首》，而书信更多达十几封。"廖明略"即廖正一，"苏门后四学士"之一，跟苏轼关系亦非同一般。吕温卿作为吕惠卿之弟，针对苏轼的意味很重。在收拾了钱世雄和廖正一后，吕温卿仍然难以释怀，于是又罗织道潜的罪名，将其判罪并编管兖州。因此，这个说法与楼钥的说法不仅没有矛盾，还可以互相补充。

徽宗皇帝即位后，苏轼被量移北归，道潜亦被恢复身份和名号。彼此书信往来，期待相见，可惜苏轼至常州后不久即病逝，二人竟未能再次见面。道潜虽为方外之人，但其与苏轼的交谊如此深厚，以至于受其连累而不辞，确实难得。苏轼去世后，道潜作《东坡先生挽词》四首，又作《再哭东坡》四首，又作《再哭东坡》七首，一哭再哭，所作竟多达十五首！

---

① （明）吴之鲸撰《武林梵志》，魏得良标点，杭州出版社，2006，第265页。
② （宋）楼钥撰《楼钥集》第4册，顾大朋点校，浙江古籍出版社，2010，第1245页。
③ （宋）张邦基撰《墨庄漫录》，孔凡礼点校，中华书局，2002，第48页。

> 渊明骨已朽，陈迹尚可求。我复识其孙，长鬣青两眸。相去仅千载，犹能继风流。寄迹黄冠中，神姿邈清修。相携行洞天，暝色蔼已浮。松寒语栖鹤，潭静眠苍虬。兰膏照深夜，风磬鸣重楼。吾庐阒三峡，清净亦此俦。何时驾鹿车，访我西林丘。①

此诗颇有意思，道潜竟然找到陶渊明的一个出家为道士的后人，并且与其相携出游，建立了良好的关系，最后还希望陶道人将来可以到自己的住处一聚。

道潜学习陶诗受苏轼影响，还有一个非常明显的证据。晁说之《答李持国先辈书》云：

> 建中靖国间，东坡和《归去来》，初至京师，其门下宾客又从而和之者数人，皆自谓得意也，陶渊明纷然一日满人目前矣。参寥忽以所和篇视予，率同赋，予谢之曰："造之者富，随之者贫。童子无居位，先生无并行。与吾师共推东坡一人于渊明间，可也？"参寥即索其文，袖之，出吴音曰："罪过公，悔不先与公话。"今辄以厚于参寥者厚于吾年侄，何如？②

苏轼于前代诗人最推崇陶渊明与杜甫，此二人后来成为"宋调"的两个典范。道潜除了学习陶渊明诗，也喜好杜甫诗。苏轼《书参寥论杜诗》云：

> 参寥子言："老杜诗云：'楚江巫峡半云雨，清簟疏帘看弈棋。'此句可画，但恐画不就尔。"仆言："公禅人，亦复爱此绮语耶？"寥曰："譬如不事口腹人，见江瑶柱，岂免一朵颐哉！"③

其二，道潜在诗歌中讽刺"新党"，也跟苏轼有莫大关系。道潜作诗以苏轼为榜样，甚至连苏轼"好骂"的特点，在道潜那里都得到了继承。《风月堂诗话》载：

> 东坡南迁，参寥居西湖智果院，交游无复曩时之盛者，尝作《湖

---

① （宋）道潜撰《参寥子诗集》，孙海燕点校，上海古籍出版社，2017，第11页。
② （宋）晁说之撰《景迂生集》，《文渊阁四库全书》（影印本）第1118册，台湾商务印书馆，第284页。
③ 《苏轼文集》第5册，孔凡礼点校，中华书局，1986，第2136页。

上十绝句》,其间一首云:"去岁春风上苑行,烂窥红紫厌平生。如今眼底无姚魏,浪蕊浮花懒问名。"又一首曰:"城根野水绿逶迤,飐飐轻帆掠岸过。日暮蕙兰无处采,渚花汀草占春多。"此诗既出,遂有反初之祸。建中靖国间,曾子开为明其非辜,乃始还其故服。①

"乌台诗案"后,当时的诗人已逐渐不敢在诗中反映民生和批判政治,即便是苏轼本人,也开始噤口不言,可是道潜这样一位方外之人,却管不住自己的诗笔,他作诗讽刺"新党",以致被褫夺师号,勒令还俗。当然,道潜因诗得祸除了受苏轼连累外,也跟他自己的个性有关。关于前者,前文已有交代;关于后者,可以参看苏轼、苏过父子对他的评价。苏轼《参寥子真赞》云:

> 东坡居士曰:维参寥子,身寒而道富。辩于文而讷于口。外尫柔而中健武。与人无竞,而好刺讥朋友之过。枯形灰心,而喜为感时玩物不能忘情之语。此余所谓参寥子有不可晓者五也。②

而苏过《送参寥道人南归叙》云:

> 浮屠中有参寥子者,年六十,性刚狷不能容物,又善触忌讳,取憎于世,然未尝以一毫自挫也。余始见之于黄,今二十年,发白形瘦而志不少变。其徒语参寥子者,必曰:"是难于处。"士大夫语参寥子者,必曰:"是难与游。"然参寥子之名益高,岂非所谓有君子之病者夫?使参寥子善俯仰,与世浮沉,虽人人誉之,余安用哉!③

道潜个人意气很重,这是典型的诗人气质,跟他作为名僧的身份很不切合;但也正因为如此,他才能与苏轼相处得好,因为后者也有"一肚子不合时宜"。苏轼因其诗致祸,被编管黄州;道潜亦因其诗被祸,被编管兖州;二者之间实有着密切的内在关联。

其三,道潜在诗体选择上亦走上了苏轼的道路。关于僧诗的诗体特征,周裕锴在《中国禅宗与诗歌》中说:

---

① (宋)朱弁撰《风月堂诗话》卷下,贾文昭主编《皖人诗话八种》,黄山书社,2014,第25页。
② 《苏轼文集》第2册,孔凡礼点校,中华书局,1986,第639页。
③ (宋)苏过撰,舒星校补,蒋宗许、舒大刚等注《苏过诗文编年笺注》下册,中华书局,2012,第710页。

语言既少变化，则作诗多喜短小篇章，而宏放横溢的歌行、古体、七律等则很少染指。统观历代僧诗，五言诗的数量大大超过七言诗，而七言诗中又以七绝数量最多。五律这种句式简约、篇幅短小的体裁所占比例最高。那种天马行空的、鱼龙百变的七言歌行是和缚于禅寂的诗僧无缘的。①

可是在道潜这里，则出现了别样的风貌。李俊在博士学位论文《释道潜研究》中对道潜诗歌的体式进行了统计，得出这样的结论。他说：

但我们考察道潜诗集则会发现不同的情形。《参寥子诗集》收录的六百多首诗作当中，七言居多，约400多首，六言诗34首，五言只有162首。其中古体105首。在数量最多的七言诗中，又有一些长篇或七律组诗，像《访彭门太守苏子瞻学士》《虚白堂与子瞻共坐，又客馈鱼于子瞻，瞻遣放之，遂命赋是诗》《同吴兴尉钱济明南溪泛舟》《夏日龙井书事呈辩才法师，兼寄吴兴太守并秦少游，少游时在越》（四首）等。道潜惯于利用长篇或叙或议，笔墨流畅，直抒胸臆，使他的情感和思想得到了充分的表达。②

道潜诗歌之所以具有这样的诗体特征，跟他学苏也有很大的关联。在北宋几位大诗人中，苏轼对七言诗用功最多，成就也最为突出，特别是七言歌行，最得随物赋形和行云流水之妙。道潜喜作七古长篇显然是有意效法苏轼的结果，从李博士所举几篇的篇名几乎都与苏轼有关似乎也可看到其中的关联。

就其诗歌特点而论，道潜诗也得到了苏轼的长处。这里姑举其《西湖雪霁寄彦瞻》为例：

西湖漫天三日雪，上下一色迷空虚。层峦沓嶂杳难辨，仿佛楼观疑有无。饥雏乳兽失所食，飞走阡陌空号呼。中园却羡啄木鸟，利觜自解谋朝晡。晓来钟鼓报新霁，天半稍稍分浮图。试凭高楼肆远目，千里颠倒罗琼琚。逡巡夜月出海角，光彩猛射来城隅。方壶圆峤只在眼，绰约恍晤神仙居。咄哉浩景似欺压，谓我不足为传模。风流江左

---

① 周裕锴：《中国禅宗与诗歌》，复旦大学出版社，2017，第53页。
② 李俊：《释道潜研究》，博士学位论文，华东师范大学，2008，第135页。

杜从事，气格豪赡凌相如。安得飘摇跨鸾鹄，手持栗尾来为书。①

此诗先写雪后的西湖，大气浑茫，只有饥饿的鸟兽出来觅食。天气放晴后，山上的寺庙露出了轮廓；随着登楼远眺，道潜看到山水之上的白雪在日光照耀下投射出的瑰丽多彩；如此流连忘返，以至夜观月出，在月光之下，周围的大小山峰都成了神仙居住的玉宇琼楼！诗中最值得关注的是"咄哉浩景似欺压，谓我不足为传模"二句，正好反映出道潜对苏轼那种随物赋形能力的追慕。此诗画面生动，风格豪迈，已得苏轼七古之长处。

道潜学习苏轼诗歌当然不止以上几个方面，但仅就这些方面就可以看出，其受苏轼诗歌的影响是何等深刻。在诗歌创作方面，苏轼将道潜视为同道中人，甚至认为彼此同样有太重视技巧的不足。他在《书辩才次韵参寥诗》中说：

"岩栖木食已皤然，交旧何人慰眼前。素与昼公心印合，每思秦子意珠圆。当年步月来幽谷，拄杖穿云冒夕烟。台阁山林本无异，故应文字未离禅。"辩才作此诗时，年八十一矣。平生不学作诗，如风吹水，自成文理。而参寥与吾辈诗，乃巧人织绣耳。②

苏轼已经意识到过于重视技巧，一味求巧，也是一种不足。他与黄庭坚等人大力推崇陶渊明诗，就是为了弥补这方面的不足。道潜由于学习苏轼，文人化痕迹太重，所以亦有过巧的缺陷。

清初汪琬曾以唐代为例将僧诗分为两种。他在《洞庭诗稿序》中说：

释氏之为诗也，有诗人之诗焉，有禅人之诗焉。唐之皎然、灵澈，诗人之诗也；贯休、齐己，禅人之诗也。诗人之诗所长尽于诗，而其诗皆工；禅人之诗不必其皆工也，而所长亦不尽于诗。所长尽于诗者，以其诗传；不尽于诗者，则以其道与其诗并传。故皎然、灵彻、贯休、齐己之作，声闻相颉颃于后世，莫之能优劣也。③

这种认识，北宋已经萌生。如上引苏轼《书辩才次韵参寥诗》中也有这样的意思。就宋代而言，琴聪、仲殊、道潜之诗显然属于"诗人之诗"。

---

① （宋）道潜撰《参寥子诗集》，孙海燕点校，上海古籍出版社，2017，第91~92页。
② 《苏轼文集》第5册，孔凡礼点校，中华书局，1986，第2144页。
③ （清）汪琬著，李圣华笺校《汪琬全集笺校》第3册，人民文学出版社，2009，第1463~1464页。

在"宋调"的建构过程中，这些诗僧在不同程度上向苏轼等文人靠拢，创作了一批"诗人之诗"，从而成为"宋调"的组成部分。至后来的惠洪等人出现，则诗僧创作"诗人之诗"的特征更加突出。

三 标举"文字禅"

北宋诗僧参与"宋调"建设的最高境界是通过标举"文字禅"而实现禅学与诗学的融通。就上文所说的琴聪、仲殊和道潜三人而言，所作皆近于文人诗，但他们自己也未必以为然。即便是道潜，也还是无法调整自己的僧人身份与诗人情感之间的关系。三人中，琴聪最终还俗为官，仲殊自杀，道潜的禅学造诣亦不出众，故说到底他们还只能算是穿着袈裟或者曾经穿过袈裟的士人而已。

惠洪则不然。惠洪（1071～1128），初名德洪，因冒用惠洪名获取度牒，遂以此为名，字觉范，自号寂音尊者。俗姓喻，筠州新昌（今江西宜丰）人。关于其一生事迹，周裕锴《宋僧惠洪行履著述编年总案》所考已非常详尽。一方面，惠洪的宗教意志非常坚定。他曾四次入狱，两度被迫还俗，但他从不叛教。他一生研究禅学，修养很高，且对于禅史撰写和禅学发展都有突出贡献。另一方面，他不守教规，行为放浪，饮酒食肉，甚至可能不拒女色，似乎没有一点出家人的风范。为此，他在当时就受到很多批评，甚至挫折和打击，但他不以为意。其实这并不只是他的品格问题，更跟他自小接受的禅学思想有关。他从十七岁时就在家乡洞山普利禅院师从临济宗黄龙派禅师真净克文（1025～1101），十九岁冒惠洪之名至汴京试经，度为僧后在京城里生活了几年，又回到家乡师从真净克文，得其真传。真净克文曾作《法界三观六颂》，其四云："事事无碍，如意自在。手把猪头，口诵净界。趁出淫坊，未还酒债。十字街头，解开布袋。"① 惠洪一生饮酒食肉，又不避女色，皆可从真净克文这里找到理论依据。陈自力在《释惠洪研究》中据李彭《寄甘露灭》中"道人欲居甘露灭，年来寄食温柔乡。开单展钵底事远，举案齐眉风味长"几句，推断出"大约在筠州期间，惠洪曾有过一段纳室同居的生活及经历"②。这种"在欲行禅"的方式，将前人和外人看来非常矛盾的两个方面，在惠洪身上紧密融合在了一起。其所谓"文字禅"的说法，彻底打通

---

① （宋）释宗杲集并注语，张天昱注释《正法眼藏注释》，长春出版社，1995，第254页。
② 陈自力：《释惠洪研究》，中华书局，2005，第52页。

了诗文创作与禅僧身份之间的壁垒，使他能够在僧人和诗人之间任意切换，自由自在，甚至不须切换，干脆将二者视为一体，其间并无区别。"文字禅"一词虽非惠洪首次提出，却是从他那里开始受到重视，并且由他身体力行，开始发生重要影响。关于"文字禅"的含义，周裕锴在《文字禅与宋代诗学》中说：

> "文字禅"一词的定义从宋人的阐释和宋代禅宗的实际情况来看，大概有广义与狭义之分。广义的"文字禅"泛指一切以文字为媒介、为手段或为对象的参禅学佛活动，其内涵大约包括四大类：1. 佛经文字的疏解；2. 灯录语录的编纂；3. 颂古拈古的制作；4. 世俗诗文的吟诵。
> ……
> 所谓狭义的"文字禅"，就是泛指一切高僧所作忘情的或未忘情的诗歌以及士大夫所作的含带佛理禅机的诗歌。①

按照这样的理解，不止惠洪的诗文属于"文字禅"，苏轼、黄庭坚皆与佛家有较深的渊源，他们涉及佛理的诗文亦皆属于"文字禅"。既然如此，则诗僧学习苏、黄诗歌不仅没有不妥，而且还有传播禅学的作用；他们用诗歌反映现实、评判历史功过，亦可作如是观；即便是"好作绮语"，亦未尝不可。惠洪的诗歌体现出以下几种特色。

其一，大力学习苏轼、黄庭坚。惠洪对苏、黄二人非常推崇，学诗亦以二人为榜样。由于年龄差别较大，且苏、黄后期多在迁谪中，惠洪与苏轼应该未曾谋面，否则他不会没有相关记载；与黄庭坚也仅仅见过两次：一次为绍圣元年（1094），黄庭坚在家为母守制的间隙，至庐山拜访真净克文，惠洪当时正师从克文，故得以与黄结识。比较重要的是另一次，在崇宁三年（1104），黄庭坚赴宜州贬所时途经长沙，惠洪前往拜见，相处月余。其间，黄庭坚曾对惠洪的诗歌大加称赞，其《赠惠洪》云：

> 吾年六十子方半，槁项顶螺忘岁年。韵胜不减秦少观，气爽绝类徐师川。不肯低头拾卿相，又能落笔生云烟。脱却衲衫著蓑笠，来佐涪翁刺钓船。②

---

① 周裕锴：《文字禅与宋代诗学》，复旦大学出版社，2017，第28~38页。
② （宋）黄庭坚著，郑永晓整理《黄庭坚全集辑校编年》中册，江西人民出版社，2011，第1245页。

黄庭坚离开后，惠洪又作诗相寄，追至宜州后，黄又作《赠惠洪》云：

> 数面欣羊脾，论诗喜雉膏。眼横湘水莫，云献楚天高。堕我玉麈尾，乞君宫锦袍。月清放舟舫，万里渺云涛。①

也许正因为如此，惠洪与黄庭坚在情感上更加亲近。但总体上来说，他对苏、黄都非常敬重。二人去世后，惠洪分别作《袁州闻东坡殁于毗陵书精进寺三首》和《悼山谷五首》，后组其一为："苏黄一时顿有，风流千载追还。竟作连翩仙去，要将休歇人间。"②他多次称赞二人的诗歌，如《季长见和甚工复次韵答之》云：

> 翰墨场中见奇杰，行书半杂欧与薛。此诗押韵如射雕，应弦而落人惊绝。词惟达意非有作，公虽不怪傍人愕。嗟余平生事苦吟，吟笔今真为公阁。涣然成文自湍走，如水与风初邂逅。颀然绿发映华裾，人间此客何从有。我诵此生真一寄，禅林枝稳容栖止。敢将丑恶酬绝倡，狗尾续貂堪笑耳。坡谷渊源有风格，光芒万丈余五色。吾闻龙蛇所由生，必也深山并大泽。③

惠洪从"押韵如射雕"、"词惟达意非有作"和"涣然成文"三个方面称赞对方诗歌之妙，并将其归结为"坡谷渊源有风格，光芒万丈余五色"。在所著《冷斋夜话》中，惠洪也多次表达出对苏、黄二人的敬重和对他们诗歌的学习，这里就不举例了。莫砺锋在《江西诗派研究》中指出惠洪受到苏轼影响的一面，但又将其归到学黄的江西诗派之中：

> 惠洪与江西派诗人关系非常密切，仅在《石门文字禅》中就保存着他与黄庭坚、饶节、洪炎、韩驹、徐俯、李彭、善权、谢逸、汪革、夏倪、林敏功等人唱和的诗。虽说他论诗时常常苏、黄并重，比如他说："坡、谷渊源有风格，光芒万丈余五色"，"东坡句法补造化，山谷笔力江倒流"，但是他的诗歌创作受黄庭坚的影响比较大，所以，惠洪

---

① （宋）黄庭坚著，郑永晓整理《黄庭坚全集辑校编年》中册，江西人民出版社，2011，第1245页。
② （宋）释惠洪著，〔日〕释廓门贯彻注《注石门文字禅》下册，张伯伟、郭醒、童岭、卞东波点校，中华书局，2012，第921页。
③ （宋）释惠洪著，〔日〕释廓门贯彻注《注石门文字禅》上册，张伯伟、郭醒、童岭、卞东波点校，中华书局，2012，第346~347页。

是应该被归入江西诗派的。①

因为惠洪的确学黄，并且能得黄诗之长，所以将其归到江西诗派固无不妥；但同时惠洪也在大力学习苏轼，并且总体风格上更加接近苏轼，故周裕锴在《惠洪觉范》一文中说：

> 惠洪今存古近体诗（含偈颂）一千六百多首，数量为宋僧中第一。他的诗歌主要继承了苏轼、黄庭坚为代表的"元祐体"的风格，同时借鉴了佛教禅宗的思维方式及部分语言特点。宋僧祖琇称其"规模东坡，而借润山谷"（《僧宝正续传》卷二《明白洪禅师传》），评价非常准确。与一般诗僧相比，惠洪诗无清瘦寒俭的"蔬笋气"，题材广泛，内容丰富，体裁多样，风格豪放，颇为当时及后世论者推崇。②

正因为不拘于学苏或者学黄，惠洪才能兼得二人之长处，并能在此基础上融会创新，自成一家。即便是千载之后，后人对其诗歌仍赞赏不绝。贺裳《载酒园诗话》云：

> 僧诗之妙，无如洪觉范者，此故一名家，不当以僧论也。五言古诗，不徒清气逼人，用笔高老处，真是如记如画。近体诗，如《石门夜坐》："永与世遗他日志，尚嫌山浅暮年心。冻云未放僧窗晓，折竹方知夜雪深。"《上元宿百丈》："夜久雪猿啼岳顶，梦回清月在梅花。"俱秀骨巉然。惟带禅和气者不佳，固其本业耳。③

味其意，是说惠洪之诗不仅在历代诗僧中成就最高，即便是在世俗的诗人队伍中，也是一位有成就的"名家"。而延君寿《老生常谈》则专就其七律一体高度称赞惠洪的成就：

> 宋释惠洪诗，方于贯休，古体气质稍粗，今体七律殊佳，在宋僧中亦好手也。古体《春去歌》云："吴蚕睡起未成茧，肺肠已作金丝光。"大类太白。七律如"盘空路作惊蛇去，落日人如冻蚁行""永与世遗他日志，尚嫌山浅暮年心""敛目旧游真可数，盖棺前事尚难知"

---

① 莫砺锋：《江西诗派研究》，齐鲁书社，1986，第122页。
② 周裕锴：《惠洪觉范》，《古典文学知识》2021年第3期。
③ （清）贺裳撰《载酒园诗话》，郭绍虞编选，富寿荪校点《清诗话续编》第1册，上海古籍出版社，1983，第439页。

"不知门外山花发,但觉君来笑语香""顾绍神情扫秋晚,瘦权诗句挟风霜""山好已无归国梦,老闲犹有读书心""一轩秋色侵衣重,半夜波声拍枕来""枕中柔橹惊乡梦,门外秦淮涨夜潮",真能于苏、黄外,又作一种笔墨,读之令人神清骨爽。①

惠洪之所以能够在诗歌创作上取得非常高的成就,跟他大力提倡"文字禅"有极大的关系。他之所以提倡"文字禅"不仅是为了弘法,也是为了求得自身的解脱。陈自力说:

> 受佛教的业报思想的支配,惠洪把自己遭受的磨难归结为"夙障",本着大乘佛教自利利他的精神,他希望通过著书立说、揭橥佛法大旨使世人受惠,以灭除自己的夙障,曾说:"予涉世多艰难,盖其夙障。闻曼殊室利之言,以法惠人则罪自灭,故有撰述佛祖旨诀之意,欲以惠人而自灭夙障耳,非有他求也。"这样一种创作动机,为惠洪潜心著述提供了源源不断的精神动力,这也是惠洪虽屡屡罹难而笔耕不辍的一个重要原因。②

其二,强烈的现实关注和历史意识。既然可以"游戏三昧""在欲修行",则入世历练和诗歌创作都可视为"游戏"的组成部分,也是其"修行"的有机构成。如此一来,则惠洪在"游戏"层面上的表现跟一般的士人并无明显的不同。他曾交接有禅悦倾向的张商英、郭天信等权贵,为此享受了一番富贵,并很快因此陷入党争被革除僧籍放逐到海南。从海南北归后,不但遭到社会上一些人的排斥,甚至为本教所不容。他在《予顷还自海外夏均父以襄阳别业见要使居之后六年均父谪祁阳酒官余自长沙往谢之夜语感而作》诗中曾回顾了这一段经历:

> 一昨游京华,坏衲变尘土。思归念云山,夜梦亦成趣。故人骤登庸,时时宿西府。如鸟得所栖,倦适忘飞去。从中奇祸作,失声惊破釜。三年王海南,放意吐佳句。归来骇丛林,冠巾呵佛祖。突兀刺世眼,所至遭背数。③

---

① (清)延君寿撰《老生常谈》,郭绍虞编选,富寿荪校点《清诗话续编》下册,上海古籍出版社,1983,第1806~1807页。
② 陈自力:《释惠洪研究》,中华书局,2005,第118页。
③ (宋)释惠洪著,〔日〕释廓门贯彻注《注石门文字禅》上册,张伯伟、郭醒、童岭、卞东波点校,中华书局,2012,第341页。

惠洪不但不守佛家的清规戒律，而且个性张扬，恃才傲物，又"好论古今治乱是非成败"，故不仅难容于世俗，而且在方外同样受到排斥和打击。对于自己的性格，惠洪并非不清楚，只是兴之所至，往往难以顾及。他后来将自己的住所命名为"明白庵"，就是为了"欲痛自治"。其《明白庵铭（并序）》云：

> 余世缘深重，夙习羁縻。好论古今治乱是非成败，交游多讥诃之。独陈莹中曰："于道初不相妨，譬如山川之有飞云，草木之有华滋，所谓秀媚精进。"余心知其戏，然为之不已。大观元年春，结庵于临川，名曰"明白"，欲痛自治也。莹中闻之，以偈见寄曰："庵中不著毗耶坐，亦许灵山问法人。便谓世间憎爱尽，攒眉出社有谁嗔。"于是堤岸辄决，又复滚滚多言。然竟坐此得罪，出九死而仅生。恨识不知微，道不胜习。乃收招魂魄，料理初心，为之铭曰：
>
> 雷霆发声，万国春晓。闻者不言，心得意了。木落霜清，水归沙在。忽然震惊，闻者骇怪。合妙日用，如春雷霆。背觉合尘，如冬震惊。万机俱罢，随缘放旷。尚无了知，安有倒想。永惟此恩，研味其旨。一庵收身，以时卧起。语默不昧，丝毫弗差。蒙杂而著，随孚于嘉。①

惠洪自幼喜欢诗歌创作，他在《和陶渊明归去来词》中有一段专门的自述：

> 少喜翰墨，余习尚存。如抚无弦，如持空樽。有诗情以寄目，无忧色之在颜。皆随缘而一戏，则何适而不安。顾风物之闲美，欣幽鸟之关关。捃残书而意消，偶敛目而深观。还诸缘以俱尽，廓然获其无还。②

既自幼喜欢翰墨，以之为"皆随缘而一戏，则何适而不安"，又"好论古今治乱是非成败"，于是形成了其喜欢咏史的特征。这里举其中最著名的《题李愬画像》：

> 淮阴北面师广武，其气岂止吞项羽。君得李祐不肯诛，便知元济

---

① （宋）释惠洪著，〔日〕释廓门贯彻注《注石门文字禅》下册，张伯伟、郭醒、童岭、卞东波点校，中华书局，2012，第1235~1236页。
② （宋）释惠洪著，〔日〕释廓门贯彻注《注石门文字禅》下册，张伯伟、郭醒、童岭、卞东波点校，中华书局，2012，第1268页。

在掌股。羊公德行化悍夫，卧鼓不战良骄吴。公方沉鸷诸将底，又笑元济无头颅。雪中行师等儿戏，夜取蔡州藏袖里。远人信宿犹未知，大类西平击朱泚。锦袍玉带仍父风，拄颐长剑大梁公。君看櫜鞬见丞相，此意与天相始终。①

诗中所咏是中唐宪宗时李愬平定淮西吴元济的重大事件，气势雄放磅礴，议论胆识过人，故历来为人称道。他的朋友许𫖮在《彦周诗话》中说：

> 近时僧洪觉范颇能诗，其《题李愬画像》云："淮阴北面师广武，其气岂止吞项羽。公得李祐不肯诛，便知元济在掌股。"此诗当与黔安并驱也。顷年仆在长沙，相从弥年。其他诗亦甚佳，如云："含风广殿闻棋响，度日长廊转柳阴。"颇似文章钜公所作，殊不类衲子。又善作小词，情思婉约，似少游。至如仲殊、参寥，虽名世，皆不能及。②

许𫖮不仅以其诗作为惠洪的代表作，而且认为可以与"黔安"亦即黄庭坚（曾被贬至黔州安置）在浯溪的杰作《书摩崖碑石》齐名。近代陈衍在《宋诗精华录》中对此诗评价亦非常高，称其"抵段文昌一篇碑文，不啻过之"③。

除了此诗，惠洪还写了多首咏史怀古诗，其中尤以评价唐代历史人物的为多，如《谒狄梁公庙》称扬狄仁杰"使唐不敢周"的历史功业，《谒蔡州颜鲁公祠堂》赞美颜真卿"声光自与日月争"，《同景庄游浯溪读中兴碑》歌颂唐玄宗的"反身醉己成汤心"，《次韵题柳子厚祠堂》用"才高出不容，起坐中夜喟"表达出强烈的共鸣，《次韵谒子美祠堂》用"颠沛干戈际，心尝系洛阳"概括出杜甫一生的忠君爱国，都是比较突出的作品。

"说古"是为了"论今"。我们固然没有必要也没有可能去仔细考察其写作每一首咏史怀古诗时所要赋予的现实意义，但至少可以看出其中体现的对英雄的敬仰和忠君爱民、忧国忧民的情怀与一般士人并无不同。惠洪对于历史问题的关注，其实还是立足于其对徽宗朝社会问题的关切，既体现出佛家的慈悲情怀，又与传统的儒家立场保持了一致。

---

① （宋）释惠洪著，〔日〕释廓门贯彻注《注石门文字禅》上册，张伯伟、郭醒、童岭、卞东波点校，中华书局，2012，第15页。
② （宋）许𫖮撰《彦周诗话》（清）何文焕撰《历代诗话》上册，中华书局，1981，第381~382页。
③ （清）陈衍选编《宋诗精华录》，高克勤点校、集评，上海古籍出版社，2019，第311页。

不论是出于"游戏三昧"还是"游戏翰墨",惠洪依据内心的真实情感,畅谈对历史时间的认识,写出了一些议论峭拔而又虎虎生风的咏史怀古诗,为"宋调"的丰富面貌作出了自己的贡献。

这里顺便说下关于惠洪假托黄庭坚赠诗词的问题。这个说法见于陈善《扪虱新话》下集卷一"僧惠洪词"条云:

> 予尝疑山谷小词中有和僧惠洪《西江月》一首云:"日侧金盆堕影,雁回醉墨当空。君诗秀绝西园葱。想见衲衣寒拥。 蚁穴梦回人世,杨花踪迹风中。莫将社燕等秋鸿。处处春山翠重。"意其非山谷作。后人见洪载于《冷斋夜话》,遂编入《山谷集》中。据《夜话》载,洪与山谷往返语话甚详,而集中不应不见,此词亦不类山谷,真赝作也。后读曾公所编《皇宋百家诗选》,乃云惠洪多诞,《夜话》中数事皆妄。洪尝诈学山谷作赠洪诗云:"韵胜不减秦少游,气爽绝类徐师川。"师川见其体制绝似山谷,喜曰:"此真舅氏诗也。"遂收置《豫章集》中。然予观此诗全篇,亦不似山谷体制,以此益知其妄。①

陈善引曾慥《皇宋百家诗选》"乃云惠洪多诞,《夜话》中数事皆妄",但由于曾慥该书久佚,已无从辑考。古代的诗话、笔记类著作,大量记载名人的故事、言行与作品,多来源于口耳相传,其中有错误出现也是在所难免。仅仅根据"《夜话》中数事皆妄",也不足以否定该书的文献价值和学术价值,更无法从中推断出黄庭坚所赠诗词都是惠洪伪造的这样一个惊人结论。惠洪作为一个行为放荡不羁而内心赤诚坚韧的禅宗信徒,以"游戏三昧"为个人修行,造假实在有悖于他的信仰。故当代学者对陈善"赝作"之说并不信从。而这个捕风捉影的"赝作"之说的出现,根源恐怕还在于一些士大夫从心底无法接受这样一位劣迹斑斑的"浪子和尚"竟然能够写出许多优秀的诗词作品,而且竟然还能得到黄庭坚的称赞这样的现实,于是对其表示怀疑和否定。

其三,好为绮语。对于惠洪的诗词作品,最受非议的是他"好为绮语"的一面。佛家对绮语虽然持否定和排斥态度,但僧人作绮语者并不罕见。如刘宋时期汤惠休的《杨花曲三首》就是典型的绮语:

---

① (宋)陈善撰《扪虱新话》,(宋)俞鼎孙、俞经辑刊《儒学警悟》,中华书局,2000,第752页。

> 葳蕤华结情，婉转风含思。掩涕守春心，折兰还自遗。
> 江南相思引，多叹不成音。黄鹤西北去，衔我千里心。
> 深堤下生草，高城上入云。春人心生思，思心常为君。①

佛教虽然反对绮语，但主张"不立文字"的禅宗兴起以后，又不得不利用文字点化后学，即所谓"不离文字"。在这样的宗教背景下，北宋的禅师也使用绮语开悟后学。比惠洪早四十多年的五祖法演禅师点化后人时曾举一首艳诗。《联灯会要》卷十六《成都府昭觉克勤禅师》载：

> 后谒五祖入室，平生知解全用不着，乃谓："祖移换人。"出不逊语，忿然而去……寻归五祖，祖一见而喜曰："汝来耶。"即日参堂，令入侍者寮。方半月，偶陈提刑者解印还蜀，过山问道。祖问："提刑曾读小艳诗否？诗中有两句颇相近：'频呼小玉元无事，只要檀郎认得声。'"提刑应诺，祖云："且子细。"师适从外来，侍立次，问祖云："和尚举小艳诗，提刑还会否？"祖云："他只认得声。"师云："'只要檀郎认得声'。他既认得声，为甚么不是？"祖云："如何是祖师西来意？庭前柏树子聻？"师忽然大悟。趋出，见鸡飞上栏干，鼓翅而鸣。师自谓曰："此岂不是声？"即袖香入室，通所悟。祖云："佛祖大事，非小根小器所能造诣。吾助汝喜。"遂遍谓山中耆宿云："我侍者参得禅也。"②

法演以艳诗点化，克勤因艳诗开悟，艳诗在这里成了禅师证悟的手段，也因此有了存在的合理性。其实，前面所论的道潜、琴聪、仲殊三人的创作中，皆不乏"绮语"。"绮语"一词出自佛教，内涵比较丰富。《成实论》卷九云：

> 绮语名若非实语，义不正，故名为绮语；又虽是实语，以非时故，亦名绮语；又虽实而时以随顺衰恼无利益故，亦名绮语；又虽言实而时亦有利益，以言无本末，义理不次，亦名绮语；又以痴等烦恼散心故语，名为绮语；身、意不正亦名绮语。③

在惠洪本人笔下，他称之为"绮美不忘情之语"。如他在《题自诗与隆

---

① 逯钦立辑校《先秦汉魏晋南北朝诗》中册，中华书局，1983，第1244页。
② （宋）悟明集《联灯会要》下册，朱俊红点校，海南出版社，2010，第483~484页。
③ 《成实论》，《永乐北藏》第120册，线装书局，2005，第82页。

上人》中说："余少狂，为绮美不忘情之语。"① 结合《成实论》所言，惠洪的绮语至少可分为以下三类。

一是以写景见长而语言美丽的作品。胡仔《苕溪渔隐丛话》后集卷三十七曾提及惠洪所撰《僧宝传》，云：

> 苕溪渔隐曰："《僧宝传》，觉范所撰也。但欲驰骋其文，往往多失事实，至于作赞，又杂以诗句，此岂史法示褒贬之意乎？其诗有云：'行尽湘西十里松，到门却立数诸峰。崇公事迹无寻处，庭下春泥见虎踪。'又云：'庐山殿阁如生成，食堂处处禅床折。我比三门似冷灰，尽日长廊卷风叶。'又为奇语云：'如月照众水，波波顿见，而月不分；如春行万国，处处同时，而春无迹。'但其才性巉爽，见于言语文字间，若于禅门本分事，则无之也。"②

二是情感色彩浓重的作品。《苕溪渔隐丛话》前集卷五十六有这样一段话：

> 《冷斋夜话》云："予谪海外，上元，椰子林中，渔火三四而已。中夜闻猿声凄动，作词曰：'凝祥宴罢闻歌吹。画毂走，香尘起。冠压花枝驰万骑。马行灯闹，凤楼帘卷，陆海鳌山对。　　当年曾看天颜醉。御杯举，欢声沸。时节虽同悲乐异。海风吹梦，岭猿啼月，一枕思归泪。'又有《怀京师》诗云：'十分春瘦缘何事，一掬归心未到家。'"苕溪渔隐曰："忘情绝爱，此瞿昙氏之所训。惠洪身为衲子，词句有'一枕思归泪'及'十分春瘦'之语，岂所当然。又自载之诗话，矜衒其言，何无识之甚邪！"③

三是表现男女之情的艳情作品。如《苕溪渔隐丛话》后集卷三十七引《复斋漫录》云：

> 临川距城南一里，有观曰魏坛，盖魏夫人经游之地，具诸颜鲁公

---

① （宋）释惠洪著，〔日〕释廓门贯彻注《注石门文字禅》下册，张伯伟、郭醒、童岭、卞东波点校，中华书局，2012，第1521页。
② （宋）胡仔纂集《苕溪渔隐丛话》后集，廖德明校点，人民文学出版社，1962，第295~296页。
③ （宋）胡仔纂集《苕溪渔隐丛话》前集，廖德明校点，人民文学出版社，1962，第385页。

之碑,以故诸女真嗣绪不绝,然而守戒者鲜矣。陈虚中崇宁间守临川,为诗曰:"夫人在兮若冰雪,夫人去兮仙踪灭。可惜如今学道人,罗裙带上同心结。"洪觉范尝作长短句赠一女真云:"十指嫩抽春笋,纤纤玉软红柔。人前欲展强娇羞,微露云衣霓袖。　最好洞天春晚,《黄庭》卷罢清幽。凡心无计奈闲愁,试拈梨花频嗅。"①

惠洪属于以上几类的诗歌很多。就男女之情而言,除了胡仔所说的这个例子,其实惠洪还有更加淫艳的作品,如《苕溪渔隐丛话前集》卷五十据《冷斋夜话》所录《千秋岁》写的是《丽情集》中崔徽与裴敬中之间的爱情故事:

> 少游小词奇丽,咏歌之,相想其神清在绛阙、道山之间。词曰……余兄思禹,使余赋崔徽头子词,因次其韵曰:"半身屏外,睡觉唇红退。春思乱,芳心碎。空余簪髻玉,不见流苏带。试与问,今人秀韵谁宜对?　湘浦曾同会,手弄青罗盖。疑是梦中犹在。十分春易尽,一点情难改。多少事,却随恨远连云海。"②

胡仔从社会对佛家的基本认识和要求出发,不仅对惠洪的否定是全面的,而且批评也很严厉,可是他忽略了这样一个前提:对于"游戏三昧""游戏翰墨"的惠洪来说,酒色也好,诗文也好,都不过是一场修行,是在用"文字禅"弘扬佛法。张宏生将惠洪的艳体诗分为这样几种情形:第一,以艳情写佛理;第二,对女性容貌体态的直接描写;第三,香艳情境的烘托与暗示;第四,香艳的比喻句。③ 不论属于哪种情形,都仍可视为"文字禅"的内容。

除了《石门文字禅》,惠洪还著有《僧宝传》和《林间录》,前者开创了传记体禅史,后者是最早的笔记体禅史,保存了许多珍贵的禅师文献和掌故,有大功于禅林。

惠洪与上节所论的琴聪、仲殊和参寥有很大的不同,后三人不论后来是否还俗,皆对于禅学并无发展,于禅林无足轻重,且其诗歌成就也不甚

---

① (宋)胡仔纂集《苕溪渔隐丛话》后集,廖德明校点,人民文学出版社,1962,第296页。
② (宋)胡仔纂集《苕溪渔隐丛话》前集,廖德明校点,人民文学出版社,1962,第342页。
③ 张宏生:《宋诗:融通与开拓》,上海古籍出版社,2001,第120~122页。

高。惠洪则不然，他在游戏人间的时候，从未忘记自己的佛家道义，为弘法付出了自己的一生；其诗歌不仅在僧人中被推为第一，即便与士人相比，也是一位难得的名家；更重要的是通过提倡"文字禅"，他解决了僧人创作诗词的身份障碍，促进了文人诗与僧诗的融通，从而使"宋调"带有了更多的禅味。

跟惠洪大约同时的另外几位著名的诗僧即饶节（如璧）、善权、祖可三人因诗歌成就突出，直接被吕本中列入《江西宗派图》。饶节诗禅学韵味较重，语言却千锤百炼，形成了瘦硬清淡的风格；祖可诗洗去了表面的生硬，但在自然清新的风格下仍时时露出豪气；善权诗风雄奇，却有时显得不够自然，这应该跟他兼学苏、黄而未能有机融合有关，与韩驹的情况颇为类似。这三位诗僧被认可为江西诗派成员，表明诗僧已经不再作为另类跟一般的诗人区别开来。不过他们三人无论佛学修养还是对禅学的贡献都无法跟惠洪相比，即使专就诗歌成就而言，他们也都与惠洪有较大的差距。尽管如此，作为北宋后期诗僧的代表，他们与惠洪一样积极向当时的大诗人苏轼、黄庭坚学习，并取得了突出的成绩，共同丰富了"宋调"的面貌，推动了宋诗的发展。

从前面的分析可以看出，北宋僧诗的发展大体上与"宋调"同步而略迟。当梅尧臣、苏舜钦、欧阳修等人开创"宋调"的时候，当时的僧人作诗基本上沿袭贯休、齐己的做派，多表现自己的山林隐逸情趣，故怀琏的诗中有些文人气息，就被欧阳修戏称为"肝脏馒头"。在苏轼生活的时代，"苏门四学士"和"六君子"并起，"宋调"走向繁荣，而琴聪、仲殊和道潜的诗歌进一步世俗化、文人化，尤其是道潜的诗歌，有意学习苏轼的痕迹很重，无论题材、思想，还是方法、技巧都越来越接近当时的文人士大夫。殆至苏、黄之后，以学黄为特色的江西诗派形成，从而使得"宋调"进入风格凝定的阶段，惠洪在此时高举"文字禅"大旗，彻底打通文人诗与僧诗之间的障碍，不仅用诗歌抒发禅理，而且写景言情，甚至写男女艳情，在一定程度上可以代表当时僧诗的成就。而饶节、祖可、善权被列入江西诗派，更可见当时的僧人与诗人、僧诗与文人诗已经融为一体，难以区别了。这种情况的出现，本质上是文人士大夫运用诗歌创作的优势，去影响甚至改造僧诗；而僧人为了弘法或者扬名的需要，也要主动向文人士大夫靠拢，使用对方喜欢的文体，培养更多的共同语言，从而建立起更加亲近的关系。

第二节
南宋诗僧主动疏离诗坛

跟北宋诗僧积极向文人士大夫靠拢不同,当"宋调"在南宋受到诗坛的否定和理学的打压时,诗僧们大都选择主动疏离诗坛。其主要表现为:诗僧不仅不再排斥"蔬笋气",而且将其视为僧诗应有的底色。受其影响,南宋僧诗虽然数量远远超过北宋,但从文学价值上看总体成就不高。而这又跟诗僧不再向诗人学习,甚至疏于与士大夫交往等都有着较大的关系。

一 以"蔬笋气"为正道

宋室南渡以后,不但主流诗风发生了颠覆性的变化,僧诗同样发生了逆转,一个最明显的变化就是不再追求去除"蔬笋气"。其实,这种变化在北宋后期已可见出源头。陈师道《送参寥叙》云:

> 妙总师参寥,大觉老之嗣,眉山公之客,而少游氏之友也。释门之表,士林之秀,而诗苑之英也。游卿大夫之门,名于四海三十余年矣。其议古今张弛,人情貌肖否,言之从违,诗之粗精,若水赴壑,阪走丸,倒囊出物,鸷鸟举而风迫之也;若升高视下,爬痒而鉴貌也。元符之冬,去鲁还吴,道徐而来见余。与之别余二十年,复见于此。爱其诗,读不舍手;属其谈,挽不听去。夜相语,及唐诗僧,参寥子曰:"贯休、齐己,世薄其语,然以旷荡逸群之气、高世之志、天下之誉、王侯将相之奉,而为石霜老师之役,终其身不去,此岂用意于诗者?工拙不足病也。"由是而知余之所贵,乃其弃余,所谓浅之为丈夫者乎?于其行,叙以谢之。①

从这个记载可以看出,道潜虽因诗歌无"蔬笋气"受到苏轼等文人士大夫称赞,但他同时并不认可苏轼对唐代诗僧贯休、齐己诗歌有"蔬笋气"的鄙薄,反而从人格的角度对他们加以赞美,并用"此岂用意于诗者"来解释他们的创作动机,这也有在一定程度上肯定他们诗歌中"蔬笋气"的合理性。

南宋以后,士大夫对僧诗的要求发生了明显的变化,不再以无"蔬

---

① (宋)陈师道撰《后山居士文集》,上海古籍出版社,1986,第739~741页。

笋气"为高，反而有意识地提倡"蔬笋气"。方岳《熙春台用戴式之韵》云：

> 山城无处着鳌头，与客相携汗漫游。六月亦寒空翠合，一溪不尽夕阳流。有蔬笋气诗逾好，无绮罗人山更幽。白雪翻匙秋已近，洗吾老瓦起相酬。①

此诗最值得注意的是"有蔬笋气诗逾好"，明确表达出对"蔬笋气"的喜爱，这与北宋苏轼等人的看法截然相反。欧阳守道不仅态度鲜明地表示僧诗就应该有"蔬笋气"，而且认为北宋人误解了欧阳修关于"肝脏馒头"的说法。其《赠福上人序》云：

> 福上人以《竹房吟卷》示予而问曰："予从士大夫游，多言僧诗宜脱去蔬笋气，君以为何如？"予曰："此评出于吾家六一翁。虽然，前为惠勤一人言也。勤舍孤山西湖，远游京师，久之，其风味固应有此。亦不谓僧皆当如此也。诗各从本色自佳，今使山林之人强说富贵，岂惟不能，亦不愿。若纹绮子弟作穷淡语，纵使道得，亦料想也。蔬笋，僧诗正味，何必他脱去耶？且非特僧诗，吾辈正患不蔬笋。如蔬笋，其何洁如之？屈骚兰，陶诗菊，读之直作兰菊气，亦各从其嗜好发出也。"②

从福上人的问话中可以看出，当时的士大夫仍"多言僧诗宜脱去蔬笋气"，但他本人已不以为然，不然也不会就此向欧阳守道发问了。欧阳守道不仅表示"蔬笋，僧诗正味"，而且为自己无法做到而惋惜。又姚勉《题真上人诗稿》云：

> 前辈言僧诗，患其有蔬笋气，由是僧人作诗，惟恐其味之类此。僧诗味不蔬笋，是非僧诗也。真诗入清绝处，如风松韵涧，月鹤唳皋；写荒寂处，如宿雁秋芦，寒鸦晚日。益进不已，岛、可直异时同调也。③

---

① （宋）方岳撰《秋崖先生小稿》卷二十，《宋集珍本丛刊》第85册，线装书局，2004，第259页。
② （宋）欧阳守道撰《巽斋文集》，《文渊阁四库全书》（影印本）第1183册，台湾商务印书馆，第561页。
③ （宋）姚勉：《姚勉集》，曹诣珍、陈伟文校点，上海古籍出版社，2012，第480页。

在前人的基础上，姚勉大胆说出"僧诗味不蔬笋，是非僧诗也"这样振聋发聩的话，有力反驳了北宋以来士大夫要求僧诗无"蔬笋气"的习气。这里特别值得关注的一点是，姚勉鼓励真上人"益进不已"，然后可以"岛、可直异时同调也"，也就是达到贾岛、无可的水平，将贾岛、无可作为僧诗的典范，这应该跟当时四灵派的发展有关。

南宋时期，不仅要求僧诗有"蔬笋气"，甚至开始提倡不得志文人要有"山林气"。除了上引欧阳守道话语里"吾辈正患不蔬笋"的惋惜，还可以从吴龙翰《上刘后村书》中看到这样的见解：

> 某尝谓台阁之文温润，山林之文枯槁。文，声也，各鸣其所以而已。温润之文，琴瑟鼖鼓，笙簧钟磬，可以奉神明，缛宗庙。文之枯槁，则如燕市夜鸿，华亭晓鹤，仅足堪听，而其下者则如露草寒螀，不过自鸣其困穷耳。鸣其困穷，岂士之得已哉！然必得一代制作之主为之赏音，则蛙鸣为鼓吹也。①

吴龙翰将"文"分为"台阁之文"与"山林之文"，前者指的是达官显贵的诗文，后者指的是不得志者的诗文。其所说"山林之文枯槁"，当然并非指向僧诗，但他对这种风格的肯定，跟南宋提倡僧诗"蔬笋气"是一致的。

南宋僧诗对"蔬笋气"的肯定和回归，意味着他们不须再主动寻求士大夫的汲引，而更加关注自身的参禅和游方，从而逐步摆脱士大夫审美的影响，甚至可能有意识地与文人诗保持一段距离。对于僧诗"蔬笋气"所赋予的积极内涵，周裕锴在《中国禅宗与诗歌》中有截至目前最为具体的分析。他在分析了宋人对"蔬笋气"的批评后说：

> 以上我们总结了宋人对僧诗的指责，其中当然有不少中肯的意见。但是，另一方面，"蔬笋气"正是僧诗作为一种重要的文学现象的独特之处，自有其独立的审美价值，正如有人为它辩护的那样："诗僧之诗所以自别于诗人者，正以蔬笋气耳。"（元好问《木庵诗集序》，《遗山先生文集卷三十七》）"僧诗不蔬笋，是非僧诗也。"（姚勉《题真上人诗稿》，《雪坡舍人集》卷四十一）的确，如苏轼爱道潜（参寥子）的

---

① 曾枣庄、刘琳主编《全宋文》第357册，上海辞书出版社、安徽教育出版社，2006，第395页。

诗无"蔬笋气",正是因为道潜的诗和一般的士大夫诗没有两样,丧失了僧诗的特色。

那么,"蔬笋气"作为僧诗的艺术风格,除了前面所说的那几点弊病外,还有没有值得肯定或值得研究的地方呢?下面我从选材、构思、表达、意境四个方面,简略谈谈这种艺术风格的主要内涵。

首先,"蔬笋气"表现在僧诗的选材几乎全部面向自然,这固然有诗材不富之嫌,但也正因为这种集中的选材,使僧诗在某种意义上来说极大地丰富和开拓了山水诗领域……

其次,"蔬笋气"还表现为构思的静默观照与沉思冥想,完全不同于"兴酣落笔摇五岳"式的迷狂。诗僧大都有坐禅的经验,诸如"麋嗅安禅石"(唐虚中《赠栖禅上人》)、"坐石鸟疑死"(唐清尚《赠樊川长老》)之类的诗句都可证明他们参禅入定的功夫。这样,禅宗的直接观照与冥想,自然成为诗僧构思时的重要法门,这就是重视直接观察而忽视客观观察,重视主体感受而忽视客体存在,重视内心体验而忽视外在生活……

再次,在表现方面,僧诗的语言往往简洁平淡。禅宗既主张不立文字,因此即便是不得不用文字之时,也是追求以少胜多、以简为妙……除了简洁之外,僧诗还有个共同的特点,就是用词设色非常素淡……在僧诗的各种意象前面,除了白云、碧潭这类意象带着冷色调的"白""碧"颜色词之外,再也难找到其他鲜艳的词汇。

最后,与语言简洁平淡相关,僧诗的意境都倾向于清寒幽静、恬淡虚寂。禅宗的人生哲学和生活情趣的独特性在于:他们生活在喧嚣嘈杂、纷乱动荡的大千世界里,却总能找到一块只属于自己内心的清幽环境,"境因心寂,道与人随"(李华《润州鹤林寺故径山大师碑铭》),他们以虚融清静、淡泊无为的生活为自我内心精神解脱的途径,所以诗中常常表现出一种与具有功名心、风月情的俗人所不同的寂寞感受……

士大夫对僧诗的指责往往基于各种世俗的标准,如无富贵气、无书卷气、无潇洒豪放之气等。而正如诗僧灵澈一针见血指出的那样:"相逢尽道休官好,林下何曾见一人!"(《东林寺酬韦丹刺史》)士大夫中不少人徘徊于出世与入世两极之间,自然山水不过是他们暂时解脱苦闷的精神寄托;更有一些人"志深轩冕,而泛咏皋壤;心缠几务,而虚述人外"(《文心雕龙·情采》),不过以隐居避世来标榜清高而已。他们不可能像大多数诗僧那样把自然山水看作有佛性的生命以及自己心灵的外化形式，从而全部身心投入其中，彻底避开尘世的喧嚣。可以说，僧诗正是以其"蔬笋气"创造了一种超世俗、超功利的幽深清远的审美范型。这种具有"林下风流"的"蔬笋气"也渗透到士大夫的审美趣味中去了。正如清人黄宗羲所说："唐人之诗，大略多为僧咏……岂不以诗为至清之物，僧众之诗，人境俱夺，能得其至清者，故可与言诗多在僧也。齐己曰：'五七字中苦，百千年后清。'此之谓也。"（《平阳铁夫诗题辞》，《南雷文定》三集卷一）①

正如上节所说，北宋时期有意排斥"蔬笋气"在本质上是文人诗对僧诗的强势侵入和渗透。对诗僧来说，为了得到文人士大夫的承认和喜爱，不得不主动减损僧诗的特征，竭力向文人诗靠拢。也正因为如此，北宋一些著名诗僧的作品都具有"宋调"的某些特征，或者说成为"宋调"的组成部分。南宋时期，对"蔬笋气"的肯定和提倡，则意味着僧诗逐渐摆脱文人诗的干扰，从而寻求自己的独立和尊严。其具体过程当然非常复杂，但总体趋势大致如此。这也就意味着南宋的僧诗不仅已经离开了当时的诗歌主流，而且间接上也成了"宋调"的否定因素。

二 南宋僧诗成就不高

南宋僧诗总体成就不高。相对于北宋，南宋诗僧中不仅没有出现可与惠洪比肩者，甚至连祖可、善权的成就似乎也无人能及。这里试从前期、中期和后期各取一代表，略述宝昙、居简和道璨三人。

1. 兼善弹琴的宝昙。祝尚书《宋代巴蜀文学通论》这样介绍：

> 宝昙（1129~1197），字少云，俗姓许氏，嘉定龙游（今四川乐山）人。幼习儒业，已而出家，游方出蜀至径山、蒋山诸寺，晚住四明仗锡山，史浩深相敬爱，为筑橘洲使居之。《宝庆四明志》卷九有传，谓其"工文辞，有《橘洲集》十卷行丛林。始为蜀士时，师慕东坡，后游东南，敬山谷，故文章简古高妙，有前辈风。又仿太史法，著《大光明藏》，以西方七佛为纪，达摩以降诸祖师则传之，未绝笔，故不传。然每自谓'于第一义谛心有得，人谓我以文词鸣，是未知我者'。"则宝昙自以为他最有得的是佛家"第一义谛"，而不仅是"以

---

① 周裕锴：《中国禅宗与诗歌》，复旦大学出版社，2017，第54~59页。

文词鸣"。但由于他的内学著作（及未）[未及]完成，故传世的仍只有诗文。①

祝先生又专门评价他的诗歌说：

> 从总体论，宝昙诗边幅较窄，次韵唱和之作较多，用字造语讲究，颇见推敲之功，但也有不少咏怀之作气格豪迈，写得相当出色，颇具苏诗风度。如《登石头城》……②

正如祝先生引《宝庆四明志》所说，宝昙的诗歌之所以在南宋诗僧中比较突出，跟他积极学习苏轼、黄庭坚二人有直接的关联，实际上也可看作对北宋僧诗追求去"蔬笋气"做法的延续。

2. 居简的诗歌成就在南宋诗僧中为最高。居简（1164~1246），字敬叟，号北涧，潼川（今四川三台）人。家世业儒，少喜诗文。为临济宗大慧宗杲再传弟子。著有《北涧文集》和《北涧诗集》。祝尚书在《论南宋蜀僧宝昙居简的文学成就》一文中不仅肯定了其诗歌之多，而且转录了他人的称赞：

> 居简现存诗的数量，在宋僧中殆可居最，而且大多质量高。他所作佛教偈颂赞之类，收在《外集》及《续集》，而《诗集》九卷中，如其《文集》"不摭拾宗门语录"（《四库提要》语，详后引）一样，实际上与世俗诗人没有区别。元韦居安颇看重居简诗，在所作《梅涧诗话》中曾屡论之，如卷上曰："蜀僧居简 号北涧，《忆雪》诗云：'梦忆湖州旧，楼台画不如。舟从城里过，人在水中居。闭户防惊鹭，开窗便钓鱼。鱼沉犹有雁，不寄一行书。'前数句言雪城景物，他乡所无也。"又曰："杨时可《梅》诗云：'初无汲汲争春意，自是群花不肯开。'僧居简《柳》诗云：'初无恼乱东风意，自是东风恼乱他。'二诗皆有新意。"卷中又说："诗人游孤山吊和靖者，佳制不一而足。近世徐抱独与蜀僧居简之作，人多称之。徐云……居简云：'先生一意若云闲，洁白都无一点斑。名字不须深刻石，暗香疏影满人间。'"③

---

① 祝尚书：《宋代巴蜀文学通论》，巴蜀书社，2005，第330~331页。
② 祝尚书：《宋代巴蜀文学通论》，巴蜀书社，2005，第331页。
③ 祝尚书：《论南宋蜀僧宝昙居简的文学成就》，《新国学》2000年00期。

之后，祝先生又进一步指出：

> 居简还有不少思想性很强的作品，如《读岳鄂王传》、《读南迁录》、《读泣蕲录》、《哀三城并引》等篇，紧密结合社会现实，所表现的深沉的忧国忧民之情，就是在当时著名作家的集子中也不多见，更勿庸说江湖诗人了。①

之所以出现祝先生所说"当时著名作家的集子中也不多见"的特征，是由于居简并不取法当时的诗人甚至本朝的诗人。他在《跋常熟长钱竹岩诗集》中说：

> 竹岩娴翁钱德载问余曰："子于诗，以前辈谁为准的？"余曰："以自己为准的。"竹岩笑曰："子何言之诞也！"余曰："事与境触，情与物感，发之于言，惟志之所之，不至学孙吴，顾方略何如耳。"竹岩曰："矧若子之言，陶、谢其犹病诸。虽然，陶、谢亦人耳。少陵号称诗史，又曰集大成，老坡比之太史迁，学昆体者目之村夫子。或又谓文章至李义山特一厄，学郊、岛则工于一二新巧字，谓之字面，已见笑于商周庸人小夫。余用力陶、谢，博约少陵，十数年所得于风涛尘土中，古律相半。盍为我观之，欲观子之嗜好与我何如？"时括苍太守安僖诸孙希明欲刊诸郡斋，于是择其警拔者得三之二，合二百五十余，名曰《竹岩拾稿》。嘉定纪元重阳后五日，北磵某书于丹丘般若精舍。②

由此文可知，居简之所以取得较高的诗歌成就，主要还是得益于广泛学习以陶、谢、杜甫、李商隐等为代表的古代诗人。他不以"前辈"为师，并非不向诗人学习，仅仅是不向本朝诗人学习而已。

3. 道璨是南宋末年的诗僧。道璨（1213~1271），号无文，俗姓陶，豫章（今江西南昌）人。幼业儒，因科场不利，出家为僧。著有《无文印》和《柳塘外集》。黄锦君撰有《释道璨年谱简编》。③ 道璨今存诗一百余首。关于其诗歌成就，前人论述较少。王士禛《分甘余话》卷三曾论及其《柳

---

① 祝尚书：《论南宋蜀僧宝昙居简的文学成就》，《新国学》2000 年 00 期。
② （宋）释居简撰《北磵文集》，纪雪娟点校，西南师范大学出版社，2016，第 228~229 页。
③ 黄锦君撰《释道璨年谱简编》，《宋代文学研究》（第 19 辑），四川文艺出版社，2011，第 203 页。

塘外集》："《柳塘外集》二卷，宋庐山僧无文道璨诗也，颇有江西宗法。江都张印宣师孔游开先于佛藏中钞得之，刊以行世，问序于余，疏懒未报，姑记于此。"① 陈衍《宋诗精华录》中宋代诗僧仅录道潜、惠洪和道璨三人，只有道璨是南宋人，可见对其评价之高。王士禛说其诗"颇有江西宗法"，这一点很容易看出来。如《题饶德操关子长紫芝诗轴》：

> 郭家墓田土花碧，输囷紫芝大盈尺。淋浪雨泪种得成，不识春风生长力。晴云练练依遥岑，霁月炯炯悬崖阴。古心实竹谁赏识，青山重叠黄泉深。两翁落笔九天上，发辉潜德光千丈。此卷长留天地间，灵芝万古常无恙。②

此诗语言生硬峭拔，可能跟所题对象是饶节、关演诗轴有关。饶节是北宋末年著名诗僧，名入《江西宗派图》；关演字子长，事迹不详，岳珂《宝真斋法书赞》卷十一"张子野诗稿帖"末载关演、关注之跋，分别署为"庚戌（1130）十二月吉，雪溪老人关演子长"和"建炎四年（1130）十二月初七日，会稽关注书"。③ 关演在建炎四年即自称"老人"，则其当主要生活于北宋，与饶节（1065～1129）比较接近。虽然无法了解其诗歌宗尚，但当时江西诗派盛行，关演当亦受其影响。

南宋的诗僧当然不止以上三人，但成就大都不够突出，可能跟重新重视"蔬笋气"有极大的关系，而此三人之所以成就更大，就在于他们不满足于此，仍然坚持学习苏轼、黄庭坚诗歌，彼此之间的差异仅在于宝昙兼学苏、黄，而道璨只是学黄而已。居简诗虽然与苏黄不近，但他是在广泛学习古人的基础上融会贯通，最终自成一家。他能够成为南宋成就最高的诗僧，跟这方面关系密切。居简不仅自己这么做，而且希望他人也能从这样的学习中得到教益。如其《送高九万菊磵游吴门序》云：

> 少陵得三百篇之旨归，鼓吹汉、魏、六朝之作，遂集大成。《离骚》《大雅》，铿然盈耳。晚唐声益宏，和益众，复还正始，厥后为之弹压，未见气力宏厚如此。骎骎末流，着工夫于风烟草木，争妍取奇，自负能事尽矣。所谓厚人伦、美教化、移风俗，果安在哉？山阴菊磵

---

① （清）王士禛撰《分甘余话》，《王士禛全集》第6册，齐鲁书社，2007，第5008页。
② （宋）道璨撰，黄锦君校注《道璨全集校注》，巴蜀书社，2014，第35～36页。
③ （宋）岳珂撰《宝真斋法书赞》卷十一，商务印书馆，1936，第166页。

高九万得句法于雪巢林九思,于后山为第五世。尝出唐律数十篇,活法天机,往往擅时名者并驱争先。加以数年沉潜反复,树《离骚》《大雅》之根,长汉、魏、六朝之干,发少陵劲正之柯,垂晚唐婆娑之阴。撷百氏余芳,成溜雨四十围,俾困顿于风烟草木者息阴休影。方有事于吴门,吴号多士,赵静斋子野、卢蒲江申之柄此能事。第往,必以吾言为然。①

以上三人的成就虽高,但他们并不能真正反映出南宋僧诗的真实状态。实际上,南宋僧诗更多体现的是另外一种状态。现以有诗集流传至今的几位诗僧为代表来略加考察。

1. 慧空有《雪峰空和尚外集》传世。曾枣庄、吴洪泽《宋代编年史》第二卷"绍圣三年丙子(1096)"条云:

> 释慧空生。慧空(1096~1158)号东山,俗姓陈,福州(今属福建)人。年十四出家,游学四方,历参圆悟、六祖,后至疏山。绍兴二十三年,住福州雪峰禅院,次年退归东庵。二十八年卒(《宋史全文》卷二一下),年六十三。为南岳下十四世,泐潭清禅师法嗣。事迹见《东山慧禅师语录跋》《五灯会元》卷一八。②

同书第三卷"绍兴二十八年戊寅(1158)"条又载:"释慧空卒。其著述现存《东山慧空禅师语录》,收入《续藏经》;《雪峰空和尚外集》,有日本旧刻本。参加绍圣三年丙子(1096)释慧空条。"③ 从《雪峰空和尚外集》看,慧空的诗歌多写佛门之间的交往,并不重视诗歌的艺术技巧。

2. 元肇有《淮海挐音》传世。张敬川《淮海元肇禅师生平考》云:

> 淮海元肇(1189~1265),是临济宗浙翁如琰(1151~1225)的门人,曾主持育王、净慈、灵隐、径山等大寺院,是南宋时期较有影响的禅师。其有《语录》一卷存世,收于《卍续藏经》第69册,名《淮海元肇禅师语录》。诗集《淮海挐音》,初刻于宝祐戊午年(1258),后传到日本,又回传回国,此书具有很高的文献价值,《全宋诗》释元

---

① (宋)释居简撰《北磵文集》,纪雪娟点校,西南师范大学出版社,2016,第123页。
② 曾枣庄、吴洪泽:《宋代编年史》第2卷,凤凰出版社,2010,第997页。
③ 曾枣庄、吴洪泽:《宋代编年史》第3卷,凤凰出版社,2010,第1619页。

肇诗主要依据此书编辑。除此之外，还有《淮海外集》两卷，收录了语录以外的表、跋、疏等文章。①

3. 善珍有《藏叟摘稿》传世。曾枣庄、吴洪泽《宋代编年史》第三卷"绍熙五年甲寅（1194）"条：

> 释善珍生。善珍（1194～1277）字藏叟，泉州南安（今福建南安东）人，俗姓吕。年十三依郡之崇福寺南和尚落发，十六游方，至杭受具足戒。谒妙峰善公于灵隐，入室悟旨。初住里之光孝，升承天，继迁安吉思溪圆觉、福州雪峰。复奉诏移四明育王、临安径山。景炎二年五月示寂，年八十四。事迹见居简《书泉南珍书记行卷》、《补续高僧传》卷一一、《续灯存稿》卷二。②

又张毅、于广杰《宋元论书诗全编》录其诗4首，并作小传云：

> 释善珍（1194～1277），字藏叟，俗姓吕，泉州南安（今福建省南安县）人。南宋后期高僧，受戒后，入西湖灵隐寺参妙峰之善禅师，承嗣其法。历主光孝、承天、雪峰诸寺，后奉诏主持径山。能诗，以五律见长，抒写性灵，委婉可讽。③

4. 大观有《物初剩语》传世。释大观，字物初，俗姓陆，鄞县横溪（今浙江宁波）人。北涧居简法嗣。有《物初大观禅师语录》一卷，收入《续藏经》。

5. 行海有《雪岑和尚续集》传世。祝尚书《〈续修四库全书·宋别集〉收书商榷》一文在介绍释行海《雪岑和尚续集》二卷的时候说：

> 释行海（1224～?），号雪岑，剡溪（今浙江嵊县）人，早年出家，曾住嘉兴先福寺。今存所著《雪岑和尚续集》上、下二卷，卷上为七言律诗，卷下为七言绝句。自序道："余诗自淳祐甲辰（四年，1244）到今淳祐庚戌（十年），凡若干首。三四五六七言，歌行谣操吟引辞赋，众体粗备，旋已删去太半，以所存者类而成集，以遗林下好事君

---

① 光泉主编《灵隐寺与南宋佛教——第三节灵隐文化研讨会论文集》下册，宗教文化出版社，2015，第667页。
② 曾枣庄、吴洪泽：《宋代编年史》第3卷，凤凰出版社，2010，第2039页。
③ 张毅、于广杰编著《宋元论书诗全编》，南开大学出版社，2017，第189页。

子,用旌予于无为淡泊中,犹有此技痒之一累也。"林希逸为之跋,谓其诗稿"本有十二巨编,三千余首",未能尽选,仅选摘二百余首,并盛赞所作"平淡处而涵理致,激切处而存忠孝,富赡而不窒,委曲而不涩滞,温润而酝藉,纯正而高远,新律古体,各有法度",云云。是集既称"续集",必当有正集,已佚不传。是集中国科学院图书馆藏有抄本一部。①

这几位诗僧大体具有这样一些共同之处。(一)较少受到世俗诗人的影响。他们不大看重诗歌的工拙,也就没有有意向世俗诗人学习,无论是前代的大诗人还是当时的大诗人。(二)与士大夫交往相对较少。以慧空的《雪峰空和尚外集》为例,里面的唱酬大都限于佛门之间,与士大夫的交往不多。(三)反映出南宋僧诗的基本特色。一方面,这几位诗僧是幸运的,跟大多数诗僧并无诗文集流传相比,他们的诗文集能保存到今天。他们的诗歌内容大都比较狭窄,偏于日常生活,风格也比较本色,跟唐代贯休、齐己以及宋初的"九僧"相比没有明显的不同。另一方面,虽然他们皆有诗文集保存下来,但不止在当时并没有受到多少关注,在今天也未为研究者所重视。这似乎又是一种不幸。正因为他们这样的诗歌成为南宋僧诗的主流,才使得论者较少看重南宋的僧诗。

三 南宋诗僧不再向诗人学诗

从总体上说,南宋诗僧跟北宋诗僧不同,其作品大都以"蔬笋气"为本色,他们的诗歌被认为成就不及北宋,原因主要也在这里。且南宋诗僧不像北宋诗僧那样热衷于与士大夫交游,特别是不再以名诗人为榜样,通常也没有进入诗人创作的圈子中,所以较少受到关注。陆游《跋云丘诗集后》云:

> 宋兴诗僧不愧唐人,然皆因诸巨公以名天下。林和靖之于天台长吉,宋文安之于凌云惟则,欧阳文忠公之于孤山惠勤,石曼卿之于东都秘演,苏翰林之于西湖道潜,徐师川之于庐山祖可,盖不可殚纪。潜、可得名最重,然世亦以苏、徐两公许之太过为病。余则徒得所附托,故闻后世,非能岿然自传也。予观云丘诗,平淡闲暇,盖庶几可以自传者。政使不遇吕居仁、苏养直、朱希真、王性之、范致能,亦

---

① 祝尚书:《宋代文学探讨集续编》,复旦大学出版社,2019,第312~313页。

决不泯没,况如予者,乌足为斯人重哉?其徒觉净以遗稿来,求题其后,十款吾门不厌,故为之书。

嘉泰四年二月乙巳,笠泽陆某书。①

值得我们关注的是,陆游这篇跋文作于嘉泰四年(1204),南宋恰好走过了一半行程,可是从他所举"诸巨公"与诗僧交往的例子来看,竟然全部都是北宋人,无一例属于南宋。这至少可以从一定程度上反映出南宋诗僧与士大夫交往不够密切的现实。再以后人的评价看,也大致如此。方回《名僧诗话序》云:

> 三代无佛,两汉无佛,魏晋以来无禅,禅学盛而至于唐,南北宗分,北宗以树以镜警心,而曰"时时勤拂拭,不使惹尘埃"。南宗谓"本来无一物,自不惹尘埃",高矣。后之善为诗者,皆祖此意,谓之翻案法。李、杜、韩、柳、欧、王、苏、黄,排佛好佛不同,而所与交游多名僧,尤多诗僧,则同许元度于支遁,陶渊明于惠远,韦苏州于皎然,刘禹锡于灵澈,石曼卿于山东演,梅圣俞于达观颖,张无尽于甘露灭,张无垢于妙善果,极一时斤垩磁铁之契。流风至今,而朱文公道学宗师,亦于杏雨柳风之南寓赏心焉。此予《名僧诗话》之所以作也。②

关于该书的编纂时间,方回有明确的说明:"丁丑(1277)、戊寅(1278)间,留扬州石塔寺,稍述一二。逮还桐江,过钱塘,搜访古今僧集,订以贝经传灯,至明年己卯(1279),缉成六十卷。"③ 也就是说,在方回开始撰《名僧诗话》之前一年,南宋都城临安已被蒙古军攻破,进入小朝廷阶段;殆至该书完成,南宋小朝廷也寿终正寝了。可是方回在序中提到的宋代士大夫与诗僧交往的几个例子,也基本属于北宋。关于南宋的仅有一个朱熹喜爱志南和尚诗句的例子,还被作为"流风至今"的特例。其事出自朱熹《跋南上人诗》:

> 南上人以此卷求余旧诗,夜坐,为写此及《远游》《秋夜》等篇。

---

① 《陆游集》第5册,中华书局,1976,第2270页。
② (元)方回撰《桐江集》卷一,《续修四库全书》第1322册,上海古籍出版社,2002,第363页。
③ (元)方回撰《桐江集》卷一,《续修四库全书》第1322册,上海古籍出版社,2002,第363~364页。

顾念山林，俯仰畴昔，为之慨然。南诗清丽有余，格力闲暇，绝无蔬笋气。如云"沾衣欲湿杏花雨，吹面不寒杨柳风"，予深爱之，不知世人以为如何也。

淳熙辛丑清明后一日，晦翁书。①

可是即便在这个例子里，朱熹称赞志南诗仍是立足于"绝无蔬笋气"，仍与北宋文人的认识保持了一致。

从陆游和方回的认识看，无论是当时还是其后的文人对南宋僧诗的评价都不高。即便今天，依然如此。其实南宋有些诗僧还是很喜欢与士大夫交游的，如上引陆游《跋云丘诗集后》所跋诗集的作者慧举即是一例。慧举喜与士大夫交游，仅陆游列出的就有吕本中、苏庠、朱敦儒、王铚、范成大，此亦可据楼钥《跋云丘草堂慧举诗集》进一步证实：

> 余顷岁游云岩，有诗牌挂壁上，拂尘读之，云："朝见云从岩上飞，暮见云归岩下宿。朝朝暮暮云来去，屋老僧移几翻覆。夕阳流水空乱山，岩前芳草年年绿。"爱其清甚，视其名则僧举也。曰："非季若乎？"僧曰："此今之庐山老慧举也。"后得其诗编，号《云丘草堂集》。及与吕东莱紫微公、雪溪王性之、后湖苏养直、徐师川、朱希真诸公游，最后尤为范石湖所知，尽和其大峨诸诗。余赴东嘉，亦辱诗为赠。近世诗僧如具圆、复莹、温叟辈沦落既尽，而师亦亡矣。其徒觉净求跋其后，感念畴昔，因为书之。师老于禅悦，诗句特其余事，而能兼得众体，佳处不可以一二数。读之者可想见其人，不劳赞叹也。②

楼钥无疑也是慧举的一个重要交游对象。从这样的记载中可以看出，慧举的交游已遍及当时的重要诗人，特别是与范成大关系最为密切。张云峰在《南宋中兴四大家的禅学思想及与灵隐的因缘》一文中说：

> 慧举字皋直，俗姓朱，出身仕宦之家，能诗，有集曰《云丘草堂集》。范成大与之订交很早。据其自述："余年十五，往来山中，常与举上人游。"此后唱酬往还，与其保持密切关系直到晚年。范成大集中

---

① 《朱熹集》第7册，郭齐、尹波点校，四川教育出版社，1996，第4203页。
② （宋）楼钥撰《楼钥集》第4册，顾大朋点校，浙江古籍出版社，2010，第1265~1266页。

尚存《赠举书记归云丘》三首、《送举老归庐山》以及《次韵举老见嘲未归石湖》等五首诗。①

不仅如此，在其去世后，其徒觉净为了求得陆游的一篇跋至于"十款"其门而不厌，可谓深得其用心。可惜即便是经过如此努力，其《云丘草堂集》仍然未能传下来，今天我们对其事迹亦知之甚少。钱建壮在《宋代文学的历史文化考察》中为其所作小传仅寥寥数字："释慧举，字举直，世称庐山长老，俗姓朱氏，父祖皆仕宦，颇能诗，诗集名《云丘草堂集》。事迹见周必大《文忠集》卷一百七十一。"②虽然我们已难以对慧举的诗歌进行评价，但从陆游称其"平淡闲暇，盖庶几可以自传者"来看，似乎属于"蔬笋气"较重的本色之作；再结合楼钥所举一首"清甚"的七言古体看，似乎亦可证明这一点。至于楼钥在跋文提到的具圆、复莹、温叟三位诗僧，不止作品遗失殆尽，就连他们的相关事迹也都无可稽考了。这可能就是南宋大多数诗僧的共同命运吧。

总之，相对于北宋，南宋诗僧更多，作品数量更大，即便保存到今天的诗歌数量也是如此。可是，由于南宋僧诗总体上已经向僧人的生活回归，"蔬笋气"越来越重，故较少受到文人的推重。这是问题的一个方面。从另一方面看，南宋诗僧从总体上已不再以世俗诗人为宗法对象，不大在意诗歌的工拙，因而诗歌本身的艺术价值不高。而这又跟南宋禅宗"五山十刹"制度的推行提高了名僧的世俗权力，因而其与文人相处时变得越来越自信有很大的关系。

关于南宋实行的"五山十刹"制度，虽然缺少来自官方的正式文献，但今天的学者结合相关的笔记等文献，大体已将其考实，只是在具体问题上还有一些争议。根据他们的研究，最直接的材料是明初宋濂的两篇文章，一是《天界善世禅寺第四代觉原禅师遗衣塔铭（有序）》云：

> 浮图之为禅学者，自隋唐以来，初无定止，唯借律院以居。至宋而楼观方盛，然犹不分等第，唯推在京巨刹为之首。南渡之后，始定江南为五山十刹，使其拾级而升，黄梅、曹溪诸道场反不与其间，则其去古也益远矣。③

---

① 光泉主编《灵隐寺与南宋佛教——第三节灵隐文化研讨会论文集》下册，宗教文化出版社，2015，第997页。
② 钱建壮：《宋代文学的历史文化考察》，福建教育出版社，2012，第220页。
③ （宋）宋濂：《宋濂全集》，黄灵庚编辑校点，人民文学出版社，2014，第1792页。

二是《住持净慈禅寺孤峰德公塔铭》：

> 古者，住持各据席说法，以利益有情，未尝有崇庳之位焉。逮乎宋季，史卫王奏立五山十刹，如世之所谓官署，其服劳于其间者，必出世小院，候其声华彰著，然后使之拾级而升。其得至于五名山，殆犹仕宦而至将相，为人情之至荣，无复有所增加。缁素之人往往歆艳之。然非行业夐出常伦，则有未易臻此者矣。①

此外，田汝成《西湖游览志余》卷十四《方外玄踪》甚至列出了各自的具体寺院名称：

> 嘉定间，品第江南诸寺，以余杭径山寺，钱唐灵隐寺、净慈寺，宁波天童寺、育王寺，为禅院五山。钱唐中天竺寺，湖州道场寺，温州江心寺，金华双林寺，宁波雪窦寺，台州国清寺，福州雪峰寺，建康灵谷寺，苏州万寿寺、虎丘寺，为禅院十刹。②

"五山十刹"何时开始实行，这个问题还有待继续研究。笔者以为这个制度之所以能够实行，之前在世俗和禅宗两界必然有某种程度的共识，而这种共识的形成是需要时间的。如果没有这样的共识，朝廷贸然推行这一制度，必然会受到僧俗两界的反对和抵制。换句话说，这个制度的实行可能在南宋后期，但南宋一些重要的寺院被分成三六九等也许从南宋前期甚至更早的时候就已经开始了。也就是说，远在朝廷实行这一制度之前，僧、俗两界已经根据寺院的等级来衡量其主持的身份地位了。南宋一些重要的诗僧，包括前面考察的8位，其中不乏在"五山十刹"中贵为主持的。"五山十刹"制度的本质就是将寺庙按照各级政府的行政级别来区分，将寺庙类比于衙门，寺庙级别的高低代表了主持级别的高低。刘长东在《宋代五山十刹寺制考论》一文中说：

> 再就五山十刹的住持而言，不仅当时的"缁素之人往往欲艳之"，而以为是"无复有所增加"的"人情之至荣"，甚至后世的天台、华严、慈恩等教内僧俗，也向往这前代的世俗荣典，依仿禅院的五山十刹，"托古"拼凑了所谓"教院五山十刹"。而从宋代大多数僧众对政

---

① （宋）宋濂：《宋濂全集》，黄灵庚编辑校点，人民文学出版社，2014，第1801～1802页。
② （明）田汝成撰《西湖游览志余》，上海古籍出版社，1980，第260页。

府干预佛教内部事务的接受，以及对世俗荣典的歆艳，可见世间与出世间、世俗与方外之间的差别，到宋代已逐渐缩小乃至消泯，僧人的方外人格在多数宋僧身上似已失落。①

"五山十刹"共识的形成和制度的实行，使得一些名僧特别是其中的一些诗僧在诗歌外有了另一种更加世俗的追求，并且在追求中得到满足，这远比作诗换取文人士大夫的认可要简单得多。而且，一旦成为"五山十刹"的主持，相当于拥有了很高的世俗地位，自然也没有主动结交文人士大夫的必要了。从总体上说，南宋的一些诗僧既不愿向文人士大夫学习，又不愿结交文人士大夫，跟他们在"五山十刹"中具有较高的地位有很大的关联。

总之，南宋诗僧对自己的僧人身份和生活状态更加自信，他们已不再仰慕诗人，也不愿向诗人学习。换句话说，当南宋诗风发生变化的时候，诗僧参与的程度比较浅。可是从另一个角度来说，由于南宋僧诗在总体上不仅远离了"宋调"，而且客观上走到了"宋调"的对立面，这对于推动"宋调"的解构而言，可以看作理学的一个重要助力者，因为二者所起的作用是类似的。

第三节
南宋僧诗对"宋调"的直接影响

僧诗对于"宋调"解构所起的作用虽然不像理学那样强力，但其作用的方向是相同的，在一定程度上甚至可以说彼此似乎属于一个统一战线，最终联手将对手绞杀了。僧诗推动"宋调"的解构主要通过以下几个途径。

一　颂古在南宋诗坛大放异彩

相对于南宋诗歌整体上因为回归"唐音"而缺少创新，僧人却推动了颂古这一特定诗体的繁荣，并显示出较高的艺术成就。颂古的异军突起使其不仅在南宋僧诗中独领风骚，而且使得黯淡无光的诗坛有了属于自己时代的异样色彩。

---

① 刘长东：《宋代五山十刹寺制考论》，《宗教学研究》2004年第2期。

颂古的出现可追溯到偈颂。偈颂，梵文称伽陀，本是佛经中的赞颂之词，翻译成汉语后，借鉴了中国诗歌形式，多为五言，也有四言、六言、七言等形式，一般为四句。尽管早期的偈颂大都质木无文，但其中亦有注意文饰者。后秦鸠摩罗什在所译《十住毗婆沙论》卷一《序品》云：

> 有人好文饰，庄严章句者。有好于偈颂，有好杂句者。有好于譬喻，因缘而得解。所好各不同，我随而不舍。①

进入隋唐，随着"不立文字"的禅宗影响越来越大，偈颂在弘法过程中所起的作用也越来越大。与此同时，随着创作队伍的增大，甚至一些在家修行的居士们也参与其中，本土文化的影响越来越深入，偈颂也就在总体上更加接近诗歌。在"文字禅"兴起之后，偈颂中又逐渐发展出一种新的类别——颂古。

关于颂古的出现时间，学者们尚有争议，或以为出现于五代，或以为出现于北宋，两者的差异其实在于名实问题。就其"实"而言，颂古的出现是一个逐渐的过程。当个别僧人偶尔将前代高僧大德点化僧众的故事（也就是所谓佛家"公案"）写成偈颂的时候，颂古就已经产生了，只是当时尚且沿袭着偈颂之名。日本伊吹敦在《禅的历史》一书中甚至将颂古的产生时间说成是唐末，书中"公案批评的流行"一节云：

> 在唐代，修行者之间的往来频繁，禅者之间流行相互批评。当初，批评的对象是同时代的禅僧，但随着五代十国到宋代丛林融入社会体制，禅僧开始憧憬过去那种充满生气的禅，批评对象也逐渐以古人为中心，并且大体固定在几位禅师。获得普遍评价的禅问答称为"古则"，即值得效法的古人行履。也仿照司法判例的说法称为"公案"（原意为"政府的审判书""司法判例"）。
>
> 如此一来，禅僧们不再靠自己与弟子间的禅问答，而是靠对公案批评的独创性来显示自己的实力。除了通常的批评（拈古）外，还有"颂古"（用诗歌批评）、"著语"（短评）、"评唱"（讲评）等各种形式的批评。同时还有对批评的批评，公案批评成为语录的重要构成要素，所占的比例也逐渐增加。不仅如此，《建中靖国续灯录》（1101年）还将内容分为"正宗""对机""拈古""颂古""偈颂"等五部

---

① 《十住毗婆沙论》，鸠摩罗什译，《永乐北藏》第100册，线装书局，2005，第517页。

分，"拈古""颂古"在灯史中也成为重要组成部分（"拈古""颂古"也出现在南宋的《嘉泰普灯录》〈1204 年〉等著作中）。

在各种各样的公案批评中，"颂古"出现于唐末，这与当时的时代风尚密切相关。因为"颂古"需要一定的文学修养，所以在诗风极盛的唐代，这种公案批评很流行。出现了"颂古百则""颂古百十则"等许多"颂古"集成性质的作品。其源头可追溯到汾阳善昭于天禧年间（1017～1021）所作的"颂古百则"。之后又先后出现了雪窦重显的《颂古百则》、白云守端的《颂古百十则》、投子义青和丹霞子淳的《颂古百则》等。特别是富有文学修养的重显的"颂古百则"得到很高评价。圆悟克勤（1063～1135）常以此为教材进行批评。他的弟子们将这些讲义汇编成书，此即有名的《碧岩录》（《碧岩集》，1125 年）。①

伊吹敦对于颂古产生背景的分析很有道理，但他将时间定在唐末应该太早了，因为毕竟当时尚未有后世意义上的颂古作品，而他所举的例子也没能支持他的观点。这是问题的一个方面。

另一方面，就"名"的角度来说，汾阳善昭的作品被称为《颂古百则》，无疑已经坐实了"颂古"之名。但据此将颂古的得名时间说成是其产生时间，则在逻辑上也是不通的。因为必然是先有颂古之"实"，然后才能有其"名"。颂古得名时间不须争论，汾阳善昭的"颂古百则"就是证据，其出现的时间则必然在此之前。因此，笔者比较认同颂古出现于五代的观点，不仅因为其更加符合历史发展的逻辑，而且因为《禅宗颂古联珠通集》中已经收录了个别五代僧人的作品。

宋代颂古的发展大致可分为三个阶段。

北宋中期以前是第一个阶段，颂古正式出现并逐步得到发展。也许汾阳善昭不是最早写作颂古的僧人，但颂古之名至他方出现，且颂古产生影响也从他开始。汾阳善昭（947～1024），太原人，俗姓俞，为临济宗禅师，曾主持汾阳太子院。善昭出于弘法的目的，选择佛家公案一百则，分别作一首七言绝句，从而形成了《颂古百则》。关于其开创颂古的动机，善昭在《颂古百则》之后的《都颂》中说得很明白：

先贤一百则，天下录来传。难知与易会，汾阳颂皎然。空花结空

---

① 〔日〕伊吹敦：《禅的历史》，张文良译，国际文化出版公司，2016，第79～80页。

果,非后亦非先。普告诸开士,同明第一玄。①

善昭之后,雪窦重显以其为榜样又作《颂古百则》。雪窦重显(980~1052),遂州(今属四川)人,俗姓李,为云门宗禅师。跟善昭追求质朴易晓即所谓"汾阳颂皎然"不同,重显不仅在颂古中融入了更多的个人情感,而且驰骋文采,显得诗意盎然。如:

江国春风吹不起,鹧鸪啼在深花里。三级浪高鱼化龙,痴人犹戽夜塘水。②

其后又有释仁勇、白云守端、投子义青等人加入颂古创作中。释仁勇,俗姓竺,四明(今浙江宁波)人。初学天台宗,因谒雪窦重显而改参禅学。著有《颂古》108首。白云守端(1025~1072),俗姓周,衡阳(今属湖南)人。二人曾相约创作颂古。宋僧祖咏《大慧普觉禅师年谱》"绍兴三年"条云:

师四十五岁。东林圭禅师自仰山来,同居,各作颂古一百一十篇。按东林《书颂古后》云:绍兴癸丑四月,余过云门庵,同妙喜度夏,山顶高寒,终日无一事,相从甚乐。妙喜曰:"昔白云端师翁谢事圆通,约保宁勇禅师夏居白莲峰,作颂古一百一十篇,有'提尽古人未到处,从头一一加针锥'之语,吾二人今亦同夏于此,事迹相类,虽效颦无愧也。"遂取古公案一百一十则,各为之颂,更互酬酢,发明蕴奥,斟酌古人之深浅,讥诃近世之谬妄,不开知见户牖,不涉语言蹊径,各随机缘,直指要津,庶有志参玄之士,可以洗心易虑于兹矣。③

文中的"妙喜"即大慧宗杲,其所说的"白云端"即白云守端,"保宁勇禅师"即释仁勇。此二人相约各作颂古,推动了创作的风气。同时期的投子义青也积极参与其中。义青(1032~1083),俗姓李,青社(今河南偃师)人。为曹洞宗禅师,万年住舒州(今安徽潜山)投子山胜因院。著有《林泉老人评唱投子青和尚颂古空谷传声集》六卷。

从汾阳善昭到投子义青,经过近百年的涵泳,颂古不仅在佛教内部站

---

① (宋)释善昭撰《颂古百则》,朱刚、陈珏:《宋代禅僧诗辑考》,复旦大学出版社,2012,第163页。
② (宋)重显颂古、圆悟克勤评唱《碧岩录》,东方出版社,2013,第56页。
③ 《嘉兴藏》第1册,台北新文丰出版公司,1988,第98页。

稳了根基，而且得到了明显的发展和进步。

北宋后期到南宋初期是第二阶段，圆悟克勤《碧岩录》的成书标志着颂古走向成熟。克勤（1063～1135），俗姓骆，彭州（今四川郫都区）人。为临济宗杨岐派禅师。克勤将雪窦重显的《颂古百则》收录在一起，并为其加上垂示、著语、评唱，撰成《碧岩录》十卷。克勤在《碧岩录》第一则"武帝问达磨"的评唱中云："大凡颂古只是绕路说禅，拈古大纲据款结案而已。"① 这个说法，对于后人认识颂古的性质具有重要的纲领意义。《碧岩录》影响甚大，甚至被后世称为"宗门第一书"。

克勤之后，创作颂古的僧众更多了。其弟子大慧宗杲于绍兴三年（1133）隐居云居山时，同东林圭禅师各作《颂古》一百一十篇。大慧宗杲（1089～1163），俗姓奚，宣州（今安徽宣城）人。对于颂古，他更出名的举动则是焚毁了其师克勤的《碧岩录》。净善重集的《禅林宝训》卷四引心闻禅师的一段话云：

> 教外别传之道，至简至要，初无他说。前辈行之不疑，守之不易。天禧间，雪窦以辩博之才，美意变弄，求新琢巧，继汾阳为颂古，笼络当世学者，宗风由此一变矣。逮宣政间，圆悟又出己意，离之为《碧岩集》。彼时迈古淳全之士，如宁道者、死心灵源、佛鉴诸老，皆莫能回其说。于是新进后生，珍重其语，朝诵暮习，谓之至学，莫有悟其非者。痛哉！学者之心术坏矣。绍兴初，佛日入闽，见学者牵之不返，日驰月骛，浸渍成弊，即碎其板，辟其说，以至袪迷援溺，剔繁拨剧，摧邪显正，特然而振之，衲子稍知其非而不复慕。然非佛日高明远见，乘悲愿力救末法之弊，则丛林大有可畏者矣！②

大慧宗杲的这个举动表明，由于克勤编集的《碧岩录》影响很大，使得之前雪窦重显"求新琢巧"的弊端都被效法者进一步放大，于是到了不得不拨乱反正的地步。

孝宗朝以后是颂古发展的第三阶段，即繁荣阶段。在克勤的《碧岩录》后，颂古虽然难以有大的突破，但是却大范围地开枝散叶，成为诗僧最乐于创作的新诗体。为了及时反映这种盛况，池州报恩寺僧法应花费三十年之精力，于淳熙二年（1175）编成《禅宗颂古联珠集》。此后，颂古创作之

---

① （宋）重显颂古、圆悟克勤评唱《碧岩录》，东方出版社，2013，第8页。
② 《大正藏》第48册，台北新文丰出版公司，1983，第1036页。

风益炽。元初，绍兴万寿寺僧普会大力加以增补，撰成《禅宗颂古联珠通集》。普会所作《自序》云：

> 夫鼻祖西来，不立文字，直指而已。时门人又有所谓不执文字，不离文字，而为道用，已向第二机矣。故有汝得吾皮之记，道不在言也审矣，子以为何如？曰："非也。道虽不在于言，言而当终日言，于道庸何伤？否则一语犹以为赘也。"爰自一华敷而五叶联芳，五世传而两派支衍，机缘公案，五灯烨如，诸祖相继，有拈古焉，有颂古焉。拈古则见之于《八方珠玉》《类要》等集，颂古则有宝鉴大师，宋淳熙间居池阳报恩，采集佛祖至茶陵机缘，凡三百二十有五则，颂古宗师一百二十有二人，颂二千一百首，目之曰《禅宗颂古联珠》，丛林尚之，而板将漫灭。因念淳熙至今垂二百载，其间负大名尊宿星布林立，颂古亦不下先哲，惜乎联继之作阙如也。每惭滥厕宗门且有年矣，禅无所悟，道无所诣，欲作之，复止之，越趑者亦屡矣。元贞乙未，叨尸义乌普济山院，事简辄事续稿，仅得一二。萍梗之踪，或出或处，随见随笔，廿三四年间，稍成次序。机缘先有颂则续之，未有者增之，加机缘又四百九十又三则，宗师四百二十六人，颂三千丹五十首，题曰《禅宗颂古联珠通集》。将募板行，与后学共。惑者曰："道不在是。拈华微笑，三拜得髓，初无一语与之，而昭昭于心目之间。道播无垠，乌有如今日叶音韵事，言句簧鼓。后人俾其弃本逐末，诚可叹哉！"予笑而不答，良久乃歌曰："五云影里神仙现，手把红罗扇遮面。急须着眼看仙人，莫看仙人手中扇。"已而谓之曰："子所论者，手中扇也。予所集者，果在扇邪？"噫！知我罪我，其惟此集乎。时延祐戊午六月旦，前住绍兴路天衣万寿禅寺，钱唐沙门普会自序。①

如果说在孝宗淳熙年间，法应所编《禅宗颂古联珠集》收录的颂古宗师和作品已非常可观，经过普会增补的《禅宗颂古联珠通集》，公案增加至818则，宗师至426位，颂增加至3005首，更是皇皇巨著。相对于前者，《禅宗颂古联珠通集》更能反映出南宋颂古的创作盛况。但从今天看来，这个"通集"仍远远谈不上完备，因为即便为禅宗诗僧所作却未被收录而散在其他典籍中的颂古数量仍颇为可观。

---

① （宋）法应集，（元）普会续集《禅宗颂古联珠通集》，《永乐北藏》第198册，线装书局，2005，第446~447页。

随着作者与作品越来越多，颂古的特征也变得越来越分明。不仅与一般意义上的文人诗、僧诗不同，而且与之前已经发展得很充分的偈颂也不同，颂古有几个鲜明的特征。

其一是题材专门化，单纯吟咏佛家公案。作为颂古的集成，《禅宗颂古联珠通集》中所有的作品都是围绕着佛家公案。如卷一中的公案有以下47则：

佛世尊一十九则。

文殊四则。

舍利佛一则。

宾头卢一则。

殃崛摩罗二则。

那吒一则。

七贤圣女一则。

城东老姥一则。

维摩一则。

傅大士七则。

善财五则。

布袋一则。

跋陀尊者一则。

志公一则。

天台智者一则。

不仅此卷，其余各卷也是如此。吟咏佛家公案是颂古在题材上的最独特之处，这非常类似于一般意义上的咏史诗。张焕玲、赵望秦所作《古代咏史集叙录稿》收录了释善昭《颂古百则》、释重显《颂古百则》等作品，应该也是看到了禅宗颂古与咏史诗之间的共通之处。[①]

虽然，《禅宗颂古联珠通集》所收作品全部围绕佛家公案，但据《全宋诗》所录南宋僧人创作的颂古中也有例外，如其中有吟咏《论语》等儒家题材的作品，但数量极少，不足以改变颂古吟咏佛家公案的根本性质。

其二是韵散结合的形式。一般来说，颂古的构成有两个部分：前面用散文讲述公案，后面用韵文揭示其旨趣。如《禅宗颂古联珠通集》排在最前的是"世尊机缘"，其散文部分云：

---

① 张焕玲、赵望秦：《古代咏史集叙录稿》，三秦出版社，2013，第194~197页。

释迦牟尼世尊初降生，一手指天，一手指地，周行七步，目顾四方，云："天上天下，唯吾独尊。"后云门云："我当时若见，一棒打杀与狗子吃。贵图天下太平。"琅玡觉云："可谓将此深心奉尘刹。是则名为报佛恩。"

这是对公案故事的介绍，不仅叙说了释迦牟尼出生时的奇异举止，而且还有后代高僧的评论。其后以"颂曰"二字引出韵文部分。《禅宗颂古联珠通集》在其下共收录了35首作品，这里列举前4首：

四月八佛降生日，指天指地称第一。九龙喷水沐金躯，摩诃般若波罗蜜。（洞山聪。）

指天指地语琅琅，送语传言出画堂。使者尚能多意气，主人应是不寻常。（泉大道。）

宝殿龙楼忽降时，周行七步豁双眉。开言不是无谦逊，天上人间更有谁。（野轩遵。）

开基创业前王事，端拱持盈后帝心。剑戟尽为农器用，此时谁报太平音。（佛印元。）①

这4首作品中，前3首主要赞美佛祖自出生时便不同寻常，最后一首突出佛祖出生带来的太平之音，会心各不相同，但都是由前面的公案生发而来。至于后来有些作品仅有韵文，可以看作对公案故事即散文部分的省略。就这样，通过韵散结合的方式，颂古不仅与一般的诗歌不同，而且与常见的偈颂也有所区别。

颂古在诗体选择上亦有明显的偏向，那就是以七绝为主。从《禅宗颂古联珠通集》所收作品看，绝大多数作品的韵文部分都是七绝（未必都符合平仄格律），其他类型的作品很少。

其三是作者的排他性。在偈颂的发展过程中，除了僧人创作外，一些接受佛教思想的士大夫也创作了不少作品。颂古则不同，它仅限于佛教内部传承，士大夫极少染指。从《禅宗颂古联珠通集》所收作品的作者看，四百多位作者中仅有张商英（张无尽）等个别士大夫名列其中。即使从《全宋诗》收录的作品看，也是如此。不过，禅僧虽是颂古创作的主体，但

---

① （宋）法应集，（元）普会续集《禅宗颂古联珠通集》，《永乐北藏》第198册，线装书局，2005，第448页。

其他教院僧众同样也可创作，只是数量不多罢了。

正因为颂古的特征如此鲜明，使其成了僧人的写作专利，也成了其可以不受文人干扰的一块净土。经过近千年的努力，诗僧们终于在诗歌田园中开创了属于自己的独特门类，他们可以尽情地在其中徜徉，而完全不必考虑世俗诗人们的看法。而这也使得诗僧们减少了对一般诗歌的关注，也减少了创作一般诗歌的热情。在经历过北宋的诗歌高潮之后，南宋诗歌本来就缺少光芒，除了"中兴四大家"，其他诗人都显得创新不足。加上理学家对诗歌的强力渗透，又从总体上降低了诗歌的文学性。在这样的背景下，颂古在南宋的蓬勃发展给诗坛带来了绚烂的色彩，同时也使得暮气沉沉的文人诗相比之下更加黯淡无光。

二　文人诗中禅学与诗学重心的颠覆

自从僧人采用诗歌的形式宣扬佛法，佛与诗之间便建立了关联。后来随着禅宗一枝独大，佛与诗的关系逐渐被禅与诗的关系所取代。关于禅与诗的关系，金代元好问在《答隽书记学诗》中有最著名的阐释："诗为禅客添花锦，禅是诗家切玉刀。"① 元好问这话的立足点是禅学与诗学可以各自从对方那里获取有用的资源来丰富自己，而且彼此之间的关系能够处于最和谐的状态。事实上，哪有这么理想的事情呢？诗学与禅学的关系很难维持这样一种平衡。就"诗为禅客添衣锦"来说，僧人学诗固然可以"添衣锦"，如南朝和唐代的一些诗僧；可是一旦他们专心于诗艺，以至于忘却了自己的本业，那就不是"添衣锦"的问题了，而是将自己混同为文人士大夫了。关于这个方面，上节所谈已比较充分。就"禅是诗家切玉刀"来说也是如此。诗人借助禅学固然可以为自己的诗歌增加魅力，可是一旦超过了界限，将诗歌变成宣传禅理的工具，那禅学也不再是"切玉刀"，而是杀死诗歌的钢刀了。就两宋诗歌发展的情况看，北宋末年似乎是禅学与诗学关系改变的临界点。此前，禅学尚可称为"切玉刀"，对"宋调"发展有积极作用；此后，禅学逐渐成为戕害诗学的力量，推动了"宋调"的解构。

20世纪90年代，梁道礼在《禅学与宋代诗学》一文中将宋代禅学与诗学的关系同前代尤其是唐代做了一番比较：

> 宋代诗学繁荣的背后，也依稀活跃着一个禅学背景。佛学和文学

---

① 《元好问全集》（增订本）上册，姚奠中主编，李正民增订，山西古籍出版社，2004，第354页。

间，自有其源远流长的互惠关系。但宋代诗人和禅门的关系，远比前代亲密和自然。把两宋和三唐略作比较，区别立见：三唐更多是佛门对文士的借助，两宋更多是诗人对禅学的期待；三唐偶喜用诗境抒写禅境，两宋惯于借禅理印证诗学；三唐韩愈辟佛，名垂青史，两宋石介辟佛在当时就遭到明的规劝和暗的嘲讽；三唐文士如韩、柳和释子交往略密，要向社会作出公开解释，两宋诗人如苏、黄想出入宗门，立即有人主动地牵线搭桥。①

在那样的时代，梁先生就关注到禅学与诗学的关系在唐代与宋代的不同，眼界已经很高了。但这篇文章稍有不足，主要在于将"三唐"与"两宋"对比，从他所举的"两宋"例子看，其实都属于北宋。梁先生以北宋代指"两宋"，应该是没有来得及考察南宋的情况。其实南宋禅学、诗学的关系与北宋差别之大，远比北宋与唐代之间的差别更大。现分别略加考察。

正如前文所说，禅学对于北宋时期的诗人来说，总体上属于"切玉刀"。承唐代风气的影响，"宋初三体"均与禅有一定的关联。白体诗人的宗主白居易是中唐深受佛学浸染的诗人；晚唐体所宗尚的贾岛曾经为僧，且其成员中有"九僧"这样重要的一群诗僧；西昆体貌似与禅学关系不大，但其最重要的领袖杨亿却涉禅颇深：他不仅曾入临济宗禅师元琏门下，还曾奉旨修订、润色禅僧道原所编的《佛祖同参集》，为其作序，命名为《景德传灯录》，该书成为禅宗灯录系列中最早的一部。对于宋初诗歌受禅学影响的程度，周裕锴有一个评判：

> 宋初的诗风，基本上是晚唐五代的延续，太祖、太宗、真宗三朝的诗歌，基本上笼罩于白居易、贾岛和李商隐的影响的阴云之下，流行于诗坛的是白体、晚唐体（即贾岛格）和西昆体（即李商隐体）。这三派诗人都和禅宗有关，但诗中的禅味、禅趣并不浓，仅晚唐体中不时冒出点"蔬笋气"，稍带了点方外本色。②

不过，在此后"宋调"发展的早期，诗歌与禅学的关系反而比较疏远。这既与当时朝廷里强化儒学的政治环境有关，也与梅、苏、欧等人强调诗

---

① 梁道礼：《禅学与宋代诗学》，《陕西师大学报》（社会科学版）1992年第3期。
② 周裕锴：《中国禅宗与诗歌》，复旦大学出版社，2017，第88页。

歌的现实性和功利性有关。在"宋调"的开创者那里，只有梅尧臣诗歌受到佛教的一定影响。而苏舜钦尽管与僧人有一定交往，然平生不喜佛教。其集中第一首诗即《感兴》其一，即是批判统治者迷信佛老的："痛乎神圣姿，遂与夷为侣。苍生何其愚，瞻叹走旁午。"① 欧阳修更是排斥佛教，作有《本论》《原弊》等专论。即便是王安石，仍然秉持了相近的态度。至于说欧阳修致仕归隐颍州后自称"六一居士"并与僧人交往较多，最多只能表明他在暮年对佛教的态度有所变化，但这并不能对他之前的诗歌创作产生影响。与欧阳修相比，王安石对佛教的态度改变得更早一些。罢相后，王安石退居江宁蒋山（今江苏南京紫金山），曾著《楞严经疏解》，该书虽佚，然其手书《楞严经要旨》一卷尚存于上海博物馆。在佛教的影响下，王安石晚年不仅写出了少量禅理诗，而且推动了"半山体"小诗的出现。"半山体"空明宁静又充满禅机，与唐代王维《辋川集》中的一些作品颇有相近之处。

在"宋调"的主要诗人中，引禅入诗比较积极主动的是苏轼和黄庭坚，这也使得禅学对于"宋调"的建构发挥了重要作用。周裕锴曾比较了苏轼与王安石在这方面影响的不同：

> 苏轼虽没有像王安石那样当过宰相，但他作为多才多艺的文坛巨星，俨然成为北宋士大夫的领袖人物。因而，苏轼的参禅和以禅入诗，对元祐以后的诗坛有深远的影响。如果说王安石晚年的绝句是向重观照、重体悟的唐诗回归，那么，苏轼的诗却更多地展现了宋诗重思辨、多理趣的审美特征。苏诗中到处是妙趣横生的比喻和睿智聪明的哲理，但却再难找到彻底摒弃思辨痕迹的妙谛微言与镜花水月般的艺术境界了。②

就"宋调"的发展而言，显然王安石以禅入诗产生的影响较小，因为他"是向重观照、重体悟的唐诗回归"；比较而言"苏轼的诗却更多地展现了宋诗重思辨、多理趣的审美特征"，也就是说，苏轼以禅入诗有力推动了"宋调"特色的发展。

黄庭坚对禅学的痴情远过于苏轼，且他们二人所习之禅亦有很大的不同。南宋吴坰《五总志》云：

---

① （宋）苏舜钦：《苏舜钦集》，沈文倬校点，上海古籍出版社，1981，第1页。
② 周裕锴：《中国禅宗与诗歌》，复旦大学出版社，2017，第96页。

山谷老人自丱角能诗，《送乡人赴庭试》云："青衫乌帽芦花鞭，送君直至明君前。若问旧时黄庭坚，责在人间十一年。"至中年以后，句律超妙入神，于诗人有开辟之功。始受知于东坡先生，而名达夷夏，遂有苏黄之称。坡虽喜出我门下，然胸中似不能平也。故后之学者因生分别：师坡者萃于浙右，师谷者萃于江右。以余观之，大是云门盛于吴，（林）［临］济盛于楚。云门老婆心切，接人易与，人人自得，以为得法，而于众中求脚根点地者，百无二三焉。（林）［临］济棒喝分明，勘辩极峻，虽得法者少，往往崭然见头角，如徐师川、余荀龙、洪玉父昆弟、欧阳元老皆黄门登堂入室者，实自足以名家。噫！坡、谷之道一也，特立法与嗣法者不同耳。彼吴人指楚人为江西之流，大非公论。①

吴坰认为苏轼所学为云门宗，黄庭坚所习为临济宗，这大致接近事实。明人《庭帏杂录》卷下载："苏、黄皆好禅，谈者谓子瞻是大夫禅，鲁直是祖师禅，盖优黄而劣苏也。"② 所说虽不同，要之皆指出苏、黄所习禅法之不同。与此相关，黄庭坚的以禅入诗也与苏轼有很大的不同。张高评在《禅思与诗思之会通——论苏轼、黄庭坚以禅为诗》一文中说：

试考察禅宗语言，发现禅思与诗思相通相成者有四大面向：（一）呵佛骂祖与破体出位；（二）绕路说禅与不犯正位；（三）参禅悟入与活法透脱；（四）自性自度与自得自到，要皆宋代诗学有得于禅学之启发者。③

张先生所论"四大面向"，虽然在苏轼诗中也有所体现，然远远不及在黄庭坚诗中那么突出，而且影响到其后学江西诗派诸人。

总的说来，苏、黄二人主动接受禅宗影响并通过诗歌创作将自己的认知和理解加以表现，从而大大加深了"宋调"中的禅学色彩，这是相同的；但由于二人所受禅宗宗派影响的不同，又使得彼此所得各有不同，在各自的诗歌中也呈现出不同的风貌，并进一步影响各自的后学者。这一点已见上文所引吴坰《五总志》。

---

① （宋）吴坰撰《五总志》，《丛书集成初编》第 295 册，商务印书馆，1939，第 18 页。
② （明）袁衷等撰《庭帏杂录》，《郑氏规范及其他二种》，中华书局，1985，第 11 页。
③ 张高评：《禅思与诗思之会通——论苏轼、黄庭坚以禅为诗》，《中文学术前沿》（第 2 辑），浙江大学出版社，2011，第 93 页。

那么，禅学影响诗学具体有哪些层面呢？高慎涛、杨遇青在《中国佛教文学》一书中说："以禅入诗是禅对诗的侵入，有以禅语入诗、以禅理入诗、以禅趣入诗三种。"① 这种说法可能借鉴了之前孙昌武在《佛教与中国文学》中将王维的以禅入诗分成了以禅语入诗、以禅趣入诗和以禅法入诗三种的做法。② 又如史双元在鉴赏王维《偶然作》一诗时说：

> 这首诗富于禅味。"宿世""前身"是以禅语入诗；"不能舍余习，偶被世人知"是以禅理入诗；"名字本皆是，此心还不知"则是以禅趣入诗。诗人以禅入诗，表现出一种对人生真谛的直接切入与感悟，诗人以坦然的态度、平静的语调表现出对生活的理解，感伤的低吟中显出明彻的达悟。③

王维以禅入诗当然不止这样三个层面，如其《辋川集》最突出的特征是以禅境入诗，而且这在唐代应该更加典型。张文利在《理禅融会与宋诗研究》一书中说：

> 以禅意、禅境入诗，是形成唐代与禅学有关的诗歌的境界多体现为空寂静穆的原因所在。禅宗对宋代诗人及其诗歌创作的影响则体现为禅宗的思维方式、话语特征对宋诗的渗透与影响。④

张高评《禅思与诗思之会通——论苏轼、黄庭坚以禅为诗》一文中说："宋代看话禅、默照禅、文字禅之流行，士人禅悦成风。或以禅入诗，或以禅喻诗，或以禅论诗，于是禅风影响诗风，禅思亦往往会通诗思。"又说："考察以禅为诗之表现，或以禅理入诗，或以禅典入诗，或以禅迹入诗，或以禅法入诗，或以禅趣入诗。"⑤

从前引众人的各种分析可以看出，虽然禅学对诗学的影响有不同的层次，但从王维到苏、黄，禅学的影响还没有大到诗学无法承受的限度，而且从总体上说是有利于诗歌发展的。

---

① 高慎涛、杨遇青：《中国佛教文学》，陕西人民出版社，2009，第99页。
② 孙昌武：《佛教与中国文学》，上海人民出版社，1996，第104页。
③ 周啸天：《唐诗鉴赏辞典》，商务印书馆国际有限公司，2012，第308页。
④ 张文利：《理禅融会与宋诗研究》，中国社会科学出版社，2004，第137页。
⑤ 张高评：《禅思与诗思之会通——论苏轼、黄庭坚以禅为诗》，《中文学术前沿》（第2辑），浙江大学出版社，2011，第100页。

到了南宋，则诗学与禅学的关系发生了逆转，其重心已明显偏向禅学。这在江西诗派那里已经非常明显了。许总在《论宋代理学与禅学及诗学之关系》一文中谈到南宋诗歌时说：

> 在南宋诗坛，江西派风靡一时，诗人习禅之风亦随之波推浪逐，日趋普遍，诗人既以"他时派列江西"为荣耀，而"诗到江西别是禅"（刘迎《题吴彦高诗集后》）则是其实质所在。南宋三大家皆出自江西之门，虽然在艺术风格上最终突破江西模式，但融禅入诗的观念与方法并无改变。如范成大极善在诗中化用佛禅语，钱锺书《宋诗选注》就称其为"黄庭坚以后，钱谦益以前用佛典最多、最内行的著名诗人"。陆游诗中固然多有现实人生之内容，但他在谈及诗境创造时却极重禅学，如《示子遹》诗中自云"中年始少悟，渐若窥宏大"，教示诗学门径则曰"汝果欲学诗，工夫在诗外"，在《九月一日夜读诗稿有感走笔作歌》诗中又自述创作感受云"诗家三昧忽见前，屈贾在眼元历历"，显然都是一种禅学的参悟境界。杨万里更是由江西派超脱而出的大家，其所创"诚斋体"的最大特点是以活泼的语言体悟自然生机理趣，周必大《跋杨廷秀石人峰长篇》称其"笔端有口，句中有眼"，葛天民《寄杨诚斋》更形象地评其"死蛇解弄活泼泼"，而这所谓"活泼泼"，正是禅家精神，钱振锽《诗话》明言"禅语者，活泼泼之谓也，何谓活泼，不拘泥之谓也"，曾幾《读吕居仁旧诗有怀》亦云"学诗如参禅，慎勿参死句"。由此既可以看出南宋诗风演变的关键，又显见禅学精神的实质。杨万里《跋徐恭仲省干近诗》云"传派传宗我替羞，作家各自一风流。黄陈篱下休安脚，陶谢行前更出头"，自抒超越江西的感受与抱负，却与吴可著名的以禅论诗之作"学诗浑似学参禅，头上安头不足传。跳出少陵窠臼外，丈夫志气本冲天"的精神实质略无二致，同时，杨万里作为南宋重要的理学家，其诗学与禅学的联系显然成为理学与禅学在文学领域沟通的一个重要纽带与表征。此外，杨万里的文学主张体现了"从江西诗转向江湖诗的关键"（郭绍虞《沧浪诗话校释》人民文学出版社1961，第17页），对南宋后期文风演变有着最重要影响，在文学传统的意义上直接开启了以四灵及江湖派为代表的宋末诗坛主流，而如其在《送分宁主簿罗宏才秩满入京》诗中所说"要知诗客参江西，正似禅客参曹溪。不到南华与修水，于何传法更传衣"那样对江西与禅学关系加以肯定的观点实亦一并得到承

传发展，成为南宋后期众多文人的共识。如四灵即不仅与禅僧交游密切，诗中充满禅趣，而且"掩关人迹外，得句佛香中"（徐照《宿寺》），更将禅境视作艺术生成的来源与触发灵感的契机。①

许先生所谈虽然是南宋禅学对诗学的影响，且仅限于一些重要诗人受到的影响。可是对这些重要诗人来说，他们还是更加重视诗性，不至于让禅学占了上方。南宋受禅学影响更大的实际上是众多的下层无名小诗人。作为当时的亲历者，刘克庄已充分意识到禅学对诗学的不利影响，他在跋《何秀才诗禅方丈》时说：

> 诗家以少陵为祖，其说曰："语不惊人死不休。"禅家以达摩为祖，其说曰："不立文字。"诗之不可为禅，犹禅之不可为诗也。何君合二为一，余所不晓。夫至言妙义，固不在于言语文字，然舍真实而求虚幻，厌切近而慕阔远，久而忘返，愚恐君之禅进而诗退矣，何君其试思之。②

类似何秀才这样的无名诗人在南宋很多很多，他们既未能以诗歌知名，也无法像当时的重要诗人那样在创作时将禅学控制在一定的限度内，于是其诗中禅学与诗学的关系被颠倒了，诗学的成分逐渐减少，而禅学的成分越来越重。南宋诗学的成就较低，就外部原因来说固然是受到理学的冲击和打压，但禅学在其中也起到了同样的破坏作用，只是其作用低于理学罢了。比如，南宋禅学对"文字禅"的批判对诗歌发展产生了明显的影响。张勇在《贝叶与杨花——中国禅学的诗学精神》一书中曾将南宋初年禅学中对"文字禅"的批判与诗坛对江西诗派的批判结合起来考察：

> 禅学领域的"文字禅批判"与诗歌领域的"江西诗派批判"，这两大批判有两个明显的相同点。第一，时间同步。二者都开始于两宋之际，而在南宋中期达到高峰。"江西诗派"的批判者韩驹、曾几、吕本中等与宗杲同时，而陆游、杨万里则与崇岳同时。第二，思想倾向一致。"文字禅"的症结在于以文字为禅、以才学为禅，迷于知见，执病为药。"江西诗派"的症结在于"以文字为诗，以才学为诗，以议论

---

① 许总：《论宋代理学与禅学及诗学之关系》，福建省文史研究馆编《文史撷英》，海峡文艺出版社，2018，第268～269页。
② （宋）刘克庄著，辛更儒校注《刘克庄集笺校》第9册，中华书局，2011，第4146页。

为诗",按字模声,拘泥"死法"。两者都执着于文字知见,或偏离禅宗"明心见性"之方向,或偏离诗歌"吟咏性情"之本意,都病在一个"死"字。诗禅领域的两大批判在实质上都是针对"死"字而展开的。①

张先生的考察足以说明:在南宋诗风转向之际,禅学的影响是何等的巨大!

与此同时,以禅喻诗和以禅论诗也逐渐成为当时诗人的共识。以禅喻诗出现得较早,如苏轼《夜直玉堂携李之仪端叔诗百余首读至夜半书其后》云:

> 玉堂清冷不成眠,伴直难呼孟浩然。暂借好诗消永夜,每逢佳处辄参禅。愁侵砚滴初含冻,喜入灯花欲斗妍。寄语君家小儿子,他时此句一时编。②

此诗中"暂借"一联历来被认为是以禅喻诗的著名例子。不过,相对于苏轼所喻的是读诗的感受,之后更多诗人用禅学比喻学诗的过程。特别是在苏、黄之后辈那里,这样的比喻非常常见。如陈师道《次韵答秦少章》云:"学诗如学仙,时至骨自换。"③ 前引曾季狸《艇斋诗话》中有这样一句话:"后山论诗说换骨,东湖论诗说中的,东莱论诗说活法,子苍论诗说饱参,入处虽不同,然其实皆一关捩,要知非悟入不可。"④ 曾季狸将两宋之交几位重要诗人对学诗的感触概括为"非悟入不可",说明他看清了问题的实质。不仅如此,南宋出现的三首一组的《学诗诗》与禅宗的关系更为深入。张伯伟在《禅学与宋代论诗诗》一文中曾以吴可的三首《学诗诗》为例,分析了其与禅宗"三句"之间的内在关系:

> 其一:
> 学诗浑似学参禅,竹榻蒲团不计年。只待自家都了得,等闲拈出

---

① 张勇:《贝叶与杨花——中国禅学的诗学精神》,中华书局,2016,第38~39页。
② 《苏轼诗集》第5册,(清)王文诰辑注,孔凡礼点校,中华书局,1982,第1616~1617页。
③ (宋)陈师道撰,(宋)任渊注,冒广生补笺,冒怀辛整理《后山诗注补笺》下册,中华书局,1995,第467页。
④ (宋)曾季狸撰《艇斋诗话》,丁福保辑《历代诗话续编》上册,中华书局,1983,第296页。

便超然。

初学者往往由摩仿入，这是一个功夫的历程，若求得入门正，起点高，则亦如参禅之人破除迷妄，觅得入处，就是破了第一关。这也就是由"竹榻蒲团不计年"到"只待自家都了得"的过程。

其二：

学诗浑似学参禅，头上安头不足传。跳出少陵窠臼外，丈夫志气本冲天。

诗家步趋因袭，其弊在于为前人牢笼，此略似禅家所谓之"有"境，故须一笔扫尽，以"空"境加以补救。但若一意孤行，言必己出，而视前人为土苴，又不免成为新的"有"境。从学诗来说，则又成为进一步提高的障碍。徐增《与同学论诗》云："学人能以一棒打尽从来佛祖，方是宗门大汉子；诗人能以一笔扫尽从来窠臼，方是个诗家大作者。可见作诗除去参禅，更无别法也。"（《说唐诗》卷首）然而刻意求工，实际上往往不免于走上奇险诡谲之路，欲新而未必新，亦非自然，故亦须破之。

其三：

学诗浑似学参禅，自古圆成有几联？池塘春草一句子，惊天动地至今传。

最后，诗人指陈了第三关境界。不必求新，而又不得不新，纯以"自然""平常"为宗，即所谓"圆成"。"池塘春草"乃指谢灵运《登池上楼》中"池塘生春草，园柳变鸣禽"一联。谢灵运自云"此语有神助"（钟嵘《诗品》卷中引《谢氏家录》），而叶梦得《石林诗话》卷中的一段分析，尤其有助于我们的理解。叶氏指出："'池塘生春草，园柳变鸣禽'，世多不解此语为工，盖欲以奇求之耳。此语之工，正在无所用意，猝然与景相遇，不假绳削，故非常情所能到。诗家妙处，当须以此为根本。而思苦言难者，往往不悟。"叶氏所说的"思苦言难"者，颇似停留在第二关境界的人，而诗家的最高境界，却恰恰在于"无所用意""不假绳削"。这里的"无所用意"，是在破除了"思苦难言"之后的境界，略似绚烂之极归于平淡。古人论诗，亦有强调"以意为主"者，这与"无所用意"是在两个不同层次上的要求，所以并不构成矛盾。诗家的这种境界，亦如参禅之人于悟透之后，正说反说，横说竖说，拳打脚踢，扬眉瞬目，无往不可，无非妙道。

由此可见，吴可的三首学诗诗，实合于禅宗"三句"精神。所以，其三首蝉联也绝不是无意义的。而要探究其中的诗学原理,也必须将三首联系起来。掇拾割裂,便失其旨。①

用参禅的方式,甚至进一步用禅宗"三句"来表现学诗的过程,虽然目的仍在于诗学,但按照这种方式创作的诗歌,禅学的精神已经深入其骨髓,禅学已经在很大程度上取代了诗学。特别是那些以禅喻诗的《学诗诗》,除了外在的形式外,已经跟诗学没有多少关系了。

以禅喻诗不仅可以用诗歌的形式表现,也可以以专论的形式出现,严羽《沧浪诗话》就是以禅论诗的突出例子。其《诗辩》云:

> 禅家者流,乘有小大,宗有南北,道有邪正。学者须从最上乘,具正法眼,悟第一义。若小乘禅,声闻、辟支果,皆非正也。论诗如论禅,汉、魏、晋与盛唐之诗,则第一义也。大历以还之诗,则小乘禅也,已落第二义矣。晚唐之诗,则声闻、辟支果也。学汉、魏、晋与盛唐诗者,临济下也。学大历以还之诗者,曹洞下也。大抵禅道惟在妙悟,诗道亦在妙悟。且孟襄阳学力下韩退之远甚,而其诗独出退之之上者,一味妙悟而已。惟悟乃为当行,乃为本色。然悟有浅深,有分限,有透彻之悟,有但得一知半解之悟。汉、魏尚矣,不假悟也。谢灵运至盛唐诸公,透彻之悟也;他虽有悟者,皆非第一义也。我评之非僭也,辩之非妄也,天下有可废之人,无可废之言。诗道如是也。若以为不然,则是见诗之不广,参诗之不熟耳。试取汉、魏之诗而熟参之,次取晋、宋之诗而熟参之,次取南北朝之诗而熟参之,次取沈、宋、王、杨、卢、骆、陈拾遗之诗而熟参之,次取开元、天宝诸家之诗而熟参之,次独取李、杜二公之诗而熟参之,又取大历十才子之诗而熟参之,又取元和之诗而熟参之,又尽取晚唐诸家之诗而熟参之,又取本朝苏、黄以下诸家之诗而熟参之,其真是非自有不能隐者。倘犹于此而无见焉,则是野狐外道蒙蔽其真识,不可救药,终不悟也。②

撇开学者争论的严羽对禅学的理解是否准确等问题,他在这段话中用禅学解释诗学的特点是非常鲜明的。以禅喻诗和以禅论诗的出现,不仅说明了禅学对诗学的渗透已经非常严重,而且说明这样的方式已经成为南宋

---

① 张伯伟:《禅与诗学》,人民文学出版社,2008,第124~126页。
② (宋)严羽撰《沧浪诗话》,(清)何文焕撰《历代诗话》下册,中华书局,1981,第685~686页。

诗人和评论家的共识了。事情到了这个地步，则禅学对诗学的影响早就不是有价值的"切玉刀"了，而是变成让诗歌从内部腐烂、坏死的穿肠毒药了！被高度禅学化的诗歌在很大程度上已经丧失了文学性，更别说什么"唐音"和"宋调"了。

可以这么说，除了"中兴四大家"和刘克庄、姜夔等少量有成就的诗人外，南宋众多的下层诗人并没能处理好禅学与诗学的关系。受当时风气的影响，他们的诗歌普遍呈现出以禅学取代诗学的总体倾向。因此，对南宋诗歌来说，禅学已经不再是推动诗歌发展的因素，而与理学一起成了消解诗学特别是解构"宋调"的重要力量了。

三　引导四灵派的发展

由于禅宗是宋代佛教的主流，所以南宋诗学受到的佛教冲击主要来自禅宗，但是这并不意味着其他教派的影响都可以忽略不计。事实上，从南宋中期以后诗歌的发展、演变看，天台宗在其中也起到了重要的推动作用。

四灵派的发展，从表面看主要是属于理学系统的浙东学派，特别是其重要代表之一叶适在其中发挥了最重要的作用，连四灵派的得名都出自叶适所选编的《四灵诗选》。对此，上章已有所论述。此处所论的是，四灵派的发展，背后还有佛教的推动，特别是天台宗在其中发挥了极其重要的作用。

天台宗对四灵派的影响可以从以下三个方面来分析。

其一，天台宗有重视诗歌创作的传统。相对于禅宗和佛教其他宗派，天台宗与诗歌的关系更为密切，不但创作诗歌的僧人较多，成就较高，而且形成了自己的创作传统。至少从唐代开始，天台宗明显表现出更加重视诗歌创作的倾向。中唐刘禹锡在《澈上人文集纪》中说：

> 世之言诗僧多出江左。灵一导其源，护国袭之。清江扬其波，法振沿之。如么弦孤韵，瞥入人耳，非大乐之音。独吴兴昼公能备众体。昼公后，澈公承之。至如《芙蓉园新寺诗》云："经来白马寺，僧到赤乌年。"《谪汀州》云："青蝇为吊客，黄耳寄家书。"可谓入作者阃域，岂独雄于诗僧间邪？①

---

① （唐）刘禹锡撰《刘禹锡集》上册，《刘禹锡集》整理组点校，中华书局，1990，第240页。

对于这段经常被用来说明唐代僧诗发展的资料，张艮在《天台宗僧诗创作考论》一文中指出了其中遮蔽着的一个重要的文学现象：

> 刘禹锡在称许灵澈之外，还揭示了一个不甚为人注意的重要的文学史现象，即从灵一、护国、清江、法振到皎然、灵澈的天台宗诗僧的创作传统。这段文字虽然经常被研究诗僧和僧诗的学者引用，但是其中揭示的天台宗僧诗创作传统却一直以来因被遮蔽而晦暗不明。①

之后，张先生不仅对唐代天台宗的众多诗僧如灵澈、皎然、贯休以及丰干、拾得、寒山等逐一加以考察，而且认为他们的诗歌创作形成了以下三个传统：（一）文人化的生活方式，世俗化的诗歌内容；（二）天台宗诗僧喜用五言律诗；（三）天台宗诗僧的情绪极为节制。② 按照这样的思路重新审视唐代僧诗的发展，就会发现天台宗实为其中成就最高且影响最大的重要组成部分。而且，唐代天台宗诗僧建立的这些诗学传统在宋代得到了继承。四灵派生活的永嘉（今浙江温州）与天台宗的中心区域毗邻，他们在自觉或不自觉中也会接受这样的传统。对照张艮先生概括的三点传统与四灵派的诗歌特征，就会发现二者非常相近，这应该不是巧合，其中有接受与被接受的问题。

其二，贾岛、姚合最受天台宗诗僧喜爱。贾岛与姚合生前与天台宗皆有一定的关联，但关系并不密切。

贾岛（779～843），字阆仙，亦作浪仙，范阳（今河北涿州）人。早年为僧，法名无本。因酷好作诗，受知于韩愈。后还俗，应进士第，但一生未中，后曾任长沙主簿。贾岛与天台宗有一定的关联。其《送无可上人》云：

> 圭峰霁色新，送此草堂人。麈尾同离寺，蛩鸣暂别亲。独行潭底影，数息树边身。终有烟霞约，天台作近邻。③

诗题中的"无可上人"，即贾岛的堂弟，出家后法名无可。兄弟二人曾在圭峰草堂寺为僧，该寺为三论宗、成实宗和华严宗的祖庭。从此诗可以

---

① 张艮：《天台宗僧诗创作传统考论》，《中南大学学报》（社会科学版）2018年第4期，第171页。
② 张艮：《天台宗僧诗创作传统考论》，《中南大学学报》（社会科学版）2018年第4期，第176～180页。
③ （唐）贾岛著，齐文榜校注《贾岛集校注》，人民文学出版社，2001，第119页。

看出，无可将往天台山，贾岛同样表达了对其地的向往，希望将来彼此在此地比邻而居。这首诗是贾岛的呕心沥血之作，他自己注"独行"一联曰："二句三年得，一吟双泪流。知音如不赏，归卧故山秋。"① 无可至天台山后，曾至高明寺，作《禅林寺》：

> 台山朝佛陇，胜地绝埃氛。冷色石桥月，素光华顶云。远泉和雪溜，幽磬带松闻。终断游方念，炉香继此焚。②

高明寺是天台宗最早兴起之地，无可游方到此寺后就不愿离开了，可见内心对天台宗之认同。"终断游方念，炉香继此焚"，也就是想从此改参天台宗了。贾岛还俗后，仍秉持着原来的宗教信仰，一生未婚，过着苦行僧般的生活。他与无可之前所学并非天台宗，但无可前往天台山的目的他非常清楚，从其诗中"终有烟霞约，天台作近邻"看，他也很想到天台山与无可一起过比邻而居又与世无争的世外生活，其中可能也包括了接受天台宗的信仰在内。

姚合与天台宗的关系比贾岛要密切一些。姚合（779？～846？），陕州硖石（今河南三门峡）人。元和十一年（816）进士，授武功县主簿，调富平、万年县尉，后升任监察御史、户部员外郎，改任荆州、杭州刺史。姚合曾游天台山，有《游天台上方》：

> 晓上上方高处立，路人羡我此时身。白云向我头上过，我更羡他云路人。③

诗题中所谓"天台上方"即天台山的上方广寺，亦名石桥寺，是天台宗的道场。此诗表现出对天台宗僧人生活的向往之情。姚合又有《送僧贞实归杭州天竺》：

> 石桥寺里最清凉，闻说茅庵寄上方。林外猿声连晓磬，月中潮色到禅床。他生念我身何在，此世唯师性亦忘。九陌相逢千里别，青山重叠树苍苍。④

---

① （唐）贾岛著，齐文榜校注《贾岛集校注》，人民文学出版社，2001，第120页。
② （清）彭定求等编《全唐诗》，中华书局，1960，第9159页。
③ （唐）姚合著，吴河清校注《姚合诗集校注》下册，上海古籍出版社，2012，第409页。
④ （唐）姚合著，吴河清校注《姚合诗集校注》上册，上海古籍出版社，2012，第82页。

结合上诗，可知此诗当作于作者游天台山之时。虽然姚合所送之僧贞实事迹不详，但从"归杭州天竺"的表述来看，贞实当是杭州天竺寺僧，而天竺寺亦是天台宗道场。姚合在天台山作诗不多，以上两诗却都写到天台宗的道场，这在某种程度上似乎能够反映出他的佛教倾向。他又有《送陟遐上人游天台》一诗：

> 万叠赤城路，终年游客稀。朝来送师去，自觉有家非。石净山光远，云深海色微。此诗成亦鄙，为我写岩扉。①

据诗中对"赤城路"的回顾看，可知此诗当作于姚合游天台山之后。虽不敢说姚合所送之僧"游天台"，就一定是到天台宗道场参学，但天台山不仅有天台宗的道场，而且附近有该宗的祖庭国清寺，这是天台宗的大本营，照常理推测，不论陟遐上人属于哪个宗派，都不影响他去参拜天台宗的祖庭和道场。

从上面考察可以看出，贾岛与姚合虽皆与天台宗有一定关联，但关系还比较疏远。说来有趣，二人与天台宗之间的密切关系其实是通过后人构建起来的。这在宋初晚唐体那里表现得最为突出。晚唐体诗人普遍以贾岛、姚合为宗，尤以贾岛为主。李贵在《中唐至北宋的典范选择与诗歌因袭》书中接受唐人的观点直接称之为"贾岛格"：

> 贾岛格（包括晚唐体）诗人的生活境遇颇为相同，除寇准、王随等极少数高官以外，他们绝大多数都是卑微的隐士僧侣、寒士小吏，生活贫苦，社会地位不高，在野是他们的共同特点。此外，他们普遍与佛教禅宗有着密切的关系。②

李先生强调宋初晚唐体与佛教的关系无疑是正确的，但他们所受的未必都是禅宗影响，其中相当一部分可能来自天台宗。张艮在《宋初天台宗僧诗考论》一文中说：

> 宋初台宗最有名的诗人当属孤山智圆，同时期的慈云遵式的创作在当时亦颇有影响，以二人为中心，我们大致可以勾勒出宋初台宗诗僧的概貌，可将他们分为三类：其一是山外派诗人。这一派诗人中，

---

① （唐）姚合著，吴河清校注《姚合诗集校注》上册，上海古籍出版社，2012，第79~80页。
② 李贵：《中唐至北宋的典范选择与诗歌因袭》，复旦大学出版社，2012，第72页。

智圆差不多处于一个中心地位,周围有他的同门德聪、庆昭以及侄辈咸润、智仁等诗僧,往来唱和较多。仁岳本是知礼法嗣,但因后与其决裂,故亦置于此。其二山家派诗人,包括知礼、遵式、本如,其中遵式成就最大。其三是属于台宗但法系不明的诗僧,包括长吉、文兆、行肇、惟凤、善昇、清远以及居昱等人。长吉以及属于九僧的文兆、行肇、惟凤与智圆颇多诗歌唱和,行肇、善昇与清远同知礼有交游,遵式同长吉、林逋亦有诗文往来,林逋同居昱有师生之谊。①

就这样,生前与天台宗关系并不密切的贾岛、姚合,因其诗歌受到天台宗诗僧的喜爱而彼此结下了不解之缘。从某种程度上说,四灵派可以说是晚唐体的复兴。在这个过程中,天台宗诗僧对贾岛、姚合诗风的宗尚和继承是不可缺少的一个重要环节。

其三,四灵派与僧人的现实交往。除了以上分析的文学传统和历史渊源,四灵派与天台宗诗僧也有很多现实的交往。葛兆光在《从四灵诗说到南宋晚唐诗风》一文中先论述佛教对晚唐诗风产生的深刻影响,然后引入对四灵派接受佛家影响的问题:

> 四灵不仅极为认真地学习着晚唐诗风,而且也与僧人尤其是诗僧来往颇密,其中著名的有著《北磵集》的释居简、著《云泉诗集》的释永颐、先为僧后还俗的葛天民,以及道上人、奭上人、从善上人、辉上人、方上人等等,并且认和尚为师,薛嵎《云泉诗》中有一首诗,题作"普觉院登上人房老梅擅名滋久,昔四灵与其先师道公、方公游,赋咏盈纸",翁卷自己也有《宿寺》诗说:"拚关人迹外,得句佛香中",可见他们受僧人影响不浅。而他们自己最以为能够表示清高脱俗的山居生活,即品茗、采药、作诗、诵经,也与佛教徒十分接近,《鹤林玉露》丙编卷四中罗大经在描写自己山居生活时说:"每春夏之交,苍苔盈阶,落花满径,门无剥啄,松影参差,禽声上下,午睡初足,旋汲山泉,拾松枝,煮苦茗啜之,随意读《周易》……及陶、杜诗、韩、苏文数篇,从容步山径,抚松竹,与麛犊共偃息于长林丰草间,坐弄流泉,漱齿濯足……"这正可以移来用于四灵身上,他们"引泉移岸石,栽药就园蔬""蔬餐如野寺,茅舍近溪翁",这种与佛寺中高

---

① 张良:《宋初天台宗僧诗考论》,《河南师范大学学报》(哲学社会科学版)2012年第6期。

级僧侣几乎没有差别的生活,更使他们能与诗僧有同一的感情和思想情趣,因此,在四灵诗中,不仅一次又一次地出现古钟、寺院等意象,如"钟声诸寺晓,柳荫半池阴""寺废余钟在,房高过客登""突兀禅宫何代余,闲同衲客听钟鱼""殿净灯光小,经残磬韵空"等等,而且同样表现那种表面上近乎不食人间烟火的禅气。晚唐诗人和佛教诗人爱咏吟自己的清苦,正和四灵爱吟贫苦的气味相投,佛门提倡淡泊清静而不显露情性的感情,正与四灵美慕、追求的感情相近,禅宗在言禅理时避免直率的吐露而用和平恬淡自然的语句侧面发挥,也正与四灵所要企望的诗的境界相仿,因此,言"苦"而抑"情"的佛教诗风和作风,必然影响四灵,使他们走上"敛情约性"的道路,尽管他们并非真心想压抑自己的欲望和感情。①

葛先生认为四灵派诗歌"敛情约性"特征的形成与佛教影响关系甚大,这里的佛教当然不只是天台宗,在他所提到的著名诗僧里,释居简属于禅宗临济宗。但在他提到的"道上人、奭上人、从善上人、辉上人、方上人"等难以考察的诗僧中,亦当不乏天台宗僧人,只是由于文献缺乏难以确定罢了。许总在《论南宋理学分化与"宋调"变异式微》一文中亦云:

> 四灵学晚唐,在很大程度上就是对晚唐禅化诗风的受容与复现,他们不仅与僧人来往密切,与诗僧如居简、永颐、葛天民等交游唱和,而且还曾以僧为师。作为四灵诗的理想范型,晚唐诗的意义就不仅在于"以刻琢穷苦之言为工"的艺术特色,而且更在于"背篚筥,怀笔牍,挟海溯江,独行山林间"、"游其心以求胜语,若有程督之者,嗜吟憨态,几夺禅颂",这样一种禅化诗风。宋末对晚唐禅化诗风的崇尚,固有两者因时代社会环境相似而发为同样的衰世之音的因素,但对照理学的禅化趋向,在文化的整体进程中,深受理学浸染的诗人同时接受其禅化的导引,也就显然不言而自明的了。②

尽管葛先生与许先生都没有着意区分禅宗与天台宗对四灵派诗歌创作的影响,但结合其中的用词,似乎还是偏于禅宗。可是如联系前引张良先生关于天台宗诗僧创作传统和宋初天台宗僧诗创作的考察,有理由相信四

---

① 葛兆光:《从四灵诗说到南宋晚唐诗风》,《文学遗产》1984 年第 4 期。
② 许总:《论南宋理学分化与"宋调"变异式微》,《社会科学辑刊》2000 年第 6 期。

灵派当日交往的天台宗诗僧应该也不在少数，其受到的影响亦不可低估。只是这方面的研究还不够深入，所以笔者也难以举出具体的例证。

从前面的分析可以看出，在占主流地位的禅宗在南宋已经成为诗歌发展的不利因素，甚至在一定程度上与理学一起成为解构"宋调"的重要力量时，天台宗仍秉持着在唐代已经形成的重视诗歌的传统，并且继承了之前已经形成的宗尚贾岛和姚合的做法，而这些对于四灵派及江湖派学习姚、贾和回归"唐音"来说，都是重要的宗教渊源和文化氛围。

两宋时期，禅学与诗学的关系发生了一次根本的逆转。北宋时，由于诗僧积极学习文人诗，向士大夫靠拢，从而推动了"宋调"的发展。到了南宋，随着诗坛对"江西诗派"的反思和清算，特别是经过理学对诗学和对"江西诗派"的强势出击，诗歌失去原来的地位，诗僧不仅不再以士大夫为师，总体上也不再重视诗歌的艺术性，所以诗歌成就较低，而且禅学对诗学的渗透已经影响到诗歌的健康发展，所以也成了不利于诗歌发展和解构"宋调"的重要力量。在禅宗之外，则有天台宗重视诗歌，其宗尚的主要是贾岛、姚合的诗风，从而推动了四灵派和江湖派回归"唐音"，这自然也是对"宋调"的解构。不仅如此，诗僧还发展出颂古这样专门的诗歌新类别。特别值得关注的是，并非只有禅宗影响南宋诗歌的发展，在解构"宋调"方面发挥了作用，天台宗对于四灵派的形成，进而对于南宋后期江湖派诗歌的发展，影响也是非常突出的。

总之，对于"宋调"的解构，其力量主要来自两个方面。就文学内部来说，南宋诗人对"宋调"的反拨和对唐诗的提倡是同一个问题的两个方面，或者说两方面互为因果。就文学外部而言，是来自理学的强大压力和不断挤压，以及禅学的不断助攻，这就不仅仅是解构"宋调"的问题了，而是要使诗学丧失文学性，逐渐沦为二者的奴婢。至于四灵派和江湖派得以回归"唐音"，虽然可以认为有幸避开了程朱理学和禅宗的双重绞杀，但其背后仍有理学分支浙东学派和禅宗之外的佛教天台宗的大力支持。

后　记

　　这本小书的最初写作动机，可以追溯到我在南京大学读博期间的一个幼稚想法。当我的导师巩本栋教授问我对未来研究方向的设想时，我竟然大言不惭地说想写一部宋代的诗史。后来，我的博士学位论文《徽宗朝诗歌研究》在上海古籍出版社出版时，巩师在序中还专门提及此事。而当我今日撰写这段文字的时候，距离当时有这个想法已经过了二十多年了！

　　在过去的所谓学术生涯中，我虽然也曾经做过一些其他方面的研究，但最主要还是围绕着宋代文学展开，尤其是宋诗。在扬州大学读硕士时，我选择了宋初的西昆体作为研究对象。后来在其基础上又加以充实，最后以《西昆体研究》为题在人民文学出版社出版。我的硕导戴伟华教授是研究唐代文学的著名学者，可是我却因为选择宋诗作毕业论文研究对象而错失了向他学习更多唐代文学的机会。现在想来，也是一个深深的遗憾。读博士时，巩师见我迟迟找不到合适的论文选题，就建议我研究徽宗朝前后的诗歌。毕业后，我以博士学位论文为基础又加以修改，在上海古籍出版社出版了名为《徽宗朝诗歌研究》的一本小书。这两本学位论文的写作，逼迫我去熟悉宋代的相关文献，特别是宋代的诗歌，于是我对北宋诗歌的发展轮廓有了一些肤浅的认识。但对于南宋诗歌，当时心中仍是一片茫然。之后，因为进行其他课题研究的需要，我不得不几次翻阅《全宋诗》，并且对南宋诗歌有所论及，如在写作《集句诗嬗变研究》和《文化视域中的集句诗研究》时对南宋的集句诗进行了考察，在写作《梅与诗》时对南宋咏梅诗加以探讨，在写作《宋代分韵诗研究》时对南宋分韵诗创作加以分析，在写作《王铚王明清家族研究》时也曾对王铚的诗歌有所评论，如此等等，但总的说来仅限于对个别题材和个别诗人的研究，既谈不上深入，更难以见出南宋诗歌的全貌。

　　时过境迁，我早就不敢奢望去写一部宋代的诗史了，但如就此放弃则心中仍有不甘，于是想法发生了变化。数年前，出于申报课题的需要，我再次想到了这个问题，决定缩小研究范围，紧紧扣住"宋调"这个宋诗的主旋律，探讨其建构和解构的过程，并分析其背后的复杂原因。至于游离于这个主旋律之外的其余众多诗人的大量作品，则不拟涉及。相对于一部宋代诗史的构想，这样工作量自然大大减少了，而且"研究"的色彩也会更突出一点。当"'宋调'之建构与解构"在安徽省社科规划办获立重点课题时，我已经离开工作了二十多年的阜阳师范大学，来到了闽南师范大学工作。初来乍到，事情繁多，有颇多不适应，所以研究进展很慢。就这样跌跌撞撞地草成北宋部分之后，我更加真切地感受到南宋部分写作的艰难。就宏观而言，北宋是"宋调"的建构阶段，南宋则相反，是其解构阶段，这一点很容易理解。可是，相对于建构过程还算容易梳理，解构过程则显得错乱而复杂，尽管我已进行了简单化处理，力求找出主要的线索来，但仍然非常困难。除了来自诗坛自身的否定因素外，理学与佛教对于"宋调"的解构都起到了很大的推动作用。可是我素来对这两个领域缺乏关注，所以在讨论相关问题时感觉非常无助，虽然花费了大量的时间和精力，但所谈也未必抓住了重点，这实在是非常遗憾的事情。

"宋调"的建构与解构虽然与宋代诗史的内涵不同，但在时间上基本是一致的，从这个意义上说这本小书多少具有一些"诗史"的意思，这也许是笔者觉得略微可以聊以自慰的。

回首往事，不免有愧对吾师之叹！我先后师从的黄进德教授、戴伟华教授和巩本栋教授都是海内外知名的重要学者，而我却一生碌碌，至今尚在为一家人的生计奔波。

现在这本小书终于要在社会科学文献出版社出版了，我想感谢的人很多，除了感谢读硕、读博期间各位师长的栽培，还要感谢曾经给予支持和帮助的众多师门兄弟、同事和朋友，特别是安徽大学的胡晓博博士和南京师范大学的郑斌博士，他们多次帮忙查找、核对文献，对本书的顺利完成具有重要的作用。感谢社会科学文献出版社城市和绿色发展分社的任文武社长为拙书出版提供了便利通道。感谢丁凡大姐退而不休，一丝不苟地严格把关，不仅避免了诸多错误的出现，也进一步提高了拙书的文字表达水平。

张明华

2022 年 12 月 28 日书于漳州

图书在版编目（CIP）数据

"宋调"之建构与解构／张明华著．－－北京：社会科学文献出版社，2023.7
ISBN 978－7－5228－1795－8

Ⅰ.①宋… Ⅱ.①张… Ⅲ.①古典诗歌－文学研究－中国－宋代 Ⅳ.①I207.22

中国国家版本馆 CIP 数据核字（2023）第 087102 号

"宋调"之建构与解构

著　　者 / 张明华
出 版 人 / 王利民
组稿编辑 / 任文武
责任编辑 / 丁　凡
文稿编辑 / 许露萍
责任印制 / 王京美

出　　版 / 社会科学文献出版社·城市和绿色发展分社（010）59367143
地址：北京市北三环中路甲29号院华龙大厦　邮编：100029
网址：www.ssap.com.cn
发　　行 / 社会科学文献出版社（010）59367028
印　　装 / 三河市东方印刷有限公司
规　　格 / 开本：787mm×1092mm　1/16
印　张：38.5　字　数：667千字
版　　次 / 2023年7月第1版　2023年7月第1次印刷
书　　号 / ISBN 978－7－5228－1795－8
定　　价 / 168.00元

读者服务电话：4008918866

版权所有 翻印必究